EL NIÑO QUE PERDIÓ LA GUERRA

JULIA NAVARRO

EL NIÑO QUE PERDIÓ LA GUERRA

PLAZA & JANÉS

Papel certificado por el Forest Stewardship Council®

FSC
www.fsc.org
MIXTO
Papel | Apoyando la silvicultura responsable
FSC® C117695

Penguin Random House Grupo Editorial

Primera edición: septiembre de 2024

Printed in Spain – Impreso en España

ISBN: 978-84-01-02797-0
Depósito legal: B-10.353-2024

Compuesto en La Nueva Edimac, S. L.

Impreso en Rotativas de Estella, S. L.
Villatuerta (Navarra)

L 0 2 7 9 7 0

A todos los que dijeron NO.
A todos los que dicen NO.
A todos los que, en el futuro, seguirán diciendo NO.

Por eso, siempre, a mis abuelos Jerónimo y Teresa,
a mi madre y a mis tíos. In memoriam.
Tengo presente su ejemplo.

Para mi querida y maravillosa prima Tatiana.
La querré siempre y la echaré de menos.

Y a Fermín, que me sigue enseñando a decir NO.

Agradecimientos

A Álex, por estar siempre cerca.

Con Margarita Robles tengo una deuda de gratitud porque ha sido «madrina» de todas mis novelas.

A Fernando Escribano, que siempre está de «guardia» para ayudar a los amigos. Doy fe. Fernando hace fácil lo difícil y cuando te tiende la mano, sabes que ya no vas a naufragar. Me siento privilegiada por contar con su afecto y apoyo generoso.

A Pilar Cernuda, Jesús Barderas y José María Sanjuán, por tantos años compartidos.

Y a todo el equipo de Penguin Random House por su apoyo: David Trías, Virginia Fernández, Laura Ortega, Leticia Rodero, Marta Martínez, Marta Cobo, y un largo etcétera entre los que está la red comercial.

Leningrado, 1938

En aquel tiempo sonreían
solo los muertos, deleitándose
en su paz, y vagaba ante las cárceles
el alma errante de Leningrado.
Partían locos de dolor los regimientos
de condenados en hilera y era
el silbido de las locomotoras
su breve canción de despedida.
Nos vigilaban estrellas de la muerte,
e, inocente y convulsa, se estremecía Rusia
bajo botas ensangrentadas, bajo
las ruedas de negros furgones.

De madrugada vinieron a buscarte.
Yo fui detrás de ti como en un duelo...

Anya se restregó los ojos con el dorso de la mano para borrar la huella de una lágrima que pugnaba por escapar mientras recitaba en voz baja aquellos versos del *Réquiem* de Anna Ajmátova.

Una voz masculina y rotunda interrumpió aquel instante declamando otro verso:

—«Vivimos sin percibir el país bajo nuestros pies...».

—Calla, Pyotr, o al menos no recites en voz alta o terminarás en La Casa Grande.

El hombre apretó el brazo de Anya mientras sonreía con un deje de burla.

—¿Desde cuándo tienes miedo?

—Mandelshtam es un poeta proscrito, lo mismo que lo es Anna Ajmátova; nosotros los admiramos y podemos recitar sus versos, pero no hace falta que te oiga todo Leningrado.

Pyotr soltó una carcajada al tiempo que aceleraba el paso.

—Ese poema me gusta especialmente —insistió él.

—Pero Stalin no comparte nuestros gustos literarios y por ese poema envió a Ósip Mandelshtam al exilio en Vorónezh. Y ahora... sufre una pena aún mayor condenado como está en Vladivostok en uno de esos infernales campos del Gulag, donde no quiero que termines por culpa de tus imprudencias.

—Vamos, Anya, soy tu primo mayor, no me regañes y anda más deprisa o no podremos verla.

—¿Crees que estará allí? —preguntó Anya.

—Sí, acude todos los días y se mezcla con el resto de las mujeres que aguardan como ella para ver a sus maridos o a sus hijos.

—¿Querrá hablar con nosotros? ¿Aceptará que la invitemos a una velada literaria donde pueda recitar sus poemas? —insistió Anya mientras intentaba acompasar el paso al de su primo.

—No lo sé... Anna Ajmátova ha pagado un precio oneroso por no ser ni ella ni su familia afines al Partido. Su marido fusilado, su hijo encarcelado, lo mismo que Nikolái Punin, su último amor. Puede que Ajmátova haya optado por la discreción para no enfurecer aún más al Vozhd —respondió Pyotr.

—Tiene razones para no fiarse de nadie; a su primer marido, Nikolái Stepánovich Gumiliov, le condenaron por contrarrevolucionario. Y ahora con Nikolái Punin detenido y su hijo Lev a la espera de juicio... Pero ¡cuánto la admiro! Guardo en una caja de zapatos esas dos obras que me regalaste, *Anno Domini MCMXXI* y *La caña* —recordó Anya.

—En uno de los poemas de esa época califica a los bolcheviques de «enemigos que desgarran la tierra»... Nunca tendrán piedad de ella —afirmó Pyotr.

De repente apareció ante ellos una fila silenciosa de mujeres cubiertas por ropas miserables aguardando ante la prisión de Las Cruces.

Anya sintió que el frío helado salpicado de copos blancos le empapaba el abrigo, y se reprochó haber acudido hasta allí para ver de cerca y acaso escuchar unas palabras de labios de Anna Ajmátova.

Pyotr se había sumido en el silencio mientras buscaba con la mirada a la poeta. Pero todas las mujeres le parecían iguales, iguales no solo por sus ropas oscuras y raídas con las que intentaban protegerse del frío, sino también por la angustia que se dibujaba en cada pliegue de sus rostros y en su expresión en permanente estado de alerta.

—Allí está... —escuchó murmurar a Anya, y dirigió su mirada hacia donde le indicaba su prima para descubrir a Anna Ajmátova en aquel rostro delgado de ojos sombríos y labios apretados en una línea.

Sí, allí estaba la mujer que se negaba a rendirse, que prefería no escribir a hacerlo al dictado de la Unión de Escritores. La mujer que no ocultaba su desapego y desprecio por los bolcheviques. La mujer que íntimamente se culpaba de no ser la buena madre que su hijo Lev añoraba.

Pero allí estaba, erguida y aguardando el momento en el que los carceleros le permitieran, junto a las otras mujeres, entregar a su hijo alguna prenda de abrigo con la que sobrevivir entre los muros de aquella cárcel.

Anya y Pyotr se detuvieron a unos cuantos metros de Ajmátova sin atreverse a acercarse. Era tanto el sufrimiento y la dignidad distante de la mujer que no osaban interrumpir su silencio y recogimiento.

Unos minutos después, Anya sintió de nuevo la mano de Pyotr apretándole el brazo mientras murmuraba: «No podemos, yo no puedo...». A lo que Anya respondió: «No, no debemos».

Deshicieron el camino en silencio llevando en la retina el rostro desolado de Anna Ajmátova.

Anya estaba pendiente de que el agua comenzara a hervir para servir el té. Pyotr miraba distraído por la ventana mientras Ígor, que no dejaba de toser, parecía estar ensimismado dibujando.

—Ya está listo el té y además tengo un trozo de bizcocho.

Ígor sonrió apresurándose a sentarse delante de la mesa baja donde su madre había dispuesto las tazas. Pyotr le alborotó el pelo.

—Me duele un poco la cabeza —dijo Ígor.

—No me extraña, no dejas de toser y tienes fiebre —comentó Pyotr poniendo una mano sobre la frente del niño.

—Te has empeñado en levantarte, pero donde mejor estás es acostado. En cuanto desayunes te vuelves a la cama —añadió Anya.

—Pero, mámushka, en la cama me aburro —protestó Ígor.

Ella se lo acercó y lo envolvió en un abrazo mientras le besaba el pelo y en la frente.

—Aunque te aburras, te irás a la cama.

—Pero ¿te quedarás conmigo? —preguntó el niño, preocupado.

—Desde luego. Pyotr será tan amable que llamará a la escuela y me disculpará. Hoy me quedaré contigo.

La sonrisa de oreja a oreja de Ígor llenó su rostro enrojecido por la fiebre y se dejó levantar en brazos por Pyotr, que, seguido por Anya, lo llevó hasta la habitación y lo metió en la cama.

—Dejo la puerta abierta, de manera que si necesitas cualquier cosa, me llamas —dijo la madre acariciándole la cara.

—Gracias, mámushka.

Disfrutaron el té en silencio. Ambos necesitaban recolocar sus emociones antes de emprender la conversación.

—Entonces ¿regresarás a Moscú? —preguntó Anya en un intento de despejar de las brumas de su cerebro la visión de Anna Ajmátova.

—Qué remedio. No puedo negarme; en realidad, nadie puede negarse a lo que decide el Partido, y el Partido ha dictado que donde soy útil es en una fábrica cerca de Moscú.

—Al menos tienes a Talya.

Pyotr sonrió complacido. Hacía unos meses que se había casado con Talya y era lo mejor que le había pasado en los últimos años.

No resultaba fácil compartir la pasión por la poesía «auténtica», como calificaba Talya los poemas de quienes se negaban a alabar al «hombre nuevo».

—Sí, tengo a Talya, pero te echo de menos, querida prima. Aunque agradezco poder venir a San Petersburgo de cuando en cuando.

—¡Calla! No te atrevas a llamar a esta ciudad por su antiguo nombre, es delito. Suficiente para que te acusen de ser un burgués nostálgico.

—Es que soy un burgués nostálgico —bromeó él.

—Nunca fuimos burgueses, somos judíos —le recordó ella.

—Sí... somos judíos y bien que han pagado nuestros antepasados por ello. ¿Sabes?, al principio parecía que la Revolución haría de nosotros unos ciudadanos más, pero no ha sido así.

—Bueno, somos judíos y además algunos de los líderes de la Revolución son judíos, pero... nos sentimos al margen de cuanto está sucediendo. El «hombre nuevo» se asemeja a un monstruo sin alma, y la crueldad de Stalin no tiene límites. No te diré que añoro los tiempos del zar, eso no, pero sí que abomino de todo esto —admitió Anya.

—Pienso lo mismo, prima. En fin, somos dos almas que luchan por sobrevivir, veremos si podemos conseguirlo. Al menos estoy tranquilo de saber que mi padre se encuentra bien y que, al igual que el tuyo, parece haberse acomodado a esta situación.

—No me extraña... Tu padre y el mío son bolcheviques, tienen a Lenin en su altar particular, pero nuestras madres nunca se dejaron engañar.

—Y a ellas les debemos nuestra condición de judíos... ¿Quieres que le lleve alguna carta a tu padre y a tu tía Olga?

—No... no hace falta. Nunca sé qué decirle a mi padre.

—Yo tampoco encuentro puntos en común con el mío, pero hay que comprenderlos, ocupaban los penúltimos peldaños en la sociedad y la Revolución les prometió que todos los hombres serían iguales —dijo Pyotr.

—Hermosa promesa. ¿De verdad se lo creyeron? ¿Y por qué, ahora que saben del engaño, callan?

—Esperan... esperan a que el sueño se cumpla. Pero dime, ¿qué sabes de Borís?

—Sigue en España. De cuando en cuando nos llega alguna carta. Ígor echa mucho de menos a su padre.

—Te has casado con un buen hombre, prima mía.

—Sí, Borís es un buen hombre, aunque como su familia pertenecía a la clase privilegiada y fueron desterrados al Gulag, él hace lo imposible por ser un digno ciudadano soviético. Aunque admira a Tolstói, no se atreve a defender sus libros. Discutimos por mi afición a los poetas disidentes del régimen.

—Teme por ti.

—Lo sé... Pero yo no puedo vivir sin mi música y sin la poesía.

Distancia: verstas, millas...
Nos han desunido y dispersado,
por la tierra —cada uno en un confín—
para que no incomodemos.

Distancia: verstas, lejanía...
Nos han escindido, desgraciado,
han distanciado nuestros brazos, brazos en cruz,
sin saber que así anudaban

nuestros nervios, nuestro aliento...

—¿Tsvetáieva? —preguntó Pyotr.

—Sí, Marina Tsvetáieva se lo dedicó a Borís Pasternak. Escucha, le he puesto música a este poema.

Anya se sentó ante el piano y suavemente deslizó sus dedos hasta arrancar unas notas para acompañar los versos.

Madrid, diciembre de 1938

Lloraba. No había dejado de llorar desde que salieron de la redacción de *Blanco y Negro*. Le dolía el llanto de su hijo, y más en aquel momento en el que le habían comprado una de sus caricaturas. Ella le había explicado que debía portarse bien mientras estaban en la revista y el niño había cumplido, pero en cuanto salieron a la calle volvió a llorar.

Insistía, sin convicción, sintiendo que traicionaba no solo a su hijo sino a sí misma, que no debía preocuparse por el viaje, que estaría bien y que pronto regresaría. Se lo prometió: «Un mes, como mucho dos, y te aseguro que volverás a casa».

Su hijo le agarraba con fuerza la mano y entre lágrimas le suplicaba: «No quiero, mamá, no quiero».

Le cogió en brazos. «Mi niño, mi niño, no llores, que yo no te voy a dejar», repitió rindiéndose ante el llanto de su hijo. Pero continuó caminando, aunque sabía que su marido no atendería a sus razones ni al pesar del niño.

Arreciaba el viento y el gris se había instalado en la ciudad. A aquella hora, las cinco de la tarde, había gente en la calle y en sus rostros se dibujaban las huellas del hambre. Todos tenían hambre, todos habían aprendido a intentar no naufragar en la miseria. La guerra era así, y no cabía quejarse. Tampoco habría servido de nada. Además, aquel mes de diciembre de 1938 no presagiaba nada bueno.

Se fijó en un cartel pegado a una farola y sonrió. Aquella caricatura era suya, la había creado con sus manos y su imaginación. Un banquero con los bolsillos rebosantes de monedas escapando. No era la primera caricatura que hacía para el Frente Cultural porque, como Agustín repetía, la guerra también se ganaba desde detrás de la trinchera. Y las caricaturas eran un arma de guerra que servía para concienciar a la buena gente. Quizá tuviera razón, pero lo único que sentía era la frustración por no poder firmar los dibujos satíricos de aquellos carteles.

Ante el llanto de Pablo desechó aquellos pensamientos y tuvo que hacer un esfuerzo por no acompañarle en sus lágrimas.

Pensó en su madre, que nunca se habría permitido llorar delante de ella, su única hija. Sin lágrimas pero con ira y desprecio, así había transcurrido la conversación que apenas unas horas antes habían mantenido.

—Agustín quiere que enviemos el niño a Rusia. Dice que allí estará mejor, que al menos comerá bien. Teme lo que pueda pasar aquí.

Su madre ni siquiera parpadeó; se limitó a mirarla con ira.

—¿Y tú qué quieres hacer? —dijo mientras deslizaba su mano por el cabello del niño.

—Yo no quiero que se vaya... ya lo sabes... No dejé que se lo llevaran en el Sontay, el carguero que en junio del 37, desde Pauillac, llevó a más de mil niños a Rusia. Entonces Pablo era muy pequeño. Pero ahora... ¿Y si le pasa algo por mi culpa? Agustín dice que soy egoísta, que pienso en mí, pero no en nuestro hijo.

—¿Y él? ¿En qué piensa él?

—Pues... no sé... en nosotros...

—¿De verdad lo crees?

—Madre, ¿tú qué harías?

—Yo no me habría casado con un hombre como Agustín, de manera que difícilmente puedo ponerme en tu piel.

—Por favor, madre... no es el momento...

—No puedo decirte qué haría puesto que a tu padre jamás se le hubiese ocurrido mandarte a Rusia y, por tanto, no me habría propuesto tamaño... tamaño desatino.

Esa fue la respuesta. Sabía que su madre no diría más. A ella le dolía el desprecio que manifestaba por Agustín. Le culpaban de haberle «metido» en la cabeza ideas comunistas. No, sus padres no simpatizaban con Agustín, pero aun así ella sabía que lo que acababa de decir su madre era verdad: su padre jamás la habría enviado a ningún país extranjero. Pero cómo iba a hacerlo si era católico como su madre, a pesar de su lealtad a la República. Se alegró de que aquella tarde su padre aún no hubiera regresado del ayuntamiento.

Llevaba toda la vida haciendo lo contrario de lo que ellos esperaban de ella. Sus padres querían que fuera maestra, pero Clotilde ni siquiera había querido pensar en esa posibilidad. Le gustaba dibujar; a decir verdad, le gustaba caricaturizar la realidad, retorcer rostros y figuras para arrancar sonrisas o denunciar la realidad, tanto daba. Había logrado que sus caricaturas se publicaran en algunos periódicos, pero, eso sí, con seudónimo: firmaba como Asteroide. En pocas ocasiones aparecía su nombre, Clotilde Sanz. Pero no le importaba, se conformaba con publicar, publicar, publicar.

Cuando tenía entre sus dedos los lápices dejaba volar la imaginación, y así iban saltando al cuaderno de dibujo caricaturas sobre cuanto sucedía a su alrededor.

Nadie entendía, tampoco sus padres, aquel empeño suyo en ser dibujante de caricaturas.

Sus padres tampoco le habían perdonado que se casara por lo civil con Agustín. A ella le hubiera gustado que Agustín hubiese cedido para casarse por la Iglesia, pero era un hombre de principios y no quiso participar en una ceremonia en la que no creía. Ella, en cambio, no había dejado de sentirse en pecado por no haber recibido el sacramento del matrimonio, pero le quería tanto... Aun así, había momentos en que se arrepentía. No comprendía la obcecación de su marido en enviar a su hijo a Rusia. Eso los había ido separando.

Aceleró el paso. Hacía frío. Mucho. Diciembre era así. Tenía las manos heladas.

Pablo no paraba de llorar. Pensó que Agustín se enfadaría y le regañaría. «Los hombres no lloran. ¿Crees que vamos a ganar la guerra llorando?», le solía repetir al niño cuando le veía llorar. Parecía olvidar que Pablo solo tenía cinco años.

Subieron los tres pisos andando. Qué remedio. En aquella casa de la Corredera de San Pablo no había ascensor. Se habían terminado acostumbrando, aunque echaba de menos la comodidad que suponía tener un ascensor como en la casa de sus padres, aunque ellos no eran ricos ni mucho menos. Su padre era funcionario del Ayuntamiento de Madrid y su madre, una buena ama de casa sin más pretensiones que la de dejar que la vida fuera pasando sin grandes sobresaltos. Los dos votaban al partido de Azaña.

Cuando llegaron a casa, Agustín se estaba aseando. Le pidió en voz baja a Pablo que se secara las lágrimas, «ya sabes que si lloras, papá se enfadará». Luego se fue a la cocina para hacer la cena. En realidad, no tenían mucho que cocinar. Si no fuera por lo que les daba su madre apenas hubieran podido comer. Sacó de la bolsa unos cuantos huevos. Cenarían tortilla de patatas, a los tres les gustaba, y después aún tendría tiempo de trabajar en unas caricaturas que pensaba llevar a *El Sol*. Le hubiera gustado enseñárselas a Luis Bagaría, al que tenía como referente del arte de la caricatura, pero este había regresado a Barcelona. No se conformaba con publicar en Madrid, su sueño secreto era ver alguna de sus caricaturas publicadas en *La Traca*. Había enviado unas cuantas hacía meses, pero la revista había cerrado. *La Traca* había sido sin duda la revista satírica más importante de España.

La voz de su marido la devolvió a la realidad.

—Se irá con Borís —afirmó Agustín con rotundidad mientras masticaba un trozo de tortilla.

Le odió. En aquel momento sintió que le odiaba. Aunque el odio quizá no era nuevo, sino que había ido fermentando poco a poco. Si tuviera que situarlo en una fecha, sería la de los primeros días de la guerra. Hasta entonces solo había visto por sus ojos, la realidad era lo que él decía, y ella nunca se había atrevido a replicar. Pero ahora sí. Lo tenía decidido. No permitiría que se llevaran a su hijo.

—No. El niño se queda aquí, en casa, con nosotros.

—¿Tan poco te importa tu hijo? Debería haberse ido hace tiempo junto con los otros niños.

—¿Crees que habría estado mejor en Rusia? Allí solo, sin nuestro cariño, sin entender el idioma...

—Sí, claro que lo creo; ¿qué otro interés puedo tener si no es desear lo mejor para Pablo?

—Tiene cinco años, solo cinco... —protestó ella.

—Cinco años y un porvenir que nunca tendrá aquí. Estamos perdiendo la guerra... No se puede decir porque eso desmoralizaría a los nuestros, pero la estamos perdiendo.

Clotilde le miró asustada. Agustín se había mostrado siempre seguro y confiado, y de repente confesaba que estaban perdiendo la guerra.

—Y si eso pasa, ¿qué vamos a hacer?

—Razón de más para salvar a Pablo. Borís se lo llevará con él. Es nuestra última oportunidad. No irá a ninguna de las casas infantiles para niños españoles, se quedará con él y con su familia hasta que nosotros podamos ir.

—¿Nosotros? ¿A Rusia?

—A Rusia, sí. No hay otro lugar mejor para vivir, por lo menos para un obrero, y es lo que soy, Clotilde, ¿se te ha olvidado? —El tono de voz de Agustín era seco.

—Bueno, no eres exactamente un obrero... estudiaste para aparejador —protestó ella.

—No pude terminar los estudios.

—Pero podrás hacerlo, es lo que hemos planeado.

—Te acabo de decir que estamos perdiendo la guerra.

—Aunque la perdamos, tendremos que seguir viviendo; tú podrás trabajar y terminar tus estudios, solo te falta un año para acabar. Además... ¿qué haría yo en Rusia? Precisamente ahora que se empiezan a publicar cada vez más mis caricaturas.

—Déjate de fantasías. Lo de dibujar está bien... Tienes talento, no diré que no, pero hacer caricaturas no deja de ser una diversión. Acéptalo, Clotilde, aquí no nos podemos quedar. Nos iremos a Rusia y Borís nos ayudará a encontrar trabajo.

—Pero ¿qué vamos a hacer en Rusia? Ni tú ni yo hablamos ruso. Además, yo no pienso marcharme y dejar aquí a mis padres. Y tú tampoco puedes dejar a tu madre. Desde que murió tu padre, depende de ti. Y que sepas que para mí dibujar caricaturas no es una diversión, es... es... Si no lo comprendes es que no sabes nada de mí.

—No te enfades, no quiero quitar valor a lo que haces. En cuanto a mi madre o a tus padres... no les pasará nada, pero a nosotros...

—Que no, Agustín, que no, que yo no me marcho a ninguna parte y mi hijo tampoco.

—¿Tu hijo? Vaya... qué sentido de la propiedad. Ahora resulta que Pablo te pertenece.

—No he dicho eso.

—No discutas, Clotilde. Dentro de una semana Pablo se

irá con Borís. Y ahora terminemos de cenar, mañana a las siete tengo que ir a buscar a Borís.

Aquella noche durmieron espalda contra espalda. Tan lejos el uno del otro como si los separara un continente. Cada uno navegando en su propia angustia y recelos.

Estaba amaneciendo cuando Agustín se levantó. Buscó a tientas la ropa para no encender la luz. No quería despertar a Clotilde. No tanto para no molestarla, sino porque aún le pesaba la discusión de la noche anterior. Ya hablarían en otro momento, pero nada le haría cambiar de opinión. Pablo se iría con Borís. Quería que su hijo se salvara; bastantes padecimientos habían sufrido durante los años de aquella guerra que llegaba a su fin. Algunos de sus camaradas se negaban a ver la realidad. La guerra estaba perdida y más pronto que tarde Franco se haría con la capital. Él sabía que la derrota era irreversible. Borís no había querido engañarle. Se lo dijo con crudeza: «Camarada, la guerra está perdida y me han dado la orden de regresar».

Borís Petrov sabía de lo que hablaba. Llevaba dos años en España como consejero militar. Habían estado juntos en el frente y allí, entre la sangre y la muerte, habían ido cimentando su amistad. Él había sido su chófer y su guía, se habían jugado la vida yendo de un lugar a otro y había asistido a algunas de las reuniones que Borís mantenía con los jefes militares comunistas.

Compartieron cigarrillos y confidencias mientras tronaba la artillería. No, no le engañaba. Stalin daba por perdida la guerra en España y quería que sus hombres regresaran. «Aquí no tienes futuro, camarada Agustín. Ven a Rusia, será tu patria puesto que es la patria de los proletarios. Podrás trabajar y ver crecer a tu hijo. Te ayudaré. Confía en mí». Agustín aceptó de inmediato la invitación de Borís. Sabía que Franco no tendría piedad con los comunistas y, si se quedaba, lo único que le esperaba era un pelotón de fusilamiento. Clotilde tendría que ceder.

Ella se quedó muy quieta escuchando los pequeños ruidos que hacía su marido al vestirse. Sabía que antes de irse pasaría por la habitación de Pablo para darle un beso al niño con mucho cuidado de no interrumpir su sueño.

Diez minutos más tarde, oyó el sonido de la puerta al cerrarse. ¿Cuándo regresaría? No se lo había dicho. Pero ella confiaba en que no le podía pasar nada malo puesto que era el chófer de Borís y este era un consejero militar, un hombre importante al que respetaban los jefes de los batallones formados por soldados del Partido Comunista. No, nadie permitiría que al ruso le pasara nada.

Esperó unos minutos para ponerse en pie. Las baldosas del suelo estaban heladas, pero no se molestó en ponerse las zapatillas, sino que entró en el pequeño cuarto de Pablo y le cogió en brazos para llevárselo a su cama. Aún podían dormir dos o tres horas más y sabía que a su hijo le reconfortaba sentir su abrazo.

Siete días después

¿Cuántos días habían pasado desde la marcha de Agustín? Los contó. Una semana. No había tenido ninguna noticia de él, pero no quería dejarse llevar por la inquietud, pues en otras ocasiones habían transcurrido semanas sin saber si estaba vivo o muerto. Pero ahora las tropas franquistas se hallaban cerca y algunos camaradas temían que Madrid pudiera caer.

Buscó con la mirada a su hijo, que, mientras ella dibujaba, estaba sentado jugando con tres soldaditos de plomo que habían sido de su padre. Pablo se había constipado y tenía fiebre además de tos. Ella quería que se quedara en la cama, pero el niño había insistido en levantarse. Miró la caricatura que empezaba a asomar en el papel y sonrió. La tarde anterior había logrado que en el *ABC* le compraran tres caricaturas firmadas con el seudónimo de Asteroide.

Estaba ensimismada en sus pensamientos cuando el sonido del timbre de la casa la sobresaltó.

Abrió la puerta y allí estaba Borís Petrov.

—He venido a por Pablo —dijo por todo saludo.

Ella se apartó para dejarle pasar. Aquel hombre la intimidaba, pero aun así no iba a entregarle a su hijo.

—Pasa… Pablo está resfriado y con fiebre. ¿Quieres una taza de malta?

—No. Tenemos que marcharnos ya. Prepárale algo de ropa. Ah, y felicidades, son muy buenas las caricaturas que has hecho de los fascistas para los carteles que se han distribuido por todo Madrid.

Ella ignoró la felicitación. Quizá en otro momento se habría sentido orgullosa, pero no cuando aquel hombre quería arrebatarle a su hijo.

—Agustín tendría que haberte dicho que Pablo se queda aquí, con nosotros.

Se midieron con la mirada y ella supo que no iba a ganar esa batalla.

—Me lo llevo, es lo que Agustín quiere, lo que me ha pedido y lo mejor para el niño. Es difícil para ti, lo sé. Pero lo verás muy pronto. Vendréis a Leningrado. Es lo que tu marido quiere.

Clotilde sintió que la rabia le recorría el cuerpo entero. Ella no contaba. Se haría lo que decía Agustín. Pero aun así se resistió.

—No estoy de acuerdo. Aunque perdamos la guerra, yo no me quiero ir de España... ¿Qué vamos a hacer nosotros en tu país?

—Vivir. Si os quedáis, os matarán. Los dos sois miembros del Partido. Las guerras son así: el que gana lo gana todo, el que pierde lo pierde todo.

Clotilde lo miró fijamente haciendo un último esfuerzo por retener a Pablo.

—Pues si tenemos que irnos, lo haremos los tres juntos. No es necesario que Pablo se vaya ahora contigo.

—Tengo prisa, Clotilde. No he venido a discutir sino a hacer un favor a un camarada, a tu marido. Me llevo al niño. Estará bien. A mi esposa le gustan los niños. Anya le cuidará.

—Pablo no necesita los cuidados de nadie... Me tiene a mí, que soy su madre.

—No lo hagas más difícil, Clotilde, no querría llevarme al niño sin que te despidas de él. Mete su ropa en una maleta. No tengo tiempo que perder.

—¿Y Agustín? ¿Por qué no está contigo?

—Porque yo me marcho y él se queda; los camaradas le han enviado al frente a luchar.

—Pero ¿adónde? —preguntó nerviosa.

—Eso es secreto militar. Prepara de una vez a tu hijo. —El tono de voz de Borís se había endurecido aún más.

Ella bajó la cabeza y, llorando, entró en el cuarto de Pablo. Buscó en el armario la ropa de más abrigo y la fue doblando despacio intentando alargar un tiempo del que Borís decía no disponer. Pablo la había seguido a la habitación y la miraba con los ojos muy abiertos sin comprender qué pasaba.

—Hijo, te vas a ir con el tío Borís... ya te lo dije... pero no debes tener miedo, tu padre y yo iremos muy pronto contigo.

El niño comenzó a llorar; al principio en silencio, pero luego acompañó las lágrimas con palabras entrecortadas: «No me quiero ir, mamá»... «no me dejes», «quiero estar con papá y contigo»... «no me he portado mal»... «te prometo que seré bueno»...

La voz cargada de angustia de su hijo le dio fuerzas para regresar a la sala y enfrentarse con Borís.

—No, no te lo llevas. Ya hablaré yo con Agustín cuando vuelva del frente.

—No lo entiendes, Clotilde... Sois comunistas y Franco no os perdonará. En la guerra no hay piedad para los perdedores.

—Eso será en Rusia, aquí... ya veremos.

Borís la miró con desdén. La sabía bienintencionada, pero sin criterio para ponderar lo que pasaba.

—No voy a discutir contigo... Tengo que marcharme y cumpliré el compromiso que he adquirido con Agustín. Me llevo al niño.

Se dirigió a la habitación de Pablo y metió de forma desordenada en una maleta la ropa que Clotilde había dejado doblada sobre la cama. La cerró con un golpe seco y agarró de un brazo al niño tirando de él sin importarle sus sollozos.

—¡Que no! ¡Que no te lo llevas! ¡Deja a mi hijo! —gritó Clotilde intentando cerrarle el paso.

La empujó. Ella se tambaleó, pero logró no perder el equilibrio. El niño gritaba asustado sin que el hombre le prestara atención. Clotilde cogió una de las manos de su hijo, pero esta vez Borís Petrov la empujó con más fuerza y cayó al suelo. Cuando se puso en pie, el ruso ya estaba bajando la escalera con Pablo en brazos. Clotilde le siguió gritando hasta el portal, y casi le había alcanzado cuando Borís aceleró aún más el paso y se metió con el niño en un coche cerrando de inmediato la puerta. Clotilde quiso abrir la manija, pero el coche arrancó y se volvió a caer. Pudo ver como a través del cristal de la ventanilla asomaba el rostro de su hijo inundado por las lágrimas, moviendo las manos con desesperación. Ella se puso en pie y corrió detrás del coche sin atender a lo que sucedía a su alrededor. Ni siquiera sabía si le salían las palabras, pero en sus labios no dejaba de formarse el nombre de su hijo: «¡Pablo!», «¡Pablo!», «¡Pablo!».

Alguien la sujetó impidiéndole seguir corriendo detrás de aquel coche negro que ya se había perdido en la inmensidad de la ciudad. No era capaz de escuchar ninguna palabra, ningún ruido, nada. Quiso zafarse de quien la sujetaba para intentar correr detrás del coche, pero aquellas manos se lo impidieron. Se volvió dispuesta a defenderse dando patadas al desconocido que la retenía, hasta que recibió una bofetada. Luego alcanzó a oír algo así como: «Está loca, hay que detenerla». Volvió a forcejear y logró soltarse mordiendo la mano del desconocido que la retenía, pero fue inútil. Peleó hasta que se dio por vencida.

Una hora después...

Su madre le había puesto una compresa de agua fría sobre la frente y la había obligado a tumbarse en la cama. Escuchó la voz de su padre agradeciendo a un vecino que los hubiese avisado. «Se pondrá bien... Clotilde es fuerte... Sí, ahora vamos a llamar al médico».

Regresó a la habitación de su hija y se quedó mirándola desde la puerta.

—Te ha podido pillar un coche... Si ese hombre no te hubiese detenido, ahora podrías estar muerta —dijo su padre con un timbre de voz impregnado en tristeza.

Clotilde intentó incorporarse, pero su madre no se lo permitió.

—Tranquila, hija... Lo importante es que no te ha pasado nada. Tu padre avisará a don Andrés, te dará algo para que descanses.

—No llaméis al médico... —suplicó Clotilde.

—Es mejor que te vea. Confía en nosotros —insistió su madre.

—¡Se lo ha llevado... Borís se ha llevado a Pablo... a Rusia! —Y las lágrimas arrasaron su rostro.

—¿El ruso ese al que Agustín le hace de chófer? —preguntó su padre, alarmado.

—Sí... Borís Petrov. Dice que vamos a perder la guerra.

Agustín le ha pedido que salve a Pablo... y quiere que nosotros también vayamos a Rusia... Allí habrá trabajo.

Sus padres se miraron y en ese gesto solo se percibía desolación.

—Iré a buscar a Pablo. ¿Dónde está ahora ese Borís Petrov?

—No lo sé. Agustín nunca me ha dicho dónde vive, pero la gente del Partido debe de saberlo... Tengo el número de un camarada que es el que se ha encargado de la intendencia de los consejeros militares soviéticos.

Sus padres, don Pedro y doña Dolores, cruzaron una mirada que delataba preocupación. No necesitaban palabras para saber lo que en aquel momento pensaban.

—Podríamos llamar a Matilde, la madre de Agustín, a lo mejor ella puede ayudarnos —propuso Dolores.

—Ya sabes que Agustín y su madre no se llevan muy bien, ella es muy beata —respondió Clotilde.

—Pero es su madre —insistió Dolores.

—Creo que es mejor intentarlo con alguno de los amigos de Agustín.

Fue su madre la que buscó en el bolso de Clotilde su agenda.

—Se llama Juan Rodríguez, es un buen amigo.

Su padre cogió la agenda y salió al pasillo donde se encontraba el teléfono, un privilegio que se debía al trabajo de Agustín con los soviéticos. Marcó el número y respondió la voz amable de una mujer.

—Soy Pedro Sanz, el suegro de Agustín López. ¿Puedo hablar con Juan Rodríguez?

—No está por aquí, pero no tardará en volver. ¿Qué quiere que le diga? —respondió la mujer.

—Que llame a casa de Agustín López. —Y colgó.

Cuando regresó a la habitación, madre e hija estaban discutiendo.

—Que ya estoy mejor... déjame levantarme... y nada de llamar a don Andrés... es muy amigo de papá, pero siempre que se le llama cobra la visita.

—Si está mejor, que se levante —sugirió el padre.

—Pero ¿no ves cómo está? —protestó su madre mientras obligaba a su hija a recostarse en la almohada.

—No tiene nada roto... —concluyó él—. Ese Juan Rodríguez no estaba, pero le he dejado recado de que llame aquí. Habrá que esperar.

—¿Y si no llama? —El terror asomaba en la voz de Clotilde.

—¿Y por qué no va a llamar? —Fue la respuesta de su padre.

—Pues... no sé. Juan es un hombre muy ocupado... siempre está con los rusos... se ocupa de ellos... —le explicó su hija.

Pedro Sanz contuvo un suspiro. Los soviéticos. Como evitaba discutir con su yerno y su hija, nunca les dijo que pensaba que podrían haber hecho más. Claro que ese mismo reproche se lo hacía a franceses y británicos. No habían movido un dedo por la República. Si los hubiesen ayudado... Pero no era momento de pensar en eso cuando el tal Borís Petrov se había llevado a su nieto.

—Tu marido... tu marido no debería haber pedido al ruso que se llevara al niño. —Su madre hablaba con un deje de rencor.

—Agustín cree que es lo mejor para Pablo —le defendió Clotilde.

—Ya, entonces ¿qué quieres que hagamos? ¿Buscamos a Pablo o no hacemos nada y nos parece bien la decisión de tu marido? Las dos cosas no pueden ser, hija —le reprochó su padre.

Clotilde cerró los ojos para evitar la respuesta. Sí, la culpa era de Agustín, que siempre imponía su voluntad sin tener en cuenta lo que ella pudiera pensar. Pero él era así, no atendía a más razones que a las suyas.

El timbre del teléfono rasgó el silencio que se había instalado entre ellos. Su padre salió al pasillo. Su madre y ella permanecieron atentas a los retazos de la conversación que les llegaba. Cuando regresó al cuarto, los ojos le brillaban con algo parecido a la indignación.

—Ese Juan Rodríguez es de armas tomar... Dice que no puede darme información sobre Borís Petrov y que Agustín ha tomado una buena decisión mandando a Pablo a la Unión Soviética. Incluso se ha atrevido a reprocharte que no le hubieras mandado antes —dijo mirando a su hija.

Habían perdido. A Juan Rodríguez tanto le daba la angustia de Clotilde; «cosas de mujeres», había dicho, y que lo importante era «salvar al niño. En la Unión Soviética le cuidarán y podrá crecer sin soportar la bota de los fascistas».

Clotilde reanudó el llanto con más fuerza mientras su madre, indignada por la situación, empezó a culpar a Agustín de lo sucedido y a reprochar a su hija haberse casado «con ese hombre que lo único que te ha traído son desgracias».

Ella le defendió. Estaba dividida entre la lealtad al marido y el amor al hijo. Su padre cortó la perorata de su esposa.

—Calla, Dolores, no angusties más a la niña. Lo hecho, hecho está.

—¿O sea que debemos conformarnos con que Agustín haya decidido mandar al niño a Rusia? Es nuestro nieto, Pedro, nuestro único nieto —protestó ella.

—¿Crees que no me preocupa? Pero ahora se trata de ver qué se puede hacer. Al ruso no le habrá dado tiempo de dejar Madrid, tenemos que encontrarle. Claro que si pudiéramos hablar con Agustín, le exigiría que se retractara de su decisión. —Pedro Sanz se llevó la mano a la frente frunciendo el ceño. Su angustia no era menor que la de su esposa y su hija. No sabía qué podía hacer.

—Niña, además de ese Juan Rodríguez, tiene que haber otros que sepan dar con Agustín —dijo su madre mirándola.

—Tiene muchos camaradas, pero yo no los conozco a todos. Hay uno que está en la checa de San Lorenzo... Antonio... es muy amigo de Agustín, alguna vez ha venido a casa —respondió Clotilde.

Su padre se estremeció al tiempo que apretaba los labios en un rictus de amargura. Él era azañista y maldecía cada día a los sublevados contra la República, pero ningún hombre de bien podía aceptar lo que sucedía en las checas. Sus amigos le pedían que fuera cauto y no se manifestara en contra, porque cualquier comentario sobre las checas podía provocar la ruina de quien se atreviera a criticar lo que ahí hacían.

—Pedro, ¿por qué no te acercas a San Lorenzo? —le sugirió su esposa.

—¡Que vaya a ese lugar! No sabes lo que estás diciendo, Dolores. De ninguna de las maneras. ¿Cómo voy a entrar en una checa?

—¡Pero a ti no te van a hacer nada! Tú eres republicano, te has mantenido fiel a la República —protestó ella.

—Eso, soy republicano y azañista. ¿Y quién hace caso a don Manuel? ¿No ves, mujer, que cada día pinta menos, que no le hacen caso ni los suyos?

—Tú no eres un fascista; por tanto, nada te puede pasar si vas a la checa —le interrumpió su hija.

—Niña, yo... no me fío de tus camaradas... Ya sabes lo que pasa en las checas.

—A los fascistas... pero a ti... padre, por favor, inténtalo —le suplicó Clotilde.

—No, no voy a ir a la checa de San Lorenzo. Podemos llamar y preguntar por ese Antonio y pedirle que nos diga cómo avisar a tu marido.

Tenía miedo. No quería admitirlo ante su esposa y su hija. No cabía engañarse sobre lo que pasaba en las checas, donde se practicaba la tortura y el terror. Precisamente porque no era fascista, no compartía los métodos brutales de algunos de los que decían actuar en nombre del pueblo.

Pedro Sanz bajó la cabeza. Sentía como una losa sobre el alma las miradas suplicantes de su esposa y su hija.

No era un cobarde, pero no podía evitar tener miedo. Sabía que muchos de los que estaban detenidos en las checas no salían de allí con vida. Pensar en lo que ocurría allí dentro le hacía temblar. No, no iría a la checa de San Lorenzo a preguntar por el tal Antonio. Por muy azañista que fuera, la gente de las izquierdas desconfiaba de los hombres de traje y corbata como él.

—¿Tienes el teléfono de ese Antonio? —preguntó a su hija.

—No... yo no lo tengo... Agustín lo tiene apuntado en su agenda, pero siempre la lleva encima.

—Pedro... —Su esposa iba a insistir, pero la mirada de su marido la obligó a callar.

El viaje de Pablo

El coche negro se había adentrado en la llanura que aparecía envuelta por un manto de lluvia. El conductor mantenía la mirada atenta en la carretera, aunque de vez en cuando echaba un vistazo al ruso y al niño por el retrovisor. Llevaban tres horas de camino y el pequeño no había dejado de llorar, sin embargo, desde hacía un buen rato sus sollozos se habían ido apagando convirtiéndose en suspiros.

—Camarada, va a ser complicado que podamos llegar —dijo sin esperar que el ruso le respondiera.

—Llegaremos, Paco. —Fue todo lo que dijo Borís Petrov mientras aspiraba el humo de un cigarrillo.

—Pues yo no creo que vaya a ser fácil —insistió el conductor—. Por esta zona hay mucho fascista.

Borís Petrov no contestó. Los informes de inteligencia afirmaban que podrían llegar hasta el sur, hasta un puerto del Levante almeriense desde donde un barco los llevaría a Orán, en Argelia. Era más seguro que intentar salir desde Alicante o Cartagena. Pero sobre todo más discreto. Llevaba documentos para el Kremlin en los que uno de los miembros del consejo militar, el camarada Kuzma Kachanov, explicaba con todo detalle el devenir de la guerra en España. Sus previsiones no eran optimistas, aunque el lenguaje empleado disimulaba esta conclusión por temor a que el informe terminara en el despacho de Stalin, provocando la ira del todopoderoso secretario general del Comité Central del Partido Comunista de la Unión Soviética.

Una hora más tarde pararon a repostar en un pueblo que sabían leal a la República. Unos camaradas les dieron algo de beber, alertándolos de que se desviaran de la carretera porque unos kilómetros más adelante «hay lío», dijo uno de ellos. No se entretuvieron por más que a Paco, el chófer, le habría gustado disponer de más tiempo para estirar las piernas y echar un trago de la bota de vino que le ofrecía una mujer. Pero una mirada de Petrov fue suficiente para que Paco no se atreviera a beber, aunque aceptó el trozo de pan con tocino que la mujer le acercó diciéndole que era «para el chaval».

Pablo lo rechazó. No quería comer, solo llorar. Sentía un nudo en el estómago. Había suplicado a Borís Petrov que le llevara con su madre, pero el ruso se limitaba a mirarle. ¿Por qué le había metido en aquel coche negro? ¿Por qué no le dejaba estar con su madre?

Tenía miedo. Miedo de no volver a verla.

Borís Petrov pensaba que a lo mejor no había sido buena idea hacerse cargo del niño. Tendría que haberse negado a llevarle con él. Pero Agustín había insistido, se lo había pedido como un favor, y no supo decir que no. Admiraba a aquel español seco y valiente. Agustín era un camarada de verdad, sin dudas, dispuesto a lo que hiciera falta. Se habían hecho amigos, aunque esa amistad fuera un error.

Él no había venido a España a hacer amistades, sino como asesor de los camaradas españoles, pero no había podido sustraerse a la manera de ser de este pueblo que te abría las puertas de sus casas apenas sin conocerte.

—¿Me pasas un cigarrillo? —le pidió Paco interrumpiendo sus pensamientos.

A Paco le gustaba hablar, pero el ruso esquivaba la conversación; no le interesaba nada de lo que le pudiera contar, ni tampoco él tenía interés en contarle nada al chófer. Lo único que esperaba era que los llevara lo más rápido posible a Almería. Bastante inconveniente era cargar con el niño, ya que tendría que explicar su presencia una vez que llegara a su destino.

El plan que había pergeñado uno de los asesores de Kachanov era que un pesquero le llevara hasta Orán; allí, un carguero navegaría hacia el mar Negro acercándole a la patria. El puerto de llegada era Odesa, aunque antes tendrían que hacer otras escalas.

Miró al niño. Se había quedado dormido, agotado de tanto llorar. Pensaba en cómo justificaría la presencia del chaval. Sabía que el camarada capitán del barco se lo iba a reprochar.

Pero ya no había vuelta atrás. Cumpliría su palabra. Llevaría a Pablo a Leningrado, junto a Ígor y Anya. Los niños se llevarían bien. Ígor era un poco mayor, tenía ya ocho años y se sentía orgulloso de él. En cuanto a Anya, estaba seguro de que su esposa no pondría ninguna objeción.

Paco se apartó de la carretera aparcando el coche junto a un campo desolado.

—Necesito bajar... podéis aprovechar.

Borís Petrov negó con la cabeza mientras volvía la mirada hacia Pablo, que continuaba dormitando, lo que suponía un alivio, ya que el llanto del niño le había llegado a poner nervioso.

Paco no tardó en sentarse de nuevo al volante. Aunque había dejado de llover, las nubes oscuras parecían preñadas de agua a punto de derramarse.

—¿Cuánto falta? —le preguntó Borís Petrov.

—Pues como dos o tres horas.

—Salimos esta mañana...

—Sí... y aquí estamos —concluyó Paco fijando la mirada en la carretera.

Condujo en silencio, molesto por el reproche del ruso. No

simpatizaban. No entendía cómo Agustín se había hecho amigo de ese tal Borís. Claro que Agustín tenía estudios, lo mismo que el ruso, y a ambos les gustaba leer, mientras que él nunca había ido a la escuela. Su padre tampoco sabía mucho, pero le enseñó a distinguir las letras y luego a juntarlas, aunque le costaba leer una frase seguida. No es que envidiara a Agustín, que era un buen camarada, pero le hubiese gustado saber leer y escribir como él.

De Borís Petrov lo único que sabía es que era militar y que le habían mandado a España a echar una mano.

—¿Ganaremos la guerra?

Durante unos segundos Borís ni siquiera miró a Paco; después, conteniendo un gesto de fastidio, respondió:

—Se lucha para ganar. Hay que tener confianza en la victoria, no tenerla es traicionar la Revolución.

—¡Anda ya! Qué tendrá que ver una cosa con la otra... Yo soy un buen comunista y quiero la Revolución, pero lo que no sé es si vamos a ganar la guerra.

—Los que dudan perjudican la Revolución.

—Pues yo tengo dudas y soy tan comunista o más que tú por muy ruso que seas —replicó Paco sin ocultar el malhumor por las palabras de Borís.

No respondió. Borís Petrov no respondió, ¿para qué iba a hacerlo? Paco era demasiado simple para perder el tiempo con él en una discusión. Además, le preocupaba llegar demasiado tarde al pequeño puerto pesquero cercano a Almería. El pescador que tenía que llevarle hasta Orán podía no esperar si se retrasaban.

Ya había caído la tarde cuando Paco señaló hacia el pequeño puerto que se divisaba a lo lejos.

—Hemos llegado. —Fue todo lo que dijo.

Cuando el coche paró, Petrov bajó y se dirigió hacia el muelle, que en realidad no era más que un espigón donde estaban amarrados unos cuantos barcos que se balanceaban al compás de las olas. En uno de ellos se encontraban dos hombres colocando las redes. El de mayor edad levantó la mirada y la cruzó con Borís.

—¿Es usted Manuel? —preguntó Petrov.

—Suba, llega tarde —respondió el hombre con indiferencia.

—Lo siento. —Y se dio la media vuelta dirigiéndose al coche.

—Sal —le ordenó a Pablo.

El niño no se movió. Permaneció quieto. Estaba asustado. Se sentía perdido.

—¡Te digo que salgas!

Fue Paco quien sacó al niño del coche diciéndole: «Anda y no te pongas otra vez a llorar. Te vas con el ruso. Es por tu bien».

Borís Petrov agarró a Pablo por un brazo y antes de que el pequeño se diera cuenta estaba en manos del pescador. Luego se acercó a Paco y le dio un apretón de manos.

—Gracias, camarada, has cumplido bien.

—Sí. Hemos llegado a tiempo.

Dos minutos más tarde, Manuel arrancó el motor. A Petrov le pareció que aquel barco difícilmente podría resistir la embestida del oleaje. Calculó que no tendría más de diez o doce metros. Una pequeña cabina en la proa era el único refugio para la lluvia, además de un toldo que cubría parte de la trasera del barco, pero que no era suficiente para evitar que la lluvia emparara la cubierta. Las velas estaban recogidas.

—Deje ahí al niño —le indicó el otro pescador.

—Gracias.

Pablo se sentía demasiado asustado para llorar. En su mirada se reflejaba solo terror. La oscuridad los había empezado a envolver y las olas mecían el barco con tanta fuerza que comenzó a marearse.

—¿Han echado algo al estómago? —preguntó Manuel.

A Petrov le costó entender lo que le preguntaba aquel hombre enjuto de mediana estatura y el rostro cincelado por las muchas noches pasadas a la intemperie en el mar.

—No... bueno... no hemos tenido tiempo.

—Pues si no le echan algo se marearán. ¡Pepe, dales un poco de pan y queso con un chorro de aceite! Y, usted, métase en la cabina... se va a empapar.

La cabina era demasiado pequeña, allí estaba el timón y apenas quedaba espacio para moverse. Había un banco de madera en el que se sentó. El joven que respondía al nombre de Pepe cortó un trozo de pan y se lo dio a Pablo. El niño estaba hambriento, así que, a pesar del mareo, se apresuró a hincarle el diente. Petrov también comió de buena gana el pan con aquel queso áspero que olía a cabra.

Mientras masticaba, observaba a Manuel y a Pepe ir de un lado a otro del barco. No hablaban. Cada uno parecía saber lo que tenía que hacer.

Petrov calculó que Manuel tendría unos setenta años y al tal Pepe no le echó más de treinta. El joven parecía fuerte, se movía con seguridad y siempre estaba pendiente de Manuel. Sabía que eran padre e hijo y que ambos eran buenos camaradas.

Cuando terminó de comer, salió de la cabina y les preguntó si podía ayudar.

—Quédese a resguardo, aquí fuera solo molestaría. —Fue la respuesta seca de Manuel.

No protestó. Llovía con fuerza. Desvió la mirada hacia Pablo y no pudo evitar pensar en su hijo. Le echaba de menos. Ígor era fuerte y decidido y él sentía como un regalo la admiración que su hijo le profesaba. Era lo mejor que le había dado Anya. Procuraba no pensar en ella puesto que temía que su comportamiento los comprometiera. Anya se había vuelto tan crítica con la Revolución... Precisamente ella, que era hija de un bolchevique que había pertenecido al círculo de Lenin. Pero Anya nunca se había llevado bien con su padre. Discutían por todo, y la muerte de su madre, que había ejercido como mediadora entre padre e hija, había provocado la separación. Ella siempre buscaba excusas para esquivar las visitas a su padre, por más que el abuelo reclamara poder ver a su nieto, a su único nieto. A Borís sí le gustaba hablar con su suegro. Admiraba su coraje, su fe absoluta en la Revolución. Cuando escuchaba a Grigory Kamisky sentía que cuanto hacía tenía un sentido último y profundo que por desgracia Anya no compartía. ¿Cómo podían ser tan distintos padre e hija? La voz de Pepe le devolvió a la realidad.

El pescador intentaba tranquilizar a Pablo, que de nuevo se había puesto a llorar. «Pero, chico, no llores... Ojalá me llevaran a mí a Rusia...», le decía sin que sus palabras calmaran al niño. Aunque su llanto le irritara, no podía dejar de sentir lástima por el crío. Imaginaba que fuera Ígor quien estuviera en su situación... con un extraño que se lo llevaba a un país lejano. Le puso la mano en la cabeza en un gesto que quería ser de afecto.

—¿Cuánto tardaremos en llegar? —preguntó a Pepe.

—Pues tal como está la mar... por lo menos seis u ocho horas... Pero mejor que se lo pregunte a mi padre...

—¿Hay algún sitio donde descansar?

—Pues lo que ve es lo que hay. En el banco caben los dos... Le voy a dar una manta para que tape al niño.

Manuel abrió la puerta de la cabina llamando a Pepe.

—Menudo oleaje —dijo Petrov.

El viejo pescador le miró con un atisbo de desprecio.

—¿Oleaje? Esto no es nada —respondió con sequedad, y salió de la cabina murmurando sin que Petrov lograra entender qué decía.

Al cabo de un rato Pablo vomitó. El niño seguía llorando mientras sacaba medio cuerpo por la borda sujeto por las recias manos de Pepe. Borís Petrov empezó a preocuparse por el estado del niño. Sería un problema que se pusiera enfermo. Pero Pepe le aseguró que aquel vómito no tenía importancia: «Es que si no estás acostumbrado, lo normal es que te pongas malo. Pero en cuanto lleguemos se pondrá bien».

El cielo estaba oscuro, aunque de cuando en cuando se iluminaba por un rayo que parecía querer rasgar el firmamento. Las olas continuaban zarandeando la embarcación sin que a Manuel ni a Pepe les afectara. Iban de un lado a otro de la cubierta tan erguidos como si estuvieran en tierra firme.

Aún no había amanecido cuando Manuel le dijo a Petrov que se preparara para desembarcar.

—Pero si no se ve tierra...

—Usted no la ve, pero ahí está. Haré una señal. Me han dicho que no me acerque al muelle. Le vendrán a buscar.

Petrov asintió. Aquel hombre sabía lo que hacía. No era la primera vez que transportaba a alguien hasta la costa argelina. Era una de las rutas por las que escapaban los republicanos que huían de la guerra.

Buscó con la mirada a Pablo, que se encontraba junto a Pepe. El joven parecía saber cómo tratar al niño.

—Este chaval tiene fiebre —dijo poniendo la mano en la frente del pequeño.

La afirmación de Pepe le intranquilizó. Viajar con un niño enfermo solo añadiría dificultades.

De pronto oyeron el sonido de unos remos cortando las olas del mar y una voz.

—¡Manuel!

El desembarco fue rápido. En la barca de remos había dos hombres. Remaron a buen ritmo y en solo unos minutos se hallaban en el muelle.

Pablo estaba asustado. Tiritaba de frío y seguía teniendo arcadas. No le quedaban fuerzas para llorar, aunque no dejaba de llamar a su madre: «Mamá... mamá... mamá». Eran las únicas palabras que salían de su boca y que, muy a su pesar, a Borís Petrov le conmovían.

Un hombre los recibió en el muelle. Petrov le saludó con un gesto de reconocimiento.

—Estarás cansado, camarada Petrov. Debes saber que en Moscú te esperan impacientes. ¿Has traído los documentos?

—Sí... aquí están. Camarada Popov... —dijo Petrov señalando las dos maletas de las que no se había separado desde que habían salido de Madrid.

—Es lo más sensato... aunque no debemos dar por perdida la guerra en España. —Fue la respuesta de Popov.

Borís Petrov se encogió de hombros. Suponía a Fyodor Popov informado de la marcha de la guerra, sobre todo después de la batalla del Ebro. Petrov no tenía dudas de que aquella batalla había sido la definitiva.

—Tienes habitación en un hotel cerca de aquí, puedes descansar esta noche. Mañana por la tarde embarcarás en un carguero que navega hacia Odesa. Pero, por lo que veo, has traído compañía.

—Es el hijo de un camarada... Lo llevo conmigo. Sus padres viajarán en cuanto puedan.

—Nadie me ha dicho que ibas a viajar con un niño...

—El camarada Kachanov firmó los permisos. —Y le entregó un salvoconducto expedido a nombre de Pablo.

—Ya... Si cuentas con la autorización del camarada Kachanov... supongo que no tendrás problemas... pero si los padres de este niño querían ponerle a salvo en nuestra patria, podrían haberle enviado con otros niños...

—Fue una decisión tardía... Camarada Popov... la guerra en España...

—Vamos al hotel, beberemos.

El hotel era pequeño pero acogedor. El recepcionista no le pidió ningún documento. «Me basta con que me diga su nombre».

Fyodor Popov le indicó dónde estaba el bar. Le esperaría allí una vez que hubiera dejado al niño y las maletas en la habitación.

Pablo temblaba y Borís le pidió que se acostara.

—Mañana estarás mejor. No tienes nada, solo cansancio y el mareo del barco. No te muevas de aquí, te subiré un vaso de leche.

En el bar había unos cuantos extranjeros. Dos hombres que hablaban español, además de una pareja ya entrada en años; la mujer estaba asustada y el hombre parecía enfermo. Hablaban en francés. Otros tres hombres, también franceses, conversaban en voz baja en un rincón. En la mesa había una botella de pastís y otra de agua.

—No te preocupes. Aquí se puede encontrar de todo, incluido un buen vodka. —Popov sonreía mientras guiaba a Petrov hasta una mesa algo más alejada.

Un camarero se acercó con una botella de vodka y una jarra de agua que dejó en la mesa.

—Vaya... veo que te conocen —dijo Petrov riendo.

—Sí... el dueño del hotel es un buen amigo, su esposa es rusa. Pero ahora cuéntame, ¿es cierto que la guerra está perdida?

—Sí.

—No puede ser.

Borís Petrov miró a su amigo mientras apuraba de un trago el vaso de vodka.

—Hay tantas cosas que no deberían ser pero son... Los españoles son anárquicos... no hay un jefe, alguien a quien todos obedezcan y respeten. Incluso nuestros camaradas son... incontrolables.

—Pero a pesar de la derrota en la batalla del Ebro no se han rendido —respondió Popov.

—No, no se han rendido y lucharán hasta el final. Son valientes y tozudos, pero perderán. Ya te digo que no hay un mando único, ni disciplina. Los socialistas están enfrentados entre ellos, a Azaña le ignoran todos, cada grupo de nuestros camaradas tiene su propia estrategia... No, así no se puede ganar una guerra. No les niego que son valientes y osados, demuestran una enorme capacidad de sacrificio, duros en el combate, pero indisciplinados.

—Te aconsejo que cuando llegues a Moscú no te muestres tan pesimista. Allí todavía hay quienes creen que se puede ganar la guerra en España.

—No... no creo que haya nadie capaz de pensarlo.

—Bueno... ya sabes que el camarada Stalin no perdona a quien le da malas noticias.

—Lo tendré en cuenta, Fyodor... lo tendré en cuenta.

—Te comprendo, yo también añoro a mi esposa y a mis hijas. En fin, camarada, ahora debes descansar. Mañana vendré a buscarte a primera hora. En cuanto al niño... preguntaré quién se puede hacer cargo de él mientras hablamos.

El hombre de la recepción les aseguró que su hija mayor podía cuidar de Pablo. «Es una buena chica... y siempre viene bien ganar algo de dinero»... No le discutieron el precio.

Cuando más tarde Petrov entró en la habitación, Pablo estaba durmiendo, pero no se había quitado la ropa. Le echó la colcha por encima y, procurando no hacer ruido, también él buscó el sueño.

Si alguien cree que el Mediterráneo es un mar pacífico es que nunca ha navegado por él en invierno. Las olas rompían con tanta fuerza contra el casco que el viejo carguero parecía incapaz de mantenerse a flote. Pero ni el capitán ni los oficiales mostraban preocupación. «Ni siquiera es un temporal», aseguraba el capitán observando con sorna la inquietud de Borís Petrov.

El médico de a bordo visitaba una vez al día a Pablo, que había sucumbido a la fiebre. El niño parecía haberse quedado sin fuerzas, apenas comía y pasaba el tiempo entre el sueño y la vigilia.

Borís Petrov estaba preocupado por su salud. Se maldecía por haber aceptado llevarle consigo. Si le pasara algo, Agustín no se lo perdonaría. Y el español era capaz de pegarle un tiro. Si por algo luchaba Agustín era por darle un porvenir a su hijo, por eso se había hecho comunista, porque «es la única oportunidad que tenemos los pobres», decía.

Cuando llegaron a Odesa el niño apenas tenía fuerza para andar y aún no había vencido a la fiebre. El médico del barco recomendó que le llevaran a un hospital. Pero Borís Petrov tenía que reportar ante sus jefes y no podía retrasar su llegada a Moscú, así que, aunque se sentía inquieto por la salud de Pablo, no cambió el trayecto previsto. Le tranquilizaba saber que le esperaban Anya y su hijo. Hacía dos años que no los veía y lo que más ansiaba era abrazarlos.

Anya

Muy a su pesar, Anya se había instalado en casa de su padre por más que las relaciones entre ambos fueran imposibles. Aunque ella no podía dejar de reconocer que le favorecía ser hija de Grigory Kamisky, un bolchevique de primera hora, un oficial del Ejército Rojo, herido en combate, lo que le había provocado la pérdida de un pulmón y un traumatismo permanente en el hombro derecho que le dificultaba el movimiento del brazo. Le habían mandado a casa porque ya no era útil en el ejército, pero sus heridas le suponían algunos privilegios. Vivía con su hermana soltera en un piso cerca de la Plaza Roja, no lejos del Kremlin. Disponían de tres habitaciones y una sala y no tenían que compartir la cocina y el baño con nadie. Era el privilegio de haber sido camarada de Lenin y haber estado preso en los años previos a la Revolución en la Fortaleza de San Pedro y San Pablo de San Petersburgo. Borís respetaba a su suegro y agradecía el afecto que le mostraba.

Moscú aparecía cubierto por una capa de hielo. La poca gente con la que se cruzaban en la calle llevaba la mirada fija en el suelo para evitar resbalarse. El cielo gris envolvía la ciudad, pero, aun así, Borís seguía encontrándola hermosa, lo que constituía un motivo de burla por parte de Anya, para quien no había ciudad en el mundo que pudiera superar a San Petersburgo, como ella seguía refiriéndose a Leningrado.

Cuando llegó a casa de su suegro cogió en brazos a Pablo para subir más rápido las escaleras. El niño volvía a tener fiebre alta y apenas podía caminar.

Fue Anya la que abrió la puerta y cuando le vio con el niño, sin preguntarle quién era, lo tomó de sus brazos y se lo llevó a la habitación que compartía con Ígor.

—Este niño está ardiendo... Tía Olga... deprisa... necesito compresas de agua fría... hay que bajarle la fiebre.

Mientras tanto, Ígor se había refugiado en el abrazo de su padre, que le miraba con orgullo. Apenas había intercambiado un apretón de manos con su suegro, pero ambos se reconocían, eran el mismo tipo de hombres, y no les hacían falta palabras para sentirse bien el uno junto al otro. En cuanto a Olga Kamiskaya, era una mujer que al enviudar su hermano se había hecho cargo de la casa y de cuidarlo. Era un buen acuerdo para una solterona como ella. Cama y comida a cambio de limpiar y cocinar. No habría vivido mejor sola. No tenían más familia, ambos habían quedado huérfanos siendo niños y habían malvivido ganándose la vida como podían. Le estaba muy agradecida a Grigory porque siempre había cuidado de ella.

—Papá, ¿quién es ese niño? —preguntó Ígor apenas su padre deshizo el abrazo.

—Es el hijo de un amigo, de un buen amigo. Su padre es un soldado; cuando termine la guerra, vendrá a por él y puede que se queden aquí a vivir para siempre.

—¿Con nosotros?

—No, con nosotros no. Ellos tendrán su propia casa, pero los ayudaremos. Es lo que hay que hacer con los buenos camaradas.

—¿Está enfermo? —quiso saber Ígor.

—Sí... parece que se ha resfriado. El viaje ha sido muy pesado para él. Es un niño debilucho, ¡no es como tú! —Y volvió a abrazar orgulloso a su hijo.

Anya colocaba uno tras otro los paños fríos en la frente de Pablo. El niño parecía haber perdido el conocimiento. Olga miraba el termómetro preocupada.

—Deberíamos llevarle al hospital... Tiene treinta y nueve y medio... Es demasiado.

—Sí, tía, tienes razón, iremos ahora mismo.

Grigory Kamisky observaba desde el quicio de la puerta. La presencia del niño había trastocado la alegría del reencuentro con su yerno.

—Llamaré al doctor Lagunov.

—¿Ese viejo insoportable que vive en el piso de arriba? —preguntó Anya con enfado.

—Ese viejo insoportable, como tú dices, es uno de los mejores médicos de nuestro país. Ha dirigido el principal hospital de Moscú y, aunque ya se haya jubilado, sigue siendo un sabio. Él nos dirá qué hacer.

—Tu padre tiene razón —afirmó Olga.

—Sí... para ti mi padre siempre tiene razón —reprochó Anya a su tía.

Unos minutos más tarde, el doctor Lagunov estaba examinando al niño sin dejar de hacer preguntas a Borís Petrov. Cuando terminó de auscultarle, su diagnóstico fue como una sentencia:

—Tiene los bronquios muy inflamados, escucho con claridad los pitidos y... no descartaría que tuviera una pulmonía. Veré lo que puedo hacer.

—¿No sería mejor trasladarle a un hospital? —preguntó Petrov.

—Quizá, aunque... bueno, tengo sulfamidas, que es lo mismo que le darán en el hospital. —Fue la respuesta del médico.

—La gente se muere de pulmonía —protestó Anya.

—La gente se muere, sí. Creo que además este niño está agotado y diría que muy asustado. Supongo que para él no ha sido fácil el viaje desde España —dijo Lagunov.

Anya cruzó la mirada con su marido. No lo habían hecho hasta ese momento.

—¿Tú qué dices? —quiso saber ella.

—No soy médico, Anya... pero si el doctor Lagunov cree que puede tratarle aquí, quizá deberíamos dejar que Pablo descanse. Ha sido un viaje duro para él. Además, está muy afectado por la separación de sus padres.

—¿Cuántos años tiene? —preguntó la tía Olga.

—Cinco. Su padre y yo somos buenos amigos. Agustín ha sido mi chófer en España. Un camarada valiente y leal. Le prometí cuidar de su hijo hasta que él y su esposa puedan venir.

—¿Aquí? —preguntó Anya, extrañada.

—Aquí si... la guerra... bueno... no creo que dure mucho.

—Pero la ganarán los camaradas, ¿no es así? —La pregunta de Grigory Kamisky descartaba una negativa.

—Los camaradas combaten sin dar tregua a los fascistas. —Fue la respuesta de Borís Petrov.

Las palabras de su marido fueron interpretadas por Anya tal y como eran. Borís no creía en la victoria de la República Española, pero no se había atrevido a decirlo en voz alta. Hacía bien en callarse. En Moscú decir la verdad podía costarle a uno la vida.

—En un momento os bajaré un preparado que puede servir para aliviarle —dijo el doctor dirigiéndose a la puerta.

Anya parecía dudar. Temía por la vida del niño, pero quizá estuviera mejor recibiendo sus cuidados que los de una enfermera.

—No te ha dado ni tiempo de abrazar a tu marido... Anda,

ve con él, que yo me quedo con el niño. —La tía Olga la empujó fuera de la habitación.

Borís Petrov miró a su esposa esperando que fuera ella quien iniciara el abrazo. Anya suspiró y se acercó a él.

—Bienvenido, Borís, te echábamos de menos...

—Dos años, Anya, dos años —dijo envolviendo a su esposa y a su hijo en un abrazo.

Fue Ígor quien rompió aquel momento de intimidad escapando de los brazos de su padre.

Grigory Kamisky los miraba molesto, nunca se había dejado llevar por sus emociones, y menos en público. Él jamás había abrazado a su esposa si no era en la intimidad del dormitorio. Carraspeó para recordar a su hija y a su yerno que no estaban solos.

—Tu hijo ha crecido, Borís Petrov. Será un buen soldado de la Revolución. Parece que Anya le está educando bien. —Y en sus palabras parecía estar acallando alguno de los reproches que solía dirigir a su hija.

Petrov volvió la mirada hacia su hijo y le sonrió orgulloso. Veía a Ígor fuerte y sano, seguro. Así era como le había soñado durante los dos años de ausencia.

El timbre de la puerta anunció el regreso del doctor Lagunov. Anya se apresuró a recibirle.

—Bien, si vais a seguir mi consejo, le daréis una cucharadita de estos polvos disueltos en agua cada ocho horas. Está bien intentar bajar la fiebre con paños de agua fría, pero solo cuando suba demasiado. Creo que deberíais darle algo de comer. Se le ve débil. Quizá un caldo. Y agua, debe beber mucha agua aunque la rechace. La fiebre lo puede deshidratar. ¿Habla ruso? —preguntó dirigiéndose a Petrov.

—No... solo español.

—Entonces tendrás que ocuparte de él, explicarle que estará bien, que le cuidaréis. Está muy agitado.

—Lo haré —asintió Petrov.

—Si empeora, no dudéis en avisarme, aunque el niño es fuerte... y creo que sobrevivirá. Bien, antes de irme volveré a echarle un vistazo.

Anya y su marido le siguieron.

Olga tenía su mano sobre la frente de Pablo. Su rostro reflejaba preocupación y piedad.

—Pobrecito... tan pequeño y tan lejos de su casa... —musitó más para sí misma que para los demás.

El doctor Lagunov se sentó junto a Pablo y volvió a colocar una mano sobre la frente del niño.

—¿Quién le cuidará durante la noche? —preguntó mirando a Anya.

—Yo. Claro, le cuidaré yo. Si mi hijo estuviera en una situación así...

—Pero, Anya, tu marido acaba de llegar... Creo que es mejor que sea yo la que se quede con el niño. Puedo hacerlo.

—Lo sé, tía Olga, pero prefiero quedarme a su lado... Imagino la angustia que sentiría la madre de este niño si supiera cómo está... Quiero hacerlo por ella también.

Si a Borís Petrov le contrarió la decisión de su mujer, no lo transmitió ni con los gestos ni con palabras. Se limitó a asentir.

—Bien... entonces, querida Olga, usted podría encargarse de preparar algo de comer para el niño y darle la medicina cuanto antes —recomendó el doctor.

La casa estaba en silencio. Borís dormía junto a su hijo. Anya velaba a Pablo en la habitación de Olga, que descansaba en el sofá de la sala.

Pablo abría los ojos de cuando en cuando y tendía los brazos hacia Anya, a la que confundía con su madre. Los labios del niño insistían en reclamarla: «Mamá... mamá... mamá».

Aquella palabra se abría paso en la cabeza de Anya provocándole un dolor intenso en la boca del estómago.

Entonces acariciaba la cabeza de Pablo y le susurraba palabras de consuelo, aun sabiendo que él no la entendía, pero su voz cargada de ternura servía para apaciguar la desolación del niño.

Pablo caía en un duermevela agitado por la fiebre. Anya le obligaba a dar pequeños sorbos de agua y le ponía el termómetro cada hora, pero estaba preocupada porque la temperatura se negaba a bajar. Hacía esfuerzos para no dormirse. Quería pensar que si fuera Ígor quien estuviera en una situación como la de Pablo, cualquier mujer le atendería como ella lo estaba haciendo con aquel pobre niño.

A las seis de la mañana, asustada por la fiebre elevada, fue a buscar a su marido, al que encontró ya aseado y vestido.

—¿Cómo está? —preguntó él mientras se dirigían a ver al niño.

—No lo sé... no le baja la fiebre... pero ahora duerme.

Él se acercó y le acarició la nuca con ternura. No había habido ni un solo día de los dos años pasados en España que no pensara en Anya.

—Nuestro hijo duerme.

—Sí... es muy dormilón y aún es pronto.

—Me alegro de que decidieras venir a esperarme a Moscú. No sé cuánto tiempo me retendrán aquí antes de permitirme ir a Leningrado.

—Ígor ansiaba verte. Te echaba de menos.

—¿Y tú? —preguntó él con brusquedad.

—Desde luego, yo también.

Borís Petrov sintió un escalofrío. Notaba que algo le separaba de Anya y eso le inquietó.

—Tengo que marcharme, no sé a qué hora volveré. Toma las decisiones que creas convenientes respecto a Pablo. Te lo confío.

Ella asintió sin moverse del lado del niño y él salió sin haber recibido un abrazo de su esposa.

Anya despertó a la tía Olga y le pidió que subiera a buscar al doctor Lagunov. A pesar de lo temprano de la hora, el médico no dudó en bajar a casa de los Kamisky. Grigory Kamisky recibió a su amigo ya vestido y le ofreció una taza de té.

—Primero examinaré al pequeño y después compartiré contigo una taza de té.

El examen fue breve. El médico no dudó de lo que debían hacer.

—La fiebre aún es muy alta, y está delirando. No queda más remedio que llevarle al hospital.

Anya fue a buscar el abrigo mientras la tía Olga envolvía a Pablo con una manta.

—Iré con vosotros —dijo su tía.

—No... mejor quédate aquí, tía... cuida de Ígor —le pidió Anya.

Su padre, de pie en la puerta de la habitación, las observaba con preocupación.

—¿Acompañarás a Anya? —preguntó al doctor Lagunov.

—Sí. —Fue la escueta respuesta del médico.

Pablo deliraba. La fiebre se había adueñado de su pequeño cuerpo. No veía ni oía, aunque creía que la mano cálida que le acariciaba el cabello era la de su madre. En su delirio no dejaba de llamarla: «Mamá... mamá... mamá».

Los dos médicos que le estaban examinando concluyeron que el niño tenía pocas posibilidades de sobrevivir. El oxígeno no le llegaba a los pulmones y la fiebre alta delataba la gravedad de su estado.

Anya le hablaba en voz baja, lo hacía como si fuera su madre, como si aquel cuerpecito flaco fuera el de su hijo y la pudiera entender. Le contó que en cuanto llegara la primavera pasearían junto al río, que correrían por el campo y compartiría con Ígor la vieja bicicleta. Y, al mismo tiempo que hablaba, dejaba escapar lágrimas de impotencia. Sentía una furia profunda que le hacía reprobar a su marido que se hubiera aventurado a viajar con el niño. Se preguntaba qué clase de madre había entregado a su hijo para que se lo llevaran al otro extremo del mundo con la promesa de que viviría mejor. ¿Mejor? Imaginaba las duras condiciones de la vida en España asolada por la guerra, pero aun así no dudaba de que el niño habría estado mejor en brazos de su madre.

No había tenido tiempo de hablar con Borís para que le contara cómo eran los padres de Pablo, qué recomendaciones le había dado la madre para el cuidado de su hijo o cuándo pensaban reunirse con él. En realidad, tampoco había buscado un momento de intimidad con su marido. Sabía que él se había dado cuenta. Dos años había estado ausente y en esos dos años ella había dejado de ser la mujer que él conocía. También Borís habría cambiado. No podía ser el mismo. La vida no pasa sin dejar huella en cada pliego del alma. De manera que eran dos desconocidos que sin embargo estaban unidos por el matrimonio y por un hijo. ¿Sería suficiente para reencontrarse?

Ella sabía que Borís tenía una inteligencia excepcional. Analizaba hasta los detalles más nimios hasta descubrir a qué tenía que enfrentarse y cómo hacerlo. Lo que no lograba recordar era por qué se había enamorado de él. Eran tan diferentes... A ella le gustaba componer, además de escribir. Podía pasar las horas con la mirada perdida en un pentagrama al tiempo que dibujaba las notas que resonaban en su cerebro, y luego acompañarlas de poesía, lo que la hacía divagar mientras buscaba la palabra exacta para expresar un sentimiento, una emoción, una pérdida, un anhelo, y a Borís, sin embargo, le gustaba la acción. No podía estar quieto viendo la vida pasar, necesitaba saber que formaba parte de lo que sucedía. Eran diferentes, sí, pero esas diferencias eran lo que los había unido, como si fueran parte de un todo que no estaba completo sin ambos.

¿Podrían recuperar la conversación interrumpida mientras paseaban a orillas del Neva cuando él le anunció que se iba a España? «Serán unos meses», le dijo. Pero habían pasado dos años, y ahora le sentía casi como un extraño. Quizá cuando regresaran a Leningrado podrían intentar volver a ser quienes fueron. Era difícil el reencuentro en casa de su padre.

Sintió la mano del doctor Lagunov en el hombro.

—Aquí no podemos hacer nada. Me voy a casa y quizá tú deberías hacer lo mismo. Podemos regresar esta tarde. Me han dicho que nos llamarán si hay algún cambio. —El doctor iba desgranando las palabras en voz baja como si el hecho de hablar pudiera turbar aún más la salud del niño.

—Me quedaré con él. No podemos dejarle solo. Pobre criatura.

Lagunov no la contrarió. La conocía lo suficiente para saber que no la convencería. Se despidió de ella con una inclinación de cabeza.

Una enfermera le pidió que se apartara un momento del niño. Iba a ponerle una inyección. Lo hizo con rapidez, sin que sus dedos dudaran. Luego incorporó al pequeño para hacerle beber un poco de agua. Al hacerlo se fijó en que el niño llevaba una cadena al cuello con una cruz. La enfermera miró a Anya.

—Los milagros existen, no desespere —murmuró.

Entonces fijó la mirada en la enfermera y se dio cuenta de que era una mujer entrada en años, le calculó más de cincuenta. Sería joven cuando la Revolución, y pensó que si aquella mujer creía en los milagros, acaso no fuera una bolchevique. Había tanto silencio en la Unión Soviética... Miedo. Ella también tenía miedo. Miedo de leer a escondidas libros prohibidos. Miedo de que sus poemas pudieran ser leídos por ojos ajenos. Miedo a que su música fuera tildada de burguesa. Miedo a esbozar en voz alta cualquier pensamiento que pudiera ser considerado traición. Y, sobre todo, miedo a que no le permitieran seguir componiendo.

Su padre le inculcó el miedo. Si cerraba los ojos, podía regresar a su infancia mientras su madre le enseñaba a tocar el piano cuando él no estaba en casa.

El viejo piano que su padre despreciaba estaba confinado junto a una pared. Era el recuerdo de que la mujer con la que se había casado no provenía del pueblo, sino que sus padres eran unos comerciantes judíos empeñados en educar y cultivar a su única hija. Ser burgués y judío no era una buena combinación. Pero él rescató a Nora para la Revolución. Le inculcó que el bienestar de su familia se había cimentado sobre la humillación del pueblo y que mientras a ella le enseñaban solfeo y a tocar el piano, millones de adolescentes de su edad trabajaban de sol a sol y eran poco menos que esclavos. De nada servía que Nora intentara explicar que ser judío tampoco era una bicoca en la Rusia zarista y que muchos parientes de sus padres habían perecido en los pogromos, en las matanzas y pillajes desatados por multitudes enfurecidas contra las comunidades judías.

Anya nunca se había atrevido a preguntar a su madre por qué se había casado con Grigory Kamisky, pero un día, uno de esos días en que él las había sorprendido ensayando la *Sonata para piano a cuatro manos en Re Mayor*, *Op. 6* de Beethoven y les había prohibido volver a hacerlo, después de la regañina su madre había encontrado un momento para decirle: «Tienes que comprenderle, Anya, tu padre nos quiere y desea lo mejor para nosotras. No es que no le guste la música... es que... bueno, es que no quiere que nos tomen por burgueses».

¡Burgueses! ¿Acaso su madre había sido una burguesa? Apenas le contaba nada de su vida. Solo que en su familia todos eran judíos y que por tanto ella, Anya, también lo era, pero la Revolución había borrado las diferencias. Nora se permitía un deje de nostalgia cuando le explicaba a su hija cómo era la tienda de sombreros de su padre, y cómo hasta la mismísima zarina les hacía encargos. Su abuela había muerto en el parto de Nora y su abuelo la cuidó con esmero. La había educado en el respeto a Yahveh y a las tradiciones judaicas, y aunque Grigory no era judío, no se había sentido capaz de negarle que se casara con su única hija. Claro que Nora le había asegurado a su padre que si no se lo permitía se escaparía con Grigory. Suegro y yerno nunca se llevaron bien, sobre todo cuando el padre de Nora descubrió que Grigory era bolchevique, decía que no traería nada bueno. Nora no le dijo a su hija que el presentimiento de su padre en parte se había cumplido porque su tienda fue asaltada y no quedó nada de ella. Su padre enfermó y murió unos meses después del triunfo de la Revolución... Menos mal, le explicó, que ella tenía a su Grigory para cuidarla. Se conocían desde niños. Él trabajaba en el obrador de una panadería que se encontraba en la misma calle que la tienda de sombreros de su padre y se observaban a hurtadillas. Grigory Kamisky nunca faltó a su palabra en cuanto a cuidarla, «porque es el hombre más bueno del mundo, valiente y justo, nunca piensa en él, es todo generosidad».

Quizá era verdad, porque a su casa de Leningrado llegaba todo tipo de gente a pedir favores a su padre, sobre todo mujeres de hombres que habían sido acusados de contrarrevolucionarios. Él escuchaba en silencio y tomaba nota, y aunque a veces se enfadaba y recriminaba a aquellas mujeres el comportamiento de sus maridos e hijos, nunca dejaba de interesarse por ellos.

Su madre le decía que cada vez que su padre intercedía «por un enemigo de la Revolución», él mismo se ponía en peligro, pero aun así no había dejado de hacerlo. No es que ocupara ningún cargo importante, era comandante del Ejército Rojo, y se había labrado el prestigio como revolucionario en los años previos a la Revolución, cuando solo era un joven panadero. Su fe en Lenin era absoluta, tanto como su desprecio a la religión. No permitía que Nora fuera a la sinagoga y cuando Anya nació le prohibió que hiciera de ella «una judía». Pero su madre desobedecía las órdenes de su esposo y le leía la Biblia hebrea y le enseñaba música.

Acaso su madre tuviera razón y su marido fuera un buen hombre, aunque siempre estaba en tensión.

Anya no podía ni quería perdonarle que intentara impedir hacer de la música la razón de su vida. Componer y escribir. La música acudía a su cabeza sin llamarla y las palabras fluían sin pensarlas. Todos sus poemas tenían la música que les correspondía. Pero aún más que escribir, para ella lo importante era componer.

Aquellas tardes en las que su madre le enseñaba a deslizar con precisión los dedos por las teclas del piano se habían convertido en su primer acto contrarrevolucionario.

Para su padre, durante mucho tiempo la música no podía ser más que aquella que había aprobado Anatoli Lunacharski, el primer comisario de Instrucción Pública de la Unión Soviética. Entre los excluidos estaban Chaikovski, Rimski-Kórsakov, Borodín, Stravinski, Músorgski y también Mahler, Mozart o Beethoven y tantos otros considerados como músicos para la burguesía y los poderosos.

«Aprende… aprende de Shostakóvich. Él sí que sabe componer al servicio de la Revolución», le decía, poniendo de ejemplo la *Sinfonía n.º 2*, que conmemoraba el décimo aniversario de la Revolución de Octubre. O la martirizaba con la *Sinfonía para sirenas de fábrica* que Arseni Avraamov había compuesto para la conmemoración del V Aniversario de la Revolución y en la que los instrumentos elegidos eran herramientas de fábrica. Anya se tapaba los oídos en las ocasiones que la radio ofrecía aquel concierto.

Pero el entusiasmo de su padre por Shostakóvich se enfrió cuando supo de sus desencuentros con las autoridades.

A su padre también le sumió en la confusión que su admirado Anatoli Lunacharski, el primer Comisario del Pueblo encargado de la Instrucción Pública, perdiera el favor de Stalin. ¿Cómo podía ser? ¿Qué falta habría cometido el hombre que se atrevió a juzgar a Dios?

«Nunca te olvides de este día, hija mía. Hoy se ha ejecutado a Dios. Ha tenido un juicio justo. Sus abogados han argumentado que es un demente y de ahí todos sus despropósitos. Pero el tribunal le ha condenado por crímenes contra la Humanidad. Le han ejecutado», le anunció un frío día de enero de 1918 cuando ella acababa de cumplir once años.

Su madre, llorando, se había encerrado en la habitación. Ella había preguntado a su padre cómo habían matado a Dios, y él respondió, orgulloso y ufano: «Disparando al cielo». Durante algún tiempo había pensado en cómo las balas habían podido acertar para matar a Dios. El cielo era tan inmenso… y Dios podía ocultarse en cualquier parte. Pero su padre no tenía dudas: Dios estaba muerto.

En realidad, a ella no le había importado demasiado. Apenas sabía algo de Dios salvo el odio que despertaba en su padre y en sus amigos. «Dios no existe», le repetía cuando era niña, pero si algo no existe, ¿a qué negarlo? ¿Y cómo se podía matar a alguien que no existe? Así que aquello despertó su curiosidad e intentó indagar por su cuenta. Se atrevió a preguntar por Dios en la escuela, lo que provocó que llamaran a su padre para prevenirle de lo escandaloso de aquella pregunta.

Su madre le suplicó que no volviera a hablar de Dios, estaba muerto.

—Pero ¿por qué le han matado? ¿Qué ha hecho? —insistió curiosa.

—Nada, era inocente —respondió Nora azorada.

—No lo entiendo. Si no había hecho nada, ¿por qué le han matado? —preguntó ávida de respuestas.

Pero Nora se negó a decir una palabra más exigiéndole que no volviera a mencionar a Dios y que olvidara que era judía. Prometió a su madre que guardaría el secreto y que nunca más preguntaría por Dios, pero a partir de aquel día se despertó en ella una ansiedad, que no lograba dominar, por saber algo más de aquel Ser que había sido condenado a muerte.

Desde aquel momento, Dios se convirtió en una obsesión que no sabía cómo dominar. Su madre escondió la Biblia y nunca más le leyó aquellas historias que tanto le gustaban sobre los Jueces, la huida de Moisés de Egipto o los poemas del rey David. En su casa no había un solo libro sobre religión, sobre ninguna religión. Tampoco en la biblioteca de la escuela, y no se atrevía a preguntar a sus amigas qué sabían de Dios. Su madre le había advertido que, una vez que oficialmente Dios estaba muerto, preguntar por Él podía provocar que los tomaran por malos comunistas, y eso tendría consecuencias terribles para ellos.

Dejó que sus recuerdos se diluyeran mientras miraba la cruz que colgaba del cuello del niño. Sabía que la llevaba. La había visto la noche anterior y no se atrevió a quitársela. También los médicos que le habían examinado habían reparado en la pequeña cruz, pero no habían dicho nada. Quizá Borís no se hubiera dado cuenta, de lo contrario habría obligado a Pablo a quitársela. Dudó si hacerlo ella. Sería lo mejor. Alguien podía denunciarlos y eso acarrearía un peligro para Borís y para toda la familia.

Con mucho cuidado, desabrochó la cadena y la metió en el bolso. La guardaría y cuando el niño se encontrara bien le diría que la tenía ella y le explicaría que no debía hablar de Dios ni de Jesucristo.

Pasó el resto del día junto a Pablo. Respiraba con dificultad, la fiebre no bajaba, y en la expresión de los médicos que le atendían se podía leer mucha preocupación.

Anya se limitaba a acariciar el rostro del niño, a cogerle la mano y a susurrarle palabras de afecto, aun sabiendo que, en el caso de escucharla, no la entendería. Limpiaba su frente sudorosa con pañuelos humedecidos y le ahuecaba los almohadones para que estuviera incorporado y respirara mejor. Algún día quizá pudiera decirle a la madre de aquel niño que no le había dejado solo con su sufrimiento, que le había acompañado ocupando su lugar. Si su Ígor estuviera en una situación similar, ella querría que también una mano maternal se posara en la frente de su hijo.

Borís entró en la sala del hospital a última hora de la tarde seguido de un hombre de aspecto serio que parecía imponer un respeto reverencial a los médicos y enfermeras que se encontraban allí. Una enfermera les indicó dónde se hallaban Anya y el niño, en la última cama situada en la larga sala donde estaban colocadas en perfectas filas las camas de los niños enfermos. Ahí dentro no se oían risas, solo llantos ahogados por susurros. Borís y el hombre, seguidos por otros dos facultativos y cuatro enfermeras, se acercaron.

—¿Cómo está? —preguntó inclinándose sobre Pablo.

—Mal. No saben si vivirá.

El rostro de él se crispó. Si el niño moría, tendría que decírselo a Agustín y su camarada no entendería que eso hubiera sucedido. Pensó en Clotilde y por un instante la vio corriendo detrás del coche cuando se llevaba a Pablo. Acaso había sido una imprudencia asumir aquella responsabilidad.

Esa mañana, su superior, el coronel Vasíliev, le había conminado a entregar al niño en alguna de las «casas para niños españoles», donde había personal español que podría hacerse cargo. «Estará mejor con gente de su país», había insistido Vasíliev. Borís sabía que el coronel tenía razón, pero no podía dejar de cumplir con la palabra dada. Agustín era su amigo y había asumido un compromiso. No, no podía fallar a Agustín. Incluso se atrevió a pedir al coronel que se interesara por la suerte de Pablo. «Si usted llama al hospital...», le dijo sin saber cómo reaccionaría su superior. «Al parecer, ha contraído usted una obligación a la que no quiere faltar. Bien, llamaré al doctor Tarásov; es mi cuñado, además de ser el mejor especialista en medicina infantil de Moscú. Ha tenido usted suerte porque trabaja en el hospital adonde han llevado al niño».

—El doctor Tarásov nos hará el honor de examinarle —dijo Borís mirando a su mujer con gesto cansado al entrar el médico en la sala.

Anya inclinó la cabeza en un gesto de agradecimiento ante aquel médico que parecía tan importante.

—Apártense —ordenó el doctor Tarásov.

Todos dieron varios pasos atrás menos Anya, que permaneció sin moverse junto a la cabecera de Pablo. Tarásov la miró contrariado, pero ella le sostuvo la mirada. No había desafío, solo determinación de no dejar solo a Pablo.

El doctor Tarásov primero leyó los informes de los médicos que habían atendido al niño, hizo algunas preguntas y a continuación llevó a cabo una exploración minuciosa. Cuando terminó, solo dijo cinco palabras:

—No tiene por qué morir.

Nadie se atrevió a contradecirle. Tarásov dedicó varios minutos a dar órdenes a los médicos y enfermeras sobre lo que debían hacer; también dispuso que trasladaran al niño a una habitación donde pudiera estar solo. Después dio media vuelta y, seguido por los médicos que le acompañaban, salió de la sala.

Borís suspiró aliviado, mientras Anya posaba la mano sobre su brazo.

—Gracias.

—¿Por qué me das las gracias? No he hecho nada. Si el doctor Tarásov se ha ocupado de Pablo ha sido porque le ha llamado el coronel Vasíliev, que es su cuñado.

—Vasíliev es un buen hombre —musitó Anya.

—Sí, siempre preocupado por los que estamos bajo sus órdenes.

—Eso hace de él un buen jefe. Quien manda tiene la obligación de cuidar de los suyos.

—Ojalá viva —dijo Borís mirando a Pablo.

—¿Cómo es su madre? ¿La conoces?

La pregunta pareció desconcertar a su marido, que permaneció en silencio unos segundos antes de responder.

—Clotilde... se llama Clotilde y es comunista, aunque dudo mucho de que su compromiso sea firme. Lo es porque Agustín, su marido, la ha convencido.

—Qué poco valoras a esa mujer. —Anya miraba con desdén a su marido.

—¿Por qué lo dices?

—Porque, según tú, ella es comunista por su marido. ¿Acaso es incapaz de pensar por ella misma?

—No he dicho eso... solo que... no sé... dudo de que sus convicciones sean como las de Agustín. A Clotilde no le falta entusiasmo, pero en ocasiones pone en cuestión sin ningún fundamento las decisiones del Partido.

—¿No se pueden cuestionar las decisiones del Partido? ¿Por qué? ¿Acaso tiene la verdad absoluta sobre la realidad? —preguntó ella con ironía.

—Anya... hace dos años que no nos hemos visto, no quiero que discutamos. Clotilde es una buena mujer, una buena esposa, una buena madre y, sin duda, una buena comunista.

—Pero no acepta todo lo que le dicen. ¿Esa es su falta? —insistió ella.

—No he dicho que sea ninguna falta. Por favor, Anya... dos años... hace dos años que me fui a España. No imaginas lo que te he echado de menos, no ha habido un día en que no haya pensado en ti y en Ígor.

Anya desvió la mirada hacia Pablo. Se hizo el silencio. Podía sentir el sufrimiento de su marido, pero también su propio desapego hacia él. ¿Debía decírselo o acaso sería mejor esperar a ver si podía recuperar la relación donde la dejaron dos años atrás? Borís se merecía que le quisiera. El problema estaba en ella.

—Me gustaría conocer a Clotilde —afirmó volviendo la mirada hacia su marido.

—La conocerás. Agustín quiere vivir en la Unión Soviética... la guerra en España está perdida —respondió bajando la voz.

—¿Y qué van a hacer aquí?

—Trabajar, Anya. Los ayudaremos cuanto podamos.

—Voy a quedarme en el hospital —dijo ella de repente.

—¿Te vas a quedar? No es necesario...

—¿Y si fuera Ígor el que estuviera en un hospital en España, lejos de nosotros? ¿No te tranquilizaría saber que Clotilde estaría cuidándolo?

Borís hizo un gesto de aceptación mientras se ponía en pie. Se sentía desarmado ante su mujer. Sabía por qué. No podía engañarse. Anya no era feliz, se ahogaba, no soportaba reprimir sus opiniones, tener que asentir cuando disentía de tantas cosas, y menos que nada podía soportar que su música y sus poemas fueran condenados porque no respondían a lo que el Estado necesitaba. Anya no asumía que la Unión Soviética estaba construyendo al «hombre nuevo». Ella solía reírse diciendo que no había nada nuevo en la condición humana.

—Vendré mañana, pero no quiero dejar de decirte algo que va a cambiar nuestra vida.

Anya se puso en pie, tensa, a la espera de lo que intuía no sería una buena noticia.

—¿Y bien…?

—Por ahora nos quedaremos a vivir en Moscú. Me han trasladado. Sé que te costará, pero no hay otra alternativa, aunque espero que algún día podamos regresar a Leningrado.

—No… no quiero vivir en Moscú…

—No se trata de lo que quieras, Anya, sino de lo que debemos hacer. Es un honor que el coronel Vasíliev crea que puedo ser más útil aquí. Es un ascenso, no una tragedia.

—Nuestra casa…

—Nuestra casa no es nuestra, es del Estado, lo sabes bien. Espero que puedan facilitarnos una vivienda en Moscú; mientras tanto, nos quedaremos en casa de tu padre. Ígor es feliz con su abuelo y la tía Olga.

—¡No quiero vivir con mi padre!

—Pues tendrá que ser así, al menos por ahora.

—¡Quiero ir a Leningrado!

—No, no puedes ir. No tienes permiso para hacerlo. Me autorizan a ir a recoger nuestras cosas. La casa ha de estar vacía dentro de cinco días.

—Mi piano… Quiero mi piano, era el piano de mi madre…

—Veré lo que puedo hacer, pero no estoy seguro de que me permitan trasladarlo. Debes ser realista, Anya.

—¿Realista? ¿Es que mi piano es enemigo del Estado? ¡Quiero mi piano, Borís!

—Lo intentaré, Anya... lo intentaré.

Una enfermera se acercó hasta ellos. Era la enfermera entrada en años que los había atendido cuando llegaron.

—Ya está la habitación lista para trasladar al niño. No es muy grande, pero tiene una silla, así podrá estar usted más cómoda —hablaba mirando a Anya.

—Gracias... —acertó a responder.

Borís Petrov se marchó sin más despedidas, mientras la enfermera empujaba la cama de Pablo seguida por Anya.

La habitación tenía un ventanal desde donde se veía la calle. Una vez situada la cama junto a la pared, apenas había espacio para la silla y una mesa. Pero Anya se sintió agradecida de poder disfrutar de la intimidad del pequeño cuarto que olía a limpio.

—Gracias, señora —dijo sonriendo a la enfermera.

—Puede llamarme Raisa, mi nombre es Raisa Semenova. El doctor Tarásov me ha encargado que me ocupe del niño. Puede pedirme lo que necesite y... le aseguro, señora, que el pequeño está en buenas manos. Este es un buen hospital y el doctor Tarásov es un excelente pediatra. No hay otro mejor.

Anya asintió agradecida. Aquella mujer desprendía bondad y la confortó saber que se ocuparía de Pablo, aunque ella ya había decidido que no se movería del hospital hasta que pudiera salir con el niño de la mano.

A aquel día le siguieron otros muchos y aquella noche fue la primera de otras muchas noches en las que cuando Pablo abría los ojos, se topaba con el rostro de aquella mujer que tomaba por su madre, aunque no entendía las palabras que le decía.

El niño habitaba en algún lugar que no era aquella habitación. Sin saberlo, había emprendido una batalla por su vida y su única arma era aquella mano que se le posaba en la frente, la mano de su madre que se le aparecía entre el delirio que le provocaba la fiebre.

Aquellos días cimentaron la amistad entre Anya y Raisa Semenova. Al principio las dos mujeres se mostraron prudentes. No se atrevían a confiar la una en la otra. Una palabra de más podía poner en riesgo sus vidas. Así que se fueron acercando a través de medias palabras, escudriñando los gestos la una de la otra, dejando alguna frase sin terminar calibrando su efecto. Hasta que llegó un día en que se atrevieron a hablar de libros, y ambas se confesaron admiradoras de Borís Pasternak. Anya se atrevió a preguntarse en voz alta cómo era posible que los escritos de Pasternak le pudieran gustar a Stalin, «parece que le tiene mucho aprecio». Pero lo que de verdad las acercó fue que el marido de Raisa fuera profesor de música, «aunque solo se le permite enseñar música folclórica... ya sabe que está desterrada la música burguesa...». Esa afirmación cimentada con una mirada de tristeza de Raisa fue la puerta que abrió a la confianza. «Yo soy una aficionada, mi madre me enseñó solfeo y a tocar el piano... He podido estudiar música, pero siento que no sé nada, que nunca sabré nada si no puedo interpretar a quien quiero», respondió Anya.

Treinta días, treinta días en los que Pablo habitó en un espacio de sombras. Solo el doctor Tarásov, Anya y Raisa Semenova mantuvieron la esperanza de que el niño acabaría curándose.

Fue durante un amanecer cuando abrió los ojos fijándolos en Anya. Ella se había quedado dormida sentada en la silla que había colocado junto a la cama. Se despertó sobresaltada. Pablo la estaba mirando y ella le sonrió.

—Has vuelto —murmuró poniendo la mano sobre la frente del niño y comprobando aliviada que ya no ardía como había sucedido hasta la noche anterior. Le hizo beber agua y le acarició un buen rato el rostro y el pelo empapado en sudor.

—Mamá... mamá... —dijo él, y ella sintió que aquella palabra, que era la única que Pablo decía cuando habitaba entre nieblas, ahora tenía un sonido especial.

—Espera... voy a avisar a una enfermera.

Salió de la habitación y encontró en el pasillo a una enfermera somnolienta a la que convenció para que fuera a ver a Pablo.

La mujer la siguió y sonrió al ver que el niño había vuelto a la vida.

—Son las cinco, el doctor Tarásov no llega hasta las ocho... Se llevará una alegría cuando le vea. Voy a avisar al pediatra de guardia...

Pero Anya pensaba que era urgente que alguien le explicara al niño dónde estaba y con quién. El pequeño debía comprender que estaba entre amigos. Pidió a la enfermera que le permitiera hacer una llamada. Debía avisar a su marido. Borís hablaba español y era el único que podía comunicarse con Pablo.

Sabía que él acudiría de inmediato, pues no había dejado de sentirse culpable por la situación del niño. Tenía un compromiso con Agustín, su amigo español, y temía que el pequeño no sobreviviera. Quizá aquel temor era lo que le había llevado a no insistir a Anya para que regresara cada noche a dormir a casa de su padre.

A las siete en punto, Borís entró en la habitación y su esposa le abrazó.

—Vivirá —le dijo tirando de su mano para que se acercara a la cama—. Tienes que decirle que su madre no está, pero que me ha encargado que cuide de él hasta que ella pueda venir. Dile que su madre está preocupada por él y que quiere que coma y que beba mucha agua. Ah, y que esté tranquilo, que muy pronto va a poder verla. Dile todo esto, por favor —le pidió ella.

Borís Petrov repitió palabra por palabra cuanto le decía su

esposa, pero Pablo comenzó a llorar reclamando a su madre: «Mamá... mamá... quiero que venga mi mamá». Anya se secó una lágrima provocada por la angustia del niño.

Borís acarició la cabeza de Pablo y le intentó tranquilizar diciéndole que sus padres estaban en camino, aunque la Unión Soviética estaba lejos y tardarían en llegar. Pero lo harían, se lo prometió. Mientras tanto, Anya le cuidaría, y en cuanto los doctores se lo permitieran, iría a vivir con ellos a su casa, se haría amigo de Ígor e incluso podría empezar a aprender ruso. Pero Pablo negaba con la cabeza y sus labios no dejaban de repetir esa palabra que a Anya se le había clavado en el alma: «Mamá... mamá».

El doctor Tarásov visitaba con frecuencia a Pablo. Se mantenía seco y distante con Anya, pero amable con el niño y, cuando empezó a mejorar, le obsequió con unos cuentos infantiles. El pequeño los miró con interés y se lo agradeció con una sonrisa.

Aún tardó unos días en dar el alta al niño. Permitió que saliera del hospital, pero con tantas recomendaciones que incluso Anya se sintió abrumada.

Olga Kamiskaya había convencido a su hermano para hacer algunos cambios en la casa. «Tu hija y su marido tienen que sentirse cómodos y con cierta intimidad. Déjame hacer, Grigory...», le había insistido.

No fue hasta que Anya entró en la casa de su padre cuando asumió de golpe que a partir de ese momento aquel sería su hogar. Durante sus visitas al hospital, Borís le había ido informando de los cambios que se producían en sus vidas. La casa de Leningrado ya había sido adjudicada a otra familia. Había trasladado a Moscú casi todas las pertenencias. Y no, no había podido conseguir una casa para ellos solos, pero el coronel Vasíliev le había asegurado que haría cuanto pudiera para ayudarlos a conseguirla.

«Tienes que ser razonable, Anya... Si tu padre no fuera quien es, no dispondría de una casa con tres habitaciones para la tía Olga y para él. Deberían estar compartiéndola con alguna otra familia», había argumentado.

La tía Olga les abrió la puerta. Primero entró Borís llevando a Pablo en brazos, Anya los seguía con desgana. Su tía la besó tirando de ella mientras le anunciaba «los cambios».

El piano, sí, lo primero que Anya vio fue el piano de su madre limpio y colocado en un rincón de la sala.

—¡Está aquí! ¡Lo has traído! —gritó con alegría mientras miraba a su marido con un atisbo de ternura.

Luego abrió los brazos para abrazar a su hijo.

—Mi niño, ¡cuánto te he echado de menos! ¿Te has portado bien? ¡Te quiero tanto!

Saludó a su padre, pero sin soltar a Ígor, así se ahorraba tener que besarle.

—Tu tía ha puesto la casa patas arriba... Espero que no protestes —le dijo a modo de saludo.

Sí, su tía Olga había acondicionado el que hasta entonces había sido su cuarto para instalar allí a los dos niños. «Aquí caben dos camas y el armario. Y, mira, he colocado una mesa con dos sillas. ¡Hay sitio para todo!».

Ella se había instalado en un recodo de la sala donde un biombo hacía que dispusiera de cierta intimidad. «Estaré bien... Al fin y al cabo, solo lo necesito para dormir». Las otras dos habitaciones eran la que utilizaba Grigory Kamisky y la otra pequeña, de menor tamaño, se había convertido en el cuarto de Borís y Anya. «La sala de estar es grande, ya ves que hasta cabe el piano... Y tal y como la he dispuesto sobra sitio para la mesa de comer y el aparador».

Anya abrazó a su tía, agradecida. La mujer había hecho lo posible para que todos tuvieran un espacio privado en aquella casa. No, no sería fácil vivir con su padre, pero Borís le había dicho que no les quedaba otra opción. Tener a la tía Olga con ellos suponía un alivio. Aunque eran hermanos, no se parecía en nada a su padre. Su tía era amable y serena, mientras que su padre era iracundo y malhumorado. Donde su tía encontraba soluciones, su padre solo veía inconvenientes. Le habría costado permitir que su hermana transformara la casa. Sí, estaba segura de que a su padre le incomodaba tanto como a ella vivir bajo el mismo techo.

Borís depositó a Pablo en la cama y en un gesto de afecto le revolvió el pelo.

—Ígor, hijo mío, quiero que cuides a Pablo como si fuera tu hermano pequeño. Vivirá con nosotros hasta que sus padres puedan viajar a nuestro país.

—Sí, le cuidaré, pero no es mi hermano —apostilló Ígor.

Anya se sentó en la cama junto a Pablo y cogió a su hijo de la mano.

—Imagínate que fuera al revés... que fueras tú quien estuviera en España en casa de un amigo de tu padre. Enfermo y sin entender el idioma. ¿Cómo te gustaría que te trataran?

—Bien. —Fue la respuesta de Ígor.

—Pues si te gustaría que te trataran bien, así debes tratar tú a Pablo —insistió Anya.

—¿Vas a ser su madre? —preguntó el niño, preocupado.

—No, no voy a ser su madre porque Pablo tiene una madre, pero le voy a cuidar como si lo fuera, como la madre de Pablo te cuidaría a ti si estuvieras en España.

La respuesta pareció conformar a Ígor. Anya y Borís intercambiaron una rápida mirada. Deberían tener cuidado para que su hijo no sintiera celos de Pablo.

—El padre de Pablo es mi amigo y me ayudó mucho en España, sin él lo habría pasado mal. Confío en ti, hijo. —Borís había sentado a Ígor en sus rodillas mientras le hablaba, y el niño le echó los brazos al cuello mientras aseguraba que le iba a tratar como a un hermano.

La tía Olga entró para ayudar a Pablo a ponerse ropa limpia. El niño la miró agradecido mientras le ayudaba a cambiarse.

Anya siguió a su marido al cuarto que ahora ocupaban. Tendrían que aprender a vivir en ese espacio exiguo.

—Tengo una mala noticia, Anya. —La voz de Borís estaba cargada de tensión.

Ella le miró expectante. Hubiese querido que él no le dijera nada. Estaba cansada. Los treinta días que había pasado en el hospital junto a la cama de Pablo le habían dejado una huella visible: había perdido peso, tenía ojeras, la piel apagada y el cabello carecía de brillo.

—¿Qué sucede? ¿Tienes que regresar a España?

—No... no es eso... Han detenido a tu primo Pyotr Fedorov.

Se quedaron en silencio. Anya cerró las manos hasta formar un puño que le permitía clavarse las uñas sin que su marido se diera cuenta.

—Lo siento.

—¿Lo sientes? No, no puedes sentirlo, Borís, tú estás de acuerdo en todo con ellos. Con Stalin y sus secuaces. —Anya había bajado la voz, pero eso no disminuía la ira que imprimía en cada palabra.

—Anya... tú sabes lo que pienso... No, no estoy de acuerdo en todo lo que sucede, pero no nos corresponde a nosotros decidir lo que está mal o lo que está bien. Estamos construyendo un país nuevo, desmantelando un orden injusto que oprimía a la gente, debemos ser leales a las ideas y a quienes tienen la responsabilidad de construir sobre los cimientos de la Rusia que nos oprimía. Así que debemos conformarnos y callar. Stalin sabe lo que hace y si se equivoca no debemos criticarle; es injusto que lo hagamos cuando tiene que construir nada menos que un nuevo país con hombres nuevos...

—Te he escuchado decir estas palabras muchas veces... no me las repitas más.

—Anya...

—¿Sabes, Borís?, no podrás convencerme nunca. Tienes miedo. No te lo reprocho. No hay nadie en la Unión Soviética que no lo tenga. Incluso mi padre, que trató a Lenin, tiene miedo. ¿Crees que se puede construir algo sobre el miedo? ¿Qué tipo de «hombre nuevo» puede resultar del temor? Todos tenemos miedo. Miedo a decir en voz alta lo que pensamos, miedo a que nos señalen como malos comunistas, hasta miedo de que alguien nos denuncie por escuchar música que no sea del agrado de Stalin. Yo también tengo miedo, Borís. Miedo a convertirme en un ser hueco que solo aspire a sobrevivir. Miedo a renunciar a componer mi música y a escribir poemas. Tengo miedo a pensar que este país se ha convertido en una cárcel, pero más miedo me da acostumbrarme a vivir así.

—¡No digas estas cosas!

—¿Me vas a denunciar, Borís?

—¡Anya!

—Si no puedo decirte siquiera a ti lo que pienso...

—Pyotr Fedorov se había integrado en un grupo contrarrevolucionario. Es un enemigo del pueblo soviético.

Odio. Borís vislumbraba en la mirada de Anya un odio profundo que también le rozaba a él. Permanecieron unos segundos en silencio hasta que Anya volvió a zaherirle con sus palabras:

—¿Sabes?, yo creo que Stalin es el principal enemigo del pueblo y los que callamos somos sus cómplices. Yo también lo soy, Borís, yo también. No soy mejor que tú porque siento el mismo miedo que sientes tú y me callo.

—Las cosas cambiarán cuando la Revolución ya no tenga vuelta atrás.

—¿Cambiar? Sí, seguramente van a empeorar.

—No debes reunirte con la mujer de Pyotr...

—Pyotr es mi primo, su madre era prima de mi madre y Talya... pobrecilla. Ella es como tú. Siempre aconsejando a Pyotr que debía conformarse... Dime, ¿adónde se lo han llevado?

—No lo sé, Anya, aún no lo sé. Parece que al norte...

—Claro, al norte... a uno de esos campos del Gulag...

—Son campos de trabajo... allí se rehabilitan los malhechores.

—¡Pyotr no es un malhechor! No estar de acuerdo con Stalin no hace que uno sea un malhechor. ¿Crees que yo soy una malhechora? Si lo crees, denúnciame... pienso como Pyotr. Y, sobre todo, amo la misma música y la misma poesía que él.

—Las ideas de tu primo se han desviado de los ideales que debemos tener como país —respondió Borís con gesto cansado.

—Me das pena, Borís.

—¡Cómo te atreves a hablarme así!

Ella ignoró su enfado. Poco le importaba la ira contenida de su marido.

—¿Puedes enterarte de adónde le han llevado? Me gustaría poder escribirle y mandarle algún paquete con ropa de abrigo y algo de comer. Dicen que los Gulags son campos de la muerte...

No respondió. Borís Petrov se sentía desbordado por la personalidad de su mujer. En los dos años de su ausencia Anya no había cambiado, si acaso había perdido el pudor a la hora de manifestar sus discrepancias con Stalin, lo que sin duda se convertiría en un problema.

—Dime, Borís, ¿por qué debemos vivir en Moscú? ¿Qué es lo que tienes que hacer aquí? —insistió ella.

Él agradeció que Anya diera ese giro a la conversación. No quería discutir con su mujer. Llevaba dos años sin verla.

—El coronel Vasíliev quiere que sirva de enlace con el Comisariado de Relaciones Exteriores. La información es importante y dado mi conocimiento de idiomas...

—¿Vas a ser espía? —preguntó ella con un deje de ironía.

—No, desde luego que no. Vasíliev quiere que en su Estado Mayor haya quien, además de saber de estrategias de guerra, esté pendiente de la política internacional. Cree que es importante la experiencia que he adquirido en España. Se trata de prever lo que pueda pasar. Para eso hay que poder leer los periódicos extranjeros y... bueno... estar atento a diversas fuentes y procesar toda esa información para el ejército.

—¿Y el Comisario del Pueblo para la Defensa está de acuerdo? —preguntó ella, reticente.

—Bueno... ya sabes cómo es el general Voroshílov... en cualquier caso, el coronel Vasíliev no se atrevería a dar un paso sin su permiso.

—Lo sé, Borís, lo sé. ¿Sabes?, a veces me pregunto por qué decidiste unirte al Ejército Rojo... Hubieses sido un buen profesor. Habrías hecho carrera en la universidad.

—La universidad no es para mí, Anya, soy demasiado inquieto para pasar la vida en un aula enseñando a los jóvenes.

—Eras un estudioso en lenguas, Borís... destacaste en la universidad. Precisamente porque te gustaba el estudio decidiste no seguir con la tradición de tu familia.

—¿Cómo iba a seguirla? ¿Quién necesita banqueros para hacer la Revolución? —respondió él con un deje de ironía.

—Sí... tienes razón —admitió Anya.

—Parece que se te olvida que a mi padre le enviaron a Solovkí nada más triunfar la Revolución y mi pobre madre enfermó y ni siquiera le sobrevivió. Llevo el estigma de haber nacido en una familia de banqueros.

—¡Lo siento, Borís! Lo siento... no debería hacerte recordar. —Anya se había acercado a su marido abrazándole.

—Mi padre murió en Solovkí, y yo... ¿qué podía hacer yo, Anya? No ha pasado ni un solo día en que no haya tenido que demostrar mi lealtad a la Revolución. A ti te ha sido fácil, Anya, tu padre estuvo en prisión antes de la Revolución, conoció a Lenin, combatió contra el Ejército Blanco, fue malherido y quedó impedido para seguir luchando... perdió un pulmón, su hombro derecho destrozado... Le mandaron a casa con todos los honores. Es un bolchevique sobre el que no se cierne ninguna sombra.

—Se casó con mi madre. Tú la conociste...

—Sí... Nora... tu madre... la hija de comerciantes judíos... tu abuelo vendía sombreros. No es un delito tan grande como ser hijo de un banquero. El pecado de origen de tu madre lo lavó tu padre en la cárcel y en el campo de batalla. ¡Y tú me dices que tendría que haber sido profesor en la universidad! Sabes que habrían desconfiado de mí, que habría estado permanentemente bajo sospecha. En realidad, lo estaré siempre. Me ha guiado mi instinto de supervivencia, Anya, por eso decidí ser soldado, diluirme en el ejército, no ser nadie. Por eso siempre le agradeceré a tu padre su apoyo, él no desconfió de mí por ser hijo de quien era, a pesar de que tenía motivos para hacerlo. Mi padre jamás le habría dirigido ni una mirada. Mientras tu padre trabajaba durante jornadas interminables en aquel obrador de pan por el que no le daban un salario sino un rincón donde dormir y algo de comer, mis padres bebían champán. Siempre habrá alguien que pueda acusarme de ser hijo de los enemigos del pueblo, de ser yo mismo un enemigo del pueblo. Yo estaba en Suiza cuando estalló la Revolución, en un internado elitista, recibiendo una educación elitista porque estaba destinado a seguir los pasos de mi padre. Es mejor que nadie se fije en mí, es lo que me recomendó tu padre el día en que le conocí.

—Lo siento... lo siento... A veces soy injusta contigo...

—Sí. —Fue la respuesta seca de él.

—Al menos, ¿crees que algún día podremos tener un lugar donde vivir nosotros solos?

—No te lo puedo prometer, Anya. En esta casa pueden vivir dos familias. Somos afortunados de no tener que compartirla con extraños. En todo caso vivimos con tu padre y con tu tía. A mí no me importa, Anya.

—Pero a mí sí, Borís... Ya sabes que me cuesta entenderme con mi padre. No le soporto y tampoco él a mí.

—Haces todo lo posible por enfrentarte a él.

—Es que no coincidimos en nada. Somos tan diferentes...

—Quiere lo mejor para ti... y sobre todo teme por ti.

—Si no hubiera ayudado a construir esta cárcel, no tendría que temer por mí. Pensar se ha convertido en un delito, Borís. Nadie puede pensar nada que no haya decidido Stalin que debemos pensar. Pero aun eso no es suficiente. Todos somos sospechosos y, por tanto, debemos pagar por ello. Además, necesita esclavos, Borís, la economía de la Unión Soviética se basa en los esclavos. Mano de obra gratis y prescindible. Eso son los Gulags.

—¡Decir esas cosas es lo que ha llevado a tu primo Pyotr Fedorov al Gulag!

—Eso y que es un buen ingeniero, y también necesitan esclavos ingenieros.

—¡Cállate, Anya!

—Me callaré, Borís, me callaré, pero prométeme que harás lo imposible para que le llegue mi carta a Pyotr; quiero que sepa que no está solo.

—Lo intentaré, Anya, siempre y cuando eso no nos ponga en peligro.

—Borís...

—¿Sabes, Anya?, te defenderé incluso de ti misma.

Unos golpes tibios en la puerta de la habitación los interrumpió. La tía Olga reclamaba a Borís.

—Pablo está llorando... habla, pero no le entendemos...

Siguieron a la tía Olga hasta la habitación de los niños. Anya se sentó en el borde de la cama y le abrazó.

—Mamá... quiero ir con mi mamá... mamá... —Pablo lloraba desconsolado.

—Yo no le he hecho nada, le he dicho si quería jugar —afirmó Ígor, temeroso de que le pudieran culpar del llanto de Pablo.

Borís se acercó al niño y le acarició el cabello mientras buscaba las palabras que lograran apaciguarlo.

—Tus padres van a venir... pero debes tener paciencia. España está muy lejos y el viaje es largo. Pero tu mamá está deseando verte. Nos ha encargado que cuidemos de ti. Vamos, tienes que ser valiente, los hombres no lloran, Pablo...

Pero el niño no reprimió las lágrimas, sino que insistió con más fuerza llamando a su madre.

La tía Olga miraba angustiada la escena. Borís no parecía capaz de aplacar la desolación de Pablo. Su sufrimiento era tan hondo que ella misma rompió a llorar.

—Vamos, tía, no te pongas a llorar, eso no va a ayudar al niño —le recriminó Anya mientras la acompañaba fuera de la habitación.

Pablo se cubrió la cara con un brazo haciendo caso omiso de las palabras de Borís. Solo tenía una idea en su cabeza: reclamar la presencia de su madre.

—¿Qué vamos a hacer? —preguntó Anya en voz baja a su marido.

—No sé... Quizá podría intentar distraerle con algún juego.

—Es una crueldad separar a un crío tan pequeño de sus padres. No sé cómo lo han consentido.

—Ya te he explicado por qué le he traído. Sus padres vendrán, Anya.

La figura imponente de Grigory Kamisky ocupó el marco de la puerta. Detrás de él se podía oír el llanto de la tía Olga.

—La única decisión sensata sería llevar al crío a una de esas casas para niños españoles. Las mujeres que los cuidan son españolas, ellas sabrán qué decirle y cómo consolarle. ¿Es que no os dais cuenta de la angustia que debe de sentir este niño rodeado de extraños y sin entender ni una palabra de ruso?

Anya miró a su padre con rabia aun sabiendo que tenía razón. El niño necesitaba que le tranquilizaran con palabras que pudiera entender. Durante casi un mes ella le había velado en el hospital, le había dicho todas las palabras hermosas que era capaz de encontrar, pero Pablo estaba sumido en la fiebre y parecía que se calmaba cuando ella le acariciaba el rostro y le hablaba.

—Sí, sería lo mejor, pero no puedo hacerlo —dijo Borís mirando a su suegro.

—¿Por qué?

—Porque le di mi palabra a su padre de que cuidaría de Pablo hasta que él y su esposa pudieran venir. Le aseguré que el niño estaría en familia, entre nosotros, y que nada le faltaría. No, no soy capaz de entregarlo a una de esas casas de niños españoles.

Grigory Kamisky se dio la vuelta sin discutir con su yerno. Le bastaba con que le hubiera dado la razón.

—Aprenderé español... también Ígor. Tú nos enseñarás, Borís. ¿Qué te parece, hijo? —Anya creía haber encontrado un remedo de solución.

Ígor se encogió de hombros ante la propuesta de su madre. Bastante tenía con los deberes de la escuela para, además, tener que aprender español. En cuanto a Borís, le asombraba la capacidad de su esposa para idear soluciones.

—No tengo tiempo, Anya.

—Cuando regreses por la noche podrás enseñarnos. Compraremos un manual para ir estudiando por nuestra cuenta, luego tú nos corregirías. También nosotros podemos enseñar ruso a Pablo. Será como un juego. Díselo, Borís, díselo.

Hizo lo que le pedía su mujer, pero aunque en los ojos de Pablo pareció cruzar un destello de interés, no apaciguó su llanto.

Como era domingo, Borís pudo pasar el resto del día pendiente de Pablo. Por indicación de Anya, no dejaba de hablarle al niño, y durante el almuerzo iniciaron la primera lección de español. Anya señalaba cualquier objeto y Borís lo repetía en español. Pablo, aunque mohíno, mostraba cierto interés en lo que parecía un juego, e incluso llegó a sonreír al escuchar cómo pronunciaban Anya y su hijo algunas palabras en español.

El resto de la tarde Borís se esforzó para que Pablo jugara con Ígor. Por la noche, cuando los dos niños, agotados, se durmieron, la casa recobró la tranquilidad.

Se estaba metiendo en la cama cuando Anya, mirándole fijamente, volvió a preguntarle:

—Borís, dime, ¿cómo es Clotilde?

Madrid, enero de 1939
Clotilde

Cuando cerraba los ojos aparecía el rostro sonriente de Pablo. No pasaba un segundo sin que pensara en su hijo. Agradecía el transcurrir de los días y que enero estuviera llegando a su fin.

Agustín y ella apenas se hablaban. Sus padres habían insistido en que cenaran con ellos en Nochebuena: «Tengo para hacer caldo y unas patatas con chorizo», había dicho su madre. Pero Clotilde no se sentía capaz de mirar a la cara a su marido y no quería entristecer aún más a sus padres.

Agustín había aparecido unos días antes de Nochebuena. Entró en casa con el rostro crispado y muestras de agotamiento. Clotilde se plantó delante de él mirándole con odio.

—¿Dónde está mi hijo?

Él se quedó desconcertado y dudó unos segundos antes de responder.

—¿Pablo? ¿Me preguntas dónde está Pablo? —En sus palabras había una mezcla de ira y resignación.

—Tu amigo el ruso vino y se lo llevó, no le importó que me negara, no atendió a razones. ¡Es mi hijo!

—¡No me grites! Pablo no te pertenece. No es de nadie, tú solo lo has parido, pero eso no te da derechos sobre él.

—¿Y a ti sí? ¿Qué derecho tienes tú para enviarlo a Rusia? ¿Quién te ha dado ese derecho? Eres... eres... eres un malnacido. No quieres a tu hijo.

Su marido levantó la mano y a punto estuvo de estrellarla en la mejilla de Clotilde, pero no lo hizo. Dio un paso atrás asustado de su reacción.

—Le quiero más que a nadie en el mundo. Si le pedí a Borís que se lo llevara a la Unión Soviética es para que se salve y tenga un futuro. Aquí no hay porvenir para nosotros. Lo único que deseo es que mi hijo crezca en un país en el que se respeta a los trabajadores, en el que todos son iguales, en el que ningún hombre es más que otro. Un país sin fascistas.

—¡Quiero que me devuelvas a mi hijo! —gritó ella.

Agustín la apartó y entró en la cocina. Buscó un vaso, escanció un poco de vino y se sentó en una silla cerca del fogón.

—Borís cuidará de Pablo, me prometió que le tendría con él y con su familia hasta que nosotros pudiéramos ir. No le faltará de nada.

—¡Devuélveme a mi hijo! —volvió a gritar ella.

—Tu hijo está bien, Clotilde.

—No tenías derecho... Eres un canalla.

Agustín no se engañaba: la había perdido.

Desde aquel día apenas se volvieron a hablar. Durante el día, sumergida en su soledad, buscaba consuelo en el cuaderno de dibujo, pero su imaginación parecía haberse secado. Era la ausencia de Pablo. Durante la noche se quedaba sentada en una silla de la cocina con la mirada ausente aguardando el amanecer y a que Agustín se marchara para poder descansar un rato en la cama. Antes de acostarse levantaba las sábanas y las aireaba porque le repugnaba el olor que él había dejado.

La primera noche que Agustín preguntó por qué no se iba a la cama con él se limitó a mirarle con tanto desprecio que su marido no insistió. Se refugiaron en el silencio, cada uno haciéndose cargo de su propio sufrimiento.

A media mañana, después de descansar un rato, Clotilde se dirigía a casa de sus padres y allí pasaba el resto del día. No hacía nada, era incapaz de dibujar por más que su padre le insistía en que lo hiciera al menos para estar distraída. Pero no podía. No regresaba a su casa hasta la noche, aunque cada vez eran más las ocasiones en que le pedía a su madre que llamara a Agustín para decirle que pasaría la noche con ellos. Él escuchaba las explicaciones de su suegra sin preguntar. «Se ha hecho tarde y es mejor que la niña se quede aquí...». «Parece que a Clotilde le duele la cabeza, creo que está resfriada, mejor que no salga ahora que está lloviendo». «¿No te importará que Clotilde se quede esta noche? Es que no me encuentro bien...». Y así, Dolores Fuentes, la madre de Clotilde, iba desgranando excusas. «Un día de estos tu marido se va a hartar», le decía Pedro Sanz a su hija. Pero Clotilde apretaba los dientes, crispaba el gesto y respondía a su padre con un «ojalá». Lo único que temía era que si se separaba de Agustín no pudiera recuperar a Pablo.

No dejaba de llorar a su hijo. Incluso había pensado marcharse a Rusia a buscarle. Pero sus padres le insistían en que debía esperar.

Pedro Sanz no había dudado en recriminar a su yerno por haber enviado a Pablo a la Unión Soviética. «No tienes derecho a arrancar a un niño de su madre enviándole con extraños al otro extremo del mundo, que tú dices que es la patria de los trabajadores, y no dudo de que lo sea, pero mi nieto es solo un niño». Agustín le había asegurado que en cuanto la guerra terminara se iría con Clotilde a reencontrarse con su hijo, lo que hizo que Pedro Sanz convenciera a su hija de que era mejor que esperara para no hacer sola un largo viaje a un país desconocido. «Yo no quiero vivir en Rusia», protestaba Clotilde, a lo que su padre respondía que no tendría por qué quedarse, que su marido no podría retenerla, que se trataba de convencerle para que les permitiera regresar a ella y al niño, «y si es necesario, yo mismo os acompañaré para hacerme cargo de vosotros en el viaje de vuelta». Agustín podría hacer lo que creyera mejor para él. Clotilde deseaba que su marido no regresara con ellos. Le dolía reconocerlo, pero ya no le quería.

Los días pasaban con exasperante lentitud. Enero, además de frío, estaba llevando la desesperanza a Madrid, que resistía con estoicismo el cerco de las fuerzas franquistas. Los rumores se sucedían. Se decía que la guerra estaba a punto de terminar.

A veces Agustín no regresaba hasta bien entrada la madrugada. Lo hacía con cuidado para no despertarla aun sabiendo que ella apenas dormitaba sentada en la silla de la cocina. Se dirigía a la habitación y en ocasiones estaba tan agotado que se tumbaba en la cama sin quitarse siquiera la ropa. Pero la noche del 26 de enero de 1939 su marido entró en la cocina, se plantó delante de ella y dijo con rabia:

—Si no lo sabes, te lo digo. Barcelona ha caído.

Clotilde salió de la pesadilla en que estaba inmersa escuchando entre brumas las palabras de Agustín: «Barcelona ha caído». Pero no encontró qué responderle. «Barcelona ha caído».

—Nos van a traicionar, ese Besteiro va a traicionar a Negrín...

Ella seguía callada aguardando a que su marido continuara hablando.

—Es un secreto, pero un camarada de la dirección me ha asegurado que Besteiro y el coronel Casado están conspirando contra Juan Negrín. ¡Son unos imbéciles! Nos llevarán al desastre. Solo hay que esperar.

Clotilde encontró la voz que sentía perdida y preguntó a su marido:

—¿Esperar? ¿A qué hay que esperar?

—A que los británicos y los franceses despierten y dejen de hacer concesiones a Hitler... A que haya una guerra en

Europa para acabar con los fascistas. Entonces no estaremos solos.

—Así que tenemos que esperar a que haya una guerra más grande que esta —respondió cansada.

—No soportan a Negrín porque son cortos de miras. Nos temen a nosotros —continuó él.

—¿A nosotros?

—Sí, acusan a Negrín de estar más cerca de nuestro partido que del suyo, desconfían de él porque se entiende con nosotros.

Clotilde se volvió a instalar en el silencio. Poco le importaba cuanto le estaba diciendo su marido. La única guerra que quería librar era la recuperación de su hijo, ya tanto le daba la guerra de los demás.

—No te lo he dicho, pero... hay camaradas que creen que tenemos la guerra perdida.

—O sea que piensan lo mismo que Julián Besteiro y, por cierto, lo mismo que tu amigo Borís Petrov. ¿Acaso no le mandaron regresar porque los soviéticos dan la guerra por perdida?

Él la miró con aversión. No necesitaba sus opiniones, solo que le escuchara.

—Estate preparada por si tenemos que irnos antes de lo previsto. Si perdemos la guerra, aquí no nos podemos quedar. Tenemos que llegar a Alicante, parece que es el puerto más seguro.

—Se lo diré a mi padre.

—¿Tu padre?... No es necesario que le digas nada.

—Me acompañará a buscar a mi hijo.

—Pablo no te pertenece.

—Tampoco a ti. No voy a vivir en la Unión Soviética, quiero vivir aquí, cerca de mis padres, de mis tíos, de mi familia.

—No puedes obligar a tu hijo a ser un perdedor. Si Franco gana la guerra, ¿qué piensas que pasará? No te creo tan mala madre para negar a tu hijo un futuro en la patria de los trabajadores.

—La patria... ¡Qué gran palabra!... ¡Hay que matar por la patria, morir por la patria!... Pero ¿qué patria? ¿La de Azaña? ¿La de Maura? ¿La de Gil-Robles? ¿La de José Díaz? ¿La de Primo de Rivera? ¿La de Largo Caballero? ¿La de Besteiro? ¿La de Negrín? ¿La de Pasionaria? ¿La de Cipriano Mera? Dime, ¿qué patria? ¿Cuál es la mejor patria?

—La única patria de los trabajadores es la Unión Soviética.

—¡Pues que sea esa tu patria! Mi patria son mis padres y mi hijo.

—¿Y yo?

Clotilde no respondió, se limitó a sostener su mirada.

Agustín entró en la habitación y se tumbó en la cama. No cabía engañarse: la había perdido o acaso se habían perdido el uno para el otro. La maldita guerra. Pensó en su hijo y sintió una punzada de dolor. ¿Se había equivocado mandándole a la Unión Soviética? Los hijos de muchos camaradas ya se encontraban allí, a salvo y sin que les faltara de nada. Era Clotilde la que se mostraba egoísta negando a su hijo un futuro que en España no tendría.

Estaba decidido: si perdían la guerra, Clotilde y él se marcharían a la Unión Soviética. Ansiaba conocer la que ya era la patria de todos los proletarios.

Esa noche apenas logró descansar y tan pronto empezó a amanecer se puso en pie. Se iba al frente, a la Casa de Campo. Eran las órdenes que había recibido. Luchar y aguantar la embestida de las tropas nacionales. Había que ganar tiempo, de eso se trataba.

Ya vestido, entró en la cocina. Clotilde ni siquiera le miró. No se despidió de ella. Las palabras sobraban ya entre ellos.

Los días pasaban tan deprisa como los rumores. Febrero se había metido en sus vidas. Dolores miraba preocupada a su hija. Apenas habían hablado en toda la tarde, ensimismada como estaba Clotilde zurciendo una falda.

Ya no le preguntaba por Agustín porque sabía que irritaba a su hija. Desde finales de enero, Clotilde no había vuelto a saber de él. Ignoraba su paradero. Las noticias sobre la marcha de la guerra no presagiaban nada bueno para la República. Los nacionales estaban ganando la guerra. No cabían muchas dudas al respecto, pero aun así Madrid resistía.

Ya no era un secreto el enfrentamiento entre Besteiro y Negrín y entre los partidarios de uno y otro. Las izquierdas libraban su propia guerra civil.

—¿Tienes frío? —le preguntó su madre.

—No...

—Pues hace frío...

—Si tú lo dices... —respondió indiferente.

Volvieron al silencio interrumpido por la llegada de su padre. Su madre se puso en pie para saludarle.

—¡Pero, Pedro, si vienes empapado! ¿Dónde has dejado el sombrero? ¿Y el paraguas? Mira que te dije que te llevaras el paraguas... Es que no me haces caso. Tienes cara de frío, te vas a constipar.

Pedro Sanz dejó que su mujer le ayudara a quitarse el viejo gabán por el que se deslizaban gotas de lluvia, y a continuación entró en la sala de estar donde Clotilde apenas levantó el rostro para saludar a su padre.

—¿No sabéis lo que ha pasado? —dijo él mientras se sentaba en el sillón junto al sofá.

—¿Es que puede pasar algo más? —preguntó Dolores, irritada—. ¿Te parece poco lo que estamos pasando?

—Francia y Gran Bretaña han reconocido al gobierno de

Burgos —dijo deprisa, aguardando expectante la reacción de su esposa y de su hija.

Clotilde soltó la aguja e, incrédula, miró a su padre deseando haberle entendido mal.

—Eso significa que nos han abandonado. ¡No me extraña! Solo un tonto se fiaría de los ingleses o de los franceses. Van a lo suyo, como siempre han hecho —acertó a decir Dolores.

—Entonces todo está perdido. ¿Qué vamos a hacer? —preguntó Clotilde a su padre.

—Nada... no podemos hacer nada, solo esperar. Además, dicen que Azaña va a dimitir como presidente.

—Menudo trago para él la traición de los franceses —comentó Dolores.

—¿Sabes algo de tu marido? —inquirió su padre.

La pregunta desconcertó a Clotilde.

—No... no... no ha vuelto por casa, ya lo sabes.

—Hay unos cuantos ingenuos que creen que Franco no adoptará represalias, pero yo no me fío. Lo malo es que no sé si aún estamos a tiempo de irnos. En el ayuntamiento algunos barajan esta posibilidad, temen lo que pueda pasar cuando los nacionales entren en Madrid.

—¿Y qué puede pasar? Tú eres un funcionario y no has hecho nada.

—No, Dolores, no he hecho nada salvo estar en el bando perdedor.

—Madrid no se rendirá —musitó Clotilde.

—No podremos resistir, hija. Parece que el enfrentamiento entre Besteiro y Negrín va a peor. Don Julián quiere intentar una rendición honrosa y don Juan defiende que hay que aguantar.

—¿Y si nos vamos? —propuso Clotilde.

—¿Adónde? No, yo no quiero irme —terció su madre.

—A buscar a Pablo. Ya no soporto más esta situación... —afirmó Clotilde.

—¡A Rusia! —exclamó Dolores, asustada.

—Sí, madre, a Rusia. Allí está mi hijo y allí iré a buscarle.

Pedro Sanz miraba a madre e hija sintiéndose incapaz de ofrecer una solución. No dudaba de que la República estaba a punto de caer y temía a los nacionales. Estaba dispuesto a acompañar a Clotilde para recobrar a Pablo, pero no se llamaba a engaño: si difícil era escapar de Madrid, más difícil todavía sería llegar a Rusia sin la ayuda de Agustín.

—No... no podemos ir a Rusia... Lo que tu marido tiene que hacer es llamar a ese Petrov y decirle que envíe al niño...

—No digas tonterías —cortó Pedro Sanz a su mujer.

—¡Yo no digo tonterías! Lo que es una tontería es pensar en irnos a Rusia. ¿Cómo podríamos hacerlo? Acabas de decir que los nacionales están ganando la guerra, que los ingleses y los franceses han reconocido al gobierno de Burgos, que las izquierdas se pelean entre ellas, que Madrid está a punto de caer, y no se os ocurre otra cosa que decir que debemos marcharnos a Rusia. —Dolores miraba con enfado a su marido y a su hija.

—Papá... ayúdame —pidió Clotilde, ignorando todo lo dicho por su madre.

—El único que podría hacer algo es Agustín... él conoce a gente importante del Partido Comunista que podrían facilitar salvoconductos y, sobre todo, la manera de llegar a la Unión Soviética —respondió su padre.

—No sé dónde está... se fue sin decírmelo.

—Pues habrá que preguntar y no tenemos mucho tiempo. Tú... tú también eres comunista... tienes el carnet... conocerás a alguien que sepa dónde se encuentra tu marido.

—El mejor amigo de Agustín es Juan Rodríguez... tú mismo hablaste con él cuando se llevaron a Pablo y no quiso ayudarnos. —La voz de Clotilde se iba cargando de desesperación.

—Ese Juan Rodríguez... menudo tipo; según él, Agustín había decidido lo mejor para Pablo mandándole a la Unión Soviética —recordó su padre.

De repente Dolores se puso en pie, seria, con el rostro descompuesto y decidida a batallar contra el marido y la hija.

—Pedro, tú eres funcionario del ayuntamiento y un reconocido azañista. Tienes amigos en el partido del presidente. Y tú, Clotilde, eres... eres comunista. Decidiste serlo sin importarte la opinión de tu padre y menos la mía. Así que algo podréis hacer. Tu padre tiene razón, habla con tus camaradas, ¿no os tratáis así? Exígeles que te informen de dónde está Agustín. Y tú, Pedro, haz lo que tengas que hacer para que podamos quedarnos en España, y si no es así..., si tenemos que irnos, que no sea a Rusia. Ni tú ni yo somos comunistas, ya hemos visto bastante de cómo se las gastan aquí.

—¡Madre! —protestó Clotilde.

—Sí... es una pena, pero es así. Ahora tenemos un problema: se han llevado a tu hijo y además los nacionales pueden entrar en Madrid en cualquier momento, y si eso sucede, se acabó.

—Iré a la checa de San Lorenzo y preguntaré por Antonio o por Juan Rodríguez, tendrán que darme razón sobre cómo encontrar a Agustín —afirmó Clotilde con un ligero temblor en la voz.

Pedro Sanz decidió acompañar a su hija hasta el edificio de la checa de San Lorenzo, de donde la gente decía que era muy fácil entrar y casi imposible salir. Caminaron en silencio a buen paso, ajenos a la lluvia y el frío.

La tarde ya había caído, pero aun así se cruzaron con gente que iba tan aprisa como ellos.

Un hombre los paró en la puerta de la checa. Alto, robusto, con una pistola en el cinto y una mirada que ya lo había visto todo. Clotilde supo que no podía permitirse amilanarse por el aspecto del hombretón o, de lo contrario, fracasaría en el intento de hablar con Antonio, que era el que mandaba en aquella checa.

Le trató de «camarada» y le sostuvo la mirada sin pestañear, reclamando hablar con Antonio o con Juan Rodríguez, o en su caso con alguno de sus lugartenientes, de algo que era de interés de todos. Por más que el hombre insistió en que se lo dijera a él, que luego se encargaría de trasladarlo, ella se negó.

—Camarada, creo que me has entendido. Tengo que hablar con Antonio. Tú verás si le avisas o no... Soy la mujer de Agustín López. Ya sabes quién es.

El hombre creyó adivinar una amenaza velada en los labios de aquella mujer. Sabía que Agustín López siempre estaba con los rusos, que les servía de guía y de chófer y que confiaban en él. La miró de arriba abajo sin que ella siquiera parpadeara. No era alta, tampoco baja, más bien delgada, con el cabello de rizos castaños y una mirada cargada de determinación.

—Veré si está Antonio. Espera aquí.

Padre e hija aguardaron bajo la lluvia sin quejarse. Clotilde con esperanza, su padre con resignación.

Había pasado un buen rato sin que el hombre hubiera regresado cuando una mano se posó con fuerza en el hombro de Clotilde. Ella, sobresaltada, se volvió para encontrarse de frente con Juan Rodríguez, el mejor amigo de su marido.

—Clotilde, pero ¿qué haces aquí? —preguntó él, sorprendido.

—Quiero saber dónde está mi marido —respondió ella procurando que los nervios no la traicionaran—. Ya conoces a mi padre...

—Sí, claro, Pedro Sanz...

Juan Rodríguez no hizo ademán de dar la mano a su padre ni a él tampoco se le ocurrió hacerlo.

—¿Dónde está Agustín? —insistió ella.

—Pues, que yo sepa, en el frente. Ahora es más útil allí.

—No lo dudo —dijo ella—. Pero necesito hablar con él.

—¿Te pasa algo? —preguntó con tono de lástima.

—Tengo que hablar con mi marido —reiteró Clotilde.

—Si es por tu hijo... ya le dije por teléfono a tu padre, aquí presente, que Agustín había decidido lo mejor para Pablo, no tienes de qué preocuparte. No hay mejor lugar en el mundo que la Unión Soviética —afirmó con convicción Juan Rodríguez.

—De lo que tenga que hablar con mi marido es cosa nuestra. ¿Puedes hacerle llegar una carta mía al frente?

—Quizá... quizá podría. Está por la Casa de Campo... Algún camarada tendrá que ir hasta allí en algún momento.

Clotilde miró a su padre y este entendió lo que su hija le pedía. Buscó en el bolsillo de la chaqueta la pluma que siempre llevaba y se la dio.

—Necesito un trozo de papel —pidió ella a Juan Rodríguez.

Este no le respondió. Entró en la checa y unos minutos después salió con un papel.

Ella sabía que Juan Rodríguez leería cualquier cosa que ella escribiera, así que fue escueta.

> Agustín, necesito hablar contigo con la mayor urgencia. Si no fuera así, no te molestaría en una situación como esta. Me puedes encontrar en casa.

Le entregó la nota sin molestarse en doblarla. Él la leyó sin inmutarse.

—Bien... trataré de que le llegue.

Y sin despedirse entró en la checa. Clotilde se agarró al

brazo de su padre y le pidió que la acompañara hasta su casa. No pensaba moverse de allí hasta que Agustín apareciera. Confiaba en que su marido lo haría.

Pero antes, como los nervios no le permitían quedarse quieta, decidió acercarse a casa de su suegra. Agustín se llevaba mal con su madre, pero ella no sentía ninguna animadversión por doña Matilde.

La mujer permaneció en silencio cuando Clotilde, con palabras entrecortadas por las lágrimas, terminó de exponerle la razón de su visita.

—Así es mi hijo. Siempre cree tener razón y, por tanto, no escucha a nadie más que a sí mismo y a sus camaradas. Me das un disgusto, temo no volver a ver a mi nieto.

—¡No diga eso! —protestó Clotilde.

—Si se lo han llevado a Rusia... ¡Qué cosas se le ocurren a Agustín! En fin... intentaré hablar con él, aunque ya sabes que a quien menos escucha es a mí. ¡Ah!, y me ha gustado mucho esa caricatura de Azaña que han publicado en *El Sol*, sé que es tuya porque estaba firmada por Asteroide.

—Le ruego, doña Matilde, que me llame en cuanto sepa algo...

—Desde luego, hija, no lo dudes. ¡Este Agustín...!

Los días seguían transcurriendo con lentitud. El 28 de febrero, el día después de que Clotilde y su padre hubieran acudido a la checa, España se despertó con un nuevo presidente de la República. Tras la dimisión de Manuel Azaña fue nombrado Diego Martínez Barrio.

El 6 de marzo, Julián Besteiro, con el apoyo del coronel Segismundo Casado y del líder anarquista Cipriano Mera, constituyó el Consejo Nacional de Defensa, acabando así con el gobierno de Juan Negrín.

«Esto hace agua. Tu madre dice que no deberías quedarte aquí sola...», comentó don Pedro cuando por la tarde acudió a visitar a su hija.

Pero a Clotilde tanto le daba lo que dijera su madre, su única ansia era que Agustín entrara por la puerta. Ni siquiera se inmutó cuando su padre le dijo que el jefe del Gobierno, Juan Negrín, había abandonado España desde el aeródromo alicantino de Monóvar.

Padre e hija seguían cavilando sin encontrar la manera de escapar de Madrid para emprender el largo viaje que debía llevarlos hasta Rusia.

Tampoco tenían previsto lo que sucedió aquel 8 de marzo de 1939. Era cerca del mediodía cuando el timbre de la puerta sonó con insistencia. Al abrir, Clotilde sintió que se le aceleraba el corazón. En el umbral, Juan Rodríguez, con gesto serio, aguardaba a que le invitara a pasar.

Se saludaron con brevedad y él la siguió hasta la cocina, donde ella se sentó en una silla mientras se tiraba de la falda. Juan Rodríguez parecía incómodo y carraspeó antes de comenzar a hablar:

—Tengo malas noticias...

—¿Malas? ¿Qué pasa?

—Agustín... Lo siento, Clotilde... ya sabes que éramos buenos amigos y que le apreciaba sinceramente. Tu marido era un hombre leal...

—Dime lo que me tengas que decir...

—Pues que... en fin, lo siento, Clotilde, pero Agustín ha muerto.

Ella le miró sin moverse, incapaz de decir una palabra, con el rostro impasible, como si no le hubiera entendido bien. El hombre carraspeó incómodo deseando marcharse antes de que aquella joven rompiera a llorar.

—Es un héroe... Se presentó voluntario para llevar un

mensaje a unos camaradas que están detrás de las líneas de los nacionales. Le dieron el alto y dispararon. Menos mal que el mensaje era verbal y no cayó en manos de esos cerdos.

Se volvió a instalar el silencio entre ellos. La mirada que Clotilde tenía clavada en él le producía incomodidad. Hubiese preferido que estallara en llanto, que maldijera, que se mostrara incrédula, cualquier cosa que no fuera aquel silencio ominoso.

—Su cadáver... bueno, lo tenemos nosotros... querrás enterrarle cuanto antes... Deberías acompañarme para hacer todos los trámites. Tal y como está la situación, no hay retraso posible.

El cuerpo de Agustín yacía en el cajón de pino que cuatro hombres introducían en una sepultura del cementerio civil de la Almudena. Sus padres y su suegra flanqueaban a Clotilde, que parecía incapaz de manifestar ninguna emoción. Además de Juan Rodríguez, los acompañaban algunos camaradas de Agustín que mientras las paladas de tierra iban cubriendo el féretro no dejaban de murmurar sobre la traición de Besteiro y el coronel Casado, «y ese Cipriano Mera, que ya se le veía venir».

Fue una ceremonia breve donde las voces de aquellos hombres se unieron para cantar *La Internacional* para dar el último adiós al camarada muerto. No podían hacer más.

Se despidieron en la puerta del cementerio, momento en el que Clotilde pareció recuperar el habla, y plantándose ante Juan Rodríguez, le inquirió sobre el paradero de su hijo.

—Tienes que decirme dónde está Pablo. Voy a ir a buscarle a Rusia. Pero no tengo ninguna dirección, ningún lugar adonde dirigirme.

—Clotilde... no quiero decirlo, pero la guerra... Esto se ha acabado... nos han traicionado —respondió Juan Rodríguez.

—Sobre eso no puedo hacer nada, ni tú tampoco, pero sí intentar rescatar a mi hijo. ¿Puedes facilitarme la manera de llegar a Moscú o adonde le hayan llevado o, en todo caso, decirme cómo encontrar a Borís Petrov, que es quien se llevó a mi niño?

—Te acabo de decir que no hay esperanza —respondió él.

Clotilde suspiró intentando que el aire le llegara hasta el fondo de los pulmones. No quería ponerse a gritar, aunque era lo único que deseaba.

—Yo sí tengo una esperanza: recuperar a mi hijo. Una dirección... dame la dirección de Petrov.

—¡Los nacionales van a entrar en Madrid! Nos han traicionado, ¡entérate de una vez! Tu hijo está en el mejor lugar del mundo, en la Unión Soviética hay otros muchos niños españoles que se salvarán porque están allí. Es lo que quería Agustín. Respeta la voluntad de tu marido. —Juan Rodríguez había alzado la voz.

—¡Respeta tú mi voluntad de ir a buscar a mi hijo! —Clotilde intentaba controlar la rabia que sentía.

—Hija... tenemos que irnos... Buscaremos una solución —respondió su padre mientras la agarraba del brazo.

—Pero, Pedro, la niña tiene razón... estos hombres saben dónde está Pablo, su obligación es ayudarnos —intervino Dolores.

—Señora, ya no hay nada que hacer. Estamos a punto de perder la guerra... Ya veremos lo que pasa en los próximos días... Ustedes tienen que estar tranquilos porque su nieto está bien, muy bien —insistió Juan Rodríguez.

—Vamos, hija —apremió don Pedro.

Pero Clotilde permanecía inmóvil buscando las palabras que pudieran hacer mella en la determinación de aquel hombre.

—Solo te pido una dirección... solo eso... Tengo derecho a saber dónde está mi hijo.

Él la miró hastiado. Madrid estaba a punto de caer y no podía ni quería perder el tiempo discutiendo con Clotilde. Además, no tenía ninguna dirección que darle puesto que ignoraba dónde podía vivir Borís Petrov. Podría preguntar, sí, podría hacerlo, pero no estaba seguro de que nadie supiera cómo encontrar a Petrov en Moscú o dondequiera que estuviese. Tendría que ponerse en contacto con los camaradas que en Moscú se ocupaban de los niños españoles, pero esa no era la prioridad del momento. No, no podía ni debía perder un minuto buscando una dirección cuando estaban a punto de perder una guerra.

—Camarada, no insistas, no puedo hacer nada. Mejor harías en preguntar a los camaradas de tu comité qué debes hacer, ¿o crees que si los fascistas entran en Madrid no vendrán a por nosotros?

No. Clotilde no había pensado ni por un segundo que alguien pudiera ir a por ella. Sus únicos pensamientos eran para su hijo.

Entre su madre y su padre lograron llevársela fuera del cementerio. No había apelación posible; por alguna razón que no alcanzaban a comprender, Juan Rodríguez se negaba a ayudarlos a encontrar a Pablo.

Regresaron a su casa en silencio. Ni siquiera su madre era capaz de decir una palabra. El abatimiento se había cernido sobre ellos.

Cuando llegaron al portal, Clotilde pidió a sus padres que la dejaran sola, pero su padre negó con la cabeza y la acompañaron hasta el tercer piso.

Clotilde abrió con desgana. No se sentía con ánimo de decir una palabra más. Tenía que pensar... sí, pensar en la manera de recobrar a su hijo.

Una vez que se quitaron los abrigos, su padre afirmó muy serio que tenían que tomar una decisión. Se sentaron en las sillas de la cocina, que estaba más caldeada que el resto de la casa.

—Juan Rodríguez tiene razón... Si los nacionales entran, buscarán a toda la gente de izquierdas... Cualquiera sabe lo que puede pasar.

—Tú eres de Izquierda Republicana —le recordó Dolores a su marido.

—Sí... y quizá también vengan a por mí... Supongo que se harán con el ayuntamiento y nos echarán a todos los que trabajamos allí... pero la niña corre más peligro que yo.

—Entonces, Pedro... ¿qué vamos a hacer?

—Podríamos marcharnos ahora mismo, intentar llegar a Alicante y meternos en algún barco que nos saque de España... tengo amigos que ya se han ido... No es seguro que lo logremos, pero si nos quedamos aquí no sé lo que podría pasarnos.

—No, no quiero irme hasta que no me digan dónde está Pablo. Alguien tendrá la dirección de Borís Petrov. Iré al comité del barrio, al provincial, adonde haga falta... pero hasta que no me digan cómo puedo encontrar a Petrov no me marcharé.

—Hija... hazte cargo de la situación. La guerra está perdida... Ahora tus... tus camaradas tienen otros problemas.

—Ellos tienen sus problemas y yo tengo el mío. Para los suyos no tengo solución, pero debo buscar solución al mío. No te falta razón en que deberíamos irnos, pero no lo haré sin saber antes dónde encontrar a mi hijo.

—Pedro... la niña tiene razón... Si nos vamos, tal vez nos salvemos, pero perderemos la pista de Pablo... —intervino Dolores.

—Si no nos vamos, nos arrepentiremos —sentenció don Pedro, sin insistir en su propuesta. Su hija y su esposa ya habían decidido.

Clotilde había aceptado irse a vivir con sus padres. Con Agustín muerto, carecía de ingresos para seguir pagando el alquiler de la casa que ocupaban en la Corredera Alta. Además, no soportaba el vacío de la ausencia de su hijo y de su marido. Aún no era capaz de llorar la muerte de Agustín. No podía perdonarle que le hubiera arrebatado a Pablo. Sabía que su marido quería al niño y que si había decidido mandarle a Rusia se debía a que estaba convencido de que era lo mejor. Pero eso no le importaba. No, no le perdonaba que no hubiera tenido en cuenta su opinión. Le culpaba de que Borís Petrov se lo hubiera llevado.

Reflexionaba sobre su relación con Agustín y se preguntaba si habían sido felices. Se daba cuenta de que los había unido la admiración que ella sentía por él. Por eso no dudó en colaborar con el Partido; si no lo hubiese hecho, él habría perdido interés en ella. Claro que no le había costado demasiado convencerla; al fin y al cabo, Clotilde había crecido escuchando a su padre despotricar contra los fascistas. Sin embargo, ella se reprochaba haber permitido que su marido fuera quien marcara cómo se organizaba su matrimonio y su casa.

Le admiraba y le quería, pero hasta aquel momento no se había percatado de cuánto había cedido en su vida en común para no desairar a Agustín.

Estos pensamientos no los compartía con nadie, ni siquiera con su madre. Sabía que a ella nunca le había gustado Agustín y le hacía responsable de que no se hubiesen casado «como Dios manda», tal y como no dejaba de reprocharles.

Agustín estaba muerto, pero no podía superar el rencor hacia él. Había anidado para siempre en su corazón.

Y no le podía llorar porque solo tenía lágrimas para su hijo.

Días después

El «Documento». Solo se hablaba del documento en el que el nuevo Consejo Nacional de Defensa ofrecía la paz al general Francisco Franco.

Socialistas y comunistas se habían enzarzado en una pelea fratricida dejando un reguero de muertos.

Julián Besteiro había obrado de buena fe convencido de que ya nada se podía hacer y que no se podía alargar más una guerra que ya habían perdido.

Desde las filas comunistas acusaron a Besteiro, al coronel Casado y al anarcosindicalista Cipriano Mera de «golpistas». Nunca como en aquellos días se odiaron tanto las izquierdas entre sí.

Pedro Sanz se había ofrecido a acompañar a su hija a los lugares donde les pudieran dar razón de cómo localizar a Borís Petrov, pero Clotilde se había negado aduciendo que no sería bien recibido dada la tensión del momento. De manera que, decididamente ajena a la tragedia que se estaba fraguando, ella iba de un lado a otro, de un comité a otro comité, buscando a quien pudiera haber conocido a Borís Petrov o a cualquiera de los rusos que habían actuado como consejeros de sus camaradas.

Mientras, Madrid aguardaba expectante. Hubo quien aprovechó aquellos días para huir de la ciudad; otros se lamentaban de la llegada inminente de los nacionales, pero había también quienes lo habían pasado mal y ahora sonreían por anticipado.

En ningún momento Clotilde pensó en lo que le podía pasar por pertenecer al bando perdedor. Por más que su padre le aconsejaba que se escondiera «hasta ver qué sucedía», ella estaba decidida a dar la cara. «Yo elegí ser la mujer de Agustín y compartir sus ideas, nadie me obligó. Lo que tenga que pasar, pasará», le respondía.

Los padres se lamentaban de la tozudez de una hija que parecía incapaz de razonar sobre lo que estaba a punto de suceder.

Fue el 28 de marzo cuando Clotilde se dio de bruces contra la realidad. Aquel día, el general Eugenio Espinosa de los Monteros al frente de las tropas nacionales entró en Madrid. Ese mismo día el coronel del ejército republicano Segismundo Casado salió de Madrid y dos días después abandonó España, mientras que Julián Besteiro, que había sido presidente de las Cortes y formaba parte del Consejo de Defensa de Madrid, en calidad de consejero de Estado, decidió quedarse en la capital aun sabiendo que al hacerlo se estaba jugando la vida.

El 1 de abril de 1939, Clotilde, junto a sus padres, escuchaba por la radio la voz del actor y locutor Fernando Fernández de Córdoba leyendo el último parte de guerra redactado por el general Francisco Franco. «En el día de hoy, cautivo y desarmado el Ejército Rojo, han alcanzado las tropas nacionales sus últimos objetivos militares. La guerra ha terminado». Lo firmaba el Generalísimo Franco.

Durante unos minutos los tres permanecieron callados. Fue el padre quien rompió el silencio:

—No sé qué va a hacer esta gente... no me canso de decirte que tienes que esconderte. Te han publicado unas cuantas caricaturas de Franco... y sabrán que las has dibujado tú... Ellos lo saben todo. A lo mejor puedes ir al convento donde está mi prima Adoración. Es una buena mujer... estoy seguro de que te cobijaría.

—Pero ¡cómo se va a ir la niña hasta Palencia! ¡Qué cosas tienes, Pedro! —protestó doña Dolores.

—Es que no me fío de que no empiecen a detener a los republicanos, a los socialistas, a los comunistas, a los anarquistas...

—No van a detener a todo el mundo. ¿No han ganado la guerra? ¿Qué más quieren? —insistió su esposa.

—Por eso, porque han ganado la guerra pueden hacer lo que les dé la gana. ¿No han rechazado la propuesta que les hizo el Consejo Nacional de Defensa, que solo aspiraba a una rendición honrosa? No, Dolores, no podemos fiarnos de los nacionales.

—Tú también puedes correr peligro... todo el mundo sabe que eres de Izquierda Republicana —le recordó Clotilde.

—Sí, pero no creo que nos odien tanto como a los comunistas —añadió don Pedro.

—Tu padre es un hombre de bien, no un revolucionario.

—Vamos, Dolores... entre los revolucionarios también hay hombres de bien —le reprochó su marido.

—No diría yo que todos son hombres de bien... Tú mismo te quejabas de algunas de las cosas que hacían... ¿no te acuerdas de lo que decías sobre las checas? Y nunca te pareció bien que persiguieran a la Iglesia y eso que tú no eres un buen católico —insistió ella.

—Tampoco es que tú seas una beata —respondió don Pedro, malhumorado por el reproche de su mujer.

—No discutáis por tonterías. Lo que tenga que ser, será —afirmó Clotilde sin demasiado convencimiento.

A veces el tiempo se empeña en correr, en otras ocasiones transcurre con una lentitud insoportable. Clotilde sentía que, sin su hijo Pablo, cada día era una eternidad.

La preocupación de su padre no dejaba de crecer porque, tal y como temía, los hombres del nuevo régimen parecían decididos a castigar a todos cuantos se les habían opuesto. No es que ella permaneciera indiferente a la oleada de detenciones que se estaba produciendo, pero tenía la convicción íntima de que nadie la tendría en cuenta puesto que su actividad política se había reducido a echar una mano de vez en cuando en las labores del comité de su barrio y a hacer alguna que otra caricatura para los carteles que incitaban a la lucha contra los fascistas. También había cosido ropa para los camaradas que luchaban en el frente. Pero se equivocaba. El teniente coronel de Caballería Francisco Tonel, encargado del orden público en Madrid, iba a cumplir con precisión la orden de detención de todos aquellos que habían servido a la República, habían combatido en el Ejército Rojo o formaban parte de las organizaciones políticas de izquierdas. Poco le importaba que fueran ciudadanos anónimos. El Cuerpo de Investigación y Vigilancia sabía cómo encontrarlos. Las delaciones estaban a la orden del día. Primero despidieron a su padre de su trabajo en el Ayuntamiento de Madrid. Él ya contaba con que sucedería, así que el día en que llegó a casa anunciando la noticia ni siquiera se lamentó. Su esposa soltó una buena sarta de improperios que sorprendieron tanto a su marido como a su hija. Clotilde no reconocía a su madre en las palabras que decía. «Modales, hija, modales, eso es lo que distingue a las personas de bien», era la frase que Dolores le había repetido durante su infancia y adolescencia. Pero aquella norma ya no rezaba para su madre. Ella, que nunca había querido saber más que lo justo de las cosas de la política y que se había llevado un disgusto cuando Clotilde le presentó a Agustín y no había disimulado su decepción por la negativa de su hija a casarse por la Iglesia, ahora se negaba a ocultar el odio profundo que sentía por los vencedores, que, según decía, le estaban arrebatando su «vida».

A don Pedro le citaron en la comisaría de Centro, en la calle Pontejos, y de allí no regresó. Le mandaron a la prisión de la calle del Barco número 24. Le habían denunciado al Cuerpo de Investigación y Vigilancia. Su delito era ser republicano.

¿Y a ella? ¿Quién la denunció? Clotilde se lo preguntaba en las largas noches de insomnio compartido con diez mujeres en la exigua celda de una prisión en la calle Claudio Coello, que antes había sido el convento de Santo Domingo el Real.

Apenas podían moverse y mucho menos descansar, pero no se permitían llorar. Clotilde trabó amistad con algunas de aquellas mujeres. Todas asumían su situación. Florinda era militante comunista; Carmencita, de las Juventudes Socialistas; María Jesús se sentía orgullosa de haber servido de enlace para la CNT... Teresita había trabajado como secretaria en un comité del PSOE; Blanca enseñaba en una Casa del Pueblo... Unas habían tenido responsabilidades en sus organizaciones, otras solo un carnet, pero a todas las unía su militancia contra los fascistas y la desesperanza de saber que habían perdido el futuro.

A veces hablaban de los hijos. El de Florinda ya tenía catorce años y se había quedado con sus abuelos; María Jesús había confiado a su pequeño de siete a una tía; la hija mayor de Blanca, con diecisiete años, se había quedado al cargo de sus hermanos menores... Todas decían envidiar la «buena suerte» de Clotilde por tener a su hijo en la Unión Soviética e intentaban consolarla asegurándole que al menos allí el chiquillo comería y recibiría una educación, algo que en España sería difícil siendo hijo de roja. Y aunque los añoraban, todas ellas sentían alivio de que sus hijos no tuvieran que compartir su mala suerte, como sucedía con otras presas que los tenían con ellas.

Intentaban consolarse las unas a las otras y hablaban del día en que recuperarían la libertad. Florinda solía razonar diciendo que «aquí no les servimos de nada. Más pronto que tarde nos soltarán». Ninguna la creía, pero su convicción las ayudaba a soñar en que un día se abriría la puerta de la celda y las instarían a volver a casa.

El hacinamiento y el hambre resumían sus vidas. La disciplina era casi militar. Se levantaban apenas amanecía, y dedicaban el día a trabajar, coser, fregar, rezar y penar.

Doña Dolores procuraba contener las lágrimas cuando iba a ver a su hija. Eran visitas breves y siempre bajo la mirada inquisidora de una carcelera atenta a cuanto decían.

Clotilde intentaba creer las palabras de su madre cuando le aseguraba que su padre estaba bien, que el juicio saldría pronto y que estaban convencidos de que recuperaría la libertad: «Tu padre nunca ha hecho otra cosa que trabajar»; y subía la voz deseosa de que la carcelera la escuchara.

Lo que su madre no le decía era que el Tribunal Especial para la Represión de la Masonería y del Comunismo actuaba sin piedad y que había pocas esperanzas de que los reos salieran bien parados de los juicios. Clotilde ya había oído hablar de Enrique Eymar Fernández, el juez militar de aquel tribunal. En la prisión de Claudio Coello se murmuraba sobre sus actuaciones arbitrarias y el odio acérrimo que aquel hombre sentía por masones y comunistas.

Algunas noches, mientras intentaba sumirse en el sueño, se preguntaba si aún quedaba en ella algún resto del amor que había sentido por Agustín. Recordaba los largos paseos por Madrid en los que él, con entusiasmo, le aseguraba que el triunfo de la Revolución era cuestión de tiempo y que aquella España que tanto amaban se convertiría en la patria de todos los desheredados. Su fe era contagiosa, y ella entonces no había dudado de que Agustín estaba en lo cierto.

Pero aunque su marido estaba muerto y ella en la cárcel, tenía que admitir que había dejado de quererle. No albergaba hacia él más que resentimiento. Por eso callaba cuando sus nuevas amigas hablaban con afecto de los padres de sus hijos. Los de Florinda y Blanca habían muerto en el frente, el de María Jesús estaba en prisión, mientras que Carmencita no dejaba de suspirar por un joven de su barrio al que conocía pero que nunca le había prestado atención. Se prometieron que la primera que recuperara la libertad iría a ver a las familias de las otras, e intercambiaron las direcciones. Florinda parecía confiar en que la primera que saldría de allí sería Clotilde. «En cuanto salgas, quiero que vayas a ver a mi hijo. Mis padres le cuidan, pero estoy segura de que mis camaradas también lo hacen».

Cuando se carece de libertad, las horas se estiran hasta resultar interminables. Para las presas no había más horizonte que aguardar el día de visita. La noche anterior dormían peor de lo habitual, nerviosas por si la madre, el padre, el hermano o un tío... faltaran a la hora de la visita, pero sobre todo por las noticias que pudieran darles.

Clotilde nunca se había sentido especialmente unida a su madre, siempre había tenido más afinidad con su padre. Era él quien la animaba a leer, indicándole las lecturas que podrían ser de su interés.

Ahora apenas tenía tiempo de pensar en otra cosa que no fuera el hambre y el cansancio, sorteando la miseria en la que vivían en aquella cárcel y, en su caso, la desesperación añadida de no saber cuándo ni cómo podría recuperar a su hijo. Fue su madre la que logró darle un resquicio de esperanza cuando le llevó un cuaderno y unos cuantos lápices. «Dibuja, pero ten cuidado», le había dicho. También le había llevado unos trozos de tela y agujas e hilo, «para que bordes algunas camisitas de recién nacido. Jacinto Fernández me ha vuelto a hacer algún encargo para la tienda». Buen amigo de su marido, Jacinto nunca se había metido en política. Se limitaba a regentar su tienda que, hasta la guerra, le había permitido vivir con holgura.

Don Jacinto solía decirles que tanto ella como su madre

tenían el don de hacer de la costura una obra de arte. Aquellas camisitas para las canastillas de recién nacidos parecían haber sido cosidas por manos de ángeles. Pero si las canastillas de la hija eran apreciadas, no se quedaban atrás las mantelerías y sábanas bordadas por la madre. Claro que Clotilde solía protestar porque coser la alejaba de su verdadera vocación, que era dibujar caricaturas. La memoria se le venía encima. Recordaba a su madre cuando se desesperaba porque, como decía, la veía dibujando «monigotes», y a su padre intentando convencerla para que fuera maestra. Ella defendía que hacer caricaturas era un arte y su verdadera vocación. Pero su madre consideraba que aquel era un oficio de hombres. Aun así, Clotilde nunca se rindió y no cejó en recorrer las redacciones de periódicos y revistas ofreciendo sus caricaturas, que en ocasiones le compraban. Le había fastidiado tener que usar seudónimo porque, al parecer, una caricatura firmada por una mujer no era bien recibida.

Fueron las monjas, las Teresianas de la Corredera, el colegio donde Clotilde estudiaba, quienes alertaron a sus padres sobre la obsesión de la niña por dibujar caricaturas de sus compañeras, de los profesores y de cuantos personajes públicos salían en los periódicos, «y es una pena —afirmaba la madre Carmen—, porque su hija tiene aún más talento para la costura». Las monjas le aconsejaban que se dedicara a desarrollar aquel don y se olvidara de esos dibujos «horribles» que la llevaban a no prestar la debida atención durante las clases. Así que cuando Clotilde terminó sus estudios en las Teresianas llegó a un acuerdo con sus padres: cosería, pero no renunciaría a sus «monigotes». Y así fue como empezó a coser canastillas para Sederías Fernández. ¡Cuánto echaba de menos las tardes en las que se sentaba con su madre a bordar junto al balcón! Y ahora de nuevo su madre le brindaba un resquicio de esperanza al ponerle en la mano aquel trozo de tela de batista, hilos y agujas, pero, sobre todo, un cuaderno y lápices.

—¡Ay, madre! ¡Qué alegría! Pero ¿y si la gente no quiere comprar camisitas hechas por una presa como yo?

—No creo que Jacinto vaya a poner un cartel en la ropa diciendo que la han cosido en la cárcel. Además, ¿crees que va a importarle a quien la compre? Jacinto tiene que subsistir como buenamente puede y ha puesto los precios por los suelos. Pero más vale algo que nada. Así que ponte a coser, pero ten cuidado, no manches la tela. Y..., por Dios, Clotilde, no se te ocurra hacer caricaturas de las celadoras.

Mientras cosía o dibujaba no pensaba. Concentraba toda la atención en cada puntada. Florinda la observaba expectante. Para Clotilde, la amistad de Florinda había sido una bendición. En aquella celda donde malvivían, Florinda era la de más edad, tenía treinta y ocho años y un sentido innato de la autoridad. Era ella quien dirimía en las discusiones entre sus compañeras de encierro; pero no solo eso, sino que además aconsejaba y escuchaba a aquellas mujeres que luchaban por no caer en la desesperación. Allí, a pesar de las diferencias políticas de unas y de otras, todas aceptaban su autoridad. Por eso ninguna se había atrevido a decir una palabra más alta que otra cuando Clotilde reclamaba un poco de espacio para coser o dibujar.

Clotilde hizo caricaturas de todas sus compañeras y ellas rieron y las aceptaron agradecidas. Además, Florinda se encargaba de que pudiera concentrarse en la labor sin que ninguna de las otras mujeres la interrumpiera.

A las primeras camisitas le siguieron otras, además de pañales, un traje de cristianar, faldones y otras prendas de las que usan los recién nacidos.

—Mi hijo nunca tuvo una camisa tan fina, y mucho menos un faldón —le confesó un día Florinda.

—Bueno, esta ropa la utilizan los hijos de los burgueses... Antes de la guerra la pagaban bien —se excusó Clotilde.

—¿Le hiciste ropa así a tu hijo? —quiso saber Florinda.

—Sí... sí... Cuando me quedé embarazada le hice todo un ajuar. Las camisitas así, a vainica doble... No le faltó de nada. Agustín decía que no era justo que nuestro hijo tuviera ropa como la de los ricos... pero, al fin y al cabo, se la hacía yo.

—¿Le echas de menos?

—Sí, no hay un solo minuto en que no piense en mi hijo.

—Me refiero a tu marido.

—No. No le echo de menos. —El tono de voz de Clotilde se había espesado por el rencor.

—Vaya... yo pensaba que le querías...

—Sí, le quise.

Florinda la miró con curiosidad. No había conocido a Agustín, pero había oído hablar de él; era un hombre con buena fama entre los camaradas de Madrid, y de toda confianza, se decía que se trataba de tú a tú con los consejeros militares y los asesores que habían mandado los soviéticos, y sabía por la propia Clotilde que había sido chófer de uno de ellos. Además, había muerto en el frente en los últimos días de la guerra. Cualquier mujer se sentiría orgullosa de un marido así. Ella lo estaba del suyo, que había caído en la batalla de Teruel.

—Él decidió lo mejor para tu hijo —le dijo mirándola fijamente.

—¿Quién lo dice? ¿Tú? Tienes suerte, Florinda. Tu hijo te espera, lo tienes cerca, con tus padres. Cuando salgas de aquí estarás con él. El mío está Dios sabe dónde...

—Deberías sentirte agradecida. No hay mejor lugar en el mundo que la Unión Soviética. Le cuidarán, harán de él un hombre de bien y... algún día os reuniréis.

—Algún día...

Madrid, octubre de 1941

Ya fuera por las recomendaciones y buenos oficios de Jacinto Fernández y de otros amigos que tenía en el nuevo régimen o simplemente porque no había manera de acusar de nada serio a don Pedro Sanz, el caso es que dos años después de haber entrado en prisión las autoridades decretaron su libertad.

Dolores se echó a llorar cuando le vio salir por la puerta de la prisión. Delgado, rostro cetrino y con la mirada del perdedor, Pedro Sanz avanzó hacia su esposa abrazándola; Jacinto Fernández la acompañaba y aguardó su turno para también él abrazar a su amigo.

—Te debo mucho... —acertó a decir don Pedro.

—No me debes nada, eres inocente —respondió el amigo.

—¿Inocente? Sí... claro... salvo que pensar sea un delito... si es así, entonces no soy inocente. ¿Crees que he renunciado a los principios de Izquierda Republicana?

—¡Calla, Pedro! —conminó asustada su mujer.

—Amigo mío, debes ser prudente... no están los tiempos para decir en voz alta lo que uno piensa.

—Así que pensar es delito —respondió terco don Pedro.

—Comprendo tu desesperanza, pero te ruego que seas sensato. Hay personas que han intercedido por ti y las pondrás en un aprieto si te da por decir lo que piensas en voz alta —le pidió Jacinto.

—A esto hemos llegado... Entonces ya no hay remedio —aceptó Pedro Sanz.

—Ya irás dándote cuenta... Ahora lo importante es que te recuperes y si quieres... bueno, tengo una propuesta que hacerte... Me gustaría que me echaras una mano en la tienda. Estoy solo y necesito alguien de confianza que me ayude a tenerla en buen estado y llevar las cuentas. Ojalá pudiera ofrecerte algo más...

Pedro Sanz frenó el paso y, plantándose delante de su amigo, le abrazó con toda la fuerza que fue capaz de encontrar. A la prisión llegaban las noticias de las dificultades que tenían para conseguir trabajo aquellos que habían estado en el bando perdedor.

—Gracias —musitó emocionado.

—No me tienes que agradecer nada. Somos amigos, Pedro, fuimos condiscípulos en el instituto y amigos de juventud, y cuando estalló la guerra nunca me negaste la palabra por más que yo me manifestara en contra del Frente Popular, harto como estaba de los desmanes de quienes nos gobernaban. Yo perdí la fe en Azaña y en la República, tú la conservaste... Siempre has sido mejor que yo.

—No digas eso, amigo mío... Tú, como tanta gente, estabas preocupado por el clima revolucionario que nada tenía que ver con los valores de la República... Se cometieron errores, sí, y caros los hemos pagado.

—Mira, ya tendremos tiempo de hablar... Ahora lo importante es que descanses y pasado mañana, que es domingo, os venís a casa a almorzar. Josefina me ha encargado que os invite. Vendrá también su hermano Bartolomé y Paloma, su mujer. El que faltará será mi hijo Enrique, que, por suerte, regresó de Argentina. Ahora está en Bilbao, trabajando allí en una acería. Ya le conoces... nunca ha querido trabajar en nuestra tienda... Pero igualmente celebraremos tu regreso.

—¡Pues claro que iremos! —respondió Dolores, agradecida.

Se despidieron con otro abrazo. No había más que pudieran decirse.

En cuanto Jacinto Fernández se fue, Pedro Sanz preguntó por su hija.

—¿Cómo está Clotilde? —dijo con la voz empañada por la tristeza—. ¿Cuánto hace que la has visto por última vez?

—La semana pasada. Si no pasa nada, a las presas las dejan ver cada diez días.

—¿Está bien?

—Bueno, sí, de aquella manera. Me pregunta siempre por ti. Se puso contenta cuando le dije que con un poco de suerte saldrías pronto de la cárcel.

—Y ella, ¿qué sabes de su situación? ¿Cuándo saldrá?

—No lo sabemos, Pedro, como la tienen presa por ser comunista, las cosas son más difíciles, pero en fin, yo he tratado de moverme y pedir que nos ayudaran. Jacinto no te lo ha dicho, pero Josefina me ha contado que su hermano Bartolomé ha movido algunos hilos. Ya sabes que es fiscal y conoce a mucha gente...

Doña Dolores advirtió que al hablar de la situación de Clotilde, los ojos de su marido se humedecían.

—Por favor, no te preocupes —dijo—, la niña se pondrá muy contenta cuando sepa que has salido y estás otra vez en casa. Y ya te he dicho que hay personas que si pueden nos ayudarán.

Pedro Sanz asintió con un gesto. Sabía que la familia de Josefina era monárquica y muy católica y que estaban bien relacionados.

—Es una pena que Bartolomé y Paloma no hayan tenido hijos. Paloma dice que es cosa de Dios y acepta su voluntad. Claro que tampoco puede hacer nada.

Su marido la escuchaba en silencio. Miraba a todos los lados reconociendo cada palmo de la calle que le conducía a su casa.

«Siento que respiro por primera vez desde que me encerraron», musitó mientras caminaba agarrado del brazo de su mujer, que intentaba acompasar sus pasos nerviosos a la lentitud de los de su marido.

Cuando llegaron al portal de su casa, situada en la calle Arenal, encontraron a la portera escoba en mano barriendo.

—¡Vaya, don Pedro, le han soltado! —exclamó la mujer sin ningún tacto.

Dolores iba a replicar, pero sintió una suave presión en el brazo. Pedro Sanz sonrió a la mujer y con ironía le respondió:

—Me alegro de que se alegre de verme.

La portera le miró sin comprender y se encogió de hombros.

Los Sanz eran buenas personas, pero todo el mundo sabía que eran republicanos, y ella no tenía dudas de que lo mejor para España era que Franco hubiese ganado la guerra.

—Bueno, pues vaya usted con Dios...

Ni doña Dolores ni don Pedro respondieron, se limitaron a hacer un breve gesto mientras entraban en el ascensor. No hablaron hasta que no hubieron cerrado la puerta de la casa, momento en que se abrazaron con tanta fuerza como desesperación.

Cuando se separaron, él recorrió la casa mirando ávido cada rincón. Todo estaba tal y como lo recordaba. La salita de estar con los dos sillones orejeros junto al mirador y el sofá con los cojines bordados por Dolores, lo mismo que los tapetes hechos a ganchillo que cubrían las dos mesitas auxiliares. Junto a una de las paredes seguía el secreter donde él solía guardar las cartas y las facturas; las otras paredes estaban cubiertas por estantes de caoba con libros y enciclopedias. La salita daba al comedor, con la mesa y las seis sillas y un aparador demasiado grande para los pocos metros de aquella estancia. En la alacena de la cocina, cada plato, cada taza, ocupaba su sitio. Dolores echó un poco de carbón en la cocina económica que además de para cocinar servía para caldear la casa. Allí también habían dispuesto una mesa y cuatro sillas y era donde solían desayunar y en las noches de invierno también se sentaban a cenar porque era el lugar más caliente de la casa. En el dormitorio principal seguía la colcha de croché, salida también de las manos de Dolores; la cómoda reluciente y el armario de tres cuerpos completaban el mobiliario. Frente a su habitación estaba la de Clotilde, más pequeña pero igualmente limpia, con la cama, la mesilla, una mesa y una silla y el armario con luna. Aquel cuarto aún olía a su hija, al perfume suave de agua de rosas que vendía la farmacéutica y que tanto le gustaba a Clotilde.

Sí, todo estaba como lo había dejado. Dolores no había cambiado nada, y él se lo agradeció sin palabras. En la cárcel, durante la noche solía pensar en su casa, añoraba aquellos muebles que olían a limpio, el orden, la tranquilidad de lo conocido. El piso no era grande, pero sí suficiente para los tres, habida cuenta de que no habían tenido más hijos que Clotilde. Tampoco se hubieran podido permitir una casa más grande. Con su trabajo en el ayuntamiento habían vivido sin necesidades pero sin lujos; además, Dolores tenía el don de saber estirar el sueldo. Siempre habían podido vestir con decoro y que en su mesa no faltara lo imprescindible.

Suspiró con una mezcla de cansancio y alivio.

—¿Tienes hambre? —le preguntó su mujer.

—¿Hambre? He pasado tanta hambre que ya he aprendido a dominarla. Pero sí... supongo que tengo hambre.

—Esta mañana, antes de ir a buscarte, dejé hecho un poco de sopa... No es gran cosa porque no hay mucho que echar al puchero... pero Josefina, la mujer de Jacinto, se presentó ayer en casa, y sabiendo que ibas a salir de la cárcel, me trajo una bolsa con unas cuantas cosas: un buen puñado de lentejas, otro de garbanzos, zanahorias, patatas, repollo... unos huesos de vaca... y también cuatro huevos. Yo no quería aceptarlo, pero insistió tanto...

—Son buenos amigos —asintió don Pedro.

—Ya, pero...

—Hiciste bien —la tranquilizó su marido.

—Paloma, la mujer de Bartolomé, es de un pueblo de Guadalajara y sus padres tienen un huerto; además, les quedan un par de gallinas ponedoras. Y les ayudan cuanto pueden.

—Lo normal entre la familia.

—La cartilla de racionamiento no sirve para nada... nunca te dan lo que dicen que le corresponde a uno.

—Estoy seguro de que, a pesar de todo, se come mejor que en la cárcel —respondió él esbozando una sonrisa.

—Anda, aséate, te he dejado preparadas unas toallas limpias. Pero no se te ocurra llenar la bañera. No gastes mucha agua, Pedro —le pidió ella.

—Mujer, qué cosas dices...

La sopa le reconfortó tanto el estómago como el alma. Por más que Dolores le invitaba a no compararla con las que hacía antes de la guerra, a él le supo a gloria. En el plato no había ninguna chinche, ni ninguno de esos bichos que habían hecho de la prisión su hábitat. Y la tortilla de patata casi le hizo llorar.

Cuando terminaron de comer, Dolores le insistió para que se echara una siesta, pero él prefirió sentarse en su sillón junto al mirador para ver caer la lluvia que embozaba la calle. Necesitaba sentir cada minuto de la vida recobrada. Casi tenía miedo de cerrar los ojos y, al abrirlos, que le sucediera lo que solía pasarle en la prisión: que se encontraba en aquella celda angosta y maloliente donde apenas había espacio para moverse y donde los hombres aguardaban el destino con resignación.

No, no quería dormir, no fuera a despertarse al amanecer en la celda mientras los guardias gritaban los nombres de los presos condenados a muerte. Prefería tener los ojos bien abiertos, y si aquello era un sueño, quería alargarlo hasta donde fuera posible.

Madrid, lunes de libertad

Por más que Jacinto Fernández insistió a su amigo Pedro Sanz para que se tomara unos días de descanso, él decidió ponerse a trabajar cuanto antes. Aún sentía débiles las piernas y todavía no lograba dormir seguido. Le dolía la cabeza, la tos no le abandonaba y le costaba concentrarse en cualquier tarea que emprendiera, pero afrontaba con resignación todos estos inconvenientes.

El viernes había salido de la prisión, el domingo almorzaron en casa de Jacinto Fernández y el lunes por la mañana, a las ocho y media, estaba delante de Sederías Fernández aguardando la llegada de su propietario. Jacinto sonrió al verle y se fundieron en un abrazo.

—Mira que eres cabezota... No me has hecho caso... Tienes que recuperarte, tendrías que tomarte unos días de descanso.

—No debo, Jacinto, necesito trabajar, y ya que has sido tan generoso conmigo y con mi familia, quiero comenzar cuanto antes. Y no dudes en mandarme lo que precises. A mí no se me caen los anillos por trabajar en lo que sea.

—Tendrás bastante con llevar la contabilidad, pero si además me echas una mano en la tienda, mejor que mejor. Ya sabes que antes de la guerra tenía dos dependientas, pero ahora... en fin, estoy solo para todo, aunque alguna tarde Josefina también ha venido a echar una mano. Y, por cierto, amigo, no hablamos del sueldo y... me da vergüenza porque no quiero ofenderte, pero no es mucho lo que puedo ofrecerte... ciento ochenta y siete pesetas...

—Y agradecido te quedo. ¿Quién podría contratarme y para qué? No me engaño, Jacinto, formo parte de la fila de los perdedores. Bastante haces dando trabajo a un preso político.

—¡Calla, Pedro! No te subestimes, amigo, eres un hombre de valía y cualquiera estaría satisfecho de poder contar contigo. Mira, en cuanto la tienda vaya mejor te subiré el sueldo. Sobre todo, no quiero que pienses que me aprovecho de tu situación.

—Pero ¡cómo voy a pensar ese disparate! Anda, muéstrame los libros de contabilidad y me pongo a trabajar. Y dispón de mí para todo lo que necesites.

La rutina a veces puede ayudar a calmar los dolores del alma, o al menos eso le parecía a Pedro Sanz. Se sentía agradecido por haber salido de la cárcel y la única pena que aún le comprimía el alma era que su hija Clotilde continuara en prisión.

Aun así, bendecía la rutina que se había instalado en su nueva vida. A las siete menos cuarto ya estaba en pie, desayunaba con Dolores y una hora más tarde salía de casa y de camino compraba el *ABC*. Antes de la guerra solía comprar el *Ahora*, donde no se perdía las crónicas de Chaves Nogales, al que tenía por el mejor periodista de España; además de republicano y afín a Azaña, él solo se «casaba» con la verdad. Pero el periódico ya no existía, así que se había decantado por leer el *ABC*. La tienda se abría a las nueve, pero a él le gustaba llegar incluso antes de que lo hiciera Jacinto y así aprovechaba para leer el periódico. En cuanto llegaba su amigo comentaban en voz baja lo que pasaba en política y a continuación cada uno se enfrascaba en su tarea. A la una y media la tienda se cerraba durante dos horas, hasta las tres y media. Don Pedro caminaba deprisa hasta llegar a su casa para almorzar con Dolores y, apenas daba el último bocado, regresaba a Sederías Fernández, donde permanecía hasta las ocho de la tarde.

Además de las cuentas, ayudaba a Jacinto a colocar la mercancía, también echaba una mano barriendo el suelo, quitando el polvo y encerando de cuando en cuando el mostrador. Jacinto protestaba porque esa era tarea de la portera del edificio donde se encontraba la tienda. La mujer se sacaba unas pesetas limpiando un par de veces a la semana.

Procuraba evitar pasar cerca del Ayuntamiento de Madrid porque añoraba cuando trabajaba allí de funcionario, pero sobre todo para evitar conversaciones con quienes habían conservado el trabajo.

Algunos domingos iba con Dolores a almorzar a casa de Jacinto y Josefina, almuerzos a los que también solían invitar a Bartolomé, el hermano de Josefina, y a su esposa Paloma.

Dolores le instaba a ser prudente en los comentarios que pudiera hacer, puesto que, según le decía: «Ya que Bartolomé se ha interesado por tu suerte, quizá también pueda ayudar a Clotilde».

También evitaban hablar de Enrique. Tanto Josefina como Jacinto echaban de menos a su hijo, que seguía en Bilbao, y no comprendían su tozudez negándose a hacerse cargo del negocio familiar.

De cuando en cuando Jacinto le hacía alguna confidencia a Pedro Sanz sobre los desencuentros con su hijo.

—Es buena persona, pero no termina de encontrar su sitio... La guerra le hizo perder la ilusión. Ya sabes que era azañista como nosotros... Bueno, yo dejé de serlo... y él me siguió. Abominaba del Frente Popular, pero también de Franco y los alzados... No quería luchar en las filas ni de los unos ni de los otros. Por eso se fue... Ya sabes el disgusto que nos llevamos, sobre todo mi mujer. Josefina no entendía que su hijo se marchara a Argentina.

—No te atormentes, Jacinto... lo importante es que ha regresado. Y Bilbao está cerca...

Madrid, prisión de Santo Domingo

Era de madrugada cuando la voz de la carcelera las estremeció.

—Florinda Pérez, María Jesús García, en pie.

Clotilde agarró la mano de Florinda intentando retenerla mientras que Carmencita tiraba del brazo de María Jesús.

—Os llevan a Ventas —informó la carcelera, mirándolas con desprecio.

—¿A Ventas? ¿Y por qué se las llevan a Ventas? —preguntó Carmencita.

—A mí no me importa, ni a ti tampoco —respondió la carcelera mientras empujaba a Florinda y a María Jesús fuera de la celda.

No les dio tiempo de despedirse, pero aunque hubiesen dispuesto de unos minutos, ¿qué podrían haberse dicho?

Se conformaron con mirarse, suficiente para comprender lo que pensaban. No, no era un «hasta pronto», sino un «hasta siempre». Habían perdido la guerra. Florinda no se cansaba de repetirlo y añadía que cuando uno lucha tiene que hacerlo para ganar, pero si pierde, debe afrontar las consecuencias. Todas ellas habían perdido y, por tanto, no podían esperar nada.

El sonido bronco de la puerta cuando se cerró las dejó sumidas en el silencio.

La venganza de Clotilde consistió en hacer caricaturas de

las celadoras, del capellán, de los guardias. No había piedad en lo que dibujaba.

Una noche en que sus compañeras de celda la observaban mientras dibujaba, alguna no pudo reprimir la risa. Una celadora se acercó para comprobar la causa del alboroto. No les dio tiempo a ocultar el dibujo.

La celadora clavó la vista en la caricatura y rápidamente se dio cuenta de que era ella misma. El moño apretado, la verruga al lado del ojo derecho, la mirada torcida, el gesto agrio, la gordura que hacía que estuvieran a punto de reventar las costuras del uniforme. Sí, era ella, y se sintió más que ofendida, humillada.

Llamó a otras celadoras y pusieron patas arriba la celda buscando otros dibujos que pronto encontraron.

Quince días con sus quince noches pasó Clotilde en una celda de castigo sumida en la penumbra, alimentada con un caldo negruzco, un trozo de pan y poca agua.

«Así se te quitarán las ganas de reírte de la gente». «Eres una perdida, ¿qué mujer decente es capaz de hacer esos dibujos demoniacos?». «Reírse de los defectos ajenos no es de cristianos». «Las mujeres dibujan flores y cosas bellas, pero esos dibujos tuyos, ¿te los inspira el Diablo?». «Además del castigo divino también aquí pagarás por tu maldad»... Estas y otras frases parecidas eran las que las celadoras, más que decir, escupían.

Clotilde cerraba los ojos intentando evocar cómo era su vida antes de que estallara la guerra, preguntándose cuáles de sus decisiones habían sido equivocadas y si, en realidad, era ella la culpable de estar allí. Pero se indignaba consigo misma solo de pensarlo. Entonces apretaba los ojos con más fuerza como si al hacerlo pudiera disipar la bruma del dolor que le provocaba la soledad de la celda. Echaba de menos a Florinda; a pesar de la aparente dureza de su amiga, les había sostenido el ánimo cuando unas u otras se dejaban llevar por la desesperanza. Al principio habían discutido. Mucho. Florinda le reprochaba que no fuera capaz de ver las ventajas de que se hubiesen llevado a Pablo a la Unión Soviética. Pero ¿cómo podía agradecer a nadie que le hubieran arrebatado a su hijo? Si Pablo estuviese en Madrid, su madre le cuidaría y así ella algún día volvería a verle. «Pablo, Pablo, Pablo...», no se cansaba de dibujar el nombre de su hijo entre los labios, y aunque hacía muchos años que había dejado de rezar, no podía evitar musitar una oración pidiendo a Dios que Pablo no se olvidara nunca de ella.

Moscú, finales de 1941

La Guerra Civil española terminó el 1 de abril de 1939.

El 23 de agosto, Adolf Hitler y Iósif Stalin firmaron un tratado de no agresión entre el Tercer Reich y la Unión Soviética, y para repartirse Polonia. Por el nombre de los ministros signatarios ha pasado a la Historia como el «Pacto Mólotov-Ribbentrop».

Un mes después, el 1 de septiembre, tropas alemanas invadían Polonia, primer acto de la inmensa tragedia de la Segunda Guerra Mundial. Por su parte, el 30 de noviembre, la Unión Soviética invadió Finlandia. En los meses siguientes Francia, Holanda, Bélgica, Dinamarca, Noruega, Checoslovaquia, Yugoslavia y Grecia fueron cayendo bajo el dominio de las tropas alemanas. Toda Europa estaba en llamas.

El 22 de junio de 1941, el dictador alemán Adolf Hitler, rompiendo el tratado que había firmado con el dictador Iósif Stalin, ordenó la invasión de Rusia. Al principio, el avance fue fulminante. La Wehrmacht, el ejército alemán, merced a una táctica de combate en la que combinaban la velocidad de los tanques con el apoyo de la infantería y la aviación —la llamada «guerra relámpago»—, conquistó y ocupó grandes extensiones de territorio ruso haciendo prisioneros a cientos de miles de soldados.

El 30 de septiembre iniciaron el cerco de Moscú, y el 2 de octubre comenzó el ataque principal contra la capital y el corazón político de la Unión Soviética. Varias divisiones defendían la ciudad en un frente de más de cien kilómetros. El 10 de octubre, el general Gueorgui Zhúkov tomó el mando de la defensa de Moscú.

En los días siguientes fueron evacuados los miembros del Cuerpo Diplomático; trenes enteros cargados de obras de arte y objetos de valor partieron en dirección hacia el este. El pánico empezó a cundir entre los habitantes de la capital y se registraron algunos motines con saqueos y actos de pillaje. Se decretó la ley marcial y el traslado de varios regimientos del NKVD, la policía política heredera de la Cheka, que patrullaba la ciudad, practicando detenciones por doquier de saqueadores, borrachos y presuntos sospechosos de ser agentes alemanes encubiertos. Estaba castigado con la pena de muerte recoger del suelo una octavilla de las que lanzaban los aviones alemanes con textos en los que invitaban a los moscovitas a rebelarse. El gobierno trasladó la capital a Kúibishev, a orillas del Volga, pero Stalin permaneció en Moscú en el búnker del Kremlin. Y se tomaron todo tipo de medidas drásticas. Ancianos, mujeres y niños fueron movilizados, conducidos a las afueras de la ciudad para que cavaran trincheras y fosos antitanque. Todos los lugares estratégicos, incluido el metro, fueron minados antes de que la capital cayera en manos de los alemanes. Los dirigentes soviéticos tenían muy presente en la memoria lo ocurrido hacía más de un siglo, en 1812, cuando los habitantes de Moscú incendiaron la ciudad antes de que cayera en manos de las tropas de Napoleón. Las avanzadillas alemanas llegaron a situarse a una treintena de kilómetros de Moscú; pero en esta ocasión, la capital resistió. Se libraron combates con pérdidas muy elevadas de vidas. También de civiles, pues la ciudad era bombardeada día y noche por la Luftwaffe como antes habían sufrido Varsovia y Londres.

El 6 de noviembre, las primeras heladas anunciaron la llegada anticipada del «general Invierno». Procedentes del este empezaron a llegar tropas de las regiones más remotas de Siberia, soldados equipados y acostumbrados a combatir en condiciones meteorológicas extremas.

A pesar de los bombardeos de la Luftwaffe, el 7 de noviembre, día en el que según el calendario ortodoxo se celebraba el aniversario de la Revolución de Octubre, Stalin ordenó que se realizara el tradicional desfile militar en la Plaza Roja. Los soldados y los tanques que llegaban desde el este como refuerzo de las tropas de la capital desfilaron por delante del mausoleo de Lenin para después dirigirse directamente al frente de batalla. Algunos de los modernos carros de combate T-34 salieron sin pintar de las cadenas de montaje, tal era la premura a la hora de acudir al frente.

Sobrevivir a las bombas, al miedo y a la escasez de alimentos fue el calvario de aquellos días para los sufridos habitantes de Moscú.

Como se habían suspendido las clases porque las escuelas estaban cerradas y los chicos, Ígor y Pablo, eran demasiado pequeños para acudir a cavar trincheras, Anya, que sí había sido movilizada, y también la tía Olga acudían varias horas al día a trabajar en las tareas de defensa, que consistían en crear varios cinturones de trincheras y fosos antitanque alrededor de la ciudad. El abuelo Kamisky, al ser inválido de guerra, había sido dispensado de aquellos trabajos y se quedaba en casa al cuidado de los chicos. Con la facilidad que tienen los niños para aprender idiomas, Pablo hablaba ya bastante bien el ruso y también había aprendido a tocar el piano. Como el conservatorio también estaba cerrado desde que se inició la guerra, Anya les ponía tareas en casa: a Ígor, resolver problemas de matemáticas; a Pablo, tocar el piano.

«Repite otra vez y no aprietes las teclas, no es necesario, se trata de deslizar la yema de los dedos», le había dicho Anya. Pablo asintió. Y aunque estaba cansado, no quería contrariar a Anya; por eso, aunque ella no estaba, seguía practicando con el piano. Y no porque la temiera, al contrario; la quería de verdad y se sentía extrañamente unido a ella. Anya era lo más parecido a la madre que había perdido, cuyos rasgos se le habían ido difuminando en la memoria.

Ígor, por su parte, parecía ensimismado resolviendo los ejercicios de matemáticas y de cuando en cuando levantaba la mirada hacia Pablo y se le escapaba una sonrisa. Sabía que su madre no cejaría en el empeño de convertir también al pequeño español en un buen pianista. Años le había costado a él hacerse con los secretos del teclado. Anya no concebía su vida sin música ni poesía y quería que aquella pasión suya anidara en el alma de los chicos. Y lo estaba consiguiendo. Antes de la guerra, tanto Ígor como Pablo iban a la escuela y al conservatorio donde su madre daba clases. El único medio de transporte era el trolebús, que siempre iba repleto, pero a ellos no les importaba porque disfrutaban de la oportunidad de salir de casa.

En aquella casa, al único al que parecía molestar el piano era al abuelo Kamisky. El instrumento se había convertido en el objeto más preciado del hogar y ya no estaba en un rincón como si fuera un mueble inservible. Algunos días, aunque las dos, Anya y su tía, volvían a casa agotadas por la dura tarea de las trincheras, Olga aún encontraba un minuto para pasar una bayeta y sacar brillo al piano.

Mientras Pablo volvía a repetir una y otra vez la *Sonata n.º 1* de Chopin, el abuelo se encerraba en su cuarto refunfuñando, y decía que aquellos eran malos tiempos para la música.

Ígor levantó la vista del cuaderno y pensó en su padre. Hacía meses que no le veía. Sabía que estaba luchando en el frente. Antes de irse le había explicado que para un soldado no hay mayor honor que defender a su patria, e Ígor se sentía orgulloso de que su padre estuviera participando en la defensa de Moscú. Los alemanes no habían podido hacerse con la capital, pero seguían intentándolo pese al alto precio en vidas que estaban pagando. Sin embargo, eran muchas más las víctimas que causaban entre la población rusa. El daño infligido era inconmensurable. Para los habitantes de la capital el día a día se había convertido en un verdadero infierno. Faltaba de todo. Anya les había contado que las cartillas de racionamiento no llegaban para cubrir las necesidades de los cinco. Los pocos ratos en los que libraban del trabajo en las trincheras, la tía Olga y ella misma se turnaban para hacer cola en las tiendas de avituallamiento.

Alguna vez Ígor había acompañado a su madre y se había sorprendido al observar que el cielo del centro de Moscú estaba cubierto de globos aerostáticos. Había preguntado por qué estaban allí y su madre le había explicado que los cables de acero que los anclaban en tierra podían cortar las alas de los aviones. El Alto Mando los había desplegado porque eran una seria amenaza para los bombarderos alemanes que día tras día martirizaban a la ciudad con sus bombas. Ígor no paraba de mirarlos fascinado.

A pesar de la barrera de globos aerostáticos y de los nidos de ametralladora de la defensa antiaérea, los bombardeos de los alemanes proseguían, y entre otros muchos edificios casi habían destruido el Teatro Bolshói.

Ígor le había hablado a Pablo de los globos, y un día, aprovechando que su madre y la tía Olga estaban fuera, en las trincheras, se escaparon de casa y fueron caminando hasta llegar hasta Aleksandrovski Sad, junto a las murallas del Kremlin, para ver el despliegue de los globos, pero al llegar, unos soldados les habían gritado conminándolos a regresar a casa. Se asustaron y volvieron corriendo jurándose que no le dirían nada a Anya, más que por temor a un castigo, para evitar que se preocupara.

Moscú sobrevivía al asedio de la Wehrmacht, pero ni por un momento Anya, la tía Olga y tampoco Ígor llegaron a pensar que pudieran rebasar las trincheras apoderándose de la ciudad. Sabían que habían desalojado el malecón de Bersénevskaia, donde estaba la Casa de Gobierno, y que había barricadas en la carretera de Mozhaiski, que era uno de los varios distritos que habían sido fortificados. De vez en cuando el abuelo Kamisky se ponía el abrigo y su gorro de piel y salía a la calle, y cuando regresaba, traía, como él solía decir, «información privilegiada». «Debemos estar tranquilos, estamos bien defendidos, han colocado más de cincuenta kilómetros de alambradas alrededor de la ciudad, y fosos anticarro y trincheras fortificadas. No, los alemanes nunca entrarán en Moscú», aseguraba orgulloso.

La tía Olga había cumplido con la orden de las autoridades y había cegado las ventanas con papel para evitar que las filtraciones de luz pudieran orientar a los pilotos de los bombarderos alemanes.

El abuelo Kamisky les había dicho que uno de los primeros héroes en la defensa de Moscú había sido el comisario político Vasili Klochkov. Él junto con veintiocho hombres que formaban dos pelotones se habían enfrentado a todo un destacamento de panzers que intentaba penetrar en la ciudad por la carretera de Volokolamsk.

«No olvidéis estos nombres porque les debemos la vida», y repetía los apellidos del coronel general Kónev, del general Yeriómenko y del mariscal Budionni.

Sobre todo, insistía en el mariscal Semión Budionni, «un

héroe de la Caballería Roja durante la guerra civil. Nuestro líder Iósif Stalin le aprecia sinceramente, son buenos amigos y... bueno, yo también le conozco. No, no es mi amigo, pero en una ocasión conversé con él». Era cierto que Budionni gozaba de la amistad de Stalin, quien quizá por eso no le castigó por las deficiencias observadas en los primeros días del cerco de Moscú. Incluso le nombró viceministro de Defensa, un cargo con rango pero sin apenas poder ejecutivo.

El abuelo se exaltaba explicándoles a los chicos que los alemanes jamás se harían con Moscú «porque —según decía— tampoco lo consiguió Napoleón. ¡Ah! —concluyó—, tenemos otro gran general, el Invierno, y un buen aliado, la *rasputitsa*, el barro que crean las lluvias a principios de la primavera y el otoño».

Ígor se sentía orgulloso de ser ruso y de tener un abuelo que había luchado en la Revolución y también porque su padre estaba combatiendo a los alemanes defendiendo Moscú.

Muy de vez en cuando les llegaba alguna carta suya que Anya les leía en voz alta. Y aunque oficialmente no sabían dónde habían destinado a su padre, el abuelo parecía saber que a su yerno le habían enviado a Stalingrado. No tenía la confirmación, pero Grigory Kamisky se jactaba de tener amigos en el Ministerio de Defensa y alguien le había sugerido que quizá allí había sido destinado Borís Petrov.

La realidad era que no sabían dónde estaba, en qué frente luchaba, si le habían herido o si sufría alguna enfermedad.

Le dolía la ausencia de su padre y le desconcertaba que su madre no manifestara estar preocupada. El abuelo mostraba más inquietud por la suerte del yerno de lo que evidenciaba la esposa. Ígor no podía dejar de preguntarse por qué. Estaba a punto de cumplir once años y empezaba a vislumbrar que las relaciones entre hombres y mujeres eran más complejas de lo que nunca hubiera imaginado. Pero aquella reflexión no le restaba perplejidad ante la actitud de su madre.

Incluso Pablo manifestaba un cierto interés por la ausencia de noticias ciertas del paradero de Borís. Claro que para Ígor nadie parecía ser tan importante como lo era su madre. Anya era todo para él. Al principio había sentido celos porque tratara al niño español como si fuera un hijo más. Incluso su abuelo le reprochaba que le mimara tanto. Pero pocas veces su madre tenía en cuenta lo que pudiera decirle el abuelo Kamisky. Entre padre e hija había una animadversión soterrada.

En cuanto a él, se había acostumbrado a la presencia de Pablo y ahora sentía que era como si fuera su hermano. Su madre le había exigido que le tratara con afecto y compartiera cuanto tenía con él.

También le había pedido que se pusiera en el lugar del español: «Imagínate en España, un país del que desconoces todo, empezando por su idioma, y te llevan a casa de una familia con la que nada tienes en común... te dejan allí, a tu suerte... y en esa casa hay otro niño... ¿No querrías que ese niño fuera tu amigo, que te ayudara? Y qué me dices si la familia no te tratara con afecto y consideración... Ponte en sus zapatos, Ígor, y luego actúa como creas que debes». La había obedecido sin entusiasmo, pero la bondad y la fragilidad de Pablo le habían llevado a aceptarle.

Sí. Como le había aconsejado su madre, se había puesto en los zapatos de aquel niño español y había sentido pánico al pensar que alguien se lo pudiera llevar a España, lejos de su familia, y la angustia que le produciría no saber ni entender su idioma. Aún recordaba con pesar el día en que tuvieron que decirle a Pablo que su padre había muerto, allá en la guerra de España.

Fue unos meses después de que Pablo saliera del hospital. Estaba muy débil por la enfermedad que había sufrido y ni su padre ni su madre se atrevían a decírselo. Fue el abuelo quien les exigió que lo hicieran, además de tomar una decisión sobre el futuro de Pablo.

Recordaba bien aquella tarde. Su padre se llevó a Pablo a dar un paseo. «Tenemos que hablar de hombre a hombre», le dijo.

No tardaron mucho en regresar. Pablo llorando y su padre con el gesto descompuesto. Su madre le empujó hacia Pablo para que le consolara. Pero él no sabía qué hacer ni qué decir. Ignoraba lo que se sentía ante la muerte de un padre, puesto que el suyo estaba allí y le sentía fuerte, inmortal. Así que fue su madre quien se acercó a Pablo y le cogió en brazos estrechándole con fuerza, dejando que las lágrimas de ambos se mezclaran. Ella le prometió que no le abandonaría nunca, que algún día le llevaría a España junto a su madre, o tal vez ella viajaría hasta Moscú a buscarle. El llanto de Pablo se alargó durante toda la noche. Al día siguiente se negó a comer y beber, y tampoco respondía cuando se le preguntaba; había caído en un vacío del que no lograban sacarle. Solo el cariño y la paciencia de Anya fueron devolviéndole destellos de vida. Ella le exigió a Ígor que a partir de aquel momento tratara a Pablo como a un hermano, puesto que para ella era su hijo: «Un hijo tan querido como lo eres tú, y como confío en ti, te lo confío. No me falles. Júrame que a partir de ahora Pablo ya es tu hermano». Él se lo juró.

Por eso ahora cuidaba de Pablo. En la escuela sabían que si alguien se metía con el español se las tendría que ver con él. Alguno ya se había llevado algún puñetazo. Pero a pesar de que le protegía cuanto podía, lo que no había logrado es que Pablo recuperara las ganas de reír. Cumplía sus obligaciones y cuanto le pedían como si fuera un autómata. Jamás contradecía a nadie. Era un niño triste, parecía que la vida le resultaba indiferente. Solo de cuando en cuando hablaba y le preguntaba a Anya: «¿Cuándo me llevarás con mi madre?». Y ella lloraba porque no quería mentirle.

Mientras Pablo se defendía con el ruso, Ígor había aprendido algo de español. La tía Olga les había dicho que era un buen intercambio.

La voz de su madre le hizo volver a fijar la mirada en los ejercicios de matemáticas. Se había distraído y ya era hora de cenar.

Cerró el cuaderno y se puso en pie desperezándose; Pablo estaba guardando las partituras y el abuelo ya había salido de su cuarto.

—A la mesa —dijo la tía Olga, que venía de la cocina llevando una sopera.

—¿Otra vez sopa de remolacha? —preguntó Ígor con desánimo.

—Es muy buena y viene bien algo caliente, está nevando.

—Ya... pero es que siempre nos pones sopa de remolacha —protestó.

Apenas lo dijo, se arrepintió. Sentía la mirada acerada de su abuelo.

—Puedes irte a la cama. No hace falta que nos hagas el favor de tomarte la sopa —afirmó Grigory Kamisky moviendo la mano para indicar a su nieto que allí ya no hacía nada.

—¡Vamos, Grigory, no te enfades! A ti te gusta la sopa de remolacha, pero no tiene por qué gustar a los demás —intervino la tía Olga.

—Precisamente porque no tiene por qué gustar a los demás es por lo que invito a mi nieto a que se vaya a dormir. No quiero que se sacrifique tomando la sopa. —Fue la respuesta de Grigory a su hermana.

—Padre... Ígor no ha dicho nada que pueda molestarte... y no tiene que irse a la cama sin cenar. —Anya permanecía en pie mirando a su padre.

—Estamos en guerra, los hombres están muriendo, nuestro país está haciendo un sacrificio supremo… los alemanes quieren barrernos… y resulta que tu hijo se atreve a protestar porque no le gusta la sopa de remolacha, en vez de estar agradecido por tener algo en el plato.

—A mí tampoco me gusta la sopa de remolacha —le desafió Anya.

—Tampoco tú tienes por qué comerla.

Padre e hija se estaban enzarzando en uno de los duelos en los que a menudo se enfangaban.

—Mamá decía que a todos no nos tienen por qué gustar las mismas cosas —recordó Anya.

—Tu madre te consentía demasiado y a la vista está el resultado.

—¿Crees que me educó mal? —le retó ella con la pregunta sabiendo que con solo hacerla hería a su padre.

La ira se apoderó de la mirada de Grigory Kamisky. De haber estado solos, acaso le hubiese dado una bofetada. Pero se conformó con apretar con fuerza el borde de la mesa.

—No te atrevas a meter a tu madre en esto. Tu hijo es un caprichoso que no valora lo que tiene. Lo mismo que tú.

—Bien, pues esta noche ninguno de los dos cenaremos sopa de remolacha. Ígor, hijo, vete a la cama. Yo voy a salir, iré a casa de Talya.

—¡Dios mío, todo esto por una sopa de remolacha! —La tía Olga parecía a punto de llorar.

—No te preocupes, tía —intentó consolarla Anya.

—Es difícil conseguir comida… yo hago lo que puedo —se excusó tratando de contener las lágrimas.

—Ígor es fuerte y no le pasará nada por no cenar. En cuanto a mí, ya tenía previsto ir a casa de Talya.

—A reunirte con esos poetas y músicos que deberían estar junto a Pyotr en el Gulag —sentenció Kamisky.

—Pyotr es mi primo, recuerda que su madre era prima de la mía. Y si solo fuera Pyotr a quien han mandado al Gulag… Llegará un momento en el que será difícil que haya alguien que no haya sido condenado al Gulag. —Fue la respuesta dolida de Anya.

—Un día de estos te detendrán. Ir a casa de Pyotr Fedorov… con la excusa de visitar a su esposa, esa estúpida de Talya cuyos poemas son aún peores que los tuyos. Y toda esa gentuza con la que os tratáis… Maleantes que no contribuyen a defender nuestra patria.

—Lo sé, padre, para ti todos los que no nos inclinamos ante Stalin somos unos maleantes. Escribir poesía es un acto criminal, no formar parte de la Unión de Compositores Soviéticos de la URSS es contrarrevolucionario y, sobre todo, pensar… sí, pensar es un acto peligroso. El NKGB posee el don de leer nuestras mentes y conoce bien lo que pensamos. Por eso merecemos que nos manden al Gulag. Supongo que el día que me vengan a buscar te alegrarás. Incluso podrás reprocharles que no hayan hecho bien su trabajo viniendo antes.

—¡Anya! ¡No puedes decir estas cosas tan terribles! —La tía Olga lloraba abrumada por la discusión.

—¡Márchate! —ordenó Grigory Kamisky a su hija, mirándola con tanto desprecio como fue capaz—. Sí… te mereces que te envíen al Gulag. Te aseguro que el día que lo hagan no moveré un dedo. La gente como tú sois la escoria de nuestra sociedad.

Anya se dio la vuelta, descolgó el abrigo y el sombrero del perchero y salió de casa sin decir una palabra más.

No era fácil retener las lágrimas, pero Ígor lo intentaba. Se sentía culpable de cuanto acababa de suceder. Se dijo que nunca más protestaría por la sopa de remolacha. En realidad, no debía protestar por nada. Así se lo habían enseñado en la escuela. No cabían las protestas, eso era cosa de contrarrevolucionarios.

Pablo permanecía inmóvil sin atreverse a levantar la mirada del plato. A él tampoco le gustaba la sopa de remolacha y admiraba a Ígor porque era capaz de decirlo en voz alta. Sintió un dolor repentino en la boca del estómago. El silencio se había instalado entre ellos. No sabía qué debía hacer.

Ígor se dirigía al cuarto que compartían, el abuelo había empezado a tomar la sopa y la tía Olga no lograba controlar el llanto.

—Come —le ordenó el abuelo.

Le obedeció.

Moscú
Casa de Talya

Talya Fedorova abrió la puerta y sonrió al ver a Anya, aunque de inmediato frunció el ceño. Los labios crispados de Anya eran una confesión sobre su estado de ánimo.

—¿Has tenido problemas? —le preguntó sin saludarla siquiera.

—Mi padre... ya sabes cómo es...

—Sí... supongo que teme que vengas a esta casa. Tiene razón. Sé que me vigilan y los que os atrevéis a venir corréis peligro.

—Mi padre nunca tiene razón. Es un viejo obcecado incapaz de reflexionar sobre lo que está pasando. O acaso es aún peor, simplemente está de acuerdo con todo lo que hace Stalin. Es incapaz de encontrar fallo alguno en él. Stalin encarna la Revolución y en la Revolución no hay equivocación posible.

—Vamos, no te enfades... Grigory Kamisky luchó por cambiar este país y es lógico que tema por los peligros que pueden acechar a la Revolución, y más ahora que estamos en guerra.

—Talya..., por favor, no busques excusas para mi padre. Stalin es un demente y todos lo sabemos. Somos prisioneros de lo que llaman Revolución. Nos liberaron de los zares, pero hicieron de Rusia una cárcel aún más grande. Todos somos sospechosos, nadie es suficientemente buen comunista.

—Anda, cuelga el abrigo, aún queda sitio en el perchero. Parece que el frente se ha estabilizado y eso ha permitido que por unos días algunos de nuestros hombres hayan recibido permiso para regresar a sus casas. Aquí tienes a alguno y espero que venga algún otro amigo —añadió Talya señalando el salón, en el que ya había gente alrededor de una estufa.

Tras saludar, Anya acercó las manos para calentarse.

—¿Tienes noticias de Borís? —preguntó uno de los hombres.

—No, Leonid... seguimos sin saber dónde se encuentra.

—A tu marido le gusta la acción —respondió Leonid acercando las manos a la estufa.

—¡Qué tonterías dices, Leonid! Borís es un soldado, no un aventurero —le recriminó la mujer que estaba sentada a su lado.

—Masha, tú siempre has sentido simpatía por Borís porque es tan buen comunista como tú y admira tu trabajo en la Unión de Escritores —respondió Leonid.

—Vamos a ver, aquí nada de peleas de matrimonio —les cortó riendo Talya.

Anya se encogió de hombros sonriendo. Entre Leonid Baránov y su esposa Masha Vólkova eran habituales las discrepancias sobre casi todas las cosas. Aun así, hacía más de veinte años que estaban casados y su matrimonio parecía sólido como una roca.

Formaban un grupo singular. Talya y Anya eran más o menos de la misma edad, por encima de la treintena, mientras que Leonid Baránov y su esposa Masha estaban casi en los cincuenta, lo mismo que Oleg Ivánov. Su esposa, Klara Dimitrieva, era un poco más joven, rondaba los cuarenta. Baránov e Ivánov daban clase, de Literatura el primero y de Historia el segundo, en la Universidad de Moscú, mientras que antes de la guerra Klara lo hacía en una escuela de enseñanza superior.

—Las noticias que llegan no son...

—¡Calla, Klara! —le ordenó Talya.

—Bueno, que yo sepa, aquí nadie puede escucharnos, y aunque el gobierno no quiera que sepamos lo que sucede, no han podido impedir que nos enteremos de la dramática situación que se vive en el frente... —insistió Klara.

—Esta noche no hablaremos de política, sino de poesía. Para eso nos reunimos, para compartir nuestros últimos poemas. —Talya parecía dispuesta a no permitir que sus invitados se saltaran el guion que había previsto.

—Poesía... La guerra está ahí fuera, rodeándonos por todas partes y sin saber si lograremos sobrevivir, y vosotros seguís empeñados en escribir poesía... una poesía sobre vuestros sentimientos, no para el pueblo. —Masha parecía hablar más para sí misma que para sus amigos.

—¿Y qué nos quedaría si renunciáramos a la emoción de la poesía? Además, en la Unión Soviética escribir se ha convertido en un acto de rebeldía. Ninguno de nosotros somos bien vistos por la Unión de Escritores —le recordó Klara.

—Y eso nos honra —intervino Oleg Ivánov.

—No sé si nos honra, pero lo que sí sé es que nos pone a todos en peligro. A pesar de la guerra, siguen mandando gente al Gulag. Stalin odia a los escritores que no son capaces de escribir de... bueno... de lo que es importante para la Revolución y... quizá tiene razón —afirmó Masha.

—Stalin odia a cualquiera que se atreva a pensar —sentenció Anya.

—Sí, todo aquel que no piensa lo que el «padrecito Stalin» ordena que debemos pensar paga un precio muy alto. Nos convierte en enemigos del pueblo. Hace meses que no sé nada de Pyotr... Quiero consolarme creyendo que no le habrán llevado al norte... que como es ingeniero quizá estén aprovechando sus conocimientos en alguna fábrica de armamento...

—volvió a lamentar Talya, rindiéndose a la evidencia de que la conversación se adentraba en la política.

Anya cogió la mano de Talya intentando transmitirle un mensaje de afecto y esperanza. Talya había llegado a su vida apenas hacía cinco años. Pyotr se la presentó asegurándole que ¡por fin! había encontrado a la única mujer con la que no le importaba casarse.

Todo el grupo sabía que Pyotr y Anya se conocían desde niños, eran primos segundos y vivían muy cerca el uno del otro; además, tenían mucho en común. La madre de Pyotr era judía y su padre era bolchevique. Por eso se sentían hermanados. También les unía una gran pasión por la lectura. Él reconocía que no tenía talento para escribir, pero sí olfato para distinguir la calidad de cualquier texto, y eso le había llevado a insistirle en que además de la música no descuidara la poesía. «Eres una gran poeta, Anya, por más que tus poemas estén salpicados de amargura. Aunque si no lo estuvieran, no tendrían interés», solía decirle.

A Anya no le cabía la menor duda de que Pyotr se había enamorado antes de los escritos de Talya que de ella misma. Sus relatos se asemejaban a un bisturí que abría la carne para evidenciar la sorpresa de los órganos encargados de hacer posible la vida.

El estilo de Talya era seco y directo, creando en el lector una desazón permanente. Aún no había publicado nada porque no lograba obtener el visto bueno de la Unión de Escritores. Pero Talya se conformaba con ser una buena profesora de Lengua e intentaba inculcar a sus alumnos adolescentes la pasión por los entresijos del idioma ruso. Siempre bajo la vigilancia de las autoridades académicas, que en cada momento decidían qué autores estaban permitidos y cuáles proscritos. Ella no aceptaba que se juzgara a un autor en función de lo que las autoridades consideraban lo esencial: plegarse a los dictados de lo que se decidía en el Kremlin. Antes que nada, un escritor debía ser un buen ciudadano soviético, condición que Talya rechazaba. Así que de cuando en cuando organizaba veladas literarias en su casa con aquellos de sus conocidos que tenían sed de saber y con los que era posible tejer una relación de confianza. A algunas veladas también acudía el profesor Ivánov. Oleg y Talya tenían en común el interés por los autores prohibidos. Ella nunca olvidaría el día en que él le pidió permiso para llevar a un amigo a una de esas reuniones. Ese amigo resultó ser Pyotr Fedorov. Pero de aquello hacía ya mucho tiempo.

—No nos dejemos llevar por la nostalgia —les pidió Talya devolviéndolos a la realidad—, esta noche Anya va a tocar la música que ha compuesto para vuestros poemas. Quizá podrías empezar por los de Leonid...

—¿Y por qué no empieza por los suyos? —sugirió el propio Leonid.

—Haremos caso a Talya —respondió Anya.

El piano estaba pegado a una de las paredes del salón. Anya colocó las partituras y le indicó a Leonid con qué poemas comenzaría; quedaron en que le haría una seña con la cabeza cada vez que terminara la composición de cada poema para que él pudiera hacer una pausa antes de continuar con el siguiente.

A los poemas de Leonid siguieron los de Klara. Dos horas después, todos se abrazaron satisfechos.

—Ya no podré leerlos si no están acompañados por tu música —le aseguró Klara.

—Eres tan buena compositora como poeta —afirmó Masha.

—Lo que me lleva a preguntarte por enésima vez cómo es posible que la Unión de Escritores rechace continuamente los poemas de Anya, de Oleg y de Klara... —exclamó Talya.

—¡Ay, Talya! Yo solo soy una editora... He peleado porque les permitan publicar, pero no lo consigo. La poesía de Oleg es casi metafísica... los problemas del ser, y ese no es un tema muy soviético. En cuanto a Klara... cada verso es una puñalada a la realidad de esta sociedad. Tampoco son versos soviéticos. La última vez que intenté que consideraran la posibilidad de autorizar la publicación de un poemario de Klara me dijeron que si insistía en defender a «esa autora», terminaría perdiendo mi trabajo porque, dijeron, «¿cómo se puede publicar a alguien que no aprecia el país que ha construido nuestro padrecito Stalin?». Un amigo me advirtió de que mi insistencia podía provocar que Klara y yo acabáramos en un hospital psiquiátrico para tratarnos por la «desviación» que evidenciábamos. Desconfían de mí y me vigilan de cerca. Pero esto ya lo sabéis —concluyó Masha con pesar.

—¿Y los poemas de Anya? —le preguntó Oleg Ivánov.

—No los entienden y por eso los rechazan —contestó Masha, apesadumbrada.

—No te culpes, Masha... —dijo Anya.

—Si supierais... Solamente quieren textos que traten sobre el «hombre nuevo» soviético, sobre los logros de Stalin, sobre los valerosos obreros... que son la savia de la Revolución. Intentan ignorar a Anna Ajmátova, a Eugenia Ginzburg... Apenas soportan a Borís Pasternak... Y, además, estamos en guerra.

—Masha, nos estás diciendo que estamos condenados a no poder publicar porque no alcanzamos a ser los perfectos comunistas soviéticos —se lamentó Talya.

—Tú lo sabes mejor que nadie... Se han llevado a tu marido y además cada vez que mandas uno de tus cuentos a la Unión de Escritores lo juzgan inconveniente y lo rechazan. ¿Sabéis lo que más temo...? Temo que os detengan... que os envíen al norte, al Gulag. —Masha había bajado la voz hasta convertirla en un susurro.

Leonid estrechó las manos de su esposa entre las suyas. Sabía de los temores que la asaltaban.

—No te sientas culpable, Masha... Sabemos que haces lo que puedes —afirmó Klara.

—¿Sabes, Anya?, me maravilla el talento que tienes para adornar con música la poesía —dijo Oleg intentando desviar la conversación a un territorio menos amargo.

—La música no es un adorno... Las palabras y la música se funden... forman parte de nuestra humanidad —respondió Anya.

—No nos has contado nada sobre cómo te va en el conservatorio... —insistió Oleg.

—Querrás decir cómo me iba, porque desde que empezó el cerco las clases están suspendidas. Pero bueno, me iba igual que siempre. Hay gente con tanto talento... Pero no son tiempos para la música. Incluso los mejores alumnos están luchando en el frente. Daba clases a niños de siete y ocho años, auténticos genios. Pronto serán ellos quienes me enseñen a mí.

—¿Y el español? Siempre nos dices que ese niño llegará lejos —la interrumpió Klara.

—Pablo... Sí, realmente es extraordinario, tiene un don. A veces pienso que la tristeza es la que le lleva a tocar de tal manera el piano que parece que te está llegando al alma. Le quiero mucho, muchísimo. Ojalá pudiera hacer algo para que recupere a su familia.

—Quizá Borís podría hacer algo —sugirió Masha.

—Lo intentó. El Frente Popular perdió la guerra al poco de que él regresara de España trayendo a Pablo consigo. Lo último que pudo averiguar es que el padre del niño había muerto en el frente y que a la madre la habían encarcelado. Los españoles que viven aquí difícilmente pueden comunicarse con sus camaradas de España.

—¿Pablo no estaría mejor en una de esas casas infantiles para niños españoles? Al menos estaría entre los suyos —preguntó Masha.

—No. Llegó muy enfermo, casi se muere, y no tiene buena salud... Creo que ya ha sufrido bastante al separarse de sus padres... yo... yo le quiero como a un hijo, no soportaría separarme de él. Sería una crueldad abandonarle. Además, Borís le prometió al padre de Pablo que le cuidaría, que estaría con nosotros, y así será...

—Pero algún día él querrá ir a España —sugirió Klara.

—Quizá... pero aún es muy pequeño... Su padre está muerto, su madre en la cárcel... es hijo de comunistas, ¿a quién se lo íbamos a enviar? Algunos de los españoles que vinieron con los niños le han asegurado a Borís que enviarle, si es que pudiéramos hacerlo, sería condenarle a vivir en un orfanato franquista... Imaginaos cómo tratarían al hijo de una pareja comunista. No... no puede ser... Se quedará aquí... con nosotros... Es nuestro hijo.

—No, no es vuestro hijo —le recordó Masha—. Pablo tiene una madre que seguro que no deja de pensar en él. No podéis retenerle.

—¡Qué cosas dices, Masha! Anya y Borís no están reteniendo a Pablo... Sería insensato que en estas circunstancias le enviaran a España. Estamos en guerra, una guerra en la que España está al lado de los alemanes, y tú pretendes que desde aquí viaje un niño hijo de comunistas... Creo que no has pensado bien lo que has dicho —le recriminó Leonid.

Masha miró a su marido con un mohín de disgusto, pero terminó asintiendo. Realmente su propuesta era una insensatez. Aun así, no admitió la derrota.

—Más vale que no te encariñes demasiado con ese niño. No es tu hijo, Anya, no es tu hijo —concluyó Klara.

No, Pablo no era su hijo, pero le quería tanto como a Ígor.

No podía imaginar su vida sin ninguno de los dos. Borís se lo había reprochado en alguna ocasión. «Tu hijo es Ígor, no lo olvides», solía repetir. Pero a ella tanto le daba. A Ígor le había llevado en su vientre y era parte de su carne, ¿cómo podría olvidarlo? En cuanto a Pablo, compartían la misma pasión por la música y la lectura y les bastaba mirarse para comprenderse, no necesitaban palabras. Ígor era una prolongación de Borís y Pablo lo era de ella.

—No quiero incomodarte, Anya, pero tu padre quizá podría hacer algo por Pyotr... Al fin y al cabo, era amigo del padre de Pyotr —comentó Oleg.

—Se conocían, pero no eran amigos; eran nuestras madres las que estaban emparentadas. Le he suplicado a mi padre para que se interesara por Pyotr, pero se niega a hacerlo —respondió ella con un deje de vergüenza en la voz.

Guardaron silencio para no entristecerla. Talya apretó los dientes y bajó la mirada. No podía ni quería culpar a Anya.

—Las cosas cambiarán cuando termine la guerra —afirmó Masha sin mucho convencimiento.

—Nada cambiará y tú lo sabes, Stalin no lo permitirá —respondió Oleg con rabia.

Faltaba poco para las nueve de la noche cuando Talya despidió a sus amigos advirtiéndoles que no hicieran ruido y que se dieran prisa para no ir por la calle después del toque de queda.

—La portera está siempre al acecho y desde que se llevaron a Pyotr me trata como si yo fuera una delincuente —dijo susurrando.

Bajaron las escaleras intentando evitar el crujido de los desgastados peldaños.

La nieve seguía alfombrando de blanco la ciudad. Los cinco se percataron del coche negro estacionado junto a la acera de enfrente.

—Ahí están… —indicó Klara.

—Mala señal… van a por alguno de nosotros —respondió Leonid.

—No te engañes, Leonid, para ellos todos somos sospechosos —musitó Anya.

—Tu padre es un héroe de la Revolución y tu marido, un oficial del ejército —le recordó Masha.

—¿Crees que eso me salvará? —preguntó Anya clavando sus ojos azules en Masha.

—Desde luego… no se atreverán a detenerte… y si lo hicieran, tu padre y tu marido te salvarían —insistió Masha.

Anya esbozó una sonrisa mientras abrazaba a Masha para despedirse y le susurraba al oído: «Ojalá tengas razón».

Oleg y Klara se ofrecieron a acompañar a Anya hasta su casa. No eran horas seguras para caminar por la ciudad. El coche negro se puso en marcha siguiéndolos en su camino. Klara aceleró el paso, pero Oleg le oprimió con delicadeza la mano. «No hace falta que corramos, si hubieran querido detenernos, ya lo habrían hecho», dijo en voz baja.

Klara asintió mirando de soslayo el coche negro. Anya había decidido ignorar la presencia del vehículo y miraba al frente.

Cuando Anya abrió la puerta de la casa de su padre se encontró a la tía Olga dormitando en el sofá. Se acercó a ella y le dio un beso en la frente. La mujer abrió los ojos y suspiró.

—Ya estás aquí… Entonces me iré a dormir.

—Tía, no deberías esperarme levantada.

—Ay, niña, ¿crees que puedo dormir mientras estás ahí fuera? Se oyen tantas cosas…

—Te aseguro que me porto bien —dijo sonriendo mientras acompañaba a su tía.

—No lo dudo, pero… no sé… Quizá a tu marido no le gustaría que salieras por la noche… No está bien, Anya… Estás casada y murmurarán sobre ti.

—Espero que no me digas las mismas cosas que mi padre.

—Tu padre te quiere… No sabe demostrarlo, pero te quiere y está preocupado por ti.

—Debería preocuparse por haber contribuido a que triunfara una revolución que ha hecho posible que vivamos bajo la férula de Stalin.

—¡Por Dios, Anya!

—Descansa, tía… —dijo mientras guiaba con suavidad a Olga hasta el recodo donde dormía en el salón, detrás del biombo.

Anya se sentó en el mismo lugar donde había estado su tía. Buscó un cigarrillo en el bolso. Fumar le calmaba los nervios y por más que su padre le recriminara lo que denominaba «el vicio del tabaco», ella no estaba dispuesta a dejarlo; era una de las pocas cosas en las que aún coincidía con su marido.

Stalingrado, diciembre de 1942

Borís Petrov encendió la colilla que había guardado. Dio una calada profunda dejando que el humo calmara la ansiedad que le corroía el alma.

Llevaba demasiadas horas sin comer y sin dormir, disparando y evitando las balas de otros hombres que con uniforme diferente combatían no solo por la gloria de su patria, sino también para salvar sus vidas. Porque de eso se trataba, de salvar la vida.

Miró a sus hombres y sintió alivio al tenerlos cerca. Intentaba retener en la memoria los rostros y nombres de algunos de los camaradas que habían combatido a su lado. Sabía que jamás se escaparía del fantasma de su recuerdo. Todos ellos formaban parte del 62.º Ejército Soviético.

Stalingrado no caería en manos del enemigo, al menos mientras hubiera un solo soldado ruso vivo. Todos cumplirían con la Orden 227 de Stalin: «¡Ni un paso atrás!».

Notó el frío restregarse contra sus huesos y por un instante se sintió reconfortado sabiendo que al menos los soldados soviéticos estaban mejor pertrechados que los alemanes. En el verano del 42 habían librado un doble combate, contra el ejército alemán y contra la disentería, los mosquitos y el tifus. Ahora, durante esos últimos días del año, la *rasputitsa* se había convertido en un aliado en la batalla por salvar la ciudad.

Frío, lluvia y barro. El general Invierno que siempre acudía en ayuda de la Madre Rusia.

Ninguno de sus hombres, ni siquiera otros oficiales, se atrevían a hablar de victoria, pero sí cuchicheaban sobre el éxito de la estrategia seguida bajo la batuta de los generales Yeriómenko y Chuikov, que habían frenado hasta el momento que la Wehrmacht alcanzara los campos petrolíferos del Cáucaso acercándose al Caspio tras rebasar el sagrado Volga. Pero Borís Petrov se preguntaba: ¿hasta cuándo tendrían que luchar? ¿Cuántos camaradas más tendrían que morir? ¿Pasaría él a ser un nombre más en la lista de los muertos? Y si así fuera, ¿qué sentiría Anya? ¿Le lloraría?

Acarició el cañón de su PPSh-41 como si del rostro de Anya se tratara. Y sintió el frío del metal del subfusil, tan frío como el corazón de Anya.

Hacía unas cuantas horas que habían logrado hacerse con un bloque semidestruido por las bombas de los Stukas. Un edificio de arquitectura señorial del que solo quedaban algunos muros, amén de quién sabe cuántos miles de cascotes. Entre las ruinas habían hecho prisioneros a algunos de sus defensores, un grupo de italianos y rumanos pertenecientes a las tropas de apoyo de la Wehrmacht.

Borís Petrov suspiró cansado mientras sintió el calor de los restos de la ceniza del cigarrillo en los dedos.

Hizo una seña a uno de sus hombres. «Ahora interrogaré a los prisioneros». El hombre asintió y Petrov se encorvó para seguirle entre los restos del edificio.

Eran diez los prisioneros. Seis italianos y cuatro rumanos que se habían quedado aislados en aquella parte de la ciudad sin que a los suyos les importara su suerte.

Petrov se sentó sobre un trozo de muro e inmediatamente algunos de sus hombres le rodearon, no tanto por protegerle como para dar cierta formalidad al interrogatorio.

El oficial de más rango era un capitán al que Borís calculó que no habría sobrepasado los veinticinco años. Poco podría decirle. Para los alemanes, sus aliados solo eran carne de cañón. Les pertenecían para morir.

El joven intentaba mantener cierta dignidad, gesto que Petrov apreció dadas las circunstancias. Los restos del uniforme que le colgaban del cuerpo no podían protegerle del intenso frío que se metía hasta los rincones del alma. Aquella mañana habían combatido a treinta bajo cero. Los soldados italianos y rumanos parecían estar más cerca de la muerte que de la vida. Las manos rígidas, el cabello congelado, los pies envueltos en papeles dentro de botas rotas, inútiles para resguardarlos de aquellas temperaturas.

—Capitán Augusto Fontana, del VIII Ejército.

—¿Y qué más? —preguntó Petrov en español, creyendo que aquel joven le entendería, convencido como estaba de que ambos idiomas guardaban muchas similitudes.

Fontana permaneció en silencio intentando evitar el castañeteo de los dientes mientras dejaba que aquellas palabras que no le resultaban del todo ajenas se abrieran paso por el hielo que le oprimía la mente. Apenas podía mantenerse sobre sus pies. En realidad, hacía rato que había dejado de sentirlos. Quería vivir, pero intuía que ya estaba más cerca de la muerte.

—Le he preguntado que qué más, capitán. —El tono de voz de Borís Petrov resultaba igual de frío que la nieve que los rodeaba.

—Capitán Augusto Fontana, del VIII Ejército —repitió el joven italiano.

¿Qué más podía decir? Acaso que él y sus hombres se habían visto perdidos en el fragor de los combates. Que no sabía dónde estaba su unidad; que un cascote que había saltado tras el impacto de una bomba le había dejado inconsciente; que los muros de aquel edificio los habían medio sepultado, y que no sabía quiénes eran aquellos cuatro soldados rumanos que también habían perdido el contacto con su unidad. Pero no, no iba a decir nada de aquello, solo su nombre y su rango, tal como le habían enseñado en la academia militar.

—¿Qué sabe usted del emperador Augusto? —preguntó Petrov con un deje de ironía.

El capitán Fontana pensó que no le había comprendido bien, no podía ser que aquel oficial ruso creyera que él era emperador. Pero Borís Petrov repitió la pregunta intentando vocalizar cada palabra para hacerse entender.

—Usted lleva el nombre de un emperador, Augusto. La historia de Roma no se puede escribir sin Augusto. Algo sabrá de él —insistió.

—Yo... yo... yo no sé nada... Lo que aprendí en la escuela —respondió Fontana, desconcertado.

—Un buen general y mejor estratega. Sabía lo que quería y cómo conseguirlo. Y usted, capitán, ¿sabe lo que quiere?, ¿sabe por qué está aquí?

Augusto Fontana no respondió. Sí, claro que sabía por qué estaba allí. Estaba porque su padre le había convencido de que formar parte del ejército era asegurarse el futuro. Y le había obedecido sin dudar. ¿Qué otra opción tenía salvo destripar terrones en la dura tierra en la que su familia sembraba patatas con tanto esfuerzo?

No, él no quería tenérselas que ver con una tierra avara, insensible al hambre de los campesinos. Desde niño, su madre le había contado historias sobre la ciudad. Roma. Ella había ido una sola vez, pero le decía que en Roma se resumía el mundo entero. En Reggio Calabria no había futuro, pero en Roma... en Roma podría ser algo.

El aullido atronador de los Stukas rasgó la niebla del cielo. Borís Petrov calculó que en pocos minutos sus bombas volverían a destruir aún más lo destruido. Se llevó la mano a la frente.

Le hubiera gustado conversar con aquel joven italiano. De Augusto. De Roma. Del pasado. Pero no era el momento ni el lugar. Hizo un gesto a uno de los soldados que le flanqueaban. No hacía falta gastar saliva. Sus hombres sabían lo que tenían que hacer. Empujaron al capitán Fontana unos cuantos metros colocándolo junto al resto de los prisioneros, después abrieron fuego, ráfagas precisas que doblaron los cuerpos de aquellos desgraciados antes de que se estrellaran contra el suelo.

Borís pensó que aquella era una manera estúpida de morir. Estaba seguro de que aquel capitán en realidad ignoraba por qué había muerto.

Después ordenó que taparan los cadáveres con cascotes. No sabía cuándo podrían abandonar aquellas ruinas y quería evitar el olor dulzón de la muerte.

Petrov dirigió una mirada cansada al horizonte que se dibujaba entre los restos del edificio. Las bombas lanzadas por los Stukas estaban completando la tarea de destrucción de aquel sector de la ciudad. Tenían que escapar de allí, aunque, bien pensado, las posibilidades de vivir o de morir eran iguales tanto si se quedaban como si intentaban huir. No había un solo palmo de Stalingrado que ofreciera más seguridad que otro.

—Nos quedaremos hasta que los malditos Stukas se marchen —dijo con voz templada a sus hombres—, y mientras se alejan lo mejor es que descansemos.

Los soldados asintieron. En la guerra se duerme de pie con las armas en la mano y apoyando la cabeza en el cañón de los fusiles. Se duerme entre cadáveres, procurando soñar que no se es uno de ellos.

Borís Petrov cerró los ojos para trasladar su imaginación hasta el piso de su suegro, Grigory Kamisky. Sabía que Anya e Ígor se hallaban allí, protegidos, esperando. Porque no dudaba de que le estaban esperando, aunque era consciente de que los años pasados en España habían abierto una brecha entre Anya y él. Pero no, se dijo, no debía engañarse; la causa del alejamiento no había sido la distancia, eso Anya lo podría superar. Lo que en realidad los separaba era que ella no era comunista y, por tanto, no compartía los ideales de la Revolución. No quería entender que eran necesarios ciertos sacrificios y que no podía mostrarse egoísta defendiendo una libertad de creación a través de sus poemas y de su música que topaban con lo que Stalin había establecido, porque él sabía lo que la Unión Soviética necesitaba.

Tenía que hacerla comprender... Sí, Anya tendría que comprender que el país no necesitaba poemas sobre el «yo», sino sobre los logros de la Revolución. Poetas tan grandes como Vladímir Maiakovski habían dedicado sus mejores versos a la Revolución. «Lenin», «Octubre» o «¡Bien!» eran una muestra de cómo aquel gran poeta había contribuido a llevar a las masas la grandeza de la Revolución. Solo por esos poemas había que perdonarle que al final hubiera empezado a comportarse como cualquier burgués, más preocupado del «yo» que de los «otros». Aunque quizá la vida disipada que había llevado le había trastornado hasta cambiarle la personalidad. Había tenido varias amantes, Lilia Brik, Nora Polonskaya, pero sin duda la más peligrosa había sido aquella refugiada, Tatiana Yákovleva, una pésima influencia para el carácter volcánico de Maiakovski.

Borís Petrov pensaba que el Estado le había consentido demasiado tolerando sus continuos viajes a París, donde se reunía con la Yákovleva, para que al final el pobre desgraciado se hubiera suicidado en vez de agradecer la gloria alcanzada gracias a la protección que siempre le había brindado Anatoli Lunacharski, comisario de Educación. Sí, gracias a la generosidad del Kremlin le habían perdonado aquellos dos poemas inspirados por la exiliada, Yákovleva, «Carta al camarada Kostrov» y «Carta a Tatiana Yákovleva». Dos poemas que destilaban emociones sin ningún pudor.

En una ocasión había discutido con Anya sobre el suicidio de Maiakovski y ella le reprochó que no entendiera que si el poeta había renunciado a vivir era porque no soportaba el monstruo que él mismo había contribuido a crear. «Se dio cuenta de que el monstruo era imparable y también le tiranizaba a él», había sentenciado. Para Borís Petrov, las palabras de su mujer carecían de sentido. ¿Cómo podía defender el egoísmo individualista del poeta? ¿Acaso ella estaba empezando a padecer el mismo mal? En realidad, Anya siempre había abominado de los poemas revolucionarios de Maiakovski y tampoco simpatizaba con el «Futurismo», el movimiento literario que él inspiró y que abogaba por enviar a un rincón de la Historia de la Literatura rusa a Tolstói o a Dostoievski. De hecho, ella había empezado a apreciar el talento de Maiakovski cuando dejó de defender la Revolución en sus poemas. Aún recordaba la discusión sobre *El baño*, una obra teatral de Maiakovski en la que criticaba sin ambages al sistema. Borís consideraba que era una traición, mientras que Anya opinaba que el poeta había recuperado la libertad interior. Así era Anya.

Se estremeció y no a causa del frío, sino porque temía no ser capaz de defender a Anya de sí misma.

Sus hombres descansaban vigilantes, confundiéndose entre los muros destruidos. Todos se preguntaban en silencio si podrían continuar esquivando la muerte que los perseguía de manera implacable. Los generales aseguraban que en la defensa de Stalingrado se resumía el futuro de la Unión Soviética. De manera que defendían cada palmo de la ciudad con el ansia de sobrevivir un día más.

Una mano le apretó el hombro y de inmediato la imagen de Anya se desvaneció.

—Podemos salir —susurró uno de los soldados.

Él asintió sin decir palabra. Disminuía el ruido de los motores de los Stukas que se alejaban tras haber vaciado su carga de bombas sobre las ruinas de la ciudad.

Borís confiaba en el general Vasili Chuikov, aunque al principio había disentido en silencio de alguna de sus tácticas. Chuikov había ordenado que las tropas soviéticas se «pegaran» a las de la Wehrmacht para de esa manera obstaculizar los ataques de la Luftwaffe porque los pilotos tenían dificultades para afinar los objetivos y corrían el peligro de bombardear a sus propias tropas.

Salieron al descubierto avanzando con cautela. A Petrov le preocupaban dos de sus hombres que habían sido heridos de gravedad. Necesitaba acercarse a algún puesto donde hubiera un médico o al menos una de las enfermeras que tanto admiraban todos por su heroísmo.

Nunca había imaginado que iba a tener tanto respeto por una mujer como el que sentía por tantas de aquellas enfermeras que no se movían de la primera línea del frente y que sin temor a las balas iban de un lado para otro atendiendo a los heridos.

Quizá algún día se les reconocería y premiaría su valor. Un valor equiparable al de otras mujeres que no habían huido de la ciudad y malvivían junto a sus hijos entre los escombros o se refugiaban en sótanos en compañía de las ratas.

Por fin llegaron a un sector de la ciudad que parecía disfrutar de una relativa tranquilidad.

—¿Se había perdido, comandante Petrov?

—Ya ve que no, camarada comisario.

Borís apretó los labios mientras medía su mirada con la de Stanislav Belov, el comisario político de aquella sección.

—Seguro que hoy el camarada Vasili Záitsev ha matado más alemanes que usted.

—Puede ser, camarada comisario. El camarada Vasili Záitsev es un ejemplo para todos nosotros.

—¿Y la camarada Vorobiova? ¿Acaso no merece también ella sus elogios?

Borís hizo un esfuerzo por no ceder a la provocación. No terminaría la guerra sin el placer que sentiría al destrozar el rostro de Stanislav Belov. No reconocía ningún mérito a Belov, ni siquiera el de ser un buen revolucionario. Le gustaba humillar a los soldados preguntándoles por cualquier capítulo de *El capital* y los amonestaba recordándoles que sin Engels y Marx todos ellos seguirían siendo esclavos.

En cuanto a la camarada Vorobiova... Stanislav Belov le había sorprendido mirándola con admiración y los vigilaba si los encontraba charlando.

Pero él no era el único que admiraba a Lena Vorobiova. Era una excelente ingeniera que sabía de artillería, de cañones y ametralladoras más que muchos de sus colegas.

Lena Vorobiova siempre estaba en primera línea ocupándose del mantenimiento de las piezas de artillería antiaérea. Los cañones de 37, 76 y 85 mm no tenían secretos para ella. Su padre, que era ingeniero, le había enseñado todo lo que sabía aun antes de que ella fuera a la universidad. Cuando era niña le acompañaba a la fábrica de artillería y por eso dominaba con los ojos cerrados el mecanismo de los cañones. Conocía los nombres de las piezas mejor que el de sus muñecas.

—Aquí estoy, camarada Belov, ¿hablaba de mí? —La voz ronca de Lena Vorobiova sonaba en tono desafiante.

Stanislav Belov se sobresaltó al oírla y durante unos segundos pareció desconcertado. Ni siquiera él, que era un comisario político, podía enfrentarse a la camarada Vorobiova. Era una ingeniera apreciada por el Alto Mando y los generales no dudaban en consultarle incluso sobre algunas de las estrategias a seguir. Además, se rumoreaba que contaba con el aprecio del Vozhd, el mismísimo Stalin.

El comisario Belov carraspeó mientras buscaba las palabras adecuadas para responder a la ingeniera.

—Me quejaba de la admiración del camarada Petrov por nuestro camarada Vasili Záitsev en detrimento de usted.

—El camarada Záitsev es el mejor francotirador de nuestro ejército. Comparto con el camarada Petrov la admiración hacia Záitsev —respondió ella mientras clavaba su mirada azul en los ojos acuosos, sin color definido, del comisario Belov.

—Supongo, camarada Petrov, que tendrá que reportar qué ha hecho en las últimas horas —dijo Belov esquivando la mirada de Lena.

Borís Petrov asintió con un gesto y se dio media vuelta agradeciendo la aparición de Lena Vorobiova. De lo contrario, pensó, le estarían fusilando por haber golpeado a un superior.

No fue hasta un par de horas más tarde cuando Borís Petrov y Lena Vorobiova volvieron a encontrarse. Borís apuraba un cigarrillo refugiado en un recodo de la trinchera, ella había salido a respirar un poco de aire fresco del sótano que hacía las veces de refugio.

No pudo evitar admirarla. Era guapa. Alta, rubia, huesuda y con una mirada turbadora. Su presencia nunca pasaba inadvertida, aunque ella ignoraba las miradas que le dirigían los hombres de las trincheras. Los trataba con camaradería, pero jamás se permitía un gesto de coquetería ni de debilidad.

—¿Tiene un cigarrillo? —le pidió Lena.

Le dio uno evitando mirarla.

—Procure aguantar las provocaciones del comisario Belov. No merece que por un tipo como él termine ante un pelotón de fusilamiento.

—Quizá algún día una bala equivoque su camino —respondió Petrov.

—Sí... eso pasa en las guerras. Los oficiales saben que su vida en el frente depende de sus hombres. Pero Stanislav Belov no es un soldado, solo es un chivato. Ha hecho carrera indagando sobre las convicciones revolucionarias de los demás. Disfruta encontrando disidentes. Nadie es suficientemente comunista para él.

—No creo que aquí, en Stalingrado, encuentre muchos disidentes. Luchamos por nuestra vida, o resistimos o morimos.

—Sin duda, pero él no es capaz de comprenderlo. Observa a los hombres hasta ponerlos nerviosos, escucha entre las sombras por si alguien dice una palabra que pueda considerarse crítica con nuestros líderes. El marxismo es como una religión y toda religión tiene disidentes o herejes a los que lanzar un anatema. Pero es tan estúpido que no sabe distinguir lo que es una crítica hecha desde la lealtad, ni se plantea la posibilidad de que algunos de nuestros líderes puedan equivocarse.

—¿Y usted sí? —preguntó Petrov con curiosidad.

—Yo soy ingeniera y por eso no dejo de hacerme preguntas sobre cómo y por qué funcionan las cosas y qué puedo hacer para que sean más eficientes nuestras piezas de artillería. Siento decepcionarle, pero yo... yo no doy por hecho los aciertos de nuestros líderes. Son solo personas, como usted y como yo; por tanto, no son infalibles.

—Se rumorea que cuando era pequeña tuvo el privilegio de conocer a Lenin...

—Un rumor cierto. Sí, era una cría. Mi padre era un *spets*, un especialista, quizá el mejor ingeniero de armamento de su época. Tal vez no era el mejor comunista, pero sí el mejor ingeniero. De lo suyo sabía más que nadie y Lenin tenía la virtud de escuchar, o al menos eso decía mi padre. Yo tenía doce años cuando Lenin visitó la fábrica donde mi padre estaba trabajando en un nuevo modelo de carro de combate. El director de la fábrica acompañaba al camarada Lenin en su recorrido y se detuvieron donde estaban reparando un viejo Renault FT-17 fabricado en Francia. Allí estaba yo con una llave inglesa en la mano junto a mi padre. Él se paró y preguntó al director de la fábrica qué estaban haciendo con aquel tanque e hicieron salir a mi padre y yo le seguí. Supongo que al camarada Lenin le sorprendió que una cría pudiera estar interesada en las armas.

—¿Cómo era?

—¿Vladímir Ilich Uliánov? Carismático... sí... Parecía que valoraba lo que decían quienes hablaban con él. Era simpático. Creo que conocerle hizo que después no me planteara la menor duda sobre la Revolución. Me dijo que esperaba que me convirtiera en tan buena ingeniera como mi padre, que nuestra patria nos necesitaba a todos. Puede imaginar la enorme satisfacción que me produjeron sus palabras. Fue un encuentro muy breve, pero nunca lo olvidaré. Lloré mucho cuando murió cuatro años después.

—¿Cree que las cosas habrían sido diferentes de seguir vivo?

—¡Uf! Ahora sería un anciano... Quién sabe. Los hombres cambian. Nadie es igual que ayer.

—Una respuesta diplomática.

—Una respuesta sincera, Borís Petrov, sincera.

Se quedaron en silencio evitando cruzar sus miradas. Lena se apartó un mechón de cabello del rostro y pareció perderse en sus pensamientos. Fue Borís quien se atrevió a interrumpir el silencio:

—Así que no da por hecho que nuestros líderes sean infalibles.

—Ni usted tampoco... Necesitamos confiar en que tomen las decisiones adecuadas y no dudo de que ese sea su principal interés, pero eso no basta para acertar. En ocasiones aciertan y en otras no. Así es la vida.

—Esperemos que acierten en lo que se refiere a esta guerra —respondió él bajando la voz.

—No solo depende de ellos; somos nosotros, los que estamos en el frente, quienes podemos hacerlo.

—¿Y cree imprescindible la participación del camarada comisario político Stanislav Belov? —preguntó Borís con ironía.

—El camarada Belov es prescindible. En mi opinión, solo hace que estorbar. ¿Es lo que quería escuchar? No me conoce mucho, Borís Petrov, pero le aseguro que soy capaz de pensar por mí misma y no necesito que me digan lo que debo o no opinar. Tenemos comisarios políticos, y como eso no lo podemos cambiar, se trata de buscar la manera de esquivarlos.

—Eso es imposible, camarada Vorobiova —replicó él con amargura.

Lena suspiró mientras se encogía de hombros. No podía discutir la realidad. Ella procuraba ignorar las impertinencias de Stanislav Belov, quizá porque se sabía protegida por el Alto Mando que dirigía la guerra en Stalingrado. El camarada comisario también sabía refrenar su lengua cuando hablaba con ella. No había lugar para el engaño, en aquellos momentos la función de Lena era más trascendente que la del camarada Belov. Las armas que ella reparaba salvaban la vida de los soldados soviéticos y segaban la de los alemanes. No podían prescindir de ella.

—Me voy a descansar un rato, ¿quiere compartir conmigo un vaso de vodka y otro cigarrillo? —dijo ella mientras con paso rápido se perdía en el angosto pasillo de aquella trinchera improvisada.

Él la siguió.

Mas tarde Borís Petrov se reprochó a sí mismo haberse permitido la debilidad de seguir a la ingeniera. Instintivamente confiaba en ella, pero eso era una muestra de flaqueza. Era un oficial y, por tanto, no debía confiar en nadie, y menos dando por hecho que la ingeniera Vorobiova no iría a señalarle ante el Alto Mando. Él, que tanto reprochaba a Anya su exceso de confianza en los demás, estaba cometiendo el mismo error; aun así, no pudo evitar pensar que había merecido la pena aceptar la invitación de Lena Vorobiova.

Moscú, finales de 1942
Ígor y Pablo

Ígor no paraba de hablar, pero hacía rato que Pablo no le escuchaba. Se limitaba a asentir.

Caminaban con paso rápido para llegar a la escuela. Otra mañana más en la que a Ígor se le habían pegado las sábanas. Aun así, llegarían a tiempo, justo, pero a tiempo.

Pablo iba repasando mentalmente la lección de geometría. Le angustiaba que Valentina Lagunovna, la maestra, le sacara a la pizarra. Nunca le había reñido, pero era exigente.

Flaca, con el cabello castaño oscuro y una mirada limpia de color azul, Valentina Lagunovna era tan respetada como temida por sus alumnos, a los que, además de geometría, les enseñaba matemáticas.

—Pero ¿me estás escuchando? —Ígor sacudía del brazo a Pablo consciente de que este no le prestaba atención.

—Sí... estabas diciendo que el abuelo Kamisky asegura que vamos a derrotar a los alemanes.

—Y no habla por hablar... tiene buenos amigos en el ejército... De manera que si el abuelo lo dice es que está hecho.

—Si el abuelo lo dice, así será —respondió Pablo.

—¿Estás preocupado por algo? —le preguntó Ígor observándole de reojo.

—Las matemáticas... odio que la camarada Lagunovna me saque a la pizarra. ¿Sabes?, no se parece en nada a su padre, el doctor Lagunov, que siempre es amable.

—Bueno, el doctor Lagunov es amigo del abuelo, se conocen hace muchos años. Lo que pasa es que su hija Valentina da Matemáticas, que es una asignatura que se suele atragantar. A mí también me ha dado clase y tengo que decir que es una profesora justa. Nunca me ha favorecido porque su padre y el abuelo sean amigos. Tampoco lo hará contigo.

—No me gustan las matemáticas.

—No te quejes, que las de tu curso son fáciles.

—De eso nada... Lo que pasa es que a ti todo se te da bien —protestó Pablo.

Ígor no respondió. Hubiera tenido que aceptar que ninguna asignatura le parecía difícil. Tenía facilidad para aprender y una retentiva prodigiosa, lo que le convertía en el alumno favorito de sus profesores. Pero él procuraba compensar sus éxitos escolares con alguna que otra travesura que provocara el enfado de alguno de ellos. Tenía en cuenta el consejo de su padre: «Eres demasiado brillante y eso provocará la envidia de tus compañeros. Ten cuidado». Así que consideraba un triunfo que de cuando en cuando le castigaran por aparentar que no prestaba atención en clase.

Admiraba a su abuelo, pero sobre todo a su padre, y aunque no tenía dudas sobre las bondades de la Revolución, sabía que aún faltaba mucho para que realmente se hiciera realidad el «hombre nuevo» del que tanto les hablaban.

—¿Y si no vamos a clase? Podríamos ir al parque a tirarnos bolas de nieve —le propuso a Pablo.

—¡Qué dices! Nos pillarían y no quiero ni pensar en el castigo.

—Podríamos probar... —insistió Ígor.

—No... Tenemos que ir a clase... No quiero líos. El abuelo se llevaría un disgusto y la tía Olga seguro que se pondría a llorar si llaman de la escuela para preguntar por qué no hemos ido.

—Pero lo pasaríamos bien.

Pablo volvió a rechazar la propuesta con un gesto de cabeza. Admiraba y quería a Ígor, desde sus casi diez años le veía como a alguien mayor y seguro, pero al mismo tiempo temía su ímpetu.

—¿Crees que el abuelo perdonará a tu madre? —preguntó Pablo bajando la voz.

—¿Perdonarla? ¿De qué tiene que perdonarla? Mi madre no ha hecho nada.

—Porque siempre nos defiende cuando protestamos por la sopa y anoche el abuelo se enfadó mucho.

—El abuelo tiene razón, somos unos privilegiados y eso que estamos en guerra.

Así era Ígor. Siempre dispuesto a asumir cualquier responsabilidad.

A Pablo no le gustaba ir a la escuela. Al principio porque no dominaba los muchos matices del idioma y le costaba seguir las explicaciones de los profesores, pero también porque se sentía perdido. Se obligaba a estar atento para no cometer errores y, sobre todo, para no decir nada que los maestros pudieran considerar que iba contra la doctrina del Partido.

No tenía queja de sus compañeros de aula o al menos no de todos. Incluso había hecho algunos amigos, pero Anya le había insistido en que no se fiara demasiado de sus condiscípulos y que midiera muy bien cuanto decía. Ese estado de alerta constante le provocaba angustia. No había tardado en comprender que en la Unión Soviética era mejor estar callado.

Ígor también le había advertido sobre algunos de los alumnos de su clase. «Parecen simpáticos, pero ten cuidado porque sus padres son del Partido y cualquier cosa que digas la contarán en su casa y quién sabe lo que podría pasar».

Él no terminaba de saber qué era lo que podía decir y lo que no, de manera que apenas hablaba y evitaba pronunciar demasiados monosílabos por si no fueran adecuados.

En realidad, no temía por él sino por Anya. Ígor le había explicado que su madre tenía ideas propias sobre la Revolución y que eso les podía acarrear problemas. Por eso debían cuidar cada palabra que decían, no fuera que los profesores no las consideraran convenientes y culparan a Anya de haberles metido en la cabeza determinadas ideas.

Solo pensar que, por una palabra suya, Anya pudiera tener dificultades le llevaba a encerrarse en sí mismo evitando cuanto podía el contacto con sus camaradas.

Pensaba que él no era tan listo como Ígor, que sabía manejar a cuantos le rodeaban. Ígor era leal a su madre, pero al mismo tiempo admiraba a su padre, al que tenía como ejemplo, y también escuchaba con devoción a su abuelo y asentía a cuantos consejos le daba para ser un buen revolucionario.

En una ocasión, Pablo se atrevió a preguntarle qué haría si tuviera que elegir entre salvar a su madre, a su padre o a su abuelo. La respuesta de Ígor le sorprendió: «Los quiero tal como son y por lo que son, de manera que jamás aceptaré que para salvar a uno tenga que condenar a otro».

Pablo insistió en que a lo mejor eso no era posible, pero Ígor le aseguró sin dudarlo que jamás traicionaría a su madre, pero tampoco a su padre ni a su abuelo.

Aquella mañana, tal y como Pablo temía, la profesora Lagunovna le ordenó subir a la tarima para hacer los ejercicios de geometría en la pizarra.

Se equivocó un par de veces porque, a pesar de la paciencia de la profesora, estar expuesto ante toda la clase le provocaba pavor. Pero Valentina Lagunovna parecía no darse por enterada de la timidez extrema de su alumno y casi todos los días le hacía salir al encerado.

De todas sus profesoras Pablo prefería a Fedora Záitseva, a pesar de que las clases de Lengua se le antojaban más difíciles que las matemáticas. La ventaja era que la profesora Záitseva era amiga de Anya y aunque no mostraba favoritismo hacia él, no le hacía preguntas que tuviera que responder delante de toda la clase. Si con las matemáticas se sentía torpe, la lengua rusa le parecía un acertijo interminable. Una cosa era hablar en ruso y otra muy distinta escribir con aquellas letras que le parecían tan raras, aquellos caracteres cirílicos ajenos a cuanto había conocido.

En realidad, lo único que le gustaba era la música. Solo cuando se sentaba delante del piano era feliz. Se ensimismaba estudiando las partituras; primero las leía y la música sonaba en su cabeza, luego intentaba ejecutar aquello que oía en el silencio de la lectura. Así le había enseñado Anya que debía hacerlo.

Ella se empeñaba en que, además del piano, fuera capaz de interpretar con otros instrumentos: el violín, el chelo, el bajo... Pero Pablo no tenía dudas, su instrumento era el piano, lo sentía como una prolongación de sí mismo. Ígor prefería el violín, pero tenía talento para tocar cualquier instrumento. A los dos los unía la música y el sueño de llegar a ser directores de orquesta.

La luz del día se estaba difuminando sobre los tejados de Moscú cuando salieron de la escuela. Hacía frío y apenas podían andar por la nieve que se acumulaba sobre las calles y cubría parte de las aceras. La escuela no se hallaba lejos de su casa.

Ansiaban el calor del piso del abuelo. A aquella hora la tía Olga solía encender la estufa y seguro que andaría en la cocina preparando algo de sopa para la cena. Ninguno de los dos se atrevió a decirlo en voz alta, pero ambos se preguntaban si aquella tarde habría paz en la casa o de nuevo el abuelo Kamisky y su hija Anya estarían enfrascados en una de sus interminables peleas a cuenta de la reiterada sopa de remolacha.

A Ígor le entristecía que su abuelo y su madre no fueran capaces de llevarse bien. Discrepaban de todo y por todo y parecían incapaces de escuchar las razones del otro.

En una ocasión el abuelo llegó a decir que en su vida solo había un fracaso, que era Anya; tal era la animadversión que padre e hija sentían el uno por el otro.

—La camarada Lagunovna me ha puesto muchos deberes para mañana —musitó Pablo.

—No te preocupes, te ayudaré —respondió Ígor.

Siempre era así.

Anya no estaba en casa y Grigory Kamisky parecía de malhumor. La tía Olga susurró que el abuelo había estado tosiendo todo el día. Le había sugerido avisar al doctor Lagunov, pero él se había enfadado asegurando que no iban a molestar a su amigo por un poco de tos.

Los dos niños saludaron al abuelo, que apenas les prestó atención. Tenía la mirada enrojecida, seguramente por la fiebre, y tosía sin cesar.

Se pusieron con las tareas intentando no hacer ningún ruido que pudiera molestarle.

Ígor terminó antes que Pablo y se sentó a su lado para ayudarle con los problemas de matemáticas.

La tía Olga los interrumpió alarmada. Estaba segura de que al abuelo le había subido la fiebre. «Le cuesta respirar, va de mal en peor», comentó preocupada.

Ígor se levantó y, sin pedir permiso, subió a la casa del doctor Lagunov, quien inmediatamente se mostró dispuesto a «echar un vistazo al tozudo de tu abuelo. Ayer ya le noté que estaba resfriado».

Grigory Kamisky frunció el ceño cuando vio entrar a su amigo Lagunov seguido de su nieto.

—Ni te atrevas a protestar —dijo el médico mientras abría su viejo maletín para sacar el fonendoscopio.

El médico estuvo un buen rato moviendo el aparato por el pecho de su amigo. Luego midió sus pulsaciones y le puso el termómetro. A Kamisky le exasperaba la minuciosidad del examen y protestó en un par de ocasiones ante la indiferencia del doctor.

La tía Olga aguardaba impaciente retorciéndose las manos ocultas bajo el delantal. Grigory era su único hermano, la única familia que tenía además de Anya e Ígor, pero ellos no contaban, la madre y el hijo tenían toda una vida por delante en la que no tendría cabida la suya.

—Bien... tus bronquios me han obsequiado con una sinfonía de ruidos y tienes la garganta roja como una granada... bronquitis y faringitis... ese es el diagnóstico.

—Entonces nada grave —respondió Kamisky, malhumorado.

—Nada grave si fueras un chiquillo, pero a nuestra edad estas cosas pueden derivar en pulmonía. Que Ígor suba conmigo a casa y le daré un par de medicamentos que te aliviarán y ayudarán a que te baje la fiebre. Y ahora a la cama, que es donde mejor vas a estar.

—Estoy bien aquí —afirmó rotundo Grigory Kamisky, sentado en su viejo sillón de orejas.

—Pero como el médico soy yo, te receto que te metas en la cama con una bolsa de agua caliente. Sudar te vendrá bien, y además, si estás en tu cuarto, no contagiarás al resto de la familia. Eso sí, tienes que comer algo... Seguro que Olga tiene preparada alguna sopa, ¿me equivoco?

—Sopa de patata... Ya está lista —respondió ella.

—Estupendo. Una buena sopa de patata te reanimará. Después te tomas la pastilla que le voy a dar a Ígor y a dormir. Mañana bajaré a verte, estoy convencido de que habrás empezado a mejorar. Por cierto, ¿tienes noticias de tu yerno Borís Petrov?

—No. —Fue la respuesta tajante de Kamisky.

—He oído que las cosas no van bien en Stalingrado. Los nuestros luchan con heroicidad, pero es incierto el resultado final —comentó el doctor Lagunov.

—Venceremos. Los rusos siempre vencemos. Tenemos buenos aliados... el frío, la nieve, el barro. Los alemanes no pueden vencernos a nosotros y a los elementos. —Grigory Kamisky no dudaba del éxito en la guerra.

—Que así sea. No puedo dejar de pensar en todos esos jóvenes que están sacrificando sus vidas. Como bien sabes, también mi yerno, Kyril Shevchenko, el marido de mi hija Valentina, está allí combatiendo. Seguimos sin saber si está vivo o muerto.

—No importa cuántos de nuestros hijos mueran, lo importante es vencer... vencer... vencer... ¿Qué es una vida comparada con la victoria de todo el pueblo? ¿Acaso no estás de acuerdo con la Orden 227? ¡Ni un paso atrás!

—Amigo mío, el pueblo lo forman muchas vidas... todas valiosas y necesarias. Pero ya discutiremos otro día mientras jugamos al ajedrez. Ahora, si quieres recuperarte, haz lo que te digo.

Pablo había atendido en silencio a la conversación entre los dos amigos. No se habría atrevido a contradecir al abuelo Kamisky, pero no estaba de acuerdo con él. Le hubiera gustado que su padre viviera, a pesar de haber perdido la guerra. No lo podía decir en voz alta porque el abuelo le habría reñido. Kamisky no se cansaba de repetirles que la Revolución estaba por encima de las historias personales. Según decía, los hombres solo eran una mota de polvo en la Historia, pero la Revolución perviviría para siempre.

Él apenas recordaba los días de la guerra en España. Las imágenes que le asaltaban la mirada eran las de su madre y su padre, aunque en ocasiones también creía distinguir entre las brumas de la memoria el rostro de sus abuelos maternos. Había sido el abuelo Kamisky quien le había explicado algunas cosas sobre la guerra civil que se había librado en España y las consecuencias del triunfo del general Franco. Por más que el abuelo insistía en la tragedia que para la causa de la Revolución había supuesto la victoria de Franco, si Pablo se sentía un perdedor era porque su padre había muerto y a su madre quizá nunca volvería a verla. Esa era su tragedia; la otra, la que alcanzaba a España entera, le resultaba ajena.

La tía Olga despidió al doctor Lagunov prometiéndole que haría lo posible para que el abuelo Kamisky cumpliera con sus recomendaciones. Ígor acompañó al doctor para recoger los medicamentos que había prescrito.

Pese a las protestas del abuelo, su hermana se mostró inflexible obligándole a tomar cucharada a cucharada la sopa de patata. Después le acompañó a la habitación. Ígor y Pablo habían colocado dos bolsas de agua caliente para calentar la cama.

—Dejaré la puerta abierta por si me necesitas —le dijo la tía Olga a su hermano.

Enero de 1943, Pascua ortodoxa

La tía Olga había terminado de limpiar los cristales de las ventanas de la sala. Observó orgullosa el resultado y luego miró a su alrededor buscando por dónde seguir.

Llevaba dos días dedicada a hacer una limpieza general. No había necesidad de tanto alboroto, le había reprochado su hermano. Pero Grigory Kamisky protestaba por todo, así que no le había hecho caso.

En otros tiempos, en esas fechas celebrarían la Navidad. En los países católicos se había celebrado dos semanas atrás, pero la Navidad ortodoxa siempre era el 7 de enero, y faltaban solo dos días.

Quería dar una sorpresa a Pablo y a Ígor. Les haría una comida especial y tenía preparado un regalo para ellos. Había tejido dos bufandas y dos pares de calcetines de lana. En cuanto a su hermano Grigory, le había tejido un chaleco. Sabía que frunciría el ceño y la reconvendría, pero tanto le daba. Ella aborrecía la Novi God, la celebración atea del Año Nuevo, que había sustituido a las Navidades tradicionales. Tampoco le convencían el Ded Moroz (el Abuelo Invierno) y su nieta Snegúrochka, que ayudaba a repartir algunos juguetes a los niños. Añoraba las Navidades de antaño, lo mismo que ir a los oficios de la iglesia. Claro que no había renunciado a rezar, y todas las noches, antes de ir a dormir, sacaba un pequeño icono de madera de Cristo crucificado y le dirigía aquellas oraciones que había aprendido cuando era niña.

En ocasiones, cuando pasaba cerca de la Plaza Roja, su mirada se dirigía con temor a San Basilio. Pero no se atrevía a acercarse, y tampoco se santiguaba por miedo a ser detenida.

Grigory se había recuperado de la bronquitis, ya crónica, que le acechaba, pero ni aun así renunciaba a aquellos largos cigarrillos nacionales que desprendían un olor denso que impregnaba cada rincón de la casa. Olga se quejaba de que las cortinas siempre olían a tabaco por mucho que las lavara.

Oyó el ruido de la puerta. Sonrió. La voz de Ígor sonaba rotunda con algún que otro gallo consecuencia de la adolescencia. Sintió orgullo de su sobrino nieto. Era tan alto y fuerte como Borís Petrov, pero sus rasgos carecían de la tosquedad de su padre. La sonrisa la había heredado de Anya, lo mismo que la suavidad de la mirada azul oscuro.

—Te digo que es un hueso —decía Pablo en tono de queja.

—Es una buena profesora, lo que pasa es que es muy exigente —defendía Ígor.

—¡Más que exigente! Me pone nervioso, cuando me saca a la pizarra me quedo mudo.

—Pero si llevabas los ejercicios hechos y además sabes explicarlos.

—Claro, ¡porque los tengo que explicar a toda la clase desde la pizarra! —se quejaba Pablo.

Entraron en la sala y Olga se acercó a besarlos.

—¿Otra vez has tenido problemas con Valentina Lagunovna? —preguntó a Pablo con un deje de preocupación.

—Me tiene manía —respondió el niño.

—Su padre es muy buena persona... muy considerado... ya lo sabes... Es un viejo amigo del abuelo y un excelente doctor, y a ti... bueno, siempre ha estado atento a tu salud...

—Lo sé, tía... lo sé... No dudo de la bondad del doctor

Lagunov. Siempre es amable conmigo, pero su hija... Valentina Lagunovna sabrá muchas matemáticas, pero lo que es enseñarlas... —se lamentó Pablo.

—No le digas nada al abuelo Kamisky o se disgustará. No soportaría que criticaras a la hija de su mejor amigo —comentó la tía Olga.

—¡Pero si no la critico! Solo me quejo de que todos los días me saque a la pizarra.

—Es un poco dura y si la toma con alguien... —intervino Ígor.

—No olvides que no está pasando un buen momento. Su marido, Kyril Shevchenko, lucha en Stalingrado. —La tía Olga intentó hablar con severidad a su sobrino nieto, pero la sonrisa pícara de Ígor la desarmaba.

—Tía, tengo muchísima hambre. ¿Nos vas a sorprender con un buen plato de sopa? —Ígor dio un giro a la conversación al oír el ruido de la puerta cerrarse con brusquedad. Un segundo después se dibujaba en el umbral de la sala la figura de su abuelo.

Los dos niños se acercaron a saludarle mientras él se sentaba en su sillón junto a la ventana. Caminaba con pasos lentos aunque se mantenía erguido.

—Tienes el rostro enrojecido del frío, te dije que te llevaras la bufanda —le reprochó la tía Olga.

—Esta maldita guerra... —Fue la respuesta de Grigory Kamisky.

Stalingrado, febrero de 1943

El martes 2 de febrero de 1943 fue uno de los días más felices de la vida de Iósif Stalin. Una felicidad, esta sí, compartida con sus compatriotas.

La «Operación Anillo» había dado sus frutos, empujando al ejército alemán hasta el oeste de Stalingrado sin ninguna salida posible. El genio militar de los generales y el sufrimiento de los soldados soviéticos habían hecho posible la victoria. Una victoria que dejaba un reguero de muertos.

Contraviniendo el deseo del propio Adolf Hitler, el ejército del general Friedrich von Paulus se rindió ante el general Vasili Chuikov.

Von Paulus sabía que no tenía otra opción si quería seguir vivo. Y es lo que quería sobre todas las cosas. Porque cuando unos días antes, el 30 de enero, Hitler le nombró mariscal de campo, lo hizo con la esperanza de que se inmolara junto a su ejército, pero Friedrich von Paulus ya tenía decidido que, entre vivir o morir, prefería vivir. Ya había perdido los ejércitos de apoyo de sus aliados, el III y IV Ejército rumano, el VIII italiano y el II húngaro. Sus hombres estaban exhaustos, encerrados en la ratonera en que se había convertido Stalingrado. No es que Von Paulus tuviera ninguna esperanza de éxito, pero de haberla tenido se habría disipado cuando el 10 de enero las tropas soviéticas contraatacaron y capturaron el último de los aeródromos, el de Pitomnik, el único que les mantenía abierta la posibilidad de recibir suministros.

Sí, el 2 de febrero de 1943 fue un buen día no solo para Stalin, también para sus aliados, que luchaban en otros frentes contra la Wehrmacht.

Borís Petrov se mantuvo un buen rato incrédulo cuando la noticia de la capitulación corrió entre los soldados soviéticos que llevaban meses combatiendo en Stalingrado. No sentía nada. Absolutamente nada. No era capaz de vislumbrar dentro de él ni un ápice de alegría, de esperanza, ni siquiera del deseo de regresar a casa. Stalingrado le había transformado de tal manera que ya no se reconocía. En realidad, hacía tiempo que había dejado de pensar, de sentir, casi de ser. Era un autómata que esquivaba las balas del enemigo mientras salía con sus hombres a hacerse con las ruinas de un edificio cuyo valor estratégico desconocía.

No cuestionaba las órdenes. Nunca lo había hecho. Era un soldado. Pero si hubiese tenido la tentación de hacerlo, no habría vivido. Los hombres del NKVD se encargaban de ejecutar a los que vacilaban, a los que tenían miedo, a los que preguntaban, a los que querían escapar de aquel infierno.

Entre los soldados que habían combatido en Stalingrado se mantenía vivo el relato de cómo los comisarios del NKVD no vacilaban en diezmar algunas de las compañías del ejército. No había escapatoria: o morías por las balas alemanas o morías por las balas de los camaradas del NKVD. Y no bastaba con eso. Las familias de los cobardes eran enviadas al Gulag.

Y de repente todo había terminado. Stalingrado no corría peligro, las ruinas les pertenecían; los muertos, también.

Ni siquiera se preguntaba cuándo podría regresar a casa. No estaba seguro de que quien volviera fuera realmente él.

Por primera vez en mucho tiempo encendió un cigarrillo

sin miedo a que el brillo de la llama se convirtiera en el guía seguro de una bala enemiga.

No dejaba de repetirse que Stalingrado se había salvado, la habían salvado hombres como él que combatían sin otro horizonte que el de la propia supervivencia. Los generales desconocían a los hombres a los que mandaban a la muerte. Los soldados eran números, piezas de ajedrez que movían a su antojo en el tablero de la guerra. No les importaba sacrificar a toda una compañía, a cientos de vidas, las que hicieran falta, con tal de asegurar un objetivo por irrelevante que fuera.

No, los generales no conocían el olor del miedo, también ignoraban lo que suponía dejar a un amigo tendido en el suelo sin poder pararte a comprobar si estaba vivo o muerto. Avanzar, avanzar, ni un paso atrás.

En esas estaba cuando escuchó la voz de Lena Vorobiova:

—Pronto estará en casa, comandante Petrov. Le he oído decir al coronel que nos envían hombres de refresco para que los más veteranos puedan regresar con sus familias. Cortesía del general Chuikov.

Él le ofreció un cigarrillo que la mujer aceptó sin darle las gracias. Se limitó a aspirar el humo dejando que inundara sus pulmones.

—Hemos tenido suerte con nuestros generales. Chuikov... Yeriómenko y, desde luego, Zhúkov. Ahora los tres se pelearán por apuntarse en exclusiva el éxito, como si eso pudiera importarle a Stalin. Incluso puede ser un problema para ellos destacar en exceso.

Petrov se sorprendió. Era la primera vez que Lena se atrevía a decir unas palabras que pudieran interpretarse como una crítica directa a Stalin.

—Me dan lo mismo los tres —respondió con acritud.

—Guárdese su desprecio. Ninguno de los tres generales se lo merece. Han hecho bien su trabajo.

—¿Y nosotros? ¿Qué hemos hecho nosotros? Son mis hombres los que han disparado y han muerto, los que han defendido con su sangre un trozo de pared derruida porque el Alto Mando decidía que era esencial mantener el tramo de una calle tan solo habitada por las ratas. Somos nosotros los que hemos estado alerta noche y día. He visto a hombres que aguardaban el momento de salir al descubierto para enfrentarse a los alemanes, que, para no dormirse, estaban de pie y apoyaban la barbilla en la bayoneta. ¿Cree usted que nuestros valerosos generales han padecido la misma falta de sueño?

—¿A qué viene tanta amargura, Borís Petrov? Hoy es un día para celebrar que hemos vencido a los alemanes. En Stalingrado han comenzado a cavar su propia tumba. Lo que hemos hecho aquí entrará con letras grandes en la Historia de la Unión Soviética.

—La felicito, camarada Vorobiova. Es usted una gran patriota. Quizá debería denunciarme al camarada comisario político Stanislav Belov por mi falta de entusiasmo ante la victoria de nuestros generales.

—No le molesto más, camarada comandante.

Lena Vorobiova dio media vuelta, pero se paró en seco al sentir la mano de Borís Petrov cerrarse sobre su brazo.

—Lo siento...

—No se disculpe. Lo entiendo. Es el vacío que se produce después de tantos meses de sufrimiento. De golpe, la guerra se ha parado, al menos en Stalingrado, y lo que uno ha luchado deja de tener importancia. Debería conformarse con haber sobrevivido. Son tantos los hombres que no volverán a casa...

—¿Y usted? ¿Qué hará?

—Seguiré arreglando las armas para que nuestras tropas continúen luchando. Aún no hemos ganado la guerra, comandante.

—¿Se quedará en Stalingrado?

—No lo sé... supongo que no. Mi puesto está cerca del frente.

—¿Y su familia? ¿No hay nadie que la espere?

—Solo soy una mujer, comandante Petrov... una mujer con mucha suerte. Mire...

Borís dirigió la mirada hacia donde Lena le indicaba. Dos mujeres con la ropa harapienta, sucias y el gesto rendido caminaban seguidas por un grupo de chiquillos silenciosos que observaban expectantes a su alrededor. La ropa que llevaban no era suficiente para librarlos del frío de aquel mes de febrero de 1943. Tiritaban, pero parecían indiferentes a su propio temblor.

—¿Sabe cómo han sobrevivido esas mujeres? Ellas no han tenido la misma suerte que yo. Soy ingeniera y gracias a quien fue mi padre tengo mi propio lugar en el ejército, pero ellas... Seguramente eran amas de casa, quizá tendrían marido y esos bien pueden ser sus hijos... Cuando comenzó la batalla de Stalingrado que no ha terminado hasta hoy, estas mujeres primero intentaron sobrevivir con dignidad. Salían a la calle en busca de algo para comer; han perseguido gatos, han matado ratas, han cocinado cualquier cosa que encontraban para que sus hijos no murieran de hambre. Pero cuando ya no había nada que comer han ofrecido lo único que siempre parece tener valor para los hombres: sus cuerpos de mujer dejándose hacer... cuerpos utilizados por hombres como usted, pero también por los soldados enemigos. En una ciudad no hay fronteras... a veces tropezaban con un grupo de soldados soviéticos; en otras ocasiones con los boches o los italianos... ¿qué más daba? ¿Cree que se comportaban mejor unos que otros? Los hombres tienen que sobrevivir porque de su vida depende la victoria, y nosotras... nosotras sobrevivimos con lo que tenemos... nos lo arrebatan queramos o no y a veces sin un premio siquiera, un mendrugo que llevarnos a la boca. Mírelas bien, comandante. Esas mujeres no son distintas a como puedan serlo su esposa y sus hijos, si es que los tiene. Solo que ellas estaban aquí. Si sus maridos regresan, lo mejor que pueden hacer es no preguntarles... porque ellos mismos habrán usado el cuerpo de otras mujeres como ellas. No volverán a ser las mismas. Guardarán silencio y vivirán con la culpa de haber sobrevivido. En cuanto a esos niños... hace tiempo que perdieron la inocencia. Lo han visto todo. No espere nada de ellos. Mírelas, comandante... si las mira se dará cuenta de por qué me siento afortunada. Yo me he salvado de ser una de ellas.

Un soldado interrumpió las palabras de Lena Vorobiova:

—Camarada, el coronel la está buscando, hay algunos KV-1 que no están del todo en mal estado...

—Los KV-1... —murmuró Borís Petrov.

—Sí... no es mal carro, pero está anticuado. Prefiero los T-34, son mucho más eficaces —dijo Lena.

—Que la suerte la siga acompañando, camarada —le deseó Petrov.

—Quién sabe dónde está la bala que lleva mi nombre.

No se despidieron porque no tenían más palabras que decirse.

Moscú
En busca de Pasternak

Oleg Ivánov acercó la cerilla al cigarrillo apagado que colgaba de los labios de Anya.

La música y el humo envolvían la trastienda de aquel horno de pan que ocultaba un local clandestino que ni siquiera podía asemejarse a la sala más modesta de Occidente. Dos hombres interpretaban música con sus balalaicas, aunque las conversaciones y las risas se elevaban sobre las notas de los instrumentos.

Klara apuró el vodka que aún navegaba en el vaso que tenía en la mano. Parecía estar ensimismada escuchando la música, pero en realidad llevaba un buen rato observando a una pareja que apenas hablaban entre sí, pero se mostraban extremadamente atentos a lo que sucedía a su alrededor, como si estuvieran grabando en la retina las imágenes de cuantos se encontraban allí, y eso le preocupaba.

No es que fuera una ingenua y pensara que el NKGB no tenía ojos y oídos en el local, seguramente algunos de los que consideraba sus amigos en realidad trabajaban para el maldito servicio de seguridad del Estado, pero resultaba difícil saber quiénes eran porque tenían el don de aparentar lo contrario. Pero esa pareja... Su presencia le provocaba dolor de estómago.

—¿Se puede saber por qué no dejas de observar a esos dos? —preguntó su marido, molesto.

—Huelen a NKGB —respondió Klara.

—Aquí hay muchos que no huelen a nada y seguro que son del NKGB —replicó él.

—Klara tiene razón, Oleg... Esos dos ni siquiera disimulan, parece que esperan algo... —murmuró Anya.

—Creo que deberíamos irnos —dijo Klara.

—¿Irnos? No... no quiero irme. Si hemos venido es porque nos han dicho que a lo mejor esta noche viene Pasternak... Por nada del mundo me perdería verle de cerca... Si viene, intentaré hablar con él... Necesito saber cómo se puede crear cuando no tienes libertad ni siquiera para pensar —intervino de nuevo Anya.

—Vamos, Anya, no seas ingenua —la interrumpió Oleg—, tú misma eres capaz de componer y escribir, él no es diferente.

—Pero él es uno de los grandes —respondió Anya.

—Por grande que sea, tiene el mismo problema que cualquiera de nosotros cuando nos sentamos delante de una hoja de papel en blanco —añadió Klara.

—No vendrá, Anya. Ya te he dicho que dudo que Borís Pasternak venga a este sitio. Alguien ha hecho correr ese rumor seguramente para que quienes le admiramos nos hayamos reunido aquí esta noche. ¿Qué necesidad tiene Pasternak de venir a un lugar como este? Los que estamos aquí no somos nadie, Anya... nadie. —Las palabras de Oleg destilaban amargura.

—Necesito otro vodka —dijo Klara.

—No deberías... te has tomado ya tres... —La respuesta de su marido era un reproche.

—Lo sé, Oleg, lo sé, y Anya también sabe que a veces necesito el vodka para mantenerme en pie. ¿Irás a la barra a por otro vaso?

—Yo también quiero otro, Oleg —le pidió Anya.

Mientras Oleg intentaba llegar a la barra, una joven se acercó a ellas.

—Tengo cigarrillos americanos a buen precio.

—Gracias, pero no vamos a comprar cigarrillos —afirmó Anya.

—Tengo más cosas... —Y la joven sonrió con inocencia mientras movía la cabeza ahuecando la melena rubia.

—No necesitamos nada, y si te apartas, podremos seguir escuchando la música —intervino Klara.

—No sois muy simpáticas —protestó la chica.

Ni siquiera se molestaron en responderle, simplemente aguardaron a que la joven las dejara en paz.

—Este sitio me gusta —susurró Anya—, aquí tengo la impresión de disfrutar de algo de libertad.

—¡Libertad! ¡Qué cosas dices! Seguro que el NKGB tiene unos cuantos agentes que se hacen pasar por camareros, músicos... Si permiten un lugar así es porque les resulta útil. Sobre todo, porque saben que de cuando en cuando viene algún periodista extranjero.

Klara hablaba con tanta preocupación como rabia.

—Y esta noche tienes un presentimiento, ¿no es así? —le preguntó su marido, que había regresado con dos vasos de vodka en la mano.

—Sí, Oleg, tengo un presentimiento.

—No siempre aciertas con los presentimientos —recordó él.

Ella se encogió de hombros y volvió a encender otro cigarrillo. En aquel momento vieron acercarse a Talya. Los tres la admiraron. La melena rubia recogida en una coleta despejaba su rostro dejando que brillara aún más su mirada azul. Sonreía confiada mientras se abría paso entre los numerosos clientes de aquel local.

—Nos faltan Leonid y Masha. Pero Leonid me ha dicho que Masha se encontraba indispuesta y le dolía la cabeza —susurró Anya.

—Bueno... no solo eso... Masha no se puede permitir dejarse ver demasiado a menudo con escritores que no son considerados afectos a Stalin —respondió Klara.

—Pero a Leonid le gustaría tanto como a nosotros conocer a Pasternak —aseguró Anya.

Talya llegó hasta donde se encontraban sus amigos y los saludó dando tres besos a cada uno, y enseguida encendió un cigarrillo.

—¿Ha venido? —preguntó.

—No... ni rastro de Pasternak. No creo que vaya a venir... Alguien ha soltado una madeja y unos cuantos idiotas hemos seguido el hilo —sentenció Klara.

—¡Estás demasiado negativa! No sé por qué pones en duda que Borís Pasternak pueda venir a un sitio así... Casi todos somos escritores, también hay pintores y músicos... Aquí se encontraría entre los suyos —afirmó Anya, molesta ya por el malhumor de su amiga.

—Anya tiene razón —asintió Oleg.

—¿Los suyos? ¿Y quiénes son los suyos? ¿Crees que nosotros somos los suyos? Tú has conseguido que te publiquen un par de poemarios, el primero con tan solo treinta poemas; te censuraron el resto. El segundo, con veinte... y eso gracias a Masha, que peleó para convencer a esos malvados de la Unión de Escritores de que tus poemas no están en discordancia con los logros de la Revolución. Tú sabes que no te han permitido publicar los mejores, sino los más inocuos —insistió Klara.

—La poesía nunca es inocua... —protestó Talya.

—Puede serlo, solo es posible escribir con el permiso de la Unión Soviética si te atienes a las normas. Hay que ensalzar la Revolución y al «hombre nuevo»... No hay lugar para el amor, las preguntas, para desentrañar la parte espiritual del ser humano. Eso es contrarrevolucionario —siguió diciendo Klara.

—Aun así, también has logrado publicar —recordó Talya.

—Sí, dos libros de cuentos... No merecen la pena ninguno

de los dos... son inocuos... Mis poemas los rechazan una y otra vez, así que me plegué a escribir algo que pudieran publicarme para sentir que soy escritora —se justificó Klara.

—Pues no están tan mal tus cuentos —intervino Anya.

—Inocuos... son inocuos... O peor aún, son una traición a mí misma, a todo lo que quiero, a todo en lo que creo. Masha me lo dijo: «Tienes que hacer referencias al "hombre nuevo"... es lo que esperan...». Y así he engañado a los niños que hayan leído mis cuentos. ¡Soy tan miserable como ellos!

—¡Vamos, Klara! No te dejes abatir por la amargura. Somos supervivientes y no tenemos otra opción que plegarnos a lo que esperan de nosotros —dijo Oleg.

—En realidad, no esperan nada de nosotros. Para ellos somos un grupo de desviados por las ideas occidentales, malvados que escriben poemas sobre el caos que engendra el ser humano, en vez de dedicarnos a juntar palabras para loar a Stalin. —Las palabras de Klara estaban cargadas de desesperanza.

—No pronuncies su nombre —le pidió él.

—Solo lo pronuncio para maldecirle. A veces tengo la tentación de dedicarle un poema... —insistió ella.

—¿Tienes ganas de visitar Siberia? ¿Olvidas a Ósip Mandelshtam? Seguramente, su peor verso le costó la vida... —le recordó Oleg.

—Alguien le traicionó, uno de sus amigos... —intervino Talya bajando la voz.

—Sí... creyó que podía dar a conocer a sus íntimos ese poema sobre el camarada Stalin. Una temeridad. Anna Ajmátova estaba en su casa cuando le detuvieron... —respondió Oleg.

—«De madrugada vinieron a buscarte. / Yo fui detrás de ti como en un duelo...» —recitó Anya en voz baja aquellas palabras de Ajmátova.

—¡Calla, Anya! —le pidió Oleg.

—Hablo para vuestros oídos, la música impide que nadie me escuche —afirmó ella.

—Por favor... seamos prudentes —dijo Talya.

De repente vieron que muchas miradas se dirigían hacia la entrada del local y permanecieron en silencio para controlar la ansiedad que les provocaba la esperanza de ver a Pasternak.

Sin embargo, no fue Borís Pasternak quien entró en la sala. No había duda de quiénes eran. Aquellos hombres resultaban inconfundibles, parecía que llevaban grabada en la mirada el sello del NKGB.

La pareja que tanto había inquietado a Klara se puso en pie dirigiéndose al encuentro de los recién llegados. Formaban parte de ellos.

—Tenías razón —admitió Anya al oído de Klara. Esta se encogió de hombros. ¿De qué servía tener razón?

Hubo quien pretendió marcharse, pero los hombres del NKGB les impidieron salir obligando a todos los presentes a tumbarse en el suelo y a permanecer quietos y en silencio; aun así, los murmullos danzaban entre las sombras del local.

Anya sintió la mano de Oleg tocando levemente su pierna y apenas alzó el rostro intentando averiguar a qué se debía el gesto de su amigo.

—Ni se te ocurra mirarme. Creo que si nos arrastramos hacia la derecha podemos probar a salir por la puerta de atrás; donde estamos hay unas cuantas sillas y mesas que les impiden vernos bien —dijo Oleg con un hilo de voz.

Lo intentaron aun sabiendo que era casi imposible conseguir salir de allí sin que los detuvieran. Se estaban arrastrando cuando oyeron los gritos sobre sus cabezas y de repente el dolor intenso que produce una patada clavándose en los riñones.

Uno de los hombres del NKGB les ordenó ponerse en pie obligándolos a pegar las espaldas a la pared. Un puño chocó contra la nariz de Oleg, que crujió anunciando la rotura del hueso y provocando una hemorragia. Un reguero de sangre descendía sobre su rostro. Klara intentó socorrer a su marido, pero antes de darse cuenta recibió otro puñetazo. Talya sujetó el brazo de Anya, que se disponía a ayudar a sus amigos. «No te muevas, no lo hagas… será peor», alcanzó a decir mientras apretaba con más fuerza el brazo de su amiga.

Moscú
La Lubianka

La celda estaba oscura. Olía a orines y a sangre. Sentada en el suelo de piedra, Anya quería pensar, pero el frío apenas le permitía hacerlo. Intentaba prepararse para el interrogatorio al que sabía que la someterían. Si al menos hubiera podido compartir la celda con Talya y Klara... Pero las habían separado sin dejarles intercambiar siquiera una palabra. Se preguntaba qué dirían cuando las interrogaran. Procuró desechar el sentimiento de culpabilidad que parecía abrirse paso en su cerebro. ¿Culpable? ¿Por qué? ¿De qué? No, no había hecho nada reprobable. Su única culpa había sido querer ver de cerca de Borís Pasternak. Solo eso. ¿La iban a condenar por ello? ¿Acaso era contrarrevolucionario admirar a Pasternak? No estaba entre los escritores prohibidos, incluso se decía que tenía admiradores en el Kremlin. Pero acaso no fuera verdad porque Rusia, su Rusia, se había convertido en un gran charco de mentiras. Sí, se la acusaría de admirar a Pasternak. Que la juzgaran por semejante crimen.

No sabía cuántas horas llevaba allí. De vez en cuando escuchaba ecos de gritos y pasos que se detenían delante de alguna celda. ¿Cuándo irían a por ella?

Estaba encogida contra la pared con todos los miembros del cuerpo temblando por el frío cuando alguien se detuvo delante de la puerta de su celda mientras el ruido de la llave giraba en la cerradura.

Le hubiera gustado fundirse con la piedra húmeda de la pared y así permaneció durante unos segundos inmóvil, pero la voz tan potente como ronca la sintió como un latigazo en los oídos y dio dos pasos hacia la puerta hasta que una mano se cerró sobre su hombro empujándola. Intentó contar los pasos, fijarse en los detalles de aquel pasillo largo, pero no era capaz de retener nada que no fuera el miedo que le atenazaba la garganta.

No veía al hombre que le hablaba. La luz de un foco se cebaba en su rostro mientras el de él permanecía en penumbra. Creyó ver una silla vacía delante de la mesa tras la que estaba aquel hombre. Le hubiera gustado sentarse a descansar, pero él no la invitó a hacerlo.

Le hizo repetir su nombre varias veces y cada sílaba que decía le raspaba la garganta reseca. ¿Cuántas horas llevaba sin beber? Aun así, sentía en su propio aliento el resto del sabor a vodka.

—Así que es la esposa del camarada Borís Petrov y la hija del camarada Kamisky... —escuchó decir a aquel hombre, preguntándose cómo lo sabría. Pero claro, ellos lo sabían todo; todo de todos—. Y a pesar de eso se permite conspirar contra el pueblo... contra nuestra gloriosa Unión Soviética.

—No... no... —balbuceó.

—Sí. Eso es lo que estaba haciendo en ese lugar, reunida con enemigos del pueblo.

—Solo queríamos ver a Borís Pasternak... solo eso —insistió sintiendo un dolor agudo en las cuerdas vocales. Si no le daban agua no podría seguir hablando.

—¡Pasternak! ¿Y quién les había dicho que a ese sitio iría Pasternak? ¡Qué idea tan ridícula!

No respondió. No podía. Necesitaba agua.

—Agua... agua... por caridad.

—Vaya... así que la camarada Kamiskaya, ¿o prefiere Petrova?, quiere agua y, naturalmente, espera que se la sirvan de inmediato...

—Agua... —susurró.

—No beberá ni una gota hasta que no denuncie a sus amigos, a todos los enemigos de nuestra Revolución. ¡Nombres! ¡Quiero todos los nombres de los enemigos del pueblo!

—No... —alcanzó a decir sin saber siquiera si el hombre había escuchado ese «no».

Aunque no le veía el rostro, sentía la ira de aquel hombre y cuánto la despreciaba.

—¡Nombres! —gritó él.

—No somos enemigos del pueblo, lo juro —logró decir.

No le costaba hacer aquel juramento porque decía la verdad. Ni ella ni sus amigos eran los enemigos del pueblo, sino los hombres como el que la estaba interrogando. Pero aunque se hubiera atrevido a decirlo, él no lo habría entendido.

Se instaló el silencio. Anya escuchaba la respiración del hombre y aguardaba casi impaciente a que de nuevo le gritara. Pero no lo hizo. Le pareció vislumbrar entre las tinieblas que hacía un gesto con la cabeza y oyó unos pasos detrás de ella. Una mano le apretó con fuerza el brazo haciéndola girar mientras la arrastraba fuera de aquel despacho.

Intentó volver a pedir un vaso de agua, pero las palabras quedaron sujetas a los pliegues de la garganta.

Lloró. Y cuando se cerró la puerta de la celda, pegó el cuerpo contra la pared mientras dejaba que las lágrimas arrasaran su rostro. Poco a poco sintió que su cuerpo se iba deslizando por la pared hasta notar la piedra fría del suelo.

Intentaba pensar, pero no podía. El miedo dominaba a la razón. No supo calcular el tiempo que transcurrió hasta que volvió a sentir que su cuerpo le pertenecía. Se preguntó cuántas horas llevaba en aquel lugar y si alguna vez volvería a recuperar su vida. Pensó en su primo Pyotr Fedorov. Él también habría estado en una celda como aquella antes de que le enviaran al Gulag. Acaso el Gulag también sería su destino. Un escalofrío le bajó desde la nuca por la espalda hasta llegar a los pies.

Empezó a preguntarse cuál era su delito, de qué la acusarían. Sí, escribía poesía y sus versos nada tenían que ver con el «hombre nuevo» ni los logros de la Revolución. En la Unión de Escritores calificaban sus poemas de «egoísmo individualista». Esa era una gran falta. También podían acusarla de reunirse con otros poetas tan poco afectos como ella a las directrices de la Unión de Escritores. Masha les había advertido de que los tenían poco menos que por traidores. ¿Cómo se podía escribir de las cuitas del alma cuando los nazis querían destruirlos? ¿Acaso ese individualismo no era en sí mismo contrarrevolucionario?

De repente sintió que la ira la dominaba. Los odiaba, sí, odiaba profundamente a aquellos «hombres nuevos» que cercenaban la libertad de pensar, de escribir, de soñar. No sabía cuánto podría resistir en aquella celda oscura y húmeda ni si lograría mantenerse en pie cuando volvieran a interrogarla, pero lo intentaría, aunque solo fuera por no regalarles tan rápido la victoria sobre su pobre cuerpo dolorido.

Moscú
Espera angustiosa

La tía Olga aguardaba impaciente a que el doctor Lagunov terminara de auscultar a su hermano, que a pesar de los meses transcurridos aún no se había recuperado.

Grigory Kamisky se encontraba sentado en su viejo sillón junto a la ventana y su gesto inquieto, cansado, presagiaba que en cualquier momento pediría al doctor que cesara en su empeño de escuchar los sonidos de sus bronquios.

En la estufa crepitaba un leño acompañado de unas cuantas ramas, pero no era suficiente para caldear la sala.

—Aún no estás bien —sentenció el médico mientras apartaba del pecho de Kamisky el fonendoscopio.

—Apenas come —dijo Olga Kamiskaya con un deje de reproche, pero evitando cruzar su mirada con la de su hermano.

—Pues necesitas alimentarte, amigo mío, o no te recuperarás. Además de tus bronquios, me preocupa tu corazón... Me gustaría que te vieran en el hospital...

—Mi corazón está bien —gruñó Kamisky.

—Yo diría que no es así, por eso debería examinarte un especialista.

—No necesito ningún especialista. Me basta contigo.

—Yo no sé de todo... y al corazón hay que tomárselo en serio. Hablaré con el hospital... veremos la manera de trasladarte.

—¡No voy a ir a ninguna parte! Mi corazón está bien.

—Los latidos son muy débiles...

—Estoy cansado, solo es eso.

—Pero, Grigory, si el doctor dice que tiene que verte un especialista, debes hacerle caso —protestó Olga Kamiskaya.

—Si os hiciera caso, aún me tendríais confinado en la habitación.

—¡Qué cosas dices! El doctor quiere que descanses y es lo que yo me empeño en que hagas, pero eres tan tozudo...

El viejo Kamisky apartó la mirada de su hermana y dejó que vagara a través de los cristales por el mar de nieve en que se había convertido la calle. Se sentía cansado, pero no pensaba dar su brazo a torcer. Le parecía que permanecer en la cama era llamar a la muerte, y él no tenía ningunas ganas de morir.

—Grigory, hazme caso... Yo te acompañaré al hospital, pero tiene que verte un especialista —insistió Lagunov.

Kamisky hizo un gesto con las manos desechando el consejo de su amigo. No iría a un hospital, debía permanecer en casa al menos hasta que Anya regresara. Hacía cuatro días de su ausencia, y cuando Olga acudió al conservatorio a preguntar por ella, las profesoras se habían mostrado huidizas asegurando que no la habían visto e ignoraban dónde podría estar. El director del conservatorio se había negado a recibirla. Mala señal.

La mujer, cada vez más preocupada, había pedido permiso a su hermano para ir a preguntar por Anya a casa de Talya o a la de Klara Dimitrieva y Oleg Ivánov, pero él se lo había impedido. Era mejor esperar, había dicho, y no exponerse a que las fuerzas de seguridad vieran a Olga relacionándose con esos escritorzuelos.

Cuando Lagunov se marchó, Olga se sentó frente a su hermano cubriéndole las piernas con la vieja manta que ella misma había tejido años atrás. Él volvió a concentrar la mirada en el mar blanco que anegaba la calle, como si así quisiera evitar la conversación a la que su hermana le iba a obligar.

—Estás preocupado por Anya lo mismo que yo, pero tienes que ir al hospital. Lagunov te acompañará y yo me quedaré aquí cuidando de los niños y esperando a Anya.

—Ya he dicho que no voy a ir a ningún hospital.

—Irás. No permitiré que te mueras.

—No pienso morirme.

—Pues puede que sí... sobre todo si no haces nada para evitarlo.

Grigory Kamisky apretó los labios hasta convertirlos en una línea y durante unos segundos cerró los ojos. Olga podía ser tan testaruda como lo era él, pero en esta ocasión no podía ceder. Estaba seguro de que Anya se había metido en algún problema y que en cualquier momento le requerirían a él.

—Sé lo que estás pensando, Grigory Kamisky —dijo Olga interrumpiendo los pensamientos de su hermano—. No puedes dejar de preocuparte por Anya... crees que... crees que pueden haberla detenido... que está en la Lubianka... Podríamos salir de dudas si fuera a preguntar a Masha Vólkova... Al fin y al cabo, ella trabaja en la Unión de Escritores... algo sabrá.

—¡No! Te prohíbo que vayas a ninguna parte. Ya fuiste al conservatorio.

—Donde se asustaron cuando pregunté por Anya.

Guardaron silencio mientras la luz empezaba a declinar tras los cristales de la ventana. En cualquier momento regresarían de la escuela Ígor y Pablo y preguntarían por Anya. No podrían darles ninguna respuesta para calmar su preocupación.

Pero tanto Ígor como Pablo habían aprendido a dominar su inquietud. La mirada severa y dolorida del abuelo Kamisky se alzaba como una barrera infranqueable ante cualquier tentativa de preguntarle por Anya.

Pablo procuraba esquivar la censura del silencio cuando la tía Olga le daba el beso de buenas noches. Con apenas un susurro le preguntaba: «¿Cuándo volverá?». Y la tía Olga enjugaba una lágrima con la mano mientras movía la cabeza con resignación y, bajando la voz, respondía: «Os quiere mucho y por eso volverá».

Repetían los mismos gestos y las mismas palabras todas las noches, y Pablo encontraba en ellas un consuelo efímero para intentar reprimir el llanto. Con aquella casa, con el abuelo Kamisky, Borís Petrov, Ígor y la buena de la tía Olga solo le unía un nombre: Anya. Sin ella se sentía perdido. Por ella había aprendido aquel idioma que empezaba a ser el suyo por más que aún le costara escribir con corrección los caracteres cirílicos que le alejaban un poco más de los recuerdos de aquella vida que había dejado atrás aquel lejano día en España en el que Borís Petrov le obligó a acompañarle y los dos subieron a aquel coche negro.

Ígor no se permitía llorar. Tampoco preguntaba por su madre. Sabía que no obtendría respuesta, al menos una respuesta veraz. En Moscú no era una novedad que alguien desapareciera. Sabía del padre de alguno de sus compañeros que había sido enviado al Gulag por actividades contrarrevolucionarias. Incluso Pyotr Fedorov, el primo de su madre que como ingeniero ocupaba un importante puesto en un ministerio, había sido detenido y, según decían, enviado a los confines de Siberia.

Su madre seguía tratándose con Talya, que era la mujer de Fedorov, y pensó que acaso eso la habría perjudicado. Se decía que quizá el NKGB creyera que su madre, por ser amiga de los Fedorov, también era contrarrevolucionaria. Sí, podían haber cometido ese error. Pero quería confiar en que pronto se darían cuenta de que su madre amaba la libertad por encima de todas las cosas. ¿Acaso los revolucionarios no amaban la libertad?

Su ausencia le producía un profundo desconsuelo que sin embargo no se atrevía a manifestar. Pensó que si lo hacía, su abuelo se dejaría envolver definitivamente por la melancolía, la tía Olga no sería capaz de contener el llanto y Pablo se sumiría en la desesperación.

Quería a Pablo y había llegado a conocerlo bien, y porque le conocía le preocupaba que el frágil equilibrio sobre el que se asentaba su existencia allí en Moscú pudiera hacerse pedazos por la ausencia de Anya. No le importaba compartir a su madre con él, ni siquiera envidiaba aquel vínculo especial que mantenían. Por eso se sentía responsable del bienestar de Pablo y se había impuesto paliar su pena cuidándole y protegiéndole.

Aquella noche no fue la tos del abuelo lo que los mantuvo a todos despiertos, sino la ausencia de Anya. Desde que había salido hacía cuatro días, no había regresado a casa ni tampoco había llamado por teléfono.

Ígor decidió quedarse a esperarla mientras repasaba algunas lecciones, y aunque Pablo sí se fue a la cama, permaneció despierto, angustiado por la ausencia de Anya.

Por su parte, la tía Olga decidió aguardar sentada con un libro entre las manos al que no prestaba la más mínima atención.

Días después

—¿Has... has podido averiguar algo sobre Anya? —La voz de Olga Kamiskaya se había convertido en un murmullo.

—Está detenida en la Lubianka —admitió Grigory Kamisky con rabia.

—¡En la Lubianka! Pero ¿por qué? Ella no ha hecho nada. —Ahora el tono de voz de la tía Olga había adquirido un registro histérico.

—He podido saber que la detuvieron en una redada... Estaba en uno de esos agujeros donde se reúnen algunos escritorzuelos que... ¡Maldita sea!

—¿Qué tipo de escritores, abuelo? —se atrevió a preguntar Ígor intentando mantener la calma.

—Los que frecuenta tu madre... gentuza todos ellos. Individualistas a los que solo les preocupa su pequeño mundo. Mira que le advertí que debía romper la amistad con Pyotr Fedorov... Desde que era un crío ya se veía que solo causaría problemas.

—A Pyotr le enviaron al Gulag, abuelo, y sus padres eran amigos de la abuela y tuyos.

—¡Míos, no! Esa gente vivía cerca de donde vivieron los padres de mi esposa, eran parientes... Y mi hija nunca me hizo caso... ¡Tenía que hacerse amiga desde niña de ese maldito Pyotr!

—Pyotr Fedorov no es un delincuente, abuelo. Es su primo y el mejor amigo de la infancia de mi madre, y su única falta es que le gusta la poesía... Autores que han sido la gloria de Rusia... hasta ahora...

—¡Cállate! ¿Tengo que soportar que también tú hables como un disidente? Tu madre te ha envenenado, sigue su ejemplo y terminarás también en la Lubianka.

—Mi madre no merece estar en la Lubianka. ¿Te han dicho de qué la acusan? —Ígor hablaba muy despacio, apretando los puños para contener la ira y el miedo que sentía.

—Sí, la acusan de tener tratos con personas hostiles a la Revolución. Y no es un cargo menor.

—Ya... pero es una acusación falsa. Mi madre no es hostil a la Revolución, tan solo defiende la libertad de escribir, de componer su música y de hablar... de poder expresar sus ideas. Eso no puede ser delito, abuelo.

—¡Qué sabes tú! ¡Cómo te atreves a juzgar lo que está bien y lo que está mal! Tu madre es una mujer imprudente que cree que puede hacer lo que quiere... pues ya ves las consecuencias.

—¿Puedes sacarla de la Lubianka? —insistió Igor.

—Lo único que puedo hacer es avergonzarme ante mis camaradas.

—Mi madre no ha hecho nada de lo que debas avergonzarte —respondió con rabia Ígor.

—¿Y tú cómo lo sabes?

—Lo sé, lo mismo que lo sabes tú —afirmó Ígor midiendo su mirada con la de su abuelo.

—¡Por Dios, Grigory, haz algo! No puedes permitir que... no podría soportar que maltrataran a Anya o que la envíen al Gulag. —La tía Olga intentaba secarse las lágrimas con una punta del delantal.

Pablo la acompañó en el llanto. Comenzó a temblar. Saber

que Anya estaba en la Lubianka era tanto como saberla en la antesala del Infierno.

—He hablado con un par de amigos... Me han prometido interesarse por ella... pero no sé si lo harán. No es una buena comunista y no es buena idea mostrar interés por alguien que no es leal a la Revolución, sea hija de quien sea —concluyó el abuelo Kamisky.

—Tú eres un héroe de la Revolución y mi padre también lo es... está luchando contra los nazis... quién sabe si incluso ha muerto. ¿Acaso eso no sirve para nada? ¿Qué clase de Revolución es esta que teme a los poetas? —Ígor no cedía ante el estupor de su abuelo.

—¿Qué clase de poetas son los que anteponen sus egos a la Revolución? —respondió Grigory Kamisky dándose media vuelta y cerrando de golpe la puerta de su habitación.

Sorbiendo las lágrimas, la tía Olga también salió de la sala para refugiarse en la cocina. Mientras, Ígor intentó tranquilizar a Pablo.

—Volverá. Ella es fuerte. Mámushka sabrá defenderse de quienes la acusan con falsedad.

—¡Pero pueden enviarla al Gulag! —respondió Pablo, incapaz de controlar el temblor de su cuerpo.

—Sí... pueden hacerlo. Y si lo hacen, tú y yo iremos a rescatarla. Lo haremos. ¿Puedo contar contigo?

—Sí... te acompañaré adonde haga falta.

Ígor le sonrió agradecido. Confiaba en Pablo, sabía que no le fallaría.

Durante un buen rato permanecieron en su cuarto sin hablar, aparentemente ensimismados en hacer las tareas de la escuela, pero ninguno de los dos era capaz de concentrarse. Ígor sentía tanta rabia como temor por la situación en que se encontraba su madre, mientras que Pablo se sentía atenazado por el miedo. Había llegado a querer a Ígor como a un hermano y tenía un afecto sincero por la tía Olga, incluso por el abuelo Kamisky, pero ninguno de ellos le ataba a aquel lugar en el que no había dejado de sentirse un extraño. La única raíz que había echado era Anya, sin ella sería tan solo un paria.

La tía Olga los llamó a cenar. A la mesa ya estaba sentado el abuelo Kamisky, que evitó mirarlos. Cenaron con desgana envueltos en un silencio opresivo, y luego el abuelo Kamisky hizo un gesto dando la cena por terminada.

—No voy a conformarme. Tienes que sacar a mi madre de la Lubianka —dijo Ígor mirando fijamente a su abuelo.

El abuelo Kamisky sostuvo la mirada de su nieto mientras buscaba la manera de responderle. Ígor era demasiado inteligente para intentar solventar la situación diciendo simplezas. Y la lealtad que sentía por sus padres era inquebrantable. Era imposible convencerle de que nada se podía hacer por su madre. En realidad, no esperaba palabras sino acción.

—Ya os he dicho que he hablado con un par de amigos. Hay que esperar.

—¿Esperar? ¿A qué tenemos que esperar? La torturarán, incluso la pueden matar o mandarla al Gulag. No podemos esperar. Mi madre es fuerte de espíritu y tiene buena salud, pero no sabemos si logrará aguantar.

—Tendrá que hacerlo. —Fue la respuesta del abuelo Kamisky mientras se ponía en pie.

—¿Y si no lo consigue? —insistió Ígor.

—¡Tiene que aguantar! ¡No podemos hacer nada! —gritó el anciano.

—Así se defiende la Revolución... encarcelando y torturando a quienes tienen un pensamiento propio, a quienes escriben poemas que no son del gusto del Kremlin, a...

La mano del abuelo se estrelló contra la cara de su nieto. Ígor no protestó, retuvo las lágrimas mientras intentaba contener la rabia que le invadía. Si hubiese sido otro hombre el que le hubiera dado una bofetada, habría saltado sobre él. Pero era su abuelo, el padre de su madre, y le debía respeto por más que en aquel momento sintiese desprecio por él.

Pablo había comenzado a temblar y a duras penas lograba contener el llanto. Fue la tía Olga la que se hizo cargo de la situación plantándose ante su hermano.

—¡Grigory Kamisky, lo que acabas de hacer es indigno! No es tu nieto sobre quien debes descargar tu ira, sino sobre esos hombres que dicen amar la Revolución pero que están engañando al pueblo. ¡Sí, nos engañan a todos, a todos nosotros! Una Revolución que produce miedo es... es... es un fracaso.

Los tres la miraron asombrados. Grigory Kamisky jamás habría pensado que su hermana Olga fuera capaz de decir algo así. En realidad, creía que Olga no tenía ningún pensamiento que mereciera la pena y, por tanto, sus intereses no iban más allá que los de afrontar la vida cotidiana.

En cuanto a Ígor y Pablo, también habían descubierto en aquel momento el valor de aquella mujer humilde y sacrificada, siempre deseosa de ayudar y complacer a los demás.

Grigory Kamisky estaba tan desconcertado que no acertaba a dar una respuesta a su hermana. Permaneció de pie unos segundos dudando si ir a su habitación o afrontar el desafío de contestar.

—El problema no es la Revolución, sino los hombres... A veces se exceden en la manera de defenderla. Estamos en guerra. Si Hitler gana, pasaremos a ser dominados por Alemania. ¿Imagináis ese futuro? No solo se derrumbarán los logros de la Revolución, sino que nos convertiremos en esclavos de los alemanes —aseguró el abuelo.

—¿Y eso qué tiene que ver con Anya? —se atrevió a seguir increpando la tía Olga.

—Tenemos que defender todo lo que hemos construido

estos años. Tú estabas allí... sabes lo que ha costado derrumbar un régimen corrupto en el que la mayoría estábamos para servir a unos pocos señores. El pueblo nunca fue escuchado. No le importábamos a nadie. Siglos de opresión manteniéndonos en la ignorancia... Eso fue lo único que hicieron los zares. Ahora la Unión Soviética es la patria de los trabajadores, de los desheredados, de quienes estaban condenados a seguir siendo siervos. Ya no hay clases, todos somos iguales. Nos hemos convertido en un ejemplo para el mundo entero. Hay millones de hombres en otros países que nos miran con envidia porque hoy es un honor ser un hombre soviético. No lo comprendéis... ni Ígor ni Pablo pueden comprenderlo porque han nacido libres, pero tú, hermana —dijo mirando a Olga—, ¿cómo puedes cuestionar la grandeza de la Revolución? Ahora estarías sirviendo en alguna casa de esos corruptos aristócratas, doblando el espinazo en reverencias delante de ellos, tratada como un objeto. La Revolución te ha dado dignidad.

Olga Kamiskaya, atenta a cada palabra de su hermano, frunció el ceño y, para sorpresa de todos, su respuesta fue contundente:

—Hasta ahora lo único que me ha dado la Revolución es miedo.

Grigory Kamisky miró a su hermana con estupor. La desconocía. Olga siempre se había mostrado dulce y sumisa, nunca había discutido nada de lo que le había dicho, y de repente... hablaba como una contrarrevolucionaria.

Confundido, se pasó la mano por la frente. ¿Acaso su propia hermana y su nieto formaban parte del bando de los enemigos? ¿Había sido Anya quien los había contagiado con sus ideas, esas ideas que ponían en duda los enormes logros de la Revolución comunista?

De nuevo un silencio ominoso los envolvió mientras el sufrimiento se iba reflejando en la expresión de sus rostros.

—A... abue...lo Ka...mis...ky... —Pablo tartamudeaba cuando se ponía nervioso—, tú... e...res mu...y... va...lien... te..., por... fa...vor... haz algo...

Kamisky miró al chiquillo español. Sentía afecto por él, aunque no solía prestarle demasiada atención.

—Haré lo que pueda —respondió, y salió de la sala sin mirarlos.

Ígor se acercó a la tía Olga y la abrazó mientras susurraba «gracias». Ella le acarició la cabeza mientras le abrazaba. Luego, con un gesto, invitó a Pablo a unirse al abrazo.

—Es un buen hombre, pero se obceca. Desde que era niño ha luchado contra la injusticia y quienes oprimían al pueblo. Por eso le es tan querida la Revolución —acertó a decir.

—Sí, tía, no dudo de que eso había que hacerlo, pero ahora los que dirigen la Revolución son los nuevos opresores del pueblo... aunque el abuelo no quiera aceptarlo. Cierra los ojos a lo que está pasando.

—Es difícil hacer algo... —lamentó la tía Olga.

—Bueno... si se pudo derribar al zar Nicolás, no sé por qué no se puede derribar al zar Stalin.

—¡Dios Santo! ¡Que no te oiga tu abuelo! ¡No digas eso o terminarás en la Lubianka como tu madre!

—Tú tampoco has sido muy prudente con lo que le has dicho al abuelo —recordó Ígor.

—Bueno, pero yo... soy mayor... y... alguien tenía que decírselo... Pero vosotros... debéis tener cuidado. Stalin tiene oídos en todas partes.

Moscú
La salida de la Lubianka

El sonido de la llave la llevó a encogerse sobre la piedra fría que le servía de lecho en la celda. Apenas podía moverse. En el último interrogatorio la habían golpeado con más saña que de costumbre.

Se sabía rendida, incluso habría podido responder a lo que le preguntaban, pero no podía porque nada sabía de lo que ellos querían enterarse. Tenía el cerebro tan entumecido como el cuerpo, tanto que ni siquiera se sentía capaz de inventar alguna mentira.

El carcelero la levantó sin miramientos y la sacó a rastras de la celda. Deseó que alguno de los golpes que esperaba recibir fuera el definitivo y la ayudara no solo a perder la conciencia sino la vida. Pero esta vez no la llevaron a la sala de interrogatorios, sino a otra sala donde una de las carceleras le ordenó que se asease señalando una pila que estaba situada en un rincón. Después, la misma carcelera le pasó una esponja por la cara para limpiarle las heridas. Anya no se atrevió a preguntar nada a aquella mujer.

—Te están esperando —la oyó decir mientras de nuevo sentía sus manos sobre su cuerpo, pero esta vez era para empujarla.

Apenas veía. Atravesaron pasillos, se cruzaron con hombres y mujeres que la ignoraban, como si fuera un fantasma.

Al cabo de un rato, un hombre se plantó delante de ella y la miró con desprecio.

—Camarada Petrova, ha terminado nuestra investigación y queda usted temporalmente en libertad. Seguiremos investigando sus actividades ya que pueden poner en peligro nuestra Revolución. Así que no me despediré de usted porque no dudo de que volveremos a vernos.

Al salir a la calle, la luz le nubló aún más la mirada. La luz de un sol débil que se escondía entre las nubes cargadas de nieve.

No sabía qué hacer. Se quedó quieta mirando sin ver. Ni siquiera se atrevía a pensar que estaba fuera de la Lubianka.

—¡Anya!

La voz... aquella voz... era la voz de su padre. Una voz fuerte, ronca, sin una pizca de amabilidad y mucho menos de afecto. La voz de un hombre que no se permitía ninguna debilidad.

Lo primero que pensó fue que estaba sumida en una pesadilla que la había llevado fuera de los muros de la Lubianka, un sueño en el que veía la figura de su padre recortada entre el vapor que desprendía el frío. Y de repente la luz se hizo sombra y sintió que se perdía entre esas sombras. Y cayó desmayada.

—Se está despertando... No os acerquéis tanto... no hay que agobiarla —dijo el doctor Lagunov.

—Mámushka... ¿Me oyes...? —preguntó Ígor.

—Anya, querida mía, ya estás en casa, los niños están bien, todos estamos bien —terció la tía Olga.

—¡Dejadla tranquila! —bramó el abuelo Kamisky.

—¿Nos oyes? —preguntó Pablo.

Aquellas voces le resultaban conocidas... intentó hablar, pero no encontraba su voz, tampoco podía abrir los ojos. Estaba muerta, se dijo que había muerto o que soñaba. Sí, era un sueño. Un sueño en el que no tenía frío, sino que sentía la suavidad de una manta sobre el cuerpo. No quería despertar porque, si lo hacía, volvería a estar sobre la piedra dura y fría de la celda que se había convertido en su hogar. No, no se despertaría, alargaría el sueño hasta que la obligaran a abandonarlo.

El doctor Lagunov los apartó con un gesto para que le permitieran terminar de examinar a Anya. Le había costado reconocerla.

Pablo había subido a su casa golpeando con fuerza la puerta mientras le gritaba para que bajara porque Anya ya estaba en casa.

Cuando entró en casa de los Kamisky y llegó a la sala, retrocedió espantado. Sobre el sofá estaba tendida una mujer encogida que parecía estar en los huesos, con el cabello corto y ralo y un color de piel cadavérico, inmóvil, como si habitara en un lugar que ellos desconocían. Dudó si acercarse, pero fue la mirada de su amigo Grigory Kamisky la que le obligó a hacerlo.

—Doctor... tiene que hacer algo... está muy mal... —musitó Olga Kamiskaya.

Lagunov la examinó con temor. Aquel cuerpo parecía no tener vida, pero pudo escuchar a través del fonendoscopio unos lejanos sonidos como si se tratara de señales de marcianos enviadas desde el espacio. Estaba viva, sí, pero ¿hasta cuándo? Aquel cuerpo empequeñecido carecía de la fuerza necesaria para vivir.

Acaso se disponía a subir a la barca de Caronte. El médico se reprochó aquel pensamiento y lo achacó a haber estado repasando un viejo libro sobre la mitología griega. «Qué estúpido», se dijo. Cómo podía distraerse con aquella lectura. Su deber era impedir que subiera a la barca y hacerla regresar por el camino de la vida.

Era necesario trasladarla a un hospital. Necesitaba suero y quién sabe cuántas cosas más. Lo que tenía delante era un cuerpo extenuado por el sufrimiento.

—Tenemos que llevarla al hospital —dijo mirando a su amigo.

—No me parece oportuno. ¿Crees que atenderán de buen grado a una presa recién salida de la Lubianka? —respondió Grigory Kamisky.

—Está enferma. No podrán negarse a atenderla —afirmó el doctor Lagunov.

—No... seguramente no... Pero creo que no es buena idea. Tú puedes hacer por ella más que si la lleváramos a un hospital.

—No... no tengo los medios...

—Seguro que eres capaz de encontrarlos —insistió Kamisky.

El doctor Lagunov se sentía abrumado por la situación. Conocía a Anya desde niña y no la reconocía en aquel cuerpo torturado.

—Doctor... por favor... mi sobrina necesita estar en casa... Nosotros la cuidaremos... solo tiene que decirnos cómo —casi suplicó la tía Olga.

—Suero... necesito suero...

—Dime dónde puedo obtenerlo e iré a buscarlo —dijo Grigory Kamisky.

—Tengo un amigo... Es un buen médico... trabaja en la Clínica Central... Quizá pueda ayudarnos... aunque será difícil que le permitan sacar el material que necesitamos. —Lagunov hablaba con un deje de duda.

—¿Y Raisa? La enfermera Raisa Semenova... A lo mejor ella puede ayudarnos.

Todas las miradas se dirigieron a Pablo. ¿Cómo no se les había ocurrido a ninguno de ellos?

Raisa Semenova había cuidado de Pablo durante el tiempo en que permaneció hospitalizado, y en esas semanas Anya y la enfermera habían trabado una buena amistad. No es que se vieran a menudo, pero de cuando en cuando Anya invitaba a Raisa Semenova a tomar el té con ellos, y en otras ocasiones gustaban de encontrarse para dar un paseo.

—Sí... podríamos llamarla. Es una buena persona y aprecia a mámushka. —Ígor parecía esperanzado.

—Bien, quizá tú mismo, Ígor, puedas llamar a Raisa Semenova y explicarle la situación. Te apunto lo que necesitamos... y también yo lo intentaré con ese amigo de la Clínica Central —aceptó el doctor Lagunov.

Raisa Semenova no dudó al clavar la aguja en una vena del brazo de Anya. Luego comprobó satisfecha que comenzaban a deslizarse por el tubo las primeras gotas del suero.

—Ya está —dijo en voz baja como si temiera que Anya saliera del sopor en que estaba sumida.

—Gracias —dijo Ígor mientras colocaba una mano sobre el hombro de Raisa.

Era un agradecimiento sincero. Cuando se presentó y le explicó la situación de su madre, la enfermera Semenova le escuchó en silencio. Ígor no estaba seguro de que Raisa quisiera comprometerse, pero ella con voz firme respondió: «Dame un poco de tiempo. No es fácil sacar esas cosas del hospital. Pero lo haré. En cuanto lo tenga iré a vuestra casa».

Y allí estaba, tranquila, sin darle importancia al riesgo que estaba corriendo. Ayudar a una mujer que acababa de salir de la Lubianka suponía ponerse en peligro. Ella había optado por pedirle a la supervisora de enfermería que le permitiera sacar del hospital un par de botellas de suero y algunas medicinas para ayudar a una amiga que se encontraba enferma. «Está muy debilitada y apenas come», había explicado.

La supervisora le había preguntado por qué no trasladaban a su amiga al hospital y Raisa había respondido que la familia prefería tenerla en casa bajo sus cuidados. «Serán unos ignorantes, pero bueno, coge el suero... No creo que nadie vaya a echar en falta dos botellas; eso sí, nada de llevarte otros medicamentos. Se darían cuenta y tendríamos un problema», había concluido la supervisora.

—Se pondrá bien —aseguró Raisa.

—Mámushka es fuerte y tiene ganas de vivir —afirmó él sin demasiada convicción.

—Ahora, dejémosla tranquila. La enfermera Semenova se quedará un rato con ella —ordenó el doctor Lagunov.

—Pero hacen falta las medicinas... —Pablo permanecía inmóvil en el umbral de la habitación de Anya.

—Nos arreglaremos con lo que podamos. La enfermera nos ha traído dos botellas de suero, y espero que mi amigo el doctor Nikitin pueda añadir alguna botella más. Vamos... lo peor ya ha pasado. Anya está aquí, en casa, con su familia; esa será la mejor medicina.

El abuelo Kamisky se había sumido en el silencio. Tenía el alma perdida en medio de una tormenta de la que no sabía si podría salir.

No era un ingenuo. Sabía lo que sucedía en la Lubianka. Pero quienes entraban en aquel edificio eran culpables. Contrarrevolucionarios, enemigos de la patria, traidores. Pero ¿Anya era todo eso? Su hija, su rebelde hija, cuya mayor falta radicaba en ser una romántica amante de la poesía. La poesía del «yo». Una poesía egoísta y decadente que obviaba lo importante: la grandeza de la Revolución. ¿Era un delito tan grave como para que la hubiesen torturado hasta casi matarla?

¿Acaso la Revolución era tan débil que no se podía permitir a aquella clase de poetas por estúpidos que fueran?

Se preguntaba también cómo no había sido capaz de educar mejor a su única hija. Aunque en realidad sabía la respuesta. Nora, había sido Nora, su esposa, la que había alimentado las fantasías de Anya.

Nora creía que él ignoraba que le leía la Biblia o que perdía el tiempo enseñándole a tocar el piano. O que también permitía que leyera libros de poemas burgueses decadentes.

Sí, él era culpable de lo sucedido por no haber impedido que Nora consintiera tanto a Anya.

Además, le preocupaba su nieto. Temía que el impacto de ver a su madre en ese estado le hiciera dudar de su fidelidad a los principios de la Revolución. Ígor era tan apasionado e inconformista como Anya y no aceptaría que su madre hubiera acabado en la Lubianka por alejarse de la lealtad que el Estado exige de sus ciudadanos.

Si al menos Borís estuviera allí... Sí, a su yerno le correspondía hacerse responsable de su esposa y de su hijo. Él sabría lo que debía hacer con Anya y cómo educar a Ígor.

Pero Borís Petrov todavía no había regresado, aunque al menos sabían que estaba vivo y que era cuestión de tiempo que retornara a Moscú.

Grigory Kamisky volvió a pensar en Nora. ¿Qué habría dicho su esposa si hubiera visto a su única hija en semejante estado?

Había sido una esposa leal y jamás le había reprochado su compromiso con el Partido ni con la Revolución, pero la ausencia de reproches no traía consigo aceptar la grandeza de la Revolución. Nora se había negado a entrar en el Partido, lo sentía ajeno a cuanto quedaba en ella de la educación recibida. En una ocasión en que él insistió, ella le respondió: «Grigory, soy judía y hasta ahora no he visto que vuestra Revolución haya supuesto cambio alguno para los judíos».

Le había recordado que algunos de los líderes del Partido eran judíos y Nora, la dulce y sacrificada Nora, sonrió, dudó un momento y después le dijo que se alegraba de que hubiera judíos a los que les fuera bien, pero le había preguntado: «¿Y el resto?». Luego volvió a fijar sus grandes ojos grises en la labor que tenía entre manos. Era su manera de decir que la conversación había acabado.

Anya no había heredado la dulzura de Nora. Se parecía mucho más a él. Ambos eran testarudos, demasiado. Tenían una fe ciega en sus principios, muy alejados entre sí. Y, pasara lo que pasara, resultaba difícil que retrocedieran dándose por vencidos.

Aun así, se preguntó qué quedaría de Anya después de su paso por la Lubianka. ¿Se atrevería a volver a ser quien había sido?

La nieve caía sin hacer ruido, depositándose suavemente sobre el empedrado. Qué hermosa era; la blancura perfecta que al tocarla se deshace entre los dedos. El cielo había oscurecido hasta hacerse de noche pese a que aún no eran las cinco de la tarde en Moscú.

—Grigory...

La voz de Olga le sobresaltó. Olga, la buena de Olga, la hermana que se había convertido en la mejor compañía posible desde la muerte de Nora. Le cuidaba en silencio, sin pedir nada a cambio.

—Anya... ha abierto los ojos y está agitada, pero el doctor Lagunov le ha puesto una inyección... y dice que necesita descansar. La enfermera Semenova se ha ofrecido a quedarse aquí esta noche... Tú dirás...

Kamisky reprimió el suspiro que hubiera salido de su garganta. No le caía bien Raisa Semenova, acaso porque intuía que en ella anidaba el mismo germen de disidencia que en Anya. No, no quería que aquella mujer se quedara en su casa. Era una extraña. Olga se bastaría para cuidar a Anya.

Fue a la habitación de su hija. Su amigo, el doctor Lagunov, no había permitido más que la presencia de la enfermera. Tanto Olga como Ígor y Pablo aguardaban en la sala.

—La enfermera Semenova se ofrece a quedarse esta noche... —dijo el doctor Lagunov.

—¿Lo crees conveniente? —preguntó Kamisky.

El médico dudó un segundo antes de responder. A veces le irritaba la actitud de su amigo.

—Siempre es mejor estar al cuidado de alguien cuya profesión es la de atender a los enfermos, ¿no te parece? Pero si lo que quieres saber es si creo que es imprescindible, entonces te diré que imprescindible no es...

—No querría causarle más molestias, camarada Semenova —afirmó Grigory Kamisky sin demasiada convicción.

—Aprecio a su hija, camarada. No supone ninguna molestia quedarme esta noche. No les importunaré.

No podía negarse sin ofender a la enfermera. Inclinó la cabeza para asentir.

—De acuerdo... Naturalmente, cenará con nosotros —invitó el abuelo Kamisky.

—No es necesario... solo les pediré una taza de té.

—Además de la taza de té, estoy segura de que le sentará bien un buen plato de sopa —añadió la tía Olga.

Moscú
Los Lébedev

Un contratiempo inesperado empañó la alegría que había traído a aquella casa la liberación de Anya. Ocurrió una semana después de la salida de la Lubianka.

Bela Peskova, la responsable del edificio, llamó a la puerta con golpes secos.

La tía Olga acudió presurosa a abrir.

—Buenos días, camarada Kamiskaya.

Y sin esperar a que la tía Olga la invitara a entrar, Bela Peskova empujó la puerta seguida de un hombre y una mujer que arrastraban un par de maletas. Eran de mediana edad, no habrían cumplido los cuarenta y tenían un aspecto recio.

—Le presento a los camaradas Lébedev, Polina y Damien Lébedev. Se alojarán con ustedes. Disponen de demasiado espacio para una sola familia, un privilegio inaceptable.

El abuelo Kamisky había acudido al oír la voz de Bela Peskova.

—Le estaba diciendo a su hermana que el comité del barrio ha decidido que los camaradas Lébedev se instalen aquí. En esta *kommunalka* ustedes son los únicos que han tenido el privilegio de disfrutar de todo este espacio.

—Pero... no puede ser... no disponemos de sitio —se atrevió a balbucear la tía Olga.

—Lo que dice no es digno de una buena comunista, camarada Kamiskaya. Nunca he comprendido por qué han mantenido el privilegio de vivir en un piso de este tamaño sin compartirlo. En cada vivienda de este edificio el espacio es compartido. Ya era hora de que los camaradas del comité pusieran fin al privilegio del que han estado disfrutando.

El abuelo Kamisky asintió con la cabeza. No podía negarse, no debía negarse, ni siquiera quería negarse. Había luchado en contra de la propiedad y se había visto favorecido con el disfrute de aquella casa; había llegado el momento de compartirla con otros camaradas. También sabía que era la manera que tenía el comité de que pagaran por el comportamiento de Anya. La había sacado de la Lubianka, pero sus camaradas le recordaban que no había ningún ciudadano por encima de otro y que ese era el precio por la liberación de su hija.

—Olga, tendrás que desalojar el cuarto de los niños, ellos pueden dormir en la sala. En este cuarto estarán cómodos, camaradas...

—Naturalmente, podrán hacer uso de la cocina y del baño sin ninguna restricción —afirmó la responsable del edificio.

—No podría ser de otra manera, camarada Peskova. De ahora en adelante esta es la casa de los camaradas...

—Lébedev —recordó Bela Peskova, que dándose la media vuelta salió del piso sin ocultar una sonrisa de satisfacción.

—¿Quieren un té? —ofreció la tía Olga a aquella pareja que se había mantenido en silencio.

—Lo que queremos es disponer cuanto antes de nuestro cuarto y, por supuesto, de espacio suficiente en la cocina y en el baño para colocar nuestras cosas —afirmó la señora Lébedeva.

—Sí... sí... claro... estarán cansados —respondió la tía Olga, nerviosa.

Ígor y Pablo protestaron cuando el abuelo les anunció que

debían desalojar su cuarto, que desde entonces pasaría a disposición de los Lébedev.

La tía Olga los ayudó a trasladar ropa y libros al recodo de la sala donde ella dormía y en el que gracias a un biombo podía conservar cierta intimidad. Se lo cedería a los niños y hasta que Borís regresara del frente ella podría compartir el cuarto con Anya.

—Pero ¿dónde vamos a dormir? —insistió Ígor.

—Aquí; pondremos otra cama —aseguró la tía Olga.

—¿Y de dónde vamos a sacar otra cama? —preguntó Ígor con desconfianza.

—¡Ya basta! No os entretengáis más. Que yo sepa, esta mañana tenéis que ir a clase. —El abuelo Kamisky dio así por terminada la rebelión de su nieto.

En cuanto Ígor y Pablo se marcharon se dirigió a los Lébedev:

—Camaradas, como vamos a compartir este espacio es mejor que lleguemos a un acuerdo en cuanto a las normas a seguir. Y para empezar presentarnos. Yo soy Grigory Kamisky y esta es mi hermana Olga, con nosotros viven mi hija Anya y su esposo Borís Petrov, que es comandante del ejército... y ya han visto a mis nietos.

—Soy Damien Lébedev y esta es mi esposa Polina. Los dos trabajamos en el Comisariado del Pueblo para las Comunicaciones. Y quiero recordarle, camarada, que la propiedad privada ya no existe en la Unión Soviética, de manera que esta vivienda es del pueblo, pertenece al pueblo y son las autoridades quienes en nombre del pueblo han dispuesto que podamos vivir aquí. Esta no es su casa, camarada Kamisky, por tanto, no puede imponernos ninguna norma. Si no está de acuerdo, hable con la camarada Peskova, que es quien tiene la responsabilidad de este edificio. Y ahora nos instalaremos como creamos conveniente.

Más tarde, cuando los Lébedev se encontraban en su cuarto, Olga se acercó a su hermano haciéndole una seña para indicarle que tenían que hablar. Ella insistió en que salieran a la calle a pesar de las reticencias de Grigory.

Cuando pasaron delante del chiscón desde donde gobernaba el edificio la camarada Peskova pudieron ver un destello de burla en su mirada.

Hacía frío y Olga se encogió dentro del abrigo mientras metía las manos en los bolsillos.

—Esto es ridículo, Olga. No pretenderás que cada vez que tengas algo que decirme salgamos a la intemperie. Tendrás que acostumbrarte a la presencia de los camaradas Lébedev.

—Dime, Grigory, ¿por qué han decidido que compartamos el piso con esos dos? ¿Has caído en desgracia?

Grigory Kamisky guardó silencio mientras sentía que el frío se adueñaba de su rostro. No podía ocultar la verdad a Olga por más que él la consideraba una mujer simple, aunque acaso no lo fuera tanto como pensaba.

—Anya... todo esto nos lo ha traído el comportamiento de Anya. La consideran una disidente, aunque en realidad no tienen ninguna prueba firme contra ella; de lo contrario no la habrían dejado salir de la Lubianka.

—O sea que nos están castigando.

—Es una manera de decirlo. En cualquier caso, gozábamos de un privilegio no merecido; nuestro edificio es una *kommunalka*, los pisos los comparten tres y cuatro familias. ¿Acaso somos especiales para disponer de un piso para nuestro propio disfrute?

—Grigory, tú mismo acabas de decir que esta decisión es a causa de Anya.

—La Revolución ha sido generosa con nosotros, Olga, y no nos merecíamos esa generosidad que se convirtió en privilegio al permitirnos un piso para nosotros solos. No nos quitan nada que fuera nuestro.

—Tienes razón... el piso que ocupamos antes era de un profesor de la universidad contrario a los sóviets. A él le castigaron quitándole su casa y dándotela a ti, y ahora te castigan recordándote que dependes de la exclusiva voluntad del sóviet. ¿Qué clase de mundo es este, Grigory?

—Un mundo justo, donde el individualismo no tiene cabida. Por eso luché, Olga.

—Pues te equivocaste, hermano.

—Pero ¡qué dices! ¿Cómo te atreves a decir tamaño disparate? ¡Eso es traición!

—¿Traición? ¿A quién? No comparto tus ideas, Grigory. Nunca te lo he dicho, pero eres muy inteligente y sé que lo sabes. No me gustaba la Rusia en la que vivíamos, pero tampoco me gusta la Rusia en la que vivimos. No era justa antes y no lo es ahora.

—¡Calla! No sabes lo que dices.

—Sí, sé lo que digo porque no me gusta lo que veo. ¿Dónde está el «hombre nuevo»? Ese «hombre nuevo» que sobrevive a base de delatar a sus vecinos, de envidiar a quien tiene un poco más que él... Me asusta ese «hombre nuevo», es peor que el que creéis haber derrotado.

—Si alguien te escuchara...

—Terminaremos en la Lubianka. No te preocupes, Grigory, no voy a decirle a nadie lo que pienso. Callaré como he hecho siempre. Pero te advierto que nos han metido al enemigo en casa. Esos dos, los Lébedev, nos traerán problemas.

Cuando regresaron al piso, Anya ya se había levantado. La encontraron en la cocina poniendo agua a calentar para el té.

La palidez de su rostro y la torpeza de sus manos denotaban que aún no se había recuperado.

La tía Olga le sonrió mientras la mandaba de nuevo a la habitación.

—Hace frío, es mejor que te quedes un rato más en la cama. Yo te llevaré el té.

—Tía... hay... hay unas personas...

—Sí... es un matrimonio, Polina y Damien Lébedev... no debes preocuparte... Trabajan en el Comisariado del Pueblo para las Comunicaciones. Les han asignado un espacio en nuestra casa. Nos arreglaremos.

—Pero si no disponemos de sitio... tú estás durmiendo en la sala...

—Si no te parece mal, dormiré en tu cuarto y los chicos lo harán en la sala. No te molestaré.

—Pero... por qué...

—Anya, ya sabes que tener un piso para nosotros era un privilegio. Y los privilegios lo mismo que te los conceden te los pueden quitar.

La mirada de su tía le dijo a Anya lo que no podía decir con palabras. Ella bajó la cabeza intentando frenar las lágrimas, consciente de que la presencia de los Lébedev era la primera de las represalias a las que se verían sometidos. Pero no sintió culpa sino odio, un odio profundo e indestructible.

Polina Lébedeva resultó ser una auténtica arpía. Aquel mismo día se plantó ante el abuelo Kamisky para exigirle que sacaran el piano del piso.

—Tengo un par de sillones que quiero colocar en el espacio que ocupa el piano —arguyó desafiante.

—Tendrá que buscar otro rincón donde colocarlos. El piano era de mi esposa y va a continuar donde está —respondió el abuelo con un tono de voz indiferente.

—Pero es que necesito ese espacio. Ustedes no pueden

disponer de toda la sala. Además, ¿qué clase de revolucionario es usted que se permite el lujo de tener un piano?

—Un revolucionario que luchó junto al camarada Lenin, al que nunca le escuché decir nada sobre los pianos.

A Polina Lébedeva pareció impresionarle la mención de Lenin, pero una vez superada la sorpresa no se dio por vencida.

—Presentaré una queja a la camarada Peskova. Su comportamiento es egoísta y pequeñoburgués. ¡Un piano! No me permite disponer de un sitio para sentarme porque tiene un piano. ¡Dónde se ha visto tamaño desatino!

El abuelo Kamisky no se dejó amedrentar por la amenaza de la Lébedeva.

—Puede presentar cuantas quejas desee, camarada, pero el piano se queda.

Una hora más tarde y a instancias de Polina Lébedeva, la camarada Peskova subió hasta el piso decidida a obligar a los Kamisky a desprenderse del piano.

No lo consiguió. El abuelo Kamisky se había puesto su antiguo uniforme con las medallas obtenidas en el campo de batalla.

—Camarada Peskova, ya le he dicho a la camarada Polina Lébedeva que no me opongo a que coloque sus dos sillones donde crea conveniente. Camarada Lébedeva, esta sala la compartiremos gustosos con usted y su esposo, pero si insisten en su petición para que me deshaga del piano, presentaré una queja ante el mismísimo camarada Stalin. ¿Desde cuándo el camarada Stalin ha prohibido la música y que un ciudadano pueda disponer de un piano? Que yo sepa, los pianos no han sido declarados contrarrevolucionarios —afirmó con extrema seriedad.

—Camarada Kamisky, usted tiene que compartir este piso con los camaradas Lébedev, y si se niega... —dijo la portera con cierto desafío.

—Camarada Peskova, yo he derramado mi sangre para abolir la propiedad. ¿Y usted? ¿Qué han hecho ustedes? —Y miró con desprecio a los Lébedev y a la portera.

—Usted no sabe nada de nosotros —respondió Damien Lébedev.

—Camarada, es una satisfacción para mí compartir este piso con usted y su esposa, todo lo que hay aquí está a su disposición, pero no se acerquen al piano. Nunca, ¿lo han entendido?

Anya se mantenía erguida en la puerta que daba a su cuarto, atónita por la actitud de su padre. Y en aquel momento le quiso como nunca antes le había querido.

Aquella batalla la había ganado Kamisky, pero no se engañaban, la presencia de los Lébedev les amargaría la existencia.

Madrid, marzo de 1943

Dolores terminó de colocar la última horquilla en el moño. El espejo del armario le devolvía el rostro de una mujer que le costaba reconocer. ¿Era ella? ¿Cómo era posible que el cabello apareciera salpicado de hebras blanquecinas? ¿Y las arrugas que se arremolinaban en torno a los ojos y la comisura de los labios? Sí, también le pertenecían.

Dejó que la mirada se perdiera entre los pliegues del visillo que separaba su habitación de la calle. Escuchó las campanas. Ya eran las ocho. Fuera, la primavera parecía querer abrirse paso. Pero a lo mejor era una cosa suya.

Buscó en la cómoda un pañuelo para el cuello. Si no se abrigaba, su marido se preocuparía. Había pasado una gripe interminable aquel invierno. Durante varios días la fiebre no le permitió siquiera levantarse de la cama. Le había costado recuperarse y aún se sentía débil.

Se pellizcó las mejillas para darles color. Quería que Clotilde la encontrara como siempre. Bastante había sufrido su hija para provocarle otra preocupación. Sobre todo aquel día, aquella mañana, la mañana en la que Clotilde recuperaba la libertad. Había pasado casi cuatro años en la cárcel, cuatro años que le habían descontado de su vida. Al menos no la habían condenado a muerte y había podido salir una vez cumplida la condena.

Tenían mucho que agradecer a Jacinto y a su cuñado Bartolomé. No habían cejado en el empeño para conseguir la liberación de Clotilde, que, por fin, aquella mañana de marzo se hacía realidad.

—¿Estás ya? No vayamos a llegar tarde. Jacinto nos viene a buscar en el coche. Tenemos que estar a las nueve en punto en la puerta de la cárcel.

—Ya estoy. No te impacientes.

Clotilde apretó los dientes intentando evitar el miedo que provocaba el ruido de los cerrojos al abrirse y cerrarse, que se le antojaban como muescas en el corazón. Solo que esta vez el último cerrojo en abrirse la conduciría a la libertad. No quería mirar atrás. Allí se quedaban Carmencita, Blanca, Teresita y tantas otras... esperando el día en que también ellas pudieran recobrar la libertad. Jóvenes que habían madurado en los escasos metros de celda donde habían aprendido a sobrevivir.

Se habían despedido entre lágrimas y abrazos, prometiéndose que volverían a encontrarse y la amistad allí labrada permanecería para siempre.

Se estiró la falda y se pasó la mano por el pelo. Durante los años transcurridos en aquel convento convertido en prisión no se había preocupado por su aspecto.

Continuó andando, procurando no vacilar. Ansiaba fundirse en el abrazo de su madre, sentir la mirada protectora de su padre. Volver a casa.

Cuando la última puerta se cerró tras ella y se enfrentó a la luz que se filtraba entre las nubes, comenzó a llorar. Entre las lágrimas distinguió la figura de su madre, que se acercaba con paso impaciente gritando «mi niña... mi niña...». Detrás de ella, su padre intentaba domeñar la emoción.

Jacinto Fernández los aguardaba en el coche. No había

querido ir hasta la puerta de Santo Domingo para dejar que el encuentro entre los padres y su hija transcurriera sin más testigos que los transeúntes anónimos que pudieran pasar cerca.

Doña Dolores apretaba el brazo de su hija como si de esa manera estuviera segura de que ya nadie las podría separar.

Eran tantas las preguntas de su madre que Clotilde se sentía abrumada. Apenas le daba tiempo a responder cuando ya le estaba haciendo otra. «¿Estás cansada?». «¿Tienes hambre?». «¿Te apetecerá tomar una sopa de fideos y después un poco de bacalao?». «¿Te acuerdas del bizcocho tan bueno que hace Josefina?». «Pues ha hecho uno para ti... Te lo ha traído Jacinto. Anda, dale las gracias...». Y así, palabras y más palabras llenando el pequeño espacio del coche de Jacinto Fernández sin casi darse cuenta de que ya habían llegado hasta la puerta de su casa.

Jacinto los acompañó hasta el portal. Sabía que aquel momento estaba reservado para los tres. Pedro y Dolores habían recuperado a su hija y necesitaban volver a reencontrarse como familia. Así que se despidió de ellos con una invitación: «Ya les he dicho a tus padres que mi Josefina insiste en que vengáis a comer el próximo domingo. Está deseando verte. Ya sabes que te tiene muchísimo cariño». Prometieron que así lo harían después de que Pedro Sanz le agradeciera a Jacinto, una vez más, cuanto venía haciendo por ellos.

Clotilde vaciló cuando su padre abrió la puerta del piso. Tantas noches soñando con aquel momento y allí estaba.

—Vamos, hija... querrás asearte... y estarás cansada —dijo su madre.

Cuando entró en su habitación sintió que le temblaban las piernas. Todo seguía igual. En aquel cuarto había pasado la niñez y la adolescencia; allí estaba su carpeta con las caricaturas, y también las cartas apasionadas que le escribía Agustín al poco de conocerse; de aquel cuarto había salido para convertirse en su esposa, y a ese cuarto había regresado cuando le anunciaron que había muerto. Cada rincón le pertenecía.

Abrió la bolsa en la que llevaba sus escasas pertenencias, pero su madre se plantó delante de ella y sin dejarla siquiera dudar cerró la bolsa.

—Todo esto lo vamos a tirar. Te he comprado algo de ropa... poca cosa, pero lo suficiente. Bueno, en realidad te la he hecho yo. Un par de faldas, dos blusas, un vestido... algo de ropa interior... ¡Ah!, y un par de zapatos y medias... y ya iremos viendo si te falta algo más. Pero no quiero que te pongas nada de lo que has llevado en ese sitio.

Ella asintió. Sabía que su ropa olía a prisión, el olor de la falta de libertad. Su madre la cogió de la mano y la acompañó hasta el cuarto de baño.

—Te sentará bien un baño calentito. Luego te vistes y te vienes a la sala. Tenemos tanto de que hablar... Cuando te íbamos a ver allí... siempre con miedo de decir alguna palabra que pudiera ser inconveniente... Pero ahora podremos, aquí nadie nos puede escuchar.

—¿Y padre?

—Ha ido a comprar una barra de pan. Jacinto le ha dado el día libre.

—Es una buena persona.

—Sí, sí que lo es. Le debemos mucho, sin él no tendríamos ni para comer. Y ahora, mientras te bañas, voy a preparar la sopa y el bacalao.

La rutina, la bendita rutina le permitía no pensar durante el día. Por la mañana ayudaba a su madre en las labores de la casa; por la tarde se sentaban junto al mirador a coser las sábanas y la ropa de recién nacido que Jacinto Fernández les compraba para venderla después en la tienda.

A Dolores se le había ocurrido que quizá podrían probar a coser también camisones y ya habían vendido unos cuantos. Apenas lograban unas pesetas, pero eso las ayudaba a seguir esforzándose para sobrevivir.

Clotilde temía las noches. Desde que había salido de prisión padecía de insomnio. Al principio había intentado volver a dibujar, pero no era capaz de hacer brotar del lápiz ninguna caricatura, y eso la desesperaba. Las horas pasaban sin que el sueño se aviniera a permitirle descansar. Había recobrado la libertad, sentía que también había recobrado la humanidad ahora que dormía entre sábanas limpias y el aire que respiraba estaba impregnado del aroma del jabón con el que su madre y ella limpiaban.

No, no podía dormir porque era durante las noches cuando, sentada en la cama, pasaba las horas mirando las fotos de su hijo. No eran muchas, pero su madre las había guardado como un tesoro. Pablo recién nacido. Pablo en sus brazos. Los primeros pasos de Pablo. Su primer balón.

Su hijo la reclamaba. La estaba esperando. Si no acudía en su búsqueda, jamás la perdonaría. Se atormentaba pensando en qué debía hacer, adónde dirigirse, quién podría ayudarla. Sus padres la instaban a ser prudente. Apenas acababa de recuperar la libertad. Mejor no significarse, no dar pasos que pudieran perjudicarlos. No es que no les doliera la ausencia de su nieto, solo que tampoco sabían qué podían hacer. Ni siquiera Jacinto Fernández supo aconsejarlos.

Pablo estaba en Rusia quién sabe dónde y con quién. Clotilde solo tenía una certeza y era que el único eslabón para llegar a Pablo era encontrar a Borís Petrov. Él le había arrancado a Pablo de sus brazos, él se lo había llevado a Rusia, él tenía que saber qué suerte había corrido el niño. Tenía pues que dar con Borís Petrov. Pensó que aún debía de haber algún comunista en España.

Fue una noche en la que se sumió en una pesadilla en la que aparecía Florinda delante de un pelotón de fusilamiento cuando recordó que había faltado a su palabra. Su amiga le había hecho prometer que si salía de aquella prisión iría a ver a su hijo. Recordó la dirección, pero sobre todo recordó aquellas palabras de Florinda: «Mis padres le cuidan, pero estoy segura de que mis camaradas también lo hacen». Eso era. Los camaradas. Tenía que encontrar a alguien del Partido Comunista que la ayudara a ponerse en contacto con Borís Petrov.

Contaba con que sus padres se asustarían cuando les dijera que había dado con la manera de empezar a buscar a Pablo.

—No puedes ir a casa de esa gente... Estarán vigilados... su hija es comunista y, según has contado, se la llevaron a la prisión de Ventas... No sabes qué ha sido de ella... Si te pones en evidencia, pueden volver a detenerte... —argumentó su padre.

—No nos hagas eso, Clotilde... deja que pase el tiempo... Ya encontraremos la manera de buscar a Pablo. ¿Crees que nosotros no pensamos en él? Es nuestro nieto, nuestro único nieto —intentaba convencerla su madre.

Pero no podía obedecerlos. Ellos no sabían que la culpa le impedía incorporarse a la vida. Desde el día en que Borís Petrov se llevó a Pablo no había dejado de señalarse a sí misma. Era culpable. No había sido capaz de oponerse con firmeza a Petrov. Ya no intentaba rebajar su culpa con la excusa de que el responsable era Agustín. Lo era, pero también ella. Porque la primera vez que su marido le dijo que su amigo se llevaría a Pablo a Rusia tendría que haberse plantado, incluso haber huido con su hijo, escondiéndose si hubiese sido necesario.

Sí, había protestado, se habían enfrentado, pero eso no era suficiente, y ella le fue dejando hacer.

No, no cargaría a Agustín con todo el peso de la culpa; por más que estuviera muerto, la compartirían.

Sabía que sus padres tenían razón, que se pondría en riesgo si acudía a casa de la familia de Florinda. Quizá volverían a detenerla, pero cualquier cosa antes que dejarse llevar por la inercia de la cotidianidad en la que había ido curando las heridas del hambre.

Así que al día siguiente por la mañana, apenas se hubo aseado, se dispuso a ir a casa de los padres de Florinda.

Se sorprendió al encontrar a su madre vestida para salir. «Te acompaño», fue todo lo que le dijo, y ella aceptó agradecida. Su presencia la tranquilizaba.

—¿Dónde vive esa gente? —le preguntó Dolores mientras salían del portal.

—En una calle que hace esquina con la plaza de las Peñuelas, no está lejos...

—No es un buen sitio.

—No, no lo es —asintió Clotilde.

Caminaron en silencio. Agarradas del brazo. Sumidas en sus pensamientos. Dolores no le había dicho nada a su marido. Se enfadaría cuando supiera lo que habían hecho. La noche anterior, le había hecho prometer que intentaría disuadir a Clotilde de ir a casa de la tal Florinda. Que Dios la perdonara, pero ni siquiera lo había intentado. Conocía a su hija y sabía que sería inútil. Lo único que le aliviaba la conciencia era acompañarla.

Apenas se acercaron a la plaza de las Peñuelas, Dolores procuró sujetar la mirada para que no trasluciera su temor.

Si desde que había acabado la guerra la miseria se había extendido por todas partes sin distinguir calles ni familias, en aquel barrio se hacía aún más presente.

—Pobre gente —susurró.

—Por eso muchos se hicieron comunistas, porque nadie merece vivir en la miseria —respondió Clotilde.

—Ya... ya... pero no lo hicisteis bien. El Frente Popular...

Clotilde se paró en seco y, mirando fijamente a su madre, le pidió que callara.

—Sé lo que piensas, pero este no es sitio para discutir. —Su madre guardó silencio. Clotilde tenía razón, aquel no era ni el momento ni el lugar para hablar sobre el Frente Popular.

Preguntaron a una mujer por la plaza de las Peñuelas y la encontraron de inmediato siguiendo sus indicaciones.

Se estremecieron al acercarse al edificio de dos plantas destartalado, preguntándose en silencio cómo era posible que alguien pudiera vivir allí.

Tuvieron suerte, pues en el mismo portal se toparon con un hombre ya entrado en años que parecía no ver bien, tenía rígido un brazo y caminaba encorvado. Le preguntaron por la casa de Florinda Pérez.

—¿Y ustedes quiénes son? —quiso saber el hombre.

—Soy... soy amiga de Florinda... Estuvimos juntas en el convento de Santo Domingo... me pidió que viniera a ver a sus padres y a su hijo...

El hombre pareció dudar, pero luego les indicó con un gesto que le siguieran. Caminaba renqueando. La casa de dos plantas parecía una chabola a punto de caerse.

—¡Rosario... Rosario...! —gritó desde el umbral.

Una mujer cuyo rostro era un sendero de arrugas se plantó en el dintel de la puerta secándose las manos en el delantal.

—¿Quiénes son estas? —preguntó al hombre después de mirar a Clotilde y a su madre.

—Dice que es amiga de Florinda.

—Esta, ¿amiga de Florinda? ¿Y dónde iba a conocer Florinda a una señoritinga?

—En prisión. Nos conocimos en el convento de Santo Domingo. Estuvimos en la misma celda hasta... hasta que se la llevaron a Ventas. Florinda me pidió que viniera a verlos, que me interesara por su hijo, Pepe... Se llama Pepe, ¿verdad?

—Clotilde hablaba de corrido, como si temiera que la mujer se lo fuera a impedir.

Rosario le sostuvo la mirada y a continuación la escrutó de arriba abajo con una mezcla de sorpresa y de desprecio.

—¿Y a usted por qué la llevaron a prisión? —preguntó la mujer.

—Por lo mismo que a Florinda... No hace mucho que he salido.

—¿Comunista? —preguntó el hombre, sorprendido.

—¡Cállate, Luis! —ordenó Rosario mirando con aprensión a derecha e izquierda.

—¡Cállate tú! —gritó el hombre, malhumorado.

Hasta entonces Dolores había permanecido en silencio. No se sentía cómoda con Rosario y el tal Luis, que parecía ser su marido.

Notó el tic que hacía temblar la mejilla del lado derecho de su hija cuando se ponía nerviosa y decidió intervenir:

—¿Cómo está su nieto? ¿Podremos conocerle?

Rosario y Luis miraron con desconcierto a Dolores, a la que hasta ese momento habían ignorado.

—¿Y a usted qué le importa? —le espetó Rosario.

—Los niños... es una desgracia que hayan tenido que sufrir la guerra. —Dolores se dirigió a Rosario obviando la desconfianza de la mujer.

—Bueno, ¿qué es lo que quieren? —preguntó Luis colocándose un paso por delante de su mujer.

—Pues, como ha dicho mi madre, interesarnos por el hijo de Florinda, que imagino es el nieto de ustedes. Ella hablaba tanto del niño... No sé... si en algo podemos servirles... Florinda y yo hicimos amistad... —Clotilde intentaba controlar su impaciencia.

—Mi nieto no está... ha salido con un par de botijos para ver si consigue algún céntimo... Siempre hay alguien que necesita echarse un trago de agua al gaznate. —Fue la respuesta del tal Luis.

—Y... bueno... si pudiéramos hablar en privado... —pidió Clotilde bajando la voz.

Rosario miró a su marido y este se encogió de hombros, pero en sus ojos brillaba la inquietud que le producía la conversación con aquellas dos desconocidas que se habían presentado supuestamente de parte de Florinda.

—El domingo iré a ver a mi hija a Ventas —afirmó Luis mirando con desconfianza a las dos mujeres.

—Pues dígale usted que hemos venido a verlos y que estamos para lo que necesiten —respondió Clotilde.

Luis hizo un gesto para que le siguieran. Se notaba que le costaba andar y que algún dolor le carcomía porque se había puesto las manos en la tripa. Entró en la casa seguido por su mujer.

La estancia denotaba la miseria en que vivía aquella familia. Una mesa de madera desgastada por el paso del tiempo y seis sillas con los asientos de mimbre rotos, las baldosas del suelo partidas, las ventanas sin una cortina que les diera cierta intimidad, la cocina de carbón, una alacena con cacharros y vajilla descascarillados, una pila en la que se amontonaban un par de cacerolas y unos cuantos platos... Dolores murmuró una oración en silencio dando gracias a Dios por cuanto tenía.

—Desembuche —pidió Rosario mientras se sentaba en una de las sillas.

Dolores decidió que lo mejor era hacer lo mismo y tiró del brazo de Clotilde. Una vez sentados los cuatro en torno a la mesa, Clotilde carraspeó mientras buscaba la manera de pedir ayuda a los padres de Florinda.

—Mi esposo murió en el frente cuando faltaban pocos días para que terminara la guerra. Combatió, pero también fue chófer de uno de los consejeros militares soviéticos: Borís Petrov, a lo mejor oyeron hablar de él.

El silencio de Rosario y Luis estaba poniendo nerviosa a Clotilde. Pensó que tal vez se estaba equivocando diciendo más de lo que debía a los padres de Florinda. Claro que su amiga le había asegurado que estos eran tan comunistas como ella, aunque Rosario, su madre, nunca hubiera militado en el Partido. A su padre le habían herido en el frente a finales del año 38, pero tuvo suerte y le mandaron de regreso a casa. Había perdido la visión del ojo derecho, le costaba mover el brazo izquierdo y sufría un dolor de cabeza permanente. Apenas podía comer, porque parte de la metralla le había afectado a los intestinos y el hígado. Había pasado el resto de la guerra entrando y saliendo del hospital y eso le había salvado la vida cuando cayó Madrid. ¿De qué iban a acusar a un inválido?

—Tengo un hijo, Pablo. Ya tiene diez años... Como les he dicho, mi marido era el chófer de Borís Petrov, se hicieron buenos amigos y... bueno, Agustín le confió mi hijo para que se lo llevara a Rusia hasta que terminara la guerra... En realidad, pensaba que nosotros también debíamos ir... Él... bueno... él quería conocer la patria de los proletarios. Estaba seguro de que si perdíamos la guerra, allí tendríamos un porvenir.

Ni un gesto, ni una pregunta; la impavidez de Rosario y Luis era total. Clotilde sentía que la malta de la mañana se estaba convirtiendo en ácido en su estómago, dejándole un regusto amargo en la boca. Suspiró buscando las palabras que le permitieran abrirse paso en el hermetismo de sus interlocutores.

—Borís Petrov cumplió con lo que le había pedido mi marido y ahora mi hijo está allí... en la Unión Soviética. No sé dónde... Como les he contado, mi marido murió en el frente... y a los pocos días cayó Madrid... Tengo que encontrar a Pablo y no sé cómo hacerlo... no sé a quién acudir... Los amigos de Agustín o están muertos o están presos... y el Partido... supongo que el Partido sabría cómo debo ponerme en contacto con Borís Petrov, pero ya no hay Partido... Si ustedes... si ustedes me dijeran con quién puedo hablar... a quién puedo acudir... Tiene que haber alguien del Partido... alguien que pueda ayudarme...

Clotilde comenzó a llorar. Un llanto sin ruido, sin más palabras, solo las lágrimas cruzando su rostro, deslizándose por el cuello del abrigo y perdiéndose en su pecho.

La mirada del ojo sano de Luis se había endurecido, el otro carecía de expresión. Rosario se pasó la mano por la cara como si eso la ayudara a pensar una respuesta para la desconocida.

—Nosotros no podemos ayudarla. Márchense —dijo Luis con acritud.

—¡Por favor...! —suplicó Clotilde.

—Le he dicho que se marchen. Toda esa historia que cuenta... ya le preguntaré yo a mi hija cuando vaya a verla a Ventas. —Luis no estaba dispuesto a ceder.

—Solo les pido que me digan a quién puedo acudir... la gente que conocía ya no está... —Clotilde volvió a llorar.

—¿Dónde viven ustedes? —preguntó Rosario evitando la mirada de su marido.

—En la calle Arenal... —respondió Dolores mientras colocaba un pañuelo en las manos de Clotilde.

—Les he dicho que se vayan. No sabemos quiénes son y no me fío de ustedes. Fuera —insistió Luis.

Salieron de la casa apoyándose la una en la otra, convencidas de que de nada les había servido suplicar a los padres de Florinda.

Don Pedro se enfadó mucho con ellas cuando le contaron

lo sucedido. Se habían puesto en peligro, porque a saber quién era esa gente. Presentarse en una casa pidiendo que las ayudaran a ponerse en contacto con alguien del Partido Comunista era una temeridad que podrían pagar caro. Por mucho que Clotilde insistiera en que confiaba totalmente en Florinda, su padre se negaba a aceptar este argumento para tranquilizarse. ¿Acaso no sabía de la obsesión de Franco contra los comunistas? El nuevo régimen se mostraba implacable hasta la crueldad con todo aquel que hubiera tenido algo que ver con las organizaciones de izquierdas, y entre todas las gentes de izquierda, por quienes más odio sentía era por los comunistas.

El enfado de don Pedro con su hija era grande, pero aún era mayor con su mujer. No comprendía que Dolores no le hubiese consultado lo que pensaba hacer y que hubiera puesto en peligro la nueva vida que empezaban a tener. Además, podían comprometer sin proponérselo a Jacinto Fernández y a su familia, a quienes tanto debían.

No se dejó conmover ni por las lágrimas de su hija ni por las explicaciones tardías de su esposa. Las acusó de haberse comportado con deslealtad y durante unos días apenas les dirigió la palabra.

Madrid, mayo de 1943

Coser. La costura se había convertido en una obsesión que le permitía arrostrar el paso de los meses. Desde que en marzo saliera de la prisión de Santo Domingo no hacía más que gastar el tiempo cosiendo, aunque algunas noches intentaba despertar su antigua pasión por el dibujo. Había logrado hacer unas cuantas caricaturas y, animada por su padre, se presentó en las redacciones de algunos periódicos. Pero las puertas se le cerraban de inmediato cuando abría su carpeta y sacaba sus ilustraciones. «Este no es un trabajo de mujer», le solían decir; otros simplemente la despedían aconsejándole que se olvidara de hacer aquellos dibujos «comprometidos». «Pero ¿cómo se le ocurre hacer una caricatura del obispo de Madrid? ¿Está loca? ¿Pretende que la encierren?». «Márchese y le daré un consejo: no enseñe estos dibujos o sufrirá las consecuencias».

Pero lo que más le irritaba era que le dijeran que hacer caricaturas no era cosa de mujeres. «¿Por qué?», preguntaba ofendida, y lo único que obtenía eran miradas condescendientes. No le dejaban otra opción que ganarse la vida cosiendo.

Jacinto Fernández le aconsejaba que trabajara más despacio porque carecía de clientes suficientes para darle todo el trabajo que Clotilde sacaba adelante.

La tarde del 14 de mayo, Clotilde acompañaba a su padre

a la tienda. Llevaba un juego de sábanas con el embozo cosido a vainica doble y unas iniciales bordadas primorosamente en las almohadas. Era un encargo, un regalo de boda. Clotilde no había tardado ni una semana en bordar aquel juego de cama.

Mientras caminaban con paso ligero, su padre le iba comentando las noticias que había leído aquella misma mañana en el *ABC*. «No sé si has visto la portada... una manifestación antibolchevique en Alemania... claro que tratándose de Alemania tampoco es raro...».

Ella apenas le escuchaba, aunque de cuando en cuando asentía. No tenía ganas de hablar. En realidad, nada le interesaba más que dar con la manera de encontrar a Pablo.

Había pensado en ir a ver a Florinda a la prisión de Ventas y pedirle directamente que le diera un nombre, un contacto, alguien que pudiera aconsejarla. Pero temía que su amiga desconfiara. Bien podía decirle que buscara a alguien entre quienes habían sido sus camaradas. Pero no podía hacerlo porque ella apenas conocía a nadie.

Los camaradas de antaño eran los de Agustín. En realidad, había sido él quien se empeñó en que tuviera el carnet del Partido, pero su actividad como comunista se podía resumir en haber acompañado a su marido a algún mitin, además de haber albergado en su casa alguna de las reuniones de Agustín con sus camaradas.

Le hubiera gustado ser miliciana, haber ido al frente vestida con el mono azul, el gorro cuartelero con la borla roja y el fusil al hombro. Pero Agustín no se lo había permitido. «Ese no es tu sitio, no sabes nada de peleas ni mucho menos de armas, solo harías que estorbar. Si quieres colaborar, lo puedes hacer desde casa. Dibuja, esas caricaturas tuyas son muy buenas... nos sirven para los carteles contra los fascistas».

Y de repente se acordó... Había hecho algo más durante

la guerra, además de las caricaturas había cosido. Sí, había cosido camisas, pantalones, ropa para los hombres que iban al frente.

Agustín la había llevado hasta la casa de una mujer en la calle del Pez... Eulalia, sí, Eulalia Rodríguez. Costurera. Una mujer seca, de pocas palabras, que apenas le permitía traspasar el umbral de la puerta de la buhardilla donde vivía y se limitaba a entregarle los trozos de tela para las piezas que debía coser o algunas prendas que remendar.

No hablaron nunca de nada porque no daba lugar a la conversación. Ni siquiera sabía si era comunista. Pero sí recordaba, además de la calle, el portal donde vivía. Quizá ella sabría darle razón de algún antiguo camarada.

Cuando llegaron a la tienda de Jacinto Fernández le encontraron hablando con otro hombre al que al principio no reconocieron porque estaba de espaldas, pero en cuanto se volvió para saludarlos, su padre se fundió con él en un abrazo.

—¡Enrique! ¡Qué alegría! No sabía que estabas en Madrid.

—Buenas tardes, don Pedro...

—¡Por Dios, no me trates de usted! A estas alturas... ¿Te acuerdas de Clotilde?

—Sí... más o menos... hace tantos años... La última vez que nos vimos aún era una cría.

—Buenas tardes, don Jacinto... Enrique... Sí, hace mucho tiempo que no nos veíamos.

—Nos ha dado una sorpresa... estábamos a punto de empezar a comer y ha aparecido —dijo Jacinto Fernández dando una palmada en la espalda de su hijo—. Menuda alegría nos ha dado.

—Lo contenta que se habrá puesto Josefina... —respondió don Pedro.

—Imagínate… Una madre siempre se siente perdida sin sus hijos.

—Le he traído el juego de sábanas… creo que ha quedado bastante bien —intervino Clotilde.

—Estoy seguro… ya sabes que es un encargo. Deja ahí el paquete. —Jacinto le indicó el mostrador.

—Bueno, no quiero molestar, me voy a casa… —se despidió Clotilde.

—Tú nunca molestas; además, ya que estás aquí aprovecho para que le digas a tu madre que el domingo os esperamos para almorzar. También vendrán mis cuñados, Bartolomé y Paloma. Celebraremos el regreso de Enrique y contamos con vosotros.

—Muchas gracias… se lo diré a mi madre…

Salió de la tienda dejando a los tres hombres. Quería darse prisa y acercarse hasta la calle del Pez. Eulalia Rodríguez se había convertido en una esperanza.

Apenas había dado unos pasos cuando sintió una mano que se posaba en el hombro. «Espera», escuchó decir quedándose quieta.

—Enrique…

—No pinto nada en la tienda, solo estorbaría. Si quieres, te acompaño a casa.

Clotilde apretó los dientes contrariada. No podía desairar a Enrique, de manera que no le quedaba otra opción que caminar en dirección a su casa. Pero él pareció notar su incomodidad y se paró en seco.

—Oye… si te incomodo, mejor me marcho…

—No… es que no me esperaba que… bueno, que vinieras detrás de mí…

—Yo no voy detrás de ti. No te equivoques. Solo que tu casa me viene de paso a la mía y por eso he pensado en ir andando contigo. Pero no te preocupes, ya me voy.

Y sin darle tiempo a reaccionar cruzó la calle y se perdió entre la gente. Clotilde se sintió culpable. No debería haber rechazado su compañía. Tanto ella como sus padres era mucho lo que debían a la familia Fernández. Pero ya no podía remediar su falta de tacto y continuó caminando en dirección a la calle del Pez con cierta preocupación de que Eulalia Rodríguez ya no viviera en aquella buhardilla de antaño.

No tardó mucho en llegar y enseguida reconoció el portal. Cuando iba a subir el primer peldaño se paró en seco ante el requerimiento de la portera.

—¿Adónde va?

—A casa de Eulalia Rodríguez —respondió con toda la seguridad de la que fue capaz.

—Ha salido.

—Bueno... esperaré.

—Aquí no puede esperar.

Clotilde salió a la calle y aguardó en la acera de enfrente preguntándose si sería capaz de reconocer a la costurera. En realidad, recordaba vagamente su rostro, además de que tenía el cabello gris y no era muy alta... eso sí, delgada, con esa delgadez que provoca el hambre. Pero quizá hubiese cambiado.

Durante una hora permaneció atenta a todas las mujeres que pasaban por la calle intentando vislumbrar en ellas algo que le recordara a Eulalia Rodríguez. Y por fin apareció. Sí, estaba segura de que aquella mujer que caminaba con andar ligero y que miraba a derecha e izquierda con inquietud era la costurera.

Se acercó a ella colocándose a su lado. La mujer se sobresaltó y dio un paso atrás.

—Eulalia... ¿se acuerda de mí? Cuando la guerra yo venía a por costura... sobre todo tela para las camisas.

—¿Qué quiere? —La voz de Eulalia sonó dura y desconfiada.

—¿Podríamos hablar?

—Es lo que estamos haciendo, hablar.

—Mi marido era Agustín López.

—¿Y a mí qué me cuenta? No sé de ningún Agustín López.

—Él era uno de los encargados de la intendencia... Murió en el frente.

—Como tantos otros.

—Sí... bueno, no quiero molestarla, pero es que tengo un problema y necesito... necesito que me ayude.

—No la conozco y no quiero saber nada de sus problemas.

—Pero usted conoce gente... puede preguntar por quién era mi marido... sabrá que soy de confianza.

—Y si lo es, ¿por qué no acude a esa gente a la que quiere que vaya yo a preguntar?

—Lo he intentado, pero no encuentro a nadie. Me metieron en prisión... en el convento de Santo Domingo, y al salir... bueno, los amigos de Agustín están... están muertos o desaparecidos. No sé a quién acudir.

—Váyase. No la conozco —insistió la costurera.

—Sí... sí me conoce... Míreme bien.

—¡Es usted una estúpida! Me está comprometiendo —protestó la mujer.

—Necesito un nombre o al menos que le dé un mensaje a alguien... Tengo que encontrar a mi hijo. Se lo llevaron a Rusia y no sé nada de él.

—Eso es muy extraño.

—Es la verdad. Había uno de los asesores... Borís Petrov... ¿Sabe quién es? Mi marido le hacía de chófer. Él se ofreció a llevarse a mi Pablo y cuidarle... Tengo que encontrar a mi hijo.

—No sé de qué me habla —insistió Eulalia.

—Sí... sí lo sabe... pero tiene miedo... Lo entiendo. Teme que no sea quien digo que soy... que pueda comprometerla... Yo he estado en la cárcel. Cuatro años. Sí, he entregado cuatro años de mi vida. Merezco su confianza.

—Déjeme en paz. —Y la mujer comenzó a andar para entrar en el portal.

Clotilde se plantó delante de ella y la agarró del brazo apretándola con rabia.

—He pagado caro ser la mujer de Agustín y más caro aún por unas ideas que eran más suyas que mías. Devuélvanme a mi hijo, es todo lo que quiero. O al menos que alguien me diga cómo puedo ponerme en contacto con Borís Petrov.

—¡Suélteme! Es usted... es usted una estúpida. Quiere ponerse en contacto con un soviético, ¿y cómo piensa hacerlo? ¿Le escribirá una carta que enviará desde Correos? ¿Pedirá una conferencia internacional con Moscú?

—No se burle de mí.

—No puedo ayudarla. No tengo nada que ver con usted ni con su marido. Déjeme en paz.

Clotilde no aflojó la mano con la que mantenía apretado el brazo de Eulalia. Quizá fue la rabia, o acaso la desesperación o ambas, pero se oyó diciendo unas palabras que a ella misma la asustaron:

—Si no me ayuda, la denunciaré.

Eulalia Rodríguez empezó a temblar. Su mirada cargada de aprensión la hacía parecer vulnerable.

Permanecieron unos segundos en silencio midiéndose la una a la otra. Asustadas ambas, compartiendo la misma desesperación.

—Yo... no conozco a nadie que pueda ayudarla...

—Solo quiero que me digan cómo puedo ponerme en contacto con Borís Petrov. Solo eso. Quiero recuperar a mi hijo y tienen que ayudarme.

—Puede que... bueno... a lo mejor puedo dar su recado, pero no le garantizo nada.

—Hágalo. Volveré mañana.

—No, mañana no... Necesito tiempo... vuelva dentro de una semana.

Una semana. Tendría que esperar una semana. Esperaría en silencio, sin decírselo siquiera a sus padres. No quería comprometerlos. Solo era una semana.

Un domingo

Oía la voz de Bartolomé, pero no le escuchaba. Sintió la mirada de su madre reprendiéndola en silencio. Debía mostrarse atenta y amable con aquella familia. Bartolomé era el único hermano de Josefina y, además de quererle, le admiraba. Si se daba cuenta de que no le prestaba atención, podría molestarse. Así que se obligó a centrarse en la conversación que mantenía Bartolomé con su padre.

Su padre parecía sentirse feliz compartiendo almuerzo y conversación con los Fernández. No solo había estrechado los lazos de amistad con Jacinto, sino que los había ampliado a sus cuñados Bartolomé y Paloma.

Su madre también disfrutaba de aquellos almuerzos dominicales. Le sonrió mientras pensaba en lo mucho que merecían esos momentos de distracción. Además, Jacinto y Josefina habían demostrado ser unos amigos ejemplares anteponiendo el afecto a cualquier otra consideración. Era de agradecer no solo que les hubieran dado trabajo, sino que los honraran con su amistad teniendo en cuenta que tanto su padre como ella habían estado en la cárcel.

En cuanto a Enrique, parecía aburrido, aunque procuraba que no se le notara. En realidad, no se habían tratado mucho salvo en contadas ocasiones cuando eran niños y después de adolescentes. Pero ella era una chica y él un chico, de manera que rara vez compartieron juegos.

No era guapo, pero sí tenía algún atractivo: más bien alto, el cabello castaño y los ojos marrón oscuro. Apenas intervenía en la conversación.

—Entonces ¿te animas a ir a ver a mi amigo Gerardo? —dijo Bartolomé dirigiéndose a Enrique.

—Pues… no sé, tío… aún no sé muy bien qué quiero hacer.

—No pretenderás marcharte otra vez —preguntó Bartolomé.

—No lo descarto. Aquí… bueno… en realidad aquí no me veo. Este país… no me gusta lo que están haciendo con España.

—¡No te gusta!, ¡vaya! ¿Y qué se supone que se debería hacer?

—Todo lo contrario de lo que se está haciendo. No se puede construir nada si tienes a la mitad de la gente asustada, en la cárcel y con fusilamientos día sí y día también.

—¿Es que no te acuerdas de lo que pasaba aquí antes de que empezara la guerra?

—Sí… sé lo que pasaba y tampoco me gustaba.

—Y te marchaste en cuanto empezó la guerra —afirmó su tío con un deje de reproche.

—¿Es que tenía que matar a aquellos que no pensaban como yo?

—¿Acaso crees que los que no pensaban como tú te habrían respetado? Las izquierdas querían hacer de España otra Rusia.

—¿Y Franco? ¿Qué quiere hacer de España?

—Un país en paz.

—Ya… claro… y para que haya paz no dejará vivo a nadie que disienta de él… Sí… es una forma peculiar de instaurar la paz.

—¡Enrique! —Josefina miraba a su hijo enfadada.

—Déjale… déjale hablar… que luego dicen por ahí que no permitimos que la gente diga lo que quiere —dijo Bartolomé.

—¿No podéis dejar la política? —pidió Paloma.

—Desde luego, tía..., no os quiero amargar el almuerzo.

—No digas tonterías... tú no amargas a nadie, pero es que la política lo envenena todo —afirmó Paloma dando una palmada en la mano de su sobrino.

—Bueno, dejemos la política y volvamos a lo que piensas hacer, que es lo importante. —Bartolomé miraba agradecido a su mujer por haber dado la vuelta a la conversación.

—No descarto marcharme, tío, me gustaría regresar a Argentina, pero tal y como están las cosas no parece fácil cruzar el Atlántico.

—Hemos salido de una guerra y ahora hay otra... —se quejó Jacinto.

—Sí, esperaré a que la ganen los Aliados. —Fue la respuesta de Enrique.

—¡De ninguna de las maneras! ¡La victoria será alemana! —protestó Bartolomé.

—Espero que no, tío. No puedo imaginar el futuro bajo la bota de ese tipo ridículo que se dice Führer de Alemania. Dios nos libre de semejante posibilidad.

Se hizo un silencio ominoso. Tanto Pedro como Dolores asistían incómodos al enfrentamiento entre tío y sobrino. Era mucho lo que debían a Bartolomé, pero deseaban que los acontecimientos dieran la razón a Enrique. Si los Aliados derrotaban a Hitler, luego ayudarían a España y no permitirían que se pudiera perpetuar una dictadura fascista. Pero se abstuvieron de intervenir. Clotilde, por su parte, comenzó a observar con cierto interés a Enrique.

—¿Qué os parece si tomamos malta en el salón? —propuso Josefina poniéndose en pie.

Sin embargo, Bartolomé Ruiz no era de los que dejaban una conversación por terminar. Sabía que su hermana Josefina estaba preocupada por el porvenir de Enrique y, por tanto, se sentía en la obligación de echar una mano para encauzar al joven.

—No quiero resultar pesado, pero si me dices qué te gustaría hacer, podría ayudarte.

—Si yo lo supiera... Me aburrí mucho en la fábrica de Bilbao... La metalurgia no es lo mío.

—Bueno, no es ninguna tontería que llegaras a subdirector de la fábrica. Para eso has estudiado Ingeniería industrial —apuntó su padre.

—Me equivoqué, padre, la ingeniería no me interesa.

—¿Y qué es lo que te hubiese gustado estudiar? —Clotilde se mordió el labio inferior. Sentía las miradas de sus padres. Había hablado sin que nadie esperara que lo hiciera.

—Ese es el problema... que no hay nada que me guste. Mi padre quiso que estudiara una carrera, lo hice, y elegí ingeniería industrial porque tampoco había nada que me interesara especialmente. Y sigo así, sin que nada me interese.

—Pero como has de ganarte la vida algo tendrás que hacer —sentenció Bartolomé.

—Lo sé, tío, lo sé, y mi intención no es otra que trabajar, al menos hasta que termine la guerra en Europa y pueda volver a marcharme a América.

—Tanto afán por marcharte... ¿No será que dejaste una novia en Argentina? —quiso saber Paloma.

Enrique sonrió a su tía. Desde niño le había mimado en exceso, quizá porque ella le sentía como el hijo que no había tenido.

—No... no es eso, o al menos no es solo eso... Es que allí me sentía libre.

—Y mientras, nosotros aquí luchando —le recriminó su tío.

—Aquí os estabais matando, y si me fui es porque no quería participar en la matanza. Además, tenía un problema: no me sentía de nadie.

La insistencia de Bartolomé hizo que finalmente Enrique aceptara el ofrecimiento de su tío para ayudarle a buscar un trabajo. Sabía que debía hacerlo para tranquilidad de sus padres. Bastante disgusto suponía que su hijo no quisiera saber nada de Sederías Fernández.

Clotilde escuchaba con atención aquella discusión familiar, pero guardaba silencio. Lo que no esperaba era que Paloma, la esposa de Bartolomé, decidiera desviar la conversación preguntándole a ella:

—Bueno, y tú, querida Clotilde, ¿qué planes tienes?... Coser coses como los ángeles, pero ¿no tienes otras aspiraciones? Aún eres joven y seguro que tienes más de un pretendiente.

—Pero ¡qué cosas dices! Anda, mujer, no te metas en lo que no te concierne —le recriminó su marido, incómodo por la irrupción de Paloma.

Pedro y Dolores la miraban también con incomodidad, preocupados por lo que su hija pudiera responder.

Josefina intentó apaciguar la tensión que se estaba instalando entre ellos.

—Mi querida cuñada, espero que no intentes convencer a Clotilde para que nos deje. Jacinto puede dar fe de lo bien que se venden las sábanas que borda, por no hablar de las canastillas. Es una pena que no tengamos la misma clientela de antes... ahora todo el mundo anda escaso de dinero... Pero estoy segura de que en cuanto las cosas mejoren le va a faltar tiempo para poder atender todos los encargos.

—Desde luego —terció Jacinto—, Clotilde cose con tanto gusto y delicadeza que temo que un día se la lleve la competencia.

—Espero no haberte molestado... —se excusó Paloma, consciente de la incomodidad del momento.

Clotilde miró a sus padres intentando vislumbrar lo que esperaban que dijera, pero no encontró ninguna respuesta en sus miradas.

—Me gusta coser... aunque... bueno, ya saben que antes hacía caricaturas, pero ahora... Coser es lo único que se me permite hacer. No me planteo dedicarme a otra cosa, y estoy agradecida de poder trabajar para Sederías Fernández —alcanzó a decir, buscando de nuevo la mirada de sus padres.

—Bueno, pues ya habéis echado la tarde indagando sobre nuestro futuro. Clotilde se ha comprometido a seguir cosiendo para Sederías Fernández y yo a buscar un trabajo en Madrid. Estaréis contentos. —En el tono de voz de Enrique había un deje de reproche.

Josefina se excusó diciendo que iba a la cocina a por más malta y a por el pastel que ella misma había hecho, mientras que Bartolomé se movía inquieto en el sillón, incómodo por la incomprensible metedura de pata de su mujer. Paloma solía ser discreta y poco amiga de cotilleos, por eso no entendía por qué había colocado a Clotilde en una situación incómoda con sus preguntas.

El resto de la tarde hablaron de banalidades, de cómo les iba a los conocidos y amigos que habían sobrevivido a la guerra, o de lo difícil que era encontrar azúcar, o de la alegría que producía ver que, a pesar de los estragos de la guerra, los jóvenes no perdieran la ilusión por casarse. Pero en cuanto empezaron a hablar de los hijos de los conocidos que iban a contraer matrimonio, Josefina cambió la conversación, no fuera que su cuñada Paloma volviera a cometer alguna indiscreción preguntando a Clotilde o al propio Enrique.

Uno, dos, tres, cuatro, cinco, seis, siete... los días habían pasado con lentitud hasta convertirse en una semana.

Era viernes por la tarde y, para sorpresa de Dolores, su hija le dijo que iba a salir a dar un paseo.

—¿Tú sola? Espera que me visto y te acompaño.

—No hace falta, madre. Me voy a acercar a Pontejos para ver si compro algún hilo nuevo.

—Pero si tenemos de todo... No necesitamos hilos...

—Es que hace muy buena tarde... necesito respirar.

—Bueno, pues voy contigo.

—Que no, madre, que no hace falta. Tienes que terminar esa mantelería, Jacinto dijo que había que entregarla mañana.

—La tengo casi terminada.

—Solo voy a que me dé el aire. No tardo, madre.

Dolores no insistió, aunque intuía que el afán de su hija por salir sola tenía algún otro fin además de airearse.

Llevaba varios días observándola y la notaba inquieta, y aunque le había preguntado qué era lo que la preocupaba, Clotilde no le había dicho ni media palabra. Eso la llevaba a sospechar que tenía que ser algo relacionado con Pablo. Sabía que Clotilde no cejaría en el empeño de buscar a su hijo.

Hacía calor. Aquel día de mayo parecía el prólogo del verano. Se quitó la rebeca que llevaba sobre los hombros y apretó el paso. No quería que su madre se preocupara si tardaba más de lo que estimaba que podía durar un paseo.

Llegó a la Puerta del Sol y de allí enfiló hacia la avenida de José Antonio para subir por la calle del Pez.

Iba distraída, nerviosa, preguntándose si Eulalia Rodríguez la recibiría o, por el contrario, no le abriría la puerta.

Estaba tan ensimismada en sus pensamientos que no le vio, y cuando lo hizo, ya no tenía posibilidad alguna de esquivarle.

—Pues sí que tienes prisa... —dijo Enrique plantándose delante de ella.

—Sí... bueno... tengo que hacer un recado.

—El otro día mi tía Paloma te puso en un compromiso. Lo siento. —Había acompasado su paso al de Clotilde sin preguntarle si podía acompañarla.

—No le di ninguna importancia. Es más, agradezco su interés. Sé que tu familia nos quiere bien —respondió ella inquieta al ver que Enrique caminaba a su lado.

—Sí, sois como de la familia. Mi padre no deja de contar anécdotas de cuando iba con el tuyo al instituto. Al parecer, tu padre era un cerebro con las matemáticas y al mío no le gustaban nada.

—Mi abuelo decía que mi padre era muy buen estudiante —respondió Clotilde mientras discurría la manera de despedir a Enrique.

Pero él no parecía darse cuenta de su incomodidad, de manera que seguía hablando sin despegar sus pasos de los de ella.

Cuando llegaron al portal de la casa de Eulalia Rodríguez, Clotilde se paró temiendo tener que inventarse alguna excusa.

—Bueno, pues aquí me quedo... Gracias por la compañía.

—¿Vas a casa de alguna amiga? —preguntó él.

Ella se sintió incómoda al considerar que la curiosidad de Enrique era en sí una impertinencia.

—No... no exactamente. Ya nos veremos... Creo que mi madre os ha invitado a merendar un día de estos...

Lo que Clotilde no esperaba era que Eulalia apareciera de repente en el portal. La mujer tenía la respiración alterada por haber bajado deprisa las escaleras y no ocultó su contrariedad al ver a Clotilde. Se acercó a ella y la empujó fuera del portal.

—Es usted muy inoportuna. No la esperaba hoy —afirmó malhumorada.

—Lo siento... me dijo que viniera en una semana...

—¿Y este quién es? —preguntó Eulalia mirando con desconfianza a Enrique.

Clotilde no supo qué decir. Temía que la mujer se negara a hablar con ella, e igualmente temía lo que Enrique pudiera contar a sus padres. Tardó un segundo en decidir. Pero se trataba de Pablo, de su hijo, y no permitiría que nada ni nadie la alejara de su búsqueda.

—Da lo mismo quién sea. Quiero saber si ha hablado con quien pueda ayudarme a encontrar a mi hijo.

—A mí no me da lo mismo quién sea. Es usted... Me está poniendo en un compromiso.

Enrique decidió intervenir, consciente de la angustia de Clotilde, pero sobre todo del miedo de aquella mujer.

—No debe preocuparse, Clotilde y yo nos conocemos desde que éramos niños.

—¿Y a mí qué me importa desde cuándo se conocen? No sé ni quién es ella ni quién es usted. ¿Por qué no me deja en paz? —Y fijó sus negros y desconfiados ojos en Clotilde.

—No, no la dejaré en paz hasta que no me diga cómo puedo encontrar a mi hijo.

—¡Yo no tengo nada que ver ni con usted ni con su hijo!

—Si no me ayuda... ya sabe lo que haré... —En la voz de Clotilde estaba impresa la amenaza.

—Usted... usted no sabe nada de mí... no puede acusarme de nada. —La mujer parecía cada vez más nerviosa.

—Creo que no deberían discutir. Disculpe mi presencia, señora, entiendo que le haya desconcertado. Creo que lo mejor es que o bien nos permita subir a su casa, o bien caminemos hasta algún lugar donde ustedes puedan hablar tranquilas. Por aquí hay algún café... —intervino Enrique intentando apaciguar el ánimo de las dos mujeres.

—No, no quiero que suban a mi casa. Lo que tengo que decir se lo diré aquí. Hay... hay muchas personas que ya no están... Unos aguardan una sentencia en prisión, otros huyeron después de la guerra... Los que quedan... bueno, no es fácil, y menos con la guerra en Europa. Es imposible preguntar... que llegue un mensaje... al menos por ahora. Tendrá que esperar.

—No. No voy a esperar. Tengo que encontrar a mi hijo.

—Escriba una carta... una carta a... bueno... al amigo de su marido que se llevó a su hijo... No sé cuándo ni cómo, pero quizá puedan hacérsela llegar... pero pueden pasar meses, quizá años...

—Mi hijo tenía cinco años cuando se lo llevaron. Ya tiene diez, ¿cree que puedo esperar más? —respondió Clotilde con rabia.

—¿Y usted cree que la prioridad de...? Bueno... usted no puede pensar que lo más importante ahora es encontrar a su hijo, que sin duda estará bien... mucho mejor de lo que podría estar aquí.

—Aquí estoy yo. Aquí están sus abuelos. Yo no creo en los paraísos.

—Da lo mismo en lo que usted crea... Tiene que esperar, es lo que me han dicho. No pida imposibles. Escriba esa carta. Puede que las circunstancias permitan que llegue a su destino. Pero no se olvide de que hay una guerra, una guerra aún peor que la nuestra. No pida imposibles —insistió Eulalia.

—¡Quiero a mi hijo! —La voz de Clotilde presagiaba una crisis nerviosa.

—Señora... dentro de un par de días le traeremos la carta con la esperanza de que llegue a su destino —terció Enrique—. No puede ser de otra manera. Comprenda que es demasiado pedir paciencia a una madre que no sabe qué suerte ha corrido su hijo. Ustedes... ustedes tendrán los medios de hacer llegar esa carta. Háganlo, o al menos busquen la manera de dar cuenta de lo que ha sido del niño.

Eulalia Rodríguez suspiró. Aquel hombre parecía más razonable que la mujer, aunque no se engañaba. Para los camaradas sería muy difícil conseguir alguna noticia de ese niño que su madre reclamaba. Los ojos de Clotilde no dejaban lugar a dudas, estaba dispuesta a cualquier cosa por recuperar a su hijo.

—Haremos todo lo que esté en nuestras manos. Y ahora márchense. ¡Ah! y la carta... mejor que la traigan el miércoles a las nueve de la mañana. A esa hora suelo salir a entregar alguna de las prendas que me dan para coser... ya sabe a qué me refiero.

Luego apretó el paso y los dejó allí plantados, consciente de que había sido una imprudencia haberse parado a hablar en medio de la calle. No era un lugar seguro.

Clotilde sintió una oleada de rabia que la impulsó a seguir a la mujer. La mano firme de Enrique se cerró sobre su brazo obligándola a parar.

—Es mejor que no la agobies o perderás lo que me parece es el único hilo que puede conducirte hasta tu hijo.

—¡Déjame! A ti esto ni te va ni te viene. Espero que no vayas con el cuento a tus padres...

—No me conoces, Clotilde, y, por tanto, no me enfadaré porque pienses que puedo ser indiscreto y contarles lo que ha sucedido.

Durante unos segundos permaneció mirándole con rabia, después se dio media vuelta. No quería su compañía. Necesitaba estar sola.

Enrique ignoró el gesto de Clotilde y se puso a su lado. Caminaron en silencio un buen rato hasta que ella se paró y le encaró.

—Me voy a casa. No hace falta que me acompañes.

—Clotilde, me gustaría... no sé... a lo mejor puedo serte útil... ayudarte en lo que necesites.

Cruzaron las miradas intentando leer el uno en el otro. Enrique no sabía qué le impulsaba hacia Clotilde.

—No puedes ayudarme —respondió ella bajando la voz.

—Yo estaba en Buenos Aires cuando la guerra y cuando regresé tu padre y tú ya estabais en prisión... La verdad es que lo sentí, pero si te soy sincero, sobre todo por tu padre, al que siempre he tenido por un hombre cabal. Además, es tan amigo del mío que yo sabía lo mucho que estaba sufriendo por la suerte que corría el tuyo.

Ella le escuchaba sin interés. Tanto le daba lo que Enrique pudiera pensar.

—No creas que me resulta fácil ponerme en tu lugar puesto que no tengo hijos, pero llevo días pensando qué sentiría yo si me hubieran quitado a un hijo.

—No, no puedes ponerte en mi lugar —respondió Clotilde.

—Pero al menos permíteme ser tu amigo, acompañarte. Lo que sí sé por experiencia es que uno no puede contárselo todo a los padres para no añadirles más preocupaciones. Por eso es importante tener amigos. Yo... yo no tengo muchos. En la guerra murieron algunos, y los que han sobrevivido... no sé si te acuerdas de Paquito, está en la cárcel. Y Hermenegildo, bueno, él no tiene problemas, los suyos han ganado. Éramos inseparables... Y ahora... con Hermenegildo me cuesta entenderme, no comparto su devoción por este régimen. En cuanto a Paquito... Verás, fui a verle a la cárcel, está en Comendadoras. Se alegró de verme, pero terminó reprochándome que no me hubiera quedado a luchar. Intenté explicarle que no podía hacerlo porque no me sentía representado por ninguno de los dos bandos. No era mi guerra o al menos no quería que fuera mi guerra. Me llamó cobarde. A lo mejor tiene razón.

—¿Por qué me cuentas esto? —quiso saber Clotilde, asombrada por la confesión de Enrique.

—No lo sé. Seguramente porque necesito un amigo, alguien con quien compartir todas esas cosas de las que no hablo con mis padres ni con mis tíos para no hacerlos sufrir.

—Así que quieres que seamos amigos...

Él asintió con la cabeza, aguardando el veredicto. Clotilde parecía dudar. Conocía a Enrique desde niña, pero ni siquiera entonces habían tenido mucha relación. Él siempre estaba con sus amigos y no le prestaba atención; tampoco ella lo hacía, no tenía nada en común con aquel niño que parecía estar obsesionado con jugar al balón y que la miraba con desdén.

—Uno no es amigo de un momento para otro. —Fue su respuesta.

—Lo sé, pero creo que nosotros podemos serlo. Estamos igual de solos.

—A mí lo único que me importa es recuperar a mi hijo —le aseguró Clotilde.

—Déjame intentar ayudarte... No sé cómo, pero a lo mejor se me ocurre algo.

—No sé... —dudaba ella.

Más que por amistad, se convirtió en rutina que Enrique fuera todas las tardes a buscar a Clotilde para dar un paseo. Caminaban sin rumbo, a veces se sentaban en un banco y se quedaban un buen rato en silencio. En otras ocasiones dejaban volar la imaginación buscando la manera en que Clotilde podía hacer llegar al tal Borís Petrov una carta reclamando a su hijo.

En realidad, aquella carta ya la había escrito y se la había entregado a Eulalia tal y como esta le había indicado. Pero la costurera le había insistido en que mientras durara la guerra en Europa sería difícil que la carta llegara a su destino. «Los camaradas, unos están escondidos, otros en la cárcel o luchando en Europa o quién sabe dónde... ahora mismo no hay nada que hacer. Y no se le ocurra volver aquí. Deme su dirección, ya la buscaré yo». Y Clotilde se había tenido que conformar. Sabía que aquella mujer tenía razón. Para quienes habían sido camaradas de su marido, en el caso de que hubieran sobrevivido, su última preocupación sería el destino de su niño.

El tiempo transcurría con lentitud o eso le parecía a Clotilde. Cada mes daba la impresión de ser más largo que el anterior y solo se sentía animada por la compañía de Enrique.

Las conversaciones que mantenían siempre tenían a Pablo como protagonista. Él le prometió que en cuanto acabara la guerra en Europa, «que algún día acabará», la acompañaría a Moscú. Ella le decía que el régimen no les permitiría ir a Rusia y él le aseguraba que ya se las arreglarían. Poco a poco, la convicción y la firmeza de Enrique se convirtieron en el consuelo que le permitía sobrellevar su dolor.

Leía con avidez cuanto publicaba el *ABC* sobre la marcha de la guerra en Europa y tampoco se perdía las noticias del «parte» que día tras día escuchaba en Radio Nacional de España, la emisora fundada por el general Millán-Astray, confiando en que al menos en lo que a la guerra europea se refería darían una información certera. Su padre permanecía fiel a la que había sido Unión Radio, que ahora se había constituido en una nueva sociedad denominada Sociedad Española de Radiodifusión. Don Pedro se lamentaba de que aquella emisora que había sido leal a la República se hubiera convertido en una cadena al servicio del régimen, pero aun así la prefería a Radio Nacional de España. A Dolores tanto le daba, y se adaptaba a lo que en cada momento decidieran su marido y su hija. Hacía tiempo que para ella la radio eran solo voces que la acompañaban mientras cosía sentada en el mirador de su casa.

Tenía la impresión de que por más que se empeñaran no habían logrado recuperar su vida. Antes de la guerra, cuando Pedro, su marido, trabajaba en el Ayuntamiento de Madrid, por la tarde ella solía ir a recogerlo para dar un paseo. La mayoría de los días buscaban un lugar donde tomar un café con leche con algo de bollería mientras charlaban de las cosas de la casa y la familia. De cómo le iba a Clotilde, de cuándo debían visitar a los padres de Pedro, que eran extremeños y, al fin y al cabo, Cáceres no estaba tan lejos, a lo que él añadía que también tenían pendiente ir a Toledo a visitar al padre de Dolores; o que si a Jacinto Fernández las Sederías le iban viento en popa. Sus cosas. Esas eran sus cosas. Pedro además le explicaba sobre su trabajo en el ayuntamiento, las peleas entre concejales, sus esperanzas en Azaña, sus temores ante la actitud de algunos de los líderes de las izquierdas.

Desde que Clotilde se había mal casado con Agustín disponían de tiempo para ellos solos, claro que en cuanto nació Pablo no veían el momento de ir a visitar a su nieto o pedirle a su hija que le dejara con ellos.

Para Dolores había sido una decepción que Clotilde se enamorara de Agustín y no le había presagiado un buen futuro con él. Ahora, mientras cosía, se decía que el tiempo le había dado la razón porque Agustín solo había traído pesar a sus vidas. Por eso, aunque no se atrevía a preguntar a Clotilde, tenía la esperanza de que su hija formalizara su relación con Enrique.

Algo más que amistad había entre ellos, pensaba, visto que Enrique acudía todas las tardes a buscarla para dar un paseo. Los domingos, o bien almorzaban en casa de los Fernández, o bien eran ellos los que acudían a su casa, y daba gusto ver a Clotilde y a Enrique hablar con tanta confianza y agrado. Fue precisamente un domingo del mes de septiembre en que ambas familias se habían reunido a merendar cuando Enrique les anunció que había encontrado trabajo.

—Bueno, en realidad ha sido mi tío Bartolomé el que me lo ha encontrado. Es un puesto burocrático en el Ministerio de Industria, espero no aburrirme demasiado.

Josefina y Dolores los observaban, pero no se atrevían a comentar entre ellas lo que les parecía obvio, aunque esperaban el momento en que sus hijos les anunciaran el noviazgo, ignorantes ambas de la preocupación de sus maridos por las dificultades económicas.

Los estragos de la guerra aún eran visibles. España entera estaba sumida en la pobreza y Sederías Fernández se resentía de la falta de clientela.

Pedro temía que su amigo Jacinto prescindiera de él. Al fin y al cabo, se encargaba de la contabilidad y, por tanto, no podía engañarse respecto a la situación de la tienda.

Los meses transcurrían deprisa. El verano ya había dado

paso al otoño de aquel 1943 y los periódicos no parecían optimistas respecto al devenir de la guerra en Europa por más que intentaban convencer a los lectores de que Alemania llevaba las de ganar. Pero siempre había alguna crónica en la que se podía leer entre líneas la verdad acerca de las dificultades de la Wehrmacht, algo de lo que Pedro Sanz se alegraba sobremanera. Mantenía la esperanza de que si los Aliados ganaban la guerra, no permitirían un régimen como el de Franco en España. Por lo menos le obligarían a convocar elecciones y a que el país se pareciera a una democracia. Jacinto Fernández no era de la misma opinión y solía sonreír diciéndole que era un ingenuo. «Si los británicos ganan... que es mucho suponer, bastante tendrán con hacer frente a sus problemas como para ocuparse de los de España. Nos dejarán tirados, ya lo verás». Pero Pedro Sanz no quería rendir de antemano sus ilusiones a la realidad.

Para Enrique la vida se circunscribía a ser un funcionario callado y eficiente desde las nueve de la mañana hasta las seis de la tarde, momento en el que se apresuraba a ir a buscar a Clotilde. No había faltado ni una sola ocasión a la cita. Sabía que ella le esperaba no porque estuviera impaciente por verle, sino porque no tenía otra distracción que la de pasear con él. Los Sanz no ponían ningún impedimento, confiados en que la trataría con consideración y respeto. Él no se habría permitido que fuera de otra manera. Apreciaba sinceramente a Clotilde. Claro que el aprecio no era amor, de eso estaba seguro; tanto como lo estaba de que los sentimientos de ella eran parecidos. No, no se habían enamorado, solo se acompañaban en la soledad. Ninguno de los dos esperaba más del otro.

Clotilde valoraba la caballerosidad de Enrique. Jamás había hecho un ademán que la incomodara. Ni siquiera se planteaba que él pudiera tener otro interés que no fuera el de la amistad tranquila que durante aquellos meses habían ido construyendo sin proponérselo. Incluso le había permitido que viera alguna de sus antiguas caricaturas y él la había animado a continuar dibujando porque aseguraba que tenía mucho talento.

«Esta caricatura de Hitler refleja bien lo que esconde el personaje», le decía. «Y esta de Churchill... se nota que te cae bien». Luego le aconsejaba que ni se le ocurriera mostrar a nadie las caricaturas que hacía de Franco: «En realidad, parece que les fotografías el alma... y no creo que ni Franco ni los suyos te perdonaran verse retratados como lo que de verdad son... Ten cuidado, Clotilde».

Ella asentía satisfecha de que él valorara sus dibujos.

Lo único que le molestaba eran las miradas expectantes de sus padres y también de los de Enrique. Parecían esperar algo más de ellos y eso la inquietaba. Su único afán era esperar a que acabara la guerra en Europa para poder marcharse de España en busca de su hijo. Enrique la acompañaría, se lo había prometido, y saber que lo haría le daba confianza. Siempre parecía tener soluciones para todo y además estaba acostumbrado a viajar; al fin y al cabo, había pasado los años de la guerra en Argentina y desde allí había viajado a Chile y a Brasil. Sí, él sabría la mejor manera para intentar llegar a Moscú.

De vez en cuando, y a pesar de la insistencia de Eulalia Rodríguez para que no se presentara en su casa, Clotilde no se resistía a subir la cuesta de la calle del Pez. Caminaba arriba y abajo de la calle pendiente de ver salir del portal a la costurera. No siempre tenía suerte; además, en cuanto Eulalia la veía, o bien se metía de nuevo en el portal, o andaba tan rápido que era difícil seguirla.

«No tengo nada que decirle. Déjeme en paz. Cuando me digan algo se lo haré saber, pero no vuelva por aquí», protestaba Eulalia.

Clotilde iba para sentir que hacía algo para acercarse a su

hijo. Incluso había pensado en ir a Ventas a ver a Florinda por más que Enrique se lo desaconsejara. «Date cuenta de que te metieron en la cárcel por haber estado con ellos, y si ahora te interesas por una presa comunista, lo único que conseguirás es que no os dejen en paz ni a ti ni a tus padres y, de paso, tampoco a los míos», razonaba él, y aunque Clotilde sabía que tenía razón, no terminaba de vencer la tentación. Estaba segura de que Florinda conservaría camaradas que quizá pudieran ayudarla.

Lo único que la frenaba era la convicción de Enrique de que volver a tener relación con comunistas solo les acarrearía desgracias. En realidad, él nunca pronunciaba la palabra «comunista», decía «ellos» y con ese «ellos» se entendían.

Aun así, no podía dejar de pensar que se le estaba escapando la vida en el pasar de los días sin más aliciente que coser hasta media tarde y pasear con Enrique. Apenas se miraba al espejo, pero cuando lo hacía, no reconocía el rostro que veía. Alrededor de cada ojo se le había dibujado una gavilla de arrugas. La nariz se le antojaba más puntiaguda, seguramente por la delgadez de las mejillas. El pelo lo llevaba recogido en un moño bajo que sujetaba con unas cuantas horquillas. No, no quedaba rastro de la muchacha que había sido, sobre todo por el rictus de pesadumbre que mantenía siempre en la comisura de los labios.

Además, a la preocupación por Pablo se había añadido la de su padre. Una noche les había confesado a ella y a su madre que temía no poder conservar el trabajo en Sederías Fernández.

—Las ganancias son pocas y en realidad mi puesto no es necesario. Jacinto se basta y se sobra para llevar la contabilidad.

—¡Pero no puede echarte! Además de la contabilidad, te encargas de la marcha de la tienda... —exclamó preocupada Dolores.

—Intento ser útil y hago de todo, hasta barro la tienda,

pero aun así... Dolores, en el país hay mucha hambre y son pocos los que pueden encargar una canastilla o comprar uno de esos manteles que bordáis. Tenemos algún encargo, pero no suficientes.

—Padre, buscaré un trabajo —se ofreció Clotilde.

—Un trabajo... Hija, lo que falta son trabajos, y además... bueno, con tus antecedentes penales y los míos no sé adónde podríamos ir...

—Puedo ponerme a servir...

—¡No! ¡De ninguna manera! ¡Qué disgusto, Dios mío! —Dolores parecía al borde de un ataque de nervios.

—Madre, no hay nada indigno en ponerse a servir. Alguna familia habrá que necesite una chica para todo.

—Hija, no hay que precipitarse, solo os he comentado cómo están las cosas...

—¿Jacinto te ha dicho algo? —quiso saber Dolores.

—Ni una palabra, y cuando yo le enseño las cuentas y le digo que debería prescindir de mí, se da media vuelta, no me quiere escuchar.

—Menos mal —susurró Dolores con alivio.

—Pero si las cosas no mejoran... no tendrá más remedio... —insistió Pedro Sanz.

La conversación se repetía de cuando en cuando, lo que provocaba ataques de ansiedad a doña Dolores, que había empezado a temer que en alguno de los almuerzos de los domingos los Fernández pudieran anunciar que tenían que prescindir de su marido.

Las Navidades de 1943 pasaron sin alegría, lo mismo que el nacimiento de 1944, bisiesto, en el que dos accidentes ferroviarios, uno en Torre del Bierzo, en la provincia de León, y otro unos días después, en la ciudad abulense de Arévalo, convulsionaron al país. Y ahí no acabaron las desgracias, porque fue en la segunda semana de enero cuando el gobierno anunció que las circunstancias obligaban a adoptar restricciones en el suministro de energía eléctrica.

Para Clotilde fue un motivo de alegría que las tropas soviéticas se hicieran con Leningrado, como si ese triunfo fuera una puerta abierta al momento en que pudiera iniciar la búsqueda de Pablo.

Enrique no se amilanó por la incertidumbre que se cernía sobre el futuro, así que el día en que el régimen puso en marcha la creación del Documento Nacional de Identidad, le pidió matrimonio a Clotilde y ella aceptó de buen grado.

Fue una tarde a finales de marzo, cuando en uno de sus paseos habituales él le planteó, no sin cierto apuro, las ventajas de casarse:

—No te voy a engañar y además ya nos conocemos bien: nunca he sentido un interés especial por las mujeres, pero contigo me siento cómodo, podemos estar en silencio porque ni a ti ni a mí nos gusta malgastar palabras. No, no te diré que estoy enamorado, no sé lo que es eso, pero sé que podemos tener un matrimonio tranquilo, acompañándonos, ayudándonos el uno al otro. Los años pasan y la soledad pesa, Clotilde, no quisiera terminar mis días como uno de esos viejos a los que hasta en el atuendo se les nota la falta de una mano femenina. No te puedo prometer la pasión que no siento, espero que eso no sea importante para ti, pero sí que trataré de ser el mejor de los compañeros. Tampoco siento la necesidad de tener hijos... Espero no decepcionarte con esta declaración.

Ella continuó caminando mientras sopesaba las palabras de Enrique. Si iba a asumir un compromiso, mejor saber las condiciones que regirían sus vidas a partir de ese momento.

—Te digo que sí, Enrique, pero mi único anhelo continúa siendo encontrar a mi hijo. Si mantienes el compromiso de ayudarme a ir en busca de Pablo, si aceptas que, una vez que le encontremos, viva con nosotros y le trates como si fuera tu propio hijo, entonces no pongo inconvenientes para la boda. Te aprecio como amigo y sentiría perderte. Me he acostumbrado a esta amistad que mantenemos y solo pido que las cosas sigan como hasta ahora. Yo tampoco estoy enamorada de ti, no siento... no siento el ansia que no me dejaba vivir si no tenía a Agustín cerca. Pero eso es pasado, y en el presente lo único que deseo es vivir con tranquilidad. Si tú tampoco me pides más de lo que te puedo dar, no veo motivos para que no nos casemos.

Él se conformó con apretarle la mano y sonreír, ella apenas cambió el gesto. Para ambos era un alivio no tener que fingir. Acordaron que esperarían al domingo para comunicárselo a sus padres durante la merienda prevista en casa de los Sanz.

—Les daremos una sorpresa que creo que les gustará —aventuró Enrique.

Y así fue.

Aquel último domingo del mes, Clotilde y su madre llegaron a San Ginés poco antes de las doce. Hacía frío, pero como la iglesia estaba frente a su casa no les dio tiempo a quejarse. Desde que había salido de la cárcel no le había negado a su madre acompañarla a misa. Cuando conoció a Agustín había roto con la Iglesia. «Son cómplices de la opresión. Convencen a la buena gente de que sean sumisos y acepten su suerte sin rebelarse. Les prometen una vida regalada en el Cielo, pero no les preocupa que en la Tierra vivan en el Infierno», le repetía su marido.

Ella rompió con su pasado pío por seguir a Agustín convencida de que le asistía la razón. Pero Agustín estaba muerto y, además, le había arrebatado a su hijo, de manera que no se sentía capaz de negarle a su madre acompañarla a oír misa. Tanto le daba. Seguía el ritual de manera mecánica, sin ninguna fe ni ninguna emoción. Había dejado de creer y tampoco tenía interés en recuperar sus creencias de niña.

Al entrar, su madre le tiró del brazo; quería sentarse en los primeros bancos, lejos de la puerta de la iglesia; que cada vez que se abría y cerraba dejaba colarse un frío helador.

Mientras Dolores se ponía de rodillas y comenzaba a murmurar una oración, Clotilde dejaba vagar la imaginación por la que sería su vida con Enrique. No concebía ningún sobresalto más allá de los que tuvieran que sortear cuando fueran a Rusia a buscar a Pablo. Pensó que si aún supiera rezar, lo haría para pedir que terminara pronto la guerra en Europa. Solo entonces podrían emprender el viaje a Moscú. Bien pensado, se dijo, sería una ventaja viajar casada. Al menos no tendrían que sentirse señalados.

El sermón de aquel domingo le resultó especialmente largo y pesado, pero su madre permanecía atenta, ajena a nada que no fueran las palabras del sacerdote.

Cuando salieron de la iglesia, su padre ya estaba esperándolas.

—Me estaba quedando helado —dijo mientras se colocaba en medio, entre las dos.

Como no llovía, hicieron lo que acostumbraban los días de fiesta: dieron un largo paseo mientras charlaban de todo y de nada. Su padre les aseguraba que, dijeran lo que dijeran los periódicos, Alemania estaba perdiendo la guerra. Su madre intentaba contener su entusiasmo, no fuera a suceder que los periódicos tuvieran razón.

Se conformaban con pasear, puesto que ni querían ni podían gastarse un céntimo de más. Bastante esfuerzo hacían teniendo que preparar una merienda decente para los Fernández.

Dolores se había levantado pronto para hornear un bizcocho al que le había podido añadir unas cuantas pasas. Y Clotilde había aportado un poco de café que le había regalado María, una amiga del colegio a la que le había cosido un faldón para cristianar a su hija recién nacida sin querer cobrarle nada por ello. El padre de María trabajaba en una tienda de ultramarinos y de cuando en cuando «despistaba» alguna mercancía para llevarla a su casa o repartir entre los amigos más necesitados. Aquella semana, cuando Clotilde entregó el faldón a su amiga, esta le correspondió con un cuarto de café en grano, un trozo de mantequilla y tres huevos. Era parte del botín arramblado por su padre.

Almorzaron pronto, puesto que la familia Fernández llegaría a las cinco. Don Pedro se sentó en su sillón de orejas para leer tranquilo el *ABC*, mientras que Clotilde ayudaba a su madre a preparar la bandeja con las tazas y las cucharillas para el café. Desde antes de la guerra no habían podido tomar café de verdad.

Dobló con cuidado las servilletas y llenó con agua una jarra. Se preguntaba qué dirían sus padres cuando Enrique les anunciara su compromiso. Sonrió al imaginar la cara de sorpresa de su madre, incluso el alivio que sentiría, puesto que solía repetirle que no podía renunciar a la vida. «Tu hijo es lo más importante, cómo no voy a entenderlo si tú lo eres todo para mí. Pero no puedes encerrarte, aún puedes encontrar un hombre honrado con el que casarte». Pensó que su madre se alegraría de que Enrique fuera el hombre honrado elegido.

En cuanto a Jacinto y Josefina, los conocía desde niña y siempre se habían mostrado cariñosos con ella, pero aunque estaba segura de que no mostrarían la menor discrepancia, se preguntaba si en el fondo les satisfaría que su único hijo se casara con una mujer que tenía un hijo y que había estado casada por lo civil durante los días de la República.

Jacinto Fernández había sido azañista como su padre, pero, decepcionado por el devenir de la República, había terminado simpatizando con las derechas. En cuanto a Josefina, era de familia monárquica y aunque decía desconfiar de Franco, le prefería al Frente Popular.

—¿En qué piensas?... pareces ausente —dijo su madre devolviéndola a la realidad.

—Nada... no pensaba, madre. Me voy a mi cuarto hasta que vengan.

—Bueno, yo me arreglaré un poco, que se me ha deshecho el moño. A ti no te vendría mal ponerte algo de color en las mejillas.

A las cinco en punto sonaba el timbre. Dolores abrió la puerta saludando efusiva a los Fernández, que llegaban acompañados del hermano de Josefina, Bartolomé, y su mujer, Paloma.

Una vez que todos se saludaron, tomaron asiento alrededor de la mesa baja en la que Clotilde ya había colocado la bandeja con las tazas. Dolores servía el café cuando Enrique empezó a carraspear. Cruzó una mirada con Clotilde y, estirándose la chaqueta, miró a su padre, que en aquel momento estaba elogiando lo bueno que estaba el bizcocho que había hecho Dolores.

—Padre, madre... queridos don Pedro y doña Dolores, tíos... Clotilde y yo tenemos algo que deciros.

Su tío Bartolomé frunció el ceño expectante y su mujer cruzó las manos sobre el regazo sin atreverse a seguir probando el bizcocho. Jacinto miró a su hijo extrañado, era la misma extrañeza que se dibujaba en la mirada de Dolores y Pedro. Josefina miró a su hijo aguardando con expectación sus palabras.

—Le he pedido a Clotilde que sea mi esposa y ella ha aceptado. Los dos deseamos que la noticia sea de vuestro agrado.

Durante un segundo que a Clotilde le pareció una eternidad no se oyó una palabra. La primera en reaccionar fue Josefina, que se puso en pie para abrazar a su hijo.

—¡Qué alegría! No podrías haber elegido mejor.

Al oír aquellas palabras, Clotilde suspiró aliviada. Sin la aprobación de Josefina todo habría sido más difícil.

Dolores intentaba contener las lágrimas mientras que su marido no dejaba de exclamar que nunca se lo hubiera imaginado. Por su parte, Bartolomé y Paloma felicitaban a los novios.

Clotilde sintió los labios de todos en sus mejillas y el reproche amable de su madre por no haber compartido con ella el secreto del noviazgo. Pero enseguida Josefina y ella se pusieron a hablar sobre la boda, que si lo mejor era esperar al verano u otoño, que si Dolores cosería con Clotilde el vestido de novia, que si deberían casarse en San Ginés o en la iglesia de Santiago...

Enrique se colocó al lado de Clotilde y le cogió la mano y ella le sonrió agradecida. Sus padres y los de Enrique estaban organizándoles el futuro sin preguntarles siquiera. Estuvo a punto de protestar, de decirles que serían ellos quienes decidirían, pero no se atrevió. Los Fernández lo tomarían como un agravio; en cuanto a sus padres... bastante les había hecho sufrir casándose por lo civil con Agustín. En esta ocasión se comportaría como la hija que ellos esperaban que fuera.

A partir de ese día, las dos familias estrecharon aún más los lazos de amistad. Dolores y Josefina se encargaron de que nada faltara en el ajuar de los novios. Clotilde no quería utilizar ninguna de las sábanas ni mantelerías que había compartido con Agustín en sus años de matrimonio. Eso significaba que madre e hija tenían que dedicar buena parte de su tiempo a coser toda la ropa de casa necesaria, desde toallas hasta sábanas, visillos y cortinas. Josefina, por su parte, se encargó de buscar un piso donde los chicos pudieran iniciar su vida de casados. Encontró un piso para alquilar en la calle de las Fuentes, a un tiro de piedra de la casa de los Sanz, en Arenal. Los Fernández corrieron con los gastos de reformar la casa, que necesitaba una buena mano de pintura.

Los meses llegaban preñados de acontecimientos, y uno de los más destacados había sido que Franco, en octubre de 1943, había declarado la «neutralidad vigilante» de España en el conflicto europeo.

Pedro Sanz y Jacinto Fernández aún discutían sobre las consecuencias de aquella medida.

—Te digo que si Franco tomó esa decisión fue porque no ve claro el resultado de la guerra. Teme que si ganan los británicos le desalojen del poder... —aventuraba Pedro.

Jacinto era más escéptico.

—Yo creo que juega a dos bandas —decía—. A los británicos les hace creer que es neutral, pero lo que de verdad quiere es que Hitler gane la guerra.

—A saber en qué va a terminar todo esto —añadía Pedro.

Y aunque Pedro Sanz no se atrevía a pecar de optimista, celebró íntimamente que el 4 de junio de 1944 los Aliados liberaran Roma y el 6 desembarcaran en las playas francesas de Normandía. Alegría que compartió sobre todo con Dolores. «Los alemanes no son invencibles. Te lo digo yo... lo de Normandía es importante. ¡Menuda derrota!», afirmaba con entusiasmo.

El 20 de julio de 1944, a las doce del mediodía, Clotilde entraba del brazo de su padre en la iglesia de Santiago y San Juan Bautista sita en la plaza de Santiago de Madrid.

En el altar la esperaba Enrique acompañado de su madre.

Dolores y Jacinto los seguían.

Apenas los acompañaban una treintena de amigos y familiares.

Aquel mismo día, un aristócrata alemán, el teniente coronel Claus von Stauffenberg, fracasaba al intentar matar a Hitler.

Pero eso no lo sabrían los asistentes a la boda ni el resto del mundo hasta el día siguiente.

Las mujeres comentaban sobre el vestido de la novia. Un traje de chaqueta de lino de color beige, recto, sin más adorno que un collar de perlas. El novio vestía traje oscuro y corbata gris.

Clotilde había desechado vestirse con un traje de novia clásico. Ella ya había estado casada y tenía un hijo, de manera que se hubiese sentido incómoda si se hubiese enfundado un vestido blanco.

La ceremonia fue breve y cuando salieron de la iglesia le entregó el ramo de margaritas que llevaba en la mano a una amiga de la infancia que aún estaba soltera. Luego acudieron a un restaurante donde don Jacinto había reservado una sala para el almuerzo.

Si por Clotilde hubiese sido, no habrían emprendido viaje de luna de miel, pero Josefina, la madre de Enrique, se habría llevado un disgusto, así que, una vez terminado el almuerzo, los novios tuvieron el tiempo justo para cambiarse de atuendo y tomar el tren en dirección a San Sebastián, donde pasarían una semana alojados en el hotel María Cristina. Los Fernández no habían regateado en gastos para la boda de su único hijo, incluso les habían sacado billetes de primera.

Mientras el tren iba alejándose de Madrid, Clotilde se preocupó por primera vez sobre el futuro de su matrimonio.

Enrique nunca había intentado sobrepasarse con ella aun sabiendo que no era virgen. Los besos que habían intercambiado estaban exentos de pasión, más parecían parte de un ritual imprescindible entre dos novios. De manera que no imaginaba cómo sería la intimidad con su marido, aunque intuía que poco se parecería a la que había vivido con Agustín.

Los días pasaron deprisa, y disfrutaron más de excursiones y paseos que de sus cuerpos cuando por la noche se encontraban en la enorme cama con dosel de la habitación del hotel.

A Enrique le gustaba madrugar y apenas destellaba la primera luz del día se ponía en pie. Clotilde aún se quedaba unos minutos en la cama a la espera de que su marido se aseara. Después, cuando él ya estaba vestido, se inclinaba sobre la frente de Clotilde para depositar un beso y mirando el reloj le pedía que no se retrasara demasiado. Solía esperarla en uno de los salones, tomando una taza de café y leyendo los periódicos de la mañana.

Ambos disfrutaban de esos momentos de soledad. Él, ensimismado en la lectura con una taza de café en la mano. Ella, sumergiéndose en la bañera y sin tener que preocuparse por el gasto excesivo de agua.

Después del desayuno salían a caminar por el paseo marítimo que flanquea el mar. Era el momento en que más hablaban. Ella le preguntaba cuándo terminaría la guerra y él le contaba lo que había logrado entrever en la lectura de la prensa.

Enrique no le permitía el desánimo y no dejaba de reafirmar su compromiso de que la acompañaría a Moscú en busca de Pablo.

Durante una de esas charlas Clotilde le preguntó si sabría ser un buen padre para su hijo. Él se quedó en silencio meditando la respuesta. No cabían engaños entre los dos. «Solo puedo prometerte que lo intentaré. No será fácil para ninguno de los tres, ahora tu hijo tendrá once años... ya está dejando de ser un niño. Pero ten por seguro que pondré todo de mi parte para cumplir con mi deber de ser un buen padre para él», afirmó muy serio.

Clotilde quedó satisfecha con la respuesta. Enrique no era de los que se comprometían a algo que no pudieran cumplir.

Si las mañanas las dedicaban a los vivificantes paseos junto al mar, las tardes las solían pasar leyendo en la terraza del hotel o haciendo alguna visita a doña Eloísa, una tía de Josefina que vivía en San Sebastián. La mujer tenía dos hijas de edad parecida a la de Josefina, pero estas solteras: Purita y Maritín. También Jacinto Fernández contaba con un primo lejano, Romualdo, que estaba casado con una donostiarra que se llamaba Arantza. Tanto la tía como el primo se volcaron en agasajar a los recién casados invitándolos a almuerzos, meriendas y veladas nocturnas en sus respectivas residencias.

Romualdo les comentó que había escuchado en la BBC que los soviéticos avanzaban imparables por Alemania. Clotilde sonrió pensando que era una gran noticia, pero Romualdo la devolvió a la realidad: «Todavía pueden pasar muchas cosas... Son buenas noticias, pero no demos la guerra por ganada».

Al cabo de una semana el matrimonio regresó a Madrid para iniciar su vida en común. La casa alquilada en la calle de las Fuentes se convertía en su nuevo hogar. Para Clotilde era un motivo de tranquilidad que apenas la separaran unos metros de la casa de sus padres. Eso le permitiría acompañar a misa a su madre, que según pasaban los años se estaba volviendo más devota y ya no se conformaba con asistir a la misa del domingo, sino que los miércoles por la tarde acudía a rezar el rosario. Fuera porque no tenía demasiada fe o porque el rezo del rosario le parecía soporífero, Clotilde se negaba a acompañarla: «Pase la misa del domingo, pero lo de rezar el rosario es demasiado para mí...», le decía a su madre.

La cotidianidad de mujer casada no le resultaba ajena. Al fin y al cabo, ya había pasado por esa experiencia, pero no por eso dejaba de ver las diferencias. Enrique apenas tenía nada en común con Agustín. A veces se reprochaba hacer comparaciones y sobre todo le sorprendía pensar tan a menudo en su primer marido.

Su matrimonio con Agustín había sido como estar subida a una noria. Además de apasionado, tenía un carácter fuerte, se mostraba siempre seguro, tanto como desconfiado, y para él no había nada más importante que la Revolución. En alguna ocasión Clotilde le había preguntado qué era para él lo más importante: ella y Pablo o la Revolución, y él no había dudado en afirmar que sin la Revolución no habría futuro para ellos.

Agustín, además, era un hombre de acción, inquieto, iba de un lado a otro, adoctrinando a los nuevos camaradas, siempre en primera línea, allí donde el Partido le necesitara. Había combatido desde el primer día de la guerra, sin quejas, sin miedo.

En cuanto a Enrique, apreciaba sobre todo la vida tranquila. Disponer de tiempo para leer y para pensar. Clotilde a veces le sorprendía con un libro entre las manos pero sin leer. Era hombre de pocas palabras. Pero a ella no le molestaban sus silencios. En realidad, se lo agradecía.

Enrique se levantaba temprano para ir al ministerio donde su tío Bartolomé le había conseguido un puesto medio de funcionario. Ganaba lo suficiente para mantenerlos a ambos sin lujos pero con desahogo, puesto que no tenían hijos a los que sacar adelante.

Clotilde dedicaba las mañanas a las labores del hogar y por la tarde iba a casa de su madre para hacerle compañía mientras ambas cosían. La mayoría de las piezas que se vendían en Sederías Fernández las habían cosido ellas, ya fueran sábanas, mantelerías, visillos o toallas, y también habían tejido algún que otro jersey de lana.

Dolores tenía el don de convertir en especial cualquier cosa que saliera de sus manos y tejía jerséis que estaban teniendo mucha aceptación entre las clientas de don Jacinto.

Por su parte, Clotilde recibía algún que otro encargo de su suegro para hacer la canastilla de algún niño afortunado.

A las siete de la tarde, Enrique acudía a buscarla. Saludaba a Dolores e intercambiaban algunas frases banales; luego, junto a Clotilde, daban un largo paseo, sin necesidad de palabras.

Su relación carecía de pasión, pero ninguno de los dos parecía echarla de menos.

Fue Enrique quien la convenció de que no debía renunciar a su afición por el dibujo y por eso se decidió a hacer algunas caricaturas. Hizo una docena que enseñó orgullosa a su marido. «Son muy buenas, Clotilde... mucho... pero... sabes que no te las comprarán. Dudo que Franco tenga sentido del humor y le guste verse reflejado en uno de tus dibujos... Y bueno, incluso podrían detenerte. Claro que si haces alguna caricatura de Stalin, lo mismo te las publican».

Tenía razón. Intentó hacer caricaturas de artistas, toreros y otros famosos, pero no encontró quién las quisiera comprar. Llamó a la puerta de algunas publicaciones; algunos la despidieron sin dignarse siquiera a mirar los dibujos; otros se burlaron de ella diciendo que el de caricaturista no era oficio de mujer y que aquellos dibujos parecían de una niña; incluso hubo quien la reconvino por dedicarse a dibujar caricaturas por ser algo «poco femenino».

Se le cerraron todas las puertas y llegó a pensar que quizá sus caricaturas no merecían la pena, por eso decidió renunciar a seguir dibujando, aunque Enrique la conminó a que no lo hiciera. «Si pudiste publicar antes de la guerra, volverás a publicar... Es cuestión de tiempo, no pierdas la fe en ti misma. Es verdad que puede parecer raro que una mujer dibuje caricaturas, pero, en fin, no haces nada malo». Así que Clotilde reflejó su rabia y frustración en un sinfín de caricaturas sobre Franco, su esposa doña Carmen y sus ministros que guardaba celosamente en un cajón. Era un secreto compartido con su marido. Ambos sabían las consecuencias si esas caricaturas fueran vistas por otros ojos que no fueran los suyos.

En alguna ocasión Clotilde estuvo tentada de preguntarle a Enrique por experiencias pasadas. Pensaba que alguna novia habría tenido su marido antes de ella, pero las palabras se detenían en la punta de la lengua. No se atrevía a molestarle mostrándose curiosa. Sabía que Enrique aborrecía a las charlatanas y el cotilleo.

Cuando su madre preguntaba si Enrique le había contado algo de sus años en Argentina, Clotilde solo podía decir que «Buenos Aires es una ciudad preciosa. Algún día me llevará a visitarla». No podía decir más porque nada más sabía.

Clotilde de lo que sí le preguntaba era de la marcha de la guerra en Europa. Solo cuando terminara podría abordar el viaje para recuperar a su hijo, de manera que leía con avidez cuantas noticias publicaba el *ABC*. Pero era su marido su principal fuente de información.

Enrique no era hombre de correr riesgos innecesarios, pero de vez en cuando escuchaba las emisiones de la BBC. Se metía en la cama y se tapaba con sábanas y mantas para que se amortiguara el sonido. Luego informaba a Clotilde del avance de las tropas aliadas en suelo europeo. Un día las noticias eran esperanzadoras, otros los alemanes eran invencibles. La guerra europea parecía no tener fin, pero aun así celebraban todos y cada uno de los éxitos de los Aliados.

Clotilde lloró al saber que el 25 de agosto de 1944, la Segunda División Blindada del general Leclerc, formada por más de un centenar de soldados españoles republicanos, liberaron París. Ella le abrazó emocionada y aceptó tomar un vaso de vino para festejarlo. Enrique no dudaba de que la liberación de París podía significar el preludio del final de la guerra.

Los domingos continuaban reuniéndose las dos familias. Dolores se las ingeniaba para que sus guisos no desmerecieran a los de Josefina. No es que las dos mujeres compitieran, lo que sucedía es que Dolores se sentía en la obligación de agradar a los Fernández. Era mucho lo que les debían.

Además, para ella suponía un alivio que Clotilde se hubiera

casado con Enrique puesto que era un hombre de bien, trabajador y educado y no como Agustín, que parecía despreciarlos. Aún no comprendía cómo su hija se enamoró de Agustín. Era muy impulsivo, y continuamente les reprochaba su condición de burgueses, como si fuera un pecado terrible. Pedro siempre había evitado el enfrentamiento con él para no entristecer a Clotilde, pero no había tenido empacho en decirle en más de una ocasión que lo poco que tenía lo había ganado trabajando con el sudor de su frente. Ellos no habían explotado a nadie, de manera que no tenían nada de lo que arrepentirse.

Dolores pensaba que gracias a que Dios había escuchado sus oraciones Clotilde tenía por fin un buen marido. No es que Enrique fuera muy religioso, en realidad no iba mucho a la iglesia salvo los domingos y fiestas de guardar, y no siempre, pero al menos no era un revolucionario. Claro que tampoco era de Franco. Parecía que los unos y los otros le repelían por igual, de ahí que hubiera decidido no luchar en ninguno de los dos bandos marchándose a Argentina hasta que terminó la contienda.

Precisamente era durante la sobremesa del almuerzo de los domingos cuando los hombres bajaban la voz y discutían de política. Bartolomé, el hermano de Josefina, no tenía dudas de que había sido una suerte que la guerra la perdiera el Frente Popular, opinión en la que le secundaba su cuñado Jacinto. Mientras que Pedro se lamentaba de que a don Manuel Azaña no le hubieran dejado gobernar ni los unos ni los otros. Enrique los escuchaba y lo más que decía era que entre unos y otros habían provocado una catástrofe, por más que la responsabilidad última de haber provocado la guerra la tuvieran Franco y los suyos.

Pero por lo que más interés y preocupación tenían era por la marcha de la guerra en Europa. Pedro defendía que si los Aliados vencían a Alemania, el régimen de Franco no estaría asegurado. Jacinto y Bartolomé se mostraban escépticos. «Fíate de los ingleses y échate a dormir y verás que cuando te despiertes te han quitado hasta la camisa», aseguraba Bartolomé.

Así que con el paso de los meses lo mismo se lamentaban de los éxitos alemanes que celebraban el avance de los Aliados. «Dicen que los británicos están presionando, y debe de ser verdad, porque de lo contrario Franco no se habría traído a los de la División Azul», afirmaba Bartolomé bajando tanto la voz que era difícil entender lo que decía. «Ya sabes, cuando veas las barbas del vecino pelar pon las tuyas a remojar», añadía Jacinto, convencido de que la neutralidad de Franco era solo una artimaña para sobrevivir y que si retiraba las tropas era porque creía que lo mismo los alemanes perdían la guerra, no para quedar bien con los británicos.

Clotilde los escuchaba en silencio, sin perderse ni una sola de las palabras que se decían en aquellas tardes de domingo, aunque de cuando en cuando irrumpía en la conversación preguntando por lo que sucedía en la Unión Soviética. No lo decía, pero deseaba con toda su alma que los soviéticos salieran airosos de la guerra ya que temía por la suerte que pudiera estar corriendo su hijo. En cuanto a Enrique, mantenía que aún quedaba mucha guerra por delante y la prueba era que un día Alemania avanzaba y al siguiente parecía al borde de la derrota. Eso sí, confiaba en los estadounidenses y no ocultaba su admiración por Eisenhower como comandante en jefe de las tropas aliadas. «Con los americanos dirigiendo la guerra las cosas irán mejor», sentenciaba.

Clotilde se acostumbró a refugiarse bajo las mantas para escuchar la BBC junto a Enrique, y así se asustaron cuando el 16 de diciembre los alemanes llevaron a cabo una devastadora ofensiva en el Frente Oeste, en las Ardenas, y respiraron tranquilos cuando el 22 de diciembre el general De Gaulle llegó a París.

El 24 de diciembre las dos familias asistieron a la misa del

Gallo en San Ginés. Esa tarde, aunque a regañadientes, los hombres habían ido a confesarse para poder comulgar por la noche.

Cenaron pronto en casa de los Sanz; al fin y al cabo, Dolores y Pedro vivían frente a la iglesia y resultaba más cómodo para todos.

Después de la misa compartieron un rato de charla. Dolores y Clotilde servían los dulces; Jacinto y Josefina habían llevado una caja de polvorones y unas frutas escarchadas.

Al día siguiente, Clotilde se levantó con vómitos. Esto se venía repitiendo en las últimas semanas. Enrique, solícito, le preparó una infusión de manzanilla silvestre, pero no fue capaz de retenerla en el estómago y siguieron los vómitos.

—Anoche cenaste demasiado —dijo él buscando una causa al malestar de Clotilde.

—Pero si apenas cené... No me gusta la sopa de almendras... Además, te dije que no tenía hambre, que sentía un nudo en el estómago.

—Pero bien que comiste los dulces de mi madre.

—No tanto... aunque estaban buenísimos.

—Bueno, no te preocupes, se te pasará, quédate un rato en la cama.

Pero los vómitos no cesaban y Clotilde le pidió que le permitiera quedarse en casa y no asistir a la comida de Navidad organizada por sus suegros.

—Mis padres se llevarán un disgusto... A lo mejor puedes levantarte y venir y no comer nada... Si acaso que mi madre te haga un caldito.

Clotilde no quiso contrariarle y, venciendo las náuseas, consiguió ponerse en pie. Tardó un buen rato en arreglarse porque cada vez que lo intentaba le sobrevenía una arcada.

Llegaron tarde, y tanto Dolores y Pedro como Josefina y Jacinto estaban inquietos.

—Pensábamos que ya no veníais... son casi las dos y media... —lamentó Josefina.

—Es que anoche no me sentó bien la cena y tengo náuseas y vómitos. Espero que me disculpéis... yo... me siento a la mesa... pero no comeré... no puedo.

Dolores y Josefina se quedaron calladas y luego intercambiaron una mirada entre ellas de la que sus maridos no se percataron.

Los hombres dieron buena cuenta del almuerzo, un bacalao al ajo arriero, mientras que Clotilde intentaba no mirar la comida para evitar las náuseas. Todo lo más que pudo tomar fue una manzanilla, que esta vez sí le asentó el estómago.

La mañana del 26 de diciembre de 1944 no fue mejor que la del 25. Clotilde creía que iba a terminar vomitando hasta el hígado.

Le reconfortaba la presencia de su madre, que se había presentado en su casa a requerimiento de Enrique, quien a primera hora se había ido al ministerio.

—Voy a llamar a don Andrés para que venga, no puedes seguir así... Te vas a deshidratar.

—No, no hace falta... Intentaré levantarme...

—¡Qué tontería! Hazme caso, lo mejor es que venga don Andrés.

—Pero, madre, que estamos en Navidades...

—Bueno, ¿y qué? Él es médico y, que yo sepa, las enfermedades no se toman vacaciones por Navidad.

Una hora más tarde, el doctor don Andrés Requena hacía acto de presencia en la casa de Clotilde y Enrique.

—Dolores —dijo—, si te parece, mientras me preparas una malta iré examinando a tu hija.

—Pero a lo mejor necesita algo —protestó Dolores.

—Ya te he dicho lo que necesito, un café bien cargado,

pero como eso es imposible, me conformo con una taza de malta.

Cuando Dolores regresó a la habitación, don Andrés la recibió con una sonrisa de satisfacción.

—Bueno, te felicito, vas a ser abuela.

—Pero ¡qué dice! —exclamó ella mientras miraba de reojo a su hija, que intentaba contener una náusea.

—Pues que Clotilde está embarazada y lo que trae en camino ha empezado a dar guerra. Con Pablo no sufrió ni una náusea, tuvo un embarazo sin ningún sobresalto, pero cada niño es distinto, y este se hace notar —rio don Andrés.

—Hija... no nos habías dicho nada.

—Es que... madre, en realidad no estaba segura de que estuviera embarazada. No te voy a engañar... lo sospechaba...

—¡Qué alegría! —exclamó Dolores.

—En mi opinión, puede que esté de nueve o diez semanas... Por lo que Clotilde dice, creía haber tenido la regla porque ha sangrado un poco, solo un día. Eso la ha despistado. Bueno, ahora debe permanecer en cama sin moverse, no vaya a ser que pierda a la criatura. Me preocupa que haya sangrado... Lo mejor es que venga a verla Paco Vera... es un buen ginecólogo que ya la atendió en el primer embarazo, y doña Remedios, es una matrona muy competente, no estará de más que también pase por aquí. Y ahora a descansar; eso sí, tiene que comer, pero no la fuerces, que coma lo que pueda.

Dolores acompañó a don Andrés a la puerta y cuando regresó a la habitación encontró a Clotilde llorando.

—Pero ¿por qué lloras? Dios mío, niña, hoy es un día para estar contenta. Ya verás cuando se lo digas a Enrique... Bueno, y tu padre, tu padre se va a poner tan contento... Y no te digo Jacinto y Josefina...

—¿Y si lo pierdo como perdí a Pablo?...

—Pero ¡qué cosas dices! —Se asustó Dolores por la reacción de su hija.

—No hice bien las cosas... dejé que me quitaran a mi hijo. Y ahora... ahora voy a traer otro al mundo y... no voy a poder recuperar a Pablo. Mi niño... quiero a mi niño...

Dolores abrazó a su hija dejando que se desahogara. Comprendía su miedo. Un embarazo y luego dar a luz podía suponer retrasar su sueño de encontrar a Pablo. Ella añoraba a su nieto y muchas noches no lograba conciliar el sueño pensando si estaría bien, si se acordaría de ellos.

—Tener otro hijo no tiene por qué impedirte ir a buscar a Pablo. Tu marido se ha comprometido a que él mismo te acompañará en el viaje. Enrique es un hombre de palabra y ahora que va a ser padre entenderá mejor lo que supone perder un hijo.

Pero el desconsuelo había prendido en Clotilde, consciente de que, además del devenir de la guerra en Europa, su embarazo retrasaría su objetivo de encontrar a Pablo.

Cuando Enrique llegó a mediodía, su suegra acababa de hacer la comida. Clotilde estaba en la cama con la cara oculta entre las almohadas.

Dolores saludó a su yerno y le dijo que ya tenía puesta la mesa en el comedor.

—¿Qué ha dicho don Andrés? —quiso saber él.

—Ella te lo dirá. Mira, ahora que has venido me voy a mi casa, que Pedro estará al llegar. Os he dejado un caldo y una tortilla de patatas. Espero que esté de tu gusto.

—Desde luego, doña Dolores. Muchas gracias.

—En un rato vuelvo. ¿A qué hora te vas?

—A las tres y media, más o menos, ya sabe que suelo ir andando hasta el ministerio.

—Pues hoy está de llover. Bueno, pues a las tres y media vengo y me quedo un rato con Clotilde. Ahora os dejo.

Enrique escuchó en silencio la noticia de que iba a ser padre. Cogió una mano de Clotilde y se la llevó a los labios depositando en ella un beso imaginario.

—Me alegro mucho —dijo con más desconcierto que alegría.

—Pues yo... yo nada deseo más que ser una buena madre.

—Lo serás, no tengo dudas. —Y se fundieron en un abrazo.

—Estoy asustada... No me malinterpretes, quiero tener a nuestro hijo, lo deseo con toda mi alma, pero al mismo tiempo temo que pueda perderlo como me pasó con Pablo —le confesó ella.

—No lo perderás, yo estoy contigo. Y encontraremos a Pablo. No podrás viajar embarazada y mucho menos a un destino incierto donde aún no sabemos ni cómo podremos llegar ni tampoco con qué nos vamos a encontrar. Además, no podrás emprender el viaje con un hijo recién nacido... Será cuestión de tiempo. Tendremos que esperar.

—¡Esperar! Mi hijo ya tiene once años. Se olvidará de mí... pensará que le he abandonado.

—Nunca te olvidará, él sabrá que le irás a buscar. Yo mantengo mi compromiso de ayudarte a encontrar a Pablo, pero seamos sensatos, primero tiene que acabar la guerra, y no es lo mismo que gane Alemania a que lo hagan los Aliados. Y la segunda dificultad de la que ya hemos hablado en otras ocasiones es que el régimen no nos va a permitir viajar a Moscú. Tendremos que buscar la manera. Sabes que no será fácil, Clotilde, nunca nos hemos engañado al respecto, pero lo haremos.

—Comprenderás que...

—... que tener otro hijo retrasa nuestros planes de tratar de encontrar a Pablo. Comprendo tu angustia, Clotilde. Lo siento. No es algo que ninguno de los dos hayamos buscado. En una ocasión te dije que tener hijos para mí no era importante. No era eso lo que pretendía cuando te pedí matrimonio. Lo que quería es lo que hemos tenido durante estos meses, alguien con quien poder compartir el silencio.

Enrique volvió a coger una mano de Clotilde y la apretó entre las suyas.

—Encontraremos una solución. Nunca te pediré que renuncies a Pablo.

Clotilde cerró los ojos apretando los párpados con fuerza para intentar impedir que afloraran las lágrimas. Él se quedó en silencio tratando de asumir que en unos meses tendría un hijo. El hijo que nunca había deseado pero que no habían sabido evitar.

Preparó una bandeja y los platos con el caldo y la tortilla de patatas y la llevó a la habitación. Aunque para ambos la noticia de que iban a ser padres constituía una contrariedad, no podían obviar lo que ya era una realidad y aceptar la responsabilidad del nacimiento de una criatura inocente.

Clotilde, que aún combatía contra las náuseas, apenas probó el caldo. Enrique no le insistió. Él comió con apetito mientras intentaba animarla.

No se marchó hasta que no oyó el timbre anunciando la llegada de su suegra, y cuando salió de su casa sintió de inmediato alivio por alejarse de aquel problema inesperado. Nunca había tenido que cuidar a ningún enfermo y, además, temía cómo se fuera a comportar Clotilde.

Caminó deprisa como si de esa manera pudiera esquivar las gotas de lluvia y suspiró aliviado cuando llegó al ministerio, saboreando de antemano el poder enfrascarse en los documentos que tenía pendientes de estudio.

No fue hasta dos días después cuando Clotilde recibió la visita de don Paco Vera, el ginecólogo que once años atrás la había ayudado a traer a Pablo al mundo. El doctor Vera era ya un hombre entrado en años que apenas visitaba a pacientes, salvo a los compromisos.

Después de hablar con ella y de examinarla llegó a la conclusión de que el niño nacería al año siguiente en el mes de julio.

—¡Tanto tiempo! —se quejó Clotilde.

—Bueno, me temo que, como todas, tendrás que esperar unos meses. Aún no se ha inventado nada para acortar el tiempo de gestación —bromeó él.

—¿Tendrá que guardar cama todo el embarazo? —preguntó Dolores.

—Al menos los primeros meses debe descansar, no vaya a ser que pierda a la criatura. Si acaso se levanta, que sea para recostarse en el sofá, pero nada de ir de un lado a otro, ni mucho menos hacer las tareas de la casa. Ya digo, lo más que le permito es que la ayudéis a tumbarse en el sofá. En cuanto a las náuseas... se le pasarán.

—Pero es que no quiere comer... —se lamentó Dolores.

—Pues tendrá que hacerlo, no va a dejar de alimentar a la criatura que lleva dentro. Que coma lo que le apetezca y en pequeñas cantidades para evitar los vómitos. Mejor que sea poco, pero que lo retenga en el estómago.

—¿Y si no quiere?

—¡Por Dios, Dolores! Clotilde no es una niña, sabe que tiene que comer.

—Con Pablo no tuve náuseas... —Y en el tono de voz de Clotilde había una nota de reproche hacia el hijo que estaba empezando la vida dentro de su vientre.

El médico se encogió de hombros mientras decía:

—Cada embarazo es distinto. Bien —añadió—, luego llamaré a mi amigo Andrés, que como médico tuyo de cabecera está preocupado. Y un poco más adelante le diré a doña Remedios que venga a verte. Quiere jubilarse el año que viene, así que le dará tiempo de ayudarte en el parto.

El 31 de diciembre las dos familias despidieron el año en casa de Enrique y Clotilde. Dolores se ocupó de preparar la cena: lombarda rehogada y pollo al chilindrón de segundo. El pollo se lo había enviado Josefina el día antes, así como un plato de dulces. Cenaron en el comedor y de cuando en cuando se acercaban a la habitación a ver a Clotilde.

Enrique se había mostrado inflexible al no permitirle levantarse. «Ya sé que el doctor Vera ha dicho que puedes ir al sofá, pero es mejor que no lo hagas, no vayamos a tener un disgusto. Te quedas en la cama y ya está», había sentenciado ante un amago de Clotilde para levantarse.

A las doce menos cuarto las dos familias se sentaron alrededor de la cama de Clotilde. Enrique había instalado una radio en el dormitorio y escucharían allí las campanadas.

Una vez pasado el trámite de dar la bienvenida a 1945, los Sanz y los Fernández regresaron al salón. A la una Enrique los despidió. Estaba decidido a no saltarse las instrucciones de los médicos que insistían en que para llevar a buen puerto el embarazo era imprescindible que Clotilde no se moviera.

Madrid, 1945

Aunque era el primer día del año, aquel 1 de enero de 1945, Enrique madrugó. Preparó el desayuno y le insistió a Clotilde para que tomara una taza de malta con leche con una magdalena. Ella se resistía porque cualquier cosa que comía le provocaba náuseas.

—Mira que eres insistente... Te digo que tengo el estómago del revés y que no me entra nada.

—Aun así, debes comer. Tienes una obligación con el hijo que esperamos.

Ella entonces se sentía culpable por no ser capaz de comer, lo que podía perjudicar a aquel hijo que sentía crecer dentro de su cuerpo y al que quería proteger. Pero al mismo tiempo sentía que el niño podía apartarla de Pablo, lo que de paso le provocaba cierta aversión por su marido ya que él parecía estar asumiendo la paternidad. No es que mostrara entusiasmo, pero Clotilde creía adivinar en la expresión del rostro de Enrique que tener un hijo le producía cuando menos curiosidad.

Dolores esperó a la tarde para ver a su hija. No la había avisado, pero ese era el privilegio de ser su madre. Enrique recibía de buen grado a su suegra. Su presencia le permitía disponer de un tiempo para él, no porque ansiara hacer nada especial, pero disfrutaba de la lectura en solitario sin tener que estar pendiente de Clotilde. A ella le gustaba leer, pero en esos días no parecía encontrar sosiego ni siquiera en la lectura.

Además, Dolores le relevaba en la tarea de convencer a Clotilde para que comiera. Su madre la sabía engatusar. Por si fuera poco, su suegra cocinaba bien y desde que les dijeron que estaba embarazada se presentaba con algún plato que pudiera gustar a su hija, pero como ella apenas probaba bocado, acababa comiéndoselo él.

Así que aquella primera tarde del año Enrique disfrutó de la soledad sentado en el sillón orejero del salón, mientras leía y reflexionaba sobre las *Meditaciones* de Marco Aurelio. De cuando en cuando, entre el ruido de la tarde se filtraban la voz grave de Dolores y las quejas de Clotilde, pero él procuraba ignorarlas, contento con aquellos instantes para estar consigo mismo.

A las ocho y media Dolores se despidió.

—Me voy, que Pedro estará preguntándose cuándo voy a volver. No te preocupes por Clotilde... Este embarazo parece que lo va a llevar mal, pero se le pasará, lo malo son los primeros meses.

—Lo que me inquieta es que no coma. Esta mañana se ha negado hasta a tomar la malta con leche y a mediodía ha rechazado el caldo —confesó él.

—Ya se lo ha tomado. Una taza entera, e incluso he logrado que al cabo de un rato se comiera un par de magdalenas. No le han sentado mal, de manera que no te preocupes.

—Pero ¿no dicen que cuando una mujer está embarazada tiene que comer por dos?

—¡Uf! Depende, tú ni caso, en cuanto supere lo de las náuseas ya verás que comerá por dos y por tres, que Clotilde siempre ha tenido buen apetito, lo mismo que su padre.

Las palabras de Dolores le tranquilizaron. Seguro que ella sabía lo que más le convenía a su hija.

La noche del 3 de enero, Clotilde y Enrique se habían refugiado debajo de las mantas para impedir que nadie escuchara aquella emisión de la BBC. El locutor afirmaba que los Aliados se habían hecho con la ciudad belga de Bastogne y que estaba fracasando la ofensiva alemana en las Ardenas.

—¿Y esto qué va a suponer? —susurró Clotilde en el oído de Enrique.

—Pues un problema para la Wehrmacht, que no podrá impedir que los Aliados se acerquen a la frontera de Alemania.

Según pasaban los días, Clotilde se desesperaba más por tener que guardar cama. Las horas se le antojaban interminables a pesar de contar con la compañía de su madre y también la de su suegra. Josefina acudía a diario y siempre le llevaba algún dulce. Su padre no dejaba tarde sin visitarla. En cuanto salía de Sederías Fernández se dirigía a su casa a verla.

A Clotilde le gustaba hablar con su padre, siempre se habían llevado bien y aun cuando era pequeña, sentía que él la escuchaba con atención y tenía en cuenta lo que decía.

Cuando Pedro Sanz llegaba de visita a Clotilde se le ensanchaba la sonrisa e inmediatamente le asaeteaba a preguntas sobre las cosas de la política. Padre e hija mantenían la secreta esperanza de que si los Aliados ganaban la guerra en Europa, el régimen de Franco no podría sostenerse. Enrique no era de esa opinión, como tampoco lo era su padre y mucho menos su tío Bartolomé. Los tres creían que Franco resistiría en el poder. «Ha ganado la guerra y no permitirá que le echen, hará lo que tenga que hacer para contemporizar con los británicos y con los franceses», era lo que siempre repetía Jacinto Fernández.

El 17 de enero, don Andrés volvió a visitar a Clotilde. El viejo doctor insistió a Enrique en que no le permitieran levantarse de la cama, pero por lo demás, aseguró que la encontraba en buen estado de salud.

Clotilde protestó sabiendo que ni a su marido ni a don

Andrés les importaban sus quejas. El único motivo de alegría de aquel día fue cuando por la noche la radio anunció que el Ejército Rojo había entrado en Varsovia. Y allí, debajo de las mantas, Enrique le preguntó de sopetón:

—¿Sigues siendo comunista?

—¿Yo? ¿Por qué lo dices...?

—Porque estás sonriendo como si fuera una buena noticia que los soviéticos se hayan hecho con Varsovia.

—¿Y no lo es? Que yo sepa, en esta guerra los soviéticos son aliados de los británicos y de los estadounidenses, de manera que claro que me alegro de que hayan expulsado a los alemanes de Varsovia.

—Pero no has contestado a mi pregunta. ¿Sigues siendo comunista?

Ella se mordió el labio mientras buscaba una respuesta. En realidad, no estaba segura de haber sido nunca comunista o al menos comunista como lo era Agustín. Sus inquietudes, precisamente sembradas por su padre, la habían llevado a repeler la desigualdad y la pobreza que tantas personas padecían, y no encontraba razón en los discursos de los líderes de la derecha. Agustín vio en ella terreno abonado y comenzó a llevarla a reuniones y mítines del Partido. Tampoco lograron convencerla del todo de la bondad de sus propuestas, de manera que sentía una cierta incomodidad en la militancia elegida, pero se acomodó a ella porque en realidad poco o nada hacía. La suya fue una militancia contemplativa. Ni siquiera Agustín le pidió nunca nada más excepto coser aquellas prendas para los milicianos que combatían y que puntualmente entregaba a Eulalia, la costurera, y que hiciera caricaturas de los líderes de la derecha.

En aquellos años le dolía saber de la decepción de su padre por no haberle secundado en su apoyo a don Manuel Azaña. «¿Es que no te das cuenta de que el Frente Popular no es la solución?», insistía Pedro a su hija. «Al menos los comunistas saben lo que quieren, no como los azañistas, divididos siempre», replicaba ella.

Pero tenía que responder a la pregunta de Enrique y no encontraba la respuesta.

—Cuando estuve en la cárcel conocí a mujeres que de verdad eran comunistas. Te he hablado de Florinda... Ella tenía respuestas para todas las preguntas. No dudaba. Yo... yo ya no sé lo que pienso. Sí sé lo que no soy.

—Pues dímelo.

—No soy franquista... Este es un régimen terrible que quiere acabar con todos los que no piensan como ellos. La cárcel, los fusilamientos, las dificultades para los que hemos perdido la guerra. Si tu padre no fuera un hombre de bien, nunca le habría dado trabajo al mío. Sobrevivimos gracias a vosotros.

—Pero ¡qué cosas dices! Nuestros padres son amigos de la infancia. Se aprecian sinceramente. Quítate de la cabeza esa tontería que acabas de decir.

—Sabes que lo que digo es cierto.

—No, no lo es, al menos en lo que respecta a nuestros padres.

—Ahora pregunto yo. ¿Hubieras preferido que ganara el Frente Popular en vez de Franco? —quiso saber Clotilde.

—No. No creo que tuvieran la solución para los problemas de España. Puede que si hubieran ganado, ahora los fusilados serían los otros. Abomino de este régimen y bien lo sabes, Franco ha instaurado una dictadura, pero seguramente de ganar tu partido o el Frente Popular, también habríamos tenido otra dictadura. Sabes lo que pienso, y desde luego jamás avalaría una dictadura, aunque fuera en nombre del pueblo. De manera que nunca me sentí representado por ninguno de los bandos de la contienda, por eso me marché.

—Pero has vuelto.

—Sí. Decidí volver. Lo hice por mis padres, pero en realidad pensaba marcharme de nuevo.

—No lo sabía...

—Cambié de opinión cuando nos encontramos en casa de mis padres. Apenas me acordaba de ti, pero me di cuenta de que eras distinta y de que contigo... bueno... de que contigo no me importaría compartir el futuro, fuera este como fuera.

Ella le cogió una mano y se la apretó suavemente. Se alegraba de tenerle a su lado. Sí, serían unos buenos compañeros de vida.

Los acontecimientos se iban sucediendo al ritmo del crecimiento de su vientre. O acaso se lo parecía a Clotilde. Y cada día que pasaba aumentaba su esperanza en que los Aliados ganaran la guerra. Un mes más tarde de que los soviéticos se hicieran con Varsovia, Hungría cambiaba de bando y declaraba la guerra a Alemania. Pero quizá la noticia más alentadora fue la del 21 de marzo de 1945: los periódicos anunciaron que España había acordado con Estados Unidos la construcción de un aeródromo en Barajas que serviría para la distribución de suministros.

Pedro Sanz apenas lograba ocultar cuánto le satisfacía esta noticia.

—Franco no tendrá más remedio que irse o convocar elecciones —aseguraba con una sonrisa.

Clotilde asentía, pero Enrique no compartía el entusiasmo de su suegro.

—Franco no ha ganado la guerra para dar marcha atrás. Y no se engañe, don Pedro —añadía—, las potencias van a lo suyo y cuando la guerra termine dudo mucho de que la amistad entre los británicos, los americanos y los rusos dure demasiado tiempo.

Pero Pedro Sanz no quería rendirse a la desesperanza y Clotilde encontraba en los argumentos de su padre el impulso que necesitaba para seguir adelante.

Don Andrés la visitaba con frecuencia, y con su consentimiento, el del doctor Paco Vera, el ginecólogo, y el de doña Remedios, la matrona, pudo dejar la cama cuando ya había entrado en el sexto mes de embarazo.

—Cuidado cuando salgas a la calle. Puedes dar algún que otro paseo corto porque necesitas que te dé un poco el aire, pero por bien que te sientas no te fíes de tus fuerzas —sentenciaba don Andrés.

Todas las mañanas su madre acudía a buscarla y caminaban con paso lento hasta los jardines de Sabatini. Dolores intentaba despertar el interés de Clotilde por la criatura que iba a nacer, pero se daba cuenta de que por más que pudiera querer al hijo que iba a traer al mundo no descansaría hasta encontrar a Pablo.

—En cuanto termine la guerra nos iremos. No sé cómo, pero Enrique dará con la manera de que lleguemos a la Unión Soviética.

—Pero sabes que eso no es posible... tienes que ser realista. Además, ¿vas a abandonar a un hijo por ir a buscar a otro? —le reprochaba Dolores.

—Madre, podré irme tranquila porque os confiaré a mi padre y a ti a mi niño. No tendríamos por qué tardar mucho en ir a Moscú y encontrar a Pablo.

—¡Qué cosas dices!

—¿Con quién podría estar mejor que con vosotros?

—Contigo, que eres su madre —respondía enfadada Dolores.

Para Clotilde y Enrique, escuchar las emisiones de la BBC resguardados bajo las mantas se había convertido casi en una obligación. Y cuando el 16 de abril supieron de la ofensiva soviética sobre Berlín, la emoción de Clotilde fue tan grande que Enrique temió que le pasara algo.

—¡Vamos a ganar! —aseguraba ella entre susurros.

—¿Cómo que vamos a ganar? Ya veremos... —respondía él más cauto.

Pero mayor fue la alegría de Clotilde cuando el 1 de mayo supieron de la muerte de Hitler en la Cancillería.

—¡Ahora sí que se ha acabado la guerra! —gritó Clotilde saliendo de entre las mantas.

—Sí... Sin Hitler, Alemania no tiene otra salida que rendirse —respondió Enrique.

—Anda, ve a comprar el *ABC* —le pidió a su marido.

Pero en la portada del *ABC* no había mención alguna de lo que habían escuchado en la BBC. Una foto de Franco ocupaba toda la página, seguida del titular: «El Jefe del Estado visita la Exposición de Industrias Eléctricas».

—¡Será posible! ¿A quién le importa lo que haga Franco? ¡Ese hombre se pasa el día inaugurando algo!

—Y a ver quién se atreve a no sacarle en portada —apostilló Enrique.

—Espero que no lo justifiques...

—¿El qué? ¿Que le saquen en portada? No es que lo justifique, pero no me extraña.

El 2 de mayo, en la primera página del diario *Informaciones*, el titular se hacía eco de la muerte de Hitler: «Adolfo Hitler muere defendiendo la Cancillería».

Fue el 7 de mayo cuando Clotilde se puso de parto. Enrique y ella se encontraban bajo las mantas escuchando en la BBC que Alemania se había rendido a los Aliados. Ella comenzó a sudar y a sentir que le faltaba el aire, lo que, según

Enrique, era normal ya que el calor de la primavera más el de las mantas apretaba. Pero por más vasos de agua que le dio a beber para que se recuperara Clotilde iba a peor, y a eso de las tres de la mañana, rompió aguas.

Enrique llamó a sus suegros pidiéndoles que buscaran un taxi para llevar a Clotilde al hospital.

Dolores y Pedro salieron a la calle a medio vestir; él para buscar el taxi, y ella para socorrer a su hija.

Para cuando llegaron al Hospital General, Clotilde había perdido mucha sangre y los gritos de dolor le agarrotaban la garganta.

Los padres de Enrique acudieron enseguida. Pedro los había avisado del parto inesperado.

Jacinto y Pedro paseaban nerviosos por el pasillo mientras Dolores y Josefina se negaban a alejarse de la puerta que daba al paritorio. En cuanto a Enrique, prefería estar solo. No se sentía con ganas de escuchar a las dos mujeres ni mucho menos recibir palabras de ánimo de su padre y de su suegro. Se preguntaba qué podía haber desencadenado prematuramente el parto. Faltaban dos meses y medio para que Clotilde hubiera salido de cuentas. Acaso la emoción de las últimas noticias de la guerra había provocado que se le adelantara el momento.

Ya había entrado la mañana cuando nació una niña diminuta, sin apenas fuerzas para respirar.

Paco Vera, el ginecólogo, acompañado por don Andrés, salieron a dar la noticia. Doña Remedios, la matrona, aún seguía con Clotilde en el paritorio.

—Una niña. Felicidades, Enrique, has tenido una hija —anunció don Andrés dando una palmada en la espalda de Enrique.

—¿Y Clotilde? ¿Está bien? —preguntó temeroso.

—Hemos estado a punto de perderlas, a ella y a la niña —aseguró el ginecólogo bajando la voz—. En realidad, es un milagro que esté viva... No voy a decirte lo que no es... Clotilde no está bien, pero es joven y fuerte, de manera que habrá que esperar cómo va evolucionando. Las próximas horas son importantes.

—¿Puedo verla? —preguntó Enrique.

—No. Ahora no. La comadrona está terminando… y hay que dejarla descansar. Está inconsciente. Es mejor esperar.

—Yo soy su madre y quiero estar con ella —reclamó Dolores dirigiéndose al médico.

—Te digo lo mismo que a Enrique, tienes que esperar. Dejadnos hacer nuestro trabajo.

—¿Y la niña? ¿La niña está bien? —quiso saber Josefina.

—Está muy débil… es prematura. Insisto, no quiero deciros lo que no es, de manera que no sé si va a salir adelante. Haremos todo lo que podamos. Pero con el peso que tiene… no sé…

—Entonces hay que bautizarla ya. Si la niña se nos va, al menos que tenga un lugar en el Cielo —afirmó Josefina.

—No sé si es el momento de bautizos… creo que la criatura bastante tiene con intentar sobrevivir. —Don Andrés parecía molesto por la petición de Josefina.

—Pues yo estoy de acuerdo con mi consuegra —terció Dolores—, así que le pediré al párroco de Santiago y San Juan que venga. Lo hará. Allí me bautizaron a mí y allí bautizamos a Clotilde. Y si no puede, pues avisaré al de San Ginés, pero la niña tiene que recibir el bautismo por lo que pueda pasar.

—Mira, Dolores, eso no me parece que sea ahora lo más importante —insistió don Andrés.

—No lo será para usted, que es… bueno… no creo que se prodigue mucho en la iglesia.

—¡Dolores! —Pedro apretaba el brazo de su esposa intentando que frenara la lengua. La sabía capaz de decir en voz alta lo que antes de la guerra se rumoreaba sobre don Andrés: que era masón.

—No puedo impedirte que traigas un cura, y menos en los tiempos que corren. Pero, en mi opinión, la niña no está para muchos zarandeos ni para que le echen agua por la cabeza. Vosotros veréis. —Fue la respuesta airada del médico.

Pero tanto Josefina como Dolores se hicieron fuertes en su decisión de bautizar a su nieta. Así que Dolores, sin escuchar a su marido ni tampoco a Enrique, salió del hospital y aunque no les sobraba el dinero, cogió un taxi que la dejó en la plaza Ramales junto a la iglesia de Santiago y San Juan y le pidió al taxista que la esperara. No le dio opción al párroco y lo arrastró hasta el taxi.

Clotilde parecía más muerta que viva, tal era la palidez de su piel, con el rostro, el cuello y las manos casi transparentes. Tenía los ojos cerrados y respiraba con dificultad.

Enrique estaba de pie observando a su mujer y sin decir una palabra. A su lado, sus padres, Jacinto y Josefina, con el gesto tenso. Pedro permanecía apoyado junto a la ventana de la habitación rebuscando en su cerebro alguna oración que pudiera salvar a su hija. En cuanto a la recién nacida, estaba en una sala luchando por su vida junto a otros recién nacidos prematuros como ella.

Cuando Dolores llegó acompañada por el cura se negó a escuchar a su marido y a su yerno, que le pedían que al menos aguardara un par de días antes de bautizar a la niña.

—¿Y si se muere que vaya al limbo? ¡De eso nada! No lo permitiré.

—Es nuestra nieta, Jacinto, tenemos la obligación de que reciba el bautismo —terció Josefina.

—Don José, hágalas entrar en razón —pedía, casi suplicaba, Jacinto mirando al cura.

Pero don José apenas intentaba hablar; Dolores le miraba enfadada recordándole que su «obligación» era no perder ninguna alma para Dios.

Fue el doctor Vera, el ginecólogo, quien puso cordura en aquella situación que se les estaba yendo de las manos. Irían hasta la sala donde se encontraba la niña y si las enfermeras daban permiso, Pedro entraría con Josefina y harían de padrinos. Solo permitirían que don José mojara con los dedos la cabeza de la niña y dijera las palabras del bautismo, y la ceremonia no podía durar más de tres minutos.

Así fue. Cuando Josefina y Pedro salieron de la sala de los prematuros, Dolores, que aguardaba impaciente, se fundió en un abrazo con Josefina permitiendo que las lágrimas fluyeran a su antojo. Hasta las dos mujeres que permanecían abrazadas llegó la voz de Jacinto en susurros:

—No tenía yo a Dolores por beata, como lo es mi Josefina.

Escuchar a Jacinto calificarla de beata la sobresaltó. ¿Beata ella? Creía en Dios y guardaba los preceptos de la Iglesia, pero no era ninguna beata.

—Han sido los nervios... Yo tampoco sé por qué ha reaccionado así. —Fue la respuesta de Pedro Sanz.

De regreso en la habitación donde estaba Clotilde encontraron a Enrique con una mano de ella entre las suyas. Había permanecido ajeno a la actuación histérica de las dos mujeres.

—¿Qué nombre le habéis puesto? —preguntó Enrique.

—Lucía —respondió Josefina.

—¿Lucía? ¿Por qué? —Enrique parecía sorprendido.

—No lo sé... Don José preguntó por el nombre y yo me acordé del de mi abuela. Lucía. —Josefina se sentía incómoda ante la mirada de reprobación de su hijo.

—Madre, sabes que Clotilde quería que si era niña se llamara Asunción —le reprochó.

—Lo siento... no me acordé y... bueno... Pedro tampoco lo recordó. Estábamos tan nerviosos. Las enfermeras nos pedían que nos fuéramos. Ha sido un momento difícil... allí en esa sala... con niños llorando... —se excusó Josefina.

—¿Qué más da el nombre? Además, Lucía es bonito. Significa «luz» y estoy seguro de que esta niña va a iluminar nuestras vidas —intervino Pedro intentando apaciguar la contrariedad de Enrique.

Pasaron el resto del día en el hospital junto a la cama de Clotilde. Y aunque ella permanecía con los ojos cerrados, sin hablar y sin moverse, Enrique no se resistió a susurrarle al oído: «Los periódicos hablan de la rendición de Alemania. El *ABC* titula "Rendición de Berlín" y en el *Informaciones*: "Anoche en Berlín fue ratificado y firmado el documento de rendición de Alemania". La guerra ha terminado. Iremos a Rusia y encontraremos a Pablo».

Tres semanas después, Clotilde salía del hospital agarrada del brazo de Enrique. Su madre y su suegra iban detrás. En sus rostros no había atisbos de felicidad, sino de angustia y cansancio.

Lucía luchaba por sobrevivir y al decir de don Andrés no estaba seguro de que lo fuera a conseguir.

Dolores había arreglado a conciencia la casa de su hija. Todo estaba limpio y ordenado y, cuando entraron, Clotilde se fijó en los claveles dispuestos en los jarrones. Se lo agradeció a su madre con una mirada.

La mesa del comedor estaba puesta con dos cubiertos. Dolores y Josefina habían convenido que era mejor dejar a sus hijos solos. Tendrían tanto de que hablar... Las dos mujeres se despidieron enseguida.

—Creo que nuestras madres han hecho comida para un regimiento. Nos han dejado caldo, bacalao con tomate, pisto... Y para hoy, filetes empanados. No me digas dónde han conseguido la carne, pero aquí están los filetes. Y antes una ensalada.

—No tengo hambre.

—Pero tienes que comer. Apenas te sostienes en pie.

—No sé lo que me pasa... es... es como si me faltaran las ganas de vivir —le confesó ella.

La afirmación no le sorprendió a Enrique. Don Andrés ya le había advertido que Clotilde, además de las secuelas del difícil parto, padecía una fuerte depresión.

Comieron en silencio, aunque en realidad Clotilde apenas probó bocado. Cuando terminaron, Enrique se empeñó en ser él quien llevara los platos a la cocina. Dolores les había anunciado que se acercaría por la tarde a lavar la vajilla utilizada para el almuerzo.

Enrique insistió en que Clotilde descansara y ella aceptó sobre todo para no tener que afrontar ninguna conversación. No tenía nada que reprochar a Enrique, solo que incluso su presencia la molestaba.

Todas las mañanas Dolores acompañaba a su hija hasta el Hospital Central para interesarse por Lucía.

El médico encargado de aquella sala de prematuros se mostraba remiso a darles esperanzas. «Es un milagro que esté viva», sentenciaba cuando Dolores le insistía sobre la evolución de su nieta.

Clotilde aceptaba las explicaciones sin ocultar la angustia que le producía el estado de su hija y se mostraba nerviosa cuando alguna de las enfermeras depositaba a Lucía en sus brazos. «No hay nada mejor que el calor del cuerpo de la madre», afirmaba aquella enfermera de aspecto severo que sin embargo manejaba a los pequeños con extremada delicadeza. Y solía insistir a Clotilde para que alargara la hora de visita. «Quédese un rato más, a la niña le vendrá bien», decía sabiendo cuánto necesitaban madre e hija estar la una junto a la otra.

A Dolores le preocupaba el estado nervioso de su hija.

—Cuando Pablo nació no querías separarte de él. Le tenías todo el tiempo en brazos... Y con Lucía pronto podrás hacer lo mismo —le decía para animarla.

—Es tan pequeña... y mira lo buena que es, ni siquiera llora —respondía Clotilde apretando a su hija junto a su cuerpo.

Una mañana en que ambas estaban mirando a Lucía, que dormía en la cuna, Dolores no pudo evitar reprender a su hija por la tristeza que no era capaz de superar.

—Pero ¡qué te pasa! Deberías empezar a tranquilizarte. La niña está mejor.

—Tengo miedo, madre, mucho miedo, no soportaría perderla también a ella.

—Buenos días.

El saludo de Paco Vera hizo enrojecer a Dolores, que no se había dado cuenta de que el ginecólogo se había acercado hasta ellas.

—Discúlpeme, doña Dolores, pero no he podido evitar escucharla... Verán, yo no quiero entrometerme, pero lo que le sucede a Clotilde es normal. Hay muchas mujeres que sufren trastornos después del parto, y en su caso está más que justificado dado el estado de salud de Lucía por ser prematura —afirmó el médico mirando fijamente a Clotilde.

—Me da tanta pena la niña —dijo Dolores secándose una lágrima.

Y entonces Clotilde rompió a llorar, al principio sin sonido alguno, después con tanta intensidad que de su garganta parecían escaparse aullidos.

Paco Vera la cogió del brazo invitándola a acompañarle hasta su despacho. Doña Dolores los seguía tan apenada como avergonzada por el llanto de su hija.

El médico le dio su pañuelo a Clotilde y con palabras amables logró que se calmara:

—Vamos, no te angusties, debes tener confianza en que la niña saldrá adelante...

Pasó un buen rato hasta que se despejaron las lágrimas de Clotilde. Ya en la calle y camino de casa, permanecieron ambas en silencio. Dolores sufría por el dolor de su hija y se preguntaba qué podía hacer para ayudarla. Pero no se engañaba. Clotilde no volvería a ser ella misma hasta que Lucía no saliera de peligro, y a eso se añadía su empeño en recuperar a Pablo, y eso... eso le empezaba a parecer imposible.

Dolores no cejaba en preguntar a su marido si de verdad había alguna posibilidad de recuperar a Pablo, y él no la había engañado. Franco nunca tendría relaciones con los soviéticos y, por tanto, nadie movería un dedo por recuperar a aquellos niños que habían sido enviados a Rusia. Quizá con el tiempo...

Madrid
El regreso

A Lucía le dieron el alta el mismo día que Borís Petrov regresó a Moscú.

En Madrid finalizaba julio y el calor se había apoderado de la ciudad.

En Moscú, el cielo salpicado de nubes anunciaba el resquicio de una tormenta.

Clotilde llevaba a su hija envuelta en una toquilla ligera. Caminaba despacio. Sentía sobre su hombro la mano firme de Enrique guiándola hacia la puerta del hospital.

Josefina y Dolores, las dos abuelas, seguían a sus hijos tan nerviosas como emocionadas. Durante casi tres meses no habían dejado de rezar por la suerte de Lucía y se habían desesperado por la falta de respuesta a sus oraciones porque la niña durante mucho tiempo parecía estar más cerca de la muerte que de la vida.

Josefina susurró en el oído de Dolores: «Deberíamos ofrecer una novena y dar una buena limosna a san Judas». Dolores asintió. Ella también era devota de aquel santo al que se le pedía por causas imposibles.

Por una vez a Enrique y a Clotilde se les hizo pesada la presencia de sus madres. Las dos mujeres intentaban ayudar, una insistiendo en que colocaran a Lucía en la cuna, la otra decidida a dejarles la mesa dispuesta para el almuerzo.

Cuando por fin se quedaron solos, respiraron aliviados. Estaban agradecidos por todo el apoyo y la dedicación que les venían prestando sus respectivas madres, pero en esa ocasión necesitaban de la intimidad con su hija.

Enrique se había pedido el resto del día libre en el ministerio para poder ayudar a Clotilde y así disfrutar ambos de la presencia de la niña.

Pasaron buena parte del día mirándola, no se atrevían a alejarse de su lado; además, Clotilde insistía en tenerla en sus brazos.

Los dos recordarían a lo largo de su vida que aquel fue uno de los días más perfectos de su matrimonio.

Moscú, julio de 1945

La tía Olga se había esmerado preparando una sopa con patatas, zanahorias, rábanos y pepino. Sabía que a Borís le gustaba, lo mismo que los blinis con arenques.

—No te pongas nerviosa —le decía Grigory Kamisky, que sin embargo se mostraba más alterado que ella.

Desde que recibieron el telegrama anunciando su llegada el abuelo parecía haber recuperado algo de alegría. No solo sentía un afecto sincero por su yerno, también deseaba repartir la carga que le suponía su hija Anya y la presencia ominosa de los Lébedev.

No, no es que le importara compartir el piso con otra familia, creía que era lo justo, pero no podía dejar de lamentar en silencio que los Lébedev fueran lo más alejado del «hombre nuevo» por el que había luchado. Consideraba a Polina y a Damien un par de mezquinos resentidos. Y eso le atormentaba porque le hacía sentirse en falta con respecto a la Revolución. Eran camaradas y, por tanto, merecedores de su afecto y respeto, pero no podía sentir ni lo uno ni lo otro.

Además, no dejaba de temer por Anya. Así como su nieto Ígor y el pequeño español tenían un comportamiento ejemplar, su hija parecía no haber aprendido la lección tras su paso por la Lubianka.

Durante algunos meses, los que tardó en recobrar la salud, Anya parecía resignada a que su vida transcurriera sin más sobresaltos que los de vivir y sobrevivir a la guerra. Además, eran conscientes de que los Lébedev informaban de cuanto sucedía y se decía en la casa.

La tía Olga intentaba evitar discutir con Polina, pero esta siempre hacía lo posible por buscar la manera de provocar un conflicto. Todo le molestaba, ya fuera el olor de la comida, o que Anya pasara más minutos de los que le correspondía en el baño, o las risas de los niños, y sobre todo que Anya no renunciara a tocar su música en el piano.

Como la cultura musical de los Lébedev era inexistente, desconocían si las piezas que tocaba Anya eran del agrado del nuevo régimen o pertenecían a la categoría de música burguesa decadente.

Polina Lébedeva parecía disfrutar especialmente criticando a Anya, a la que en alguna ocasión calificó de «parásito» porque su trabajo en la escuela consistía en enseñar música. «¡Música! Este país necesita buenas manos para trabajar. De la música no se vive. Es cosa de parásitos, de los que quieren mantener los antiguos privilegios. Deberían prohibir la enseñanza de la música», gustaba de repetir para herir a Anya, que le respondía con una sonrisa indiferente.

Pero su padre, Grigory Kamisky, sabía que estaban bajo estricta vigilancia, que Anya era considerada como una diletante, de manera que la había conminado a no verse con los amigos de antaño y a comportarse como una ciudadana ejemplar. Le advirtió de que los estarían vigilando y que no habría una segunda oportunidad.

Anya no le prometió nada, pero tampoco su comportamiento se desvió de la petición de su padre hasta que recibió una llamada. Una llamada de Masha Vólkova.

Primero intentó convencerla de que no se viera con su amiga, después se lo ordenó. Fue inútil. Anya parecía haber despertado de repente del letargo en que se hallaba sumida. Vería a Masha. Había percibido temor en su timbre de voz.

Cuando Anya regresó de ver a Masha les anunció que Talya, la dulce Talya, la esposa de Pyotr, su querido primo, había sido condenada a diez años de trabajo en Siberia.

—¿Qué ha hecho? —le preguntó Grigory Kamisky.

Y ella, su Anya, le miró con desprecio al responderle:

—Seguro que tú conoces ese artículo, el 58 del Código Penal... que habla de la propaganda antisoviética. De eso la acusan y por eso la han desterrado.

Pero había dicho más. Mirándole con algo que a él se le asemejaba al odio, su hija sentenció:

—Algún día, padre, a todos los que participan de este régimen criminal los condenarán, y no habrá perdón.

—Y tu amiga Masha... ¿no ha podido hacer nada? —preguntó él por desviar la conversación de la amenaza de Anya.

—¿Hacer? ¿Y qué puede hacer? Masha es una más de las funcionarias de la Unión de Escritores. Ha aprendido a sobrevivir y para eso solo hay una receta: el silencio.

Desde entonces, padre e hija evitaban conversar de nada que no fuera el tiempo, la marcha en los estudios de Ígor y Pablo o alguna banalidad referente a los vecinos. En lo único en que parecían estar totalmente de acuerdo era en la repulsa que les provocaban los Lébedev. Los sabían un peligro y su presencia había hecho más difícil su vida cotidiana.

Polina Lébedeva siempre tenía una crítica en los labios, y su esposo Damien protestaba por cualquier cosa. Pero el abuelo Kamisky sabía que no tenían más remedio que aceptar la convivencia con ellos.

Pero lo que de verdad temía Grigory Kamisky era discutir con su hija; ambos sabían que en caso de producirse un nuevo enfrentamiento sería el definitivo, lo que obligaría a Anya a marcharse llevándose a los niños, y eso era algo que él quería evitar.

No comprendía a su hija. Le dolía su aversión por aquella patria que habían construido en la que ya no cabían privilegios. Una patria de hombres iguales. Y una patria así se enfrentaba a poderosos enemigos; el peor de ellos, el individualismo egoísta de quienes anteponían su visión de la vida al colectivismo.

A Grigory Kamisky, que había luchado con arrojo por la Revolución, le resultaba incomprensible que para su hija la música y la poesía estuvieran por encima de los ideales del Partido. Eso demostraba cuán egoísta era, y él temblaba al pensar que su propia hija fuera una enemiga de la Revolución. Era la herencia materna, de su madre judía, la que había dejado impreso en el carácter de Anya esa tendencia a la ensoñación.

Kamisky recordaba a su esposa, siempre ensimismada en la lectura de alguna novela prohibida o sonriendo mientras deslizaba sus dedos largos y delicados por el teclado del piano. Nora parecía vivir en otra realidad, y él se preguntaba qué la había llevado a aceptarle como marido.

De la fusión de sus cuerpos había resultado Anya, y para su desgracia, la hija había heredado la melancolía y la tendencia artística de la madre, solo que ella carecía de la ductilidad de Nora. Porque su esposa, aun sin comprenderle, había antepuesto el amor a su marido a sus propios deseos y jamás había dejado de obedecerle.

Miró el reloj. Faltaba poco menos de media hora para que llegara el tren que traía de regreso a su yerno. Anya, acompañada de Ígor y Pablo, le estaría esperando en la estación. Se preguntaba cómo sería el reencuentro después de tantos años de separación y si serían capaces de reconocerse el uno al otro y volver a amarse. Pero no se engañaba. Sabía que en aquel momento el único nexo de unión entre Borís Petrov y Anya era Ígor. Y los hijos nunca habían sido una buena argamasa para soldar el amor.

Estación de Moscú

En los andenes, un sinfín de mujeres y niños aguardaban expectantes la llegada de los trenes que les devolvían a maridos, padres, hijos, hermanos... Supervivientes de una guerra que les había devastado el alma pero que al fin habían ganado.

Una victoria que se podía contabilizar en muertos. Millones de muertos.

—¡Allí... allí...! —gritó Ígor.

—¡Sí... sí... es él! —le acompañó en el grito Pablo.

Un hombre con barba de varios días salpicada de blanco, el cabello gris y el perfil de su rostro afilado por las privaciones sufridas, levantó la mano a modo de saludo mientras se bajaba del tren.

Ígor corrió hacia él y se fundieron en un abrazo.

Pablo miraba nervioso sin atreverse a acercarse, consciente de la importancia del reencuentro de Ígor con su padre. Anya le agarró la mano y la apretó entre las suyas y él se sintió reconfortado por ese gesto que indicaba que ambos, en aquel momento, no eran más que espectadores.

Cuando padre e hijo deshicieron el abrazo, Anya dio dos pasos hacia su marido y este pareció dudar de lo que debía hacer. Notaba la rigidez en el cuerpo de Anya, por más que ella intentaba dibujar una sonrisa.

—¡Anya! —Y Borís la estrechó con fuerza mientras la besaba. Notaba la resistencia de su boca, pero él no cejó.

Cuando ella pudo desprenderse del abrazo, empujó a Pablo hacia su marido.

—¡Pablo! ¡Cuánto has crecido! No te habría reconocido... —Y le abrazó con afecto.

Ígor insistió en llevar la maleta de su padre al tiempo que le dirigía una pregunta tras otra sobre la guerra:

—¿Te han herido? ¿Pasaste miedo en Stalingrado? ¿Cómo son los alemanes? ¿Has matado a muchos?

El parloteo de Ígor permitía a Anya resguardarse en el silencio. Borís y ella se habían convertido en extraños y se preguntaba si sería posible que dejaran de serlo.

Pablo escuchaba con interés la conversación entre Ígor y su padre y de vez en cuando también él se atrevía a preguntar. No sabía qué sentía por aquel hombre. No le perdonaba que le hubiera arrebatado de su casa, pero no podía dejar de apreciarle porque siempre le había tratado como si fuera un miembro de la familia, mostrándose paciente y afectuoso y sin hacer distingos entre Ígor y él.

Cuando llegaron a casa la tía Olga abrió la puerta mientras dejaba las lágrimas correr.

—Pero ¡qué delgado estás! ¡Lo que habrás pasado! ¡Qué felicidad volver a tenerte entre nosotros! —Y le estampó tres besos.

Su parloteo se vio interrumpido por la voz grave de Grigory Kamisky.

—¡Coronel Petrov, bienvenido a casa!

Borís se cuadró delante de su suegro y luego los dos hombres rieron antes de darse un abrazo.

—¿Coronel? ¿Te han nombrado coronel? —preguntó Ígor con entusiasmo.

—Sí, hijo...

—Tu padre ha obtenido sus estrellas en el campo de batalla. Es un orgullo para todos nosotros —dijo el abuelo Kamisky.

—Tendrás hambre... Sí... estarás hambriento... Pero ya estás en casa... Todos te cuidaremos... —A la tía Olga solo parecía preocuparle la delgadez de Borís.

Polina Lébedeva irrumpió en la sala y, sin mirarlos, se sentó en uno de los sillones con su labor de punto.

—Vaya... la camarada Lébedeva nos honra con su presencia —dijo Anya con un deje de ironía y de desprecio.

Borís miró a su esposa y a la mujer con desconcierto.

—Los camaradas Lébedev comparten el piso con nosotros. Es justo que así sea, tenemos espacio de sobra —afirmó el abuelo Kamisky.

—Así que compartimos el piso... —Y la voz de Borís denotaba irritación.

—Sí, los camaradas trabajan en el Comisariado del Pueblo para las Comunicaciones —añadió el abuelo.

—Ya... bien... espero que se encuentren a gusto entre nosotros —dijo Borís acercándose a Polina.

—Nunca habríamos elegido una casa como esta... —respondió ella sin moverse.

—¿Hay algo que la moleste? —preguntó Borís endureciendo el tono de voz.

—Desde luego. Esta familia no es lo que yo entiendo por una familia ejemplar.

El abuelo Kamisky la miró irritado, pero contuvo la respuesta. No quería dar lugar a un enfrentamiento justo en el momento en que Borís acababa de llegar. Pero Anya no fue capaz de reprimir la lengua y se plantó delante de Polina.

—¿Y la suya? ¿La suya es una familia ejemplar? Desconozco si tienen padres, hermanos, hijos... pero lo que sí sé es que su matrimonio desde luego no es un dechado de tranquilidad, ¿o cree que no oímos los gritos que dirige a su marido?

No deja de reprocharle que no hace lo suficiente por conseguir un puesto relevante. Le acusa de pusilánime y le pide que esté atento a cuanto hacen sus camaradas de departamento para denunciarlos en caso de desviación, ya que eso le haría ganar puntos con sus superiores. ¿Sabe, camarada Lébedeva?, es un usted un mal ejemplo para mis hijos. Usted no es ni mucho menos una comunista ejemplar.

Polina se levantó del sillón roja de ira. Parecía que iba a levantar la mano contra Anya, pero se limitó a mirarla con desdén y, dándose media vuelta, buscó refugio en su habitación.

Ni su padre ni su marido hicieron ningún reproche a Anya. Solo las manos de la tía Olga denotaban un ligero temblor, consciente de que el enfrentamiento de su sobrina con la Lébedeva tendría consecuencias. Pero enseguida se repuso y los invitó a sentarse a la mesa.

Al almuerzo le siguió una larga sobremesa, ya que tanto Ígor como el abuelo Kamisky querían que Borís exprimiera para ellos hasta el más leve de los recuerdos de la batalla de Stalingrado.

Eran casi las cinco cuando la tía Olga, consciente de la mirada cansada de Borís, sugirió que debía disponer de tiempo para asearse y poder reposar un rato antes de cenar.

—No creo que pueda cenar después de esta comida tan abundante…

—¡Claro que podrás! Ya lo verás. Y vosotros, mañana tenéis que ir a clase… así que bien os vendrá estudiar un rato.

Borís miró a Anya y le hizo un gesto que ella no pudo ignorar. La reclamaba para que le acompañara a la intimidad de la habitación.

Ella se levantó y le siguió sin que su mirada dejara entrever su confusión.

Borís cerró la puerta y la abrazó. Ella no pudo evitar la

rigidez de su cuerpo mientras la envolvía en el abrazo. Cerró los ojos diciéndose que Borís nada había hecho para no quererle, pero no podía engañarse al respecto, le sentía como un extraño.

—¿Qué pasa, Anya? —Él deshizo el abrazo y eso provocó más confusión.

—Nada... Hace tanto tiempo...

—Sí, han pasado años, Anya, y durante estos años ni un solo día he dejado de pensar en ti y en anhelar el momento del reencuentro. —En su voz había más amargura que reproche.

—Borís, yo... yo no sé lo que siento. Ya no lo sé. Los meses en la Lubianka...

—¿La Lubianka? ¿Has estado en la Lubianka? Pero ¿por qué no he sabido nada...?

Y ella se sentó en el borde de la cama y, cruzando sus manos nerviosas sobre el regazo, comenzó a desgranar cuanto había sucedido aquel otoño de 1943. La reunión con sus amigos en la trastienda de la panadería a la que pensaban que asistiría Pasternak... la redada, su detención, los meses pasados en la Lubianka, la tortura, su deseo de morir.

Sí, había dejado de pensar en él, no tenía cabida en su vida. Mientras Borís combatía, primero en Stalingrado y luego en otros frentes, a ella la torturaban por el hecho de escribir y de poner música a los poemas de sus amigos. La habían despojado de sus sentimientos; solo había permanecido el amor por su hijo, por Ígor, y también por Pablo, porque sentía que aquel chiquillo la necesitaba. Ellos eran los que la ataban a la vida.

—¿Quieres el divorcio? —preguntó él mientras le apretaba las manos.

—No lo sé... no lo he pensado. Desde que mi padre me rescató de la Lubianka me he limitado a respirar, aún no he vuelto del todo a la vida.

—¿Y tus amigos, Anya? ¿Has vuelto a verlos?
—Cuando salí de la Lubianka estaba muy enferma...
—Te he hecho una pregunta.
—Al principio no... Después... me contó Masha que habían detenido a Talya y... bueno, desde entonces he retomado el contacto con Masha y su marido, Leonid.
—¿Y qué hay de Oleg y Klara?
—Oleg está en el Círculo Polar Ártico. No creo que sobreviva. Ya sabes que padece del riñón. Pero nuestra gloriosa Revolución necesita mano de obra esclava y allí hay níquel; mucho, al parecer.
—Calla, Anya.
—¿Te molesta oír la verdad? ¿Quieres saber adónde han enviado a Klara? Te lo diré, a Solovkí. Y Talya, mi querida Talya, según me dijo Masha, está en una mina. Dios sabe en qué lugar de Siberia. Ya ves, la Revolución, tu Revolución, teme la poesía.
—No me culpes, Anya, no soy yo quien ha enviado a tus amigos a Siberia.
—No te culpo, Borís, solo que no puedo dejar de verte como a un enemigo de la libertad, lo mismo que a mi padre.
—Te vuelvo a preguntar: ¿quieres el divorcio?
—No lo sé, Borís... no lo he pensado. Me limito a respirar, a intentar volver a sentir que en mi cuerpo hay vida.
—No me quieres, Anya —afirmó él bajando la voz.
—Te quise mucho, Borís.
—No me hables del pasado, sino de hoy.
—Deseo lo mejor para ti. Me importas, Borís, pero el amor... aquel amor se ha desvanecido dentro de mí.
—Entonces divorciémonos.
—Si es lo que quieres...
—No, Anya, lo que yo quería era reencontrarme con mi esposa y con mi hijo y recobrar nuestra vida allí donde la

dejamos. Por eso he luchado, es lo que me ha mantenido cuerdo durante la guerra, la idea de volver.

—A mí lo que me mantiene cuerda es la poesía, la lectura de nuestros viejos poetas, es poder interpretar a Mozart o a Chopin...

—Basta, Anya, no puedes seguir negándote a vivir en el mundo real.

—¿El mundo real? ¿Acaso el mundo real es este donde las opiniones se pagan con años en el Gulag, donde una poesía te puede acarrear torturas, donde está prohibido crear salvo que aceptes participar en la parodia de alabar una revolución en cuyo nombre nos niegan la libertad?

—¿Libertad? ¿Acaso antes había libertad? Me avergüenza que justifiques el régimen brutal de los zares.

—No lo justifico, Borís, abomino de ese régimen tanto como de este. Seguimos siendo súbditos; antes lo éramos del zar, ahora de Stalin.

—¿Qué es lo que quieres, Anya?

—Que no me detengan por escribir poesía, poder decir en voz alta cualquier cosa que piense... Dormir sin miedo a que me despierten para llevarme a la Lubianka.

—Le diré a la tía Olga que siga compartiendo el dormitorio contigo. Yo me apañaré en la sala con los niños.

—Gracias, Borís.

El único que manifestó estupor por la decisión de Borís de dormir en la sala fue Ígor. Ni el abuelo Kamisky ni la tía Olga, ni mucho menos Pablo, se atrevieron a decir una palabra cuando Borís le dijo a la tía Olga que no hacía falta que dejara el cuarto de Anya.

—Pero los padres duermen juntos —protestó Ígor.

—Hijo, tenemos que administrar el espacio del que disponemos. No me parece justo que la tía Olga, que ya es mayor, duerma en un camastro. Ella es mujer y necesita una cierta intimidad. Yo estoy acostumbrado a dormir en cualquier sitio junto a mis camaradas. Espero que no os importe compartir vuestro rincón conmigo.

No les fue fácil recobrar las viejas rutinas. La presencia de los Lébedev resultaba agobiante.

Ambos se levantaban temprano para acudir al Comisariado del Pueblo para las Comunicaciones donde Polina tenía un cargo menor, se dedicaba a distribuir las cartas en las casillas señaladas para ser enviadas a los distintos lugares de la Madre Rusia. El suyo era un trabajo mecánico y sin interés. En cuanto al quehacer de Damien, su oficio de censor era, cuando menos, inquietante. Durante la guerra se prohibía a los soldados que dieran ninguna información a sus familias de dónde se encontraban, qué hacían o las dificultades a las que se enfrentaban. Acabada la guerra, el departamento de Damien seguía activo y él solía presumir de lo estúpida y confiada que era la gente cuando escribía una carta.

Borís, al igual que Anya, no ocultaba su desprecio por los Lébedev, mientras que el abuelo Kamisky se conformaba con ignorarlos cuanto podía. Ígor y Pablo los esquivaban, y era la buena de la tía Olga la que hacía esfuerzos por contemporizar con aquel matrimonio cuya presencia era un castigo.

Desde que Borís había regresado, Anya apenas se reunía con Leonid y Masha ni otros amigos. Él pasaba buena parte del día en el Ministerio de Defensa y nunca hablaba de cuál era su ocupación. Ella se conformaba con tocar el piano en un conservatorio para futuras bailarinas.

Una noche, mientras estaban cenando, Pablo empezó a carraspear y sin poder evitar que su rostro se tiñera de rojo se dirigió a Borís:

—No quiero molestarte, pero ahora que ha terminado la guerra, ¿crees posible que pueda regresar a España?

Se quedaron en silencio. La tía Olga bajó la mirada, el abuelo Kamisky se concentró en la sopa, Ígor le observó perplejo y Anya no pudo evitar sentir una punzada de dolor.

Durante unos segundos, Borís Petrov permaneció callado. Hacía mucho tiempo que no pensaba en Pablo como alguien ajeno a su familia.

—No lo sé. No mantenemos relaciones con España.

—Pero yo soy español, vine en unas circunstancias... En España ya no hay guerra, ni aquí tampoco. Debería poder volver con mi familia.

Su familia. Escuchar a Pablo decir esas dos palabras, «mi familia», hizo que afloraran las lágrimas en Anya.

El crío se levantó y durante unos segundos la abrazó.

—Vosotros también sois mi familia, os quiero, te quiero, Anya. Tengo la suerte de tener dos madres... la mía y tú. No deseo irme para siempre, no podría dejaros, pero... sigo soñando con mi madre, aunque no logro recordar su rostro... En los sueños también está mi padre... y aquel día, Borís, aquel día en que me cogiste en brazos y... bueno, ya sé que mi padre te pidió que me trajeras, que ellos vendrían después. Pero nada ha sido como imaginaba mi padre. Está muerto, tú me lo dijiste, pero mi madre... Necesito saber de ella... hablar con mi madre.

Volvieron a quedarse en silencio. Borís parecía no encontrar las palabras para darle una respuesta.

—Yo creía que nosotros éramos tu familia —se atrevió a decir Ígor.

—Y lo sois, no he tenido más hermano que tú, y sé lo que es una madre porque has compartido la tuya conmigo. El abuelo Kamisky es mi abuelo y la tía Olga, mi tía; no creáis que soy un desagradecido. Os quiero —insistió— y me siento parte de vosotros.

Borís Petrov recuperó la palabra. No podía dejar sin respuesta la demanda de Pablo. Tenía derecho a saber.

—No sé de qué manera podemos ponernos en contacto con tu madre. Sinceramente, no lo sé. Pediré consejo a los responsables de las Casas de Niños Españoles. Ellos sabrán qué debemos hacer. Supongo que será posible enviarle una carta. En cuanto a regresar... te seré sincero, no creo que en estos momentos sea fácil, pero si es lo que quieres, lo intentaré.

Anya se levantó y se fue a su habitación. Le dolía el dolor de Pablo. Pero, además, le quería tanto como a Ígor y no soportaba la idea de que pudiera dejarlos.

Pablo la siguió hasta la habitación y cuando entró, cerró la puerta. Se sentó en el borde de la cama y le acarició el cabello.

—Te quiero, te quiero, te quiero. Nunca te dejaré. No sé si podré volver a España, pero sí sé que aunque vaya, siempre regresaré.

—Perdona... me siento egoísta. Tu madre debió de sentir mi misma desesperación cuando Borís te trajo. Resulta insoportable pensar que tienes que separarte de tu hijo sin saber si algún día volverás a verlo. Yo... quiero que me perdones por haber pensado que podía ocupar el lugar de tu madre.

—Tú también eres mi madre, no te siento de otra manera.

Anya le abrazó y así permanecieron un buen rato.

—Te acompañaré... eso haremos. Si Borís consigue dar con el modo de que vayas a España, iré contigo. Ígor también podría venir con nosotros.

Anya parecía haber encontrado la solución para paliar la angustia que sentía ante la probabilidad de perder a Pablo.

Viajar a España se le antojaba imposible, pero acaso Borís supiera cómo arreglarlo, y aunque casi no se atrevía a pensarlo, quizá esa fuera la primera parada para ir a París y quién sabe si incluso podrían ir a Palestina. Su madre terminaba sus oraciones con aquel deseo que verbalizaba en una frase que los judíos durante siglos han repetido a lo largo y ancho del exilio: «El año próximo, en Jerusalén».

Solo pensar en la posibilidad de marcharse la hizo sentirse mejor. Sí. No tenía otra opción que huir si quería vivir sin miedo, dejando a su imaginación desbordarse en los poemas y en la música que componía, diciendo en voz alta cualquier cosa que pudiera pensar, no ponerse a temblar cuando sentía la presencia de los hombres del NKGB, no importaba adónde.

No se había atrevido a pensarlo hasta aquel momento, pero ya no había vuelta atrás, se marcharía.

Fue Pablo quien la devolvió a la realidad.

—No creo que sea fácil que me puedas acompañar... Además, a Borís no le gustaría.

Ella le abrazó con más fuerza mientras calibraba las palabras de Pablo. No, Borís no querría que ella se marchara y no haría nada para ayudarla, pero aun así no se rendiría.

Durante unos días hicieron como si la conversación mantenida no hubiera existido. Anya no volvió a decir nada al respecto. Tampoco el abuelo Kamisky ni la tía Olga, ni siquiera Borís, hicieron ningún comentario. Solo Ígor se decidió a hablar con Pablo.

Caminaban de regreso de la escuela cuando Ígor se paró en seco y, cogiéndole del brazo, le obligó a mirarle de frente.

—¿Por qué te quieres ir? ¿Qué ha pasado para que de repente quieras regresar a España?

Pablo guardó silencio mientras buscaba la manera de expresar la pena contenida que llevaba prendida en el alma desde tantos años atrás. No quería decir ninguna palabra que pudiera interpretarse como ingratitud o, peor aún, como falta de afecto sincero hacia aquella familia a la que también pertenecía.

—Ígor, no me gustaría tener otro hermano que no fueras tú. Pero piensa qué harías tú en mi lugar... Si a causa de la guerra te hubieran llevado a otro país, con otra familia, y no volvieras a saber nada de la tuya.

—En todos estos años nadie te ha reclamado.

Las palabras de Ígor las sintió como si un trozo de acero le rebanara las entrañas. Ígor se arrepintió de haberlas dicho, pero ya no podía borrarlas. Ahí estaban.

—Eso no lo sabemos... estábamos en guerra, toda Europa estaba en guerra, tu padre combatiendo en Stalingrado y en otros lugares... Pero ahora es distinto, la guerra ha terminado.

—No quiero que te marches —admitió Ígor—. En realidad, eres el único amigo que tengo de verdad. Mi madre no deja de repetirnos que no podemos confiar en nadie, que cualquiera puede denunciarnos por decir algo que pudiera no ser del agrado de los que mandan. Ella lo sabe mejor que nadie, no olvides el tiempo que estuvo presa en la Lubianka.

—Yo también confío en ti más que en nadie. Y... bueno... me dan miedo los Lébedev, sobre todo la camarada Polina; creo que es una mala persona y que nos odia a todos.

—Hasta el abuelo nos advierte de que tengamos cuidado con lo que decimos delante de ellos —reconoció Ígor.

—Podrías venir conmigo. Estoy seguro de que mi familia en España te acogería igual de bien que me habéis acogido vosotros. Después... volverías a Moscú y yo de vez en cuando iría a veros.

—No seas ingenuo, Pablo. Lo que dices es imposible. No es fácil salir de aquí... —Y mirándolo fijamente, preguntó—: ¿Te acuerdas de tu madre? ¿Cómo es?

Pablo volvió a instalarse en el silencio intentando convocar en su memoria la imagen de su madre. Los años habían ido difuminando su rostro. En ocasiones soñaba con ella y la veía con claridad, pero en cuanto la luz de la mañana despejaba la penumbra de la noche, el rostro volvía a desvanecerse.

Lo que sí recordaba con dolor era el momento en que Borís le cogió en brazos y le metió en un coche... Los gritos de su madre, sus propias lágrimas.

Había odiado a Borís Petrov con toda su alma, y aún sentía un resentimiento profundo hacia él.

Borís, lo mismo que el abuelo Kamisky, le había explicado que si estaba en Moscú había sido por voluntad de su padre, que ansiaba para él una vida mejor, y que quién sabe lo que habría sido de él si se hubiese quedado en Madrid habida cuenta de que los fascistas habían ganado la guerra. Le contaron cómo el nuevo régimen no tenía piedad para con los perdedores, las ejecuciones sumarísimas, las cárceles repletas de comunistas. No, su padre no quería que viviera en un país fascista y por eso le había pedido a Borís que le llevara consigo a la patria de los trabajadores. Su padre no tenía dudas: si perdían la guerra, se reunirían con él en la Unión Soviética y allí iniciarían una nueva vida.

Sí, todo eso lo sabía, pero no le consolaba, no aplacaba el deseo de reunirse con su madre.

—Tu padre fue un héroe que murió luchando contra los fascistas —le recordó Ígor.

—Lo sé, pero ¿y mi madre? Ígor, necesito saber... necesito saber qué ha sido de ella, si está bien... si está viva.

No hablaron el resto del camino. Nunca se habían sentido tan lejos el uno del otro.

Cuando llegaron a casa, notaron al abuelo Kamisky taciturno y a la tía Olga nerviosa. Pero no se atrevieron a preguntar qué sucedía. Polina Lébedeva estaba sentada en el sillón junto a la ventana y parecía concentrada haciendo punto mientras que Damien jugaba contra sí mismo una partida de ajedrez. En ocasiones el abuelo Kamisky accedía a jugar con él, pero esa tarde el silencio en la casa evidenciaba que algo había sucedido.

Ígor se acercó a su tía y la cogió del brazo arrastrándola hasta la habitación del abuelo. Pablo los siguió.

—Pero ¿qué ocurre? ¿Por qué estáis todos tan serios? ¿Y mi padre?

—Tu padre aún no ha regresado del ministerio. Y... bueno, tu madre ha discutido con Polina.

—¿Dónde está mi madre? —preguntó alarmado.

—No lo sé... Discutieron y ella... bueno, ella le dijo algunas cosas a la camarada Lébedeva y después se marchó.

—Pero ¿por qué han discutido? —quiso saber Pablo.

—Anya estaba en el piano componiendo música para un poema de Anna Ajmátova, ya sabes que siente una especial admiración por ella. La camarada Lébedeva le ha dicho que dejara de llenar de «ruido» la sala porque le impedía concentrarse en su labor de punto. Y tu madre ha respondido que no pensaba dejar su composición porque tanto derecho tenía la camarada Lébedeva a dedicar su tiempo a hacer un jersey como ella a componer. Y para molestar más a la camarada Lébedeva, se ha puesto a recitar de memoria alguno de los poemas de Ajmátova.

»Polina ha empezado a gritar... quejándose de que los poemas de Ajmátova no estén prohibidos. "Es una burguesa y, por tanto, una mujer egoísta que se dedica a escribir de sentimientos individuales en vez de glorificar la Revolución. Stalin es demasiado blando con parásitos como ella". Entonces... tu madre... poniéndose en pie, se ha plantado delante de Polina y ha comenzado a recitar poema tras poema de Anna Ajmátova. Cuanto más gritaba la camarada Lébedeva, más poemas declamaba tu madre. El camarada Damien ha salido de su cuarto y ha ordenado a tu madre que se callara y en ese momento ha intervenido el abuelo... Ha sido todo tan... tan desagradable. El abuelo se ha puesto muy serio con los Lébedev diciendo que no consentiría escándalos, pero también ha reconvenido a tu madre diciéndole que evitara molestarlos. Y ella... bueno, se ha puesto el abrigo y se ha marchado. Aún no ha regresado. No sé qué dirá tu padre cuando se entere de lo sucedido.

El silencio se instaló en la casa. Ígor y Pablo se refugiaron en el rincón de la sala donde, además de dormir, pasaban la mayor parte del tiempo cuando estaban en la casa. Un par de horas más tarde llegó Borís Petrov. Le saludaron muy serios y regresaron al rincón mientras el abuelo Kamisky hacía una seña a su yerno para que le siguiera hasta su cuarto.

Borís Petrov escuchaba al abuelo en silencio. La tensión se reflejaba en sus labios apretados en un gesto de contrariedad.

Los dos hombres hablaban en voz baja para que la conversación transcurriera lejos de los oídos de los Lébedev.

—Odian a Anya. Sobre todo, la camarada Polina. No es la primera vez que discuten a cuenta de los poemas de Anna Ajmátova. Hace poco más de un año Anya asistió a un recital de poesía de Ajmátova en el Museo Politécnico de Moscú. Yo le insistí en que no debía ir, pero ya sabes cómo es. Fue sola, o eso me dijo, y cuando regresó parecía feliz y al mismo tiempo apesadumbrada. Comenzó a recitar algunos de los poemas de Ajmátova y la camarada Polina perdió los nervios y empezó a gritar. Una escena parecida a la de esta tarde. Anya recitaba un poema tras otro y la camarada Polina, descompuesta, gritaba que iba a denunciarla. Tuve que intervenir y recordarle que si Anna Ajmátova había podido dar un recital de poesía en el Museo Politécnico de Moscú había sido con el consentimiento de las autoridades y, por tanto, nada había que denunciar.

—Así que no es la primera vez que Anya se enfrenta a esa mujer.

—No, pero lo que me preocupa es lo que puedan decir los Lébedev.

—¿Y qué podrían decir? —adujo Borís Petrov.

—No cuenta con la simpatía del Kremlin. La camarada Lébedeva tiene razón en que Ajmátova es una escritora individualista que no parece haber entendido lo que significa la Revolución. Además, no olvides que estuvo casada con Nikolái Gumiliov, al que fusilaron por sus actividades contrarrevolucionarias, y que a su hijo Lev le detuvieron y le declararon enemigo del pueblo. Yo tampoco me explico cómo Stalin está siendo tan paciente con esa mujer.

Borís apretó los labios como si de esa manera evitara que las palabras fluyeran de su lengua. Para él no era una sorpresa la admiración de Anya por Anna Ajmátova ni por Marina Tsvetáieva. Sentía por estas dos escritoras la misma devoción que por Pasternak. Sabía también que su esposa no era capaz de someterse de buen grado a las normas. Anya era individualista, aunque no de manera egoísta. Claro que le importaban los demás, pero no veía contradicción entre defender su espacio de libertad con las necesidades de los otros.

Intentó quitar relevancia a lo sucedido, aunque compartía la preocupación del abuelo Kamisky.

—No creo que debamos dar importancia a esa discusión. Una pelea de mujeres, nada más. Hablaré con el camarada Damien Lébedev, estoy seguro de que podremos arreglarlo entre nosotros.

—Me preocupa adónde haya podido ir mi hija...

Borís se restregó los ojos. Estaba cansado. También a él le inquietaba la ausencia de Anya.

—Regresará de un momento a otro. Debe de estar andando, a ella le gusta caminar para pensar y dejar que se aplaque su malhumor.

—Son casi las siete... y está nevando.

—No tardará —afirmó Borís sin ninguna convicción mientras maldecía para sus adentros a su esposa.

Damien Lébedev no supo reaccionar cuando Borís se le acercó con un vaso de vodka en una mano y la botella en la otra. A Lébedev se le escapó la mirada a la botella, comprobando que era un vodka de calidad.

—Bebamos, camarada, es una buena manera de despedir la jornada. Además, nos ayudará a entrar en calor.

Durante unos segundos Lébedev dudó, pero no supo resistirse al vaso que le ofrecían, de modo que lo aceptó sin decir palabra.

Borís acercó una silla al sillón donde estaba sentado Damien y también le ofreció un cigarrillo.

—Creo que va a perder con las negras —dijo mientras fijaba distraído la mirada en el tablero.

—Es aburrido jugar contra uno mismo.

—Si me permite... me hago cargo de las negras... usted continúe con las blancas... aunque lo tengo difícil.

La camarada Polina intentó evitar la partida, pero su marido le hizo un gesto para que no le interrumpiera.

—Es hora de cenar —insistió ella.

Él ni siquiera respondió. Se encontraba a gusto jugando al ajedrez con Petrov y saboreando aquel vodka que sabía no era fácil de encontrar salvo que se dispusiera de buenas amistades o de rublos suficientes.

Una hora más tarde, Damien le dio jaque mate a Borís.

—Bueno, espero que un día de estos me permita la revancha...

Después le sirvió otro vodka, que Damien Lébedev bebió con satisfacción.

—Me alegro de que estén aquí y espero que las desavenencias entre mujeres no empañen la buena relación que tenemos...

—Desde luego que no, camarada Petrov. Las mujeres...

bueno, ya se sabe cómo son, no hay dos que se lleven bien, se disputan el mando de la casa.

—En fin... así son ellas... No les hagamos caso o nos volverán locos, camarada. ¡Ah! Dispongo de una cajetilla de cigarrillos que supongo le vendrán bien...

—Gracias, camarada coronel. Los cigarrillos de esta calidad no son fáciles de obtener.

—Pues haré lo posible para que no le falten, aunque no siempre me resulta fácil conseguirlos...

Una hora más tarde se oían los gritos de Polina Lébedeva reprochando a su marido que hubiera confraternizado con Borís Petrov «por una mísera cajetilla de cigarrillos y un par de vasos de vodka».

Ígor y Pablo intentaban reprimir la risa que les provocaba la discusión entre los Lébedev, mientras que el abuelo Kamisky se había encerrado en su habitación en un intento inútil de no escuchar a la camarada Lébedeva.

La tía Olga rezaba en la habitación que compartía con Anya. Rezaba por su sobrina porque temía que su ausencia fuera el prólogo de alguna desgracia.

Anya no había regresado y aunque Borís fingía que no tenía importancia el retraso de su mujer, todos sabían que él no se mantenía ajeno a la preocupación que los Kamisky compartían.

Moscú, Plaza Roja

Anya se había agarrado con fuerza al brazo de Leonid Baránov. Llevaban caminando sin rumbo más de tres horas. Se había presentado en casa de Leonid y Masha para compartir con ellos su ira ante la convivencia imposible con los Lébedev. Cuando llegó, Masha aún no había regresado de trabajar y Leonid, que sabía lo delicada que era la situación de su mujer al formar parte de la burocracia de la Unión de Escritores, decidió que era mejor no recibir a Anya en su casa. Dejó una nota para Masha y propuso a Anya dar un paseo.

La noche había caído sobre ellos con la misma rapidez que los copos de nieve en los que hundían sus pisadas.

Leonid no encontraba la manera de convencer a Anya de que tenía que aceptar la realidad, que no era otra que en la Unión Soviética se habían impuesto las *kommunalki* y, por tanto, todos tenían que estar dispuestos a compartir sus casas con las personas que las autoridades designaban.

—Tengo que marcharme, Leonid, no lo soporto más —repetía y repetía Anya sin prestar atención a los razonamientos de su amigo.

—Solo por intentarlo hundirás la carrera de Borís y colocarás a tu padre en una situación complicada. Y lo peor es que difícilmente conseguirás que te den el visado.

—¿Para qué me quieren aquí? No les sirvo de nada, solo soy un inconveniente. Mejor que me permitan irme.

—¿Y tu hijo? ¿Dejarás a Ígor?

—No… no quiero separarme de Ígor. Eso nunca. Había pensado en que podríamos acompañar a Pablo a España y desde allí intentar llegar a Palestina.

—Estás soñando, Anya. ¿Por qué iban a dejarte ir a España? Además, ni siquiera es seguro que autoricen que ese crío se vaya. España es un país fascista, no lo olvides, y no tenemos relaciones con el régimen de Franco.

—Pero Pablo es español…

—Ya es un ciudadano soviético. En cuanto a Ígor… ¿Crees que Borís te dejaría llevártelo? También es su hijo.

—¡Tengo que irme! ¡No lo comprendes!

—¡Sí! Sí lo comprendo. Pero estamos atrapados, Anya, no podemos escaparnos. Y… te diría que incluso somos afortunados. Tenemos un trabajo, una familia…

—Solo me consienten tocar el piano en una clase de ballet de niñas de cinco años. Es todo lo que hago. Irisa Kulikova, la directora de la escuela, me tiene allí a su pesar. Todas las mañanas reúne al personal y nos habla de la Revolución y de que la obligación de los buenos comunistas es estar atentos a los traidores. Incita a la delación diciendo que cualquiera que vea en sus compañeros alguna actitud sospechosa debe comunicarlo de inmediato, y cuando dice esto me mira a mí.

—No te quejes, Anya, te permiten trabajar.

—Pero me impiden crear. Llego a la clase y allí está siempre vigilante la profesora de esas criaturas, Nata Guseva. No es una mala mujer, pero está aterrada. Su padre estuvo desterrado en Kolimá, murió allí, y su marido está en el gulag de Viatlag. Casi ni se atreve a mirarme. Tiene miedo de que la vean hablando conmigo.

»Llega a clase y sin dirigirse a nadie dice: “*La Barcarola*”, y ya sé que es lo que ese día quiere que toque para dar clase a sus alumnas. Cuando alguna de las niñas se acerca a mí, inmediatamente la aparta como si yo fuera a apestarlas. Tengo prohibido dirigirme a ellas.

—Te acompañaré a casa.

—No... no quiero ir a casa.

—Está nevando, Anya... y yo tengo que volver. Masha estará preocupada.

—¿No podríamos ir a algún sitio a beber algo? Me vendría bien un vaso de vodka.

—Sabes que no hay adónde ir...

—¿Tienes miedo?

—Sí, claro que tengo miedo, y tú deberías tenerlo. ¿Has olvidado lo que sucedió la última vez que fuisteis a la trastienda de la panadería? Te arrestaron, pasaste meses en la Lubianka y nuestros amigos Oleg y Klara no tuvieron tanta suerte... Después de la Lubianka fueron condenados a Siberia. No, no debemos tentar a la suerte.

—Menos mal que Masha y tú no fuisteis... o, mejor dicho, no quisisteis acompañarnos aquella noche.

—Fuisteis unos ingenuos. ¡Creer que Pasternak iba a ir allí!

—Leonid, necesito beber.

Él se quedó en silencio y ella pudo leer en el pliegue de las arrugas de sus labios que estaba dudando.

—Tengo un amigo... No le conoces.

Ella aguardó expectante a que Leonid se decidiera a hablar.

—Vive cerca de aquí, en una calle que confluye con Arbat... Y... no te lo debería decir y mucho menos llevarte, pero lo haré.

—Gracias, Leonid —musitó Anya.

A pesar de que la nieve les impedía avanzar con rapidez, no tardaron demasiado en llegar a aquella calle que desembocaba en la calle Arbat.

Leonid, indeciso, se paró delante de un edificio del que no salía ni un murmullo de vida. Se decidió a acercarse y empujó la puerta de entrada que se abrió sin rechinar. Todo estaba oscuro, pero de repente sintieron el aliento de alguien que impregnaba el aire fresco que llevaban consigo de la calle.

«Marina» fue todo lo que dijo en voz baja Leonid. Una mano se cerró en torno al brazo de Anya y se vio arrastrada a las tinieblas. Sintió el leve crujido de una puerta al abrirse a un espacio aún sin luz. No se atrevía a hablar. Confiaba en que Leonid siguiera con ella.

Un ruido leve y un empujón y se encontró en medio de una habitación con una bombilla por toda iluminación. Había un hombre al que no se le veía el rostro en la penumbra.

—¿Qué queréis? —dijo aquella voz sin rostro.

—Marina —repitió Leonid.

—Llegas con una semana de retraso —aseguró la voz.

—Puede ser...

—¿Tu nombre?

Leonid carraspeó. Las palabras se le habían helado en la lengua o acaso no se decidía a identificarse ante aquella voz.

—Marina —volvió a repetir.

Se hizo el silencio. Anya no se atrevía a moverse y mucho menos a preguntar. Le tranquilizaba saber que Leonid continuaba a su lado.

Escucharon ruidos tenues y algún cuchicheo, luego alguien les dio un empujón y de golpe se encontraron en otra estancia que les sorprendió.

Era lo más parecido a un club. Mesas bajas y asientos destartalados, una mujer con una bandeja sirviendo bebidas y una música tenue que no reconocieron.

Un hombre alto, con barba y de mirada gris, se plantó delante de ellos.

—Así que has decidido venir… ¿Y esta quién es?

—Anya… se llama Anya —acertó a decir Leonid.

—¿Por qué habéis venido?

—Tengo ganas de beber —afirmó Anya mirando fijamente al hombre.

—Es la mejor razón para que estés aquí —respondió él con una sonrisa en la que no había ni un atisbo de cordialidad—. Y a ti, mi querido amigo, se te ha olvidado la contraseña. Te dije que la cambiábamos a menudo.

—Lo siento… En realidad, no tenía pensado venir.

—Pero lo has hecho por ella, ¿me equivoco?

—Es amiga, de confianza. Te lo aseguro, Konstantín, de lo contrario no la habría traído.

—En la Unión Soviética nadie es de confianza. Tráeles un vaso de vodka, es lo que han venido a buscar —dijo Konstantín dirigiéndose a uno de los hombres que se habían situado detrás de él.

—Yo tampoco sé si usted es de confianza. —Anya miró al hombre sin amilanarse.

Él soltó una carcajada seca.

—¿Y cómo piensa averiguarlo?

—Si no me detienen esta noche, quizá llegue a la conclusión de que es usted de fiar.

Konstantín volvió a reír.

—Bien, o no tiene miedo o es una perfecta idiota.

—¿Debo temerle? Le aseguro que sé muy bien lo que sucede en la Lubianka.

—¿Ha estado en la Lubianka? —preguntó él con interés.

—La última vez que estuve en algo parecido a un lugar como este… hubo una redada.

—Esperemos que no suceda lo mismo esta noche —dijo. Y se dio media vuelta.

Leonid la llevó hasta una mesa baja; se sentaron en unos

taburetes con poca estabilidad y aguardaron a que les sirvieran el vodka.

—¿Quién es? —preguntó Anya buscando con la mirada a Konstantín, que había desaparecido.

—Le conocí en la universidad... Fuimos amigos.

—¿Ya no lo sois?

—No sabría decirlo... Yo confío en él y él parece confiar en mí... No sé.

—Nunca nos habías hablado de él.

—Masha le aborrece, dice que es un delincuente.

—¿Y lo es?

—Depende de lo que entendamos por delincuente. Para nuestro glorioso régimen, lo es. Konstantín Kiselev proviene de una familia de militares y terratenientes. Su abuelo era un «decembrista», formaba parte del regimiento de Chernígov... y ya sabes lo que pensaba Lenin de ellos.

—Sí... los consideraba unos burgueses que querían reformar Rusia, pero no a la manera de los bolcheviques.

—También querían instaurar una república. Pero esto no era suficiente para Lenin y los suyos, que mantenían que las aspiraciones de los decembristas poco tenían que ver con las del proletariado.

—Así que su abuelo se enfrentó al zar...

—Sí, y su padre a Lenin.

—¿A Lenin?

—El padre de Konstantín era un firme defensor de Aleksandr Kérenski. Cuando Lenin dio el golpe contra el gobierno de Kérenski, al padre de Konstantín le encerraron en la Fortaleza, en San Petersburgo. Con esos antecedentes puedes imaginar que Konstantín es un hombre especial. Tiene motivos para odiar a todos, al antiguo régimen del zar y a los bolcheviques.

—Supongo que como todos los rusos. ¿Por qué habríamos de añorar al zar? En cuanto a Lenin...

—Calla… no hables alto.

—Pero si no he levantado la voz…

—Sí, no te has dado cuenta, pero lo has hecho.

—Se supone que este es un sitio en el que se puede hablar.

—En la Unión Soviética no se puede dar nada por supuesto. Konstantín es muy riguroso respecto a quien acepta aquí, pero siempre hay alguien que por miedo puede traicionar.

—¿A qué se dedica Konstantín?

—Por lo pronto, a darle a usted de beber.

Anya se volvió inquieta al oír a Konstantín a su espalda.

—Lo siento… no crea que soy una persona indiscreta —se excusó ella.

—No creo nada, no la conozco. Y su pregunta es estúpida. Ya ve a lo que me dedico: ayudo a que algunas personas puedan reunirse un rato para hablar de lo que quieran y escuchar música; además, garantizo que el vodka es auténtico y no un matarratas.

—Eso es verdad, el vodka es aceptable —respondió Anya, tras dar un sorbo al vaso.

—Usted sabe que es mucho más que aceptable. No creo que Stalin beba mejor vodka que el que usted tiene en la mano en este momento. Y ahora que ya sabe quién soy no tendrá inconveniente en que yo sepa quién es usted, además de amiga de Leonid.

—Escribo y compongo música. Pero ni lo que escribo ni mi música es del gusto de nuestros dirigentes.

—¿Nada más? —dijo él con desprecio.

—¿Le parece poco?

—No leo. No me gustan los intelectuales, solo crean problemas. Le advierto que aquí tengo prohibido hablar de política y de literatura. En este lugar se viene a beber. Solo eso. Y ahora dígame, ¿por qué la llevaron a la Lubianka?

—Ya se lo he dicho. Mis amigos y yo fuimos a un lugar…

Nos habían dicho que estaría Pasternak. Queríamos conocerle o al menos verle de cerca. Era una trampa. El NKGB hizo una redada y nos detuvieron a todos.

—Y sobrevivió en la Lubianka. ¿A cuántos de sus amigos delató?

Ella le miró con ira y con odio. Konstantín acababa de devolverla a su peor pesadilla.

—Me torturaron, sí, pero no había mucho que decir salvo que todos éramos escritores, poetas...

—¿Y sus amigos?

—En el Gulag. Los condenaron a trabajos forzados. Y no hace falta que me lo pregunte, se lo diré: me libré de la condena gracias a mi padre. Un bolchevique de primera hora, un héroe de la Revolución. Él me sacó de la Lubianka evitando que me condenaran al Gulag.

—Así que tiene un padre bolchevique...

—Sí. Un hombre íntegro y honrado, alguien que ha luchado por sus ideales y que nunca ha hecho daño a nadie.

—¿Le admira?

—Admiro su integridad.

Konstantín se había sentado junto a Anya, y ambos conversaban ajenos a la presencia de Leonid.

—No tiene usted muy buenas credenciales para estar aquí.

—¿Tiene algo contra la poesía?

—Solo es un montón de palabras bonitas encadenadas para que suenen bien. No me interesa —respondió él con un deje de superioridad.

Anya se encogió de hombros como si le fuese indiferente la opinión de Konstantín.

—Su marido es coronel. Luchó en Stalingrado —afirmó Leonid.

—Así que está casada.

—Y tengo dos hijos.

—En realidad, uno, Anya —la corrigió Leonid.

—A Pablo lo siento como si lo fuera.

—¿Pablo?

—Mi marido le trajo de España durante su guerra civil, sirvió allí como consejero militar.

—Pues no debieron de ser muy eficaces sus consejos puesto que Franco ganó la guerra. —Su comentario estaba salpicado de ironía.

—Pablo era hijo de un camarada... a su padre le mataron —dijo ella obviando el tono irónico de Konstantín.

—¿Y su familia? ¿No tenía más familia?

—Sí, una madre, unos abuelos... no sé...

—¿Y no le han devuelto con ellos?

—¿Cómo podríamos hacerlo? ¿Se olvida de que ha habido una guerra mundial?

—Imposible de olvidar, puesto que he participado en ella.

—Así que usted también ha estado en el frente.

—Buenas noches.

Konstantín se levantó y le hizo un gesto de despedida a Leonid.

Apuraron el vodka que quedaba en sus vasos y se marcharon. Leonid estaba nervioso por la hora. Masha estaría preocupada por su ausencia; aun así, insistió en acompañar a Anya hasta su casa.

—No tengo ganas de ir a casa... —dijo ella.

—Anya, tienes que enfrentarte a la realidad, a tu realidad, de la misma manera que los demás nos enfrentamos a la nuestra. No puedes huir de lo que sucede a tu alrededor.

—Pues precisamente es lo que pretendo: huir.

—No quiero ser indiscreto, pero ¿qué pasa entre tú y Borís?

—No lo sé, Leonid, no lo sé. Le siento un extraño. Nuestro matrimonio ha navegado entre ausencias. España, luego la guerra en Europa... Me he acostumbrado a estar sin él. Al principio le echaba de menos, pero después...

—No le quieres.

—Le quiero, sí, le quiero, pero ya no sé cómo le quiero.

—Dices que deseas marcharte de aquí, pero Borís nunca huiría.

—No, no lo haría, por eso tengo que construirme un futuro sin él. Ayúdame, Leonid...

—¿Y cómo puedo ayudarte?

—No lo sé... tú tienes contactos. Ayúdame.

—No sabría cómo, Anya —admitió él.

—Conoces gente... nunca imaginé que fueras amigo de un tipo como ese Konstantín... ni que conocieras un lugar como el que hemos estado...

—Anya, coincidí con Konstantín en la universidad, ya te lo he dicho. Yo estudiaba Literatura y él, Historia... Simpatizamos... no sé por qué. Era un tipo solitario, solo tenía un amigo, Kyril Bubrov, pero se enamoró de una chica de mi clase, Lutza; era muy guapa y desinhibida. Nosotros sospechábamos que ella era una agente del NKGB. Se lo dije. Aun así, continuó con ella. Al cabo de unos meses hubo una redada en la universidad y se llevaron a unos cuantos estudiantes, entre ellos a su amigo Kyril. Después de eso todos intentábamos evitar a Lutza. Le advertí de nuevo a Konstantín y él me escuchó sin demostrar interés por lo que le decía. Pero unos días más tarde la chica apareció muerta en uno de los lavabos de la universidad. Él no terminó los estudios, un buen día desapareció. No le había vuelto a ver hasta hace unos meses. Nos encontramos en la calle.

—¿Mató a su novia? —preguntó Anya, escandalizada.

—Siempre sospechamos que pudo ser él. No lo sé.

—¿Y qué hizo después?

—Lo ignoro, Anya. Lo único que sé es que ha luchado en la guerra y que tiene este escondrijo clandestino. Cuando nos encontramos me invitó a venir, es la primera vez que lo he hecho.

—¿Masha le conoce?

—Le conoció en la universidad, pero nunca congeniaron. Él nunca ha sido amable con nadie.

—¿Y por qué simpatizaste con él?

—Te lo diré... aprobé una asignatura gracias a él.

—¡Qué dices!

—Ya sabes cómo es la universidad. Hay profesores que tienen miedo, otros hacen méritos señalando a los alumnos... Uno de ellos, el profesor Nikítich, me tenía una especial animadversión. Fui tan tonto que en una clase me atreví a contradecirle. Él defendía con entusiasmo la literatura al servicio del proletariado. Decía que los escritores tenían la obligación de tratar temas que tuvieran que ver con el pueblo, no con sus emociones ni sentimientos. Alcé la mano y me levanté de mi asiento, y con el engreimiento propio de la juventud defendí novelas como *Anna Karénina*, de Tolstói, o *Crimen y castigo*, de Dostoievski, frente a novelas como *La madre*, de Gorki. Defendí la libertad de creación... ¡tonto de mí! No me lo perdonó y lo peor es que sabía que me iba a denunciar.

—¿Lo hizo?

—Ese día, al salir de clase, me encontré con Konstantín, le conté lo sucedido y me dijo que hablaría con él. Le pedí que no lo hiciera, que eso aumentaría mis problemas. Pero Konstantín me aseguró que conocía algo sobre el profesor Nikítich que le impediría denunciarme. Nunca me dijo qué era lo que sabía, pero Nikítich no me denunció y además me aprobó con sobresaliente. Después fui yo quien le devolvió el favor comentándole de las sospechas que teníamos sobre su novia, Lutza.

Cuando llegaron a casa de Anya, Leonid la despidió en el portal con una recomendación: «Por favor, no le digas a Borís dónde hemos estado. Yo tampoco se lo diré a Masha. Diremos que hemos estado paseando y hablando, solo eso, Anya».

Borís estaba sentado junto a la ventana. La luz tenue de una lámpara de pie le permitía leer. Y eso era lo que fingía estar haciendo, porque la realidad era que no había sido capaz de leer una sola página del libro que tenía entre las manos.

Ella se acercó de puntillas dándole un beso en la coronilla. Él la abrazó con fuerza como si de esa manera pudiera evitar perderla.

—No lo vuelvas a hacer, Anya —susurró él.

—¿Hacer qué? No he hecho nada, Borís, solo pasear.

—Es muy tarde, Anya, y estábamos preocupados por lo que te pudiera pasar.

—He estado con Leonid dando una buena caminata. Necesitaba desahogarme. Ya te habrán dicho que he tenido una discusión con la camarada Lébedeva.

—Una estupidez por tu parte rebajarte a discutir con esa mujer.

—No puedo soportarla, es malvada.

—Lo sé, pero no podemos hacer nada.

—Quiero marcharme, Borís, quiero escapar de esta cárcel.

—No puedes hacerlo, Anya, nadie puede.

—¿Me pides que me resigne?

—Te pido que no vuelvas a ponerte en peligro. Ya has estado en la Lubianka. Yo te quiero, Anya, siempre te defenderé.

—Yo también te quiero, Borís, pero es más fuerte mi deseo de escapar y sé que no querrás huir conmigo.

—No se puede huir de la Unión Soviética, Anya, tienes que aceptarlo.

—No puedo, Borís, no me pidas que no lo intente.

Moscú, otro día

Anya procuraba llegar tarde a casa. Era su manera de evitar coincidir con Polina en la sala.

Salía temprano por la mañana para ir a la escuela, donde apenas intercambiaba palabra con el resto del profesorado. Su única misión era tocar el piano para acompañar las clases de ballet. Irisa Kulikova, la directora, solía irrumpir en el aula sin avisar; era su modo de vigilar cuanto sucedía en la escuela.

Nata Guseva, la profesora de ballet de las más pequeñas, temblaba cuando la veía aparecer y sus nervios parecían contagiarse a las alumnas, que hasta entonces habían mostrado gran destreza, pero que en cuanto veían a la directora daban la impresión de olvidar todo lo aprendido. «Niñas, quiero ver cómo hacéis *relevé*», ordenó Irisa, pero ellas parecían incapaces de hacerlo. «¡Cómo es posible! Si no podéis poneros de puntillas, nunca seréis bailarinas. Veremos si se os da mejor el *plié*», insistió. Después amonestó con dureza a la profesora. «Es usted una inútil. Estas niñas representan el futuro. No hay mejores bailarinas que las soviéticas, pero usted no consigue sacar provecho de estas criaturas. Daré parte sobre usted, Nata Guseva. Informaré sobre su incapacidad para enseñar. Espero que me envíen a otra profesora. Usted... usted es una vergüenza para esta escuela. No debería estar aquí, tendrían que haberla enviado con su marido a Viatlag».

Nata Guseva bajó la cabeza avergonzada.

Hasta que la malhumorada directora no salió de la clase las niñas no volvieron a ser capaces de dar un paso con corrección.

Una hora después acudía a la clase otro grupo de alumnas, y así hasta la tarde. Nata Guseva trataba con afecto a todas las niñas y, como de costumbre, no intercambiaba ni una palabra con Anya más allá de pedirle que volviera a tocar la música con la que enseñaba a bailar.

Pero aquella tarde, cuando Anya salió de la escuela, no pudo evitar fijarse en el rostro desolado de la profesora. Caminaban casi al unísono, aunque sin mirarse la una a la otra.

Anya admiró la figura grácil de Nata, su cabello rubio recogido en un moño bajo, su manera de caminar que más parecía que estuviera levitando. Nunca se había molestado en calcularle la edad, pero pensó que rondaría los cuarenta. Había oído que había formado parte del cuerpo de baile del Bolshói.

—Nos vendría bien tomar un vaso de vodka —dijo Anya colocándose junto a Nata Guseva.

—¡Qué dice! ¡Cómo se atreve a dirigirse a mí! ¡Me han prohibido hablar con usted!

—También a mí con usted, pero ¿vamos a obedecer siempre a esa bruja de Irisa Kulikova?

Nata Guseva no pudo evitar esbozar una sonrisa al escuchar las palabras de Anya.

—¿Y usted qué ha hecho? —le preguntó Nata.

—Escribo y pongo música a la poesía que escriben otros. ¿Conoce este poema?: «Y como hierba que bajo tierra / se enlaza a minerales férreos, / nada se escapa a los dos claros /

abismos del cielo. / Sibila, ¿por qué sobre mi niña / pesa ese destino? / Una suerte rusa la llama... / Y sin fin: Rusia, amargo serbal...».

—Marina Tsvetáieva —susurró Nata.

—¡La conoce!

—Conozco algunos de sus poemas. Mi esposo... él decía que era la mejor poeta rusa de todos los tiempos. Solía leerme sus poemas en voz alta.

—Irisa Kulikova dijo que a su marido le han enviado a Viatlag...

—Lleva allí desde antes de que comenzara la guerra —admitió la bailarina.

—¿De qué le acusan?

—Propaganda antisoviética y omisión de denuncia. Pero le habrían acusado de cualquier cosa.

—¿A qué se dedicaba su marido?

—Yegor es pintor... aunque nunca le permitieron exponer, consideran su arte... perverso... occidental... alejado de lo que se espera de un buen revolucionario.

—Ya... debería pintar proletarios felices, obreros, agricultores y paisajes realistas... ¿me equivoco?

—No, no se equivoca. Siempre temíamos que alguien pudiera ver sus cuadros. Mi marido admira a Picasso, a Braque... Pero en el Bolshói se limitaba a pintar los telones del escenario... era un empleado más. Pero uno de los bailarines era sobrino suyo y... bueno, ya sabe lo que son los jóvenes. Akim no supo ser prudente... y utilizaba el sarcasmo para poner en cuestión algunas de las políticas culturales del Kremlin. Empezó a distribuir panfletos en los que se caricaturizaba a Stalin, ¡imagínese! No hizo caso a las advertencias de mi marido, que temía que alguien le denunciara, como así fue. De manera que a Akim le detuvieron, estuvo unos cuantos meses en la Lubianka, después le enviaron a un campo del Círculo

Polar, pero también detuvieron a mi marido y le juzgaron como cómplice de su sobrino. A mí me expulsaron del Bolshói, pero he tenido suerte, al menos me permiten enseñar. ¿Y usted, qué ha hecho?

—Fui a un lugar clandestino con la esperanza de ver de cerca de Borís Pasternak. Me detuvieron y pasé unos meses en la Lubianka. Pero no considero una suerte que me permitan tocar el piano en sus clases de ballet.

Durante unos segundos cada una de ellas se resguardó en sus pensamientos.

—No debemos caminar juntas; en realidad, no debemos ni hablar, les resultaría sospechoso —alertó Nata, sintiendo como el temor le recorría la espalda.

—Yo sigo necesitando un vaso de vodka.

—Lo siento, Anya... pero ya he pagado un precio muy alto...

Nata Guseva apretó el paso poniendo distancia con Anya, que se resignó ante la decisión de la bailarina. Decidió seguir caminando sin rumbo y pensar sobre la breve conversación que habían mantenido. Comprendía su miedo porque era el mismo que ella sentía, pero no compartía su resignación ni su agradecimiento porque le permitieran ganarse la vida con un trabajo por debajo de sus aptitudes.

Se preguntó si Nata habría llegado a ser una figura del Bolshói o simplemente su talento se reducía a ser una bailarina más.

No tenía ganas de regresar a casa, pero tampoco podía presentarse otra vez sin avisar en casa de Leonid y Masha. Entendía el instinto de protección de Leonid por Masha. Al fin y al cabo, ella se movía en el filo de la navaja trabajando en la Unión de Escritores, desde donde se ejercía una censura feroz sobre los autores que no se atenían a las reglas y, por tanto, terminaban siendo expulsados de la Unión. Si mantenía su trabajo, decía, era porque su padre era un funcionario del Kremlin, y hasta el momento no se había visto inmerso en ninguna de las purgas que tan a menudo desataba Stalin, lo que hacía suponer que podía ser uno de sus hombres de confianza. Masha aseguraba que el puesto de su padre era irrelevante y que seguramente Stalin ni sabía de su existencia, pero acaso ella necesitaba creerlo para no sentirse partícipe de la política asesina de aquel demente que reinaba desde el Kremlin y para no sentirse demasiado avergonzada de trabajar en la Unión de Escritores, donde se cercenaba a diario cualquier intento de creación en libertad.

Tomó una decisión que sabía que era equivocada, pero ¿no lo eran la mayoría de las que tomaba? Así que caminó hacia aquel portalón oscuro que conducía al sótano adonde días atrás la había llevado Leonid. No se le ocurría mejor lugar para tomar un vodka tranquila.

No vaciló cuando empujó el portalón, tampoco cuando se deslizó por los escalones de aquel pasillo oscuro; no sintió miedo cuando una mano le tapó la boca empujándola contra la pared, ni cuando le exigieron la contraseña.

No podía decir ninguna contraseña porque no la sabía, de manera que solo pronunció un nombre, el de Konstantín. Apenas pudo distinguir unos pasos que se alejaban de ella, pero alguien continuaba apretándole la boca con una mano de dedos gruesos y olor a nicotina.

Durante unos minutos la mantuvieron inmóvil, pegada a una pared húmeda de la que se desprendía un olor agrio; después escuchó los mismos pasos tenues y otra mano que tiraba con brusquedad de su brazo empujándola hacia el abismo de una mayor oscuridad. De repente vislumbró una brizna de luz y de nuevo sintió que la empujaban con fuerza hasta adentrarla en un espacio apenas iluminado.

—Le dije a Leonid que usted es de esas mujeres que crean problemas —escuchó decir a Konstantín con voz irritada.

—Quería tomar un vaso de vodka.

—Hay otros lugares para hacerlo. ¿Qué es lo que quiere?

—Beber y estar sola.

—No me gusta usted.

Ella se encogió de hombros indiferente mientras intentaba ver entre las sombras el rostro de Konstantín.

—¿Qué quiere? —insistió él.

—Ya se lo he dicho, beber.

—Le daré un vaso de vodka y diez minutos para beberlo, después desaparezca, no quiero volver a verla por aquí.

La llevaron hasta la sala donde había estado con Leonid y le indicaron una mesa baja en un rincón. Un hombre se acercó con un vaso de vodka y sin siquiera mirarla lo depositó sobre la mesa mientras decía: «Diez minutos, tiene diez minutos para beber, después se larga».

Ella asintió y bebió un trago largo sintiendo como el calor del vodka le recorría la garganta y le reconfortaba el alma. Cerró los ojos para intentar distinguir la música que se filtraba entre la penumbra. No la conocía y se preguntó por qué.

—¿Qué quiere? —oyó decir a una voz suave pero rotunda de mujer.

Abrió los ojos y, sentada frente a ella, una joven de una belleza absoluta la miraba con curiosidad.

—¿Quién es usted? —le preguntó Anya.

—¿Qué quiere usted? —insistió la mujer.

Anya hizo un esfuerzo por retener los rasgos de la mujer. No debía de tener ni siquiera treinta años. Cabello castaño claro, ojos azules, piel blanquísima y unos rasgos delicados y unos labios que contenían una sonrisa.

—No quiero nada... o al menos no he acudido aquí en busca de nada. No quería regresar a casa y se me ocurrió venir. Hace unos días me trajo un amigo y... bueno... me intriga este lugar... Me pregunto cómo los hombres del NKGB les permiten tenerlo abierto. Y no me diga que no lo saben... ellos lo saben todo, siempre, hasta lo que pensamos.

La mujer sonrió abiertamente mientras hacía una seña al vacío que alguien debió de ver porque, unos segundos después, el mismo hombre que le había servido el vodka a Anya depositaba una taza de té delante de la joven.

—¿Usted no bebe? —preguntó Anya con curiosidad.

—No, nunca.

—¿No le gusta?

—No lo necesito para sentirme bien.

—¿Por qué les permiten tener abierto este antro? —insistió Anya.

—No puedo responder a su pregunta.

—Por tanto, hacen algún trabajo para el NKGB... —concluyó Anya.

—Creo que no debería volver, es lo mejor para todos, sobre todo para usted —dijo la joven mientras en su rostro se dibujaba un rictus de preocupación.

—Pero...

No le dio tiempo a seguir hablando porque Konstantín Kiselev apareció entre las sombras con un taburete y se colocó entre las dos.

—Sé unas cuantas cosas sobre usted, Anya Petrova. Nuestro amigo no se habría atrevido a traerla si no le tuviera confianza; aun así, me he enfadado con él. Me ha intentado convencer de que usted no representa ningún peligro para mí, pero en eso se equivoca. Usted es un peligro para cualquiera que se le acerque. No quiero volver a verla por aquí. Nunca, Anya Petrova, ¿lo ha comprendido?

Ella asintió. Abrió su bolso y sacó unos cuantos rublos que colocó sobre la mesa mientras preguntaba:

—¿Hay suficiente para pagar el vodka?

Konstantín no respondió, simplemente cogió el dinero, se levantó y se fue.

—¿Es así con todo el mundo? —preguntó Anya a la joven.

—Tiene un fuerte instinto de supervivencia y sabe distinguir quién puede ser un peligro. Y ahora… por favor, márchese.

Moscú, una tarde

Todos los días le parecían iguales. Cerró el piano. Irisa Kulikova había entrado en la clase protestando porque las niñas no estuvieran ya en el pasillo perfectamente alineadas para salir de la escuela. A la directora le gustaba humillar a Nata delante de sus alumnas.

—¡Estoy harta de sus incumplimientos, camarada Guseva! Lleva cinco minutos de retraso sobre el horario marcado. ¡Cinco minutos!

—Estaba terminando de enseñarles unos pasos... —se excusó Nata.

—¡Cómo va a funcionar el país si todos hacemos lo que creemos conveniente! La disciplina es el pilar sobre el que estamos construyendo el «hombre nuevo», pero las personas como usted boicotean con su actitud ese noble empeño.

—Lo siento, camarada Kulikova, no volverá a repetirse.

—Voy a dar parte de sus negligencias, camarada Guseva.

Nata bajó la cabeza avergonzada mientras sentía las miradas asustadas de sus alumnas, que no comprendían el porqué de los gritos de la directora.

—No creo que sea usted una buena comunista, camarada Irisa Kulikova —se oyó decir Anya, arrepintiéndose de inmediato de haber pronunciado esas palabras.

—¡Cómo se atreve! —gritó la directora.

—¿Qué clase de «hombre nuevo» es el que delata, el que busca la desgracia de sus camaradas, el que no siente la más mínima piedad por el sufrimiento ajeno? No, el «hombre nuevo» no puede ser ese que representa usted, porque ese hombre es peor aún de lo que éramos.

—¡Guárdese su filosofía barata y contrarrevolucionaria! No comprendo por qué tienen que enviar a mi escuela a gentuza como ustedes... Deberían mandarlas a Siberia, allí por lo menos serían útiles a la sociedad.

—Esta no es «su» escuela, camarada directora Kulikova, usted es solo una trabajadora más. En la Unión Soviética no existe la propiedad y no hay «clases» —afirmó Anya con impertinencia, deseosa de irritar aún más a la directora.

—¡Fuera! No quiero verlas a ninguna de las dos. Han rebasado su horario de trabajo. ¡Fuera!

Nata Guseva salió de la clase con la mirada baja y el rostro enrojecido por la vergüenza. Anya la siguió alzando los hombros e ignorando a Irisa.

—Se vengará —murmuró Nata cuando Anya se colocó a su lado.

—Sí, lo hará, pero no te preocupes, irá contra mí.

—Irá a por las dos. No parará hasta echarnos. Y yo no me lo puedo permitir, Anya, no puedo.

—Lo siento... no he sido capaz de callarme... Asumiré toda la responsabilidad. Tú no has dicho nada y nada te pueden reprochar.

—Estoy tan cansada... —musitó Nata.

—¿Puedo hacer algo? Cualquier cosa...

—¿Puedes devolverme a mi marido? ¿Puedes conseguir que mi hijo hable? ¿Puedes devolver la salud a mi madre y a la de Yegor? ¿Puedes hacerlo, Anya? Si puedes, hazlo.

—Tu hijo... ¿por qué no habla?

—Cuando se llevaron a Yegor tenía tres años. Estábamos

cenando, había sido un día cualquiera. Llamaron a la puerta, mi suegra abrió y entraron ellos, los hombres del NKGB. Yegor les exigió la orden de arresto y... le golpearon... mi hijo comenzó a gritar... y uno de los hombres le tapó la boca... Fue todo muy rápido... Mi suegra lloraba, yo me había quedado paralizada y Yegor me pedía que fuera fuerte... No le hemos vuelto a ver. Estuvo durante un año en la Lubianka, después le condenaron a quince años en Viatlag. Le queda por cumplir un mes, Anya, un mes, y no quiero que nada se tuerza. Solo deseo que regrese vivo. Si Irisa quiere insultarme, que lo haga, si quiere pisarme, que lo haga, no me importa, solo quiero que Yegor vuelva con nosotros.

Anya cogió el brazo de Nata y se lo apretó suavemente mientras decía: «Lo siento, lo siento mucho».

—Por eso no me enfrento a la camarada Irisa y soporto todas sus humillaciones. ¿Cómo crees que me siento cuando me avergüenza delante de las niñas? Pero lo soporto sabiendo que mi silencio es necesario para que no haya nada que impida el regreso de mi marido.

—No volveré a enfrentarme a Irisa... no lo haré... yo también permitiré que me humille cuanto quiera si eso la satisface y a ti te deja tranquila.

Cuando Anya llegó a casa encontró a su padre jugando al ajedrez con Damien Lébedev. Ígor estaba enseñando a Pablo a resolver unos problemas de geometría y Borís intentaba leer ignorando la conversación de Polina Lébedeva con la camarada Peskova. Anya torció el gesto cuando vio a las dos mujeres sentadas cómodamente en el sofá y bebiendo una taza de té.

Se limitó a saludarlas con un gesto de cabeza y entró en su habitación, donde encontró a la tía Olga haciendo punto. Su tía sonrió al verla.

—¿Tenemos que aguantar que la Peskova esté en nuestra sala? —preguntó Anya con un deje de resentimiento.

La tía Olga asintió con un gesto, luego dejó las agujas y el ovillo de lana indicando a su sobrina que se sentara a su lado.

—Anya... no quiero que te enfades conmigo y mucho menos que me consideres una entrometida, pero... ¿qué pasa entre tú y Borís? Es tu marido, deberías compartir con él esta habitación.

El rostro preocupado de su tía y la dulzura que imprimía a sus palabras impidió que Anya le respondiera de mala manera. Ni ella misma quería pensar en su anómala relación con Borís, de modo que no tenía ganas de dar explicaciones, ni siquiera a su tía. Hizo un esfuerzo por buscar las palabras adecuadas para no ofenderla pero impedir la conversación.

—Hemos pasado mucho tiempo separados, necesitamos acostumbrarnos de nuevo el uno al otro, solo eso.

—No.

Anya se vio sorprendida por aquel «no» rotundo en labios de su tía.

—No comprendo...

—Si no quieres hablar conmigo, no lo hagas, pero no me trates como si fuera estúpida, te aseguro que no lo soy —respondió la tía Olga.

—Claro que no eres estúpida, nunca se me habría ocurrido pensarlo.

—Prefiero que me digas que no me meta en tus asuntos a, ya te lo he dicho, que me trates como a una estúpida.

—Tía... es que no sé qué decirte. Quiero a Borís y sé que me quiere, pero algo se ha roto entre nosotros. Tenemos intereses diferentes... Él... él... no le importa lo que está pasando, cree en el Partido, se siente orgulloso de que hayamos ganado la guerra, asegura que sin el sacrificio de la Unión Soviética los Aliados la habrían perdido. Eso no lo discutiré, pero lo que no puedo soportar es que se acomode a esta situación... a la persecución y el castigo de todos los que se atreven a discrepar de lo que se decide en el Kremlin. Borís prefiere ignorarlo y yo... yo no lo soporto.

—No podemos hacer nada, Anya, nada.

—Las cosas cambiarían si todos decidiéramos que se puede hacer algo... pero me asusta ver el fanatismo de tantas personas que creen ciegamente en el Partido y en Stalin, que no cuestionan ninguna de sus decisiones, que consideran traidores a todos aquellos que no siguen sus dictados. El Partido tiene la razón, y si se equivoca es que tiene razones para equivocarse. ¿Cómo es posible que sigan ciegamente sus consignas? Es como si hubieran renunciado a pensar y hubieran puesto en manos del Partido sus mentes y sus corazones. ¿No te parece horrible?

—Tu padre dice que el Partido actúa en nombre del pueblo y para bien del pueblo... que por primera vez en la Madre Rusia son los proletarios los que tienen en sus manos el futuro porque pueden decidir, que ya no dependemos de los caprichos de los burgueses y de los aristócratas... Piensa, Anya, piensa, tu padre y yo jamás habríamos podido vivir en un piso como este, ni contar con una ayuda del Estado que nos permite vivir... No todo es malo.

—¿Un piso como este? Alguien vivía aquí y se lo arrebataron, ¿por qué?... En cuanto a las ayudas del Estado, ¿tenemos que pagar el precio de renunciar a la libertad, incluso la de pensamiento, por esa ayuda? Si es así, es más lo que pagamos que lo que recibimos, puesto que el coste supone desistir de ser seres humanos y convertirnos en autómatas que se limitan a sobrevivir porque dejamos que sea el Estado quien decida todo sobre nosotros.

—Anya... nosotros éramos muy pobres... mucho... y ahora podemos comer todos los días —insistió la tía Olga.

—No es incompatible la justicia y la libertad, el tener un Estado que se preocupe y se ocupe de quienes nada poseen pero, al mismo tiempo, permita vivir libremente sin castigar a nadie por pensar.

—Nadie te castiga por pensar. ¿Quién puede leer tus pensamientos?

—Mis pensamientos están en mi música, en mis escritos, en mis palabras, pero el Partido considera que ni mi música, ni mis escritos ni mis palabras están al servicio del pueblo; me tachan de egoísta, de individualista y me instan a que no piense, ni escriba, a que no haga nada que no me diga el Partido que debo hacer. No, tía, yo no puedo vivir aquí. Lo siento.

—Tendrás que acostumbrarte.

—No quiero hacerlo.

—Pero, Anya...

—Tía, tienes razón en que tengo que resolver todo esto con Borís.

—Si os divorciáis, Ígor sufrirá.

—Yo no sé si quiero divorciarme... En realidad, no lo sé. Pero si fuera así, mi hijo lo comprendería.

—No lo creo, Anya. Ígor adora a su padre, le admira, y es su viva imagen. Inteligente, valiente, decidido, generoso... Tu marido es un buen hombre, y vuestro hijo ha heredado todas esas virtudes de él.

—Si pudiera salir de la Unión Soviética, aunque fuera durante un tiempo...

—Eso es difícil, Anya. Y tu idea de acompañar a Pablo a Madrid es una pretensión absurda. No te lo permitirán.

—Tengo que pensar, tía..., tengo que pensar cómo voy a vivir el resto de mi vida o me volveré loca.

—Has heredado la extremada sensibilidad de tu madre y eso te hará desgraciada. Al menos Nora era realista y anteponía a tu padre a sí misma.

—Mi madre habría sido una gran pianista si se lo hubiesen permitido. Yo no quiero terminar odiando a Borís por no llegar a ser lo que quiero ser.

—¿Y qué quieres ser, Anya?

—Lo único que quiero es que el Partido no decida qué debo pensar, crear, sentir o decir, que no me haga sentir una traidora por mis desacuerdos. Solo eso, tía.

Unos golpes en la puerta interrumpieron la conversación entre las dos mujeres. Ígor asomó la cabeza y con una enorme sonrisa anunció que Pablo y él estaban hambrientos.

Anya se sentía exhausta después de hablar con su tía. Mientras cenaban apenas prestaba atención a las risas de Ígor y Pablo, a las palabras de Borís, a la tos de su padre ni a la insistencia de la tía Olga para que no se dejara nada en el plato.

Además, no podía dejar de pensar en el incidente de aquella tarde con Irisa Kulikova. Estaba segura de que la directora de la escuela adoptaría algún tipo de represalia contra Nata Guseva y contra ella.

—¿En qué piensas, mamá? Llevas toda la cena ausente —le reprochó Ígor.

—Uf, lo siento, es que esta tarde ha sucedido algo muy desagradable. —Se quedó en silencio reprochándose lo que acababa de decir.

Sintió las miradas expectantes de su familia aguardando a que siguiera hablando.

—Bueno... tampoco es que tenga demasiada importancia. —E intentó concentrarse en las patatas cocidas que permanecían casi intactas en el plato.

—Anya, ¿qué ha pasado? —Y la manera en que Borís hacía la pregunta no daba lugar a nada que no fuera una respuesta.

Ella suspiró lamentando no haber sido capaz de mantener sus pensamientos a raya. Borís había dejado los cubiertos en el plato y la miraba con gesto serio.

—La camarada directora, Irisa Kulikova, odia a Nata Guseva... es la profesora de ballet. Encuentra cualquier excusa para gritarle y humillarla delante de las alumnas y de cualquiera que esté presente. Nata Guseva se pone nerviosa cada vez que la camarada Kulikova entra en la clase y las niñas mucho más. Hoy Nata las ha tenido cinco minutos más mientras terminaba de enseñarles un *demi plié*. Irisa Kulikova ha entrado en clase gritando y acusando a Nata de romper la disciplina de la escuela porque las niñas no estaban ya en el pasillo alineadas y le ha reprochado no estar a la altura del «hombre nuevo» que quiere el Partido. Las pequeñas tiemblan cuando la ven. Nata Guseva acepta estas humillaciones sin quejarse, pero esta tarde no me he callado... he intervenido; le he dicho que menudo «hombre nuevo» es el que delata a sus semejantes... y... bueno, también me ha insultado a mí y al final nos ha amenazado a las dos... Es una mujer malvada.

El abuelo Kamisky fijaba su mirada en su hija con gesto de preocupación. Borís parecía reflexionar sobre lo escuchado en labios de Anya, mientras que a Pablo se le desató el tic en los labios que revelaba su nerviosismo.

—Me alegro de que hayas intervenido, mamá. Tienes razón, el «hombre nuevo» no puede ser ni un delator ni mucho menos alguien que humille y amenace a sus semejantes. Y por lo que cuentas, esa mujer es un auténtico monstruo —dijo Ígor sonriendo orgulloso a su madre.

—Sí, tu madre tiene razón, pero tenerla no es suficiente. Seguramente se ha puesto en peligro, y también a la camarada Nata Guseva —afirmó Borís mirando a su hijo.

—Pero, papá... no podemos callar ante las injusticias... El abuelo luchó para acabar con un régimen injusto, y tú... tú eres un soldado que también has luchado por lo mismo. Mamá no ha hecho otra cosa distinta de lo que vosotros mismos hicisteis, solo que ella utiliza las palabras en vez de las armas —replicó Ígor.

—Serás un buen abogado, no tengo duda, hijo, pero insisto: no solo hay que tener razón, sino saber defenderla de un modo eficaz, y me temo que tu valiente madre no ha acertado en la manera de hacerlo —insistió su padre.

Anya se sintió obligada a intervenir para apoyar a su marido en contra de sí misma. Borís era el pilar de las certezas de Ígor y ella no debía mover los cimientos de ese pilar.

—Lo sé, Borís, tienes razón... No ha sido inteligente por mi parte. Pero intentaré arreglar la situación.

—Sí, debes hacerlo, Anya, por ti, por esa Nata Guseva y... por nosotros, también por nosotros —respondió su marido.

Cuando terminaron de cenar, Borís hizo una seña a Anya. Ella entendió que quería que hablaran a solas, de manera que cogió un libro y con ademán distraído se sentó en el sillón situado junto a la ventana. La tía Olga les dio las buenas noches, lo mismo que el abuelo Kamisky, que, aunque no había dicho palabra, reflejaba en el rostro tanta ira como preocupación.

—Anya... ¿me acompañarías a dar un paseo? No es demasiado tarde y ni llueve ni nieva, y la luna nos está regalando su luz —le pidió Borís.

Caminaron en silencio hasta alejarse del portal. Borís encendió un cigarrillo y se lo pasó a Anya, después encendió otro para él.

—Gracias por no contradecirme delante de Ígor.

—Nunca haría nada que mermara su admiración hacia ti. Ígor te quiere, para él eres la medida de lo que está bien.

Borís sonrió mientras daba una larga calada al cigarrillo sintiendo el placer del humo que le recorría desde la garganta hasta los pulmones.

—Nuestro hijo es casi un hombre y va teniendo opiniones

propias, pero es bueno que aún mantenga su confianza en nosotros.

Ella asintió mientras miraba distraída a su alrededor.

—Anya, sé que te resulta difícil vivir en Moscú, en casa de tu padre y con la presencia añadida de los Lébedev, pero no puedo hacer nada para cambiar esta situación. Si planteara que nos permitan vivir en un piso solos sería tanto como reclamar un privilegio y… sabes que no debo hacerlo.

—No te reprocho nada.

—Pero no eres feliz y eso nos está separando.

—No, no se trata de felicidad, se trata de otra cosa. Primero fue el tiempo que estuviste en España, después la guerra… eso es lo que nos ha separado. Pero, sobre todo, lo que nos distancia es la resignación, tu resignación a vivir callando, bajando la cabeza.

—¡Yo no bajo la cabeza! —respondió airado.

—Sí, y yo también, todos lo hacemos con tal de sobrevivir. Vivimos en un régimen de terror, la gente desaparece por expresar una opinión crítica, no se puede escribir salvo lo que desde el Kremlin consideran que es adecuado, ni tampoco componer, ni… Borís, todo esto ya lo sabes. Me ahogo. Quiero irme.

—No puedes, ni yo tampoco.

—Hay gente que lo logra…

—No te engañes, Anya, nunca nos darían permiso.

—¿Ni para acompañar a Pablo de regreso a España?

—Pablo es un problema… a él tampoco van a darle permiso para salir de la Unión Soviética. Olvídate de eso. Es por lo que te he pedido que diéramos un paseo. He tenido una entrevista con Dubroski, el jefe de la Sección de Casas Infantiles del Comisariado del Pueblo para la Instrucción Pública, y se ha mostrado tajante: ningún niño de los que vinieron puede regresar. No solo es una decisión del Kremlin, tampoco el Partido Comunista de España quiere que lo hagan; ¿cómo van a regresar a un país fascista?

—Pero él quiere hacerlo… tiene derecho a saber qué ha sido de los suyos.

—Yo no puedo hacer más de lo que hago. Fue un error traerle, y aún más no haberle llevado a una de esas casas de los niños… Habría estado con otros chicos como él.

—Siento a Pablo como a un hijo.

—Pero no es tu hijo, ni tampoco el mío. Tienes que aceptar las cosas como son.

—Esa es la diferencia entre tú y yo. Tú lo aceptas y yo no.

—No puedes hacer nada, Anya. Y ahora respóndeme de una vez por todas: ¿quieres divorciarte?

—¿Eso te perjudicaría a ti en el ejército? —respondió ella con amargura.

—¡Qué tontería! Y además, esa no es la cuestión, se trata de lo que queramos tú y yo.

—Irme, eso es lo que quiero, irme. Y eso es lo que haré, no sé cómo, pero me iré.

—¿Y tu hijo? ¿Te irás sin tu hijo?

—Vendrá conmigo.

—No, eso no lo permitiré.

Regresaron en silencio, no cabían más palabras entre ellos.

Moscú
De vuelta a casa

Nata Guseva parecía flotar mientras enseñaba a sus alumnas el *arabesque*. Anya admiraba la gracia con la que se movía, parecía un ser irreal.

Las niñas la observaban fascinadas. Mientras, Nata repetía el ejercicio una y otra vez.

Anya le hizo una seña para avisarla de que debía terminar la clase si no querían ver a Irisa Kulikova irrumpir en el aula.

Tanto Anya como Nata sabían que la Kulikova ansiaba que volvieran a cometer un error para despedirlas.

Las niñas salieron de la clase en silencio, alineándose junto a la pared al tiempo que otros alumnos hacían lo mismo.

Irisa Kulikova los observaba desde lo alto de la escalera y un toque de silbato permitió que los alumnos fueran abandonando el recinto de la escuela sin prisa y guardando la fila.

Aquella tarde Anya apretó el paso para alcanzar a Nata, que caminaba con rapidez.

—Hoy estás feliz, se te nota en la cara —le dijo a la bailarina.

—Yegor está en casa, llegó anoche —respondió con una sonrisa luminosa.

—¡Cuánto me alegro!

—Bueno, no está en Moscú, sino en casa de sus padres, en

Tver; no le permiten vivir aquí, al menos por ahora. Su madre dice que está muy delgado, parece un anciano, pero está vivo y eso es lo importante.

—Me gustaría conocerle —dijo Anya sin saber por qué.

Nata guardó silencio desconcertada y luego, mordiéndose el labio inferior, respondió:

—No sé si es conveniente para ninguno de los tres.

—Tienes razón...

—Pero se lo diré... Si él quiere... había pensado en invitar a algunos amigos a visitarle en Tver.

Las dos se arrepintieron de lo que acababan de decir; Anya, de expresar que quería conocer a Yegor Gusev, y Nata, de haber sugerido que podía incluirla entre sus amigos para que acudiera a Tver. Pero ninguna se atrevía a desdecirse, así que se separaron en la parada del autobús.

Lo que no imaginaba Anya es que la estaban siguiendo; en realidad, tampoco tenía nada que temer porque era Leonid quien la seguía.

La mano de Leonid se cerró sobre su brazo y ella se volvió sobresaltada.

—¡Qué susto me has dado!

—Soy yo...

—Sí, ya veo que eres tú, pero agarrarme por detrás sin decirme nada... no ha sido una buena idea.

—Mi amigo Konstantín está enfadado.

Ella no respondió. Si Leonid estaba allí era porque Konstantín se había quejado de su presencia en su cuchitril.

—Ya... no hace falta que me digas nada. El otro día volví a ese sitio tan extraño. Quería beber.

—No tendrías que haberlo hecho, me has colocado en una situación comprometida.

—¿A ti? ¿Y por qué?

—Vamos, Anya, no intentes burlarte de mí. Yo te llevé a

ese lugar. No debí hacerlo, fue un error, y quiero pedirte que no vuelvas.

—¿Qué es lo que oculta Konstantín? ¿Por qué tiene ese local aparentemente clandestino sin que nadie le moleste?

—Por eso, porque es clandestino.

—¡Vamos, Leonid! Ahora eres tú quien se burla de mí. Dudo que el NKGB no sepa de ese lugar.

—Anya... yo... sé que puedo confiar en ti, pero mientras menos sepas, menos podrás decir.

—¿Es que temes que vuelvan a detenerme?

—A ti y a cualquiera. Masha está muy preocupada, dice que en la Unión de Escritores cada día se muestran más desconfiados con ella. El hecho de que algunos de nuestros amigos hayan sido enviados al Gulag no la ayuda.

—Tampoco a ellos les ha ayudado en nada ser amigos de Masha.

—No te das cuentas, pero ella... Masha es comunista de verdad... abomina de algunos comportamientos de sus superiores, pero no tiene dudas, sigue siendo comunista. Le hubiera gustado poder hacer algo por nuestros amigos, pero habría terminado también ella en el Gulag. No es fácil para ella vivir así.

—Creo que es más difícil vivir en el Gulag.

—No la juzgues con tanta dureza. Masha nunca ha movido un dedo en contra de nuestros amigos ni de ti.

—Pero tampoco lo ha movido a favor. No la juzgo, no quiero juzgarla, pero no sé cómo no le repugna trabajar en la Unión de Escritores cuyo fin último es impedir la creación.

—Tenemos que vivir, Anya, tú también lo haces, Borís lo hace... Masha ha sido siempre leal, ha recomendado los libros de nuestros amigos y ha logrado que se publicaran algunos... lo sabes.

—Tienes razón, Leonid... es que estoy harta.

—¿Te has hecho amiga de la Guseva?

—No... no somos amigas, pero sentimos simpatía la una por la otra. Tiene mucho miedo. Su marido regresó ayer de Viatlag... Ha estado quince años allí. ¡Quince años, Leonid!... Imagina quince años de tu vida...

—Eso es lo que teme Masha, que un día me detengan y me condenen al Gulag.

—¿Y por qué iban a detenerte? Tú no has hecho nada.

—Saben que además de profesor, soy poeta y mis poesías no les gustan... Soy amigo de otros poetas que les gustan menos que yo... Muchos de mis amigos están en el Gulag... En la universidad trato con algunos profesores de los que desconfían.

—Perdona... tienes razón.

—En cuanto a Konstantín... te diré lo que no debo decirte. Ya te expliqué que nos conocimos en la universidad y es verdad; luego perdimos el contacto y nos encontramos de casualidad, aunque Konstantín no suele dejar nada al azar. En realidad, un día se hizo el encontradizo conmigo; resulta que su novia es alumna mía, y no precisamente de las mejores. La conociste el otro día en el club.

—¿La jovencita?

—Se llama Valka, Valka Efímova. Comparte contigo la admiración por Borís Pasternak, Marina Tsvetáieva, Ósip Mandelshtam o Anna Ajmátova.

—No me pareció muy lista... más bien se comportó como la chica del gánster.

—Konstantín abomina de los intelectuales, especialmente de los poetas, pero ese es un defecto que le pasa por alto a Valka.

—¿Ella escribe?

—No, no lo hace, pero tiene un alma libre y no soporta que le impongan qué debe o no leer, y sobre todo le gusta el teatro, sueña con ser actriz, pero las obras que le interesan están prohibidas. A Valka no le convence interpretar obras sobre la «mujer nueva» que ha creado la Revolución, de modo que Konstantín tiene un problema.

—¿Y qué hace Konstantín con una chica como ella?

Leonid se encogió de hombros sonriendo. Solo había que mirar a Valka para comprenderlo.

—Le perdona su gusto por el teatro.

—Así que te ha pedido que la tuteles en la universidad, ¿es eso?

—Tiene miedo de que se meta en algún lío. Konstantín no quiere que se relacione con grupos... ya sabes, jóvenes a los que les gusta desafiar las consignas oficiales.

—Sí... gente como éramos nosotros... cuya mayor osadía era reunirnos para recitar poemas. Lo que para los paranoicos del Kremlin nos convierte en contrarrevolucionarios. De manera que Konstantín teme por su chica. Bueno, eso le hace casi humano.

—No te cae bien, ni tú tampoco a él. Dice que eres una mujer de las que solo se pueden esperar problemas.

—No volveré a su cueva. No te preocupes.

—Gracias, Anya...

—Pero dime, ¿de verdad crees que los del NKGB no saben nada de ese sitio? Sería de lo único que no se han enterado de todo cuanto pasa en la Unión Soviética.

Leonid torció el gesto y pareció dudar; luego, dando un profundo y largo suspiro, se encaró a Anya.

—Te lo diré... pero espero por tu bien y por el de todos nosotros que no vuelvas a hacer ninguna tontería que te lleve a la Lubianka.

—¿Y qué tontería hice? ¿Qué tontería hicieron Oleg y Klara? ¿Y Pyotr y Talya?

—Vamos, no seas susceptible, somos amigos y confío en ti.

—¡Qué suerte! —respondió Anya con ironía.

—Se dedica al contrabando y... sí, tiene funcionarios comprados a lo largo y ancho del país.

—¿Contrabando?

—Konstantín abomina de la política, ya te conté la historia de su familia. De manera que ha optado por vivir en los márgenes del Estado. ¿Quieres whisky escocés? Él te lo consigue. ¿Medias de seda? No hay problema. Un pintalabios..., cualquier cosa...

—Así que las fronteras no son impermeables del todo.

—El contrabando es tan viejo como el mundo, Anya, y él tiene claras las reglas. No comercia con nada que pueda afectar a la seguridad del Estado. Ni información, ni armas, ni personas. Solo objetos, objetos capitalistas, nada más.

—¿Y visados? ¿Podría conseguir un visado?

—¿Un visado? Desde luego que no. ¿Un visado para quién?

—Para mí y mis hijos, para irnos de aquí.

—Eso no, Anya, con eso no comercia, ya te lo he dicho. Y ahora una sorpresa... No quiero que se entere Masha, pero mañana me han invitado a una reunión literaria, ¿quieres venir? No terminará muy tarde. Podrías acompañarme.

—¿Engañas a tu mujer con la poesía?

Leonid soltó una carcajada y ella se sumó a la risa.

—Creo que Masha preferiría que tuviera una aventura con una alumna antes que saber que asisto a reuniones literarias a sus espaldas. Pero lo hago, Anya, no me resigno a ser un autómata.

—Así que la engañas... Menuda sorpresa, yo creía que erais el matrimonio perfecto.

Él se encogió de hombros endureciendo el gesto.

—No, no somos el matrimonio perfecto, pero nos queremos. Naturalmente, ella no ve la necesidad de correr riesgos. No deja de lamentar que Klara y Oleg estén en el Gulag y tiene miedo de lo que me pueda pasar si me dejo ver en determinados círculos. Masha se conforma con la realidad, vive en esa dualidad: estar casada con un poeta desafecto a la Revolución mientras que ella forma parte del sistema.

—Y tú, ¿tienes miedo?

—Sí, mucho miedo, Anya, claro que lo tengo. ¿Vendrás?

—Desde luego. Quiero vivir, no solo sobrevivir.

—Pero sé prudente...

—¿Y me lo dices tú?

—Sí, te lo digo yo.

Madrid, diciembre de 1946

Clotilde tenía miedo. La mirada del comisario no reflejaba nada, ni siquiera antipatía. Parecía que el tenerla allí le resultaba indiferente.

—Bien, cuéntemelo otra vez.

Ella se llevó la mano a la frente en busca de una imaginaria gota de sudor.

—Es que no sé qué puedo contarle... en realidad, no hay nada que contar...

—Yo diría que tiene mucho que contar, señora Fernández. Se ha reunido en tres ocasiones con Florinda Pérez. No intente defender que solo las une una buena amistad —dijo el comisario sin alterar el tono de voz.

—Pero es la verdad... nos conocimos en la cárcel, eso ya lo sabe usted, ella... Florinda me ayudó a afrontar estar allí... sin ella todo habría sido más difícil. Y ahora ha salido en libertad y nos hemos visto, eso es todo.

—No, eso no es todo, señora Fernández. ¿Qué quería Florinda Pérez?

—Agradecerme que cuando salí de la cárcel fuera a casa de sus padres a interesarme por su hijo, además de vernos en libertad y pedirme que la ayude a encontrar algún trabajo. No comprendo qué es lo que usted quiere...

—Es muy fácil. Florinda Pérez salió hace unos meses de la cárcel y no se puso en contacto con usted, y de repente siente el impulso de verla... Y supongo que también es casualidad que el hombre que la acompañaba cuando detuvimos a su amiga tirara a una alcantarilla una carpeta con un buen número de pasquines ilustrados con caricaturas de nuestro Caudillo y de sus ministros. Curioso, ¿no? Teniendo en cuenta que ambas pertenecían al Partido Comunista y que antes de la guerra usted se ganaba la vida haciendo caricaturas que le publicaban en algunos de esos periodicuchos de izquierdas... Están intentando montar una célula, ¿me equivoco?

—Sí, se equivoca. No estamos montando ninguna célula. Florinda necesita trabajar, no tiene con qué mantener a su familia. Sus padres son mayores y... no es fácil para alguien que ha sido comunista encontrar trabajo. Ignoro de qué caricaturas me habla, hace años que no dibujo ninguna, ahora soy solo una madre de familia.

—Eso lo han resuelto muy bien el padre de usted y usted misma. Su padre era funcionario en el ayuntamiento y ahora trabaja en Sederías Fernández, y casualmente usted se ha casado con el hijo del dueño. Todo muy conveniente. Pero haber emparentado con esa familia ejemplar no les hace a ustedes mejores de lo que eran.

—Señor comisario, no sé lo que pretende —afirmó Clotilde intentando serenar su ánimo.

—Es bien sencillo, señora Fernández, quiero conocer los nombres de sus otras amigas... y de todas las personas a las que Florinda Pérez está reclutando para que combatan nuestro glorioso régimen desde la clandestinidad. Y debe confesar su delito... burlarse del Jefe del Estado. Esas caricaturas son... son infamantes.

El comisario abrió un cajón y colocó delante de Clotilde unos cuantos pasquines en los que se asomaban los rostros deformados de Franco, de su esposa, doña Carmen Polo, y de algunos de los hombres más importantes del régimen.

Clotilde tuvo ganas de reír, pero contuvo la risa en los labios.

—¡Esto es absurdo! ¿Cree que no sabemos quién ha ganado la guerra?

—Pero no se han conformado con perder. Bien, empezaremos de nuevo, de usted depende el futuro de su familia...

Entretanto, Enrique paseaba nervioso por la calle esperando la salida de Clotilde de la comisaría. Llevaba fumado más de medio paquete de tabaco y le ardía el estómago. Temía por lo que pudieran hacer a Clotilde.

Todo había empezado a las cinco de la mañana cuando estaban dormidos con las piernas entrelazadas y se despertaron por unos golpes bruscos en la puerta. Él se levantó y fue a abrir y no le dio tiempo ni a preguntar qué querían los tres hombres que le empujaron entrando en su casa gritando el nombre de Clotilde.

Después se sumergieron en una pesadilla de la que aún no habían podido salir.

Los tres tipos se presentaron como policías, aunque ni siquiera se dignaron a identificarse, y gritaron a Clotilde que debía acompañarlos para interrogarla. Ella, que aún no había despejado las brumas del sueño, se quedó inerte como si no comprendiera lo que sucedía. Uno de los policías gritó: «¡Tiene diez minutos para vestirse!». Clotilde intentó asearse deprisa y de nada sirvió que les explicara que tenía que dar de desayunar a su hija.

Enrique protestó y se enfrentó a aquellos hombres diciendo que estaban cometiendo un atropello y que no tenían derecho a tratarlos como a delincuentes. Entonces uno de ellos le miró con desprecio diciéndole: «Eso debería habérselo pensado antes de casarse con esta mujer», y le apartó de un empujón.

Los gritos habían despertado a Lucía, que lloraba desconsolada. Clotilde hizo ademán de sacarla de la cuna, pero otro de los policías se lo impidió. Le colocaron unas esposas y se la llevaron sin atender a ninguna razón.

Él ya le había advertido a Clotilde que reanudar su amistad con Florinda podría ser una fuente de problemas, y mucho más al entregarle aquellas caricaturas celosamente guardadas. Pero ella defendió a su amiga. «Sin Florinda mi estancia en la cárcel me habría resultado aún más penosa. Ella… de alguna manera me protegió… No puedo darle la espalda», aseguró decidida a no tener en cuenta su advertencia.

Creía a Clotilde, él la creía; Florinda estaba desesperada porque no encontraba ningún trabajo. Con antecedentes penales de comunista nadie se arriesgaba a darle un empleo. Por eso había acudido a Clotilde con la esperanza de que le echara una mano, pero también para que se uniera a la lucha clandestina. Clotilde le entregó una carpeta con sus caricaturas, diciéndole que era todo lo que podía hacer porque estaba decidida a mantenerse al margen de la política. Aun así, no había dejado de insistirle a Enrique en que debían ayudarla, pero él no había encontrado la manera de hacerlo. Su padre, don Jacinto, hizo oídos sordos a su petición, su tío Bartolomé no quería ni oír hablar de que Clotilde tenía relación con una comunista, y cuando se enteraran de que la habían detenido…

Miró el reloj. A esa hora ya lo sabrían, puesto que él había llevado a Lucía a casa de los padres de Clotilde para que se hicieran cargo de su nieta, y seguro que don Pedro ya se lo habría comunicado a sus padres.

Se dijo que él tenía la culpa, al menos una parte de culpa en lo sucedido. No debería haber animado a Clotilde a que dibujara aquellas caricaturas sobre Franco y sus ministros. Eran muy buenas, desde luego, porque ella tenía talento, pero caricaturizar a Franco era poco menos que un sacrilegio, sobre todo si la caricatura la había dibujado una mujer que había sido una presa política.

Enrique decidió entrar en la comisaría y preguntar de nuevo por Clotilde.

Un policía de uniforme le cerró el paso. Por más que insistió en que tenía que haber un error y que su mujer nada malo había hecho, el policía se mostró impasible:

—Si no ha hecho nada, la soltarán; mientras tanto, tendrá que esperar.

Durante un buen rato habían dejado sola a Clotilde en la sala de interrogatorios. Como le habían quitado el bolso y el reloj no sabía cuánto tiempo había transcurrido. Tenía ganas de llorar, pero se esforzaba en reprimir las lágrimas. Confiaba en que Enrique hubiera llevado a Lucía a casa de sus padres, con ellos la niña estaría bien atendida, pero se preguntaba qué clase de madre era que había puesto en peligro a su familia.

La puerta se abrió y el comisario volvió a sentarse frente a ella.

—No me haga perder el tiempo. Cuanto antes confiese, mejor será para usted.

—No tengo nada que confesar —afirmó Clotilde.

Entonces aquel hombre se levantó, se puso detrás de ella y con un movimiento rápido volcó la silla. La sorpresa hizo que Clotilde ni siquiera reaccionara al verse en el suelo. Cuando intentó alzar la vista solo alcanzó a ver el zapato marrón que se estrellaba contra su rostro. La sangre empezó a deslizarse por la nariz. Cerró los ojos mientras aguardaba el siguiente golpe. Una mano se cerró sobre uno de sus brazos tirando de ella hasta ponerla de pie; casi lo había conseguido cuando sintió un puñetazo en la cara. De la confusión pasó a la nada. En el momento en que recuperó el conocimiento estaba en el suelo y se encogió temiendo el siguiente golpe. Escuchaba hablar, pero no era capaz de distinguir las palabras. Alguien gritó y de nuevo una patada y otra patada y otra patada. «Déjala ya o terminarás matándola». «Es una puta comunista». «Pero mejor que la lleven a la cárcel. Esta se va a pasar allí unos cuantos años». «A esta gentuza hay que darles duro para que aprendan»... La voz de los hombres cada vez le llegaba más clara, pero no se atrevía a moverse temiendo que volvieran a golpearla.

Enrique no vio salir el furgón donde se la llevaban y aunque lo hubiera visto, no habría sospechado que dentro estuviera Clotilde. Aguardaba convencido de que terminarían poniéndola en libertad.

Así pasó las siguientes horas, sin moverse delante de la puerta de la comisaría, sin atreverse siquiera a ir a un bar a pedir un vaso de agua. Debía estar allí para llevarla a casa.

Eran cerca de las seis de la tarde cuando vio a lo lejos a su padre y a su suegro. Por un momento pensó que se equivocaba. Pero eran ellos.

—Hijo... lo siento... —murmuró Jacinto Fernández.

—Enrique... —Pedro Sanz parecía incapaz de decir una palabra más.

—No te preocupes por Lucía, está bien atendida por Dolores. Vente con nosotros —dijo su padre.

—No, no me puedo ir. Esperaré a Clotilde. Tendrán que dejarla salir, no ha hecho nada.

—Ya no está aquí... —acertó a decir su suegro.

—Sí... sí está... no ha salido, no me he movido de aquí. Está dentro —aseguró Enrique con convicción.

—No... no está... se la han llevado a Ventas. —Fue la respuesta de Pedro Sanz.

—Se equivoca, de aquí no ha salido —insistió Enrique con terquedad.

—Vamos a casa... te explicaremos hasta dónde hemos podido saber. Tu tío Bartolomé se ha interesado por Clotilde —insistió don Pedro.

Enrique se dejó llevar. Llevaba varias horas de pie y estaba agotado. Cuando llegaron a casa de sus suegros le esperaba su madre y sus tíos Bartolomé y Paloma. Se derrumbó en el sofá. Dolores le dio una taza de malta y un vaso de agua y le insistió en que comiera algo, pero él se negó. Su madre tenía en brazos a Lucía y él la cogió apretándola contra su cuerpo. Josefina le dejó hacer, sabía que a su hijo le haría bien tener en sus brazos a la pequeña.

Su tío Bartolomé carraspeó. No era fácil lo que tenía que decir.

—Quiero que sepas que haré cuanto esté en mi mano, pero tienes que decirme la verdad. —Fueron sus primeras palabras.

—Pero... ¿qué verdad? —preguntó Enrique sin desviar la mirada de su hija, que le sonreía.

—Acusan a Clotilde de formar parte de una célula comunista y de injurias al Jefe del Estado. Sus caricaturas... en fin... me temo que el sentido del humor de Clotilde no es compartido por nuestro gobierno —afirmó muy serio don Bartolomé.

—Clotilde no forma parte de ninguna célula comunista. Todos sabéis que vive dedicada a nuestra hija y que lo único que hace es coser algunas prendas para Sederías Fernández —afirmó Enrique con total sinceridad.

—No es eso lo que dice la policía —insistió su tío.

—Pues la policía se equivoca. Sé perfectamente lo que hace mi mujer.

—Pero esa tal Florinda...

—Tío, esa mujer coincidió con Clotilde en la prisión de Santo Domingo. Hicieron amistad, para qué negarlo, pero no volvieron a verse hasta hace un par de meses. Florinda se presentó en casa... Al parecer le dio la dirección una mujer que también se dedica a coser y que en el pasado hacía ropa para los milicianos. Yo la conozco, vive en la calle del Pez.

—¿Tú? ¿Y tú qué tienes que ver con esa gente? —preguntó don Bartolomé, alarmado.

—Porque Clotilde buscaba la manera de que alguien le dijera cómo encontrar a su hijo Pablo, pero esa mujer tampoco quería saber nada de su pasado; aun así, Clotilde le dejó nuestra dirección por si acaso...

—Y todo esto sin decirnos nada a nosotros —protestó Jacinto mirando a su hijo con enfado.

—Nunca ha renunciado ni renunciará a encontrar a su hijo. Y cuenta con todo mi apoyo. —Miró a su familia con cierto desafío.

—¿Y la tal Florinda? —insistió don Bartolomé.

—Quería que Clotilde la ayudara a encontrar un trabajo, nada más. Ha estado en la cárcel y nadie quiere dar trabajo a una mujer con antecedentes penales por comunista, pero eso lo sabes mejor que yo, querido tío.

—¿Y a qué se ha comprometido Clotilde?

—A nada, absolutamente a nada. Le dijo que hablaría conmigo para ver si podíamos echarle una mano, solo eso.

—Y le dio unas caricaturas... caricaturas de Franco. Pero ¡cómo se le ocurre hacer caricaturas de Franco! —El tono de voz de don Bartolomé estaba cuajado de indignación.

—¿No me dirás que es un delito hacer una caricatura? Si lees la prensa inglesa o la francesa, verás que en las páginas de sus periódicos siempre hay caricaturas de sus dirigentes y, que yo sepa, no detienen a los caricaturistas —respondió Enrique con rabia.

—No nos compares con Francia o Inglaterra. —La respuesta de Bartolomé estaba cargada de desprecio.

—No, no me atrevería a hacerlo porque sería un idiota si lo hiciera. Francia e Inglaterra son democracias y España...

bueno, ya sabemos en qué nos hemos convertido. Si a mi mujer la han detenido por unas caricaturas, entonces es que este país está perdido.

—Enrique... por favor, hijo... tienes que comprender... tu tío solo quiere ayudarnos. —La voz de Jacinto reflejaba su desolación.

—Te haré un resumen de lo que dice el informe de la policía: «Florinda Pérez, miembro del PCE, se pone en contacto con Clotilde Sanz, que estuvo casada con un importante militante del mismo partido del que ella misma era militante. Ambas fueron condenadas a prisión una vez terminada la guerra. Clotilde Sanz le entrega a la tal Florinda una carpeta con caricaturas vergonzosas sobre el Jefe del Estado, ministros y otros políticos, caricaturas que servirán para hacer pasquines en contra del régimen...» —terminó de leer su tío—. ¿Quieres que te diga en cuántos delitos ha incurrido tu mujer y los años a los que puede ser condenada?

—Seguro que lo sabes, al fin y al cabo, eres fiscal —dijo Enrique con rabia.

—¡Hijo! No es tu tío quien va a condenar a tu mujer, nos está ayudando —protestó su madre.

—Lo sé, madre, lo sé. No culpo a nadie excepto a mí por haber alentado a Clotilde a que no renunciara a seguir dibujando caricaturas. En cualquier país sería un pasatiempo inocente; en el nuestro es peor que un deporte de altísimo riesgo.

—Así que crees que no tiene importancia burlarse del Jefe del Estado... —concluyó su tío.

—Pues no, no la tiene. La caricatura es un arte a través del cual se reflexiona y se señalan algunos de los problemas de la propia sociedad. Y, desde luego, Franco es un problema para España.

—Pero ¡cómo te atreves! Ha ganado la guerra, nos ha devuelto la paz —afirmó con enfado don Bartolomé.

—La paz... qué concepto tan laxo tienes de lo que es la paz... ¿Crees que este país está en paz consigo mismo? No, no lo está, ni lo estará hasta que no logremos reconciliarnos los unos con los otros y perdonarnos, también perdonarnos. Pero no es eso lo que me preocupa en estos momentos... Dime, ¿qué van a hacerle a Clotilde?

—Juzgarla y condenarla. Haré lo posible para que la condena no sea... no sea demasiado rigurosa. No te puedo prometer otra cosa.

Enrique no le dio las gracias a su tío. No creía que le debiera nada.

—¿Cuándo podré verla?

—Tendrás que esperar al juicio.

Enrique se despidió de sus padres, de sus tíos y de sus suegros y, con Lucía en brazos, se adentró en la lluvia para regresar a su casa. Pensar. Tenía que pensar.

Madrid
Prisión de Ventas

La tos no le daba tregua. Tampoco el dolor en el pecho al respirar. Tenía fiebre y notaba el calor quemándole cada rincón de su cuerpo magullado.

Le inquietaba pensar dónde podía estar Florinda, pero no se atrevía a preguntar; además, ¿quién habría podido darle noticias de ella?

Aún no la habían trasladado a una celda con presas, y casi agradecía la soledad de la enfermería, no porque tuviera un trato mejor, sino porque no la obligaban a participar de las rutinas de la prisión.

Apenas tenía fuerzas para abrir los ojos ya que los golpes que le habían propinado en la comisaría le habían desfigurado el rostro, que sentía inflamado. Tampoco podía comer, no tanto por la falta de apetito sino porque la hinchazón de la boca no le permitía casi abrirla.

De manera que permanecía tendida en una camilla y de cuando en cuando escuchaba voces que parecían hablar sobre ella. Como en aquel momento en el que se abría paso entre las brumas del dolor la voz de un hombre con tono chillón que había pronunciado la palabra maldita: «Tuberculosis».

«Pues aquí no la ha cogido, y yo no la quiero aquí, no se puede quedar o contagiará a las otras internas y a los niños», oyó decir a una celadora.

«Seguramente en la comisaría... allí estuvo en una celda con presas comunes... vaya usted a saber si alguna no estaba enferma. Recomendaré que la trasladen cuanto antes, quizá puedan hacerle sitio en la prisión de Segovia», volvió a decir la voz del hombre.

Tuberculosis. ¿Acaso se referían a ella? Apretó los ojos como si de esa manera pudiera evitar que la palabra adquiriera visos de realidad. Tuberculosis. Tenía que recordar... Primero la llevaron a la comisaría de Pontejos, cercana a su casa, y luego la metieron en un furgón con otras mujeres. Las ventanillas estaban tapadas y no sabían adónde las trasladaban, alguien dijo que a la Jefatura de Policía en la calle Jorge Juan..., en realidad no lo sabía. Pero recordaba que, fuera adonde fuera que la habían llevado, volvieron a interrogarla y que de nuevo la presionaron para que diera los nombres de los que componían su «célula», pero no podía hacerlo... no podía porque ella le había dicho a Florinda que no le contara nada, porque nada quería saber de política. Eso sí, Clotilde le había pedido que buscara la manera de enviar una carta a Moscú a Borís Petrov pidiéndole que le devolviera a su hijo. Su amiga había fruncido el ceño, pero asintió. Y ella entonces se había atrevido a darle sus caricaturas para que las utilizara como creyera conveniente. Saber que sus dibujos iban a ilustrar pasquines que se lanzarían por toda la ciudad la llenaba de satisfacción. Sobre todo, se sentía orgullosa de sus caricaturas de Franco y de su esposa Carmen Polo. Sin duda eran las mejores, y a Florinda la habían entusiasmado. Era su contribución en la lucha contra los ganadores de la guerra.

Pero ellos ya sabían lo de las caricaturas y de sus encuentros con Florinda, aunque se negaban a admitir que no tuviera nada más que contarles.

Le decían nombres de personas que desconocía, le preguntaban direcciones, le enseñaban fotografías, y ella negaba saber, negaba conocer, y cada negativa era respondida con un golpe, así hasta perder el conocimiento, así hasta no poder abrir los ojos, así hasta desear morir. Luego la empujaban a una celda donde había mujeres hacinadas; algunas eran prostitutas, otras ladronas de poca monta, otras que aseguraban no saber por qué estaban allí.

Recordaba a una mujer entrada en años, una mujer de la vida, que se apiadó de ella y que se había arrancado un trozo de su combinación para limpiarle la sangre que le corría por el rostro. Aquella mujer que tosía sangre, pero que le buscaba un rincón donde pudiera descansar. Una buena mujer arrojada a las fauces de la calle para dar de comer a sus hijos, una mujer que le decía que le recordaba a su hija.

No sabía cuántos días estuvo en la celda de la Jefatura de Policía, si es que era allí adonde la habían llevado, solo que un día volvieron a meterla en un furgón y escuchó que la trasladaban a la prisión de Ventas. Se preguntaba adónde habrían llevado a Florinda lamentando que ya nunca llegaría la carta que iba a escribir a Borís Petrov reclamándole a su hijo.

Madrid, febrero de 1947

La habían despertado temprano ordenándole que se aseara. Apenas podía moverse. Tenía el cuerpo empapado en el sudor de la fiebre. La celadora gritaba que tenía que levantarse: «Vaga, eres una vaga...». Ella escuchaba sin atreverse siquiera a mirarla. Tuberculosis. Padecía tuberculosis y carecía de fuerzas para rebelarse. Las pocas que le quedaban las gastaba en escribir cartas a Pablo. Se las había entregado a Enrique en las dos ocasiones que le habían permitido verla. Si iba a morir, al menos que a su hijo le quedara testimonio de lo mucho que le quería. Porque si de algo estaba segura era de que carecía de futuro. El tribunal al que se iba a enfrentar la condenaría a morir fusilada o la enfermedad la mataría.

Enrique la consolaba diciéndole que la pequeña Lucía crecía sin problema y que las dos abuelas le eran de gran ayuda. Ambas se ocupaban del día a día de la niña, pero él insistía en tenerla consigo en cuanto salía del trabajo. Se negaba a que su hija creciera sin padres, y al menos hasta que Clotilde volviera a casa allí estaba él. Porque no quería pensar, ni mucho menos aceptar, que ella no regresaría.

Clotilde se esforzaba para mantenerse en pie y estar atenta a todas las palabras que le retumbaban en los oídos. «No deberían haberte traído aquí...». «En Ventas no caben más presas, que busquen otro sitio». «A quién se le ocurre traernos a una tuberculosa. Luego se quejarán de que mueran tantos recién nacidos». «Deberían llevarla a la prisión de Segovia». «Nos contagiará a todas»...

Las palabras se abrían paso a través de la fiebre, pero tanto le daban. Aquel día lo que estaba en juego era el resto de su vida. Iba a comparecer ante un tribunal.

Tardaron más de una hora en llegar. Iba sola en el furgón y se sentía reconfortada por el silencio. Intentaba ordenar las palabras con las que trataría de defenderse.

Había visto a su abogado una sola vez, pero Enrique le había asegurado que podían confiar en él; Javier Cano era amigo de su tío Bartolomé, y puesto que su tío era fiscal, sabía quién podía defenderla mejor.

La condujeron a una sala donde la esperaba el abogado que ya vestía la toga.

—Estese tranquila, ya le dije que no conseguiremos la absolución, pero creo que podemos aspirar a una pena leve y más adelante pedir el indulto. Nos favorece que esté usted enferma.

—Pero ¿qué tengo que decir?

—Lo menos posible, pero debe insistir en que no tenía ninguna intención de ofender a las autoridades con sus dibujos.

—Pero ¡no me van a creer!

—No, no la creerán, pero usted dígalo. Como comprenderá, lo que no puede decir es que quería ofender al Jefe del Estado. El único problema es que le dio esos dibujos a esa mujer. Hágase la tonta, diga que es solo una amiga y que se los dio para que los viera, sin afán de que trascendieran.

—¡Ay, Dios mío! Que no, que no se lo van a creer.

—Ya, pero la verdad no la puede decir.

El tío de Enrique también estaba en la sala. No ejercía como fiscal en la causa, pero tenía suficiente influencia para asistir como espectador. Clotilde buscó con la mirada a sus padres, pero no los encontró.

Javier Cano le susurró que debía bajar la mirada y no cruzarla con los miembros del tribunal.

—Que la vean como a una mujer indefensa y recatada, sin muchas luces —le aconsejó.

El juicio apenas duró unos minutos. Los jueces parecían aburridos y tenían un largo día por delante. Había tantos desafectos al régimen a los que juzgar...

Javier Cano salió malhumorado de la sala. Clotilde no había seguido sus instrucciones, sino que parecía empeñada en demostrar que era consciente del agravio a las autoridades.

Los miembros del Tribunal tomaron nota y comentaron entre ellos que por mucho que su buen amigo Bartolomé Ruiz les había insistido en que aquella joven era una pobre tonta que no sabía lo que hacía, no les había parecido que fuera así. Claro que tampoco iban a contrariar a su amigo por aquella mujer con la que al parecer estaba casado su sobrino. Ya era bastante mala suerte que fuera así.

Bartolomé Ruiz, acompañado del abogado Javier Cano, explicaba a la familia cómo había transcurrido el juicio.

—Tiene usted una hija muy... muy tozuda, mire que le dije que se hiciera la tonta... pero ella ha dejado claro al Tribunal que sabía lo que hacía y a lo que se arriesgaba con esos dibujos.

Pedro Sanz bajaba la mirada apesadumbrado temiendo lo que el tribunal pudiera dictaminar. Dolores apretaba la mandíbula intentando reprimir el enfado que sentía por su hija. Se lamentaba de no haber sido capaz de educarla mejor.

—Yo me temo lo peor... claro que como dos de los jueces son amigos suyos, don Bartolomé, lo mismo la condenan por lo mínimo... pero no sé yo —comentó Javier Cano.

—Entonces Clotilde ha reconocido que su intención era «arrancar risas» a cuantos vieran sus caricaturas —murmuró Enrique.

—Exactamente, eso dijo, y añadió que la gente está deseando tener algún motivo para reír. ¡Imagínese, reírse del Jefe del Estado! —exclamó el abogado.

—Bueno, Javier, no nos adelantemos... Veré lo que se puede hacer, pero a prisión va seguro. Ahora se trata de que no sea por mucho tiempo. Le favorece la enfermedad —intervino Bartolomé.

—Para mí que la mandan a la cárcel de Segovia, ya verá usted —insistió el letrado.

—No seas cenizo... ya veremos. Pero mejor en Segovia que en Ventas, porque en Ventas no cabe ni un alfiler.

—¿Cuándo podré ver a mi mujer? —quiso saber Enrique.

—Intentaré que la veas cuanto antes —respondió con conmiseración don Bartolomé a su sobrino.

—¿Y no podrían dejarla donde está? La tendríamos más cerca —alcanzó a decir Dolores.

—Bueno, no nos desanimemos, que tampoco está todo perdido... La han juzgado con el nuevo Código Penal, el que aprobaron en el 44... Peor sería que lo hubieran hecho con la Ley de Represión de la Masonería y el Comunismo o que la hubieran metido en la Causa General. El problema es que tiene antecedentes por roja y eso no la favorece —concluyó Bartolomé evitando la mirada de los padres de Clotilde y de su propio sobrino.

Pasaban los días y Lucía se entretenía jugando con una muñeca a la que vestía y desvestía. No dejaba de preguntar por su mamá. Para Enrique lo más difícil era convencerla de que se durmiera cuando por las noches la llevaba a la cama. Ese era el momento del llanto, cuando reclamaba a su lado a su madre. Enrique mostraba una paciencia infinita con la niña, a la que trataba con mimo y no reprendía hiciera lo que hiciese.

Madrid
Prisión de Ventas

Javier Cano se retorcía las manos con preocupación mientras aguardaba a que alguna celadora condujera a Clotilde a la sala de visitas. No tenía buenas noticias. La habían condenado a cinco años de cárcel. Lo más que había conseguido don Bartolomé era que la trasladaran a la prisión de Segovia.

Enrique permanecía a su lado con la cabeza baja y el ánimo destemplado. Cuando Clotilde entró en el locutorio a punto estuvo de dejarse llevar por la desolación, pero procuró que su mujer no le viera enjugarse una lágrima.

—¿Cómo está Lucía? ¿Come? ¿Me echa de menos? —preguntó Clotilde, inquieta y aún con los ojos brillantes fruto de la fiebre que no desaparecía.

—Es muy buena, aunque entre tu madre y la mía la están maleducando, y sí, te echa de menos, pero nos las arreglamos bien.

—No importa... mejor que le den todos los caprichos, pobrecita... Enrique, ¿soy una mala madre? Dime la verdad... No dejo de pensar que la culpa de todo esto es solo mía. Pero ¿sabes?... quería que Florinda le hiciera llegar una carta a Borís Petrov... y ya que me negaba a hacer nada de cuanto me pedía, pensé que al menos podía ablandarla con mis caricaturas... Y bien que me las agradeció. Además... he pecado de soberbia, Enrique. No te negaré que el hecho de saber que se iban a imprimir en pasquines que luego lanzarían por las calles me llenaba de satisfacción.

—Lo comprendo, Clotilde, no te atormentes. Eres una artista.

—Una artista a la que nadie le daba trabajo, me cerraban las puertas en todas las redacciones y eso que no les llevaba esas caricaturas de Franco, sino otras de artistas y toreros que bien podrían haber publicado. Pero estoy marcada, Enrique... marcada por haber estado en la cárcel, marcada porque a los de este régimen no les gusta que las mujeres hagan otra cosa que sus labores o servir en casa ajena.

—Haga caso a su marido... no se atormente... Intentaremos conseguir el indulto... Don Bartolomé tiene mucha mano... —intervino Javier Cano.

Clotilde empezó a toser mientras intentaba esconder el rostro en un pañuelo.

—¡Dios santo! ¡No puedes seguir así! —exclamó Enrique, dolido por el deterioro físico de su mujer.

La celadora avisó de que apenas les quedaban cinco minutos. Entonces Clotilde sacó del bolsillo de la falda unos cuantos papeles arrugados y se los dio a su marido.

—Son cartas, Enrique... cartas a mi hijo... Si no salgo viva de esta, debes encontrar la manera de hacérselas llegar... Pablo tiene que saber que nunca le he abandonado, que no dejo de añorarle y de sufrir por no tenerle a mi lado... Júramelo, Enrique, júrame que si no salgo de aquí, te las apañarás para que estas cartas lleguen a Pablo.

—Pero, mujer, no digas estas cosas... cuando salgas haremos gestiones para ver el modo de buscar a tu hijo.

—Eso es lo que yo quería... que Florinda le hiciera llegar una carta a Borís Petrov... que él me devolviera a Pablo... pero ya ves... ha sido peor. Al menos que estas cartas lleguen algún día, Enrique... algún día, júramelo.

—Saldrás de aquí, Clotilde... Lucía te necesita y yo también.

—Mi niña bonita... cuánto deseo tenerla en mis brazos. La echo tanto de menos... Y ya ves, también a ella le he fallado. Soy mala madre, Enrique, y no merezco los hijos que tengo.

Cuando salieron de la prisión Enrique tenía la mirada nublada por las lágrimas. Temía por la salud de Clotilde, la mental y la física. No solo la estaba matando la tuberculosis, sino también el sentimiento de culpa.

Javier Cano tuvo la prudencia de no intentar consolarle. Enrique no lo habría aceptado.

Octubre de 1947
Prisión de Segovia

Octubre llegaba a su fin y aunque el frío no daba tregua, en la luz de la mañana parecía vislumbrarse un atisbo de sol.

A mediodía las celadoras les habían permitido salir un rato al patio y las miradas se alzaban hacia el horizonte como si pudieran traspasar los muros que las separaban del resto del mundo.

Aunque en Clotilde seguían persistiendo la fiebre y la tos, no quiso renunciar a aquel destello de vida.

El día anterior le habían comunicado que la trasladaban de prisión, de nuevo a Madrid, otra vez a Ventas. Seguramente detrás de esta decisión estaban los buenos oficios de Bartolomé Ruiz, el tío de Enrique.

Al menos en Madrid estaría más cerca de su familia y quizá algún día incluso podrían llevarle a Lucía.

Cuando pensaba en su hija sentía una opresión aún más aguda en el pecho. ¿Cómo había podido actuar de manera tan imprudente?

Clotilde no se engañaba. Sabía que la muerte la rondaba. La mantenían aparte de las otras presas para que no las contagiara, aunque en realidad compartía celda con otra mujer aún más enferma que ella que apenas podía ponerse en pie.

Se llamaba Rosa y era una buena mujer, ya entrada en años

y con un odio visceral hacia los vencedores de la guerra. Solía consolarse diciendo que en esta vida nada es inalterable y que lo mismo que habían sucumbido grandes imperios, el régimen de Franco también tendría un fin. «¿Cuándo?», le preguntaba Clotilde, y Rosa sonreía al responder: «Puede que ni tú ni yo lo veamos, pero ten por cierto que no durará siempre». Clotilde se lamentaba de no poder disponer de tiempo.

Apoyada en un muro porque las piernas apenas la sostenían, aguardaba el momento del traslado.

—¡Clotilde Sanz! —oyó de labios de una celadora.

Ella se irguió y caminó con cuidado para no desvanecerse. Tenía que salir de aquella prisión.

Madrid, noviembre de 1947
Casa de los Sanz

Pedro Sanz caminaba de un lado a otro del salón mientras Dolores le miraba visiblemente enfadada. «Los nervios no llevan a ninguna parte», le había dicho en voz baja, pero él no le había prestado atención. Bartolomé Ruiz había llamado para decirles que tenía buenas noticias y le estaban esperando.

Enrique sostenía a Lucía sobre sus rodillas, mientras que Jacinto Fernández y su esposa Josefina intentaban no manifestar su desazón.

A las siete de la tarde en punto, el timbre de la puerta los alertó y Dolores acudió a abrir. Allí estaban Bartolomé y su esposa Paloma. Los hizo pasar sin hacer preguntas.

—Que sepáis que Clotilde ya está en Ventas, ha llegado a primera hora de la tarde —anunció el fiscal—. Pero lo mejor es que lo del indulto va adelante. Van a tener en cuenta su estado de salud... porque... no podemos engañarnos, Clotilde está muy enferma.

—¿Para cuándo? —preguntó Enrique.

—No lo sé, no te puedo decir una fecha, pero en cuanto cumpla el año, y ya falta poco, es posible que podamos sacarla de allí. Así me lo han dicho y así os lo cuento. Creo que es una buena noticia.

—No sé si mi hija resistirá... la tuberculosis la está matando —afirmó Pedro Sanz.

Jacinto Fernández miró a su amigo con tristeza y, poniéndose en pie, le dio una palmada en la espalda mientras le dirigía palabras de ánimo.

—Saldrá de esta, ya lo verás. Clotilde es joven y tiene ganas de vivir, sabe que su hija la necesita —dijo Jacinto.

—Pero la tuberculosis no sabe de ganas de vivir —replicó Dolores conteniendo las lágrimas—. Esta hija mía... Dios sabe cómo se le ocurrió darle esas caricaturas a la tal Florinda. Los comunistas han sido su perdición y la nuestra.

—No busquemos culpables, lo pasado no tiene remedio, lo importante es recuperar a Clotilde —añadió Josefina.

—No sé qué habríamos hecho sin vosotros... os debemos tanto... —respondió Dolores enjugándose una lágrima.

—¡No quiero oírte decir esas cosas! Entre amigos no hay deudas. Y, además, Clotilde es la esposa de mi hijo y la madre de mi nieta, lo que le suceda nos atañe tanto como a vosotros —afirmó Josefina regañando a su amiga.

—Dolores tiene razón, os debemos mucho —intervino Pedro Sanz.

—Los amigos están para los momentos malos, para los buenos sobra gente. Y mi mujer tiene razón, somos familia, de manera que nos afecta directamente lo que sea de Clotilde.

—Tío... tienes que intentar que la indulten cuanto antes... tres meses es mucho tiempo. Mi mujer está demasiado enferma para seguir en la cárcel —casi suplicó Enrique.

—Te aseguro que estoy haciendo cuanto está en mi mano, pero no puedo hacer milagros. Esas caricaturas... las he visto, Enrique, y no te diré que no son buenas, que lo son, pero me temo que nuestras autoridades no tienen tanto sentido del humor como para cruzarse de brazos. Lo peor fue que se las diera a esa amiga suya, una comunista a la que la policía seguía los pasos desde que salió de la cárcel. Hay algunos que cuando los sueltan, renuncian a cualquier actividad subversiva, pero otros... en fin, hay que seguir arrancando la cizaña que crece entre el trigo. Tu mujer, ya te lo he dicho, fue muy ingenua.

—Mi mujer se morirá si no la sacamos de la cárcel —respondió Enrique con enfado.

—Hijo... tu tío hace cuanto puede —intervino Josefina.

—Lo sé, madre, pero Clotilde está muy enferma.

—Lo siento, Enrique, no puedo prometerte lo que sé que no voy a conseguir. He movido todos los hilos que podía y lo que he logrado es lo que os he dicho, le darán el indulto cuando lleve un año en prisión, ni un día antes ni un día después.

Moscú, noviembre de 1947

Anya miraba con impaciencia el reloj mientras, distraída, dejaba deslizar sus dedos por las teclas del piano y escuchaba las indicaciones de Nata Guseva a sus alumnas:

—Bien, niñas, y ahora *relevé*... así... así... fijaos con atención en cómo lo hago yo. Muy bien, Petia... Lutza, mira al frente... Bela, inténtalo otra vez...

El timbre interrumpió la marcha de la clase y Anya sonrió. Irisa Kulikova era puntual como un reloj suizo.

Nata les indicó que recogieran sus cosas y formaran una fila, «y nada de hablar, ni de moveros, no vayamos a disgustar a la directora...».

Nada más salir del edificio, Anya se paró en seco. Allí estaba Pablo. Se dirigió hacia él con cierto temor.

—¿Qué sucede? —le preguntó alterada.

Pablo, preocupado, sonrió al ver el rostro alterado de Anya y le depositó un sonoro beso en la mejilla.

—Mámushka, no te asustes. He venido para que me acompañes a buscar un regalo para Ígor, ¿no se te habrá olvidado que hoy es su cumpleaños? La tía Olga ha hecho un pastel. Y el abuelo Kamisky ha salido y al regresar traía un paquete en la mano. ¿Tú qué le has comprado?

Anya se mordió el labio inferior. No se le había olvidado que era el cumpleaños de su hijo, eso nunca, Ígor cumplía diecisiete años, pero no había encontrado el momento de comprarle algo.

—¿Qué crees que le puede gustar? —preguntó a Pablo.

—Bueno... a lo mejor unas botas... Dentro de nada hará mucho frío y las que tiene están muy gastadas. Yo había pensado en que podíamos comprarle un gorro de piel, ¿qué te parece? O a lo mejor lo encontramos en el local donde venden objetos de los que confiscan a los enemigos del pueblo...

—Podemos intentarlo. Iremos, pero... después tengo algo que hacer, deberás regresar solo a casa.

—¡Pero es el cumpleaños de Ígor! No puedes... no puedes faltar.

—Llegaré a tiempo para la cena.

Caminaron con paso rápido hacia la Plaza Roja, mientras una lluvia helada empezaba a dejar su huella por toda la ciudad. Anya miró el reloj. Le había dicho a Leonid que acudiría a la casa del profesor con el que llevaban meses reuniéndose para hablar de literatura. Moshe Towianski era un hombre tan enérgico como carismático. Recitaba a Shakespeare, Voltaire no tenía secretos para él y sentía debilidad por Cervantes.

Para Anya, las veladas literarias en casa de Towianski eran el mejor momento de la semana. Cada viernes reunía a un grupo de profesores, poetas, dramaturgos, músicos y escritores que debatían sin cortapisas. Había sido un descubrimiento que Leonid tuviera una vida al margen de Masha, pero así era, y se sentía afortunada de que él la hubiera incorporado a aquellas veladas.

Tuvieron que caminar un buen rato hacia un comercio en el que sabían que de vez en cuando se podía encontrar algo de ropa. Allí compraron las botas y el gorro de piel.

Ella no dejaba de mirar el reloj preocupada por llegar con

demasiado retraso a su cita literaria en casa de Towianski y Pablo comenzó a incomodarse por su actitud.

—Perdona, mámushka, pero hoy, que es el cumpleaños de Ígor, no creo que tengas nada mejor que hacer que celebrarlo.

Anya se paró en seco, avergonzada. Desde hacía meses apenas prestaba atención a su familia. Borís parecía haberse acostumbrado a su indiferencia; en cuanto a su hijo y a Pablo, nunca le reclamaban nada; con su padre apenas hablaba, y la tía Olga era incapaz de hacerle el más pequeño reproche.

—Lo siento, Pablo... lo siento... Tienes razón, no estoy comportándome bien... Es que... me ahogo, este país se ha convertido en una enorme prisión y la única ventana que da al exterior es la literatura.

—No quería molestarte. Lo siento —dijo Pablo bajando la cabeza.

—No, no te disculpes, tienes razón... Soy egoísta, estoy anteponiendo mis ansias de libertad a vosotros, que sois lo más preciado que tengo. Pero te aseguro que si algún día puedo marcharme, no lo haré sin Ígor y sin ti.

—¿Y Borís?

Sintió la pregunta de Pablo como un golpe en el estómago. Su desapego respecto a su marido no había pasado inadvertido para ningún miembro de la familia, pero hasta entonces ninguno se lo había reprochado; sin embargo, Pablo lo estaba haciendo.

—Le quiero mucho, muchísimo, pero tenemos un problema. Borís no se siente incómodo en nuestro país, pero yo sí. No compartimos el mismo anhelo por la libertad y eso... y eso nos separa.

—No eres justa con Borís —dijo Pablo bajando la voz.

—¿Lo crees así?

—Siempre te defiende cuando el abuelo Kamisky protesta porque no llegas a tiempo para la cena o cuando no sabemos dónde estás porque no dices adónde vas y todos estamos preocupados por lo que te pueda pasar.

Se sintió avergonzada y se reprochó su ceguera. Su familia la quería y estaba pendiente de su bienestar, pero se dijo que si los había colocado en los márgenes de su vida había sido precisamente para protegerlos.

—Si no digo nada es para no comprometeros. No me perdonaría que os pasara nada por mi culpa.

—¿Y qué es lo que haces para ponerte en peligro?

—Algo tan terrible como asistir a casa de un amigo de Leonid para hablar de literatura. Es un profesor de la universidad.

—No me parece tan terrible.

—Y no debería serlo. Pero Stalin odia a los escritores, a los músicos, a los artistas, a todos aquellos que deciden pensar por sí mismos.

—Yo también pienso por mí mismo, pero me callo. Y estoy seguro de que Borís, la tía Olga y el abuelo Kamisky también.

—Ese es el problema, Pablo, la renuncia. Millones de personas han renunciado a decir en voz alta lo que piensan porque, si lo hacen, pueden terminar en la Lubianka. Solo está permitido pensar lo que quiere Stalin que pensemos.

—¿Y qué podemos hacer?

—¿Te gustaría acompañarme a casa del profesor Towianski? No nos quedaremos mucho, llegaremos a tiempo para cenar y celebrar el cumpleaños de Ígor. Anda, vamos, si nos damos prisa podremos hacerlo todo.

Estaban empapados cuando llegaron a la calle Kaloshin. La llovizna se había convertido en diluvio y el viento apenas les permitía caminar. Se cruzaban con gente de rostros sombríos que, al igual que ellos, intentaban caminar pegados a los muros de los edificios.

Anya se había arrepentido de haberle propuesto a Pablo

que la acompañara. Si algo pasaba... no se perdonaría haberle puesto en peligro.

Llegaron al edificio señorial donde vivía Moshe Towianski y subieron las escaleras sin prestar atención a las miradas inquisitoriales de un vecino que en esos momentos salía enfrentándose con la lluvia.

—Menudo edificio —susurró Pablo.

Ella sonrió mientras apretaba el timbre.

Aquella tarde Towianski había congregado a una docena de personas que ocupaban la totalidad de un espacioso salón donde había un piano en el que una joven estaba tocando una sonata de Liszt.

Leonid se acercó a ellos y en su mirada se reflejaba el estupor ante la presencia de Pablo.

—Espero que a Moshe no le moleste que haya traído a mi hijo... —le susurró al oído.

Él se encogió de hombros tomándola de la mano mientras buscaba un lugar para sentarse.

Cuando la joven terminó de interpretar la sonata, un aplauso entusiasta se expandió por el salón.

—Ya está aquí nuestra querida Anya. Seguro que no se negará a interpretar alguna de sus piezas preferidas... —dijo un hombre de aspecto risueño que observaba expectante a Anya y a Pablo.

Ella asintió y se dirigió hacia el piano. Colocó los dedos sobre el teclado y arrancó las primeras notas del *Claro de luna* de Debussy.

Cuando terminó la pieza Anya hizo un gesto a Pablo para que le acercara su bolso, del que sacó unos papeles arrugados.

—He compuesto una melodía para acompañar algunos versos de Anna Ajmátova... su *Réquiem*... que he encontrado en un *samizdat*. Por favor, Pablo, léelos...

Ella le tendió aquellas hojas arrugadas y el muchacho se sintió turbado por tener que leer delante de aquellos desconocidos, pero en cuanto comenzaron a sonar las primeras notas se dejó llevar por la fuerza de las palabras...

En aquel tiempo sonreían
solo los muertos, deleitándose
en su paz, y vagaba ante las cárceles
el alma errante de Leningrado.
Partían locos de dolor los regimientos
de condenados en hilera y era
el silbido de las locomotoras
su breve canción de despedida.
Nos vigilaban estrellas de la muerte,
e, inocente y convulsa, se estremecía Rusia
bajo botas ensangrentadas, bajo
las ruedas de negros furgones.

El silencio se había hecho en la sala. Los rostros tensos, las manos crispadas, los pensamientos volando cada cual a un lugar solo conocido por cada uno. La música de Anya seguía acompañando las palabras escritas por Ajmátova que con lentitud y dolor Pablo iba desgranando:

De madrugada vinieron a buscarte.
Yo fui detrás de ti como en un duelo.
Lloraban los niños en la habitación oscura
y el cirio bendito se extinguió.
Tenías en los labios el frío del icono
y su sudor mortal en la frente. No olvidaré.
Me quedaré, como las viudas de los soldados
del zar Pedro,
aullando al pie de las torres del Kremlin.

Y se le entrecortó la voz y las lágrimas le cegaron la mirada. ¿Quién podría permanecer indiferente ante aquellos versos desgarrados? No era de extrañar que Stalin temiera a los poetas.

Una joven se acercó hasta él y, sonriendo, le tendió la mano.

—¿Me permites que sea yo quien continúe leyendo? —dijo.

Pablo no se resistió a la sonrisa y a la mirada de aquella mujer. Asintió con la cabeza. Ella continuó con la lectura de los versos y a él le pareció que tenía una voz hermosa y que era la chica más guapa que había visto nunca. Anya la reconoció. Era la «chica» de Konstantín.

Cuando la tarde se había deslizado hasta la noche, Anya y Pablo salieron de la casa de Moshe Towianski acompañados por Leonid.

—Se ha hecho tarde, Masha estará preocupada —dijo Leonid a modo de despedida.

Anya asintió y apretó el paso sintiendo el brazo de Pablo sobre el suyo. Durante un rato apenas hablaron. Después, Pablo le preguntó qué era el *samizdat* al que ella se había referido cuando sacó los papeles del bolso.

—Son libros hechos a mano, clandestinamente, para saltarse la censura —le explicó ella. Volvieron al silencio.

Pablo estaba demasiado conmovido e intentaba ordenar sus pensamientos, mientras que Anya sentía una oleada de arrepentimiento sabiendo que Ígor estaría aguardando su llegada para celebrar con ella sus diecisiete años. Antes de llegar a casa, Pablo se atrevió a preguntar a Anya por la joven que le había sustituido en la lectura.

—Se llama Valka Efímova, es la novia de un amigo de Leonid. Me he dado cuenta de que la mirabas embobado y... bueno, tiene unos cuantos años más que tú. Olvídate de ella.

Pablo no respondió, pero no estaba dispuesto a olvidarse de

aquella joven llamada Valka ni tampoco de la tarde que había vivido. Había descubierto el verdadero poder de la poesía.

La camarada Peskova empujaba con una pala la nieve que se arremolinaba sobre la entrada al portal, pero eso no le impidió mirar a Anya con suspicacia.

—Ya es tarde, camarada... su esposo llegó hace rato —dijo con tono burlón en la voz.

Anya no se molestó en responder a la responsable del edificio por la que no podía ocultar su desprecio.

Apenas habían abierto la puerta cuando se encontró a su hijo.

—Ígor... disculpa... —murmuró avergonzada.

—Os estábamos esperando. Le he dicho a la tía Olga que no celebraría mi cumpleaños sin ti, de manera que estaba dispuesto a repetir de nuevo dieciséis años —afirmó Ígor mientras abrazaba a su madre.

Entraron en la sala donde el abuelo Kamisky y Borís jugaban al ajedrez. Al menos, pensó Anya, no se encontraban los odiosos Lébedev.

—Lo que nos ha costado encontrar tu regalo —dijo Pablo a modo de excusa, mientras Anya entregaba a su hijo el regalo. Ígor desenvolvió el paquete y se le iluminó la mirada al ver que eran unas botas nuevas.

—¡Qué sorpresa! Las necesitaba... Gracias... gracias... por estas botas, ha merecido la pena la espera.

Pablo se acercó sonriendo y le encasquetó en la cabeza un gorro de piel.

—¡Pareces un miembro del Comité Central! —dijo riendo.

La tía Olga entró en la sala con una sopera entre las manos y les pidió que se sentaran a la mesa.

—Te has esmerado, tía —afirmó Borís mientras comenzaba a saborear la sopa de queso.

—Sí... eres la que mejor hace la sopa de queso —aseguró el abuelo Kamisky.

—Es muy sencilla, solo lleva patatas, verduras y el queso Druzhba —respondió orgullosa la tía Olga.

—Tú haces milagros con la comida. —Y Anya cogió con afecto la mano de su tía.

Ígor llevaba el peso de la conversación obligándolos a todos a que participaran. No estaba dispuesto a que los rostros sombríos de su padre y de su abuelo oscurecieran su cumpleaños. Sabía que tanto el uno como el otro se sentían molestos por el retraso de su madre y de Pablo. Pero a él tanto le daba; su madre estaba allí, tan bella y amable como siempre, y además le había llevado el mejor regalo, aquellas botas que estrenaría al día siguiente.

El segundo plato fue tan alabado como la sopa. La tía Olga había cocinado unos *pelmeni* rellenos de carne con rábanos picantes. Era el plato preferido de Ígor.

En cuanto al postre, había hecho un *kasha gúriev* que entusiasmó a su sobrino nieto.

—Mámushka tiene razón, haces milagros —exclamó Ígor cuando la tía Olga colocó la bandeja con el dulce.

—No he podido hacerme con harina para prepararte una tarta, pero como el *kasha gúriev* se hace con sémola cocida en leche... lo único que me ha costado es conseguir las pasas, y afortunadamente aún me quedaba un tarro de nata.

—¡Eres la mejor! —exclamó Ígor levantándose para depositar un beso en la frente de su tía.

Cuando terminaron de cenar Ígor les enseñó el regalo del abuelo Kamisky; le había entregado su tesoro más preciado: un revólver Nagant, el arma con la que había participado en la Revolución.

Anya intentó sonreír cuando su hijo le colocó el revólver en la mano. Ella sentía una profunda repulsión por las armas y aquella era el recordatorio de todo lo que representaba su padre.

Pero no se permitió decir una sola palabra que pudiera ensombrecer aquel momento. No habría sido justo para con su hijo.

—Ya sé que falta mucho, pero ¿celebraremos la Navidad? —preguntó Pablo de repente, arrepintiéndose al instante.

Se hizo el silencio. La tía Olga y Anya bajaron la cabeza, Borís dejó que su mirada se perdiera en la pared que tenía enfrente y el abuelo Kamisky había apretado los puños con tanta fuerza que parecían a punto de romperse. Fue Ígor el que de nuevo se hizo cargo de la situación.

—Puede que nos visite el Ded Moroz y su nieta Snegúrochka... También podríamos pedirle a la tía Olga que nos prepare un pastel para recibir el nuevo año.

—Sí... estaría bien... —dijo Borís sabiendo que la pregunta de Pablo había provocado el enfado del abuelo Kamisky.

—Stalin no debería permitir esas fiestas... son contrarias al espíritu de la Revolución. Somos comunistas, no burgueses —afirmó Grigory Kamisky sin mirar a nadie.

—Lo siento —acertó a decir Pablo, avergonzado por su pregunta.

—Bien, y ahora te daré mi regalo. ¿O creías que no tengo nada para ti? —dijo Borís Petrov intentando dibujar una sonrisa mientras daba una palmada en la espalda de su hijo.

Borís salió de la sala y regresó con un paquete voluminoso. Ígor, impaciente, se levantó y empezó a abrirlo y dio un grito de alegría cuando tuvo en sus manos el regalo de su padre: ¡un acordeón!

A ambos les gustaba aquel instrumento, les emocionaban las canciones acompañadas de su música. Borís fijó sus ojos en los de Anya buscando su aprobación. Ella nunca había comprendido que a Ígor le gustara más la música de acordeón que la del piano. Pero así era su hijo. Cantaron un buen rato, hasta que irrumpió en la sala Polina Lébedeva.

—Me veré obligada a presentar una protesta formal por su comportamiento incivilizado. Ustedes no tienen ningún respeto por nadie. Se creen los amos de esta casa.

Una semana más tarde, Anya se encontró a Pablo delante de la escuela. Sonrió. Pablo era así, no se había atrevido a decirle que quería acudir a casa de Towianski. Pero allí estaba, sonriente, expectante, deseando poder acompañarla.

—Mámushka... no creas que quiero ir a casa del profesor únicamente por ver a Valka, también es por la poesía, por las conversaciones sobre autores de los que solo te había escuchado hablar a ti. Ahora comprendo por qué.

—Ya sabes que los autores de los que hablamos, Bulgákov, Bábel, Platónov, Mandelshtam, Marina Tsvetáieva, Pasternak y Anna Ajmátova, mi favorita, están proscritos por la Unión de Escritores. Los consideran individualistas, burgueses, egoístas... Algunos han padecido el horror del Gulag... Leerlos es peligroso, es un acto de desacato, de rebeldía, de antisovietismo, de anticomunismo. Muchos de los textos y poemas de estos escritores se han salvado de perecer gracias a que fueron memorizados por sus amigos y trasladados a los *samizdat*, las copias clandestinas, pero buena parte de su obra no la conoceremos nunca porque la han destruido.

—¿Por qué?

—Porque el «hombre nuevo» que quieren crear no debe pensar, su misión es obedecer y dejarse guiar por el Partido. Los intérpretes del Partido son quienes gobiernan, quienes deciden en todo momento por nosotros. Tienen miedo a la libertad, tienen tanto miedo que por eso nos prohíben pensar y hablar. Así es el comunismo.

—Pero el abuelo y Borís… ellos… yo los quiero, sé que son buenos.

—Sí. Quiérelos como son, ¿qué otra cosa podemos hacer? Y ahora, vamos a darnos prisa o llegaremos tarde.

Madrid, enero de 1948

Levantarse, vestirse, lavarse la cara y las manos, acudir al rezo... los sermones... los empujones de las celadoras...

¿Dónde estaba Florinda? ¿Por qué la seguían interrogando sobre su amiga?

A lo largo de aquel año interminable ya la habían interrogado en dos ocasiones más; sabía que de la sala de interrogatorio saldría con unos cuantos golpes, pero no podía responder a las preguntas de sus interrogadores porque nada sabía. De manera que repetía una y otra vez lo mismo: Florinda quería que la ayudara a encontrar un trabajo, nada más. No, no sabía quién era el hombre que acompañaba a Florinda. No podía decir su nombre porque no se lo habían dicho. Le había enseñado y entregado las caricaturas, pero sin otro afán que compartirlas con ella. Imaginaba que podían hacer algún cartel o ilustrar un pasquín, pero no creía que eso pudiera ser un delito. En todos los periódicos europeos se publicaban caricaturas de sus dirigentes. No, no quería ofender.

Y así en las tres ocasiones en que la habían interrogado. Menos mal que entre una y otra pasaban semanas. Y de nuevo volvían los policías y la requerían para que diera nombres. Los nombres de la célula a la que pertenecía. Y ella insistía en que no pertenecía a ninguna célula. Entonces le recordaban que había estado casada con un comunista y que no había bautizado al hijo que había tenido con él. La acusaban de mala madre, mala cristiana, mala mujer. La insultaban y humillaban hasta que sentía que se le revolvían las entrañas y se preguntaba si aquellos hombres tendrían razón.

Como nada tenía que decir, solían insistir en sus preguntas acompañándolas de algún puñetazo o una patada que la hacía caer de la silla.

Los interrogatorios se prolongaban durante horas y cuando regresaba a su celda se encogía en el camastro pidiéndole a Dios que aquella fuera la última vez. Pero Dios, acaso porque ella se había apartado de Él en el pasado, guardaba silencio y no daba ninguna señal de compadecerse de su sufrimiento.

No sabía qué hora era. Las horas terminaban evaporándose ante sus ojos. Un día, al ver a uno de los hombres mirar el reloj, se atrevió a pensar que quizá se les estaba haciendo tarde y la devolverían a su celda. Y así fue.

Apenas podía dar un paso cuando le permitieron salir de la sala de interrogatorios. Se pegaba a la pared temiendo desmayarse por más que la celadora la arrastraba con violencia tirándole del brazo.

—¡Vamos, muévete, o te crees que soy tu señorita de compañía! —gritaba aquella mujer de gesto adusto y voz agria.

Los días continuaron pasando y Clotilde soñaba que se olvidarían de ella, pero en su fuero interno sabía que la tregua no duraría; nunca duraba.

Enrique aguardaba detrás de la reja del locutorio. Le acompañaba Javier Cano. Clotilde suspiró. Le hubiera gustado disponer a solas de los pocos minutos que les concedían a las visitas.

Su marido metió las manos entre los barrotes buscando las suyas.

—Pero ¡qué te han hecho! —exclamó al ver la piel amoratada del rostro de Clotilde.

—Nada... nada... no te preocupes. ¿Cómo está Lucía? ¿Y mis padres? ¿Estáis todos bien?

—Por Dios, Clotilde, no intentarás decirme como la otra vez que esos golpes te los has hecho tú porque te has caído...

—Es que estoy un poco débil y me he vuelto torpe —aseguró ella, temiendo que si le contaba lo que hacían en los interrogatorios le impidieran volver a ver a su marido.

—No me lo creo... que no...

Javier Cano carraspeó y en voz baja se atrevió a pedirle que no dijera una palabra de más, «o será peor para todos».

—Pero ¡qué más pueden hacerle!

—Enrique, te lo pido, no digas nada... Hazlo por mí... —suplicó Clotilde.

—No puedo callarme... no puedo permitir que te maltraten.

—Por favor, Enrique... —Y Clotilde comenzó a llorar.

Una celadora se acercó advirtiendo que si seguían alborotando, se llevarían de inmediato a la interna.

—Les quedan quince minutos, ustedes verán...

Enrique contuvo el llanto y apretó entre sus manos las de su mujer.

—Mi tío dice que es cuestión de poco tiempo, que el indulto está al llegar... debes tener paciencia... pronto estarás en casa con Lucía, conmigo...

—Tengo paciencia, no te preocupes. Sé que estás haciendo todo lo posible, que no depende de ti...

—Te lo prometo, ya queda poco, recuperaremos nuestra vida. Tengo planes para nosotros que sé que te gustarán. Pero ya te los contaré... Y Lucía... está preciosa, se parece a ti. Es muy lista y le gusta pintar... bueno, en realidad hace garabatos, pero tiene gusto para mezclar los colores... Mira, te he traído unos dibujos suyos...

Cuando salieron de la prisión, Enrique se derrumbó. No le importó que Javier Cano le viera llorar. El abogado, incómodo, procuraba no mirarle.

Más tarde, en casa de sus padres, Enrique increpó a su tío Bartolomé:

—Dijiste que en Ventas estaría bien, que era una prisión menos dura que las otras, que incluso comían mejor, pero no es cierto, si la hubieras visto... Está demacrada y anda con dificultad. No nos lo ha dicho, pero es evidente que la maltratan.

—Sobrino, una cárcel es una cárcel, pero te aseguro que la de Claudio Coello no es la peor. Lo que sucede es que... en fin... te lo diré... el hombre al que pillaron con las caricaturas... supongo que para defender a esa tal Florinda, declaró que era Clotilde la que quería que se publicaran las caricaturas y que ellos simplemente se hicieron cargo de los dibujos.

—Ya... y la policía se lo ha creído.

—No, claro que no. Pero lo que la policía quiere son nombres, los nombres de quienes mueven los hilos de gente como ese hombre y esa Florinda y... y de Clotilde —aseveró Bartolomé—. Están convencidos de que tu mujer sabe más de lo que dice. Por eso, de cuando en cuando, vuelven a interrogarla y... sí... puede que se les vaya la mano. Hemos ganado la guerra, pero ahí fuera aún hay muchos rojos, gentuza que quiere impedir que se consolide la paz.

—¿Y lo van a conseguir a golpes?

—Hijo, tu tío hace lo que puede... —Jacinto Fernández se sentía impotente ante el dolor de su hijo.

—Lo sé, padre, lo sé, pero Clotilde es inocente, nada ha hecho, no comprendo por qué se está retrasando el indulto.

—Porque necesitan nombres... los nombres de los comunistas que siguen por ahí fuera —insistió su tío.

—Entonces nunca soltarán a Clotilde porque ella nada sabe. Lo juro.

—Enrique, si no fueras mi sobrino... Bueno, que sepas que cuando detuvieron a Clotilde también querían interrogarte a ti porque sospechan que algo debías saber de esas caricaturas.

—Y con gusto me habría declarado culpable. Sí, claro que había visto esas caricaturas e incluso animaba a mi esposa a que siguiera dibujando.

—¡Ni se te ocurra decirlo! —gritó Josefina.

—Pero es la verdad, madre, es la verdad. Siempre animé a Clotilde a que siguiera dibujando. Y me siento culpable de haberlo hecho.

—¿Qué sabes de esa tal Florinda? —preguntó Bartolomé.

—Nada, no sé nada, pero te aseguro que si supiera algo, lo diría si eso salvaba a mi Clotilde.

—¡No digas eso! —le recriminó su padre.

—Cualquier cosa... haría cualquier cosa para que suelten a mi mujer. Y ya os digo que el día que lo hagan nos iremos, sí, nos iremos de este país. Ya me fui una vez porque no quise participar en la guerra, y me volveré a marchar porque no quiero participar del horror y la violencia que han desatado los vencedores.

—Que nadie te oiga... lo que dices no ayudaría a Clotilde —dijo Bartolomé.

Moscú, febrero de 1948

Cada jueves Pablo esperaba a Anya en la puerta de la escuela y juntos iban caminando hasta la casa del profesor Towianski.

Anya sabía que, más que en la literatura, el interés de Pablo estaba en Valka Efímova. El chico se había enamorado.

Valka era consciente del amor del adolescente y coqueteaba con él, actitud que irritaba a Anya, hasta el punto de pedirle a Leonid que hablara con la joven o de lo contrario ella se presentaría en el club de Konstantín Kiselev para decirle que sujetara en corto a su novia.

Leonid se enfadó. Le recriminó que pudiera ser capaz de ponerlos a todos en peligro por el enamoramiento inocente de Pablo. A Valka le gustaba sentirse admirada no solo por Pablo sino por cualquier hombre. Y si Anya quería evitar que el chico babeara por Valka, la cosa tenía fácil solución: que no le trajera a las reuniones.

Aquella tarde la nieve cubría las aceras y las calles estaban casi desiertas. Anya incluso había dudado si asistir a la velada literaria, pero Pablo la convenció de que no había motivo para no hacerlo.

—Es invierno y esto es Moscú. No recuerdo un solo invierno en que no nieve. Y nunca hemos dejado de hacer lo que hay que hacer. Cuando era pequeño me hubiera gustado quedarme en la cama mientras nevaba, pero el abuelo Kamisky nunca nos lo permitió. Y tenía razón. Si lo hubiéramos hecho, habríamos pasado meses sin ir a la escuela.

Estaban llegando a casa de Moshe Towianski cuando Leonid les salió al paso.

—Anya..., marchaos a casa... tengo un mal presentimiento... Se lo he dicho esta mañana a Moshe, pero se ha reído.

—¿Un presentimiento? ¿Qué presentimiento? —preguntó ella, alarmada.

—No sé... llevamos meses reuniéndonos en casa de Towianski y esta tarde, en clase, Valka se ha acercado y me ha susurrado que Konstantín le había advertido que era mejor que Towianski suspendiera la reunión de hoy. Incluso le ha prohibido asistir a ella.

—¿Valka no va a ir? —preguntó Pablo con un deje de decepción en la voz.

—Es joven, soberbia y cree que ser novia de Konstantín es un salvoconducto para hacer lo que le venga en gana. Irá, la muy tonta irá. Pero además... bueno, anoche Masha comentó de pasada que había oído decir que algunos intelectuales estaban abusando de la paciencia del Kremlin... Le he preguntado que a qué se refería y se ha limitado a decir que en la Unión de Escritores llevan días con cuchicheos... y que se teme una redada. Luego me ha pedido que esta tarde la acompañe a casa de sus padres; cuando le he dicho que a lo mejor terminaba tarde, me ha insistido mucho en que debía acompañarla.

—Entonces ella sabe algo.

—No, no lo creo, pero lo intuye.

—¿Y Towianski qué dice?

—El muy insensato se niega a cancelar la velada. Según él, no hacemos nada malo por recitar poemas y hablar de literatura.

—Y tiene razón —intervino Pablo.

—No se trata de si tiene razón o no, se trata de que si se está preparando una redada, puede que seamos nosotros los que caigamos en las redes del MGB, el Ministerio de la Seguridad del Estado.

—¿Qué vas a hacer, Leonid? —quiso saber Anya.

—Haré caso a Masha. He venido a avisarte, no sería prudente que vayáis a casa de Towianski.

—Pero el profesor tiene razón —insistió Pablo—. ¿Qué hay de malo en leer poesía y hablar sobre novela o teatro?

—Eres inteligente, Pablo, y sabes que las reuniones literarias son consideradas casi como subversivas... Recuerda que Anya ya estuvo en la Lubianka... Creo que debéis iros a casa.

—Gracias, Leonid, eres un amigo leal.

—No quiero seguir perdiendo amigos en la Lubianka o en el Gulag.

Y, sin despedirse, Leonid echó a andar entre los copos de nieve que envolvían la ciudad.

—Nos vamos a casa —dijo Anya apretando el paso.

—Déjame ir a casa del profesor Towianski. No me quedaré mucho. Te lo prometo —pidió Pablo en tono de súplica.

—Pero ¿es que no has oído lo que nos ha dicho Leonid? Va a haber una redada. Masha se lo ha avisado a su manera.

—A lo mejor la ha interpretado mal —replicó Pablo.

—No, no la ha interpretado mal. Masha quiere a su marido y aunque es leal al Partido y a la Unión de Escritores, ha sabido cómo decirle que corre peligro y Leonid se ha comportado con mucha lealtad con nosotros al avisarnos.

—Por favor, mámushka...

—Pero ¿qué te pasa, Pablo?

—Tengo que ver a Valka... Si es verdad que va a haber una redada, al menos me gustaría estar allí para ayudarla.

—¿Y cómo piensas hacerlo? El único que puede ayudarla

es su novio, Konstantín. Vamos, no te comportes como un niño caprichoso.

—No puedo dejarla sola. Yo... supongo que te has dado cuenta, pero estoy enamorado.

—Sí, claro que me he dado cuenta, pero solo tienes quince años y ella es mayor que tú; además, no creo que a su novio le guste la competencia.

—Al menos podría intentar convencerla de que no se quede en casa de Towianski. La acompañaré a su casa y luego cogeré el trolebús para ir a la nuestra.

—No, no te puedo permitir que hagas esa locura. Terminarías en la Lubianka.

—Por favor... si no lo hago y le sucede algo, me sentiré culpable el resto de mi vida.

A Anya le conmovía ver a Pablo enamorado con el fervor que solo se siente la primera vez. También ella había estado dispuesta a todo cuando conoció a Borís y aunque era mucho lo que los separaba, pesaba más el amor irrefrenable que sentían el uno por el otro. Podía comprender a Pablo, pero no podía permitir que aquel amor le colocara en peligro.

—Si tanto te preocupa Valka, iré yo a casa de Moshe Towianski e intentaré convencerla para que no se quede allí. Tú nos esperarás a dos manzanas de distancia. ¿De acuerdo?

—No, no quiero que corras peligro. Lo haremos al revés —insistió Pablo con tozudez.

—Por favor, debemos ser sensatos.

Pero él se despegó de su lado y con paso rápido llegó antes que Anya a la casa de Towianski.

El portal estaba en silencio y Anya lo sintió como un mal presagio. Subieron las escaleras y cuando llegaron al piso del profesor, Pablo pulsó el timbre con impaciencia. Se abrió la puerta, pero no era el amable rostro de Towianski quien les dio la bienvenida, sino el rostro tosco de un hombre al que no habían visto antes.

—Pasen... pónganse cómodos... —Y les indicó con la mano que entraran en la sala.

Anya se tapó la boca para reprimir el grito que le subía por la garganta. Moshe Towianski estaba sentado en una silla con las manos esposadas a la espalda. No había nadie más en la sala. De repente entraron dos hombres que parecían un calco del que les había abierto la puerta.

—Bien, profesor, aquí están otros dos invitados suyos, espero que nos dirá sus nombres.

—Soy Anya Petrova. —Anya se había adelantado para evitar que Towianski tuviera que decir nada.

—¿Y este joven? —preguntó uno de los hombres vestido de negro, con una altura desmesurada y un rostro en el que llevaba dibujada la brutalidad de su espíritu.

—Es mi hijo... dejen que se marche.

—¿Y por qué habríamos de hacerlo, Anya Petrova? —preguntó el mismo hombre.

—Porque solo me ha acompañado.

—¡Solo la ha acompañado!... Vaya... cuando usted dice «solo» quiere decir que es inocente de cualquier otra cosa que no sea acompañarla, ¿me equivoco?

—No sé qué pasa aquí... ni por qué tienen esposado al ilustre profesor Towianski. He venido a hacerle una consulta... el profesor es una eminencia en historia.

—Y naturalmente me dirá que es la primera vez que viene a casa del profesor.

—Desde luego que no, le he visitado en otras ocasiones. Hasta ahora visitar a los amigos no era un delito.

—Visitar a los amigos no es un delito; visitar a los amigos para llevar a cabo actividades contra el Estado, eso sí es un delito.

—No sé a qué se refiere.

—Sí, sí lo sabe, camarada Petrova. Naturalmente que lo sabe, y es lo que nos dirá tarde o temprano. Nos acompañará a la Lubianka. No estará sola, la mayoría de los invitados del profesor Towianski ya se encuentran allí. Y le aseguro que todos hablarán, camarada, todos.

—Se refiere a que logran que la gente se acuse de cualquier cosa para que dejen de torturarlos.

—Es usted muy audaz, camarada, muy audaz. Veremos cuánto tiempo le dura tanta audacia.

El hombre hizo un gesto a los otros dos. Un minuto después, Anya y Pablo eran introducidos en un coche negro con rumbo a la Lubianka.

—Perdóname... perdóname... por favor, mámushka —susurraba Pablo intentando reprimir las lágrimas, consciente de su imprudencia.

—Calla, no pasa nada. Tienes que ser fuerte. Es mi culpa por no haber sabido evitar esto. Tú solo eres un crío.

Cuando se cerraron las puertas de la Lubianka, Pablo se puso a temblar; unos segundos más tarde, cuando le separaron de Anya, hizo un esfuerzo por contener las lágrimas.

Le llevaron a una celda y le empujaron sin miramientos. Los hombres que se habían hecho cargo de él guardaban silencio y cuando Pablo se atrevió a preguntar por qué le habían llevado allí, recibió un golpe en los riñones que le hizo doblarse y caer al suelo. Después, en la oscuridad de la celda, lloró.

Anya intentó mantenerse tranquila. Ya conocía el ritual. En la celda solo podía dar cuatro pasos. Un ventanuco daba al pasillo oscuro por donde la habían llevado. Se sentó en el suelo preguntándose cómo estaría Pablo. Tendría que haberle obligado a regresar a casa, pero le conmovió su ingenuo enamoramiento por Valka, su primer amor. Se dijo que aquella chica no merecía ni el amor de Pablo ni mucho menos el infierno que iba a tener que soportar por ella. Pero no cabía lamentarse por lo que podrían haber hecho. Sabía que lo importante era encontrar la fuerza para enfrentarse a los interrogatorios, a la tortura, a la soledad.

El hombre del MGB le había dicho que habían detenido a todos los que iban llegando a la velada literaria de Towianski, de manera que estarían allí, en otras celdas, sintiendo el mismo miedo y la misma desesperanza que sentía ella.

¿Qué haría Borís cuando se enterara de que de nuevo la habían detenido? ¿Y su padre? Quizá pensara que ella se lo tenía bien merecido, pero ¿y Pablo? ¿Harían algo por rescatar a Pablo de aquel agujero que conectaba directamente con el infierno?

Moscú
Medianoche en casa de los Kamisky

El abuelo Kamisky no se había acostado. Sentado en el borde de la cama, no despegaba la mirada del reloj viendo cómo pasaban los segundos, los minutos, las horas, sin que Anya ni Pablo entraran en casa.

Borís hacía ver que leía sentado en la sala. La tía Olga se había refugiado en el cuarto que compartía con Anya y allí rezaba ante el icono que tan celosamente guardaba.

Ígor llevaba horas enfrentándose a sí mismo. Su padre le había preguntado si sabía dónde podían estar Anya y Pablo y él se había encogido de hombros sin responder. Su padre había insistido recordándole que todos los jueves Pablo se acercaba hasta la escuela de Anya y luego regresaban juntos a casa, claro que solían excusar la tardanza diciendo que preferían andar antes que coger el trolebús y que por eso tardaban. Mentían. Todos sabían que mentían. Pero Borís estaba seguro de que Ígor sabía la verdad.

Ya era medianoche y si no habían regresado solo podía ser o por un accidente o... Borís no quería ni pensarlo. No se atrevía a pensar que los hubiesen detenido, ¿por qué iban a hacerlo?

Escuchó los pasos de Ígor. Su hijo se plantó ante él. Pudo leer la inquietud y el temor en su mirada.

—Siéntate —le pidió señalando el sillón.

—¿Crees que le ha pasado algo malo a mi madre? —preguntó Ígor.

—Hijo, lo que creo es que tú sabes algo que no nos dices y que tiene que ver con esos paseos que al parecer se dan todos los jueves tu madre y Pablo.

El joven tragó saliva sintiendo que las palabras se le atascaban en la garganta. Si decía lo que sabía estaría siendo desleal a su madre y a Pablo, pero si hablaba, quizá podría ayudarlos en caso de que les hubiese sucedido algo.

Volvieron a cruzar las miradas mientras Ígor tomaba una decisión.

—Mámushka suele ir los jueves a las veladas literarias de un profesor de Historia amigo de Leonid, da clases en la misma universidad.

—¿Sabes cómo se llama ese profesor? —preguntó Borís a su hijo intentando mantener la calma.

—Creo que es judío... Moshe Towianski. Es muy amigo de Leonid, aunque Masha nunca le acompaña... Se reúnen en su casa y hablan de literatura, teatro, y mámushka toca el piano. No hacen nada malo.

—¿Y Pablo?

—Pablo la acompañó en una ocasión y allí conoció a una chica, bueno, es mayor que él, se llama Valka. Pablo dice que es guapísima. Quiere ser actriz, le gusta el teatro y es alumna de Leonid. Aunque tiene novio... un novio que también es amigo de Leonid.

—¿Sabes dónde vive ese profesor Towianski?

—Sí... Pablo me lo dijo, en la calle Kaloshin, no está lejos de la calle Arbat.

—Sé dónde está. Así que ese Towianski es amigo de Leonid...

—Eso me ha dicho Pablo. ¿Crees que les ha pasado algo?

—Veladas literarias... Alguien habrá dado un chivatazo de

que en esas veladas, además de literatura, hablan de otras cosas... Seguramente, de Stalin.

—No, no, solo hablan de literatura.

—Quién sabe... En los círculos literarios siempre hay delatores, alguien que quiere salvarse a sí mismo o tan solo protegerse para que no vayan a por él. ¿Por qué crees que detuvieron al marido y al hijo de Anna Ajmátova? Porque entre su círculo de amigos había delatores.

—Anna Ajmátova es una mujer con mala suerte. También detuvieron a Nikolái Punin —murmuró Ígor.

—Sí, el segundo hombre importante de su vida, o eso dicen. Le detuvieron, le encarcelaron, le acusaron de actividades antisoviéticas. Pero lo que de verdad la ha destrozado es el sufrimiento por su hijo Lev cuando le detuvieron, acusándole de terrorismo. Sin embargo, Ajmátova no es problema nuestro, debemos preocuparnos por tu madre y por Pablo.

—¿Qué vamos a hacer?

—Esperar a que amanezca. Iré a casa de Leonid. Si los han detenido, quizá Masha sepa algo.

—¿No podríamos ir ahora?

—Tú no irás a ninguna parte, ni hoy, ni mañana ni nunca.

—Mámushka... Mámushka no puede vivir en la Unión Soviética... necesita ser libre.

—¿Y tú qué sabes lo que significa ser libre? ¿Quién te ha dicho que aquí no lo somos?

—Todos lo sabemos, solo que unos callan porque se benefician, otros porque su vida hoy no es peor de lo que era con el zar, y otros callan por miedo. Pero mámushka no es así y... ¿no podríamos irnos?

—¿Adónde? Dime, ¿por qué quieres irte?

—Porque si nos quedamos nos destruirán. En parte ya lo han hecho, os han separado a ti y a mi madre. ¿Crees que no nos damos cuenta?

Borís Petrov dirigió a su hijo una mirada en la que se reflejaba tristeza y cansancio.

—Descansa, Ígor, mañana todo se arreglará, ya verás.

—Y tú, ¿qué vas a hacer? —preguntó el muchacho.

—Voy a esperar por si a última hora llegan tu madre y Pablo. Si no vienen esta noche, mañana temprano iré a casa de Leonid.

Masha se estaba vistiendo cuando oyó el timbre de la puerta. No pudo evitar un sobresalto. Respiró hondo. Leonid aún estaba en el cuarto de baño, así que abriría ella.

Borís Petrov ni siquiera la saludó, se limitó a empujar la puerta y cerrarla una vez que estuvo dentro. Masha le miró contrariada. La presencia de Petrov era un anuncio de problemas.

—Quiero hablar con Leonid y también contigo.

—Estamos a punto de salir... Leonid tiene clase y a mí me esperan en la Unión de Escritores, hoy tenemos una reunión con Sergei Mikhalkov, que, como bien sabes, es un poeta importante.

—Si tú lo dices, Masha... Mi fuerte no es la poesía, pero lo que sí sé es que su importancia se debe a que es el poeta preferido de Stalin.

Leonid apareció con un peine en la mano. Aún estaba a medio vestir.

—¡Borís! ¿Qué haces aquí?

—Preguntarte si han detenido a Anya y a Pablo.

Se quedaron en silencio. Leonid bajó la mirada esquivando la de su mujer. La crispación se había dibujado en el rostro de Masha.

—No hemos visto a Anya —respondió Masha con sequedad.

—¿Estás segura? —insistió Borís.

—Segura, y ahora permite que terminemos de arreglarnos

para ir a nuestro trabajo. Ya te he dicho que tengo una cita con Sergei Mikhalkov y no puedo hacerle esperar.

—¿Tú tampoco has visto a Anya? —Borís miraba directamente a Leonid.

Durante unos segundos se hizo el silencio, el tiempo en que Leonid tardó en decidirse a hablar.

—Sí, yo sí vi ayer a Anya y le pedí que no fuera a casa de Moshe Towianski —dijo con un deje de inseguridad en la voz.

—¡Leonid! —Masha miraba enfadada a su marido.

—Lo siento, Masha, no podía dejar de advertir a Anya de que ayer no era un buen día para la poesía. Sabes que... nunca me he perdonado la detención de Pyotr, ni tampoco la de Oleg y Klara, ni la de Talya.

—¡Cállate! No seas imprudente —le recriminó a su marido.

—Le pedí a Anya que se fuera a casa... es lo que hice.

—No tenías derecho de advertir a nadie sobre mis palabras. Ni siquiera a Anya —añadió Masha.

—¡No soporto sentirme culpable!

—¡No seas estúpido! Tus amigos son carne de Lubianka... lo mismo que tú si no fuera...

—Si no fuera porque has convertido a Leonid en un delator, lo mismo que eres tú, ¿verdad, Masha? —La voz de Borís parecía impregnada de hielo.

Leonid bajó la cabeza avergonzado, pero Masha sostuvo la mirada de Borís.

—¿Te crees mejor que nosotros? No lo eres, Borís Petrov, tú también haces lo que te mandan. ¿Acaso te has rebelado contra alguna de las órdenes que te dan? No, no lo has hecho. Obedeces y callas.

—Soy un soldado.

Masha le miró con desprecio.

—¿Y por eso te crees mejor? No lo eres, Borís.

—Habéis traicionado a vuestros amigos, espero que eso os

impida dormir. —Las palabras de Borís estaban cargadas de resentimiento.

—Yo duermo bien, Borís, muy bien, soy leal al Partido, obedezco, no pienso, simplemente hago lo que me dicen que es mejor para nuestra Revolución. Y Anya, Oleg, Klara, Pyotr y su tonta esposa, Talya, siempre se han creído que eran mejores que todos nosotros. Egoístas, individualistas, burgueses, eso es lo que son.

—Sois despreciables —afirmó Borís.

—Si tú lo dices... —respondió Masha.

—Anya... he hecho todo lo posible por ella... créeme, pero tu mujer... ya la conoces... no escucha a nadie —intentó disculparse Leonid.

—No eres tan ingenuo para ignorar que entre los amigos siempre hay alguno dispuesto a salvarse denunciando a los demás. Además, no era ningún secreto que todos los jueves el profesor Towianski recibía en su casa a escritores y artistas, burgueses inconformistas con nuestra Revolución —añadió Masha.

—¿Dónde están Anya y Pablo? —insistió Borís.

—Supongo que en la Lubianka —respondió Masha.

—¿Puedes hacer algo? —Más que una pregunta era una súplica.

—No, no puedo. Me convertiría en sospechosa si me interesara por ella. Leonid y yo somos leales al Partido, ya te lo he dicho. Y tú, Borís, pagarás por Anya. Estás casado con una diletante egoísta que antepone sus gustos burgueses a los logros de la Revolución, a lo que espera el Partido de sus intelectuales. Lo siento, Borís, no podrás hacer nada por Anya. Como nadie pudo hacer nada por Bábel, ni por Ósip Mandelshtam, ni por la Tsvetáieva... como nadie hará nada por Anna Ajmátova. Ni siquiera Borís Pasternak se salvará.

Borís se plantó delante de Masha y en voz baja y señalándola con un dedo amenazador, le dijo lo que ella no quería oír:

—Es inútil, Masha, no lo lograréis. Siempre habrá quien decida seguir escribiendo, aunque no se lo permita el Partido, y otros seguirán escuchando y memorizando las obras de los escritores que consideráis malditos. Ya lo ves, sus obras están prohibidas, pero hay miles de personas que se las aprenden de memoria y eso no podéis evitarlo. El *Réquiem* de Ajmátova no ha visto la luz, pero algunos de sus versos están escritos en los *samizdat*, otros se han difundido gracias al boca a boca. Creéis que vais a ganar, pero ya habéis perdido. —Las palabras de Borís estaban cargadas de rabia.

—Te equivocas, tú eres el perdedor.

—Algún día pagaréis por vuestra infamia —insistió él.

—Deberías irte —dijo Masha sin mirarle.

Borís abrió la puerta y salió sin despedirse. Ya estaba todo dicho, no cabían más palabras. Ahora ya sabía que Anya y Pablo estaban en la Lubianka, en alguna de aquellas celdas subterráneas donde se encerraba a los disidentes.

Se enfureció al pensar que Anya se hubiera comportado de manera tan insensata permitiendo a Pablo que se uniera a esas veladas en casa del profesor Towianski sabiendo que corrían peligro y que si los detenían, aunque Pablo fuera todavía un muchacho, le torturarían hasta que confesara crímenes que no había cometido.

¿A quién podía recurrir? Cualquiera que se interesara por un disidente hacía recaer sospechas sobre sí mismo. ¿Quién estaría dispuesto a ayudarle?

Anya ya había pasado meses en la Lubianka y había sido su padre el que había logrado sacarla de allí, pero en esta ocasión dudaba que ni siquiera Grigory Kamisky pudiera lograrlo. Anya era una reincidente, Stalin odiaba con especial saña a los intelectuales y Lavrenti Beria, el sádico jefe de la policía política, se complacía en satisfacer aquel odio.

Entrada la mañana, cuando llegó al Ministerio de Defensa había tomado una decisión. Se sinceraría con su jefe superior y le pediría consejo y ayuda. Era lo único que podía hacer.

—Coronel Petrov... me alegro de verle.

La voz le hizo parar en seco y al volverse en encontró con el rostro pecoso y el cabello rubio de Lena Vorobiova. No se habían vuelto a encontrar desde Stalingrado, pero allí estaba la mejor ingeniera de artillería de la Unión Soviética.

Borís se fijó en los galones de Lena Vorobiova y sonrió. Se cuadró ante ella para saludarla.

—Comandante Vorobiova... yo también me alegro de verla.

—¿Qué tal le va, Petrov?

—Podría irme mejor. ¿Y a usted, comandante Vorobiova?

Ella encogió los hombros mientras en los labios se dibujaba una sonrisa.

—¿Le sigue desconcertando la presencia de las mujeres en el ejército? Le recuerdo que en Stalingrado fue decisivo el Regimiento 1077 que, como usted sabe, estaba dedicado a la defensa antiaérea y, además, todo él formado por mujeres.

—Sin duda un regimiento clave en la defensa de Stalingrado —aceptó Borís—, no se me ocurriría poner en cuestión la valía de las mujeres soldados. Lo han demostrado en el campo de batalla.

—Desde luego, y convendrá conmigo en que Aleksandra Samusenko fue la mejor tanquista de toda la Unión Soviética, no hay hombre que se la compare. Si de algo sé es de tanques.

—Vamos, comandante... no viene a cuento que me dé una lección sobre la contribución de las mujeres en la guerra.

—Ahí es donde está el problema, que usted cree que hemos «contribuido», en vez de tenernos por combatientes como los hombres, ni mejores ni peores, aunque creo que, para ser sinceros, somos mejores.

Borís Petrov no pudo evitar soltar una carcajada.

—¿De qué se ríe? Dígame cuántos francotiradores tienen en su haber trescientos nueve muertos. Esa es la cifra de Liudmila Pavlichenko. Y qué me dice de nuestras «brujas», las mejores pilotos de la Historia; sin ellas habría sido imposible la defensa de Moscú, Leningrado y, desde luego, la de Stalingrado.

—De acuerdo, Lena, la guerra la han ganado las mujeres, felicidades —respondió él con ironía.

—La guerra la hemos ganado entre todos, soldados y civiles, todos, pero no pueden ignorar el valor de las mujeres.

—¿Qué le pasa, Lena? ¿Con quién está enfadada?

—Ya sabe cómo van las cosas ahora que la guerra ha terminado, el Alto Mando prefiere que las mujeres vuelvan a casa.

—Sin duda una decisión equivocada —admitió él.

—Y a usted, coronel, ¿cómo le trata la vida?

—A veces pienso que es más sencillo vivir en tiempos de guerra que en tiempos de paz. En el campo de batalla las reglas están claras y sabes en cada momento a qué atenerte.

—Bien... no creo que volvamos a vernos. Regreso a Leningrado.

—Suerte, comandante.

—Me parece que usted la necesita más que yo, coronel, se ve que no está en su mejor momento.

—No, no lo estoy... Mi esposa está detenida en la Lubianka y uno de nuestros hijos, también.

—No le preguntaré qué han hecho —dijo la mujer bajando la voz—, porque sé que a uno pueden detenerle aunque no haya hecho nada.

—Veladas literarias... acudir a las veladas literarias de un profesor de Historia —añadió Petrov.

—Alguien habrá pensado que sacaría algún rédito denunciándolos —sentenció la comandante Vorobiova.

—Sí, así es, el delator ha sido uno de nuestros amigos.

—Siempre es así, la gente hace cualquier cosa por sobrevivir. Ya no puedes fiarte de nadie. ¿Qué va a hacer?

—¿Cree que puedo hacer algo? Es la segunda vez que detienen a Anya, pero Pablo...

—¿Pablo?

—Es español... el hijo de un amigo, le traje antes de que terminara su guerra civil. Su padre quería venir a la Unión Soviética, pero cayó en el frente. Luego Franco ganó la guerra y Pablo no ha podido regresar. Le queremos como a un hijo. Es un buen chico, quizá demasiado sensible.

—¿Puedo hacer algo por usted, coronel?

—Quizá almorzar conmigo.

—Bien, pues nos vemos en la puerta a la una. ¿Le viene bien a esa hora?

Borís asintió. Encontrarse con Lena Vorobiova era lo mejor que le había pasado en los últimos meses.

Pero aquel no iba a ser el mejor día en la vida de Borís Petrov. Cuando llegó a su despacho vio que tenía una citación urgente para que acudiera al despacho del secretario del ministro de Defensa, el general Aleksandr Vasilevski. Cuando entró en el despacho del secretario ahí estaba la única persona que jamás hubiera querido volver a ver: Stanislav Belov, el comisario político que tanto le había amargado durante la batalla de Stalingrado.

—Pase, pase, Petrov... Precisamente el camarada Belov me estaba hablando de usted.

Se miraron con odio, porque era odio lo que anidaba en las miradas de aquellos dos hombres.

—Coronel Petrov.

—Camarada Belov.

—Bien, una vez que se han saludado les recomiendo que hablen en el despacho del coronel Petrov. Tengo asuntos urgentes que resolver. Coronel Petrov, el camarada Belov le pondrá al corriente de lo que le ha traído hasta aquí. El ministro ha dado su autorización para que el camarada Belov le haga algunas preguntas. Solo eso, ¿de acuerdo, camarada Belov?

Borís Petrov y Stanislav Belov salieron del despacho del secretario sin hablar. Petrov andaba con paso rápido camino de su despacho seguido por Belov. Una vez que cerró la puerta se enfrentó al comisario político.

—¿Qué es lo que quiere, camarada comisario?

—Veo que pensaba que nunca más iba a tropezarse conmigo.

—Diga lo que tenga que decir, tengo trabajo.

—Supongo que no ignora que su esposa Anya Petrova está detenida en la Lubianka por actividades antisoviéticas y que su protegido, ese joven español, Pablo López, también se encuentra detenido. Tiene usted muchas cosas que explicar, coronel.

—De manera que ha venido a detenerme.

—Por pertenecer usted a nuestro glorioso ejército he solicitado permiso para poder mantener una charla. Claro que, dependiendo del resultado de nuestra conversación, podría verme obligado a pedirle que me acompañe.

Petrov no se engañaba respecto a Belov. El comisario político no se conformaría con una conversación, iba a detenerle. Pensó en Lena y se dijo que debía avisarla de que no podrían almorzar juntos.

—Si me permite, le pediré a mi ayudante que no nos molesten y, por si acaso, que anule las entrevistas que tengo pendientes.

—Una decisión muy acertada, coronel.

Borís abrió la puerta de su despacho y, dirigiéndose a su

ayudante, le dio órdenes precisas para que excusara su presencia en las reuniones a las que había sido convocado.

—Y una última cosa... —añadió—. Hace unos minutos me he cruzado con la comandante Vorobiova, dígale que un viejo conocido de ambos, el comisario Belov, ha venido a verme y que eso me va a impedir encontrarme con ella más tarde. ¿Cree que puede dar con ella?

—Desde luego, coronel —respondió su ayudante sin mover un músculo.

Stanislav Belov se había sentado detrás del escritorio de Borís. Se miraron de nuevo con odio, pero Petrov no se amilanó.

—Camarada, si no le importa, me gustaría sentarme donde lo hago siempre.

—No sea susceptible, solo es una silla.

—No lo soy, Belov. Levántese.

Pero el comisario Belov no se movió, quería medir hasta dónde iba a aguantar Petrov, quien se dirigió hacia el escritorio y antes de que el comisario se moviera le levantó desalojándolo de la silla.

—Puede sentarse frente a mí, es muy cómoda la silla para los visitantes, más que la mía.

Belov intentó disimular la ira con una carcajada.

—Camarada Petrov...

—Para usted soy el coronel Petrov.

—No por mucho tiempo, no creo que le permitan continuar en el ejército. El destino de los traidores no es ostentar el rango de coronel. Ya que se niega a tener una charla amistosa conmigo, tendrá que acompañarme.

Estaban a punto de salir del edificio cuando Borís vio a lo lejos a Lena Vorobiova hablando con un oficial.

—¡Lena! —gritó tan alto como pudo.

Ella se volvió extrañada buscando quién gritaba su nombre, y entonces los vio. Reconoció de inmediato al comisario político Belov y se dirigió a zancadas hasta ellos.

—No diré que es una sorpresa verle, camarada comisario.

—Vaya… la camarada ingeniera de artillería.

—¿Qué sucede, coronel Petrov? —preguntó ella ignorando a Belov.

—Ya lo ve… el camarada Belov me lleva detenido.

—¿A usted? ¿Y de qué le acusa?

—Confesará, comandante… confesará…

—Belov, conociéndole, sé que es usted capaz de cualquier cosa.

—Siempre me quedó la duda de si ustedes dos… en fin… sí… creo que ustedes dos tuvieron relaciones amorosas. Tenga cuidado, comandante Vorobiova, no termine detenida como su amante.

Fue entonces cuando Lena Vorobiova hizo lo inesperado abofeteando con fuerza al comisario y rompiéndole el labio, del que empezó a brotar un hilo de sangre.

—Es usted un cerdo repugnante, camarada comisario. Escribiré al mismísimo camarada Stalin para informar de su comportamiento.

Y, dándose la vuelta, se marchó.

Moscú
Lubianka

Pablo temblaba de frío. Le habían hecho desnudarse. No sabía cuántas horas habían pasado desde la detención. Desnudo en aquella celda fría y oscura había perdido la noción del tiempo. De vez en cuando escuchaba gritos desgarradores que llegaban desde lejos. Voces de hombres y mujeres que suplicaban que los mataran de una vez. Y risas, también le llegaba el eco de risas distantes.

La puerta se abrió de repente y dos de los guardianes le hicieron una señal para que saliera de la celda.

—Estoy desnudo... necesito mi ropa... —dijo, pero no pudo seguir hablando porque uno de los guardianes le propinó una patada que le dobló. El otro le agarró del pelo y tiró de él arrastrándole.

En la sala de interrogatorios le esperaban dos hombres.

—Comandante Burdin, aquí está el detenido —dijo uno de los guardianes.

El tal comandante Burdin hizo un gesto y un minuto después Pablo estaba atado de pies y manos sentado en un taburete. Una bombilla muy potente fijada en el techo le cegaba.

—Cuéntemelo todo, camarada López. ¿Es así como se llama, López?

—Me llamo Pablo López... sí... —alcanzó a decir con la voz quebrada.

—Así que es un traidor… un traidor a la Unión de Repúblicas Soviéticas que tanto ha hecho por usted.

—No… yo no he traicionado a nadie.

—Sí, sí que lo ha hecho; ¿cómo le llama a asistir a reuniones contrarrevolucionarias?

—Pero es que no he asistido a ninguna reunión contrarrevolucionaria.

No supo quién le había golpeado, pero el impacto en sus costillas fue tan fuerte que se cayó del taburete quedando tirado en el suelo. No alcanzaba a ver más que los pies de un hombre enfundados en unas botas que le pateaban el cuerpo.

Luego unas manos le sujetaron poniéndole en pie.

—Es un traidor —escuchó decir al que habían llamado comandante Burdin.

—No… no…

De nuevo se vio en el suelo y durante unos minutos que le parecieron eternos sintió las patadas y los golpes de sus guardianes.

—¡Cuélguenlo! Eso le inspirará y nos dirá lo que queremos.

Le sujetaron las manos a una soga que engancharon a una argolla que pendía del techo.

Pablo sintió que se le desgarraba la carne por dentro y que los huesos de los brazos no resistirían mucho tiempo.

Durante unos segundos se hizo el silencio, luego volvieron a golpearle hasta que perdió el conocimiento.

Cuando regresó de la negrura en la que había estado sumido solo alcanzó a ver la silueta del comandante.

—Quiero nombres: Anya Petrova es una traidora, como lo es su esposo Borís Petrov y su padre Grigory Kamisky y su hijo Ígor Petrov. Pero hay más… muchos más… no me haga perder el tiempo.

Intentó tragar saliva, pero sentía la garganta inflamada y

un dolor profundo le subía por las piernas hasta llegar a los brazos inertes.

—No es verdad… no somos traidores… a mámushka solo le gusta la poesía —alcanzó a murmurar.

De nuevo le golpearon. Esta vez sintió que lo hacían con algo duro que debía de ser una barra de metal. Gritó e intentó encoger el cuerpo, pero no podía. Otro golpe y uno más. Escuchó la voz del comandante:

—Trabajadle bien. Nada de devolverle pronto a la celda.

Después recibió otro golpe y se sumergió en una negrura de la que deseó no regresar.

Moscú
Interrogatorio a Anya Petrova

—Camarada Petrova, no debería resistirse a decirnos la verdad. Lo conocemos todo sobre usted y sus amigos. ¿Le gustaría saber qué ha sido de su primo Pyotr Fedorov? Un traidor, otro traidor como usted.

Anya estaba desnuda, de pie, delante de su interrogador. Sentía que el frío le traspasaba la piel hasta cubrirle los huesos, pero intentaba no temblar. Ya había pasado antes por aquello, cuando la detuvieron la primera vez. Sabía que en cualquier momento comenzarían a golpearla. Lo estaba esperando porque era parte del ritual. Había oído hablar de aquel hombre, del comandante Burdin.

Su nombre había franqueado los muros de la Lubianka y provocaba sacudidas de terror. Presumía de lograr las mejores confesiones y mucho más rápido que otros de sus colegas.

—Le daré papel y lápiz, a lo mejor eso la ayuda a recordar.

Anya guardaba silencio, aunque se preguntaba cuánto tiempo podría soportar las torturas. No podía traicionar a nadie puesto que todos los que asistían a la casa del profesor Towianski habían sido detenidos como ella. Pero aun así no cogió el lápiz y se limitó a mirar de frente al comandante Burdin.

—Así que es usted admiradora de Anna Ajmátova...

—Desde luego, cualquier ruso que ame la poesía no podrá dejar de admirar a Ajmátova. Tampoco a Marina Tsvetáieva, ni a Ósip Mandelshtam ni a tantos otros.

—Poesía de burgueses ociosos y egoístas. Ustedes viven al margen de la sociedad, poco les importan los logros de la Revolución que nos ha devuelto la dignidad.

—¿Dignidad? —murmuró Anya.

—La dignidad de la libertad, de dejar de ser súbditos. Pero ustedes se complacen en escribir sobre el amor, sobre sus cuitas sentimentales, sobre la pérdida de un hijo, el recuerdo de un paisaje de la infancia, ¡yo... yo... yo... yo!, solo se preocupan de sí mismos.

Dejándose llevar por un impulso, Anya empezó a recitar:

Bebo por la casa devastada,
por el dolor de mi vida,
por la soledad en pareja,
y también bebo, brindo, por ti.

Por el falso labio que me traicionó,
por el frío mortal en los ojos,
porque es el mundo adusto y brutal
y porque no nos ha salvado Dios.

—¡Basura! Eso es basura burguesa —gritó el comandante Burdin.

—En mi opinión, son unos versos hermosos. Anna Ajmátova refleja muy bien su desesperanza por el fracaso de su matrimonio —respondió ella con un deje de burla.

El comandante Burdin se plantó delante de ella y comenzó a golpearla con saña.

—No, no puede usted conformarse con admirar al gran Pyotr Pavlenko, que tiene nada menos que la Orden de Lenin... ¡Tiene que recitar a esa zorra de la Ajmátova! —gritó fuera de sí.

—Es cuestión de gustos, comandante —alcanzó a decir Anya mientras la sangre le recorría el rostro—. Pavlenko es un pésimo escritor al que nadie recordará, mientras que el nombre de Ajmátova algún día será reverenciado.

—Su esposo, Borís Petrov, es un traidor y su hijo, Ígor Petrov, también lo es.

—Usted sabe que mi marido y mi hijo son buenos comunistas.

—Anya Petrova, su esposo es su cómplice.

—¿Cómplice? ¿De qué? ¿En qué? —preguntó ella con ironía.

Se abrió una puerta y entraron dos de los guardias, que la miraron de arriba abajo, pero Anya no sintió vergüenza por su desnudez sino por la actitud miserable de aquellos hombres.

Durante varias horas siguieron torturándola. Se desmayó en varias ocasiones, pero la reanimaban. Hubo un momento en que estuvo dispuesta a confesar cualquier cosa que le hubieran pedido, pero no podía hacerlo porque era incapaz de hablar. Tenía la garganta tan hinchada que la lengua no le cabía.

—Trabajadla —ordenó el comandante Burdin.

Moscú
Casa de los Kamisky

Estaba cayendo la tarde. El abuelo Kamisky, la tía Olga e Ígor escuchaban en silencio el relato de aquella mujer rubia enfundada en un traje militar con los galones de comandante.

Lena Vorobiova les había explicado detalladamente lo sucedido y también lo que había podido hacer hasta el momento. Su voz era pausada y sus ademanes rígidos, como si temiera dejar moverse libremente sus manos.

La tía Olga se secaba las lágrimas con un pañuelo mientras que Grigory Kamisky escuchaba sin mover un músculo, aunque la amargura se había ido adueñando de su rostro. Ígor, por su parte, no era capaz de ocultar la desolación que le envolvía.

—Haré todo lo que esté en mi mano, pero sé que no es mucho. He pedido una entrevista con el ministro, pero su ayudante me ha dado largas diciendo que está muy ocupado. Aun así, le he entregado una carta que espero que lea. También he llevado a cabo algunas averiguaciones respecto al destino de su hija Anya y de ese chico español, Pablo. Los retendrán en la Lubianka hasta que los hayan exprimido para que denuncien a otros amigos... Luego su destino me temo que sea el Gulag. Lo siento. Me gustaría poder darles alguna esperanza, pero no la hay. Quizá usted podría escribir a Stalin... solo el Vozhd puede devolverle a su hija y a su yerno.

—Pero mi madre no ha hecho nada malo... solo... solo que le gustan los poemas de escritores que no les gustan a las autoridades... Pablo... solo acompañaba a mi madre. Y mi padre... mi padre luchó en la defensa de Moscú y luego en Stalingrado, es un soldado, un buen soldado, leal a la Unión Soviética. Son... son inocentes. —Ígor hablaba como un autómata más para sí mismo que para los demás.

Lena Vorobiova puso su mano sobre la de Ígor conmovida por su desesperanza. Pero no quería decir palabras vanas, torpes palabras de consuelo.

—Claro que son inocentes, pero en ocasiones se cometen errores. El sistema es como es, no quiero engañarte, Ígor, no quiero decirte que volverán pronto a casa porque no sería verdad.

—Usted es comandante... ¿no puede hacer nada? —preguntó desesperado el muchacho.

—No puedo prometerte nada. Lo siento.

Se despidió dejándoles su dirección y su teléfono y pidiéndoles que le comunicaran cualquier novedad. Nada más.

Madrid, febrero de 1948
La liberación

Enrique aguardaba impaciente en la puerta de la prisión. Javier Cano estaba dentro de aquellos muros de los que esperaba salir en compañía de Clotilde. Por fin su tío había conseguido el indulto que le devolvía a su mujer.

Llevaba una hora esperando y la lluvia le había calado el sombrero. Pero no le importaba.

Volvió a mirar el reloj y empezó a temer que hubiera surgido algún contratiempo.

De repente vio al abogado en la puerta asomando la cabeza y mirando a derecha e izquierda como si buscara a alguien. Luego se volvió y, cogiendo del brazo a Clotilde, salieron a la calle. Enrique corrió hacia ellos y abrazó con fuerza a su mujer. Las lágrimas y la lluvia corrían por el rostro de ambos, que, incapaces de encontrar palabras, se apretaban en el abrazo. Luego Clotilde empezó a toser y se apartó. Aquella maldita tos era la expresión del mal que le taladraba los pulmones.

—Ya está. He tenido que cumplimentar algunas formalidades, pero aquí estamos —dijo Javier Cano conmovido por la situación.

Corrieron calle abajo donde estaba aparcado el coche de Jacinto Fernández que los aguardaba nervioso. Cuando los vio llegar salió del auto y abrió las puertas para que pudieran refugiarse. Dentro del coche también estaba el padre de Clotilde.

—Hija... hija mía... Dios Santo, qué delgada estás... Pero qué te han hecho, hija. —Don Pedro no podía reprimir las lágrimas viendo el estado en que se encontraba Clotilde.

—Estoy bien, padre... estoy bien... —decía ella conteniendo el llanto. Y de nuevo le dio otro acceso de tos y tuvo que refugiar los labios sobre un pañuelo.

Jacinto Fernández arrancó el motor y aceleró deseando poner distancia con aquel edificio donde había estado presa su nuera.

—Tu madre y Josefina están esperando en tu casa con Lucía... y también Bartolomé y Paloma... Tenemos que agradecer a Bartolomé todo lo que ha hecho, sin él habría sido más difícil. —Pedro Sanz hablaba nervioso mientras apretaba la mano de su hija.

—Lucía está preciosa, ya verás... Es muy buena, aunque no para, y habla... tiene lengua de trapo y es muy graciosa —añadió su suegro.

Clotilde se derrumbó en brazos de su madre cuando esta abrió la puerta. Sentirse envuelta por los brazos de ella era estar en casa. Luego vislumbró una cabecita de rizos castaños y al bajar la mirada se encontró con su hija. Lucía se escondía detrás de su abuela Josefina sin entender lo que estaba pasando.

Clotilde se agachó para ponerse a la misma altura que Lucía y con una mano temblorosa le acarició la mejilla. No se atrevía a apretarla contra ella por si la niña lloraba y también temía asustarla por la tos persistente que apenas le daba tregua.

—Es mamá, Lucía... tu mamá... —dijo Enrique.

La niña miró a su padre e hizo ademán de romper a llorar. Tanto alboroto la desconcertaba.

—Mamá... es mamá... tu mamá —insistió Enrique.

Entonces la niña echó los bracitos al cuello de su madre y ninguno de los presentes pudo contener el llanto.

—Soy mamá... tu mamá —murmuraba Clotilde besando a Lucía.

—Mamá... —dijo la niña, y Clotilde sintió que se le desgarraba el alma.

Dolores y Josefina habían preparado algo de picar. Sabían que aquel día debían dejar que Clotilde se reencontrara con su marido y con su hija, pero no podían renunciar a participar de la alegría de tenerla de nuevo en casa.

Queso, un poco de chorizo y salchichón, unas aceitunas... y un brindis con un vino que había traído Bartolomé.

Clotilde estaba ávida de noticias, quería saber cómo estaban todos, le preocupaba el rostro cansado de su padre, la pérdida de vigor en los ojos de su madre, y también le entristecía ver que su marido había envejecido. Se sentía culpable, había sido ella quien les había provocado tanto dolor.

¿Cómo había podido sacrificar estar con su hija y con su familia por unas caricaturas? Era el reproche que no había dejado de hacerse durante el largo año pasado en prisión. Pero luego se rebelaba diciéndose que nadie debería perder la libertad por pensar diferente y mucho menos por dibujar.

Cuando se quedaron a solas, Enrique le pidió a Clotilde que se sentara porque tenían que hablar.

—Tengo algo que proponerte, quizá hoy no sea el día... pero quiero que lo pienses porque se trata de nuestro futuro, pero sobre todo del de nuestra hija. Lucía se merece una vida mejor y aquí... aquí es imposible. No quiero que crezca en un país de vencedores y vencidos, en un país cuyo régimen ha encarcelado a su madre por dibujar unas caricaturas, en un país donde se tiene miedo a hablar. Piénsalo, Clotilde —añadió—, piénsalo, podemos irnos a México...

Desde allí nos sería más fácil iniciar la búsqueda de Pablo, los mexicanos no tienen problemas con los soviéticos.

—Pero México está más lejos de Rusia que España —respondió ella, abrumada por lo que su marido acababa de decirle.

—Lo pensaremos juntos, veremos los pros y los contras... Ahora tienes que recuperarte, dejarte cuidar y, sobre todo, estar con Lucía, la niña tiene que acostumbrarse a ti, descubrir lo que significa tener una madre.

—Sí, lo pensaremos, te lo prometo, pero... no sé, Enrique, no sé... no quiero separarme de mis padres... No creo que pueda soportar más pérdidas en mi vida... es demasiado... —Y de nuevo empezó a toser.

—Tenemos tiempo, Clotilde, tenemos tiempo, no hay que decidir nada mañana... lo iremos hablando. Ahora descansa... tienes que descansar y comer... estás muy delgada y esa tos... Llamaremos a don Andrés o, mejor aún, iremos al hospital... Sí, eso es lo que haremos.

—Me pondré bien, Enrique... no te preocupes, ahora que estoy en casa me pondré bien. Cuando estuve en la prisión de Segovia cogí frío... y no me lo he quitado del cuerpo, pero ya verás como no es nada.

Lucía se puso a lloriquear reclamando la atención de sus padres. Clotilde la cogió en brazos y la niña se quedó muy quieta observando el rostro de su madre. De repente sonrió y le puso una manita en la cara mientras decía: «Mamá... mamá, quiero agua».

Madrid
La enfermedad

Dolores esperaba nerviosa que don Andrés terminara de examinar a Clotilde. El médico parecía preocupado. Llevaban en el hospital buena parte de la mañana porque la había sometido a unas cuantas pruebas.

—Bien —dijo al terminar—, Clotilde, me gustaría que te viera un colega, es mucho más joven que yo, pero es muy competente y está más al tanto de tratamientos nuevos.

—Pero ¿qué es lo que tiene, doctor? —preguntó Dolores, alarmada.

—Ya lo sabes, Dolores, tuberculosis... Lo sorprendente es que se tenga en pie.

—¿Está seguro?

—Sí, Dolores. Me temo que sí.

—¡Dios mío! ¿Qué vamos a hacer?

—Lo primero, evitar que os contagie a todos, sobre todo a su hija. Y lo más importante, intentar curarla. Te recomendaré al doctor García Benítez. Es joven, sí, pero con amplitud de miras y buena preparación. Le llamaré para que os reciba cuanto antes.

Clotilde bajó la cabeza asintiendo mientras intentaba evitar un nuevo ataque de tos.

—De ahora en adelante tienes que taparte la boca con un pañuelo, mantener la casa muy ventilada y procurar no utilizar nada que puedan tocar tu marido o tu hija. Es más, deberías alejarte de ellos. La tuberculosis es muy contagiosa. Puede que incluso ya los hayas contagiado.

—No lo quiera Dios —murmuró Clotilde.

—Sí, todos estamos en manos de Dios, y después de lo que has pasado no mereces sufrir más, menos aún que tu familia caiga enferma. Como te decía, tienes que descansar y respirar aire puro.

—Se curará, ¿verdad, doctor? —preguntó su madre—. Tiene que curarse.

—No te preocupes, Dolores, tanto mi colega el doctor García Benítez como yo mismo haremos lo imposible por curar a tu hija.

Al día siguiente por la tarde, Clotilde, acompañada de Enrique, acudió a la consulta de Edmundo García Benítez. A ambos les sorprendió la juventud del médico, que aparentaba tener poco más de treinta años.

Aunque ya habían hablado por teléfono, el doctor leyó con atención el informe de don Andrés Requena. Volvió a examinar concienzudamente a Clotilde, que ya fuera por la enfermedad o por los nervios no lograba contener la tos.

—Explíqueme cómo se siente, aparte de la tos.

—Me duele aquí en el pecho y estoy muy cansada —respondió ella.

—También sufre escalofríos y suele tener fiebre durante todo el día, y además, mírela, está muy delgada —añadió Enrique.

—Todos son síntomas de la tuberculosis. El análisis que mandó hacer don Andrés no deja lugar a dudas.

—Pero habrá alguna manera de que se cure —planteó Enrique temiendo la respuesta.

—La ciencia avanza, señor Fernández, y en 1943 los doctores Waksman y Schatz dieron con la estreptomicina, que es lo más eficaz para intentar curar el bacilo de la tuberculosis. Hace algunos años se operaba a los pacientes, inmovilizando la sección pulmonar afectada por el bacilo. Pero le diré que no era una opción eficaz. La mejor manera de combatir la tuberculosis es con la vacuna, pero por lo que parece su esposa no está vacunada.

—Pues no... no lo estoy —dijo Clotilde.

—Una pena; en realidad, desde 1930 se vienen llevando a cabo campañas de vacunación en todo el mundo, pero, como en todo, nosotros vamos con retraso. En fin, ahora lo importante es tratar de curarla. En Estados Unidos están experimentando con estreptomicina y parece que es eficaz. Pero aquí... Quiero verla de nuevo dentro de una semana. Desde luego, si surgiera cualquier complicación, no duden en venir al hospital, estaré a su disposición. Prácticamente paso aquí todo el día, desde las ocho de la mañana hasta las ocho de la tarde, y aún hay días que ni me da tiempo de llegar a casa para cenar.

Por consejo del doctor no podían compartir la habitación para evitar el contagio.

Enrique dormía en el sofá para que Clotilde se acomodara en la habitación conyugal; en cuanto a Lucía, la niña tenía su propia alcoba, al lado de la de sus padres.

Lo que peor llevaba Clotilde era no poder abrazar ni besar a Lucía. La niña lloraba porque cuando se acercaba a su madre ella no le permitía siquiera rozarle una mano. Por más que Enrique intentaba explicar a la niña que «mamá está malita y no puede darte besos porque tú también te pondrías malita», ella no le hacía caso e insistía para que su madre la cogiera en brazos y la acostara por las noches.

—Qué destino el mío que me niega lo que nunca se debería negar a una madre, que es poder tener en el regazo a sus hijos —se quejaba Clotilde a su marido.

Y por más que Enrique se empeñaba, no lograba aliviar su desconsuelo.

—Hay quienes hemos nacido con mala suerte y lo que siento es que hayas unido tu vida a la mía, no te he dado ni un solo día de felicidad, aparte de aquellos que pasamos en San Sebastián. ¿Te acuerdas, Enrique?

Sí, él se acordaba, pero si de algo no se arrepentía era de haberse casado con Clotilde. No imaginaba compartir su vida con nadie que no fuera ella y, además, le estaba agradecido por Lucía. La niña se había convertido en lo más preciado para él.

Un día en el que Clotilde parecía encontrarse un poco mejor decidió que había llegado el momento de exponerle sus planes.

—¿Recuerdas que te hablé de irnos a México? Tengo un amigo que vive allí, se marchó en cuanto terminó la guerra y al parecer está saliendo adelante.

Clotilde le miró expectante. Se sentía tan cansada que el mero hecho de que le hablara de un posible viaje la agotaba aún más.

—Aquí no podemos quedarnos, no te dejarán en paz. Si han sido capaces de encarcelarte por unas caricaturas, qué más no serán capaces de hacer. Además, no quiero que nuestra hija crezca en este país, donde no va a conocer lo que es la libertad. Tenemos que irnos, Clotilde.

—Pero ¿y tus padres y los míos? ¿Cómo vamos a dejarlos? Somos hijos únicos, no nos tienen más que a nosotros, y para tus padres Lucía es su única nieta... Además... me prometiste que me ayudarías a buscar a Pablo. Mi hijo ya tendrá quince años... es casi un hombre. Temo que no me perdone, que piense que le he abandonado. No puedo ir a México, Enrique, adonde debo ir es a Moscú. Cuando estaba en Segovia, una mujer que era del Partido me aconsejó que cuando me pusieran en libertad fuera a Francia, adonde huyeron muchos militantes comunistas, seguro que se han organizado y sabrán qué debemos hacer para encontrar a Pablo.

—Haremos lo mismo, pero desde México. Muchos comunistas se marcharon al exilio a México, desde allí será más fácil viajar a Moscú.

—Pero ¡cómo va a ser más fácil! ¡Está más lejos! En cuanto me ponga bien nos vamos a Francia, ya verás como allí habrá alguien que nos ayude. Tengo que encontrar a Pablo.

—Lo que debemos es rehacer nuestra vida, Lucía merece tener una familia y crecer con su padre y su madre. No se lo puedes negar.

—¡Cómo voy a negar nada a mi niña! Pero tengo otro hijo, Enrique, y no le puedo abandonar.

—No vas a abandonarlo, solo te pido que organicemos nuestra vida lejos de aquí, en México, y desde allí vayamos en busca de Pablo.

—No, no... En cuanto esté mejor iremos a Francia y encontraremos la manera de viajar a Rusia.

La discusión se repetía a menudo sin que ninguno de los dos fuera capaz de convencer al otro.

Sin embargo, aquellas discusiones no eran motivo de enfado ni ensombrecían la relación entre ambos. Clotilde sacaba fuerzas de la presencia de Enrique y Lucía. Se decía que ojalá él hubiera sido su primer y único marido y se preguntaba cómo era posible que en el pasado hubiera podido querer a Agustín. No, no guardaba ningún sentimiento hacia él, ni siquiera de compasión. Pablo era suyo, solo suyo, nunca le había compartido con Agustín.

Habían transcurrido dos semanas desde que visitaron al doctor García Benítez y a Enrique le inquietaba observar que Clotilde no mejoraba. Pasaba las noches recostada sin dejar de toser y en su rostro se reflejaba el sufrimiento que le provocaba el dolor continuo en el pecho. Lo peor era que seguía escupiendo sangre, lo que hacía pensar a Enrique que acaso ninguno de los remedios le estaba haciendo el efecto deseado.

Una mañana de finales de febrero, cuando el frío se colaba por las rendijas del balcón, Enrique se despertó sobresaltado. Había oído un gemido profundo. Se levantó del sofá y se dirigió a la habitación donde dormía Clotilde. La encontró sentada con un pañuelo manchado de sangre tapándose la boca, pero el líquido rojo ya había corrido por las sábanas.

—¡Dios mío! Ahora mismo nos vamos al hospital.

Ella no protestó, apenas podía hablar porque la sangre se le hacía un nudo en la garganta y la fiebre le provocaba espasmos que no lograba controlar.

—Llamaré a tu madre para que venga y se quede con Lucía y avisaré a mi padre para que nos recoja con el coche.

Diez minutos más tarde, Dolores y Pedro Sanz, aún somnolientos, estaban en casa de su hija. Don Pedro empeñado en acompañarlos al hospital y Dolores, sentada junto al teléfono insistiendo en marcar el número de don Andrés para explicarle la situación de Clotilde.

Entre Enrique y don Pedro levantaron a Clotilde llevándola en brazos hasta el portal donde aguardaba Jacinto con el coche.

—¡Pobrecita! —dijo al ver el estado en el que se encontraba su nuera.

Cuando llegaron al hospital, don Andrés los estaba esperando en la puerta junto al doctor García Benítez. Los dos médicos se miraron alarmados. Y mientras colocaban a Clotilde en una camilla, don Andrés se acercó a Enrique.

—Tendréis que esperar... está muy grave. —Después dio media vuelta siguiendo a la camilla.

Dos horas. Dos horas durante las que Enrique no dejaba de preguntar a cuantas enfermeras veía pasar delante de la sala de espera. Su padre y el de Clotilde salían y entraban fumando un cigarrillo tras otro y apenas se atrevían a hablar.

Cuando don Andrés apareció en la sala de espera les hizo una seña para que lo siguieran hasta la consulta de su colega García Benítez.

—No tenemos buenas noticias... —empezó diciendo el joven doctor.

—¿Cómo que no tienen buenas noticias? ¿Dónde está Clotilde? —gritó Enrique.

—Cálmese, señor Fernández... cálmese... Perdiendo los nervios no arreglará nada —le pidió el médico.

—Enrique, tu mujer está muy enferma y... no hay muchas esperanzas. Su dolencia se ha complicado y sus pulmones están fallando —confirmó don Andrés intentando mantener la calma.

—¿La salvarán? —preguntó Pedro Sanz angustiado ante lo que acababa de oír.

—No lo sé, Pedro. No lo sé... Creo que en estos momentos la vida de Clotilde está en manos de Dios y que será Él quien decida si le permite o no vivir.

—Pero ¡qué tonterías está diciendo! —exclamó Enrique, airado—. Son ustedes médicos y su obligación es curarla, no dejarla en manos de Dios. ¿Qué tiene que ver Dios con la tuberculosis de Clotilde? ¿Acaso es Él quien la ha enfermado? Ha sido la cárcel... Allí es donde ha cogido la tuberculosis, donde no la curaron, donde la maltrataron. Y, que yo sepa, Dios no estuvo por allí. En realidad, nunca está donde se encuentran los que sufren.

—Hijo mío, no digas barbaridades —le pidió su padre—, blasfemar no va a curar a Clotilde.

—Señor Fernández... yo... lo siento... pensaba que al ser una mujer joven y con tantas ganas de vivir tendría posibilidades de salir adelante. Pero cuando ustedes la trajeron al hospital la enfermedad ya estaba demasiado avanzada. Hemos hecho... estamos haciendo todo lo que humanamente sabemos —intervino el doctor García Benítez.

—¡Pues hagan más! —volvió a gritar Enrique.

—¿Podemos verla? —preguntó don Pedro.

—Sí... tendréis que verla... y creo que deberías llamar a Dolores...

—¿Me estás diciendo que solo nos queda despedirnos de mi hija?

Don Andrés bajó la cabeza apesadumbrado, incapaz de responder a la pregunta de su amigo.

—¿Y Lucía? —La pregunta de don Pedro sorprendió al médico.

—No debería venir al hospital y mucho menos estar cerca de Clotilde. La tuberculosis es muy contagiosa. De hecho, deberéis someteros todos a un examen, no vaya a ser que hayáis cogido la enfermedad —respondió don Andrés.

—Mi mujer no puede morir.

Enrique había recuperado el tono tranquilo y frío con el que siempre hablaba.

—Su vida ya no depende de nosotros. Está en manos de Dios —insistió el médico.

—Así que es Dios quien ha decidido que Clotilde muera —susurró Enrique, que parecía entrar en un estado de enajenación.

—Señores, dejen a Dios en paz —pidió el doctor García Benítez.

—Don Andrés... doctor, ¿no hay nada que puedan hacer?

—inquirió Jacinto Fernández, angustiado por el estado no solo de su nuera sino también de su hijo.

Los dos médicos guardaron silencio, como si no fueran capaces de encontrar una respuesta.

—¿Cuánto tiempo le queda? —quiso saber Pedro Sanz.

—Eso es difícil de precisar. Horas, quizá días. —Fue la respuesta del doctor Edmundo García Benítez.

—Entonces nos vamos a casa —afirmó Enrique poniéndose en pie.

—¡Hijo, cálmate de una vez! —le pidió su padre.

—¡Es mi mujer la que se está muriendo! ¡No me pidas que me calme!

—Amigos míos, perder los nervios no va a ayudar a Clotilde. Creedme que estoy tan desolado como vosotros. Conozco a Clotilde desde que nació. —Don Andrés parecía sinceramente afectado.

—Si ya no van a hacer nada más por ella y va a morir, al menos que esté en casa, cerca de su hija —sentenció con rotundidad Enrique.

—Pero pondrás a Lucía en peligro, si es que no os ha contagiado ya —afirmó el médico.

—Sería una temeridad que se la llevaran a casa —secundó el doctor García Benítez.

—Clotilde no va a morir en este hospital. Lo hará entre nosotros, en su casa —repitió Enrique.

No se atrevieron a contradecirle. Don Andrés hizo una seña a su amigo Pedro y a Jacinto. Quería hablar con ellos sin la presencia de Enrique.

—Lo mejor será que el doctor García Benítez te acompañe a la habitación donde está Clotilde, hables con ella, y luego... bueno, si insistes en el traslado, veremos la manera de que te la puedas llevar —dijo don Andrés intentando apaciguar a Enrique.

Y así lo hicieron. Enrique siguió a García Benítez mientras don Andrés aguardaba junto a sus dos amigos. Una vez que estuvieron a solas, abrió las manos en un gesto de impotencia.

—Enrique tiene que comprender que no siempre se puede ganar a la enfermedad, y desgraciadamente la tuberculosis causa millones de muertes. Yo no os puedo engañar, lo de Clotilde no tiene remedio. En cuanto a lo de llevarla a casa... vais a terminar todos contagiados y enfermos.

—Bueno, hasta hoy ha estado en casa y hemos tenido cuidado; solo Dolores y Enrique se le acercaban, Lucía la veía desde la puerta del cuarto y siempre con un pañuelo puesto sobre la boca y la nariz, tal y como nos dijiste —explicó Pedro Sanz.

—Aun así, os advertí que corríais peligro.

—¿Qué hemos de hacer para cuidar a mi hija en casa?

—Poco más podéis hacer, salvo mantener la habitación bien aireada y limpia. Que coma lo que pueda, que no será mucho porque esta enfermedad quita el apetito.

—¿Crees conveniente contratar una enfermera? —preguntó Jacinto Fernández.

—Hombre... mejor atendida que por Dolores no va a estar, aunque bien es verdad que una enfermera puede ayudarla a ella y a vosotros. Sobre todo, impediría que os pongáis en peligro.

—¿Conoces a alguna de confianza? —volvió a preguntar Jacinto.

—Sí, en el hospital siempre sabemos de enfermeras competentes. Precisamente podría recomendaros a una de la que tengo las mejores referencias. Es viuda y no tiene hijos, de manera que dispone de tiempo para cuidar de Clotilde. Pero eso cuesta dinero...

—Ese no va a ser el problema en estos momentos. Lo importante es procurar lo mejor para Clotilde y... ayudar a Enrique y a Lucía. Creo que mi hijo está a punto de enloquecer. Puede que la presencia de una enfermera sea de ayuda.

—Pero, Jacinto... contratar a una enfermera... como dice don Andrés, eso cuesta dinero... —le interrumpió Pedro Sanz.

—Amigo mío, tú sabes mejor que nadie que no vivimos tiempos boyantes y que salimos adelante como podemos, pero lo que tengo está a disposición de la familia. Pienso en tu hija y me compadezco de ella, pero también en el mío y en mi nieta. —Fue la respuesta de Jacinto.

Dos horas más tarde, Clotilde estaba en su casa dormitando febril y con su mano entrelazada entre las de Enrique.

Le habían permitido ver a Lucía desde la puerta del cuarto. La niña le enviaba besos con las manos preguntándole cuándo iba a llevarla al parque. Clotilde no pudo contener las lágrimas, emocionada ante la presencia de su hija, a la que le prometió que «pronto, muy pronto» volverían a jugar.

Enrique se negó a que sus suegros se llevaran a Lucía. Estaba convencido de que fuera lo que fuera lo que Clotilde durara, la presencia de su hija la animaría. No atendía a otras razones que no fueran procurar el mayor bienestar a su mujer.

—Hijo, no te obceques, ¿y si contagia a la niña? —le decía su padre.

Pero Enrique era inmune a cualquier razonamiento que no fuera lo que él había decidido. Ni por un momento admitía la posibilidad de que Lucía pudiera contagiarse.

Al día siguiente, Amparo Díez se presentó en la casa a las ocho en punto de la mañana, tal y como había quedado con don Andrés.

Era una mujer cercana a la cincuentena, de mirada tranquila y ademanes enérgicos. El cabello, salpicado de canas, lucía prácticamente gris y lo llevaba recogido en un moño. Se la veía pulcra y bien dispuesta, lo que agradó a Dolores, que no estaba convencida de que nadie que no fuera ella pudiera cuidar a su hija.

Amparo, que ya había sido advertida por don Andrés del estado enajenado de Enrique, supo tranquilizarle.

—Sé muy bien lo que espera de mí —le dijo—, que cuide bien de su esposa y le procure el mayor bienestar posible dadas las circunstancias. Conozco mi oficio —añadió—, y le aseguro que sabré cumplir con mis obligaciones para con la enferma.

Don Andrés se presentó a media mañana acompañado por Pedro Sanz y los padres de Enrique, Jacinto y Josefina. Dolores les preparó un café. Don Andrés fue el primero en entrar en la habitación acompañado de Amparo.

—Enrique, tengo que examinar a Clotilde —dijo el médico—. Lo mejor es que esperes fuera.

Enrique aceptó de mala gana. No quería separarse de su mujer y eso le había llevado a pedir vacaciones en el Ministerio de Industria. No había tenido mayor problema cuando sus jefes se enteraron del drama que estaba viviendo.

Lucía parecía consciente de que algo grave sucedía en la casa porque apenas dejaba notar su presencia. Le gustaba sentarse en el suelo a dibujar con los lápices de colores que le había regalado el abuelo Jacinto.

Cuando don Andrés terminó de examinar a Clotilde se reunió con la familia en la sala de estar.

—No os preocupéis. Amparo está con ella y no la pierde de vista ni un momento. Te diré, Enrique, que encuentro a Clotilde tranquila y que, en contra de mi opinión y la de mi colega, tú tenías razón, aquí está mejor, aunque es evidente el riesgo que corréis. En fin... sobre eso no podéis llevaros a engaño, es posible que alguno de vosotros enferme. El bacilo de la tuberculosis es muy traicionero, puede que ya lo tengáis dentro y que no dé la cara hasta que pase un tiempo. Dios quiera que no, pero me preocupa la niña... temo por Lucía... Mi consejo es que no se quede aquí, aunque ya sé que le hace mucho bien a Clotilde tener cerca a su hija. Vendré todos los días y, si no te importa, me acompañará en alguna ocasión mi colega, el doctor García Benítez. Él es el experto y quien mejor nos puede decir cómo va evolucionando la enfermedad.

Enrique se mantuvo en sus trece por más que sus padres intentaron convencerle de que siguiera las recomendaciones de don Andrés respecto a Lucía.

—La niña se queda aquí, con su madre —afirmaba tajante.

Quince días. Quince días más aguantó Clotilde en su batalla contra la tuberculosis. El final llegó una mañana. Dolores ya estaba allí dispuesta a hacer, como hacía a diario, las tareas de la casa y la comida. La rutina se repetía. Amparo aseaba a Clotilde, ella cambiaba las sábanas y aireaba la habitación. Después insistía a su hija en que al menos tomara unos sorbos de café y una galleta, y luego llevaban a Lucía para que desde la puerta hablara con su madre.

La niña lanzaba sus besos al aire y parloteaba sin que se la entendiera del todo lo que decía. Cuando se cansaba, salía corriendo en busca de sus lápices y su cuaderno y se ponía a dibujar garabatos que luego le daba a Amparo para que se los enseñara a su madre.

Enrique solía sentarse en una butaca cerca de la ventana que mantenían entreabierta e intentaba entretener a Clotilde leyéndole los periódicos o algún libro. Ella solía cerrar los ojos, aunque de vez en cuando los abría y le sonreía.

La presencia de Amparo resultó ser benéfica. Sabía cómo tratar a la enferma, y también al resto de la familia. Pero aquella mañana todo fue diferente. Amparo intuía que Clotilde había llegado al final. Había dormido inquieta durante la noche, la tos le impedía conciliar el sueño y la sangre se le escapaba a través de los labios. No fue hasta el amanecer cuando pareció tranquilizarse. Pero la palidez de su rostro, que se había afilado hasta hacerla parecer una figura de cera, fue una de las señales que indicaron a la enfermera que a aquella habitación había llegado la señora de la guadaña.

—Buenos días, Amparo. ¿Qué tal noche ha pasado mi hija? —preguntó Dolores como hacía todas las mañanas.

La enfermera torció el gesto y se llevó los dedos a los labios para indicarle que la enferma dormitaba.

Enrique se presentó en la habitación. Las ojeras negruzcas y los labios contraídos evidenciaban la mala noche que había pasado. En realidad, desde que Clotilde había empeorado él había empezado a padecer insomnio. Pero Amparo le insistía en que debía intentar descansar, que para eso estaba ella allí, para cuidar de su mujer noche y día.

Enrique se acercó a la cama y observó el sueño de Clotilde, y sintió un temblor en el alma. La palidez del rostro de su mujer le pareció diferente y cuando le cogió una mano la sintió fría, como si de un trozo de hielo se tratara.

—Hay que llamar a don Andrés —susurró Amparo.

Enrique asintió y salió con paso rápido de la habitación.

Cuando el médico llegó Clotilde aún se mantenía en un duermevela angustioso porque la tos, acompañada de sangre, no le daba tregua.

Don Andrés y la enfermera intercambiaron una mirada preocupada.

—Es el final —murmuró el médico.

Una hora más tarde, Clotilde abrió los ojos y los miró mientras intentaba sonreír.

—Estoy mejor... este sueño me ha sentado bien... si no fuera por la tos...

Luego pidió que le llevaran a Lucía. La niña aún estaba

dormida, pero no protestó cuando la abuela Dolores le dijo que su mamá quería verla.

—Lucía... mi niña querida. Te quiero tanto... Algún día conocerás a tu hermanito Pablo y él te querrá tanto como yo. Mis niños... mis niños... —La tos le impidió seguir hablando. Tardó unos minutos en recuperar la palabra—: Niña mía, tienes que ser muy buena y cuidar a papá... Yo siempre estaré contigo y te cuidaré. Pero tú tienes que ser muy buena, ¿me lo prometes? Y dibuja... dibuja, Lucía... Has heredado de mí el gusto por la pintura... ¡Cuánto daría por poder besarte!

Lucía se deshizo de la mano de Dolores y se acercó corriendo hasta la cama de su madre, se subió sin que Amparo ni Enrique se lo pudieran impedir y se abrazó al cuello de su madre dándole besos.

No supieron qué hacer. Ni siquiera don Andrés se atrevió a intervenir en aquella triste despedida entre madre e hija.

Cuando Clotilde empezó a toser sin poder evitar que la sangre se le escapara por la comisura de los labios, Amparo cogió en brazos a Lucía y la apartó de la cama. La niña comenzó a llorar, pero Dolores le acarició la cabeza y le susurró al oído: «Si lloras, mamá se pondrá muy triste». Lucía, a pesar de su corta edad, pareció comprender lo que le pedía su abuela y se restregó los ojos limpiándose las lágrimas, pero se negó a salir de la habitación.

—Mamá... —A Clotilde la tos le impedía hablar.

Dolores soltó la mano de Lucía y se acercó a la cama de su hija.

—Mamá, te quiero... Perdóname por todos los disgustos que te he dado y ayuda a Enrique a cuidar de Lucía.

—Calla... no digas eso... Tenerte ha sido mi mayor felicidad. No habría querido otra hija que no fueras tú.

—Pero solo te he dado disgustos... Tenías razón... en todo, siempre has tenido razón... Papá... ven...

Pedro Sanz, temeroso, dio un paso adelante. Intentaba contener las lágrimas, consciente de que su hija se estaba muriendo.

—Papá, gracias... gracias por estar siempre... por ser como eres... Papá, te quiero... —Un nuevo ataque de tos le impidió seguir hablando.

Amparo los hizo retirarse de alrededor de la cama y mientras le limpiaba la sangre miró a don Andrés. Algo se dijeron con la mirada porque el médico asintió.

—Voy a ponerle una inyección para que la ayude a descansar y se le calme esta tos —les informó la enfermera.

No tardó mucho y, cuando lo hizo, les pidió que salieran un momento de la habitación.

—Quédese usted, doña Dolores. Tenemos que quitarle la sábana de arriba porque está manchada... En cuanto la tengamos lista vuelven a pasar, aunque quizá sería mejor que no estuvieran todos al mismo tiempo —dijo la enfermera.

Clotilde se dejó hacer. Cerró los ojos cuando Amparo le puso la inyección, que no impidió que durante un rato continuara tosiendo y echando sangre. Cuando pareció tranquilizarse, la enfermera permitió a la familia que entrara de nuevo en la habitación.

Jacinto y Josefina se acercaron a Clotilde; esta les sonrió.

—Cuidad mucho de Enrique, ayudadle con Lucía. Sois muy buenos, no sé qué habría sido de mí sin vosotros.

Josefina no pudo retener las lágrimas. Su hijo la cogió del brazo y la empujó suavemente para que saliera de la habitación. Clotilde no debía verlos llorar.

—Enrique... tú también tienes que perdonarme todo lo que te he hecho sufrir. No hiciste buena boda conmigo, he sido una fuente de problemas para ti, y ahora esto... Al menos te dejo a Lucía... ¿Buscarás a Pablo? En la mesilla tengo guardadas las cartas que le he ido escribiendo. Quiero que se las des. Tiene que saber que ni un solo día he dejado de pensar en él.

—Calla, Clotilde, no te canses... y no digas que tengo que perdonarte. ¿De qué? Nunca he sido más feliz que desde que nos casamos. No cambiaría ni un solo día de los que hemos compartido. A nadie he querido ni quiero más que a ti. En realidad, no te merezco...

Clotilde sonrió mientras levantaba la mano buscando la de su marido. Luego volvió a insistir:

—No dejes de buscar a Pablo, Lucía tiene que conocer a su hermano... Os quiero tanto. —Y mientras lo decía cerró los ojos y de sus labios salió un gemido que fue su último adiós.

Se quedaron en silencio. Cualquier palabra hubiese estado de más. Amparo se acercó a Enrique.

—Permítame prepararla —le pidió.

Él asintió mientras dejaba que las lágrimas le inundaran el rostro. Se acercó a la cama y besó a Clotilde en la frente.

Lucía se soltó de la mano de Dolores, ella también quería besar a su madre. La hacía dormida. Lo que no sabía, no podía saberlo, era que su madre se había sumergido en el sueño de la eternidad.

Moscú, marzo de 1948
Borís Petrov

Escuchó en posición de firmes la sentencia. El Tribunal Militar había tomado una decisión. Le expulsaban del ejército y le condenaban al Gulag por traidor. No había perdón para los traidores.

El presidente del Tribunal se dirigió a él invitándole a hablar.

—Nunca he traicionado a la Unión Soviética. Siempre he cumplido con mis obligaciones de soldado. No puedo arrepentirme de nada ni pedir clemencia porque no soy culpable de lo que se me acusa —afirmó con voz alta y templada.

Los miembros del Tribunal escucharon en silencio y luego ordenaron que sacaran al reo de la sala. Su suerte ya estaba decidida.

Mientras le llevaban a la celda, Borís Petrov pensó en la burla que le estaba haciendo el destino. A él, que siempre había cumplido sin cuestionar las órdenes, que había luchado en la defensa de Moscú y había estado varias veces a punto de perder la vida en la batalla de Stalingrado, le habían condenado por traidor.

En realidad, desde que le detuvieron no se engañó respecto a cuál sería el final. Iban a hacerle pagar por Anya. Era un aviso a todos aquellos que tuvieran relación con cualquiera que se atreviera a disentir del régimen comunista.

Le condujeron hasta la celda y cuando la puerta se cerró, sintió el cuerpo rígido y un sabor metálico en la boca. Le habían condenado, pensó, aunque sintió cierto alivio al haberse librado del calvario de la Lubianka.

Se tumbó sobre el camastro y cerró los ojos, quería recordar cada momento de su vida.

Durante dos días y dos noches parecía que se habían olvidado de él. Al tercero, sintió el ruido de los cerrojos de la puerta y cuando alzó la vista se encontró con los ojos azules de Lena Vorobiova.

—Coronel...

—Ya no soy coronel —respondió él con sequedad.

—Lo sé. Pero para mí siempre será el coronel Petrov, nadie le regaló los galones.

—Pues ya ve, ya no los tengo. ¿Qué quiere, comandante?

—Despedirme de usted.

—Muy considerada. No era necesario.

—Le mandarán los próximos veinte años al Gulag, es todo lo que he podido conseguir, aunque no estoy segura de que ese infierno no sea peor que la muerte. Irá a las minas en el Círculo Polar Ártico.

Él se levantó anonadado. Temía no estar comprendiendo las palabras de Lena Vorobiova.

—¿Conseguir? ¿Qué tiene usted que ver con todo esto?

—Tiene enemigos, coronel... y el objetivo del comisario político Belov era que le fusilaran. No sería usted el primero ni el último oficial al que ejecutan por traidor a la Revolución. Se habrá dado cuenta de lo que ha tardado el Tribunal en dictar sentencia. No podía hacerlo, estaban pendientes de una respuesta del Kremlin.

—¿El Kremlin?

—Escribí al Ministerio de Defensa, al Comité Central y también al Vozhd.

—¿Ha escrito a Stalin pidiendo por mí? —preguntó él, incrédulo.

—He escrito muchas cartas, coronel. No se debería condenar a un hombre por los delitos de su mujer.

—Anya no ha cometido ningún delito.

—Esa es una cuestión sobre la que no vamos a discutir; en cualquier caso, usted nada tiene que ver con los afanes literarios de su esposa y de ese hijo español. Naturalmente, es algo que se hace todos los días, condenar a los familiares de los traidores para que el pueblo aprenda la lección. Pero tiene usted buenos amigos en el ejército, coronel, y algunos firmaron mi petición de clemencia. El Tribunal tardó en dictar sentencia porque estaba pendiente de que le conmutaran la pena de muerte por el Gulag.

—¿Por qué lo ha hecho, Lena?

—Por una noche... por una noche en la que la soledad nos llevó a fundirnos en un abrazo... por lo que pasó aquella noche en Stalingrado. Por eso es por lo que me he comprometido solicitando la conmutación de su pena. No he pedido su libertad, nunca la habrían concedido; además, seguramente piensan que no se librará de la pena de muerte, porque son pocos los que sobreviven en Norilsk. A cincuenta grados bajo cero... tendrá que trabajar en el yacimiento de níquel.

—Gracias, Lena —susurró Borís.

—¿Sabe...? No he dejado de pensar qué habría sido de nosotros si nos hubiéramos conocido en otro momento, en otro lugar... Quiero creer que... que habría sido posible que lo que sentimos aquella noche...

—Gracias, Lena —repitió Borís, cogiendo las manos de Lena entre las suyas para llevárselas a los labios.

—Cuídese, coronel. Puede que nos encontremos algún

día. Puede que usted sobreviva, quién sabe... Algún día... sí, quizá algún día.

Y, dándose media vuelta, salió de la celda.

Borís Petrov comenzó a llorar. Primero en silencio, después con rabia, más tarde con alivio. Por una mujer había sido condenado a morir y otra mujer le había devuelto la vida. Y en aquel momento asumió que había roto con Anya para siempre.

El tren avanzaba con lentitud. Los hombres hacinados en los vagones sin ventanas peleaban por cualquier cosa.

Borís procuraba mantener las distancias con los hombres del vagón en que viajaba. Un vagón indigno incluso para transportar animales porque el hedor era insoportable.

Escuchando a aquellos hombres se preguntaba cuánto le costaría seguir manteniéndose con vida. Muchos eran presos políticos; otros, soldados que habían servido en el Ejército Rojo durante la Guerra Patriótica, pero también abundaban presos comunes, asesinos que tenían más habilidades de las que él pudiera tener para sobrevivir.

Los días y las noches se sucedían y, según avanzaba el tren, el frío se convertía en un enemigo formidable e imposible de abatir.

Había oído que el Gulag era la antesala del infierno y cuando llegó a Norilsk supo que quienes lo decían no exageraban.

Antes de llegar al campo había un trecho que parecía ser tierra de nadie, más allá, una valla y después alambradas, torres de vigilancia y guardias patrullando y perros rastreando el perímetro del campo. Los barracones albergaban a más hombres de los que cabían. Hombres que defendían como un bien preciado unas largas tarimas de madera a modo de literas.

El olor de los barracones no era mejor que el de los vagones del tren. Los hombres colocaban la ropa sucia en cualquier lugar. Por la noche estaba prohibido acudir a las letrinas, de manera que tenían que usar unos cubos que por la mañana estaban llenos de excrementos y raro era el día en que parte de su contenido no terminaba en el suelo del barracón.

Uno de los guardias del campo los instruyó sobre las normas que debían acatar.

Lo primero de todo era pasar por el barbero para que les rasurara la cabeza y el resto del cuerpo, recibían doscientos gramos de jabón al mes. El jabón debían utilizarlo para el aseo personal y para lavar la ropa.

Uno de los prisioneros comenzó a reírse con descaro. El guardia se acercó a él amenazante.

—¿Por qué no les dices lo más importante? —retó al guardia.

Luego, dirigiéndose a los nuevos mientras se rascaba la cabeza, siguió riendo.

—Vais a tener que compartir el barracón con unos amigos muy especiales. ¿A quién no le gustan las chinches y los piojos? —Y dejó escapar otra carcajada.

El guardia le apartó de un manotazo y tomó la palabra:

—Aquí no admitimos ni piojos ni chinches. Arreglaos como podáis, pero mantenedlos a raya. De cuando en cuando podréis disponer de los baños.

—No sabéis lo agradable que es que te caiga el agua fría cuando fuera el termómetro marca sesenta bajo cero... —añadió el prisionero.

Aquel día les dieron de comer lo que según dijeron era un menú especial de bienvenida. Los guardias se reían cuando veían el estupor de los hombres al recibir un cuenco con un caldo acuoso donde parecían navegar trozos de col podrida.

Borís Petrov pensó que quizá aquella vida que tenía que vivir era peor que la muerte.

Los dividieron en grupos, y en cada grupo un capataz les

explicó lo que se esperaba de ellos. Todos serían llamados por un número, allí sobraban los nombres.

Un preso que parecía ser de confianza del capataz se desempeñaba como su ayudante. Era un tipo alto, de mandíbula cuadrada, con la cabeza rapada y unos músculos que no dejaban lugar a dudas sobre su fortaleza.

El capataz se dirigía a él como Y5. Aquella noche, Borís descubrió que Y5 dormía en su mismo barracón y que el nombre con el que nació era el de Yefrem Kuzmin.

—¿Militar? —le preguntó Yefrem.

—Sí.

—Aquí hay muchos como tú.

—¿Qué han hecho? —E inmediatamente se arrepintió de su pregunta.

—¿Y tú qué has hecho? —le preguntó a su vez Yefrem mirándole con desprecio.

—Nada.

—Ellos tampoco.

—¿Este es un barracón de militares?

—Tenemos muchas clases de huéspedes. Una docena de camaradas del Partido, diez militares y el resto, criminales. Disfrutarás de su compañía.

—¿Y en qué categoría estás tú?

Yefrem miró a Borís con desdén mientras parecía dudar de si responder a la pregunta.

—Malas compañías.

Aún no había amanecido cuando el sonido de una sirena se mezcló con los gritos de Yefrem Kuzmin. Borís miró el reloj. Eran las cuatro de la madrugada.

Los hombres se vistieron a toda prisa y salieron a un espacio de forma rectangular frío y pelado.

—Esto es la zona —les explicó Yefrem—, y ahora harán el recuento y a continuación el *razvod*: os dividirán en cuadrillas y os asignarán un trabajo.

Un guardia les ordenó formar en filas de cinco y además les advirtió:

—Dad un paso en la dirección equivocada y recibiréis un disparo, un disparo a matar.

El recuento duró más de lo esperado mientras el frío se abría camino entre la ropa.

Trabajarían en la mina de níquel. Irían acompañados por un pelotón de guardias que llevaban a una rehala de perros sujetos con correas. Tenían por delante doce horas para cumplir la cuota de trabajo que se les había asignado.

Ya eran más de las seis cuando salieron del campo en dirección a la mina.

Moscú
Ígor

El abuelo Kamisky entró en el piso arrastrando los pies. Su hermana Olga estaba sentada cosiendo junto a la ventana. En el sofá, muy cerca charlaban con sus voces estridentes Polina Lébedeva y Bela Peskova, la encargada de la *kommunalka*.

—Ya está usted aquí —dijo la portera fijando la mirada en Grigory Kamisky.

—Es evidente que estoy aquí, camarada Peskova —respondió él con desgana.

—Le estaba diciendo a su hermana que cada uno tiene lo que se merece, aunque admito que nunca imaginé que su yerno pudiera ser acusado de actividades antisoviéticas. Parecía un hombre íntegro, un buen militar. Pero, claro, era solo apariencia.

—¿Y quién le ha dicho que Borís Petrov ha llevado a cabo alguna actividad antisoviética? Mi yerno es un buen comunista, nunca ha traicionado a la Unión Soviética ni ha disentido del Partido. Luchó aquí en Moscú y después en Stalingrado. No hay nada que reprocharle.

—Entonces ¿por qué le han condenado? La justicia soviética no se equivoca —sentenció Polina Lébedeva, abundando en la disertación de la portera.

La tía Olga se puso en pie decidida a interrumpir la conversación, preocupada por la animadversión evidente que les venían mostrando tanto Polina Lébedeva como Bela Peskova. Sabía que ambas mujeres lo que pretendían era que Grigory se enfureciera y dijera algo inconveniente para así poder denunciarle. Nada les satisfaría más que ver condenada a toda la familia.

—Grigory, si me acompañas a la cocina, pondré agua a hervir para hacer un té. Ígor está a punto de llegar y seguro que también le apetecerá tomar una taza de té.

Él asintió consciente de la preocupación de su hermana.

Se refugiaron en la cocina. Olga observaba el rictus de amargura que se había dibujado en el rostro de su hermano, sabedor de que se sentía vencido.

Escucharon voces detrás de la puerta y unos segundos después entraba Ígor acompañado por Lena Vorobiova.

—Buenas tardes... espero no molestar... Me he encontrado a su nieto en la calle y me ha invitado a tomar una taza de té —explicó Lena fijando su mirada en la del abuelo Kamisky.

No hacía falta que Lena dijera más, era evidente que no se había encontrado a Ígor por casualidad y que si estaba allí era porque tenía algo que decirles.

—Es usted bienvenida, comandante Vorobiova —respondió el abuelo Kamisky—, si es que no le importa que nos quedemos en la cocina... así no molestaremos a las camaradas Lébedeva y Peskova.

Lena asintió. Mientras tanto, la tía Olga terminó de preparar el té e Ígor encendió la radio en un intento de dificultar que las otras dos mujeres pudieran escuchar la conversación.

—Seré breve, camarada Kamisky. Su hija se encuentra en la sección psiquiátrica de la prisión de Butirka. En cuanto a Pablo López, le han trasladado a Sujanovka —les explicó Lena bajando tanto la voz que era difícil entenderla.

—¡Dios mío, es ese lugar horrible, el anexo de Lefórtovo... allí... allí dicen que se tortura! —exclamó la tía Olga llevándose las manos a la frente.

—Abuelo, tenemos que sacarlos de esos sitios —murmuró Ígor.

—¿Qué crees que hago todos los días cuando salgo de casa? He visitado a todas las personas que conozco suplicándoles que nos ayuden... pero nadie se atreve. Stalin odia especialmente a los intelectuales disidentes.

—Pero mi madre no lo soportará... ¿Por qué la tienen en un psiquiátrico? Ella no está loca —se lamentó Ígor.

—Si no estás de acuerdo con lo que quiere el Partido, si te atreves a pensar por tu cuenta... entonces puedes ser declarado loco —susurró Lena.

—Entonces... —La voz de Ígor era un gemido.

—Entonces seguirás estudiando, y te comportarás como si no sucediera nada —sentenció el abuelo Kamisky.

—Es el mejor consejo, Ígor, haz lo que te dice tu abuelo y procura ser discreto. Que tus padres hayan sido acusados de actividades antisoviéticas te convierte a ti y al resto de tu familia en sospechosos. Te estarán vigilando y ya te lo he dicho... no confíes en nadie, ni siquiera en tus mejores amigos —añadió Lena.

—¿Y usted, comandante..., usted no puede hacer nada? —preguntó la tía Olga.

—No, no puedo hacer nada. Lo único que puedo es decirles quiénes traicionaron a Anya; fueron Leonid Baránov y Masha Vólkova.

—Pero ¡si son amigos de mi madre! —exclamó Ígor.

—Masha Vólkova se debe a sus superiores de la Unión de Escritores y no tiene empacho en denunciar las actividades de los que se muestran críticos con el Partido. Su esposo, Leonid Baránov, hace tiempo que trabaja para el V Departamento de la Sección Política del Ministerio de Seguridad del Estado que vigila a los escritores. Fueron ellos los que denunciaron a Pyotr Fedorov.

—¡El primo de mámushka! Pero si Pyotr nunca hizo nada malo, solo que le gusta la poesía de... bueno, de poetas que no son los que quieren que leamos —se lamentó Ígor.

—Leonid Baránov y Masha Vólkova también estuvieron detrás de la redada en aquella trastienda de Moscú donde habían hecho correr el bulo de que aquella noche asistiría Pasternak. Ninguno de los dos acudió allí aquella noche.

—Fue cuando detuvieron por primera vez a mi madre —musitó Ígor.

—Y a otros amigos de tu madre: a Talya Fedorova, la esposa de Pyotr, y a Oleg Ivánov y Klara Dimitrieva...

—Entonces... son unos delatores —concluyó la tía Olga.

—Así es... Lo siento. Pero creía que debían saberlo. Quizá ellos se acerquen a ustedes... Si lo hacen, muéstrense prudentes, no se den por enterados de que saben que son unos delatores.

—Usted corre peligro viniendo aquí. El MGB sabrá que ha tenido contacto con nosotros —afirmó el abuelo Kamisky.

—Lo sé, no son estúpidos y aunque me he hecho la encontradiza con Ígor, saben que ha sido solo una excusa. Pero no tenía otra manera de avisarles sobre los delatores. Y para que lo sepa, anda detrás de mí un comisario político, Stanislav Belov, ansioso por mandarme a la Lubianka... pero por ahora no lo ha conseguido. Siento no poder hacer nada más... mañana regreso a Leningrado.

—¿Por qué nos ayuda? —le preguntó Ígor.

—Porque tu padre es para mí alguien muy especial.

No le preguntaron más.

Sujanovka

A Pablo primero le habían llevado a Lefórtovo. Una prisión que no estaba lejos de la Lubianka y también quedaba cerca de Sujanovka, otra de las cárceles de Moscú. Seguían torturándole.

Los torturadores le insistían para que firmara una declaración acusando a Anya, a Ígor, a Borís y al abuelo Kamisky de traicionar a la Revolución. Él se resistía y lo único que ansiaba era que le hicieran perder el conocimiento.

En Sujanovka le metieron en una celda junto a otro joven algo mayor que él.

Pablo se sintió reconfortado por la presencia de un ser humano y cayó en la tentación de confiarse a él. Ni se le ocurrió que aquel joven pudiera ser un delator. Pero lo era, como tantos otros presos que mejoraban sus condiciones de vida en las cárceles a cambio de delatar a sus compañeros de celda.

Y es que Pablo ignoraba que por todas partes había delatores —a los que llamaban «Pávlik Morózov», por el nombre de un chico de trece años que había denunciado a sus padres por actividades antisoviéticas y luego había sido asesinado por sus familiares.

Aquel joven con quien compartía celda se llamaba Víktor Sidorov, tenía veinticinco años, provenía de Crimea y decía haber luchado en la Guerra Patriótica.

Sidorov se hizo con la confianza de Pablo. Se mostraba amable y comprensivo y le recomendaba que no se resistiera y contara todo lo que sabía para que no siguieran torturándole.

—No seas tonto, firma, firma lo que te pidan, es lo mejor. Yo lo hice y desde entonces se acabaron las palizas.

Pero Pablo le aseguraba que no tenía nada que confesar, que cuando le interrogaban respondía con la verdad. Sin embargo, sus torturadores insistían en que diera nombres y sobre todo que acusara a su familia, no solo a Borís y a Ígor Petrov, sino también al abuelo Kamisky e incluso a la tía Olga.

—Ellos no han hecho nada, son leales al Partido, y el abuelo conoció a Lenin, luchó en la Revolución, ¿de qué voy a acusarle? —respondía Pablo con desolación.

Cuando le devolvían a la celda después de interrogarle en una de las siempre interminables sesiones, allí estaba Víktor para animarle:

—Confiesa, Pablo, confiesa. ¿No te das cuenta de que no vas a poder resistir mucho más tiempo? Si el abuelo Kamisky y los Petrov son inocentes, ya se verá en el juicio, y mientras tú te librarás de este tormento.

Pablo lloraba de dolor, dolor de cuerpo y de alma. Le habían arrancado las uñas de las manos. Le habían roto una pierna; le dolía cada centímetro de la piel, de los huesos, del alma.

Sus torturadores insistían en que no pararían hasta que no les dijera la verdad, y él repetía la verdad, pero no le creían: el abuelo Kamisky era un héroe, un comunista sin tacha, y nunca le había visto con un libro en la mano, se entretenía jugando al ajedrez; Borís Petrov era un militar valiente y de sus labios nunca había salido una frase cuestionando al Partido o al Vozhd; Ígor quería ser militar como su padre, y sí, disfrutaba con la música, tocaba el piano, y leía, claro que leía, pero nunca libros prohibidos, y en cuanto a la tía Olga, se limitaba a cuidarlos a todos.

Anya, su querida mámushka, amaba la poesía y le gustaba poner música a los poemas que leía. Es verdad que admiraba a Anna Ajmátova y mucho más a Pasternak, pero ¿era eso un delito? Y reiteraba que en casa del profesor Towianski se limitaban a hablar de literatura, de cine, de teatro... y escuchaban la música compuesta por Anya para los poemas de los demás.

Pablo insistía en que no podía decir más porque era todo lo que sabía, pero sus torturadores le ponían un papel delante en el que se leía que vivía con una familia de traidores que cuestionaban las decisiones del Partido y del Vozhd. Él lloraba y gritaba diciendo que eso era mentira.

Una noche, después de haber estado sometido a uno de los interminables interrogatorios, perdió el conocimiento y cuando lo recobró, ya en la celda, parecía incapaz de articular una palabra. La mirada perdida delataba que su mente se había refugiado en una penumbra de la que no quería regresar.

Ni siquiera Víktor Sidorov fue capaz de sonsacarle una palabra, lo que provocó que los carceleros siguieran ensañándose con él.

Moscú
Sección psiquiátrica de la prisión de Butirka

Anya cerró los ojos mientras el líquido espeso entraba en la vena de su brazo izquierdo. Escuchaba voces en la lejanía, aunque quienes hablaban estaban muy cerca, rozando su cuerpo.

«Loca», «enajenada», «demente», «perturbada»... Eran las palabras que repetían sus carceleros cuando la llevaron a la sección de psiquiatría de Butirka.

Antes de que eso sucediera había escuchado historias sobre lo que ocurría allí, un lugar en el que trataban a los disidentes de una supuesta demencia. Porque ¿qué otra cosa podía ser un disidente más que un delincuente perturbado?

Y ella lo estaba. Su obcecación —según decían sus torturadores— se debía a su locura. ¿Acaso no era capaz de comprender que el comunismo era la única verdad y Lenin y Stalin eran hombres providenciales para la clase obrera? ¿Quiénes sino ellos habían conseguido un país de iguales?

Cualquier escrito, pintura o música que no tuviera como objeto glorificar al pueblo era signo de enajenación pequeñoburguesa, y ese era el «mal», le gritaban, que ella padecía.

Anya ya casi había olvidado quién era y por qué estaba allí. Su única ansia era morir. Acabar con el dolor. Dejar de sentir para siempre.

De vez en cuando, entre las penumbras de su mente, aparecía el rostro de su hijo, su querido Ígor, y el de Pablo, también el de su marido, pero inmediatamente regresaban a la oscuridad, quedándose sola.

Así transcurría el tiempo sin que ella supiera que transcurría.

De Moscú a Vorkutá, otoño de 1948

Pablo estaba de pie, apoyado en la pared de la celda. Le temblaban las manos y el resto del cuerpo. Durante el día los guardias no permitían a los presos sentarse, de manera que se veían obligados a permanecer horas y horas en pie.

No le importaba. Aquello no era lo peor de cuanto había sufrido en la Lubianka. Si temblaba era por el miedo que sentía cada vez que escuchaba pasos y los gritos de los guardias, porque temía que fueran a buscarle a él para llevarle a la sala de interrogatorios.

Suspiró aliviado al escuchar que los pasos no se detenían frente a la puerta de su celda.

Hacía días que no le interrogaban. No sabía cuántos, pero los suficientes para que algunas de sus heridas empezaran a cicatrizar.

Hablaba. Al principio no podía hacerlo, permaneció voluntariamente en silencio. Era una decisión que sabía que le protegía. Si creían que había enmudecido a causa de las torturas, quizá pensaran que no merecía la pena volver a torturarle.

De nuevo tenía a Víktor Sidorov como compañero de celda, pero al haberse instalado en el silencio, le ignoraba. Había perdido la confianza en él. No sabía por qué, pero su insistencia para que confesara le había hecho recelar.

Cuando los pasos de los guardias se perdieron entre las

sombras de aquel subterráneo se sintió tranquilo. No duró mucho la tranquilidad. No había pasado demasiado tiempo cuando de nuevo volvió a oír el ruido de las botas pisando con fuerza los peldaños que conducían al corredor donde estaba su celda.

De repente sintió que el pulso se le aceleraba porque los pasos se habían detenido frente a la puerta.

Víktor Sidorov estaba apoyado en la pared y le miró con aire indiferente.

Se abrió la puerta y un guardia se acercó a Pablo y le empujó hacia la salida. El muchacho se tambaleó, pero intentó no caerse porque sabía que, si lo hacía, recibiría unas cuantas patadas.

Le subieron desde las entrañas de aquel subterráneo hasta la puerta que daba acceso al patio. Allí esperaba un camión con un grupo de presos. Los había de todas las edades.

El trayecto hasta la prisión de Lefórtovo fue corto. A Pablo le condujeron a una sala donde le aguardaba un tribunal.

De repente la vio. Allí estaba mámushka, sentada en una silla, inmóvil y con la mirada perdida. Quiso ir hacia donde estaba, pero un guardia se lo impidió.

El fiscal les ordenó ponerse en pie y un guardia obligó a Anya a levantarse de la silla. Luego procedió a leer la sentencia:

—En nombre de la Unión de Repúblicas Socialistas Soviéticas, la Corte ha examinado los casos de la camarada Anya Petrova y el del ciudadano extranjero Pablo López, acordando que en virtud del artículo 58 referente a las actividades antisoviéticas, cumplan siete años de condena en el campo de Vorkutlag.

Pablo creyó escuchar que la sentencia debía cumplirse de inmediato e iniciar el viaje hacia el Círculo Polar Ártico.

Volvieron a empujarle para que saliera de la sala y unos

minutos después se encontraba en un camión sentado al lado de Anya.

—Mámushka —murmuró sin atreverse siquiera a mirarla a los ojos mientras buscaba su mano perdida sobre el regazo.

Ella parecía no escuchar, ni siquiera se movió. Los ojos de Anya no miraban, simplemente los mantenía abiertos, pero de repente habló:

—Pablo... mi niño, huye de aquí...

—Mámushka, cuidaré de ti —musitó en un tono de voz tan bajo que ni siquiera él se oía.

Una joven de más o menos su edad acercó sus labios al oído de Pablo.

—Ten paciencia —le dijo—, he oído que ha estado en Butirka en tratamiento psiquiátrico. Mi tía también estuvo allí y... bueno, perdió la cordura.

A Pablo le impresionaron las palabras de la joven y se atrevió a preguntar:

—¿Y dónde está tu tía?

Ella respondió mirándole a los ojos.

—Muerta. No sobrevivió a Butirka. A mí me detuvieron con ella. Yo he tenido suerte. Firmé la declaración que me pidieron que firmara. Eso me libró del psiquiátrico, aunque no de las torturas. Claro que yo no les importaba porque no soy nadie, aunque me torturaron para que hablara.

—¿Y qué querían que les dijeras? —preguntó Pablo.

—Sobre las actividades de mi tía. Era profesora de Literatura y enseñaba... bueno... lo que mi tía enseñaba no era lo que el Partido cree que los soviéticos debemos aprender. Recitaba de memoria los poemas de escritores prohibidos como Bábel, Platónov o Marina Tsvetáieva. Cuando la detuvieron, encontraron en su casa decenas de *samizdat*.

—¿La denunciaste? —preguntó Pablo, horrorizado.

—No, ¿cómo iba a hacer eso? Vivía con ella. Mis padres

murieron cuando era muy pequeña. Y el día que fueron a buscarla yo estaba allí.

La chica dijo llamarse Doroteya Mironova y durante el resto del viaje le ayudó a ocuparse de Anya.

El camión se hallaba repleto de presos. Mujeres, hombres, jóvenes, con aspecto agotado, supervivientes de la tortura. A ratos discutían y se peleaban, pero la mayor parte del tiempo no hablaban. ¿Qué podían decir?

Camino de Vorkutlag

La nieve cubría el paisaje. El tren avanzaba lentamente, como si no quisiera llegar a su destino. Algunos de los presos habían logrado abrir una brecha en las paredes de madera del vagón que les permitía vislumbrar el exterior.

—¿En qué mes estamos? —preguntó un joven poco mayor que Pablo. Nadie respondió, acaso porque no lo sabían, acaso porque no creían que mereciera la pena responder.

Las mujeres se habían agrupado ocupando la mitad del vagón como si de aquella manera pudieran protegerse las unas a las otras.

Los hombres las observaban a veces como si su visión les provocara sed, otras con desprecio, incluso con indiferencia. Las más jóvenes procuraban permanecer detrás de las de más edad para así escapar de las miradas de ellos.

—Nos salva que sean presos políticos, de lo contrario ya habrían abusado de nosotras —le decía una mujer a otra.

Pablo se preguntó quién sería capaz de abusar de aquellas mujeres vencidas por la mala suerte y se prometió que se enfrentaría a quienquiera que se acercara a su mámushka.

Anya sufría convulsiones y escalofríos, aunque poco a poco en su mirada volvían a aparecer destellos de humanidad. Apenas hablaba, pero en ocasiones intentaba recitar algún poema que pugnaba por volar desde sus recuerdos, aunque no lo conseguía. Pablo se colocaba a su lado y le cogía la mano y murmuraba alguna poesía de las que recordaba.

El tren los había dejado a unos cuantos kilómetros del campo y de nuevo iban amontonados en un camión. La visión de Vorkutlag le conmocionó. Aquel campo parecía flotar en medio de la nieve, una nieve sucia por los restos del carbón que se extraía de sus minas. Pero así era toda aquella extensión minera llamada Vorkutá.

Lo que más temía era que le separaran de Anya. Lo temía por ella y lo temía por él. Cuando les gritaron que bajaran del camión, uno de los presos, un anciano, cayó de bruces y comenzó a vomitar sangre. Los guardias ordenaron que le levantaran para llevarle a la enfermería.

Pablo se apresuró a echar una mano. Junto a otro joven y una chica de apenas catorce o quince años trasladaron al anciano adonde les indicaron.

En la enfermería encontraron a un hombre de mediana edad que llevaba una bata que quizá un día fuera blanca.

—¿Qué me traéis? —preguntó.

—Se ha desmayado. Supongo que por la edad y lo duro del viaje —acertó a decir Pablo.

—Sí... ponedlo en la camilla. Le examinaré. No sé por qué se empeñan en enviar aquí a hombres de su edad. Son inútiles para el trabajo que les espera —murmuró aquel hombre.

El guardia que los había mandado a la enfermería les ordenó que volvieran junto al resto de los presos. Tenían que ser clasificados y enviados a los barracones que correspondiera a cada uno.

—Deja al chico aquí... me vendrá bien que me ayude. Yo solo no puedo mover a este anciano.

—¿Y Volodia, doctor? ¿Qué has hecho con él? —preguntó riendo el guardia.

—Muerto. Murió esta mañana. Su corazón se paró sin más. Era previsible.

—Tendrás que buscarte otro ayudante —dijo el guardia.

—Veremos si me sirve este —contestó el hombre mirando a Pablo.

—Ya veremos —respondió.

Pablo siguió todas las indicaciones que le hacía aquel hombre al que el guardia había llamado «doctor». Se sentía torpe, pero aun así se aplicó al máximo, aunque no pudo evitar las lágrimas cuando el médico dijo: «Se acabó. Está muerto». Luego fijó en Pablo sus ojos azules que resguardaba detrás de unas lentes de cristal grueso.

—Me llamo Isaac Jaikim. Soy médico, o al menos lo era antes de que me trajeran aquí. Como ves, no soy capaz de hacer mucho por salvar una vida.

—Yo soy Pablo, Pablo López, y estudiaba en Moscú.

—¿De qué te acusan?

—No lo sé... bueno, sí, soy culpable del artículo 58... actividades antisoviéticas, pero no es cierto, ni mámushka ni yo hemos hecho nada.

—¿También han condenado a tu madre?

—Sí... le gusta la poesía y la literatura, pero no la oficial... Mi madre recita de memoria poemas de Anna Ajmátova y de Marina Tsvetáieva... y les pone música.

—Un delito muy grave —afirmó el doctor Jaikim sin ironía.

—Pues... yo... yo...

—Tú no comprendes dónde está el delito por leer poesía que no esté estrictamente dedicada a ensalzar al «hombre nuevo» y a los logros de la Unión Soviética.

Pablo no se atrevió a responder. Temía la reacción de aquel hombre. ¿Y si le denunciaba?

—Bueno... me voy... aún no sé qué tengo que hacer...

—Arrancar carbón de las entrañas de la tierra. A eso nos dedicamos en Vorkutlag, y eso es lo que harás aquí hasta que los pulmones te estallen o se te pare el corazón.

—¿Usted también trabaja en las minas? —se atrevió a preguntar, aunque inmediatamente se arrepintió.

—Trabajé durante un tiempo. Cuando murió el anterior médico decidieron que podía sustituirle, y eso me ha salvado la vida. Aunque depende de lo que entendamos por vida.

—Me gustaría ser médico, está bien ayudar a la gente.

—Quizá puedas hacerlo cuando termines la condena, si es que sales vivo de aquí. Mientras tanto podrías ayudarme... necesito alguien que me eche una mano, ¿quieres hacerlo tú?

—Sí... sí... Pero yo no sé nada de enfermos.

—No eres tú el que tiene que curarlos, solo ayudarme. Nada más. Eso te librará de trabajar en la mina y, por tanto, vivirás un poco más.

—Mi madre... mi madre está muy enferma. ¿Puede ayudarme?

—No pidas, chico. En Vorkutlag no se hacen favores.

—Usted es médico y ella está enferma.

—¿Y cuál es su enfermedad?

—La llevaron a la sección de psiquiatría de la prisión de Butirka.

—Ya... sé lo que pasa en Butirka. Mi esposa murió allí. Dios sabe lo que le llegaron a inyectar... Ella también era médico como yo, pero el Vozhd desconfía de nosotros. Sus razones tendrá. Bien, fin de la conversación. Vete. Ya veremos si te permiten ser mi ayudante.

Pablo apartó la lona que hacía de puerta en el barracón que le habían asignado. En él había una estufa que apenas calentaba la estancia.

Buscó con la mirada algún camastro libre. Un hombre le empujó gritándole que se apartara de en medio. Pablo se apartó temeroso. Otros hombres rieron. De repente una mano se cerró sobre su brazo. «Mantén la calma. Te van a poner a prueba», escuchó decir a una voz aflautada. Fijó la mirada en el desconocido y pensó que por su aspecto era una mujer. «No te fíes de las apariencias», oyó que le decía el desconocido, que a continuación tiró de él hasta indicarle la parte superior de una litera hecha de madera.

—Yo duermo abajo, no te preocupes, y me protege este de ahí —dijo señalando a un hombre de aspecto temible que parecía dormitar en la litera de al lado.

—Cállate, Vladímir —ordenó el hombretón.

El joven asintió sonriendo. Pablo le observó aturdido. Vladímir tenía un aspecto claramente afeminado y eso le inquietó.

—Aquí cada uno sobrevive como puede, y yo me las he arreglado para que Bogdán se haga cargo de mí. Tiene mucha fuerza y los hombres le temen —deslizó Vladímir en el oído de Pablo.

Y ya en la litera, tiritando de frío, sintió que aquella estaba siendo la noche más larga de su vida, incluso más que las vividas en la Lubianka. El frío le impidió dormir a pesar del cansancio, pero sobre todo temía a aquellos hombres del barracón.

Ninguno tenía nada que perder y su objetivo era salvar lo que les quedaba de vida y para ello, estaban dispuestos a cualquier cosa que les permitiera vivir un día más.

A la mañana siguiente, Vladímir volvió a aleccionar a Pablo sobre lo que debía hacer.

Cuando salieron a la explanada para el recuento vio a lo lejos a Anya caminando junto a Doroteya. Quiso acercarse, pero uno de los guardias le golpeó gritándole que no se moviera.

Anya caminaba con paso lento y en la mano llevaba una linterna, lo mismo que el resto de las mujeres.

A él también le costaba caminar por el suelo cubierto de nieve helada. Más tarde y ya dentro de la mina, volvió a ver a Anya, que con una pala despejaba uno de los pasillos en los que mujeres y hombres arrancaban el carbón. Esta vez se acercó a ella abriéndose paso entre el silencio de las entrañas de la tierra.

—Mámushka, ¿estás bien? —dijo mientras acariciaba su frente tiznada de hollín.

—Estoy bien, no debes preocuparte por mí. Sobreviviremos, ya lo verás —dijo ella con voz entrecortada pero intentando sonreír.

—¿Crees que el abuelo podrá hacer algo por nosotros? —preguntó él ansiando que la respuesta llegara envuelta en la esperanza.

—No, no podrá aunque lo intentará. Tendremos que sobrevivir los próximos siete años —susurró ella.

—No sé si lo conseguiré —acertó a decir Pablo.

—Tendremos que hacerlo y por eso ten cuidado, no te fíes de nadie.

—El médico parece buena persona, y en mi barracón hay un joven que anoche me echó una mano... Es... bueno, casi parece una chica, y me dijo que había un hombre que le protegía.

Anya apretó la mandíbula mientras pensaba qué podía responder.

—No le juzgues, pero tampoco confíes en él.

—No le juzgo, mámushka... pero...

—Quién sabe lo que se ha visto obligado a hacer con tal de sobrevivir, quién sabe lo que haremos nosotros. Y ahora vete a tu fila antes de que alguno de esos guardias se dé cuenta y te golpee. Esta mañana he visto cómo apaleaban a uno de los presos. Ten cuidado, Pablo...

El muchacho sintió un gran alivio al comprobar que Anya parecía estar recuperando la cordura.

Ya había caído la tarde cuando salieron de la mina. Anya caminaba con dificultad y de cuando en cuando la mano de Doroteya la agarraba para impedir que resbalara y fuera al suelo.

No había llegado al barracón cuando uno de los guardias le ordenó que le siguiera hasta la enfermería.

El doctor Jaikim parecía estar a punto de operar a un hombre y ni siquiera le miró, se limitó a ordenarle que se lavara las manos y se pusiera una bata y unos guantes.

Pablo luchó para no desmayarse ante el olor de la sangre y del éter. Ayudar a amputarle una pierna a aquel hombre resultó para él una experiencia muy desagradable.

Cuando el doctor Jaikim dio por terminada la operación mandó a Pablo que trasladara al hombre a un camastro situado en una sala contigua que estaba caldeada.

Pablo se sentía mareado, pero obedeció.

—Ser médico es peor de lo que imaginabas, ¿verdad? —le dijo Jaikim, que acababa de quitarse la bata manchada de sangre.

Pablo asintió, aunque no se atrevió a decirle que la experiencia había sido suficiente para descartar en el futuro estudiar Medicina.

—Bien, sentémonos un momento. Prepararé un poco de té y nos fumaremos un cigarrillo.

Unos minutos después, ambos saboreaban una taza de agua hirviendo con un ligero sabor a té.

—No está mal… no está nada mal —afirmó el médico más para él mismo que porque quisiera convencer a Pablo—. Me queda muy poco té, por eso lo raciono, pero espero conseguir más. Bien, Pablo López, hablemos. Me he informado sobre ti.

Pablo se sobresaltó, ¿cómo había podido informarse sobre él? Pero, sobre todo, ¿qué le habían dicho?

—Estás aquí con Anya Petrova... condenada por participar en actividades antisoviéticas en las que tú la acompañabas.

—Mámushka no ha hecho nada malo, ni yo tampoco. Acudíamos a veladas literarias donde ella componía música para los poemas de otros.

—De poetas que no cuentan con el aval de la Unión de Escritores.

—Grandes poetas, ¿acaso no lo son Borís Pasternak, Anna Ajmátova o Marina Tsvetáieva? —se atrevió a decir Pablo.

—¡Hágase la luz! —y un triste día nuboso
cayó como una capa sobre el agua muerta.
Miró la tierra sonriendo extrañamente:
—¡Hágase la noche! —dijo entonces el otro.

Y apartando el rostro pensativo,
siguió su camino más allá de las nubes.
Señor de la noche, es a ti a quien canto,
a ti que me dijiste a mí y a mis noches: seas.

Después de recitar el poema, el doctor Jaikim se calló de repente. Pablo, sorprendido, no se atrevía a hablar.

—Un poema de Marina Tsvetáieva. Un poema que no tiene en cuenta la Revolución. Un poema antisoviético, un poema que jamás escribiría una buena comunista, ¿no estás de acuerdo? —Y en el tono de voz del médico había un destello de burla.

—No... bueno, no lo sé...

—Sí, sí lo sabes. Bien, Pablo López, te diré unas cuantas cosas; no son consejos, no soy quién para darlos, pero puede que lo que escuches te ayude a sobrevivir aquí.

Expectante, Pablo fijó su mirada en la de Isaac Jaikim, quien de pronto pareció dudar. Pero se limitó a exhalar un suspiro mientras decidía si merecía la pena arriesgarse por aquel chiquillo que tanto le recordaba al hijo muerto, aquel hijo que no podía aceptar que le negaran la posibilidad de tener un pensamiento propio. Aquel hijo que se refugiaba en su madre y le leía sus escritos y ella le arropaba en su búsqueda de la verdad, aunque esa búsqueda los hubiera arrastrado hasta el Gulag.

—Tienes un nuevo amigo llamado Vladímir, ¿me equivoco?

—No... yo, bueno, es una persona que me ayudó el día en que llegué... y los hombres del barracón...

—Te dan miedo, lo comprendo. Pero también debes temer a Vladímir y a Bogdán, su «protector». Trabajan para el *kum*.

—¿El *kum*? ¿Qué significa?

—Es el que recluta a los delatores. El *kum* forma parte de los jefes de campo de la Tercera División, la que se encarga de los delatores.

—Vladímir me ha dicho que me ayudará, que Bogdán se ocupa de él y que es un hombre respetado.

—No creo que seas tan inocente como para no haberte dado cuenta de qué relación tienen Vladímir y Bogdán. Y no te engañes, al gigante Bogdán no se le respeta, se le teme. Está condenado a treinta años y ya lleva cumplidos diez. Abusa de chiquillos como Vladímir y puede que decida que bien puedes ser su próximo capricho. Sexo a cambio de protección. Es un superviviente y aquí, para sobrevivir, no hay reglas.

Durante unos segundos se mantuvieron en silencio. Pablo se sentía avergonzado por lo que acababa de escuchar.

—Aquí las cosas son así. Es fácil juzgar, pero más difícil es sobrevivir.

—¿Qué debo hacer?

—Mantente alejado, si es que puedes. Y, sobre todo, no se te ocurra confiarte, Vladímir se ha convertido en un experto como delator. Muchos hombres han terminado en el *shizo*, una celda de castigo, por haberse confiado a esos dos.

Una ráfaga de miedo cruzó la mirada de Pablo.

—Si quieres, pediré que te designen como ayudante, necesito uno, pero la decisión no depende de mí.

—Gracias, gracias, doctor Jaikim.

El médico se encogió de hombros. No le estaba haciendo un favor, se lo estaba haciendo a sí mismo porque la mirada inocente de Pablo le recordaba dolorosamente a la de su hijo.

—En cuanto a tu madre... dile que sea cauta, no sé si esa chiquilla que se muestra tan amable con ella es una delatora.

—¿Doroteya? Imposible, estaba en la Lubianka... Hicimos todo el viaje con ella.

—No he dicho que sea una delatora, he dicho que aún no lo sé y que mientras lo averiguo es mejor que tu madre no se confíe.

Campo de Vorkutlag, primavera de 1950
El encuentro

¿Cuántos meses habían pasado desde que llegaron a Vorkutlag?

Anya había perdido la noción del tiempo. Se levantaba cuando la noche aún reposaba en el cielo. Cinco minutos para ir a las letrinas. A continuación, formaban una fila en el centro del campo y, después, el desayuno, un brebaje que no pasaba de ser agua caliente con un sabor extraño. Y caminar en silencio hasta la mina. Así día tras día. Pero no se quejaba. Algunas mujeres tenían el don de la piedad y se compadecían de las que como ella se enfrentaban a aquel infierno.

A muchas las habían condenado por actividades antisoviéticas... asistir a reuniones no autorizadas... criticar las decisiones de sus superiores... cuestionar las decisiones de Stalin... leer a los autores prohibidos o proscritos por la Unión de Escritores...

Anya se sentía parte de ellas y en pocos días había aprendido lo fuertes que pueden ser los lazos de la compasión y la solidaridad.

También admiraba el afán de estas mujeres por conservar su dignidad. Procuraban asearse, mantener en las mejores condiciones posibles sus ropas miserables, peinarse... Habían aprendido a fabricar peines con las espinas de algunos trozos de pescado que en ocasiones nadaban en la sopa negruzca que les daban para comer.

Aún no confiaban en ella y lo comprendía. La delación era parte de la vida cotidiana en el Gulag. Siempre había quien podía sacar ventaja de la traición. Tenía que ganarse su confianza, aunque no sabía cómo. Hasta que un día, de repente, ya dentro de la mina escuchó una conversación.

—Mañana tendremos unas horas de descanso —murmuró una mujer a otra mientras arrancaban el carbón de las paredes de uno de los túneles—. Creo que alguna ha prometido que recordará *Anna Karénina* para nosotras —continuó diciendo la mujer.

—A mí me impresionó esa historia del borracho de ese tal Dostoievski —respondió la otra.

Anna Karénina... A Anya le llegaba el eco de las palabras que entre susurros se cruzaban aquellas dos mujeres. ¿Era posible que en aquel lugar alguien se atreviera a contar la historia de Anna Karénina? Con la pala en la mano se acercó a las dos mujeres, que la miraron contrariadas.

—¿Dónde se va a recordar a *Anna Karénina*? ¿Creéis que puedo asistir? Yo podría recordar otras historias... y poemas, sí, puedo recitar poesías...

Las mujeres no respondieron e, ignorando sus palabras, siguieron trabajando.

Pero Anya no dejó de pensar durante toda la jornada en lo que había oído.

De noche, ya en el barracón, observaba a algunas de las mujeres sin terminar de decidirse a quién preguntar. Le costó tomar una decisión, pero se decidió por Kira. Tendría más o menos su edad, unos cuarenta años, y en su porte se reflejaba una elegancia natural a pesar de la ropa raída. Había oído decir que Kira había sido actriz, pero que su carrera se había visto truncada por su tozudez en mantenerse fiel a las ideas teatrales de Vsévolod Meyerhold en contra de las opiniones del Departamento de Teatro del Comisariado de Educación.

En una ocasión había escuchado a Kira comentar con otra mujer, que también tenía porte de actriz, que si Meyerhold había sido condenado era por su empeño en defender la libertad de creación, «y eso que había sido muy celebrado en los comienzos de la Revolución», y que su maestro, el gran Stanislavski, siempre alabó su genio creativo y le defendió frente a los burócratas del Departamento de Teatro. Fue una pena que Stanislavski muriera.

De manera que se acercó a Kira con la esperanza de que aquella mujer fuera capaz de aceptarla entre los suyos.

—He oído que mañana alguien va a relatar *Anna Karénina*. Me gustaría escucharla —le pidió en voz baja.

Kira guardó silencio sopesando la petición de Anya. No dudó mucho tiempo y, desplegando una sonrisa que a Anya le pareció «teatral», le dio una palmada en la espalda.

—¿Te interesa la literatura? —le preguntó con cierta reticencia.

Por toda respuesta, Anya empezó a recitar:

Y como hierba que bajo tierra
se enlaza a minerales férreos,
nada se escapa a los dos claros
abismos que tiene el cielo.

Sibila, ¿por qué sobre mi niña
pesa ese destino?
Una suerte rusa la llama…
Y sin fin: Rusia, amargo serbal…

Se había hecho el silencio alrededor de Anya y de Kira. Las que estaban más cerca no se atrevían a alzar la mirada. Aguardaban el veredicto de la actriz.

—Así que puedes recitar a Marina Tsvetáieva…

Y por toda respuesta, Anya continuó recitando:

Dichoso aquel que pasó por los tormentos,
las tempestades y pasiones de una vida agitada,
como una rosa que florece sin conciencia,
más leve que una sombra flotando sobre el agua.

Así fue tu vida, ajena a la aflicción,
como un sueño frágil, dulce y tierno:
despertaste... sonreíste... y ligero
regresaste a tu sueño interrumpido.

—Y también a Anna Ajmátova... No me extraña que estés aquí.

Kira rio con su voz profunda y cavernosa mientras abrazaba a Anya diciéndole:

—Bienvenida a la comunidad artística de Vorkutlag. Mañana podrás unirte a nosotras y además de escuchar, deberás recitar.

Aquella noche, Anya se sumió en el sueño con una esperanza.

Regresaron pronto de la mina para el «descanso» semanal. Apenas tres horas en las que se dedicaban a remendar sus viejas ropas, a escribir cartas que no llegarían a su destino, a dormitar en los jergones de paja de los barracones mientras escuchaban el sonido de la lluvia, o, como Kira y otras, se arremolinaban mientras alguna de ellas relataba pasajes de las novelas más queridas de la literatura rusa. Aquella tarde alguien había prometido que recordaría para ellas *Anna Karénina*.

Kira llegó acompañada de Anya a aquel barracón donde

durante tres horas se olvidarían de quiénes eran. Anya se paró en seco al escuchar una voz... la voz de alguien que había habitado en su pasado, y de repente gritó un nombre, el nombre de la mujer dueña de aquella voz.

—¡Talya!

La mujer se volvió al escuchar el grito y se abalanzó hacia Anya abrazándola mientras dejaba que el llanto inundara su rostro.

Las otras presas se quedaron quietas, sorprendidas, sin atreverse a decir nada que rompiera aquel momento en el que Anya y Talya parecían haberse fundido en una sola.

—Así que os conocéis... Esto sí que es una sorpresa —dijo Kira sonriendo.

—Sí... somos amigas... más que amigas... Talya está casada con mi primo Pyotr Fedorov —respondió Anya cogiendo a Talya de la mano.

—Bueno, como tendréis mucho de que hablar podemos dejar la representación de *Anna Karénina* para otra ocasión —sugirió Kira.

Pero las mujeres empezaron a protestar. Estaban ansiosas por olvidarse durante un tiempo de sus propias tragedias para rememorar la de Karénina.

—De ningún modo, haremos lo que estaba previsto, yo seré la narradora de la obra y Kira interpretará a Anna Karénina tal y como teníamos pensado hacer. Mi querida Anya puede ayudarme.

El silencio se instaló en el barracón mientras Talya y Kira daban vida a la heroína de Tolstói.

A Anya le sorprendió el talento de Kira, capaz de transformarse en una aristócrata aun vestida con aquella ropa remendada, pero sobre todo su manera de moverse por aquel espacio mísero del barracón hacía que se olvidaran de que no estaba sobre un escenario.

Cuando terminaron, ambas hicieron una reverencia mientras saboreaban la miel de los aplausos.

—Kira es una gran actriz —susurró Anya al oído de Talya.

—Discípula de Meyerhold... trabajó en varios de sus montajes. Meyerhold aprendió de Stanislavski y Kira de Meyerhold. Tu primo Pyotr y yo la vimos en una ocasión en el Teatro de Arte de Moscú. Una tragedia que le enviaran al Gulag para luego fusilarle, y más aún que el NKVD asaltara su casa y asesinara a Zinaída Reich, su segunda esposa.

—Pyotr le admiraba... solía decir que Meyerhold estaba revolucionando el teatro —recordó Anya.

—Sí, algún día se escribirá sobre el genio de Meyerhold y se le reconocerá como un gran revolucionario de la escena. Es el inventor de la biomecánica... sus montajes rompieron la escenografía clásica, pero sobre todo a sus discípulos nos enseñó que teníamos que ser capaces de hacer algo más en escena que repetir un texto, y así nos obligaba a bailar, a cantar y a movernos como acróbatas... teorizaba sobre la naturaleza de los movimientos. Un escenario sin decorados, sin ni siquiera telón, solo los actores. Demasiado para Stalin, incapaz de comprender el talento de Meyerhold, de manera que ordenó que le exigieran que se limitara a contar las historias de los «hombres nuevos» y de los logros de la Revolución. Pero a Meyerhold eso no le interesaba, él amaba el teatro, quería hacer teatro y no convertirse en un instrumento para la propaganda del régimen. En 1924, en el Congreso del Partido, se les pidió a los artistas que reflejaran más la vida cotidiana... ¡Imagínate! —fue la explicación de Kira, que se había acercado adonde estaban Anya y Talya.

—Siempre tuve a Meyerhold por un revolucionario —comentó Anya.

—Y lo era, de hecho yo le conocí cuando puso en marcha «Octubre Teatral». Quería hacer un teatro proletario, acercar las grandes obras al pueblo, pero no resultó. En realidad, no fue él quien traicionó a la Revolución sino que la Revolución nos traicionó a quienes creímos en ella. ¿Cómo se puede crear bajo las directrices del «realismo socialista» o, de lo contrario, eres un burgués diletante y un traidor?

»Fuera del Partido no hay salvación... y él intentaba crear sin someterse a los dictados del Partido, lo que le fue convirtiendo en un paria. En el Primer Congreso de Directores Teatrales le ofrecieron que se retractara de sus ideas y de su comportamiento, y él hizo lo contrario: afirmó que el teatro del realismo socialista nada tenía que ver con el teatro. Eso le condenó. En fin... él está muerto y yo estoy aquí, y no me importa el precio que estoy pagando por haber sido su discípula. Todo lo que sé, todo lo que soy, se lo debo a él.

Kira hablaba sin mirarlas, con tristeza, recordando al que había sido su maestro.

—¿Le amabas? —preguntó Anya arrepintiéndose al instante de haberlo hecho.

—Tenía quince años cuando fui a pedirle trabajo. Quería ser actriz, algo que no estaba a mi alcance. Era huérfana de madre y mi padre había sido palafrenero del zar... Me escapé de casa y me presenté ante Meyerhold. Me preguntó por qué quería ser actriz y le respondí que no podría ser otra cosa. Y me contrató. Le seguí a todas partes, pero él nunca supo que además le amaba y, si se dio cuenta, decidió ignorarlo.

Las tres mujeres se agarraron de la mano y Anya comprendió que a partir de aquel momento podría sobrevivir en el Gulag por más que todos los días que les aguardaban fueran el mismo día.

Campo de Vorkutlag, en el shizo

Pablo temblaba de frío. Llevaba tres días en el *shizo* y no creía que pudiera sobrevivir. Le habían hecho despojarse de su ropa, lo único que le cubría eran unos calzones y una camiseta. El suelo estaba cubierto por una capa de moho y las paredes rezumaban humedad. Un banco de madera en el que ni siquiera podía tumbarse entero era todo el mobiliario del que disponía. El ventanuco carecía de cristal. En cuanto a la comida, los guardias acudían una sola vez al día; a veces por las mañanas, con un cazo de algo que decían que era té; otras a mediodía, con un plato de sopa, y lo mismo por la noche.

Se había ganado estar allí por su estupidez. El doctor le había advertido de que se mantuviera alejado de Vladímir y Bogdán, pero él no había hecho caso.

Vladímir siempre se mostraba amable y solícito y, además, disponía de pequeños lujos: a veces un trozo de pan extra, otras un cigarrillo, incluso un trozo un poco más grande de jabón que se ofrecía a compartirlo con él.

A Bogdán no parecía importarle que fueran amigos... hasta un día en el que Vladímir le susurró al oído que Bogdán esperaba que aquella noche compartiera la litera con él.

Al principio Pablo no comprendió lo que le estaba diciendo, ¿compartir la litera con Bogdán?, ¿por qué? ¿Qué motivo había? Vladímir se rio mientras le ofrecía un cigarrillo que él aceptó. «Si se lo haces y a Bogdán le gustas, te irá mucho mejor. Fíjate en mí...», le dijo. Entonces Pablo comprendió y tiró el cigarrillo pisándolo con rabia, lo que provocó que Vladímir le golpeara y él le devolviera el golpe, y así se pelearon mientras los hombres hacían un círculo a su alrededor gritando que la vida del que perdiera le pertenecería al ganador.

Los guardias no solían intervenir cuando los presos se peleaban, si querían matarse, que lo hicieran, pero los gritos se oían más allá del barracón y decidieron interrumpir la pelea.

Pablo tenía las cejas rotas, sangraba por la nariz y le costaba mover una pierna. Peor suerte había corrido Vladímir, que había caído varias veces al suelo y era incapaz de contener las patadas rabiosas de Pablo hasta que en una de las caídas se dio contra la esquina de una litera y perdió el conocimiento.

Bogdán dio un salto y con rabia iba a abalanzarse contra Pablo, pero unos cuantos hombres se lo impidieron. Las reglas estaban claras: no se intervenía en ayuda de nadie cuando se peleaba, era cosa suya si se mataban.

Los guardias ordenaron a dos de los presos que arrastraran a Pablo y a Vladímir hasta la enfermería y allí se quedaron bajo la custodia del doctor Jaikim.

Vladímir permanecía inconsciente y el doctor temía por su vida; también le preocupaba la situación de Pablo. Si Vladímir moría, Bogdán le mataría.

Hizo cuanto sabía para salvarlos a los dos, y a la mañana siguiente Vladímir abrió los ojos y pidió agua. Viviría.

Tal y como temía el doctor Jaikim, Bogdán no se conformó con que a Pablo le castigaran reduciendo sus raciones de comida y obligándole a permanecer más horas trabajando en la mina para después continuar en el campo limpiando las letrinas. Bogdán exigió un castigo mayor y con el apoyo del *kum*, el encargado de la sección de los delatores, Pablo fue enviado a la celda de castigo. Catorce días y catorce noches. Era difícil que pudiera sobrevivir.

Sentado en el banco de madera con las piernas encogidas y los ojos cerrados, Pablo intentaba pensar en el pasado. Se imaginaba en casa de los Kamisky tomando alguna de las comidas que preparaba la tía Olga. O en aquellas escapadas de primavera en las que toda la familia acudía al campo y él disfrutaba retando a Ígor sobre cualquier nimiedad: quién trepaba más rápido por un árbol, quién llegaba antes a un punto previamente fijado o quién tiraba piedras más lejos.

Pero sobre todo pensaba en Anya, en su mámushka, en su ternura, en cuánto le quería y la quería, en que su mundo giraba alrededor de ella. Intentaba que el pensamiento le llevara a Madrid, hasta aquella madre que se había desdibujado en su recuerdo, pero apenas lo conseguía y se recriminaba por no poder sentir por su madre lo mismo que por Anya.

Se había resfriado, tenía tos y fiebre, y por más que intentaba sobreponerse, en algunos momentos lo único que deseaba era morir. La muerte se le antojaba la única liberación a su sufrimiento. Morir era regresar a la Nada, y en la Nada no había espacio, tiempo, cuerpos ni pensamientos.

Pensó que no sobreviviría catorce días y catorce noches. En realidad, no quería sobrevivir.

Anya no pudo evitar las lágrimas cuando se enteró de que Pablo estaba en una celda de castigo. Fue Kira quien se lo dijo. Se habían cruzado en uno de los túneles de la mina y Kira se acercó a ella susurrándole sobre lo sucedido.

«¿Qué puedo hacer?», preguntó Anya, y Kira respondió: «Nada, no puedes hacer nada. Reza para que resista los catorce días y las catorce noches, solo eso».

Y rezó. No hubo ni un minuto de aquellos catorce días

con sus catorce noches en el que dejara de rezar, pero también pidió ayuda y consejo. Les dijo a otras mujeres que estaba dispuesta a pagar cualquier precio con tal de sacar a Pablo del *shizo*. Una de ellas susurró un nombre: «Egorov».

Más tarde Kira le explicó que era el jefe de los artificieros de la mina, un hombre libre, puesto que de él dependía la dinamita. Ningún preso podía ser el guardián de algo tan preciado y peligroso.

—A él le debemos que nos permitan nuestras «veladas literarias»; no es mala persona, pero tampoco buena —añadió Kira. Pero Talya no estuvo de acuerdo con su amiga.

—Egorov —dijo— se beneficia de su situación abusando de las mujeres que le gustan.

A lo que Kira respondió encogiéndose de hombros:

—Pero no es el peor, al menos no ha violado a ninguna y no siempre se hace pagar los favores. Además, parece que se ha enamorado de Zina, una mujer del barracón nueve. Esa morena con ojos de garza que apenas tiene fuerza para levantar una pala y que él intenta aliviar la dureza de su trabajo. Antes de que la condenaran ejercía como periodista en el *Pravda*, pero hizo algún comentario que llegó a oídos del NKGB. Le gusta la literatura y asiste a nuestras veladas. Dicen que desde que Egorov está con ella no ha vuelto a mirar a ninguna otra y ha convencido a los guardias para que hagan la vista gorda cuando nos reunimos.

Egorov, Egorov, Egorov... Anya no dejaba de repetir el apellido de aquel hombre con el que se había cruzado en alguna ocasión mientras esperaba en la puerta de la mina.

Así que una tarde, cuando salía de la mina, se acercó a él antes de que los guardias pudieran evitarlo.

—Camarada Egorov, tengo algo que suplicarle —dijo sin bajar la vista.

El hombre la miró primero con desprecio y después con

curiosidad. Solo veía a una mujer igual al resto de las mujeres, anodina con aquellas ropas manchadas de carbón, las uñas negras y el pelo envuelto en un trozo de tela como si de un pañuelo se tratara.

Se dio la media vuelta indiferente pero una mano se posó en su hombro. La mano de aquella mujer.

—Por favor... —suplicó ella, y sin saber por qué se paró—. Me llamo Anya Petrova, no tengo nada que ofrecerte salvo a mí misma, de manera que haz conmigo lo que quieras, pero ayúdame. Mi hijo es un chiquillo inocente, le han metido en el *shizo* por pelearse con un tal Vladímir y no acceder al deseo de un tal Bogdán. Se morirá. Mi vida por la suya, mi dignidad por la vida de mi hijo Pablo.

Egorov era alto, de espalda ancha, manos grandes, piernas largas, con la mirada oscura y cansada después de una larga jornada en la mina.

—Así que te me ofreces... me ofreces tu dignidad a cambio de la vida de tu hijo... Lo comprendo, pero no te necesito, ni a ti ni a tu dignidad, ¿para qué? —respondió con ironía.

Anya bajó la mirada avergonzada mientras se mordía el labio inferior. Egorov tenía razón, ¿qué valía ella? Nada. Era una más entre todas las mujeres de Vorkutlag.

—Creo que sabes recitar poemas —dijo él de repente.

—Sí...

—A Zina le gusta cómo recitas los poemas de Anna Ajmátova. Yo nunca había oído hablar de esa Ajmátova ni de Mandelshtam, tampoco de Marina Tsvetáieva, ni de Maiakovski... en realidad, nunca he leído poesía, ni mucho menos novelas... Pero Zina sí... sabe tantas cosas...

Entonces clavó su mirada en Anya y sonrió, y a ella le pareció que aquel tipo adusto y de mirada torva de pronto se transformaba en un hombre distinto.

—No quiero nada de ti, Anya Petrova, pero preguntaré

por tu hijo. Si le han mandado a la celda de castigo por haberse enfrentado a Bogdán difícilmente podré hacer algo por él; por tanto, no te prometo nada.

Egorov se dio la vuelta y se fue caminando a grandes zancadas.

Era el quinto día del encierro de Pablo cuando los guardias abrieron la puerta de la celda y le tiraron una manta y un revoltijo de ropas. Sus pantalones, un jersey, calcetines...

Pablo lloró agradecido. A partir de aquel día también recibió las raciones de comida que le correspondían.

Catorce días y catorce noches después, Pablo salió de la celda de castigo. Temía tener que regresar al barracón con Vladímir y Bogdán, pero el guardia le indicó que se presentara de inmediato en la enfermería.

El doctor Jaikim torció el gesto cuando le vio entrar. El olor que desprendía Pablo era aún más rancio que el que emanaba de los presos de Vorkutlag.

—Te quedarás aquí. No tendrás que regresar al barracón. Se ha interesado por ti un hombre libre, Egorov. La mina no funcionaría sin él y otros como él. Es dinamitero. Vino a pedirme que te reclamara y es lo que he hecho; en realidad, ya lo había solicitado en otras ocasiones, pero solo lo han considerado cuando lo ha solicitado él. Antes te permitían trabajar durante el día, ahora estarás aquí día y noche. No vuelvas a meterte en problemas o ya nadie podrá hacer nada por ti. Bogdán ha prometido que te matará con sus propias manos y los hombres esperan que cumpla su promesa. De manera que no salgas de la enfermería. Aquí no puede atacarte o eso creo, al menos le será más difícil.

Pablo, emocionado, no sabía cómo agradecerle que le acogiera, pero el doctor Jaikim le cortó en seco:

—Lo único que espero de ti es que me hagas caso, te advertí contra Vladímir. —Pablo asintió bajando la cabeza avergonzado.

Aun así, se atrevió a preguntarle por qué se había interesado por él aquel tal Egorov.

—Al parecer, se lo pidió tu madre... Dicen que una tal Kira, que es actriz, es amiga de una mujer llamada Zina de la que se ha enamorado Egorov... No lo sé. El caso es que ese hombre te ha salvado la vida. Quién sabe...

Campo de Vorkutlag
Anya, Zina, Kira, Talya

Se hicieron inseparables. Anya se decía que la amistad entre las cuatro las ayudaría a intentar sobrevivir en aquel campo de castigo en las inmediaciones del Círculo Polar Ártico.

Egorov había hecho algo más por ella logrando que compartiera el mismo barracón que Zina, Kira y Talya. A partir de aquel momento se sintió con más fuerzas para picar el carbón y empujar las vagonetas hasta la boca de la mina. El trabajo las dejaba exhaustas, pero al menos por las noches, cuando regresaban al barracón, aún disponían de algún momento para darse ánimos e incluso para recordar algún poema.

Zina resultó ser una mujer resuelta. Su trabajo en el *Pravda* le había permitido conocer a algunos de los dirigentes del Partido e incluso había entrevistado a algún miembro del Comité Central. Sentía un desprecio indisimulado por todos ellos. «No puedo perdonarles que cierren los ojos ante lo que sucede. Un régimen que encierra a sus poetas se queda sin alma», afirmaba con convicción.

No, no estaba enamorada de Egorov, pero había decidido ser práctica. Al poco de llegar a Vorkutlag se había dado cuenta de que aquel hombretón la observaba, que aun dentro de la mina la buscaba con la mirada, y decidió sacar provecho.

—Espero que no me juzguéis, pero si tengo que pasar

aquí los próximos diez años, al menos que no me violen otros, que no abusen de mí otras, que pueda sobrevivir hasta el último día de los que me han condenado a estar aquí. Los artificieros son respetados, son hombres libres y de confianza. Puede que incluso cuando salga de aquí, si Egorov quiere, me case con él. ¿Qué más me da un hombre que otro? Cuando acabe mi condena habré cumplido los cuarenta y cinco... e imaginaos cómo estaré... Claro que lo mismo se cansa antes de mí.

Zina lo decía sin acritud, como el que describe que es de día cuando el sol ilumina la mañana. Las cosas eran como eran y se adaptaba a la realidad. No se engañaba.

Anya pensaba que aun con diez años más Zina seguiría siendo hermosa. Su cabello negro, los ojos verdes oscuros y la piel aceitunada le daban un aspecto exótico. Era diferente a ellas, que tenían la piel clara, cabellos rubios y ojos azules. Además, poseía una energía de la que las otras carecían, excepto Kira, que tampoco se arredraba ante nada.

A Zina le gustaba escribir poemas y se los enseñaba a Talya y a Anya para que opinaran sobre ellos. Ninguna de las dos se atrevía a decirle que no eran buenos, sabían que en aquellas circunstancias no importaba, se trataba de seguir sintiéndose personas y que la poesía, buena o mala, era un remedio infalible. Así que escuchaban los poemas de Zina e incluso los memorizaban. De la misma manera que tenían memorizados los de Ajmátova o Tsvetáieva. Talya decía que solo si lograban mantener esos destellos de humanidad podrían sobrevivir.

Habían pasado unos cuantos meses sin que ninguna tuviera noticias de fuera del Gulag. Pero una tarde, la tarde del descanso semanal, los guardias anunciaron que habría reparto de cartas y paquetes.

Zina, que era la que más tiempo llevaba allí, comentó:

—Nos darán lo que no quieran. Abren las cartas y las censuran; en cuanto a los paquetes, se quedan con lo que quieren. Nos roban.

Anya esperaba recibir carta de Borís y de su hijo Ígor, quizá también de su padre y de la tía Olga. Talya temblaba temiendo alguna mala noticia. Mientras que Kira y Zina parecían resignadas.

Querida mámushka:

¡Cuánto te extraño! He solicitado un permiso para poder visitarte en Vorkutlag, pero me lo han denegado. Pero insistiré. No me rindo.

Hoy también he escrito a papá a Norilsk, supongo que no sabes que le detuvieron y le condenaron, pero le han conmutado la pena de muerte por veinte años en el Gulag. No hace falta que te diga el porqué de la condena. Papá nunca ha dejado de quererte y guardarte lealtad. Le he enviado un paquete con ropa de abrigo, lo mismo que a ti y a Pablo. La tía Olga os ha tejido calcetines y jerséis y tres pantalones. Sé que papá es fuerte, pero tiemblo al pensar que en Norilsk estará a sesenta grados bajo cero.

¿Y tú, mámushka, cómo te las arreglas? Tengo pesadillas pensando en que no puedas aguantar el frío y en que te pongas enferma.

El abuelo ha pedido que revisen tu caso, ojalá lo hagan y comprendan que nada has hecho para ser castigada.

Tampoco dejo de pensar en Pablo; si pudiera, me cambiaría por él. ¿Será capaz de soportarlo? Me han dicho que en Vorkutlag los hombres y las mujeres no estáis muy separados, que coincidís en las minas... Ojalá podáis veros, al menos os sentiréis menos solos.

Te he puesto en el paquete unos cuantos libros y papel y lápices para escribir... espero que te los den. La tía Olga también os manda galletas y unos cuantos botes, con té y mermelada. Ojalá lleguen a manos tuyas y de Pablo. También le ha mandado lo mismo a papá.

El abuelo está bien de salud, aunque cada vez más triste y apagado. La tía Olga nos cuida bien, ya sabes cómo es, siempre nos insiste en que debemos comer.

Mámushka, he comenzado a estudiar mecánica. No ha sido posible ingresar en la universidad por estar papá y tú en el Gulag, pero al menos aprenderé un oficio con el que ganarme la vida y ser útil a la sociedad. De eso se trata. No todos podemos ser médicos o ingenieros.

Y ahora una noticia que me duele darte. Se trata de Klara, ha muerto en Turujansk de un ataque al corazón. Eso es lo que nos han dicho sus padres. Lo siento, mámushka, sé cuánto la apreciabas y también a Oleg, que al parecer está en el campo de Steplag. Ya solo faltan unos meses para que Oleg salga en libertad. Será muy duro para él la ausencia de Klara.

De Leonid y Masha no hemos vuelto a saber nada.

Y ahora, buenas noticias. Tu primo Pyotr ya ha cumplido su condena y ha salido del Gulag. Nos ha escrito su padre desde Leningrado. Al parecer, no le permitirán vivir allí ni tampoco en Moscú, pero lo importante es que ha terminado sus años en el Gulag. En cuanto sepa dónde se va a instalar intentaré obtener un permiso para verle, aunque el abuelo Kamisky no lo considera prudente. Pero si Pyotr sale en libertad es que ha cumplido su pena.

Mámushka, aunque le he escrito, si ves a Pablo, dile que le echo de menos. A ti y a él os envío todo el amor que sabéis que os tengo. La tía Olga y el abuelo me piden que te diga lo mucho que te quieren y cuánto desean que regreses a casa.

Mámushka, te quiero, te quiero, te quiero.

Tu hijo Ígor, que te espera.

Anya lloró un buen rato leyendo y releyendo la carta que, de cuando en cuando, apretaba contra su pecho como si estuviera abrazando a su hijo.

Ígor, consciente de que la carta sería sometida a la censura, había procurado mantener un tono neutro, sin críticas, para asegurar que llegara a sus manos. No se quejaba de no poder ir a la universidad y aceptaba su mala suerte; en realidad, ella era la culpable de que sus faltas las pagara su hijo.

Anya ignoraba que habían condenado a Borís al Gulag y que estaba en Norilsk. Se sintió aún más culpable por la desgracia de su marido. Borís era un buen comunista, nunca había quebrado ninguna ley, ni siquiera la más mínima norma. Obedecía, cumplía con lo que se esperaba de él. Había luchado con valor en la defensa de Moscú, había entregado lo mejor de sí mismo en Stalingrado. Nadie le había regalado las medallas ni los galones. Los había obtenido con sufrimiento y valor, y de repente le habían arrebatado todo convirtiéndole en algo peor que un paria, en un traidor.

Veinte años... veinte años en el infierno, porque eso era lo que significaba el campo de Norillag en Norilsk, lo mismo que Vorkutlag. Pero ella podía y debía pagar. Había desafiado al Partido, a la Unión Soviética, y no se arrepentía, pero nunca podría perdonarse por haber arrastrado en su castigo a su marido y a Pablo. Si le permitieran escribir a Borís, le pediría perdón.

También lloró por la muerte de Klara. No, no podía creer que hubiera muerto de un ataque al corazón, ella era fuerte y siempre había tenido buena salud.

El paquete estaba abierto, lo habían revisado a fondo. Alguien se había quedado con las galletas de la tía Olga y tan solo habían dejado un paquete de té, un par de calcetines y un jersey.

Talya sonreía y lloraba. Su hermana le había escrito para

anunciarle que Pyotr había recuperado la libertad y que le permitirían vivir en Víborg, a ciento treinta y ocho kilómetros de Leningrado, muy cerca de la frontera con Finlandia. Se abrazó a Anya y ambas mezclaron sus lágrimas.

Kira y Zina también habían recibido carta. Kira, de su padre, ya anciano; Zina, de una tía. Ambas también saboreaban las noticias que les llegaban desde fuera del recinto del Gulag. Al menos los suyos seguían vivos.

—Voy a reclamar los libros —le dijo Anya a Zina.

—No lo hagas... o tomarán represalias. Espera a que se lo diga a Egorov... a lo mejor él es capaz de conseguir que te devuelvan alguno.

Pero Egorov no lo consiguió.

Campo de Vorkutlag
Pablo

Barrer, fregar el suelo, mantener limpia la consulta, desinfectar el instrumental... Pablo intentaba cumplir con diligencia los cometidos señalados por el doctor Jaikim. Y aunque se sentía seguro viviendo junto al médico en un anexo de la enfermería, no por eso olvidaba que tanto Vladímir como Bogdán habían jurado que se vengarían.

Apenas salía del recinto de la enfermería, lo que suponía no tener contacto con Anya. Echaba de menos verla, aunque fuera en aquellos túneles mal iluminados de la mina, donde procuraban darse un abrazo y murmurar palabras de afecto dándose ánimos el uno al otro.

La carta de Ígor había avivado aún más la añoranza por la vida perdida, y se preguntaba si Borís Petrov podría perdonarlos a él y a Anya por haber sido la causa de su cautiverio en Norilsk.

Ígor lo había escrito sin añadir una palabra de más. Se trataba de que supiera que Borís había sido condenado a pasar en Norilsk los próximos veinte años, que era tanto como decir el resto de su vida, si es que lograba sobrevivir.

—Has tenido suerte. —La voz del doctor Jaikim le sobresaltó—. Creo que no te han quitado demasiadas cosas del paquete.

Pablo asintió mientras esparcía por la mesa el contenido

de la caja: un buen número de galletas bien envueltas y un paquete con Mishka Kosolapi, que no eran otra cosa que dos obleas con almendras recubiertas de chocolate, y dos paquetes de té. Además de un jersey, una bufanda, calcetines, unos pantalones y una manta.

—Mi hermano y mi cuñada también me han enviado té, café, un poco de azúcar y galletas —comentó el médico.

Pablo asintió intentando retener las lágrimas.

—No te dejes vencer por la nostalgia. Te hará más débil. Cuenta los días que te faltan para salir de aquí. Te han condenado a siete años, tendrás que pasarlos. A lo mejor tienes suerte y alguien pide que se revise tu caso... —intentó animarle el doctor Jaikim.

Pusieron agua a hervir y disfrutaron de una taza de té y alguna de las galletas de la tía Olga. Para Pablo, aquel momento fue lo más parecido a volver a sentirse parte de la humanidad.

—Y ahora yo también tengo una sorpresa para ti. Egorov te llevará a ver a tu mámushka. No me preguntes cómo. Lo ignoro. Solo sé que dentro de una hora vendrá a por ti y te acompañará hasta las proximidades de la zona de las mujeres. Podrás verla y hablar con ella.

Estaba cayendo la noche cuando Egorov entró en el cuarto anexo a la enfermería. Saludó al doctor Jaikim con una inclinación de cabeza. Luego ordenó a Pablo que lo siguiera. Caminaron evitando resbalar por el barrizal en el que se había convertido el suelo del campo.

Pablo vio dibujarse entre la penumbra la silueta de una mujer. Era Anya. Su primer impulso fue correr hacia ella, pero la mano de Egorov se cerró sobre su brazo.

—Ni se te ocurra —le advirtió—; camina a mi lado, sin prisa, sin llamar la atención. Y cúbrete bien con la bufanda.

Llegaron hasta donde estaba Anya en compañía de otras tres mujeres. De nuevo Egorov impidió a Pablo dar un paso más evitando que abrazara a su madre, pero ella le tendió las manos y las apretó entre las suyas. Parecía tranquila, aliviada al ver que estaba bien. El muchacho aparentó una fortaleza de la que carecía.

Talya, Kira y Zina se habían apartado unos pasos, lo mismo que Egorov.

—No sabía que Borís estaba en Norilsk —acertó a decir Pablo.

—Yo tampoco... y... espero que alguna vez me perdone —respondió ella.

—Tú no eres culpable, mámushka..., estamos aquí por mi obcecación. Sois tú y Borís quienes debéis perdonarme a mí, y sé que no me lo merezco —afirmó Pablo bajando la mirada para esquivar los ojos de Anya.

—Pablo, no estamos aquí por tu culpa... Estamos aquí porque vivimos en un régimen malvado que castiga a quienes se atreven a disentir. La Revolución comunista fue una mentira, una gran mentira. Iban a acabar con la esclavitud, con las clases sociales, pero ¿qué somos nosotros más que esclavos? Necesitan esclavos para mantener la ficción de que la Unión Soviética es un Estado poderoso. De manera que no te culpes, son ellos, los del Partido, los del Comité Central, quienes deberían avergonzarse de haber convertido nuestra sagrada tierra en una gran prisión. Solo espero que algún día paguen por todo esto. —Anya seguía apretando las manos de Pablo como si de esa manera pudiera transmitirle esperanza.

—¿Sabes, mámushka...?, soy un perdedor... Perdí la guerra de España y aquí he perdido el futuro que mis padres soñaban para mí. Ahora solo soy un número más.

—No digas eso, hijo, tenemos que aguantar... sobrevivir… tenemos que hacerlo. Saldremos de aquí y lucharemos por sacar a Borís de Norilsk. Por eso tenemos que vivir.

No pudieron evitarlo y se abrazaron. Anya cubrió de besos el rostro de Pablo mientras Egorov tiraba de uno de sus brazos para separarlos.

Campo de Norillag, septiembre de 1950
Borís

—¿Buenas noticias, camarada? —preguntó Yefrem observando que Borís Petrov volvía a leer una de las dos cartas que había recibido.

Borís se encogió de hombros. No, en aquellas cartas no había buenas noticias, solo la constatación de que fuera del Gulag aún había quien le recordaba.

Su hijo le había escrito una carta muy escueta, había elegido cuidadosamente las palabras para informarle de dónde se encontraban Anya y Pablo, en uno de los numerosos campos que habían crecido alrededor de la ciudad de Vorkutá. Siete años. Habían condenado a Anya y a Pablo a siete años; al menos ellos, pensó, recuperarían la libertad, porque él no se engañaba, nadie podía sobrevivir a veinte años en el campo de Norillag.

Cuando su esposa saliera de Vorkutlag todavía podría rehacer su vida. No le sería fácil, pero si no volvía a enfrentarse al sistema, de alguna manera podría sobrevivir. No le permitirían dar clases, ni podría frecuentar a sus amigos diletantes y el MGB la vigilaría, pero sería libre. Estuvo a punto de reírse a carcajadas de sí mismo. ¿Libre?, se dijo, pero ¡qué estupidez! Porque si de algo carecía la Unión Soviética era de libertad. No, Anya no sería libre porque nadie era libre. La Revolución había sido una estafa, una gran estafa. Pero él se había comportado como si no fuera así. Había actuado sin apartarse de las normas, haciendo cuanto se esperaba de él. Y allí estaba y allí moriría, en aquel campo situado sobre un gran yacimiento de níquel intentando que no le venciera el frío ni terminar asesinado por alguno de aquellos hombres dispuestos a cualquier cosa para sobrevivir.

Metió la carta en el sobre y volvió a sentarse para continuar intentando hacer unas botas con aquella corteza de haya que había conseguido y con los restos de una vieja camisa y un trozo de neumático. Esos eran los materiales con los que los hombres procuraban protegerse los pies, ya que los responsables del campo no les proporcionaban lo que necesitaban y les daba lo mismo cómo combatieran el frío.

Al menos había un par de calcetines de lana en el paquete enviado por Ígor. Quizá su hijo había enviado más cosas, pero salvo los calcetines y un jersey no había más en la caja.

Yefrem, el camarada Y5, le hizo una seña invitándole a salir del barracón. Borís le siguió con indiferencia porque sabía que el preso contaba con la confianza de los guardias y eso le daba alguna ventaja.

—¿Piensas quedarte aquí los próximos veinte años? —le preguntó Yefrem mientras encendía una colilla.

—Esa es mi condena —respondió Borís con desconfianza.

—De vez en cuando se preparan fugas —afirmó el otro esquivando la mirada de Borís.

—Que conducen a la muerte.

—Sí, la mayoría de las veces así es. Es difícil esconderse en el Círculo Polar Ártico; en caso de que uno pudiera esquivar a los perros y los guardias, después tendría que enfrentarse al hielo.

Yefrem sacó otra colilla de un bolsillo y se la dio a Borís, que no la rechazó.

—Dos hombres han decidido intentarlo, pero necesitan la compañía de un tercero —dijo de pronto Yefrem.

—Buena suerte. —Fue la respuesta de Borís.

—Buscan a alguien de confianza capaz de jugársela y de resistir.

—No me interesa.

—Hay pocas posibilidades de que salga bien, pero no es imposible.

—¿Ah, no? Entonces, acompáñalos tú.

—Me faltan dos años para salir de aquí.

—Suerte que tienes.

—Petrov, te estoy dando una oportunidad.

—¿Oportunidad? ¿De qué? ¿De morir antes de tiempo? Te lo agradezco, pero mi respuesta es no.

—¿No quieres saber el plan?

—No, Yefrem, si todo es tan fácil, seguro que encontrarán a ese tercero que los acompañe. Yo solo veo hielo a mi alrededor.

—Les he hablado de ti...

—Vamos, Yefrem, sé de qué va todo esto... Tres hombres escapan, uno es la comida. Porque ahí fuera no hay nada y de aquí no hay mucho que llevar. De manera que uno servirá de alimento. Sobrevivirán dos, que a su vez aguardarán el momento de convertir al otro en su menú. Pero ni siquiera eso es lo más peligroso, el peligro está en que no hay modo de escapar de aquí. Nos rodean kilómetros y kilómetros de hielo, solo hielo, no hay más. Así que les deseo mucha suerte a esos hombres, pero olvídate de mí. Supongo que has pensado que podía servirles como primer plato en su fuga a ninguna parte.

—Petrov, eres un imbécil.

—Te doy la razón. Si no fuera un imbécil, a lo mejor podría haberme librado de estar aquí y de tu compañía. Pero por ahora prefiero seguir vivo, puede que no por mucho tiempo, pero algo más que si salgo ahí fuera.

Borís dio media vuelta y entró de nuevo en el barracón. Se

acercó a la estufa y tendió las manos ansiando un poco de calor.

Hasta entonces había esquivado los problemas, pero intuía que las cosas podían cambiar.

Dos días después, un hombre al que no conocía se acercó a él.

—Soy amigo de Y5 —dijo con voz ronca.

Borís se quedó inmóvil. Así que aquel era uno de los hombres de los que le había hablado Yefrem.

—No debes preocuparte, tenemos un buen plan de fuga —le dijo.

—¿Ah, sí? Pues no me lo cuentes —contestó de mala gana Borís.

—Necesitamos a un tercero.

—Que no seré yo.

—¿Por qué te niegas a acompañarnos?

—Porque no quiero morir triturado por esos dientes tan feos que tienes.

—Esas son las reglas, uno tiene que morir para que los otros intenten salvar la vida, no tienes por qué ser tú. Sobrevive el que más aguanta.

—Prefiero intentar sobrevivir aquí. No tenéis ningún plan porque no hay manera de escapar de Norilsk, estamos en medio de la nada. Tardaríais años en llegar a una frontera en caso de que pudierais conseguirlo.

—Así que has elegido morir aquí.

—Intentaré que eso suceda lo más tarde posible, camarada. Y ahora me olvidaré de esta conversación.

Borís pensó que aquellos hombres eran unos estúpidos, porque solo a un estúpido se le ocurriría intentar huir a través de los grandes hielos atravesando buena parte de Siberia.

Había escuchado historias sobre fugas desesperadas en las

que el principal elemento de supervivencia era el canibalismo. Quienes emprendían la fuga estaban dispuestos a ello. Pero él aún no había llegado a ese punto de degradación como para intentar recuperar la libertad devorando a otro ser humano. Además, se repetía a sí mismo que nadie podía escapar de aquel lugar y... sobre todo tenía muy presente una frase en la carta de Ígor: «Tu amiga Lena nos ha escrito para decirnos que seguirá insistiendo hasta que te concedan el indulto».

Si le quedaba alguna esperanza, esa era Lena Vorobiova. Solo ella.

Campo de Vorkutlag
La boda de Zina

Anya sujetaba la cabeza de Zina mientras volvía a vomitar. Kira y Talya vigilaban por si acaso los guardias intervenían. Aquella mañana Zina apenas había podido empujar la vagoneta llena de carbón. Y si algo obsesionaba al responsable de la mina era que se cumplieran las cuotas de producción. A quienes no llegaban a lo establecido les reducían la cantidad de rancho que les correspondía. No era la primera vez que una mujer abortaba por algún golpe mal dado. Hacía un mes que Zina les había confesado que estaba embarazada. Desde entonces, Talya, Kira y Anya intentaban protegerla cuanto podían asumiendo su parte de trabajo.

Egorov no se había desentendido de Zina, al contrario. Estaba tramitando el permiso para llevársela a Vorkutá. Allí se habían levantado casas para los guardias de los campos y para los trabajadores libres, ya fueran ingenieros o especialistas. También se alojaban allí los agentes del MGB.

Egorov estaba decidido a que su hijo naciera en libertad. También pensaba casarse con Zina. Ella había aceptado.

Cuando Talya le preguntó por qué no intentaban marcharse a otro lugar, Zina había respondido que Egorov tenía allí su trabajo y que en la Unión Soviética daba igual un lugar que otro porque, sentenció, «no somos libres en ningún sitio».

Zina parecía feliz de su suerte. Egorov era un buen hombre, y qué otra cosa podía desear que un buen hombre a su lado. La cuidaría, con él no le faltaría comida, ni algo de ropa con la que combatir el frío. Además, se casarían, lo que era una muestra inequívoca de que de verdad la quería.

Los guardias del campo, así como los agentes del MGB o los técnicos libres, como era Egorov, solían tener a su disposición como criadas a las mujeres de Vorkutlag. Solo tenían que elegir y se las llevaban. Había alguna que se había suicidado para evitar convertirse en la esclava de alguno de aquellos hombres. Otras aceptaban resignadas. Pero para Zina no constituía un sacrificio irse a Vorkutá a vivir con Egorov. No estaba enamorada, pero le apreciaba sinceramente y le estaba agradecida. Nunca la había forzado a nada, sino que había intentado conquistarla sin ofenderla. Egorov estaba enamorado de Zina y ella le correspondía con afecto y lealtad.

Saldría de Vorkutlag en pocos días, los suficientes para que sus amigas le dieran unas cuantas cartas que querían que hiciera llegar a sus familias. Cartas sin censura.

Cuando llegó el día se despidieron entre lágrimas. No envidiaban la suerte de Zina, pero se alegraban de aquella oportunidad que le daba la vida. Ella les prometió que no las olvidaría y que a través de Egorov les enviaría cuantas cosas pudiera. Aún desconocía cómo sería su vida y sobre todo de qué iba a disponer.

Zina salió de la «zona» del brazo de Egorov. No miró atrás. Allí dejaba un pasado que nunca podría olvidar.

—¿Sabes?, a pesar de todo, creo que ha merecido la pena por lo que he pasado. He aprendido mucho ahí dentro. Y siento dejar a mis amigas, ellas me han enseñado muchas cosas buenas y han sacado lo mejor de mí. Solo por eso ha merecido la pena —le dijo a un asombrado Egorov, que la miró atónito, sin comprender la reflexión de Zina.

Él se limitó a echarle el brazo por los hombros y ella se dejó hacer. Iban a pasar juntos el resto de sus vidas, de eso no tenían dudas ninguno de los dos.

Madrid, verano de 1951
Viaje a México

Josefina terminó de colocar una camisa en la maleta mientras miraba de reojo a su nieta, que se entretenía jugando con su muñeca.

—Ha cabido todo, ya solo queda que cierres la maleta —le dijo a su hijo, que observaba distraído a través de los visillos del balcón.

Enrique se volvió y sonrió agradecido a su madre. Nunca se le había dado bien hacer maletas y eran tantas las cosas que tenía que llevar para aquel viaje...

—La de Lucía también está hecha... —añadió Josefina.

Enrique se acercó y la abrazó. Sabía cuánto estaba sufriendo, pero estaba resuelto a seguir adelante. No podía quedarse en España. Se ahogaba. Abominaba del régimen y despreciaba cuanto hacían Franco y su gobierno.

Cuando anunció a sus padres que había decidido marcharse a México llevándose a Lucía, le preguntaron por qué.

—Porque a Franco no le ha bastado con ganar la guerra después de haberse alzado contra el gobierno legítimo de la República, sino que desde el día en que terminó la guerra él y los suyos desencadenaron la venganza contra quienes los habían combatido. Detenciones, fusilamientos, las prisiones a rebosar, la humillación constante a los perdedores... Esa es la España de hoy y no quiero participar de todo esto. Me siento un impostor trabajando en el ministerio. No quise quedarme aquí y participar en la Guerra Civil y no quiero quedarme ahora guardando silencio. Además, le debo a Clotilde que nuestra hija crezca en libertad. Y tengo que cumplir una promesa, encontrar a Pablo, y desde aquí no puedo hacerlo.

Su madre había llorado y su padre estuvo algunos días en los que le costaba hablar, pero estaba decidido a no dar marcha atrás, y allí estaba él, con las maletas hechas y los billetes comprados para emprender el vuelo de Iberia en un DC-4 con destino a México.

—Papá... el timbre.

Sonrió al escuchar a su hija. Lucía se había convertido en la única razón de su vida. Sabía que echaría de menos a sus abuelos, pero algún día comprendería el porqué de su decisión.

Fue a abrir la puerta seguro de que serían sus suegros. Dolores y Pedro Sanz habían insistido en acompañarlos al aeropuerto, lo mismo que sus padres. Él hubiera preferido que no lo hicieran porque la despedida sería más dolorosa, pero no podía impedírselo. Los cuatro abuelos llorarían al separarse de Lucía y por más que él les hubiera prometido que volverían con cierta regularidad a España no se engañaban: cruzar el océano no era cosa que se pudiera hacer a menudo y no solo por el coste del viaje. Al menos les consolaba saber que Enrique tenía en perspectiva un buen trabajo. Un amigo le había asegurado un puesto en una empresa de construcción muy poderosa que necesitaba buenos ingenieros, y él tenía las mejores credenciales.

En el rostro de Dolores se notaban las huellas del llanto. Para ella separarse de Lucía era como una segunda muerte de Clotilde.

Apenas saludó a Enrique, sino que fue directa a coger en brazos a la niña, que se dejó abrazar por su abuela.

Lucía no entendía la magnitud del viaje que iba a emprender con su padre, pero sentía la pena de los abuelos.

Jacinto Fernández llegó pocos minutos después acompañado por su cuñado Bartolomé, el hermano de Josefina.

—Iremos en los dos coches. ¿Tenéis ya las maletas cerradas? —preguntó nervioso a su hijo.

—¿Y Lucía en qué coche va? —preguntó Dolores, dispuesta a batallar para pasar todo el tiempo posible con su nieta.

—Con usted, doña Dolores, con usted y con don Pedro —respondió Enrique, ignorando el gesto de decepción de su madre.

Llegaron al aeropuerto con tiempo suficiente para que cada uno de los abuelos pudiera abrazar y besar a Lucía varias veces. La niña se dejaba hacer, contenta de ser el centro de atención de los mayores. Pero se asustó cuando de repente su padre la cogió de la mano diciéndole que les diera el último beso.

La azafata recogió sus tarjetas de embarque y Enrique, con la niña de la mano y sin mirar atrás, se despidió mentalmente de aquella España amarga, repleta de rencor, dolor y desesperanza. Una España de vencedores y vencidos. Una España en la que los vencedores rezumaban rencor y carecían de la generosidad que pide tender la mano a los vencidos. Y él no quería formar parte de esa España, por eso se había autoimpuesto el exilio. Estaba decidido a no regresar hasta que no se hubieran reconciliado los unos con los otros. Quizá... algún día.

Moscú, septiembre de 1951
Ígor

Bela Peskova se frotaba las manos no tanto por el frío como de satisfacción. Por fin tenía el mando absoluto en la casa de los Kamisky. A instancias suyas, el comité del barrio había adjudicado un nuevo reparto del espacio.

Los camaradas Polina y Damien Lébedev habían ocupado la habitación más espaciosa, que hasta entonces era en la que Ígor dormía con su abuelo. En cuanto a la habitación que ocupaba Olga Kamiskaya, se había dispuesto que se le concediera a un joven matrimonio de apellido Kozlov, Duscha y Stepán Kozlov.

Grigory Kamisky, su hermana Olga y su nieto Ígor dispondrían del cuarto más pequeño, y no tenían permiso para disfrutar de la sala, donde se había otorgado un rincón para que se alojara una joven cantante de Kiev de nombre Ekaterina Tarásova.

La tía Olga intentaba acondicionar el cuarto en el que dispondrían de una cama y un colchón en el suelo, además del viejo sillón de orejas, todo tan junto que casi no podían moverse. Ígor había decidido ser él quien durmiera en el sillón para que la tía Olga lo hiciera en la cama y el abuelo en el colchón del suelo. Era lo justo, decía, puesto que era el más joven y no necesitaba ninguna comodidad.

Con lo que no contaban era con que Polina Lébedeva había insistido a Bela Peskova, encargada del edificio, en que los Kamisky debían desprenderse del piano de Anya.

Ígor iba a protestar, pero no le dio tiempo porque el abuelo Kamisky se plantó delante de Peskova con la mirada encendida de ira.

—Camarada, el piano se queda —dijo con voz ronca.

—Es un trasto que quita espacio, ¿cree que el piso le pertenece? ¿Acaso se ha contaminado de las ideas contrarrevolucionarias de su hija y de su yerno? —respondió Bela Peskova plantándole cara.

—¡No se atreva a hablar de mi hija y de su esposo! —gritó Grigory Kamisky.

—¿Cree que puede prohibírmelo? Le compadezco, camarada, debe de ser difícil aceptar que tiene una familia de traidores.

La tía Olga se colocó entre los dos empujando suavemente a su hermano. Temía que fuera capaz de abofetear a la Peskova.

—Usted no sabe nada de nuestra familia, camarada Peskova. Nada. Mi sobrina ha sido condenada, pero hay condenas que se sustentan en un error. Hemos recurrido tanto la suya como la de su marido; ¿qué dirá si los absuelven de las acusaciones falsas por las que fueron enviados al Gulag?

—Tía... por favor... no nos rebajemos a discutir con esta mujer —intervino Ígor.

Ekaterina Tarásova, que hasta entonces había permanecido en silencio, se acercó y dijo:

—Toda esta discusión es innecesaria. Puesto que a mí me corresponde alojarme en una parte de la sala, estoy dispuesta a compartir mi espacio con el piano, no hay mejor compañía para una cantante que un instrumento musical. No se preocupe, camarada Peskova, el piano y yo nos llevaremos de maravilla.

Ígor estuvo a punto de reír ante las palabras cargadas de ironía de Ekaterina Tarásova, pero sobre todo por la rabia que se dibujaba en los rostros de Bela Peskova y de Polina Lébedeva.

—No tiene usted por qué estar incómoda —adujo Polina buscando con la mirada el apoyo de su marido, que permanecía indiferente, sentado fumando un cigarrillo.

—Le agradezco su preocupación, camarada Lébedeva, pero le aseguro que de toda esta casa lo que menos incomodidad me puede producir es el piano.

—Bien... si eso es lo que quiere... luego no venga a protestar —respondió la camarada Peskova.

—Siempre protesto por causas que lo merecen. —Ekaterina hizo esta afirmación sin vacilar.

Bela Peskova hizo una seña a Polina Lébedeva y las dos mujeres salieron del piso. Era habitual que ambas pasaran algunos ratos cotilleando sobre los vecinos.

—Gracias —murmuró Ígor acercándose a Ekaterina.

—No me dé las gracias... esas dos son... Bueno, tendré que acostumbrarme... ¿El piano es de su madre?

—Sí, lo heredó de mi abuela, y ella espera que al regresar del Gulag siga estando aquí.

—Cuente conmigo.

—¿Puedo ayudarla a instalarse? Durante algún tiempo yo también ocupé ese rincón, si coloca bien el biombo casi se convierte en una habitación. Y en esa cómoda caben muchas cosas, Pablo y yo metíamos ahí nuestra ropa.

—¿Pablo?

—Mi hermano... bueno... es como si fuera mi hermano. También está en el Gulag.

—¿De qué le han acusado?

Ígor dudó si responder. Ekaterina era una desconocida, aunque aquella tarde había dado muestras de independencia y valentía. ¿Podía confiar en ella?

—De participar en veladas literarias...

—Un grave delito —respondió ella con ironía.

Aquella noche Ígor no logró conciliar el sueño, la imagen de Ekaterina se lo impedía. Debían de tener más o menos la misma edad, unos veinte años. Era guapa, muy guapa; llevaba el cabello castaño recogido en un moño bajo; los ojos marrones con destellos verdosos, de estatura media y quizá —se dijo reprochándoselo— algún kilo de más.

Estaba amaneciendo cuando coincidieron en la cocina, donde Ekaterina estaba poniendo a hervir agua para el té.

—Ha madrugado mucho, camarada Ígor Petrov —dijo ella.

—Sí, tengo un buen trecho hasta el trabajo, pero usted también ha madrugado.

—Sí, mi voz se tiene que ir despertando antes de la clase.

—¿Da clases de canto?

—Recibo clases de canto... He conseguido formar parte del coro del teatro Stanislavski. ¿Lo conoce?

—El Teatro Musical Académico de Moscú... A mi madre le gusta la ópera.

—A mí también, espero llegar a ser una buena soprano. Por ahora debo conformarme con ser una más. Pero lo conseguiré.

—¿A su familia le gusta que cante? —Inmediatamente se disculpó por la pregunta—: Perdone, no me tome por un entrometido.

—Mi madre también cantaba... pero no pasó de estar en el coro del Bolshói. Y mi padre era tenor en Kiev.

—Habla en pasado...

—Murieron. Tengo una hermana casada y dos sobrinos. Ellos siguen allí. ¿Qué más quiere saber?

—Disculpe... yo...

Ekaterina rio mientras vertía el agua con el té en dos tazas.

—¿Y usted?

—Yo quería ser militar como mi padre o ingeniero... pero soy mecánico, arreglo coches, camiones, lo que sea.

—Ya... El hecho de que sus padres y su hermano estén en el Gulag le ha impedido estudiar —afirmó Ekaterina.

—Sí.

—No es el único.

—Lo sé, pero no es un consuelo.

Ella se encogió de hombros mientras le sonreía. Él sintió que se estaba enamorando de aquella chica tan diferente a cuantas había conocido.

Campo de Vorkutlag, octubre de 1951

Anya estaba enferma y lloraba abrazada a Talya. Kira las miraba impaciente. Se hacía tarde. Egorov y Zina se habían comprometido a hacerse cargo de Talya una vez que saliera del campo. Pero a esta le costaba separarse de su amiga dejándola así.

La tez de Anya se había vuelto casi transparente y la tos persistente no le daba tregua. Había adelgazado tanto que la ropa le colgaba sobre su cuerpo exhausto.

El diagnóstico del doctor Jaikim no había dejado lugar a dudas: silicosis.

Pablo le había suplicado que hiciera lo imposible para que su madre no volviera a la mina. Pero el médico no lo consiguió. El jefe de la administración del campo se mostró inflexible: «Mientras se mantenga en pie, trabajará». Así que cada mañana, ayudada por Talya y Kira, se sumergía en las profundidades de la mina.

Talya suspiró preocupada mientras acariciaba el cabello de Anya. Había cumplido la condena y en menos de una hora estaría fuera de aquel lugar donde había pasado los últimos años. Ansiaba la libertad, no había dejado de pensar en ella desde el día que llegó al Gulag, pero íntimamente sentía dejar allí a Anya, a Kira y a las otras mujeres con las que había compartido aquellos retazos de vida que le habían permitido no enloquecer.

Además, tenía miedo. Miedo a que no le permitieran viajar hasta Víborg. Miedo al reencuentro con Pyotr. ¿Sería el mismo o el Gulag le habría transformado como lo hacía con todos los condenados? ¿Qué sentirían el uno por el otro? ¿Podrían reiniciar la vida allí donde la dejaron?

—Date prisa —dijo Kira mientras intentaba romper el abrazo en el que se habían fundido Anya y Talya.

—Yo... os echaré tanto de menos... Si pudiéramos irnos las tres... —se lamentó Talya.

—Nosotras también nos acordaremos de ti, pero date prisa —insistió Kira.

—Haz lo posible porque mi hijo sepa que estoy bien... le he hecho sufrir tanto... mi pobre Ígor... y dile a mi padre y a mi tía Olga que no se preocupen por mí, pero que la próxima vez... si pueden, me manden unas botas.

La acompañaron hasta el edificio central donde Egorov la esperaba. Primero tenía que cumplir con el papeleo de la liberación, luego se abrirían las puertas del campo, pero en esa ocasión no desfilaría hacia la mina de carbón, sino hacia la libertad.

Los trámites duraron un buen rato hasta que uno de los guardias la despidió. «Firme aquí, camarada Fedorova, y procure no regresar. Puede que la envíen a otro lugar menos agradable».

Ella no se atrevió a responder, ni siquiera a levantar la mirada. Sentía que las piernas le temblaban y la congoja le había formado un nudo en el estómago.

Vorkutá se había ido convirtiendo en una ciudad donde los guardias del campo, los hombres del MGB, los funcionarios, los ingenieros, artificieros y otros trabajadores libres se habían ido congregando para extraer de aquella tierra inhóspita sus tesoros ocultos.

Los edificios eran modestos y destartalados, pero al menos quienes vivían allí eran libres. Zina la acogió con un abrazo. Permanecieron en silencio durante unos segundos, después se examinaron la una a la otra hasta sonreír. Zina estaba de nuevo embarazada.

Dos niñas gemelas sentadas sobre una alfombra las miraban con asombro. Eran las hijas de Zina y Egorov. «Catalina, por Catalina la Grande, y Anna, por Anna Pávlova, la gran bailarina rusa», dijo Zina riendo mientras levantaba del suelo a las niñas.

Después la acompañó a una habitación minúscula pero limpia. Sobre la cama había varias prendas dobladas.

—Te he preparado un poco de ropa. Algo te estará bien. Tenemos una ducha, te daré un trozo de jabón para ti sola. Aséate, disfruta del agua y, cuando estés lista, cenaremos. A Egorov nunca le falta una botella de vodka. Tienes que contarme cosas sobre Kira y Anya y sobre todas las amigas que dejé allí... ¡Os he echado de menos! Lo que hemos vivido juntas nos ha unido para siempre. Estoy tan preocupada por Anya... ¿Crees que sobrevivirá?

Talya no supo qué responder o quizá no quería hacerlo porque en realidad pensaba que la muerte acechaba a su amiga.

Durante la cena, Egorov la puso al tanto de lo que le esperaba. Había pedido unos cuantos favores que se habían traducido en trámites imprescindibles para que le permitieran viajar hasta Leningrado y de allí a Víborg. Su marido, Pyotr Fedorov, la aguardaba. Las autoridades habían decidido su expulsión. Ya no era ingeniero y no podía ejercer como tal. Podía ganarse la vida como leñador, y él, resignado, había aceptado aquel cometido.

Egorov le explicó a Talya que aún tendría que quedarse unos cuantos días con ellos hasta que le asignaran el tren en el que podía viajar. No sería mucho tiempo. Talya asintió agradecida, sobre todo por el entusiasmo de Zina de tenerla con ellos.

Después de la cena él se fue a la cama, dejándolas en la cocina para que hablaran. Sabía que necesitaban de esa soledad para decirse lo que no se dirían en su presencia.

—Vas a tener otro hijo... ¡cuánto me alegro!

—Ojalá sea un niño. Es lo que quiere Egorov. Adora a las niñas, pero prefiere un hijo. Ya sabes cómo son los hombres.

—¿Eres feliz? —se atrevió Talya a preguntar a su amiga.

—Tengo lo más parecido a eso que se llama felicidad. Estoy viva.

—¿Y es suficiente estar viva para ser feliz?

—Es suficiente si la vida que vives no te depara sobresaltos. Egorov me quiere, las niñas crecen sanas, voy a tener otro hijo... y he sobrevivido al Gulag. Cuando llegué a Vorkutlag no sabía si sería capaz de soportarlo. Luego, con la ayuda de Kira, de ti y de las otras mujeres, aprendí a sobrevivir y a disfrutar de algunos momentos, como cuando nos reuníamos para recordar las obras de Dostoievski, Chéjov... Pasternak... Anna Ajmátova, Marina Tsvetáieva. Nunca antes había disfrutado tanto de las novelas ni de la poesía.

»En Vorkutlag me di cuenta de que nunca había sido libre, ni un solo día de mi vida. Mi trabajo en el *Pravda* era un engaño, puesto que no se esperaba que contara la verdad sino lo que al Partido le convenía. Era el comisario político quien decidía qué era o no verdad y qué le convenía al pueblo saber o ignorar. Lo peor es que durante mucho tiempo yo compartía el mismo afán. Hasta que un día... bueno, todos tenemos un día, algo que nos sucede y nos hace cambiar, dejé de ser útil al Partido porque preguntaba, porque no quería que todo lo que escribía fuera una mentira.

—Pero escribir en el *Pravda* es el sueño de cualquier periodista...

—Para mí lo era, lo que no sabía era que detrás del sueño comunista se escondía una pesadilla. Ahora no espero ni quiero nada y, por tanto, tengo mucho. ¿Lo comprendes?

Talya asintió.

Campo de Norillag, octubre de 1951

Estaban formados en la «zona» mientras los guardias hacían el recuento. Aún no había amanecido y la inmovilidad aumentaba la sensación de frío.

Cuando uno de los guardias dio la señal de salida, los hombres comenzaron a andar con paso rápido camino de la mina de níquel, de donde no regresarían hasta la caída de la tarde.

Borís llevaba varios días con un dolor agudo en el pecho. También sentía un dolor intenso en las fosas nasales, las notaba al rojo vivo. No era el único que sufría los efectos del níquel. La mina se cobraba un tributo en vidas y Borís intuía que pronto se llevaría la suya.

Ya dentro de la mina, en uno de los túneles, se encontró de frente con Yefrem, que le hizo una seña para que se parara.

—Está todo preparado para la fuga. ¿Querías saber cómo se puede hacer? Te lo diré, podemos elegir un río, el Yeniséi o el Daldikán nos sacarán de aquí.

Borís le miró impaciente frunciendo el ceño mientras respondía:

—Ya te he dicho que no me interesa. No tengo un plan mejor que estar aquí.

—No seas estúpido. Yo también iré. Necesitamos a hombres de confianza.

—Ni tú ni tus amigos sois de mi confianza. Buscaos a otro.

—Eres militar, estás preparado para la adversidad, sabes luchar y sabrás orientarte. Vendrás.

Fue una tarde al salir de la mina cuando Borís sintió una punta afilada apretarse en sus riñones.

—Haz lo que te diga —escuchó decir a Yefrem. Dos hombres se colocaron a cada lado empujándole para sacarle de la fila.

El día se había hecho noche y la negrura envolvía aquel trozo de tierra inhóspita. Una mano tiró de él. Se encontró en el suelo con dos hombres flanqueándole e instándole a reptar.

—Tenemos que darnos prisa. Disponemos de media hora hasta que hagan el recuento. Para entonces estaremos lejos —escuchó decir a una voz desconocida.

—Por mí podéis iros al infierno. Yo me quedo —afirmó Borís, pero de pronto sintió cómo se abría paso entre su ropa una hoja fina que empezaba a rasgarle la piel.

—El río está cerca, desde allí nos guiarás hasta el lago Piásino, allí podríamos llegar a un acuerdo con hombres de la etnia nenet, ellos nos ayudarán a construir una balsa con la que navegar por el río Daldikán hasta el puerto de Dudinka —escuchó decir a Yefrem.

—¿Y adónde crees que vas a ir desde el puerto de Dudinka en el mar de Karam? —protestó él.

—Eres militar, sabrás qué hay que hacer para sacarnos de aquí. Me da igual adónde nos lleves, lo único que tienes que hacer es sacarnos de aquí —insistió Yefrem.

El sonido de las pisadas de los hombres se iba perdiendo según se alejaban de Norillag.

Borís sentía el frío de la tierra húmeda traspasarle la ropa y se preguntaba en qué momento podría escapar.

Yefrem le obligó a seguir reptando hasta que consideró que se habían alejado lo suficiente para ponerse en pie, entonces le dio una brújula y un trozo de papel con un mapa rudimentario y las coordenadas de donde estaban.

—Como ves, ahí está dibujada toda esta zona. El río Yeniséi... la meseta de Putorana, el lago Piásino... Elige la mejor ruta para escapar. No nos encontrarán.

—Estáis locos... De aquí a Putorana hay casi doscientos kilómetros. Y en caso de lograrlo, ¿qué vais a hacer allí?

—Lo sabrás cuando lleguemos —respondió uno de los hombres.

—No iré —insistió Borís.

De nuevo la hoja helada de un cuchillo se introdujo un poco más en su espalda.

—Hemos hecho amigos, unos amigos que tienen otros amigos que viven allí, hombres de la etnia nenet. Gente pacífica que conoce esta tierra como la palma de su mano —comentó Yefrem mientras con la ayuda de otro hombre le ataba las manos al tiempo que añadía—: A Yuri no le caes bien, no le des motivos para que te mate antes de tiempo.

—Yo soy Serguéi —dijo el otro hombre dándole una patada que le hizo caer de rodillas.

—Bien, ahora que hemos hecho las presentaciones, ¡a correr!

Corrieron tropezando y cayendo, levantándose y mirando atrás, sintiendo la pesadez de la oscuridad y el frío rasgando sus rostros. Y así hasta el amanecer cuando Yefrem levantó la mano dándoles una tregua.

Escucharon voces a lo lejos. Borís se preguntó cómo no las habían oído antes, pero acaso el viento las había amortiguado.

—Nos siguen —dijo Yefrem endureciendo la voz.

—¿A qué distancia están? —preguntó Serguéi.

—Les sacamos ventaja, pero hay que seguir apretando el paso —afirmó Yefrem.

—Deberíamos parar y descansar.

Las palabras de Borís fueron acogidas con una carcajada.

—Y también podríamos preparar el té para cuando lleguen los guardias. —Yefrem parecía escupir las palabras.

—No me gusta este tipo... nos dará mala suerte —dijo Yuri lleno de aprensión.

—Pues no te acuestes con él si no te gusta, pero aún está en forma y tiene carne suficiente para alimentarnos a los tres —rio Yefrem.

De nuevo comenzaron a caminar con paso rápido. Yefrem no se separaba de Borís, obligándole a mirar el mapa. Pero poco a poco las voces se acercaban. Voces mezcladas con el ruido seco de los motores de camiones.

A Borís no le sorprendió que de repente aparecieran entre los primeros rayos de la mañana grupos de guardias bien armados rodeándolos. Entonces fue él quien rio con ganas, lo que provocó que uno de los guardias disparara. No sintió nada, solo que le fallaban las piernas y su última mirada se fundía con la tierra cubierta de nieve. Ni siquiera tuvo tiempo de pensar en su hijo ni en Anya, tampoco supo que Yefrem, Yuri y Serguéi habían caído junto a él.

Vorkutlag, enero de 1952

Egorov se apretó la bufanda sobre la garganta mientras fijaba la mirada en el suelo evitando escurrirse sobre las placas de hielo.

Salía de la oficina del jefe del campo, al que no le había costado demasiado convencer de que le permitiera hablar con la *zek* (prisionera) Anya Petrova.

—No tardaré mucho puesto que la *zek* está enferma.

El jefe del campo tenía a Egorov por uno de los especialistas imprescindibles en la mina del carbón y aunque se resistía a hacer excepciones, sabía que de vez en cuando debía aceptarlas, sobre todo si la petición venía de parte de un hombre libre.

Egorov solía pedir permiso para entregar a Anya y a Kira algunas prendas de abrigo cosidas por Zina. También algo de comida, galletas, un trozo de mantequilla o un poco de té. Accedió precisamente porque Anya Petrova llevaba semanas escupiendo sangre, nada diferente a lo que les sucedía a la mayoría de los que trabajaban en la mina de carbón, y sabía que aquella mujer estaba ya más muerta que viva, por más que el doctor Jaikim, a instancias del hijo de Petrova, intentara paliar con algún medicamento el mal que la aquejaba.

Uno de los hombres del MGB le paró camino del barracón de Anya. Se conocían y compartieron un cigarrillo. El hombre se quejaba de haber sido destinado a aquella tierra helada para vigilar a lo que consideraba la escoria del país. Egorov le escuchaba paciente, nunca llevaba la contraria a los hombres del MGB; en realidad, no se la llevaba a nadie, había aprendido las ventajas de evitar cualquier discusión. Llevar la contraria solo provocaba recelos y resentimiento, y él no ganaba nada discutiendo con aquellos hombres encargados del funcionamiento de Vorkutlag.

Anya esbozó una sonrisa cuando vio acercarse a Egorov al barracón seguido de un guardia. Para ella, el bien más preciado era enterarse de qué pasaba más allá del recinto carcelario de Vorkutlag. Solo tenían derecho a recibir una vez al año correspondencia de su familia, de manera que las noticias siempre llegaban atrasadas.

Zina se había convertido en su enlace con el exterior, enviando y recibiendo cartas de los Kamisky y del padre de Kira que hacía llegar al campo a través de Egorov. Aquel día llevaba una carta para Anya y ninguna para Kira.

En algunas ocasiones, Egorov protestaba cuando su mujer se empeñaba en que hiciera de correo por los problemas que pudiera acarrearles, pero siempre accedía porque era incapaz de negarle nada. Admiraba a Zina y le agradecía las dos hijas que tenían.

Cuando por fin empujó la puerta del barracón de Anya encontró a las mujeres hablando mientras remendaban sus míseras ropas. Algunas vestían los uniformes del campo, otras la mezclaban con alguna ropa personal, pero el aspecto de todas era el mismo.

Kira se levantó con presteza de su litera al ver asomar la cabeza de Egorov; si estaba allí solo podía ser para trasladarles algún encargo de Zina.

Egorov hizo una mueca a modo de saludo mientras ponía en la mano de Kira una carta para Anya y, para ella, un trozo de jabón y un bote con té.

Kira sonrió agradecida, aunque hubiera preferido una carta de su padre, que ya era muy anciano y, enfermo como estaba, temía el día en que le comunicaran que había dejado de existir.

Después de haber dado lo que llevaba y sin apenas decir palabra, Egorov salió del barracón; aún tenía que entregar otra carta que iba dirigida a Pablo. Mientras caminaba hacia la enfermería pensó en cuánto le reconfortaba saber que Zina ya no estaba allí, sino en Vorkutá, en aquel piso modesto de un edificio prefabricado de color grisáceo iluminado por las risas de sus hijas.

Kira se dispuso a hervir agua en la estufa para invitar a sus compañeras de barracón a beber un poco de té del que le había enviado Zina, mientras Anya, tumbada en su camastro, tenía en la mano la carta entregada por Egorov.

Durante unos segundos miró la carta sin terminar de decidirse a abrirla. Cuando lo hizo, se encontró que dentro del sobre había otro sobre con sello oficial dirigido a su hijo. Si Ígor le enviaba una carta dirigida a él, significaba que alguna mala noticia volvía a irrumpir en sus vidas. La carta llevaba un remitente: la dirección del campo de Norillag donde cumplía condena Borís.

Rasgó el sobre y apenas se fijó en el remitente de la carta, solo en las primeras palabras: «Por la presente le comunicamos que su padre, el traidor Borís Petrov, fue abatido durante un intento de fuga...».

La carta cayó de sus manos mientras sentía un sudor frío que le recorría cada centímetro de su cuerpo. Borís muerto. Le habían matado y le calificaban de traidor.

Se había quedado inmóvil, incapaz de moverse ni de hablar. Borís muerto. Ya no existía. Le habían matado sin que ella hubiera podido pedirle perdón. No, ya no la perdonaría, pero tampoco ella se podría perdonar a sí misma. Borís muerto porque ella le había matado. Había sido culpa suya que le condenaran al Gulag.

Borís muerto; se preguntaba si podría vivir con esa culpa.

Sintió la mano de Kira sobre su cabello, luego vio cómo se agachaba y recogía la carta del suelo.

—Está muerto —susurró Anya—. Le he matado yo.

Kira fijó la mirada en la carta leyendo deprisa el contenido escueto. Se sentó junto a Anya y la abrazó.

—Llora, llora, es lo que necesitas —respondió Kira.

Pero Anya se había quedado vacía, vacía también de lágrimas.

Permanecieron abrazadas durante un buen rato mientras las voces de las mujeres del barracón se iban apagando. No les era difícil sospechar que Anya había recibido alguna mala noticia como en otras ocasiones ellas también habían recibido cartas a cuenta de alguna desgracia. No cabían palabras de consuelo, no se puede consolar a quien habita en la desesperanza.

Poco a poco Kira fue aflojando el abrazo. Sabía por experiencia que la soledad es parte del duelo.

—Lee la otra carta, puede que sean buenas noticias —le aconsejó.

Pero Anya ni siquiera se atrevía a mirarla. ¿Buenas noticias? ¿Acaso en la Unión Soviética se producía una sola buena noticia?

Kira no se rindió insistiendo para que abriera la otra carta. A Anya le temblaban las manos cuando por fin se atrevió a abrir el sobre donde había reconocido la letra apretada de Ígor.

Mi querida mámushka:

Siento tener que compartir contigo la peor de las noticias. Aún no puedo creerme que papá esté muerto. ¿Por qué? ¿Cómo es posible que ya no esté?

No sé si te lo han comunicado... al fin y al cabo eres su esposa, pero por si acaso me atrevo a ser yo quien te lo diga con la confianza de que esta carta te llegue.

¿Qué vamos a hacer, mámushka? ¿Qué voy a hacer yo sin la esperanza de volver a ver a mi padre y sin tenerte cerca?

He recordado un poema, un poema que has recitado tantas veces... un poema dedicado a la muerte, escrito por tu admirada Anna Ajmátova:

Si has de venir, ¿por qué no vienes ahora?
Te espero, me siento sin fuerzas.
He apagado la luz y he abierto la puerta
para que entres, pura y extraña.
Toma la forma que quieras,
irrumpe como bala envenenada,
o deslízate como un ladrón experto,
envenéname, si no, con las fiebres del tifus.
O haz igual que el cuento que inventaste tú misma
—todos nos lo sabemos y a todos acongoja—,
sube la escalera con una gorra azul
que el portero guía muerto de miedo.
Todo me da lo mismo. El Yeniséi se arremolina,
brilla la estrella Polar.
La luz de los ojos que amo
la hiela el espanto, el último.

¿Recuerdas el poema, mámushka? Nos decías que Anna Ajmátova lo había escrito en su casa de Leningrado, en el viejo palacio de la Fontanka.

Sé que la muerte de mi padre te hará sufrir y que caerás en la tentación de no perdonarte lo sucedido. No lo hagas. Mi padre siempre te quiso y yo quiero creer que también tú le has querido. Quédate con su recuerdo como yo guardo el recuerdo de cuando era pequeño y vivíamos en Leningrado y el futuro se perfilaba feliz.

Y ahora, mámushka, tengo que darte otra mala noticia. El abuelo ha muerto, pero la suya ha sido una muerte tranquila. Una noche su corazón se paró. La muerte de mi padre le afectó mucho y parecía que le había quitado las ganas de vivir. Creo que el abuelo ha muerto cuando ha querido y como ha querido, en su cama, sin quejarse.

La tía Olga está desolada y me preocupa que cada día esté más delgada. Apenas come y lo peor es que la mirada se le extravía y ni siquiera habla. Ekaterina y yo intentamos sacarla de su dolor, pero no nos lo permite.

Te preguntarás quién es Ekaterina y te lo explicaré, mámushka. Es una joven cantante, nacida en Kiev, que también vive en nuestro piso de la *kommunalka*. Bien es verdad que es una bendición tenerla entre nosotros, tan diferente es de los Lébedev que no hace falta que te diga lo difícil que resulta vivir con ellos.

Mámushka, me gustaría poder estar a tu lado y abrazarte, de manera que cierra los ojos y siente que te envuelvo entre mis brazos y deposito en tu rostro cientos de besos.

Nos tenemos el uno al otro y sigo confiando en que tu caso se examine, te indulten y puedas regresar a Moscú.

Tu hijo que te adora,

Ígor Petrov

Anya no durmió aquella noche. Sentada en la litera, con los ojos abiertos, sin cesar de toser y las cartas en su regazo, dejó vagar su alma entre la nada.

Unos cuantos metros la separaban de la zona del campo donde estaban los hombres. Allí Pablo también permanecía en vigilia. No sabía cómo reaccionar a las muertes de Borís Petrov y del abuelo Kamisky. La carta de Ígor era concisa, no había resquicio para más esperanza que la de continuar sobreviviendo.

Además, le angustiaba la enfermedad de Anya. Sabía que

no resistiría mucho tiempo, pese a los cuidados de Kira y de las mujeres de su barracón. Volvería a insistir al doctor Jaikim para que intentara convencer al director de la administración del campo de que liberara a Anya del trabajo o cualquier día caería muerta en la mina.

Campo de Vorkutlag
Manuel

La mañana le sorprendió con el doctor Jaikim pidiendo que se diera prisa porque había llegado una nueva remesa de prisioneros y algunos de ellos venían en mal estado. Tenían mucho que hacer.

Y así fue como aquel día Pablo conoció a Manuel.

—Ocúpate de ese de ahí… es español como tú —le dijo el doctor Jaikim.

Pablo se acercó con reticencia al hombre que los guardias habían arrastrado sin miramientos hasta la enfermería dejándole en el suelo. Iba cubierto con un abrigo raído, tenía una ceja partida y una de sus piernas sangraba. Intentó levantarle para colocarle sobre una camilla. El hombre apretaba los dientes para evitar que se le escapara el más leve quejido.

Sin darse cuenta le habló en ruso y el hombre le contestó con un fuerte acento en la misma lengua.

—¿De dónde te han traído? —quiso saber Pablo.

—De Norilsk… he trabajado en la construcción del canal de Norilsk.

—¿Por qué te han condenado? —le preguntó mientras intentaba ayudarle a quitarse la ropa para que el doctor Jaikim pudiera examinar la pierna herida.

—Y tú, ¿por qué estás aquí? ¿Eres un delincuente? ¿Has matado a alguien? —preguntó en español.

—No… desde luego que no —respondió Pablo.

—Yo tampoco.

Pablo se sumió en el silencio. En realidad, no le importaba la suerte de aquel hombre. Bastante tenía con su dolor. Además de su preocupación por la enfermedad de Anya, la muerte de Borís Petrov y el abuelo Kamisky le habían conmocionado. Durante la vigilia de la noche había intentado sopesar si sentía lo mismo que cuando siendo un niño Borís le comunicó la muerte de su padre. Pero no era capaz de poner en orden sus emociones.

—¿De dónde eres? —le preguntó el hombre.

Pablo se sobresaltó. ¿De dónde era? Ni siquiera él tenía una respuesta para esa pregunta.

—Nací en Madrid, pero antes de terminar la guerra me trajeron aquí. En realidad, soy más ruso que español. No sé lo que es ser español —respondió con más sinceridad de la que quería permitirse.

—Yo tampoco estoy seguro de lo que soy… —le respondió el hombre.

—¿Dónde has nacido? —preguntó Pablo.

—En Cáceres. Me llamo Manuel, soy anarquista y luché contra Franco. Pude escapar a los pocos días de terminar la guerra. Me fui a Francia y empecé a colaborar con la Resistencia, pero caí en una redada. Me detuvieron y los franceses me enviaron a Alemania a través del Servicio de Trabajo Obligatorio. Era el tributo que pagaba Pétain a Hitler, un tributo en hombres, en mano de obra esclava. Trabajábamos en las fábricas ocupando los puestos de los alemanes que estaban en el frente. Estuve durante toda la guerra trabajando en una fábrica de armas. Luego, cuando los rusos llegaron, me detuvieron y me enviaron a Spassk acusado de colaborar con el enemigo. Y de allí a Norilsk para trabajar en el canal… Y aquí estoy por mi mala conducta.

—¿Mala conducta?

—Lo sorprendente es que no me hayan matado... Me peleé con el *kum*, el reclutador de delatores. Intentó convencerme de que espiara para él. Me negué y desde ese momento pasé más tiempo en la celda de castigo que cavando el hielo para hacer el canal. Hace unos días me topé con él y no pude resistirme, le pegué.

—¡Estás loco! —exclamó Pablo.

—Bueno, aquí estoy y he sobrevivido.

—Mi padre adoptivo estaba en Norillag... Puede que sepas de él... le han matado por intentar escapar... A lo mejor le conociste...

Manuel se encogió de hombros antes de responder.

—No sé quién es tu padre, pero sí sé que un grupo de hombres intentó fugarse. La aventura duró unas horas, los fusilaron allí mismo donde los encontraron. Unos auténticos imbéciles. Nadie puede escapar en el Círculo Polar Ártico.

—Borís no era ningún imbécil. Era coronel del Ejército Rojo y luchó en la defensa de Moscú y en Stalingrado —respondió Pablo, airado.

—Sería muy valiente y temerario, pero dudo de su inteligencia. Huir a través de la tundra helada... ¿adónde?

—Tiene que haber una explicación... Borís era inteligente y cauto —insistió Pablo, dolido por las palabras cargadas de desprecio de Manuel.

—No le he conocido, no puedo decirte nada, lo siento.

Continuaron hablando en ruso mientras el doctor Jaikim terminaba de coser la herida de la pierna del español, que en ningún momento se había quejado. Por su parte, Pablo también le había suturado una ceja partida con unos cuantos puntos.

—¿Qué sabes hacer? —preguntó el doctor Jaikim a Manuel.

—Pelear.

—No será suficiente para sobrevivir —sentenció el médico.

—No he hecho otra cosa desde los diecisiete años y es lo que me ha permitido sobrevivir.

—Cuestión de suerte —murmuró el doctor, que a continuación añadió—: Te dejaré quedarte unos días en la enfermería.

Durante los siguientes días Pablo intentó abrir una ventana al mundo exterior a través de Manuel. Por él supo que había más españoles de los que podía suponer en la Unión Soviética y que no todos eran del agrado de Stalin, ni siquiera de los comunistas españoles afincados en la URSS.

Algunos habían sido condenados al Gulag lo mismo que Manuel, ya fuera porque habían formado parte de la División Azul, o porque, aun siendo republicanos que habían escapado de la España de Franco, no se habían acomodado al régimen comunista y al intentar marcharse habían sido declarados espías o traidores.

—Conocí a un par de hombres que pidieron ayuda a embajadas extranjeras para salir de Rusia, lo que les costó terminar en uno de estos campos —le contó Manuel.

Pablo sentía curiosidad por los soldados de la División Azul y cuando Manuel le dijo que había conocido a algunos, le preguntó cómo eran.

—Pues como tú y como yo... solo que equivocados. Claro que peor que ellos lo pasan los nuestros... luchar por unas ideas y que luego, cuando estás aquí, te traten como a un enemigo... eso sí que es difícil de digerir. Al fin y al cabo, los de la División Azul vinieron a combatir a los rusos. Pero hay republicanos, e incluso comunistas, que tampoco son bien tratados; he conocido unos cuantos marineros españoles en el campo de Spassk y ninguno era fascista...

—Bueno, tú eres anarquista... —intentó justificar Pablo.

—Y he tenido mala suerte: perdí la guerra, los franceses me vendieron, los alemanes me trataron como a un esclavo y los soviéticos como a un enemigo. ¿Crees que merezco esto?

Se hicieron amigos, aunque Manuel le sacaba unos cuantos años, pero a través de él empezó a sentir nostalgia por España, un país que había sido el suyo pero que le era desconocido.

Manuel le contaba de las peleas entre las izquierdas durante la Guerra Civil y de la enemistad extrema entre anarquistas y comunistas, pero también le relataba cómo transcurría la vida cotidiana antes de que estallara la guerra y, en ocasiones, tarareaba alguna canción popular.

Pablo apenas recordaba nada, incluso el rostro de su madre se había ido difuminando entre las brumas de la memoria.

Una mañana, poco antes de que los hombres formaran en la «zona» para el recuento, Manuel se acercó hasta la enfermería pidiendo al doctor Jaikim permiso para hablar con Pablo. El doctor no se lo impidió, pero no les dio más de unos minutos para la charla.

—He oído hablar de ti, tienes enemigos aquí dentro. Un jovencito que más parece una chica y un tipo duro lleno de tatuajes.

Pablo se sobresaltó. Sabía de la inquina que le guardaban Vladímir y Bogdán, pero hasta el momento había logrado esquivarlos sin salir del recinto de la enfermería.

—Vendrán esta noche. El tipo duro tiene amigos, así que no vendrá solo. Creo que lo hará acompañado de tres o cuatro. Pretenden matarte.

Se quedaron en silencio. Manuel se dio cuenta de que a Pablo le temblaba el labio inferior.

—¿Tienes miedo? —le preguntó.

—Me matarán —dijo Pablo. Y le contó lo sucedido.

Manuel sacó el resto de una colilla y la encendió.

—Tendremos que matarlos nosotros —sentenció.

—¿Matarlos? No... yo no he matado nunca a nadie... no puedo hacerlo.

—Pues es tu vida o la suya. Ese Bogdán es de los que cumplen.

El doctor Jaikim, que andaba cerca, no había podido por menos que escuchar.

—Eres hombre muerto —afirmó mirando a Pablo.

—Bueno, yo también he hecho algún amigo aquí dentro... Ese Bogdán tiene cuentas pendientes con otros hombres. Ya veremos —dijo Manuel, y salió de la enfermería sin despedirse.

En el interior de la mina los hombres trabajaban en silencio, aunque de cuando en cuando se oía el grito de algún capataz. Llevaban desde el amanecer sin respirar el aire del exterior. El sonido de los picos clavándose en la tierra llenaba aquellas galerías que otros mineros iban apuntalando.

Manuel se había separado de su grupo acercándose adonde se encontraba Bogdán. Ni siquiera se miraron, aunque de repente escuchó un cuchicheo que le alertó.

Uno de los mineros, al mirarle, se rio. El que estaba a su lado sonrió. Hablaban de él. En realidad, Bogdán había murmurado algo sobre él.

—No hagas caso —escuchó que le decía uno de los hombres de su barracón.

—¿Y a qué no debería hacer caso, Rodión? —preguntó Manuel a aquel hombre.

—Te quieren provocar. Bogdán es un malnacido, va diciendo que tienes un enamorado en la enfermería y que hoy llorarás —respondió el minero.

Manuel asintió y se acercó lentamente adonde picaba Bogdán, empujándole hacia una de las galerías en la que no había nadie picando porque estaba por apuntalar.

—Pero ¿qué haces? —preguntó Bogdán intentando zafarse del brazo de Manuel, que comenzaba a cerrarse sobre su cuello.

De repente Manuel se tambaleó, o eso parecía, y clavó con fuerza el pico en uno de los pies de Bogdán. Sorprendido, aquel hombre soltó un aullido de animal.

Manuel levantó de nuevo el pico y se lo clavó en el cuello. Bogdán se retorció de dolor mientras Manuel murmuraba:

—Ve buscando un buen sitio en el Infierno, hijoputa, puede que nos veamos allí.

Y le dejó agonizando. Luego, con paso rápido, regresó a la galería donde los hombres de su grupo continuaban trabajando. Dos guardias intentaban abrirse paso hacia donde creían haber oído un grito. Tardaron en dar con la galería oscura y mal apuntalada, donde tropezaron con un cuerpo sin vida.

Los guardias hicieron salir a los mineros al exterior para ser interrogados. Ninguno había visto ni oído nada. O eso dijeron, puede que fuera así o puede que si alguno vio algo, no quiso denunciar al español.

Llevaron el cuerpo de Bogdán, ya cadáver, a la enfermería. Cuando Pablo vio que el hombre que llevaban era Bogdán se puso a temblar. El doctor Jaikim le ordenó que cambiara el vendaje de un enfermo mientras él examinaba al minero muerto. El director de la administración del campo le exigía un diagnóstico sobre la muerte de aquel hombre.

El médico se limitó a decir que seguramente la oscuridad había sido el detonante de lo sucedido. Quizá el minero se había clavado el pico sin querer en el pie y lo habría soltado instintivamente, y que al moverse habría tropezado cayéndose sobre el pico, con tan mala suerte que se lo había clavado en el cuello.

—¡Eso es absurdo! —gritó el director, pero el doctor Jaikim se encogió de hombros: no tenía ninguna otra explicación.

Pablo pasó el resto del día conmocionado, incapaz de comer, de beber y casi hasta de hablar. Obedecía como un autómata las órdenes del doctor Jaikim ya fuera para que tomara la temperatura a un enfermo, le ayudara a enyesar un brazo o le asistiera en una operación de apendicitis.

Tardó dos días en ver a Manuel, que acudió a la caída de la tarde a la enfermería con la excusa de que vomitaba sangre, lo que era común entre los mineros.

Cuando el doctor Jaikim le vio llegar le hizo una seña para que le siguiera hasta su despacho.

—¿Cómo murió Bogdán? —le preguntó con gesto serio mirándole a los ojos.

—Por lo que he oído, usted cree que fue un accidente... un tropiezo... Supongo que tiene razón. Usted es el médico.

—Oí lo que le dijiste a Pablo el día en que viniste para avisarle de que Bogdán le quería matar.

Manuel no apartó su mirada de la del médico. Durante unos segundos permanecieron en silencio buscando las palabras que luego no se dijeron.

—¿Dónde está Pablo? —preguntó por fin Manuel.

—Ya sabes dónde, en ese cuarto donde guardamos el material, en su jergón. Pero hoy no está para nada, no me ha servido de gran ayuda. Entra a verle.

Cuando la puerta del cuarto se abrió, Manuel encontró a Pablo sentado en el jergón con la mirada perdida.

La bombilla titilante expandía una luz débil por el pequeño almacén.

Se miraron en silencio hasta que Pablo pudo hablar.

—¿Le has matado? —se atrevió a preguntar.

—En las minas hay accidentes —respondió Manuel.

—Gracias —dijo Pablo.

—No hay de qué.

—Yo... yo no habría sido capaz.

—Eso no lo sabes... ninguno lo sabemos hasta que llega la ocasión. Ahora descansa y olvídate de Bogdán. Si tú fueras el muerto, él lo estaría celebrando hoy y mañana ya se habría olvidado de ti. Así van las cosas en estos lugares.

—¿Y Vladímir?

—Bastante tiene con intentar sobrevivir sin la protección de Bogdán. No se te acercará.

—Te debo la vida, Manuel. Si algún día salimos de aquí...

Manuel se dio la vuelta. No le gustaban las palabras de más.

Vorkutlag, 6 de marzo de 1953

La voz del locutor denotaba emoción y gravedad mientras leía con voz pausada la noticia que dejaría anonadados no solo a los soviéticos sino al mundo entero: «El corazón del colaborador y seguidor del genio de la obra de Lenin, el sabio líder y maestro del Partido Comunista y del pueblo soviético, ha dejado de latir».

El doctor Jaikim se quedó inmóvil intentando comprender las consecuencias de lo que acababa de escuchar en la radio.

«Ha muerto», susurró más para sí mismo que para Pablo, que se afanaba en limpiar la sala de curas de la enfermería y que parecía no prestar atención a lo que el locutor decía.

Iósif Stalin había muerto y las lágrimas de pesar de muchos soviéticos se entremezclaban con los «hurras» de alegría dichos en voz baja que se escuchaban en algunos puntos lejanos de la Unión Soviética, en los campos del Gulag.

Fue Kira quien se lo dijo a Anya. Se había enterado mientras limpiaba las oficinas del jefe del campo, cuando este salió de su despacho llorando.

—Ha muerto... Qué será de nosotros... Él, que ha hecho a la Unión Soviética grande... Ha muerto... —se lamentaba el director de la Administración de Vorkutlag, y Kira se sorprendió porque sintió que aquel hombre era sincero en su dolor.

Varios de los hombres del MGB se presentaron en el despacho a la espera de saber qué debían hacer. Había cundido el desconcierto. No estaban preparados para la muerte de Iósif Stalin.

Se reforzó la seguridad en el perímetro del campo a la espera de recibir órdenes de Moscú. Mientras, los presos, ansiosos de noticias, procuraban recabar información hasta de los propios guardias.

Anya y Kira intentaron acercarse a Egorov, quien durante un descanso, después de colocar unas cargas de dinamita, les explicaría que según le habían contado y se había dicho por la radio, miles de personas habían salido a las calles de Moscú organizando un auténtico tapón desde el bulevar Rozhdéstvenski hasta la plaza Trúbnaia.

—Hay una gran confusión… rumores de todo tipo… No sé… veremos qué pasa ahora que el Vozhd ha muerto.

Lo único que Anya temía es que se olvidaran de los condenados en el Gulag y alargaran las penas más allá de las condenas.

Egorov intentaba calmar su miedo. La maquinaria del Partido seguía funcionando. El cadáver de Stalin estaba expuesto en el edificio de los Sindicatos. No se sabía mucho, solo que Stalin había fallecido en su dacha de Kúntsevo.

Al parecer, la noche antes de su muerte varios dirigentes del PCUS le habían acompañado durante una cena y cuando se retiró a sus aposentos y cerró la puerta, sufrió una hemorragia cerebral que le habría provocado una hemiplejía y estuvo varias horas sin ser atendido. Cuando le encontraron era demasiado tarde.

El país entero lloraba a Iósif Stalin. Había cundido un sentimiento de orfandad y el PCUS le organizó una despedida apoteósica. Los discursos se sucedieron y los soviéticos estaban atentos al orden de sus intervenciones por si pudiera ser una pista de quién se haría con el poder. El primero en hablar fue el jefe del PCUS, Gueorgui Malenkov; le siguieron Lavrenti Beria y Viacheslav Mólotov.

—¿Qué crees que pasará? —preguntaban Anya y Kira a Egorov, y él les aseguraba que la Unión Soviética sobreviviría a Stalin de la misma manera que había sobrevivido a Lenin.

—Las ideas no mueren —sentenció.

Durante algunos días a los guardias se les hizo difícil mantener la disciplina en la mina. Todos estaban ansiosos por saber qué podía suceder.

Una de aquellas tardes, mientras el doctor Jaikim estaba preparando una taza de té, Manuel entró en la enfermería. El médico le invitó a compartir el té con él y Pablo le ofreció un cigarrillo de los que de cuando en cuando le proporcionaba Egorov.

—Hay mucha confusión... veremos quién se hace con el poder... Supongo que dependerá de Beria... pero no lo sé. Creo que las cosas cambiarán, pero no sé si para bien —comentaba el médico.

Pablo y Manuel le escuchaban ansiosos y con respeto. Al fin y al cabo, el doctor sabía más que ellos.

—A mámushka y a mí nos quedan dos años de condena... Espero que no se olviden y nos dejen aquí —dijo Pablo.

—Suerte que tienes. Mi primera condena fue de diez años y la segunda de veinte, por dejar malherido al *kum*, el jefe de los delatores de Spassk. O sea que nunca saldré de aquí.

—Saldremos todos —afirmó Pablo sin convicción.

Manuel rio con amargura, luego aspiró el humo del cigarrillo hasta notarlo dentro de los pulmones y se sintió mejor.

Pero la vida continuó y la rutina volvió a instalarse en el campo, hasta que a finales de julio hubo una revuelta en Vorkutá.

Grupos de presos exigían que se revisaran sus condenas, otros, mejores condiciones de vida.

Se levantaron barricadas, presos y guardias se enfrentaron, hubo heridos. Los levantiscos sufrieron las consecuencias: muchos terminaron en las celdas de castigo mientras que otros vieron aumentadas sus condenas.

Pablo no olvidaría aquel 31 de julio de 1953. Estaba suturando el labio partido de un guardia cuando el doctor Jaikim le mandó llamar. No acudió de inmediato, sino que terminó la sutura. Luego, mientras se secaba las manos, entró en la consulta del médico y allí, sobre una camilla, le vio. Aceleró el paso y se colocó junto a la camilla inclinándose hacia el cuerpo de Manuel.

—No sé si salvará la vida —dijo el médico mientras intentaba taponar la hemorragia que manaba del abdomen de Manuel—. Ha perdido mucha sangre, lo que le ha provocado una parada cardiaca —continuó diciendo el doctor Jaikim.

—¡Tiene que salvarle! ¡Haga lo que sea! —Las palabras de Pablo, más que una súplica, parecían una orden.

Pero el doctor Jaikim no era Dios y no pudo devolver la vida a Manuel. El último hálito se escapó de su boca sin que se dieran cuenta.

Pablo lloró. Lloró con rabia. El doctor Jaikim no intentó consolarle, pero le explicó lo sucedido: en mitad de uno de los enfrentamientos entre presos y guardias alguien había herido a Manuel. No se sabía quién, quizá uno de los guardias o quizá alguno de los presos, pudiera ser que algún amigo de Bogdán que al fin se había cobrado su venganza.

Pablo intuyó que eso era lo que había pasado. Manuel había matado a Bogdán para salvarle a él y alguno de sus amigos le había vengado. Así eran las cosas en el Gulag. Pero eso no le consolaba. Manuel estaba muerto y se sintió aplastado por aquella pérdida.

Lo único que mitigó su dolor fue que el doctor Jaikim consiguió que Anya dejara de trabajar en la mina. Pasó a formar parte del contingente de mujeres dedicadas a la limpieza de las oficinas del campo; no le sirvió para recuperar la salud, pero tampoco empeoró.

La vida nunca transcurre a buen ritmo cuando se carece de libertad. Las vidas de Anya y de Pablo parecían haber quedado en suspenso en el Gulag.

Gracias a Egorov se comunicaban e incluso en alguna ocasión lograban verse. El sufrimiento, la desesperanza y la enfermedad ya eran parte de sus vidas, aunque no por eso dejaban de contar los días que los separaban del cumplimiento de la condena que los devolvería fuera de Vorkutlag. Lo que no se atrevían era a preguntarse qué harían ese día ni lo que la libertad les supondría. Pero mientras tanto para Anya, para Pablo, para todos los presos del Gulag, donde fuera que estuvieran, todos los días eran el mismo día.

Vorkutá, septiembre de 1955

Pablo ayudó a Anya a acomodarse en el coche de Egorov. Ninguno de los tres habló ni tampoco miró atrás. Anya sabía que Kira estaría llorando. Le faltaban tres meses para cumplir su condena. Tres meses y recuperaría la libertad.

Pablo había apoyado la frente en el cristal de la ventanilla observando curioso aquella ciudad de aire pesado de color grisáceo que había crecido al compás de los campos.

Los edificios anodinos se alzaban como columnas sucias queriéndose abrir paso hacia un cielo más sucio aún.

Se preguntó si en aquella parte del mundo en alguna ocasión habrían respirado aire limpio.

Las minas eran su riqueza, pero también su destrucción.

Egorov condujo hasta un edificio gris y los invitó a seguirle por una escalera de peldaños rotos. Entre Pablo y él ayudaron a Anya a subir las escaleras.

Zina parecía haber intuido su llegada o acaso estaba mirando por la ventana, porque se hallaba en el umbral de la puerta esperándolos.

Abrazó a Anya con fuerza y después a Pablo antes de invitarlos a entrar.

La mesa estaba puesta. Dos niñas jugaban sentadas en el suelo mientras en una cuna dormía un niño que no tendría más de tres años. Zina cogió de la mano a Anya para presentarle a sus hijos.

Anya estaba agotada, pero se inclinó a besarlos disimulando su falta de emoción. Se sentía vacía por dentro.

Zina les anunció que había dispuesto la habitación de las niñas para que Anya pudiera descansar. Pablo podría dormir en el sofá del salón. Se quedarían en su casa hasta que decidieran cómo iban a encarar el futuro. Anya y Pablo protestaron por educación. No querían ser una molestia, pero Zina desechó con un gesto la protesta.

Al igual que había hecho cuando liberaron a Talya, había dispuesto unas cuantas prendas para Anya y otras para Pablo. Ropa usada pero limpia, que Anya acarició como si de seda se tratara. Olía a jabón.

Anya y Pablo se sentían inseguros. No terminaban de sentirse libres, como si una parte de ellos continuara dentro de las alambradas del Gulag donde las reglas suponían certezas, mientras que la recién recuperada libertad les provocaba ansiedad.

Zina se había esmerado con la cena. Sopa de remolacha y a continuación *golubtsi*, que no era otra cosa que col con carne picada.

Comieron con apetito, reencontrándose con sabores que tenían olvidados. No fue hasta que terminaron cuando Zina sonriendo puso dos cartas en manos de Anya y otra en la de Pablo.

—Las tengo desde hace varios días, pero pensé que os gustaría leerlas fuera del campo —dijo mientras comenzaba a recoger los platos de la mesa y Egorov les daba las buenas noches para irse a dormir.

Las niñas llevaban un buen rato dormidas y Anya no se atrevió a refugiarse en el cuarto que compartiría con ellas, de manera que se quedó sentada en un sillón frente a la mesa mientras rasgaba uno de los sobres.

La carta estaba fechada varios meses atrás.

Mi querida prima:

Cuando leas estas líneas estarás fuera de Vorkutlag y más cerca de volver a vernos.

Desde que Talya está conmigo en Víborg la vida ha vuelto a tener sentido. Nos las arreglamos bien y procuramos ser útiles con lo que hacemos. Me gano la vida como leñador y Talya me ayuda en este cometido. Algunas cosas están cambiando y por eso mantenemos la esperanza de que nos permitan volver a Moscú. Los sueños son parte del pasado, pero sigo siendo el mismo. He recibido alguna carta de tu hijo Ígor, siempre atento y cariñoso con la familia. Pronto podrás reunirte con él y quién sabe si podremos visitarte.

Escríbenos cuando te hayas instalado sea donde sea.

Talya te manda un abrazo y yo también.

Tu primo que te quiere,

PYOTR FEDOROV

La segunda carta estaba firmada por Ígor.

Mi querida mámushka:

Si lees esta carta es porque ha llegado el día de tu libertad. Las cosas están cambiando y nos han comunicado, supongo que a ti también, que Pablo y tú podréis instalaros en Barvikha, lo que es una gran noticia. Es un lugar muy hermoso, aunque tengo la esperanza de que no sea por mucho tiempo, pero en cualquier caso, estaremos muy cerca, solo nos separarán unos cuantos kilómetros, y la tía Olga y yo podremos visitarte a menudo y quién sabe si más adelante nos darán permiso para visitar al primo Pyotr y a Talya.

Ya verás como encontrarás que muchas cosas han cambiado.

No me atrevo a darlo por hecho, pero parece que van a permitirme ir a la universidad. Sigo queriendo convertirme en un ingeniero que contribuya a la grandeza de nuestro país.

La experiencia adquirida como mecánico me será de gran ayuda. A veces es mejor empezar por abajo.

¡Mámushka, te quiero tanto!

Tu hijo que te añora,

Ígor Petrov

Anya acarició la carta como si del rostro de Ígor se tratara. No, su hijo no parecía haber cambiado, conservaba la bondad de siempre y la fe en el país. Bendito él por no albergar resentimiento y creer que el futuro aún le podía deparar el bien.

Levantó la mirada hacia Pablo y le vio sonreír. Le reconfortaba que Ígor y Pablo se quisieran.

—¿Sabes, mámushka?, Ígor me ha mandado una lista de todo lo que haremos juntos en cuanto lleguemos a Barvikha. Nos van a faltar días en el calendario. Y... bueno, quiere que conozcamos cuanto antes a Ekaterina... vive en nuestra casa... en la casa del abuelo, en la que cada vez hay más ciudadanos alojados. Al parecer es una cantante de ópera excepcional... La conoceremos pronto. Yo creo que Ekaterina es... Bueno, creo que le gusta.

—¿Tú crees? A mí no me ha dicho nada en su última carta —respondió Anya mientras intentaba controlar un ataque de tos.

—Normal, eres su madre y no sabe cómo recibirás a esa chica que para él es importante.

—Quiero lo mejor para Ígor, lo mismo que para ti.

—Los dos lo sabemos, pero las madres siempre tenéis reticencias sobre las mujeres de vuestros hijos. Pero yo, como hermano de Ígor, ya he decidido que congeniaré con Ekaterina —afirmó Pablo esquivando la mirada de Anya.

—Creo que ahora tenemos otras cosas en las que pensar —protestó ella.

—Intentar recuperar nuestras vidas allá donde las dejamos —sentenció Pablo.

Ella asintió mientras intentaba controlar todas las emociones que pugnaban por hacerla llorar. Era libre, se decía, libre, pero ya no sabía en qué consistía la libertad, ni cuáles serían sus límites.

Zina, que había estado trajinando cerca de ellos y, por tanto, había escuchado la conversación, se sentó junto a Anya.

—Tenéis suerte... no solo porque os mandan a Baryikha, que está muy cerca de Moscú, también porque es un lugar privilegiado, muchos dirigentes del Partido tienen allí sus dachas y además se encuentra el sanatorio donde tratan a nuestros líderes —dijo estas últimas palabras con ironía.

—Lo sé... pero ¿qué haremos allí? —preguntó Anya, más para sí misma que para Zina.

—Esperar a que nuestros infalibles líderes decidan que no sois un peligro para la URSS y os permitan volver a vuestra casa de Moscú. En total solo hay unos treinta kilómetros de distancia. Podría haber sido peor. ¿Sabes, Anya?, algo está cambiando... Aunque mi olfato de periodista está más que oxidado, lo huelo en el ambiente. Nikita Kruschev no es Stalin.

»Beria ya no está... su ejecución ha supuesto un antes y un después... No creo que vayáis a pasar mucho tiempo en Barvikha.

—¿Y si me quedara aquí? —preguntó de repente Anya.

—¿Aquí? Pero ¿qué dices?, ¿qué harías? Yo tengo un marido y tres hijos y si sigo en Vorkutá es porque me abrió los ojos a una realidad que me negaba a ver.

»Me sentía tan orgullosa de escribir en el *Pravda*... pero aprendí que la realidad nada tenía que ver con lo que contábamos en sus páginas. El Partido decidía qué era o no verdad.

¿Te acuerdas de la acusación contra los médicos? Mi periódico los acusó de formar parte de una conspiración capitalista. Detuvieron a tantos... incluso a Vladímir Vinográdov, que entonces era el médico personal de Stalin. El Partido decidía a quién acusar y nosotros lo hacíamos, sí, lo hacíamos en nombre del pueblo, de lo que nuestros dirigentes decidían que interesaba al pueblo. No, en Moscú ya no hay lugar para mí.

—¿Y por qué crees que sí lo hay para mí?

—Porque tu vida es la música y la poesía, no el periodismo. Si regresara, nunca me permitirían volver a trabajar en el *Pravda* ni en ningún otro periódico importante, y lo que es peor, tampoco podría contar la realidad.

—Acabas de decirme que las cosas están cambiando —le recordó Anya.

—Sí, querida mía, pero los últimos en recobrar la libertad seremos los periodistas. Además, tengo un compromiso de lealtad con Egorov. Él me ha salvado.

—Me estás diciendo que si tienes que elegir entre tú y tu marido, le eliges a él.

—Sí. Y lo hago de corazón. Perdí la inocencia el día que me detuvieron y durante el juicio en el que me condenaron al Gulag. Pero tú... Vete, Anya, no tienes nada por lo que quedarte aquí salvo el miedo que sientes. Vete.

Anya cerró los ojos. La tos volvió a golpearla con fuerza. Se sentía agotada.

Barvikha, unas semanas después

El viaje había sido largo e incómodo. Pablo había hecho lo imposible por procurar a Anya cierto bienestar en aquel tren viejo y renqueante repleto de gente. Le preocupaba las muchas horas que Anya pasaba sin poder moverse a causa de la fatiga y la tos.

Confiaba en que fuera cierto que no pasarían mucho tiempo en Barvikha, que de verdad las cosas estaban cambiando por más que él no lo percibía a su alrededor.

Una funcionaria del sóviet local los esperaba para guiarlos hasta la casa que tenían asignada. La mujer estaba irritada por tener que tratar con dos recién llegados del Gulag.

Tardaron en llegar porque Anya apenas podía andar y tenían que parar continuamente ya que se ahogaba, sin que la funcionaria hiciera el mínimo gesto para ayudarla.

La casa de madera estaba sucia y en mal estado, pero tenía un pedazo de tierra delante de la puerta principal.

Pablo buscó una silla donde sentar a Anya.

—Bien, camaradas —dijo la mujer—, supongo que encontrarán esto más agradable que Vorkutlag —añadió con una sonrisa malévola.

El alojamiento que les había asignado era el peor que había encontrado. Los enemigos del régimen nada merecían y no comprendía por qué había que alojarlos. Claro que el Partido siempre sabía lo que convenía a uno mismo y a los demás.

Cuando Anya y Pablo se quedaron solos intentaron darse ánimos el uno al otro.

—No está tan mal —comentó Pablo.

—Tendremos que limpiarlo a conciencia y buscar un bote de pintura para asear las paredes. Ese trozo de tierra podríamos dedicarlo a algún cultivo que nos permita subsistir.

—Lo haré yo. Tú tienes que descansar. Limpiaré bien esa silla desvencijada en la que te has sentado, me temo que pueda estar llena de chinches o de algo peor.

Anya bajó la cabeza apenada, pero de repente levantó la mirada y sonrió.

Por el sendero que conducía a la casa distinguió cinco figuras que andaban agitadas. Anya intentó levantarse, pero se le doblaron las piernas.

—¡Mámushka… mámushka!

—¡Hijo… hijo mío… hijo! —Volvió a intentar levantarse, pero se cayó.

Ígor corrió hacia ella y la levantó y la abrazó, besándola en las mejillas y repitiendo los besos. Unieron sus lágrimas y permanecieron ajenos a los gritos de alegría de los demás.

—Mi querida prima… pero ¿qué te han hecho? —decía Pyotr Fedorov, enfurecido a la vista del estado en el que se encontraba Anya.

—¡Qué regalo más hermoso me está dando la vida! —exclamó Anya, dejándose abrazar por Pyotr y por Talya.

Cuando terminaron de abrazarse y de llorar, Ígor les explicó que hacía días le había pedido permiso a su jefe para acudir a verla a Barvikha y que sorprendentemente se lo había concedido. Y Pyotr añadió que a Talya y a él les habían permitido regresar a Moscú. Y allí estaban todos, con unas cuantas bolsas en las que llevaban aquello que suponían podían necesitar.

La tía Olga, además, había preparado comida y también

había tejido jerséis y calcetines, y habían podido comprar un par de botas para cada uno.

—Mámushka... esta es Ekaterina Tarásova... —Ígor se ruborizó al presentársela.

Durante unos segundos Anya dudó, pero se sobrepuso. Si su hijo se había enamorado de aquella chica, ella no podía por menos que aceptarla. Después de haber sido la causa de las desgracias de la familia no tenía derecho a rechazar a la joven. Se impuso dar un paso hacia Ekaterina abriendo los brazos.

—Tenía muchas ganas de conocerte. Si Ígor te quiere, yo también te querré. —Y era sincera mientras lo decía.

Ígor aplaudió aliviado y posó sus manos en los hombros de Anya y Ekaterina. No podría ser feliz si no se aceptaban la una a la otra.

En cuanto a Pablo, simpatizó con Ekaterina de inmediato. Además, la tía Olga parecía llevarse bien con la joven cantante. Anya se dijo que ella no debía ser un problema para su hijo.

Por la tarde, la humilde cabaña ya estaba limpia. La tía Olga, Talya y Ekaterina se habían empleado en quitar toda huella de suciedad, dejando un rastro de olor a limpio. No permitieron que Anya las ayudara. Mientras tanto, los hombres habían reparado las ventanas, engrasado los goznes de las puertas, encajado las tablas de la valla de madera que rodeaba la casa y comprobado el funcionamiento de la chimenea después de haberla limpiado.

La tía Olga tuvo tiempo de preparar el té mientras Pyotr y Talya le explicaban a Anya algo que a ella le hubiera gustado no escuchar.

—Fueron Leonid y Masha quienes nos traicionaron, mi querida prima. Trabajan para el KGB —afirmó Pyotr.

—Pero... no... no puede ser... son nuestros amigos —protestó Anya.

—Mámushka, es la verdad —intervino Ígor—, lo supimos por la comandante Vorobiova.

—¿Y quién es la comandante Vorobiova? —quiso saber Pablo.

—Estuvo con mi padre en Stalingrado. Ella solo logró que no lo fusilaran. Cuando a padre lo enviaron al Gulag, la comandante vino a vernos en dos ocasiones. En la segunda, para decirnos quiénes eran nuestros enemigos, los que han provocado todas nuestras desgracias. Leonid y Masha.

—No... no puede ser... Esa mujer miente... Tendrá alguna razón para odiarlos y acusarlos de algo tan monstruoso.

—Lo siento, prima, pero es la verdad. Nosotros no fuimos los únicos a los que denunciaron. Cuando llegamos a Moscú, Talya y yo nos encontramos con alguno de nuestros antiguos amigos y... bueno, los que han sobrevivido al Gulag nos recomendaron que nos mantuviéramos lejos de Leonid y Masha. De hecho, me presenté en su casa para preguntarles directamente.

—No sabes cómo reaccionaron —intervino Talya.

—Se asustaron. Cuando Leonid abrió la puerta y me vio, dio un paso atrás. Creo que pensaba que iba a pegarle. Intentó cerrar la puerta... Masha nos gritó que nos fuéramos y dijo... dijo que si no habíamos tenido bastante con lo que nos había sucedido.

—Pero ¿por qué...?, ¿por qué...? Eran nuestros amigos... confiábamos en ellos... Leonid escribía... le gustaba la poesía. —Anya no podía asimilar lo que su primo y Talya le estaban contando.

La tarde empezaba a caer cuando se despidieron. Tenían que coger el último tren que los llevaría a Moscú, pero regresarían en cuanto pudieran, aunque, como dijo Pyotr: «Espero que sea cuestión de días que os den los permisos para instalaros en Moscú».

Durante la despedida, Ígor le susurró a su madre que le habían asegurado que les permitirían volver a casa.

—Puede que no estéis aquí ni un par de meses —añadió.

La profecía de su hijo se cumplió. Apenas un mes después recibieron el preceptivo permiso para regresar a la capital, solo que para entonces la salud de Anya se había deteriorado irreversiblemente y apenas podía salir de casa. La fiebre y el cansancio le impedían moverse.

Ciudad de México, mayo de 1956

Enrique Fernández leía ensimismado el documento sobre el que rezaba un membrete con la palabra «Secreto» estampada en tinta de color rojo. En unas horas emprendería viaje a Moscú como parte de una delegación ministerial invitada por el nuevo líder Nikita Kruschev.

En el informe se analizaban las filtraciones conocidas sobre el discurso del premier soviético durante la celebración del XX Congreso del Partido Comunista de la Unión Soviética celebrado tres meses atrás, en febrero de aquel año.

Si lo que se relataba en el documento era verdad, y no dudaba que lo fuese, en la Unión Soviética se abría una nueva etapa de su historia.

Sin duda, con permiso de Nikita Kruschev, se había filtrado parte de su discurso ante el Comité Central en el que había cuestionado abiertamente el estalinismo y sus consecuencias. Al parecer, desde febrero algunos presos de los Gulags habían sido amnistiados y se estaban examinando las condenas de otros.

—Papá… dice María que tienes que cerrar la maleta.

Él levantó la mirada hacia su hija y sonrió. Se parecía tanto a Clotilde… Sí, Lucía le recordaba a su mujer y eso le reconfortaba. La niña tenía el mismo carácter, la misma determinación y la misma bondad. Había heredado todas sus virtudes.

—Estoy listo... ¿Te portarás bien, no dejarás de estudiar y obedecerás a María?

—Me gustaría ir contigo —respondió ella sin comprometerse a lo que le pedía su padre.

—Esta vez no es posible, Lucía, te lo he explicado. Es un viaje oficial, un viaje importante.

—Ya... pero ¿eso qué tiene que ver para que no pueda acompañarte? Sabes que soy capaz de portarme bien.

—Sí... cuando quieres... Además, si todos los que formamos parte de la delegación lleváramos a nuestros hijos, no sería un viaje de trabajo, se parecería más a una excursión. Anda, dile a María que enseguida cerraré la maleta. Lo que sí puedes es acompañarme al aeropuerto. Vendréis las dos y luego Francisco os traerá de vuelta.

Lucía hizo un mohín de disgusto, pero no dijo nada. Sabía que en esta ocasión su padre no daría su brazo a torcer.

Cuando la niña salió, Enrique se puso en pie y rodeó la mesa de caoba de su despacho acercándose a la pared que tenía enfrente. Descolgó un cuadro para abrir la caja fuerte donde guardaba otros documentos que debía llevar en el viaje. También sacó una vieja carpeta de piel marrón que observó con cierta aprensión. Una vez colocados y ordenados en la cartera, miró aquella estancia en la que tan bien se encontraba. Sin duda a Clotilde le habría gustado. Había enmarcado algunas de sus caricaturas que colgaban en una de las paredes; en otras, cuadros de pintores contemporáneos que habían roto los moldes de la pintura clásica. Los había comprado porque estaba convencido de que habrían sido del gusto de ella.

Encima de la mesa había dos fotografías con marco de plata, la de Clotilde sonriendo en la puerta del hotel María Cristina y otra de su hija.

Había más fotos repartidas por el despacho. La de su boda, la de su hija a los pocos meses de nacer, la de Clotilde pintando ensimismada, de sus padres, de sus suegros, con toda la familia junta...

Hacía ocho años que Clotilde había muerto, pero él la seguía teniendo presente. Por eso no se había vuelto a casar, ni siquiera lo había considerado. Y eso que hasta sus suegros le decían que no había nada malo en que rehiciera su vida.

Y sí, la había rehecho. No se arrepentía de haber iniciado una nueva vida en México. Ya sentía el país como el suyo propio y agradecía la generosidad con que le habían acogido. Tenía un buen puesto en el departamento de Desarrollo Agrario, donde, entre otros cometidos, se encargaba de comprar tecnología puntera. A eso iban a la Unión Soviética. Pero aquel era un viaje no solo comercial, también era eminentemente político, porque la muerte de Stalin estaba dejando una cascada de cambios en la Unión Soviética. O eso parecía, visto desde fuera.

No había dudado cuando su amigo Juan Castañeda, uno de los hombres de confianza del secretario de Desarrollo Agrario, le había ofrecido formar parte de la delegación. «No has dejado de decirme que tenías un viaje pendiente a Rusia para cumplir con una promesa hecha a tu mujer —comentó Castañeda—. Pues ahora es la ocasión, Enrique, aunque quizá no te animes para no dejar a Lucía sola». Sí, era la oportunidad de cumplir con lo que tan encarecidamente le había pedido Clotilde. Además, quizá le sería más fácil que se le abrieran las puertas si iba en una delegación oficial. En la carpeta de piel marrón, junto a unas cuantas hojas mecanografiadas, también había una foto de dos hombres que sonreían a la cámara. Uno era Agustín López, el primer marido de Clotilde, y el otro, Borís Petrov, uno de los asesores militares soviéticos durante la Guerra Civil española.

Suspiró preocupado sabiendo que en ningún caso sería un cometido fácil. Pero se lo debía a Clotilde. Ella no descansaría en paz hasta que no encontrara a Pablo. Se preguntaba cómo sería aquel niño ya convertido en hombre.

Lucía entró en el despacho insistiendo en las prisas de María para que fuera a cerrar la maleta.

Cuando regresaran, pensaba coger vacaciones para llevar a Lucía a ver a sus abuelos a España. Su padre, Jacinto, había fallecido de un ataque al corazón, pero su madre tenía buena salud y con ayuda de Pedro Sanz gestionaba Sederías Fernández. Además, Dolores, su suegra, era una buena compañía para su madre. También sus tíos Bartolomé y Paloma estaban al tanto de lo que pudieran necesitar.

Por más que su madre y sus suegros le pedían que regresara, él no se sentía capaz de hacerlo. No le gustaba la España que estaban construyendo. Se ahogaba no solo por la falta de libertad, sino por la mezquindad que mostraban los vencedores. No, no quería tener nada que ver con todo aquello y mucho menos que Lucía creciera en un régimen que había matado a su madre. Porque él no tenía dudas de que la salud de Clotilde se había ido resintiendo durante sus estancias en las cárceles, donde la habían maltratado con saña. Tanto les daba a los del régimen la vida de sus enemigos. Se hartaban de rezar y hacer procesiones, pero ignoraban lo que era la caridad para con el prójimo.

No, no quería seguir pensando en todo eso porque se le encogía el alma y tenía un largo viaje por delante y un papel que cumplir dentro de la delegación.

Moscú, mayo de 1956

Llovía con insistencia, pero de cuando en cuando el sol parecía empeñado en abrirse paso en el cielo gris e iluminaba la Plaza Roja.

Enrique y su amigo Juan caminaban junto al resto de la delegación admirándose de la grandiosidad del mítico lugar que resultaba aún más impresionante que en las fotografías.

La guía les iba explicando con amabilidad la historia de la plaza mientras hacían una parada junto al mausoleo de Lenin.

—Le he pedido a ese tipo que no nos deja ni a sol ni a sombra, el tal Yuri Titov, que para mí que es del KGB, que tenemos interés en ver a una persona. Le he dicho el nombre, Borís Petrov, oficial del Ejército Rojo. Se ha quedado muy sorprendido y me ha preguntado a qué se debía el interés. No me he andado por las ramas, Enrique, y le he dicho la verdad: le he contado la historia de tu mujer, de ese hijo que se trajo el tal Petrov y del que nunca más supo de su vida. Ha torcido el gesto, creo que no le ha gustado nada mi petición. Me ha dicho que la trasladará a sus superiores, pero tampoco se ha comprometido a nada —le explicaba Juan en un tono de voz bajo y neutro.

—¿Crees que me ayudarán? —preguntó Enrique, preocupado.

—No lo sé... Quizá me he extralimitado, pero le he dicho

que el secretario de Agricultura estaría muy agradecido si te ayudaran a buscar al hijo de tu mujer... Espero no estar provocando un problema diplomático.

—Gracias, Juan, eres un amigo de verdad.

Más tarde, ya de regreso en el Hotel Nacional, a pocos pasos de la Plaza Roja, mientras los miembros de la delegación se agrupaban en el comedor para la cena, el tal Yuri Titov se acercó con paso marcial hasta la mesa a la que estaban ya sentados Enrique y Juan.

—Camarada Castañeda... camarada Fernández. ¿Pueden acompañarme?

Juan y Enrique se pusieron de inmediato en pie y siguieron al camarada Titov hasta un salón contiguo.

—Siento comunicarles que el camarada coronel Borís Petrov ha muerto.

—¿Muerto? —Enrique sintió que le flaqueaban tanto el ánimo como las piernas.

—Sí, camarada Fernández. Muerto —respondió circunspecto el hombre del KGB.

—¿Estaba enfermo? —insistió Enrique.

Yuri Titov se ladeó incómodo. Le habían ordenado informar de la muerte de Petrov, pero nada le habían especificado de poder añadir detalles.

—Lo siento, camaradas —acertó a decir.

—¿Y su familia? ¿Podríamos visitar a su familia? Quizá sepan algo de Pablo López —insistió Enrique.

—Hemos preguntado a los camaradas españoles que llevan el registro de los niños que vinieron durante la Guerra Civil española. Hoy ya todos son hombres. Siento decirles que el nombre de Pablo López no figura en sus archivos —afirmó Titov.

—Con más motivo para hablar con la familia de Petrov, alguien sabrá lo que pasó con aquel niño. Estoy seguro de que no tendrán inconveniente en facilitarnos esa entrevista. —El tono de voz de Juan Castañeda no daba lugar a una negativa.

—Trasladaré su petición a mis superiores.

El camarada Yuri Titov, con gesto irritado, se dio media vuelta. Tenía el cometido de vigilar a los miembros de la delegación, pero no de afrontar cometidos que solo podrían acarrearle problemas. Stalin ya no estaba y Nikita Kruschev parecía decidido a relajar el rigorismo de las normas, pero las cosas podían cambiar de un día para otro y lo que hoy era aceptable, mañana podría ser un delito. Pediría instrucciones a sus superiores. Aún no era capaz de calibrar qué tipo de hombre era Iván Serov, el nuevo jefe de la Seguridad del Estado, de manera que no pensaba dar ni un solo paso por su cuenta. Sí, pediría instrucciones.

Moscú
Casa de los Kamisky

La tía Olga acababa de poner a hervir agua en la tetera. Anya permanecía temblando echada sobre la cama. Los últimos días apenas tenía fuerzas para mantenerse en pie. El doctor Lagunov insistía en que debían llevarla al hospital, pero ella se negaba.

—No me queda mucho —aducía—. Al menos permítame morir en casa.

El médico solía protestar asegurando que se curaría, pero sabía que no podía engañar a Anya.

Aquella tarde el silencio se había adueñado de la casa. La tía Olga y Anya disfrutaban de un rato de soledad. Damien Lébedev aún no había regresado de trabajar y su esposa Polina Lébedeva estaba con su amiga Bela Peskova, la vigilante de la *kommunalka*.

Ígor tampoco había llegado, ya que tenía por costumbre acudir a la puerta del Teatro Musical Académico para buscar a Ekaterina y regresar dando un paseo hasta casa.

Su hijo le había confesado que estaba enamorado de aquella chica y que deseaba casarse con ella. Anya no tenía nada que objetar, Ekaterina hacía lo imposible por agradarle y, lo más importante, quería a su hijo, de manera que solo podía bendecirlos.

Pero la felicidad de Ígor no le impedía preguntarse qué

podía hacer con el resto de su vida. En ocasiones se sorprendía añorando a aquellas mujeres con las que tanto sufrimiento había compartido en el Gulag.

Quizá hubiese preferido quedarse en Barvikha, aquel pueblo hermoso en el que había encontrado cierto sosiego en compañía de Pablo. Pero cuando les llegó la carta en la que se les anunciaba que se había revisado su caso y eran libres de regresar a Moscú no lo habían dudado. O al menos Pablo no lo había dudado. Los años en el Gulag, junto al doctor Jaikim, le habían decidido a estudiar Medicina, por más que al principio la experiencia hubiera sido dura para él y, por tanto, su lugar estaba en Moscú.

Ella se sentía en la obligación de procurarles el sosiego de formar parte de una familia, y anteponer el interés de sus hijos a sus propios deseos, ya que ellos habían sufrido por las decisiones que ella había tomado en el pasado. Ahora que Nikita Kruschev parecía abrir las puertas a algunos cambios, ella, Anya Petrova, había decidido ajustarse a todas las normas.

Claro que no hubiera podido hacer nada contrario a lo que hacía, que era permanecer en casa, en la cama, durante buena parte de la jornada, porque la fiebre y la tos eran su principal compañía. Aquel estado de postración la estaba empujando hacia los brazos de la melancolía.

Sentía la ausencia de su padre. Se daba cuenta de que la figura de Grigory Kamisky había ocupado todos los huecos de su existencia. Y continuaba sintiéndose culpable de la muerte de Borís. Él había pagado por ella.

Miró el reloj. Pablo no tardaría demasiado. Sonrió sabiendo que, como cada día, volvería entusiasmado explicándoles cada detalle de lo que había aprendido.

El timbre de la puerta la alertó. La tía Olga se apresuró a abrir y Anya escuchó unas voces desconocidas. Unos segundos más tarde, Olga Kamiskaya entró en la sala seguida por tres hombres.

—¿Camarada Petrova? —preguntó un hombre alto, vestido de negro, con un gesto de incomodidad.

—Es mi sobrina, pero está enferma. ¿Qué desean?

—Acompaño a estos camaradas que han solicitado una entrevista con la camarada Petrova y el camarada Pablo López. Espero que puedan atenderlos. —No era una petición, sino una orden.

—Desde luego. ¿Y usted es…? —preguntó la tía Olga.

—Camarada Yuri Titov.

—Bien. Ya le he dicho que mi sobrina está enferma. Veré si puede hablar con ellos.

Anya, que había escuchado la conversación, se levantó de la cama con la ayuda de su tía y, envuelta en un chal, se dirigió con pasos lentos hasta la sala. Los tres hombres la miraron sorprendidos. El anuncio de la muerte parecía abrirse paso en el rostro pálido de aquella mujer que se presentó como Anya Petrova.

La tía Olga fue a la cocina y regresó con una bandeja en la que había dispuesto unas tazas y el samovar con el té.

Los hombres aceptaron y Anya los invitó a sentarse, pero antes el funcionario del KGB hizo las presentaciones:

—Camarada Petrova, le presento a los camaradas mexicanos Juan Castañeda y Enrique Fernández. Forman parte de una delegación mexicana de visita en la Unión Soviética.

Anya inclinó la cabeza como gesto de bienvenida.

Yuri Titov continuó hablando:

—El camarada Fernández se interesa por un niño español, Pablo López, que llegó a nuestra patria en 1938 en compañía de su esposo Borís Petrov. Al parecer, Petrov era amigo del padre de aquel niño y se lo confió para que se salvara del terror fascista. El padre murió luchando contra el ejército de Franco y la madre fue encarcelada y sufrió la represión feroz de los fascistas, que la castigaron por ser comunista. Murió a consecuencia del maltrato recibido en las cárceles franquistas.

La tía Olga permanecía de pie escuchando con atención a aquel hombre, pero Anya sentía que se le revolvían las tripas.

¿Acaso no se daba cuenta aquel hombre de lo que decía? Hablaba de represión feroz... de cárcel... de torturas... Ella podía contarle mucho de todo eso puesto que era lo que había sufrido durante los últimos diez años de su vida. Pero allí estaba el camarada Titov hablando de represión y terror como de algo lejano y desconocido en la Unión Soviética.

No oyeron la puerta de la calle al abrirse, ni tampoco se percataron de la aparición de un joven que con gesto crispado se apoyaba en la pared.

—Soy Pablo López —escucharon de repente, y todas las miradas se volvieron hacia aquella voz.

Enrique se puso en pie y se plantó ante aquel joven en cuya mirada se reflejaban las muchas vidas vividas, aunque no debía de tener más de veintidós o veintitrés años.

—Soy Enrique Fernández, el segundo marido de tu madre, Clotilde Sanz. Ella nunca dejó de buscarte y sus últimas palabras antes de morir fueron para ti, me pidió que te buscara, que te entregara las cartas que a lo largo de los años te había escrito y que te dijera lo mucho que te quería. Tu madre nunca cejó en tu búsqueda, era una obsesión encontrarte. Cuánto habría dado por este momento... por poder abrazarte...

Y Enrique Fernández comenzó a llorar sin sentir vergüenza por hacerlo.

Pablo se quedó quieto, incapaz de hacer ningún gesto, de dejar que brotara una palabra. Sentía que su vida volvía a girar de manera incontrolada.

Yuri Titov los miró incómodo. ¿Cómo era posible que aquel hombre llorara? ¿Acaso no tenía ningún sentido del pudor? ¿Qué clase de hombre era?

Anya intentó ponerse en pie para acudir junto a su hijo,

pero las piernas se le doblaron y a punto estuvo de caer al suelo. Pablo la ayudó a volver a tomar asiento en el viejo sillón.

—Por favor... es mejor que nos sentemos para hablar... —les pidió Pablo.

Se sentía noqueado por las palabras que había escuchado de los labios de aquel español que decía ser el segundo marido de su madre. No sabía qué decir, qué pensar, ni siquiera sabía qué sentir.

Enrique sacó una foto de su cartera y se la tendió a Pablo, que dudó unos segundos antes de cogerla y mirarla.

—Es de tu madre poco antes de morir. La última vez que la detuvieron no la trataron bien... ya arrastraba una mala salud... y recayó.

—Por ser comunista —murmuró Pablo mirando la imagen de la foto, la de una mujer triste.

—Por pensar con libertad. La detuvieron por unas caricaturas que había hecho a petición de una amiga del Partido Comunista. Tu madre era una gran artista, dibujaba como los ángeles y tenía un talento especial para las caricaturas. Tú no te acordarás, pero antes y durante la guerra dibujaba carteles... carteles llamando a resistir... ¿Te acuerdas de ella?

Y la pregunta de Enrique llevaba prendida el temor por la respuesta. Pero Pablo no respondió.

—Bien... —el camarada Titov no podía ocultar su incomodidad por la escena—, los miembros de la delegación se han interesado por usted, ¿tiene algo que decir, camarada?

Pero Pablo seguía sin encontrar las palabras.

—Si quieres regresar a España, haré cuanto esté en mis manos para que te lo permitan —añadió Enrique—. Tus abuelos aún viven, los padres de tu madre... no sé si los recuerdas. Ellos... han sufrido mucho por ti y por tu madre. De tu padre... supongo que eso sí lo sabes, murió en el frente de Madrid.

—Mámushka... —Fue todo lo que pudo decir Pablo mirando a Anya.

Ella volvió a intentar levantarse, pero de nuevo le fallaron las piernas. Pablo se sentó a su lado cogiéndola de la mano.

—Pablo, tenemos que recomponer el rompecabezas... Te ayudaré y entonces decidirás qué quieres hacer... —dijo ella en un titubeante español.

Se hizo un silencio que rompió Enrique intentando recuperarse de la emoción del momento:

—Quizá no he sabido contarte las cosas mejor y no creas que no llevo años pensando en lo que te diría si al final lograba encontrarte. Tienes que leer las cartas de tu madre, solo así podrás reconstruir ese rompecabezas que ha mencionado la señora Petrova. Es importante que sepas que tu madre nunca, nunca te abandonó. Os separaron dos guerras, la de España y la de Europa, dos guerras que impidieron el reencuentro. Pero ni un solo día, ni uno solo cejó en su empeño de volver a tenerte con ella.

—Quizá podríamos continuar esta conversación en otro momento... Pablo necesita pensar... asumir todo lo que le ha contado... Es... es demasiado para él... ha sufrido mucho... —Anya hablaba con voz entrecortada.

—Sí... lo siento... Tampoco esto es fácil para mí... ¿Podría volver mañana? —preguntó Enrique.

—Desde luego —afirmó Anya—, si no tiene inconveniente el camarada Titov...

Cuando se quedaron solos la sala volvió a ser dominio del silencio. Pablo estaba conmocionado, Anya no dejaba de retorcerse las manos y la tía Olga se secaba las lágrimas con una punta del delantal.

De repente Pablo se enfrentaba a un pasado que había llegado a ignorar. Sus padres habían dejado de habitar sus pensamientos y se habían convertido en una entelequia. Aun así, se había sentido herido cuando aquel hombre que decía llamarse Enrique Fernández se había presentado como el segundo marido de su madre. No quería juzgarla, ni siquiera comprenderla, pero le irritaba la existencia de ese segundo marido.

—Tienes que leer las cartas de tu madre —dijo Anya mientras Pablo la llevaba en brazos a la cama.

—No sé... Bueno, sí... lo haré...

—Estás confundido. Lo entiendo.

—Nunca he comprendido que mi familia de España no fuera capaz de encontrarme.

—Borís te lo explicó en varias ocasiones. Fue tu padre quien quiso que te trajera. Su plan era que en cuanto acabara la guerra vendría a Moscú acompañado de tu madre para reunirse contigo. Pero tu padre murió en el frente y tú ya estabas aquí. Franco ganó la guerra y era imposible ponerse en contacto con tu madre. Si hubieras venido con algún contingente de niños, quizá habría sido más fácil. No lo sé... puede que nosotros no hiciéramos las cosas bien... o quizá no pusimos demasiado empeño en que pudieras comunicarte con tu familia de Madrid. Al poco de llegar estalló la guerra europea. En cuanto a tu madre, no la culpes, quizá no supiera dónde escribirte, pero Borís sí sabía dónde vivía tu madre y... nunca hicimos nada por decirle que estabas bien...

—Pero ¿por qué?, ¿por qué no hicisteis nada? —preguntó Pablo con tanto dolor como rabia.

—Primero fue la guerra. Borís se fue al frente y... bueno, la menor de sus preocupaciones eras tú. Sabía que aquí estabas bien.

—¿Sabes lo que me estás diciendo? —preguntó él clavando su mirada en los ojos de Anya.

—Sí... y puedes culparnos, estás en tu derecho.

La tos le impidió seguir hablando. Los ojos le brillaban por la fiebre y el mentón le temblaba por la emoción.

—No creas que te hago un reproche. Yo... yo nunca me atreví a reclamaros nada. Llegué enfermo, estaba asustado, no entendía el idioma... Pero ahí estabas tú, conmigo, día y noche, cuidándome. Me tratabais bien... Al principio soñaba con mi madre... Después... no es que la olvidara, pero poco a poco me adapté, y además te tenía a ti, mi querida mámushka. Luego Borís me contó que mi padre había muerto... Llegué a pensar que mi madre también y que no me lo decíais para no entristecerme aún más. Quizá tendría que haber preguntado, insistido en que quería regresar a Madrid...

Y entonces la tía Olga carraspeó e intervino en la conversación:

—No tenemos poder sobre el pasado, nadie lo tiene, por tanto, no haremos más que sufrir si nos empeñamos en revisar qué hicimos y qué podríamos haber hecho. Ahora se trata de qué quieres hacer tú. Puede que ese hombre, el segundo marido de tu madre, pueda hacer algo para que te den un visado y puedas regresar a España. Yo... yo te quiero mucho, Pablo, y no querría que te separaras nunca de nosotros, pero tienes dos opciones: o rompes definitivamente con el pasado y no miras atrás, o lo enfrentas e intentas regresar a España. Y eso solo puedes decidirlo tú. Pero sí te pediré que nos perdones por todo lo que no hayamos hecho bien, por todo lo que hemos hecho mal.

La tía Olga abrazó a Pablo y a Anya y los tres lloraron, mezclando lágrimas con lágrimas.

Moscú
Hotel Nacional

Enrique Fernández miraba a través de la ventana. Conocer a Pablo le había conmocionado más de lo que esperaba. No se parecía tanto a Clotilde como Lucía, pero era innegable que los ojos de Pablo eran iguales a los de ella. También su manera paciente de escuchar.

Le había encontrado cumpliendo la promesa que había hecho a Clotilde, pero se preguntaba qué más debía hacer.

Pablo López no era un niño, sino un hombre, y quizá tenía ya su vida hecha. Además, ¿qué podía hacer él?, ¿quizá ofrecerle hacer gestiones para que se fuera a México a vivir con él y con Lucía? ¿Tendría sentido o se sentirían incómodos los tres?

De lo que no dudaba era de que tenía que ponerse a disposición de Pablo y que fuera él quien decidiera qué quería hacer.

Oyó un golpe seco en la puerta y fue a abrir. Se encontró a Juan Castañeda invitándole a bajar al hall para hablar.

Prefería estar solo, pero no quiso contrariar a su amigo, de manera que le acompañó.

—¿Qué piensas hacer con el chico? —quiso saber Juan una vez que se acomodaron en unos sillones situados en un rincón del vestíbulo.

—¿Hacer? ¿Acaso puedo hacer algo? Es mayor de edad,

aunque... no sé... tiene una mirada extraña, como la de un viejo.

—Hasta hace unos meses estuvo en el Gulag —afirmó Juan.

—¿En el Gulag? Pero... ¿por qué?

—Condenado por actividades antisoviéticas, lo mismo que Anya Petrova.

—Pero... no lo entiendo... ¿Cómo lo sabes? ¿Qué hicieron?

—No sé lo que hicieron. Solo que los condenaron por actividades antisoviéticas a un campo de trabajo en el Círculo Polar Ártico. Parece que con la nueva política de Kruschev se están revisando muchas de esas condenas... En cuanto a cómo lo sé... eso mejor no te lo digo, pero en nuestra embajada hay personas eficientes que tienen buenas fuentes...

—¿Y Borís Petrov?

—Ah, nuestro Yuri Titov no ha soltado prenda sobre él... pero también he podido saber que fue condenado por actividades antisoviéticas... Y ahora dime, ¿qué quieres hacer?

—No lo sé, Juan, no lo sé. ¿Qué puedo hacer? ¿Qué harías tú en mi lugar?

—Pregúntate qué querría tu esposa.

—Que llevara a Pablo de vuelta a España. Pero ahora es un hombre, no un niño al que se puede coger de la mano.

—Entonces pregúntaselo a él.

—En cualquier caso, no creo que sea fácil que le permitan salir.

—No, no creo que sea fácil, pero podemos intentarlo.

—Juan...

—No te prometo nada, pero pondré todo el empeño para que nuestra delegación haga gestiones para intentarlo. Sabes de las buenas relaciones entre México y la Unión Soviética... y por lo que dicen algunos funcionarios de nuestra embajada,

Nikita Kruschev quiere hacer algún que otro «gesto» hacia Occidente. Es más... no es oficial, pero parece que están negociando con España a través de la Cruz Roja el retorno de algunos «niños de la guerra» y también de soldados de la División Azul...

—Pero ¡cómo va a negociar Kruschev con Franco!

—No te he dicho que sea una negociación directa, que no lo es, y sería imposible que lo fuera, pero por lo que parece la Cruz Roja y otros organismos están trabajando calladamente para facilitar el retorno. Puede que acabe en nada, pero quizá sea una oportunidad para Pablo en el caso de que quisiera volver a España.

—¿Estás seguro? Cuesta creer que la Unión Soviética vaya a dejar salir a esos niños y que Franco quiera aceptarlos. No sé... los pobres van a ir de Málaga a Malagón.

—Ya, pero estarán en casa, con los suyos.

—A veces es mejor estar lejos de casa respirando libertad. Es lo que he elegido yo.

—Tendrías que preguntárselo a Pablo. Mira, mañana cuando vayas es preferible que lo hagas solo... No sé si nuestro «camarada Yuri» lo permitirá, pero tenéis que encontrar la manera de hablar sin testigos.

—Pues para eso mejor que vengas tú... será difícil que el camarada Yuri Titov nos permita hacer un aparte y tampoco quiero causar problemas a la familia Petrov.

Pablo no logró conciliar el sueño. Anya tampoco. Eran conscientes de que iban a cerrar un capítulo de sus vidas y que en esta ocasión no habría vuelta atrás.

Contar a Ígor y a Ekaterina lo sucedido solo les provocó más lágrimas.

Ígor, siempre tan positivo, escuchaba con gesto serio como

si fuera consciente de que la visita de aquel español iba a cambiar el rumbo de sus vidas, y así lo dijo.

Ekaterina se conformó con escuchar sin decir palabra. Solo le quedaba consolar a Ígor, porque ya le conocía lo suficiente para saber que el sufrimiento de Anya y de Pablo iba a dejarle una muesca en el corazón.

Aquella noche no se entretuvieron después de cenar, todos ansiaban refugiarse en la soledad.

Por primera vez Pablo se hacía preguntas que antes había esquivado. No, no podía culpar a Anya y a Borís de haberle retenido en la Unión Soviética, si bien, visto con perspectiva, no habían hecho nada para ayudarle a regresar. Aunque, como había dicho Enrique Fernández, de España los habían separado dos guerras, la civil entre los españoles y la europea. Y en cuanto a la segunda, había sido la prioridad de Borís.

Si repasaba su vida, no podía dejar de preguntarse por lo absurdo que resultaba que hubiera pasado más de siete años en el Gulag. ¿Podría alguien creer que el delito cometido había sido asistir a unas cuantas veladas literarias? No, nadie le creería. No podrían evitar pensar que algo habría hecho, que ningún país encarcela a sus ciudadanos por mostrar afición por una determinada literatura.

¿Y en España, se preguntaba, pasaría algo parecido? Franco gobernaba con mano dura y no tenía piedad para con sus oponentes. Eso sí lo sabía, por tanto, dedujo que también perseguiría a los poetas, a los escritores y a los artistas que no fueran afectos al régimen. El marido de su madre lo había dicho: la habían encarcelado por unas caricaturas.

Escuchaba el llanto intermitente de Anya y los suspiros de la tía Olga, además de los murmullos de la conversación que mantenían Ígor y Ekaterina.

La presencia de Enrique Fernández amenazaba la que había sido su existencia hasta aquel momento. Ya no podría esquivar mirar de frente a la realidad preguntándose quién era, de dónde había llegado y qué quería que fuera el resto de su vida. Y entonces rasgó el sobre con la primera carta y comenzó a leer.

Mi querido hijo:

Rezo para que estés bien con la familia de Borís Petrov. No dejo de pensar en ti y sueño con el día en que pueda ir a buscarte. El abuelo y yo estamos haciendo todo lo posible por buscar la manera. Pero la guerra ha terminado, la ha ganado Franco, y aunque eres aún pequeño, te diré que esa victoria tiene consecuencias sobre nosotros. No me será fácil que me permitan ir a la Unión Soviética. Pero encontraré el modo y pronto te tendré conmigo.

Tu padre murió luchando en el frente de Madrid. Él siempre te quiso y si te envió a Rusia fue porque pensaba que era lo mejor para ti. No quería que tuvieras que soportar las consecuencias de perder la guerra, aunque eso haya supuesto nuestra separación...

Mi hijo querido, escribo esta carta para contarte que me he vuelto a casar. No te acordarás de don Jacinto Fernández y su esposa Josefina, tan amigos de los abuelos. Nos han ayudado mucho desde que tu abuelo y yo salimos de la cárcel. Sin ellos no sé qué habría sido de nosotros. De la madre de tu padre nada sé.

El hijo de don Jacinto, Enrique, pasó la guerra fuera de España, pero desde que regresó empezamos a vernos y ha ido cuajando entre nosotros un cariño inmenso. Claro que no hay cariño que pueda alcanzar el que yo te tengo.

Enrique me ha prometido que me ayudará a encontrarte y que en cuanto termine la guerra en Europa buscará la forma de que podamos viajar hasta la Unión Soviética. No será fácil, pero no renuncio a encontrarte.

Ahora es difícil tener relación con quienes eran del Partido Comunista: o están muertos o están en la cárcel o han podido huir al exilio, y no encuentro quién me dé razón sobre Borís Petrov. Quizá tu padre sabía la dirección de Petrov en Leningrado o en Moscú, pero yo lo desconozco.

Aun así, te encontraré, te lo prometo…

Mi hijo adorado:

Tienes una hermana, es muy pequeñita, se llama Lucía y se parece a ti. No dejo de pensar en el momento en que nos reunamos todos, en que pueda teneros conmigo a los dos y llenaros de besos. Mi vida solo tiene sentido por vosotros.

Hijo, en cuanto me recupere iré a buscarte. No sé cómo lo podremos hacer, pero no dudes que no renuncio a tenerte conmigo…

Mi hijo querido:

No me olvides, no olvides nunca a tu madre por más que te he fallado, que no supe retenerte, que no he sido capaz de buscar la manera de ir a buscarte. Sé que me muero, no puedo engañarme. Le he hecho jurar a Enrique que te buscará y sé que cumplirá con el juramento.

¡Te quiero tanto! Perdóname, hijo mío, perdóname…

Y Pablo lloró como nunca antes había llorado y como nunca más volvería a llorar.

Moscú, al día siguiente
Casa de los Kamisky

Yuri Titov tenía órdenes concretas: no dejar ni un minuto solos a los integrantes de la delegación mexicana y mucho menos al español que formaba parte de la misma y que, por lo que parecía, podía causar algún problema.

Tratar con extranjeros siempre era un motivo de preocupación. También tenía alguna ventaja, puesto que algunos se mostraban amigables y enseguida se disponían a compartir sus cartones de tabaco. Le llamaba la atención que los miembros de las delegaciones extranjeras compraran en los aeropuertos varios cartones, aunque solo fueran a permanecer en la URSS pocos días. Pero él se beneficiaba de esa costumbre porque siempre había alguien que le regalaba un cartón de tabaco americano, lo que constituía un lujo inalcanzable para los soviéticos, además de estar mal visto por las autoridades.

La tía Olga abrió la puerta y los recibió con una sonrisa.

—Pasen... pasen... he preparado un poco de té.

Yuri hizo un aparte con la camarada Lébedeva solicitándole que fuera a dar un paseo. Polina Lébedeva obedeció sin ocultar su decepción. Le hubiera gustado escuchar de qué hablaban aquellos extranjeros con los Petrov.

Ígor estaba sentado junto a su madre, ayudándola a sostenerse recta. La palidez de Anya presagiaba lo peor. Pablo estaba un poco más apartado y la tía Olga permanecía de pie nerviosa, atenta a que pudieran pedirle cualquier cosa.

Juan Castañeda rompió el hielo poniendo en manos de la tía Olga una caja con dulces soviéticos.

—Supongo que todo esto está siendo para usted una sorpresa —le dijo a Pablo.

—Así es, señor Castañeda. La verdad es que no sé qué pensar.

—Esto es difícil para todos... también para mí —acertó a decir Enrique Fernández.

—Quisiera saber algo más de mi madre... cómo murió...

Enrique bajó la mirada incómodo. Temía decir algo que el camarada Titov tomara como una indirecta. Fue Juan Castañeda el que se hizo cargo de la conversación:

—Tal como Enrique le explicó ayer, su señora madre era una artista, una excelente caricaturista. Los regímenes totalitarios se llevan mal con los artistas porque para crear es necesaria la libertad. Su madre estuvo en dos ocasiones en la cárcel y allí enfermó. Frío, chinches, mala comida... En fin... puede imaginarse las circunstancias por las que atravesó.

—Y la pena —le interrumpió Enrique—, la pena de haberte perdido, de no saber cómo recuperarte. Perder la guerra para ella fue mucho más que perder la libertad, fue perder la oportunidad de poder venir a buscarte, la peor pérdida fue la tuya. Todas las demás habría podido soportarlas, todas menos tu ausencia.

Se hizo un silencio que parecía difícil de superar. Pablo no encontraba qué decir, Anya sentía una opresión en el pecho que le impedía hablar y la tía Olga ni se atrevía a intervenir, de manera que Ígor volvió a introducir las palabras en aquel silencio ominoso.

—¿A Pablo le queda familia en España? —preguntó mirando a Enrique, que le devolvió la mirada, sorprendido de su dominio del español.

—Como les dije ayer, aún viven sus abuelos maternos. Don Pedro y doña Dolores. En cuanto a la abuela paterna, hace unos años supimos que falleció. Clotilde siempre la tuvo por buena persona. Y... bueno... Clotilde y yo tuvimos una hija, Lucía, tiene ya once años. Sí, tienes una hermana, Pablo. Espero que podáis conoceros y que la quieras, porque sé que ella te querrá a ti.

—Lucía... —murmuró Pablo intentando imaginar cómo era aquella hermana de la que su madre ya le había hablado en una de sus cartas.

—¿Y sus abuelos saben que usted iba a venir a Moscú? —volvió a preguntar Ígor.

—Sí, antes de venir los llamé para decírselo. Ellos... bueno, ya son mayores, pero no hay nada que deseen más que volver a ver a Pablo.

—¿Usted cree que eso es posible, camarada Titov? —Ígor clavó sus ojos en los del agente del KGB.

—No me corresponde a mí esa decisión —respondió incómodo.

—Tengo que volver... —afirmó Pablo con la voz quebrada.

—Haremos todo lo posible para que pueda hacerlo. Cuente con el apoyo de nuestro gobierno —aseguró Juan Castañeda.

—Pero usted... usted es mexicano... —respondió Pablo.

—Sí, y tengo a gala decirle que mi país recibió con los brazos abiertos a muchos españoles que tuvieron que irse al exilio a causa de Franco. Es un orgullo para nosotros haber sido refugio para los antifascistas españoles. Enrique puede darle cuenta de ello, puesto que es testigo directo.

—Entonces ¿cree que podrá hacer algo para que Pablo vuelva a España? —Ígor no les daba tregua.

—Me comprometo a hacer todo lo necesario, aunque no depende de mí sino de las autoridades soviéticas, pero estoy seguro de que analizarán en sus justos términos la petición que formulará la delegación de la que tanto Enrique como yo formamos parte.

—¿Podríamos hablar un momento a solas? —preguntó Enrique a Pablo, ignorando el sobresalto que aquella petición provocó en Yuri Titov.

—Desde luego —respondió Pablo poniéndose en pie.

El rostro del agente del KGB pasó del desconcierto a la irritación.

—No debe usted abusar de la amabilidad de esta familia —afirmó.

Pablo y Enrique ni siquiera le miraron. Pablo cerró la puerta del cuarto que compartían Anya y la tía Olga.

—Espero no causarte un problema... —se disculpó Enrique.

—Sea breve. No creo que el camarada Titov vaya a permitirnos mantener una conversación lejos de sus oídos. Mi hermano Ígor intentará retenerle cuanto sea posible, pero no será por mucho tiempo.

—Tenemos noticias de que la Cruz Roja está mediando con el gobierno soviético para que los españoles que vinieron de niños durante la guerra puedan regresar a España si así lo desean, y también otros que fueron hechos prisioneros. Mi pregunta es sencilla: ¿quieres volver? Si es así, haremos lo imposible por ayudarte. El embajador de México se encargará de todos los trámites. Dime sí o no.

—Sí —contestó Pablo.

Salieron del cuarto sin decir una palabra más. No eran necesarias.

El regreso

Llovía. Anya intentaba retener las lágrimas. Sabía que no se las podía permitir, que tenía que dejarle marchar. Pablo no había puesto inconveniente a su regreso a España y no la había engañado sobre su deseo de emprender aquel viaje hacia el pasado.

Ni siquiera las visitas de su primo Pyotr y Talya lograban arrancarla de la amargura que sentía anticiparse a la ausencia de Pablo.

Aquella mañana, Anya había empeorado. La fiebre le había subido a cuarenta y la tos no le permitía casi ni hablar. No había medicina que aliviara su mal.

Ígor, nervioso, iba de un lado a otro. Le angustiaba ver a su madre tan enferma; llevaba días dándole vueltas al deseo de Pablo de viajar a España. Había llegado a pensar que su hermano, porque siempre le sentiría como su hermano, no tenía más vínculos que con los Petrov-Kamisky. ¿Cómo podía abandonarlos por unos abuelos desconocidos? ¿Cómo podía separarse de mámushka? Le dolía, sí, le dolía que de repente Pablo no fuera de ellos, que se perteneciera a sí mismo, porque, al irse, rompía con la vida que habían compartido.

Llevaban días hablando de cómo sería el futuro. Pablo le había prometido que volvería.

—Vosotros sois mi familia. ¿Crees que quiero separarme de mámushka? Solo pretendo saber algo más... necesito conocer a mis abuelos, escucharlos... nada más. Mi vida está aquí, Ígor, con mámushka, con la tía Olga, contigo. En todo caso, no me iré todavía, no lo haré mientras mámushka esté tan enferma. Confío en que se pueda recuperar y coger fuerzas.

Escucharon a la tía Olga reclamando a Pablo a petición de Anya y este acudió de inmediato al cuarto donde ella estaba recostada en la cama sobre unas almohadas.

—¿Sabes?, tengo la sensación de que de tus dos madres yo soy la que más te ha fallado. Ella no pudo hacer nada por encontrarte, pero yo... he sido egoísta por quererte tanto y lo peor, lo peor, Pablo, es que te arrastré conmigo al Gulag, te he hecho perder siete años de tu vida, siete años intentando sobrevivir en el Círculo Polar Ártico, siete años perdidos.

—No, eso no, mámushka. Cada minuto que he vivido con vosotros ha sido un minuto de vida, cada minuto contigo ha sido un minuto de amor recibido. Y... sé que te va a parecer raro, pero a pesar del horror que vivimos en Vorkutlag, esa experiencia ha hecho de mí quien soy hoy, y creo que soy mejor que antes.

—No digas eso...

—Es así.

—¿Volveré a verte? —se atrevió a preguntar mientras le pedía que se acercara para abrazarle.

—Todavía no voy a irme, no lo haré hasta que no estés recuperada, y te aseguro que aunque me marche, volveré. Tengo que volver porque tú estarás aquí esperándome. Nunca podrán separarnos porque los recuerdos nos mantendrán unidos para siempre. Soy parte de ti, mámushka, no podría reconocerme a mí mismo sin ti. Pero ahora tengo que encontrarme conmigo mismo.

—No podré estar sin ti... —Anya lloraba con amargura.

—Mámushka, tú has sobrevivido al Gulag, has vencido a cuantos te querían quebrar allá en Vorkutlag...

—No es lo mismo... Podría soportar otros siete años más en Vorkutlag. Pero lo que no creo que pueda soportar es tu ausencia, como tampoco soportaría la de Ígor.

Pablo le prometió que si se marchaba, volvería, que no estaría mucho tiempo en España.

Anya se aferró con fuerza a Pablo intentando retenerle. Él le acarició el cabello mientras lloraba.

Ígor entró en el cuarto de su madre seguido de Talya.

—Pyotr vendrá más tarde, mi querida Anya —dijo.

Ella asintió agradecida.

Pablo salió de la habitación preocupado por el estado de Anya.

—Vas a llegar tarde, el camarada Titov estará impaciente. Tienes que terminar de cumplimentar los papeles del viaje.

—Aún no sé cuándo viajaré.

—Sea cuando sea, ya sabes que Titov te acompañará hasta Odesa y también durante la travesía a España y maldita la gracia que le hace —dijo Ígor intentando que reinara la normalidad por más que fuera un deseo imposible.

—Sí, tienes razón. Esperadme para la cena. No tardaré.

Entró de nuevo en el cuarto de Anya y le dio un beso en la frente.

Regresó un par de horas después y al abrir la puerta le llegó el eco de la voz del viejo doctor Lagunov.

—No puedo hacer nada... ya es demasiado tarde, y ella... insiste en que no quiere ir al hospital —se lamentaba el médico.

Pablo corrió a la habitación de Anya, que permanecía con los ojos cerrados. Pyotr, Talya y la tía Olga intentaban contener las lágrimas.

Ígor le sujetó del brazo indicándole que le siguiera a la sala.

—Al poco de que te fueras empezó a toser de manera compulsiva, luego perdió el conocimiento, aunque de cuando en cuando abre los ojos y parece que nos reconoce.

—Es por mi culpa... teme que si me marcho no vaya a regresar —musitó Pablo.

—No digas eso. Sabes mejor que nadie que enfermó en el Gulag y que no se ha recuperado, lo sorprendente es que haya resistido hasta ahora. Ya no tiene fuerzas para seguir luchando y, bueno, creo que ella te quiere tanto que ha decidido marcharse para que tú también puedas irte —afirmó Ígor.

—No... no digas eso, no..., por favor.

Pablo regresó a la habitación y se sentó en el borde de la cama y comenzó a acariciar suavemente el rostro de Anya.

—No me iré, estoy aquí contigo, estaré siempre, no me iré. Te quiero, mámushka. Quédate conmigo.

Ella abrió los ojos e intentó fijar su mirada en la de él. Murmuró algo que Pablo no alcanzó a entender. Luego los cerró para siempre.

España, octubre de 1956

Pablo cerró las maletas.

Se despidió de la tía Olga y de Ígor entre lágrimas. Pyotr le abrazó, lo mismo que Talya, deseándole buen viaje.

Ígor le acompañó hasta el portal.

—Tú no volverás, pero algún día iré yo. —Y se fundieron en un abrazo.

Octubre no es un buen mes para navegar por el Mediterráneo. Es lo primero que aprendió Pablo en aquellos días de navegación. Además, el Crimea era un barco viejo y destartalado donde se apiñaban los pasajeros. Estaban todos igual de esperanzados y temerosos preguntándose cómo los recibirían en España.

Pablo no quiso hacer amigos durante la travesía. Se mantenía apartado del resto de los pasajeros. Al tercer día, cuando estaba en cubierta, se le acercó Yuri Titov y le ofreció un cigarrillo. Las olas zarandeaban con fuerza al Crimea y muchos de los pasajeros se habían mareado.

—Camarada Petrov...

—López. Mi apellido es López —dijo Pablo.

—¡Ah! Lo olvidaba.

—Estoy seguro de que usted no olvida nada, camarada Titov.

—Parece que huye de la gente, no le he visto hablar con nadie.

—«Cabizbajo y solo, y oscuro / —silencioso, sin rastro— / en las olas de niebla se funde / como se hunden los barcos».

—No le comprendo...

—Lo supongo... no puede comprender lo que ignora. Son unos versos de Marina Tsvetáieva de su «Poema del fin»...

—Una burguesa.

—Una poeta. Y ahora dígame qué quiere.

—Saber si va a permanecer leal a la Unión Soviética, si podemos contar con usted.

—¿Leal? No le entiendo —dijo Pablo, aun sabiendo a qué se refería aquel hombre.

—Podría sernos útil... No le pediremos que haga nada especial... tenga los ojos abiertos, vaya contándonos sus impresiones... todo lo que crea que pueda tener interés para la que ha sido hasta ahora su patria. Una patria generosa con usted.

Pablo estuvo a punto de reírse, pero no lo hizo. Seguramente aquel hombre no habría soportado su carcajada.

—No.

—¿No?

—No, camarada, no. No voy a espiar para la Unión Soviética, porque eso es lo que usted me está proponiendo, ¿no?

—No le he pedido que espíe.

—Bueno, usted ha sido más sutil, pero la respuesta es la misma: no. ¿Sabe?, estuve siete años en el Gulag y no tengo intención de pasar ni un solo día en una cárcel franquista por espiar para la Unión Soviética. —Y dándose media vuelta buscó otro rincón en cubierta.

Yuri Titov no insistió. Sabía que la respuesta de Pablo era definitiva.

La lluvia, el viento y el oleaje fueron compañeros inseparables durante toda la travesía. Pablo pasaba la mayor parte del tiempo solo en cubierta esquivando la compañía de los otros españoles.

No quería compartir con nadie ningún fragmento de su vida.

¿Cuántos días habían pasado desde que dejaron Odesa? El capitán acababa de anunciar por el altavoz que estaban frente a las costas españolas y que en pocas horas desembarcarían en Valencia.

Los pasajeros se agolpaban en la cubierta ansiosos por ver tierra española. Algunos se quedarían para siempre, otros aseguraban que regresarían a la Unión Soviética. Pablo no respondía cuando le preguntaban.

Cuando el Crimea estaba ya atracando en el puerto de Valencia, Yuri Titov le ordenó que aguardara a que bajaran todos los pasajeros.

—Usted bajará el último, camarada López, ya que no forma parte del contingente de los que llaman «niños de la guerra».

Pablo asintió. Sabía que para la embajada mexicana no había resultado fácil facilitar su salida de la Unión Soviética. Pero finalmente las gestiones del embajador con su homólogo español le permitieron formar parte de aquel primer contingente, aunque no figuraba en la lista oficial.

Bajó el último. Un guardia revisó su visado y miró reiteradamente en la lista que tenía en la mano.

—Quédese aquí, en mi lista no aparece su nombre... Tengo que consultar...

Pablo no respondió. Tampoco manifestó ninguna emoción. Al cabo de unos minutos, el guardia regresó con otros dos hombres. Tuvo ganas de sonreír, eran de otro país, pero eran iguales a los del Ministerio de Seguridad soviético. Se preguntó si en todas partes ese tipo de hombres se parecían. Volvieron a revisar su documentación, buscaron en las listas y le pidieron de nuevo que esperara.

Sacó un cigarrillo y una voz le sobresaltó. Era un viejo aduanero que le pedía otro para él.

—Nunca he fumado un «ruso», ¿me da uno?

—Claro.

—Están como locos sin saber qué hacer con usted, aparece en una lista, pero no en otras... En fin... ya se aclararán, pero, dígame, ¿quién es usted?

—Lo que queda de un niño que perdió la guerra.

Epílogo

Madrid, 2007, Teatro Real

El anciano entregó su entrada al acomodador y le siguió por la sala de butacas. Miró a su alrededor con curiosidad. Le temblaban las manos tanto como el ánimo. Aguardaba con impaciencia el momento en que se apagaran las luces.

Cerró los ojos mientras escuchaba a aquella soprano que estaba considerada como una de las mejores de todos los tiempos.

Se retiraba. Se despedía de los escenarios donde en infinidad de ocasiones había cosechado tantos y tantos aplausos.

Había dicho que se retiraba; aún conservaba la voz, pero ella sabía mejor que nadie que la sostenía la técnica y que en cualquier momento aquel don se extinguiría, y no quería que nadie se compadeciera de ella.

Él había dudado de si debía o no acudir a verla. Aquella mañana, cuando regresó del cementerio, la portera le entregó el sobre diciendo: «Esto es para usted, doctor, lo ha traído un empleado del Teatro Real». Y supo que el pasado había ido a visitarle.

Cuando terminó el recital, se puso en pie y aplaudió con el mismo entusiasmo que el resto de los espectadores. Sí, aquella sería la última vez que podría verla. Una vez más, el público se había rendido ante ella: «Es la mejor», «Nadie la superará», «No hay otra como Ekaterina Tarásova». Él sonrió al escuchar estos comentarios.

—Es la mejor cantante de ópera que ha dado Rusia —dijo uno.

—Te equivocas, es ucraniana —le corrigió otro.

Caminó despacio hacia el vestíbulo del teatro y entonces escuchó su voz, una voz que hubiera reconocido dondequiera que hubiese estado.

—Te dije que vendría.

Se dio la vuelta y encontró a un anciano, con el mismo cabello blanco que él, las mismas arrugas, el mismo andar cansado. Y entonces, llorando, se fundieron en un abrazo.

—Ígor...

—Pablo, hermano.